증편 한국구비문학대계

8-17

경상남도 함양군 ②

이 저서는 2008년도 정부(교육과학기술부)의 재원으로 한국학중앙연구원(한국학진흥사업단)의 지원을 받아 수행된 연구임(AKS-2008-AIA-3101)

증편 한국구비문학대계
8-17
경상남도 함양군 ②

박경수 · 황경숙 · 서정매

한국학중앙연구원

역락

발간사

　민간의 이야기와 백성들의 노래는 민족의 문화적 자산이다. 삶의 현장에서 이러한 이야기와 노래를 창작하고 음미해 온 것은, 어떠한 권력이나 제도도, 넉넉한 금전적 자원도, 확실한 유통 체계도 가지지 못한 평범한 사람들이었다. 이야기와 노래들은 각각의 삶의 현장에서 공동체의 경험에 부합하였으며, 사람들의 정신과 기억 속에 각인되었다. 문자라는 기록 매체를 사용하지 못하였지만, 그 이야기와 노래가 이처럼 면면히 전승될 수 있었던 것은 그것이 바로 우리 민족의 유전형질의 일부분이 되었기 때문이며, 결국 이러한 이야기와 노래가 우리 민족을 하나의 공동체로 묶어 주고 있는 것이다.

　사회와 매체 환경의 급격한 변화 가운데서 이러한 민족 공동체의 DNA는 날로 희석되어 가고 있다. 사랑방의 이야기들은 대중매체의 내러티브로 대체되어 버렸고, 생활의 현장에서 구가되던 민요들은 기계화에 밀려 버리고 말았다. 기억에만 의존하여 구전되던 이야기와 노래는 점차 잊히고 있다. 한국학중앙연구원이 1970년대 말에 개원함과 동시에, 시급하고도 중요한 연구사업으로 한국구비문학대계의 편찬 사업을 채택한 것은 바로 이러한 시대적 상황에 대한 우려와 잊혀 가는 민족적 자산에 대한 안타까움 때문이었다.

　당시 전국의 거의 모든 구비문학 연구자들이 참여하였는데, 어려운 조사 환경에서도 80여 권의 자료집과 3권의 분류집을 출판한 것은 그들의 헌신적 활동에 기인한다. 당초 10년을 계획하고 추진하였으나 여러 사정으로 5년간만 추진되었으며, 결과적으로 한반도 남쪽의 삼분의 일에 해당

하는 부분만 조사하게 되었다. 그럼에도 불구하고 한국구비문학대계는 주관기관인 한국학중앙연구원의 대표 사업으로 각광 받았을 뿐 아니라, 해방 이후 한국의 국가적 문화 사업의 하나로 꼽히게 되었다.

21세기에 들어서면서 한국학중앙연구원에서는 미완성인 채로 남아 있는 구비문학대계의 마무리를 더 이상 미룰 수 없다는 생각으로 이를 증보하고 개정할 계획을 세웠다. 20년 전의 첫 조사 때보다 환경이 더 나빠졌고, 이야기와 노래를 기억하고 있는 제보자들이 점점 줄어들고 있었던 것이다. 때마침 한국학 진흥에 대한 한국 정부의 의지와 맞물려 구비문학대계의 개정·증보사업이 출범하게 되었다.

이번 조사사업에서도 전국의 구비문학 연구자들이 거의 다 참여하여 충분하지 않은 재정적 여건에서도 충실히 조사연구에 임해 주었다. 전국 각지의 제보자들은 우리의 취지에 동의하여 최선으로 조사에 응해 주었다. 그 결과로 조사사업의 결과물은 '구비누리'라는 이름의 데이터베이스에 탑재가 되었고, 또 조사자료의 텍스트와 음성 및 동영상까지 탑재 즉시 온라인으로 접근할 수 있는 시스템을 갖추었다. 특히 조사 단계부터 모든 과정을 디지털화함으로써 외국의 관련 학자와 기관의 선망의 대상이 되고 있다.

이제 조사사업의 결과물을 이처럼 책으로도 출판하게 된다. 당연히 1980년대의 일차 조사사업을 이어받음으로써 한편으로는 선배 연구자들의 업적을 계승하고, 한편으로는 민족문화사적으로 지고 있던 빚을 갚게 된 것이다. 이 사업의 연구책임자로서 현장조사단의 수고와 제보자의 고귀한 뜻에 감사를 표하지 않을 수 없다. 아울러 출판 기획과 편집을 담당한 한국학중앙연구원의 디지털편찬팀과 출판을 기꺼이 맡아준 역락출판사에 감사를 드린다.

2013년 10월 4일

한국구비문학대계 개정·증보사업 연구책임자 김병선

책머리에

　구비문학조사는 늦었다고 생각하는 지금이 가장 빠른 때이다. 왜냐하면 자료의 전승 환경이 나날이 달라지고 있기 때문이다. 전승 환경이 훨씬 좋은 시기에 구비문학 자료를 진작 조사하지 못한 것이 안타깝게 여겨질수록, 지금 바로 현지조사에 착수하는 것이 최상의 대안이자 최선의 실천이다. 실제로 30여 년 전 제1차 한국구비문학대계 사업을 하면서 더 이른 시기에 조사를 했더라면 하는 아쉬움이 컸는데, 이번에 개정·증보를 위한 2차 현장조사를 다시 시작하면서 아직도 늦지 않았다는 사실을 실감했다.

　구비문학 자료는 구비문학 연구와 함께 간다. 자료의 양과 질이 연구의 수준을 결정하고 연구수준에 따라 자료조사의 과학성이 결정되기 때문이다. 실제로 1차 조사사업 결과로 구비문학 연구가 눈에 띠게 성장했고, 그에 따라 조사방법도 크게 발전되었다. 그러나 연구의 수명과 유용성은 서로 반비례 관계를 이룬다. 구비문학 연구의 수명은 짧고 갈수록 빛이 바래지만, 자료의 수명은 매우 길 뿐 아니라 갈수록 그 가치는 더 빛난다. 그러므로 연구활동 못지않게 자료를 수집하고 보고하는 일이 긴요하다.

　교육부에서 구비문학조사 2차 사업을 새로 시작한 것은 구비문학이 문학작품이자 전승지식으로서 귀중한 문화유산일 뿐 아니라, 미래의 문화산업 자원이라는 사실을 실감한 까닭이다. 따라서 학계뿐만 아니라 문화계의 폭넓은 구비문학 자료 활용을 위하여 조사와 보고 방법도 인터넷 체제와 디지털 방식에 맞게 전환하였다. 조사환경은 많이 나빠졌지만 조사보고는 더 바람직하게 체계화함으로써 누구든지 쉽게 접속하여 이용할 수 있는 데이터베이스를 구축했다. 그러느라 조사결과를 보고서로 간행하는 일은 상대적으로 늦어지게 되었다.

2차 조사는 1차 사업에서 조사되지 않은 시군지역과 교포들이 거주하는 외국지역까지 포함하는 중장기 계획(2008~2018년)으로 진행되고 있다. 한국학중앙연구원 어문생활연구소와 안동대학교 민속학연구소가 공동으로 조사사업을 추진하되, 현장조사 및 보고 작업은 민속학연구소에서 담당하고 데이터베이스 구축 작업은 한국학중앙연구원에서 담당한다. 가장 중요한 일은 현장에서 발품 팔며 땀내 나는 조사활동을 벌인 조사자들의 몫이다. 마을에서 주민들과 날밤을 새우면서 자료를 조사하고 채록하여 보고서를 작성한 조사위원들과 조사원 여러분들의 수고를 기리지 않을 수 없다. 조사의 중요성을 알아차리고 적극 협력해 준 이야기꾼과 소리꾼 여러분께도 고마운 말씀을 올린다.

구비문학 조사를 전국적으로 실시하여 체계적으로 갈무리하고 방대한 분량으로 보고서를 간행한 업적은 아시아에서 유일하며 세계적으로도 그 보기를 찾기 힘든 일이다. 특히 2차 사업결과는 '구비누리'로 채록한 자료와 함께 원음도 청취할 수 있는 데이터베이스를 구축해서 세계에서 처음으로 인터넷과 스마트폰으로 이용할 수 있는 디지털 체계를 마련했다. '구슬이 서 말이라도 꿰어야 보배'인 것처럼, 아무리 귀한 자료를 모아두어도 이용하지 않으면 소용이 없다. 그러므로 이 보고서가 새로운 상상력과 문화적 창조력을 발휘하는 문화자산으로 널리 활용되기를 바란다. 한류의 신바람을 부추기는 노래방이자, 문화창조의 발상을 제공하는 이야기 주머니가 바로 한국구비문학대계이다.

2013년 10월 4일
한국구비문학대계 개정·증보사업 현장조사단장 임재해

한국구비문학대계 개정·증보사업 참여자 (참여자 명단은 가나다 순)

연구책임자

　김병선

공동연구원

　강등학　강진옥　김익두　김헌선　나경수　박경수　박경신　송진한　신동흔
　이건식　이인경　이창식　임재해　임철호　임치균　조현설　천혜숙　허남춘
　황인덕　황루시

전임연구원

　장노현　최원오

박사급연구원

　강정식　권은영　김구한　김기옥　김월덕　노영근　서해숙　유명희　이균옥
　이영식　이윤선　조정현　최명환　최자운　황경숙

연구보조원

　강소전　김미라　구미진　김보라　김성식　김영선　김옥숙　김유경　김은희
　김자현　문세미나　박동철　박은영　박현숙　박혜영　백계현　백은철　변남섭
　서은경　서정매　송기태　송정희　시지은　신정아　안범준　오세란　오정아
　유태웅　이선호　이옥희　이원영　이진영　이홍우　이화영　임세경　임　주
　장호순　정아용　정혜란　조민정　편성철　편해문　한유진　허정주　황진현

주관 연구기관 : 한국학중앙연구원 어문생활사연구소
공동 연구기관 : 안동대학교 민속학연구소

일러두기

■ 『증편 한국구비문학대계』는 한국학중앙연구원과 안동대학교에서 3단계 10개년 계획으로 진행하는 "한국구비문학대계 개정·증보사업"의 조사 보고서이다.

■ 『증편 한국구비문학대계』는 시군별 조사자료를 각각 별권으로 간행하는 것을 원칙으로 한다. 서울 및 경기는 1-, 강원은 2-, 충북은 3-, 충남은 4-, 전북은 5-, 전남은 6-, 경북은 7-, 경남은 8-, 제주는 9-으로 고유번호를 정하고, -선 다음에는 1980년대 출판된 『한국구비문학대계』의 지역 번호를 이어서 일련번호를 붙인다. 이에 따라 『증편 한국구비문학대계』는 서울 및 경기는 1-10, 강원은 2-10, 충북은 3-5, 충남은 4-6, 전북은 5-8, 전남은 6-13, 경북은 7-19, 경남은 8-15, 제주는 9-4권부터 시작한다.

■ 각 권 서두에는 시군 개관을 수록해서, 해당 시·군의 역사적 유래, 사회·문화적 상황, 민속 및 구비 문학상의 특징 등을 제시한다.

■ 조사마을에 대한 설명은 읍면동 별로 모아서 가나다 순으로 수록한다. 행정상의 위치, 조사일시, 조사자 등을 밝힌 후, 마을의 역사적 유래, 사회·문화적 상황, 민속 및 구비문학상의 특징 등을 중심으로 설명하고, 마을 전경 사진을 첨부한다.

■ 제보자에 관한 설명은 읍면동 단위로 모아서 가나다 순으로 수록한다. 각 제보자의 성별, 태어난 해, 주소지, 제보일시, 조사자 등을 밝힌 후, 생애와 직업, 성격, 태도 등을 중심으로 서술하고, 제공 자료 목록과 사진을 함께 제시한다.

- 조사자료는 읍면동 단위로 모은 후 설화(FOT), 현대 구전설화(MPN), 민요(FOS), 근현대 구전민요(MFS), 무가(SRS), 기타(ETC) 순으로 수록한다. 각 조사자료는 제목, 자료코드, 조사장소, 조사일시, 조사자, 제보자, 구연상황, 줄거리(설화일 경우) 등을 먼저 밝히고, 본문을 제시한다. 자료코드는 대지역 번호, 소지역 번호, 자료 종류, 조사 연월일, 조사자 영문 이니셜, 제보자 영문 이니셜, 일련번호 등을 '_'로 구분하여 순서대로 나열한다.

- 자료 본문은 방언을 그대로 표기하되, 어려운 어휘나 구절은 ( ) 안에 풀이말을 넣고 복잡한 설명이 필요할 경우는 각주로 처리한다. 한자 병기나 조사자와 청중의 말 등도 ( ) 안에 기록한다.

- 구연이 시작된 다음에 일어난 상황 변화, 제보자의 동작과 태도, 억양 변화, 웃음 등은 [ ] 안에 기록한다.

- 잘 알아들을 수 없는 내용이 있을 경우, 청취 불능 음절수만큼 '○○○'와 같이 표시한다. 제보자의 이름 일부를 밝힐 수 없는 경우도 '홍길○'과 같이 표시한다.

- 『증편 한국구비문학대계』에 수록된 모든 자료는 웹(gubi.aks.ac.kr/web)과 모바일(mgubi.aks.ac.kr)에서 텍스트와 동기화된 실제 구연 음성파일을 들을 수 있다.

차례

● 설화

● **현대 구전설화**

민요

● 설화

● **근현대 구전민요**

3. 유림면

▌**조사마을**

▌**제보자**

● 설화

● 현대 구전설화

● 민요

함양군 개관

　경남 함양군은 지리산의 북쪽, 덕유산의 남쪽에 있는 산간 지역으로 경남의 서북부에 위치하고 있다. 동쪽으로는 산청군, 남쪽으로는 하동군, 서쪽으로는 남원시와 장수군, 북쪽으로는 거창군과 경계를 이루고 있다. 군의 크기는 동서로 25km, 남북으로 50km, 전체 면적이 725km²이며, 이중 임야가 78%, 논이 9.6%, 밭이 4.9%로 임야가 차지하는 비중이 매우 크다. 그만큼 함양군은 산악지대가 많고 평야가 적은 지역이다.

　함양군은 과거에 산간지역의 특성상 교통이 불편했던 지역이었다. 동남쪽으로 경호강을 끼고 산청으로 통하는 길이 있고, 남쪽으로 오도재를 넘어 하동으로, 북쪽으로는 안의를 거쳐 거창군 위천으로 통하거나 육십령을 넘어 장수, 서쪽으로 팔령치를 넘어 남원 운봉으로 연결되기는 했지만, 길이 매우 멀고 험했다. 그러나 근래에 들어서 88올림픽고속도로와 대전·통영간 고속도로가 연이어 개통됨으로써 교통의 요충지가 되고 있다. 앞으로도 전주·함양간 고속도로와 울산·함양간 고속도로가 예정되어 있고, 국도도 확장되거나 서로 연결되는 공사를 진행하고 있다. 함양은 이제 사통팔달로 다른 지역과 쉽게 연결되고, 대전, 광주, 대구가 1시간대, 부산이 2시간대, 서울이 3시간대로 연결됨으로써 대도시로부터 쉽게 접근하는 1일 생활권이 되었으며, 그만큼 경제나 문화적인 차이도 점차 줄어들고 있다.

함양군의 인구는 2010년 3월 말 기준으로 40,737명으로, 남자는 19,473명, 여자는 21,264명이다. 이 중에서 65세 이상 노인 인구가 11,230명(남자는 4,144명, 여자는 7,086명)으로 전체의 27.57%를 차지함으로써 노령 인구의 비중이 높은 편이다. 인구의 도시 집중화는 함양군의 인구 감소는 물론 노령 인구의 증가를 부채질하고 있다. 2000년대 중반까지만 해도 함양군은 매년 1,000여 명씩 인구가 감소되었다. 그러다가 최근 함양군의 교통 발달과 개발 입지가 좋아지고, 국제 결혼이민자의 증가 등이 이루어지면서 인구 감소가 약간씩 둔화되고 있다.

함양군 지역에 사람이 살기 시작한 시기는 석기시대나 청동기시대로 추정하지만, 이를 뒷받침할 수 있는 기록이나 유물이 없는 형편이다. 다만 삼한시대에는 이 지역이 변한의 땅이었고, 고분군에서 출토된 유물로 보아 4~5세기 경에 부족국가가 형성되었던 것으로 짐작하고 있다.

함양군은 신라 초기에 속함군(速含郡) 또는 함성(含城)이라 칭했다가 신라 경덕왕 16년(757년)에 천령군(天嶺郡)으로 개칭되었다. 천령군은 현재의 안의면에 해당하는 마리현(馬利縣)을 이안현(利安縣)으로 고쳐 속현으로 두기도 했는데, 이후 다시 거창군의 속현으로 옮기는 등 변화가 있었다. 고려 성종 14년(995년)에는 천령군은 허주도단련사(許州都團鍊使)로 승격되기도 했으나, 현종 3년(1012년)에는 허주도단련사를 함양군(含陽郡)으로 개칭했다가 9년(1018년)에는 다시 현재 부르는 함양군(咸陽郡)으로 고쳐서 합주(陜州)에 예속시켰다. 고려 명종 2년(1172년)에는 함양군을 다시 이안현으로 강등하고, 공양왕 때에는 감음(感陰 : 현 거창군 위천면)에 이속시켜 감무를 두었다. 조선시대에 들어 태조 4년(1395년)에 다시 군으로 승격되었으나, 인조 7년(1629년)에 양경홍의 역모 때문에 또 다시 현으로 강등되기도 했다. 그러다 영조 4년(1728년)부터 12년(1788년)까지 일시 거창현으로 일부 지역이 분리 복속되었다가 영조 5년(1729년)에는 함양부로 승격하면서 안의현을 분리하여 거창과 함양으로 분리 예속시켰다. 정조 12년(1788년)에는 함양부를 다시 군으로 환원하여 도북면(道北面) 등 18개 면으로 행정구역을 나누었다.

일제 강점기인 1914년에 행정구역이 개편되면서 함양군은 13개 면이 되었다. 이때 안의군에 속해 있었던 현내면, 초점면, 황곡면을 합하여 안의면이라 하고, 대대면과 지대면을 합쳐서 대지면이라 하여 함양군으로 이속시켰으며, 산청군과 서상, 방곡의 일부도 함양에 편입시켰다. 그 결과 함양군은 서상면, 서하면, 위성면, 석복면, 마천면, 휴천면, 유림면, 수동면, 지곡면, 병곡면, 백전면, 안의면, 대지면 등 13개 면으로 구성되었다. 1933년 일제는 대지면을 안의면에 병합하여 12개 면으로 하는 등 행정구역 일부를 변경했다. 그러다 해방 후인 1957년에 석복면을 함양면에 병합하여 합양읍으로 승격하였으며, 1973년에는 안의면의 춘전리와 진목리를 거창군 남상면으로 편입시켰다. 이로써 현재 함양군은 함양읍, 마천면, 휴천면, 유림면, 수동면, 지곡면, 안의면, 서상면, 서하면, 백전면, 병곡면 등 1읍 10개 면으로 행정구역이 나누어져 있다.

함양군은 예로부터 충의(忠義)와 효열(孝烈)의 인물들이 많이 배출된 지역이다. 임진왜란과 병자호란, 그리고 정유왜란 때 의병으로 참전하여 순절한 인물들이 많고, 일제 강점기에 항일독립운동에 참여한 이들도 많다. 이는 좌안동 우함양이란 말이 있듯이, 함양은 선비들이 많이 배출된 대표적인 예향으로 충의와 효열의 정신을 중시해 왔기 때문이다. 고려 때의 문신으로 의좋은 형제로 알려진 이백년(李百年)과 이억년(李億年) 형제, 고려 말 유림면에 일시 은거한 것이 계기가 되어 무덤과 목은들, 목은 낚시터가 전해지는 목은(牧隱) 이색(李穡), 예부상서를 역임한 박덕상(朴德祥), 사헌부 대사헌을 역임한 유환(劉懽)과 김광저(金光儲), 그리고 고려 말에 중요 관직에 있었던 박흥택(朴興澤), 김순(金順), 정복주(鄭復周) 등이 고려 때의 함양과 연고를 가진 대표적 인물들이다. 조선시대 때는 아버지 박자

안(朴子安)을 이방원에게 간청하여 죽음을 면하게 한 효자 박실(朴實), 5년간 함양군수를 지냈으며 왕도정치를 꿈꾸다 희생된 김종직(金宗直), 김종직의 문하로 성종 때 홍문관 교리를 지냈으며 당대 충효와 문장과 시로 당대 삼절(三絶)로 불린 유호인(兪好仁), 역시 김종직의 문하로 김굉필(金宏弼)과 동문수학하고 성종 때의 문신이자 도학자였으나 무오사화 때 희생된 일두(一蠹) 정여창(鄭汝昌), 조선 중기에 도승지, 이조참판, 대사헌 부재학 등을 역임한 동계(桐溪) 정온(鄭蘊), 임진왜란 때 선조를 업고 10리를 달려갔다는 장만리(章萬里), 정여창의 후손으로 청렴한 관리로 선정을 베푼 정태현(鄭泰絃), 정여창의 누명을 벗기고자 애쓰는 한편 그를 위해 남계서원을 세운 개암(介庵) 강익(姜翼), 효행을 위해 관직을 사양했던 청백리의 선비 옥계(玉溪) 노진(盧禛), 중종 때 승지, 이조참판을 지내고 명종실록 편찬에 참여한 구졸암(九拙庵) 양희(梁喜), 선조 때 효성이 지극하기로 소문난 선비 우계(愚溪) 하맹보(河孟寶), 소일두(小一蠹)라 불린 정수민(鄭秀民) 등은 함양 출신이거나 연고를 가진 조선시대의 이름난 선비요, 학자들이었다. 이외 시서화(詩書畵)에 뛰어난 재주를 보였거나 효자와 효부, 열녀들이 한둘이 아니다.

함양은 이름난 선비와 학자가 많았던 만큼, 이들이 후학을 교육하거나 강학을 했던 서원, 서당 또는 서재가 많이 있었다. 그러나 대원군의 서원 철폐와 전란 등으로 많이 소실되고 현재까지 남아 있거나 중수한 서원은 소수에 불과하다. 수동면 원평리에 있는 남계서원(灆溪書院)은 우리나라에서 백운동서원 다음에 세워진 서원으로 정여창 선생의 학덕을 기리고 후학을 양성하기 위해 세워진 서원이며, 남계서원 바로 옆에 세워진 청계서원(青溪書院)은 정여창 선생이 김일손의 학업을 위해 지은 것인데 무오사화 때 철거되었다. 1917년에 중건되어 김일손 선생을 배향하고 있으며, 수동면 효리마을에 있는 구천서원(龜川書院)은 조선 초기와 중기의 선비들인 박맹지, 표연말, 양관, 강한, 양희, 하맹보 등을 모신 서원으로 숙종

27년(1701년)에 창건되었으나 고종 5년에 훼손되었다가 1984년에 복원되었다. 그리고 지곡면 개평리에 있는 도곡서원(道谷書院), 병곡면 송평마을에 창건된 송호서원(松湖書院), 지곡면 보산리에 세워진 정산서원(井山書院), 수동면 화산리에 세워진 화산서원(華山書院) 등은 대원군의 서원 철폐령에 따라 훼손되어 복원되었거나 후대에 인물 배향을 위해 세워진 서원들이다. 이외 함양읍 교산리에 세워진 함양향교(咸陽鄉校)는 태조 7년에 창건된 것으로 추정되고 있는데, 선조 30년 정유재란 때 소실된 것을 중건한 것으로 함양의 많은 유생들이 성균관에 들어가기 위해 학문을 했던 장소이다. 아울러 당시 많은 학자와 선비들이 후학을 위해 강학을 했던 백운정사(白雲精舍), 부계정사(扶溪精舍), 구남정사(龜南精舍), 화남정사(華南精舍), 회곡정사(晦谷精舍), 손곡정사(孫谷精舍), 병담정사(屏潭精舍) 등을 비롯하여 여러 정사가 함양에 남아 있다. 근대 이후 함양에는 1902년 함명학교(현 함양초등학교의 전신), 1908년 사립 열신학교(후에 백전보통학교에 흡수), 1910년 의명학교(현 안의초등학교의 전신), 그리고 비슷한 시기에 동명의숙(현 수동초등학교 전신), 사립 함덕학교(후에 지곡보통하교로 흡수) 등이 당시 군과 지방 유지들의 노력으로 설립되어 근대식 신식 교육을 맡았으며, 이외 각종 강습소를 통해 문맹퇴치와 문명개화 교육을 실시했다.

함양은 오랜 역사를 가진 지역으로 국가 지정 문화재와 도 지정 문화재가 많은 편이다. 먼저 국가 지정 문화재로 승안사지 삼층석탑(고려, 보물 제294호), 마천 마애여래입상(고려, 보물 제375호), 함양 석조여래좌상(고려, 보물 제376호), 벽송사 삼층석탑(조선 중종, 보물 제474호), 사근산성(사적 제152호), 황석산성(사적 제322호), 함양상림(천연기념물 제154호), 목현리 구송(천연기념물 제358호), 학사루 느티나무(천연기념물 제407호), 운곡리 은행나무(천연기념물 제406호), 정여창 고택(중요민속자료 제186호), 허삼돌 가옥(중요민속자료 제207호) 등이 있다. 그리고 도 지정

문화재로 이은리 석불(유형문화재 제32호), 승안사지 석조여래좌상(유형문화재 제33호), 금대사 삼층석탑(유형문화재 제34호), 안국사 부도(유형문화재 제35호), 극락사지 석조여래입상(유형문화재 제44호), 용추사 일주문(유형문화재 제54호), 학사루(유형문화재 제90호), 남계서원(유형문화재 제91호), 광풍루(유형문화재 제92호), 일두문집 책판(유형문화재 제166호), 개암문집 책판(유형문화재 제167호) 등이 있으며, 이외 기념물, 문화재 자료, 민속자료 등으로 지정된 문화재가 매우 많다.

조사자가 함양군을 구비문학 조사지로 선정한 까닭은 여러 가지 이유에서이다. 먼저 함양군은 주변의 산청군, 거창군과 더불어 서부 경남 중에서도 북쪽의 산간지역에 해당한다는 점에서 다른 지역보다는 외부와의 교류가 적은 지역으로 구비문학의 전승이 양호할 것으로 기대되었다. 설화의 경우, 지명이나 지형 관련 설화, 호랑이나 도깨비 관련 설화, 사찰 관련 설화 등이 많을 것으로 예상되었으며, 민요의 경우, '어사용' 등의 채록도 기대되었다(실제 조사에서는 '어사용'류의 민요가 일부 채록되었다). 또한 함양군이 남쪽의 지리산, 북쪽의 덕유산 사이에 위치하고, 전북 남원시와 장수군을 경계로 한다는 지역적 특징을 고려할 때, 함양군은 경상권과 전라권의 문화가 접촉되는 지역으로서의 구비문학 특징을 파악할 수 있는 지역으로 판단했다. 이외 함양군의 역사와 문화적 조건과 관련하여, 함양군이 역사적으로 가야문화권 또는 신라문화권에 있으면서 백제문화권과 경계를 이루었던 지역이며, '좌안동 우함양'이란 말이 있을 정도로 유교문화를 숭상했던 지역이란 점도 구비문학 조사를 위한 선정 요건이 되었다. 그런데 전자의 역사적 조건에 따른 구비문학의 특징을 쉽게 파악하기는 어렵겠지만, 유교문화를 가꾼 중심 지역으로 많은 유학자들을 배출하면서 지역 곳곳에 서원, 향교를 지어 향학에 힘쓰게 했으며, 많은 충절비, 효자비, 열부비 등을 세워 충절과 효행을 중시했다는 사실은 인물이나 유적과 관련된 인물설화, 풍수설화 등 많은 이야기를 생성하게 된

배경 요인이 되었다고 보았다. 여기에 함양은 안동과 달리 김종직, 정여창 등 남인 계열의 유가들이 정치적 희생을 당했던 곳이라는 점에서 정치적 소외에 따른 인물의 비극성을 말하면서도 충절과 효행을 강조하는 인물설화들이 다수 채록될 수 있을 것으로 기대되었다. 함양의 총 인구 중에서 65세 이상의 인구가 많다는 점도 구비문학 조사의 좋은 여건으로 고려되었다. 함양군의 총 인구는 2009년 1월 현재 40,555명이며, 이 중 65세 이상이 10,889명으로 전체의 26.87%를 차지했다. 이들 65세 이상의 노령인구가 많다는 사실은 다른 지역보다 구비문학의 조사 성과가 좋을 것이란 기대를 갖게 했다.

함양군의 구비문학 조사는 군지나 읍·면지를 만들 때 1차 이루어진 바 있다. 그러나 이들 구비문학 자료들은 매우 제한된 자료만 보여주고 있는 데다가 구비문학의 전승 상황을 알 수 없도록 부분적으로 가공되어 있는 자료들로 학술적인 목적에서 이용하기에는 부적절하다. 함양군의 구비문학 중 설화는 국고보조금과 함양군비의 지원 아래 함양문화원 김성진 씨에 의해 본격 조사되어 책으로 간행된 바 있다. 『우리 고장의 전설』(함양문화원, 1994)이 그것이다. 여기에 총 60편의 전설과 민담이 수록되어 있다. 김성진 씨는 이후 『간추린 함양 역사』(함양군 함양문화원, 2006)를 편찬하면서, 먼저 낸 책에서 15편의 설화를 골라 재수록하는 한편, '함양의 고유 민요'라 하여 '함양 양잠가', '질굿내기', '곶감깎기 노래', '만병초약', '원수같은 잠' 등 5편의 민요를 수록했다. 그리고 후에 안 사실이지만, 박종섭 씨가 2006년 함양군청의 지원으로 함양군 구비문학 조사를 실시하여, 설화와 민요 자료들을 현장조사하여 채록하여 보고한 자료가 함양군에 보관되어 있었다. 그러나 출판비 등의 문제로 출판되지 못하고 원고 상태로 있는 점이 아쉬웠다.

조사자 일행은 이상의 구비문학 조사 자료를 참고하여 함양군 구비문학 현장조사를 실시했다. 그런데 함양군이 1개 읍 10개 면으로 구성된 매우 넓은 지역인데다, 자연마을이 매우 많아 짧은 시기에 구비문학 현장 조사를 제대로 하기 어렵다는 판단을 하고, 전반기와 후반기로 나누어 현장조사를 실시하기로 했다. 먼저 전반기 조사는 2009년 1월부터 2월까지 주말을 이용하여 실시하되, 수동면, 지곡면, 휴천면, 안의면, 유림면 등 5개 면을 대상으로 조사하기로 했다. 그리고 후반기 조사는, 전반기 조사 때의 미조사 지역인 함양읍, 서상면, 서하면, 마천면, 백전면, 병곡면 등 1읍 5개 면을 대상으로 7월 중에 집중 실시하기로 했다. 먼저 전반기 조사의 조사일정에 따른 조사마을과 조사자료의 개황을 정리하면 다음과 같다.

2009년 1월 17일(토)~19일(월) : 조사자 일행은 먼저 함양군 수동면부터 조사하기로 했다. 조사자 일행 중 한 학생이 수동면 출신이었는데, 그 학생의 부친에게 연락하여 수동면의 상황을 들은 후 조사마을을 정하고 미리 마을 주민의 협조를 부탁해 놓았기 때문이다. 조사자 일행은 오전에 함양읍에 도착하여 함양교육청 근처에 있는 함양문화원을 방문하여 김성진(金聲振 : 1936년생, 남) 원장을 만나 조사의 취지를 말하고, 함양문화원의 도움을 요청했다. 김성진 원장은 조사의 취지에 적극 공감하는 한편 직접 편찬한 『간추린 함양 역사』(함양군 함양문화원, 2006) 등을 비롯하여 조사에 도움이 되는 여러 자료를 제공해 주었다. 오후에는 수동면사무소를 방문하여 구비문학 조사 사실을 알린 후, 조사자로 참여한 학생의 부친인 김해민 씨(1958년생, 남)의 안내로 마을주민이 모여 있는 하교리 하교마을을 향했다. 당일 오후 2시부터 5시까지 3시간 동안 설화 2편과 민요 31편을 조사했다. 다음 날인 1월 18일(일)은 조사팀을 2팀으로 나누어 한 팀은 남계서원과 청계서원이 있는 수동면 원평리 남계마을과 서평마을을 조사하고, 다른 한 팀은 우명리 효리마을을 조사하여 모두 설화 16편과 민요 44편을 모을 수 있었다. 1월 19일(월)에는 오전에 함양군청을 들러 구비문학 조사 사실을 알리고 협조를 구했다. 이날에는 수동면 도북리 도북마을로 가서 민요만 12편 조사하는 것으로 조사를 끝내고 부산으로 향했다.

2009년 2월 7일(토)~9일(월) : 조사자 일행은 수동면 미조사 지역 일부와 지곡면, 휴천면을 조사했는데, 효율적이고 빠른 조사를 위해 조사팀을 1, 2팀으로 나누었다. 2월 7일(토) 조사 1팀은 수동면 내백리 내백마을과 화산리 본통마을을, 2팀은 상백리 상백마을을 조사하여 설화 18편과 민요 69편을 조사하는 성과를 거두었다. 2월 8일(일) 1팀은 지곡면 마산리 수여마을, 창평리 창촌마을, 덕암리 덕암마을을 조사하여 설화 7편과 민요 31편을 녹음했으며, 2팀은 휴천면 목현리 목현마을과 금반리 금반마을을 조사하여 설화 21편, 민요 35편을 채록했다. 그리고 2월 9일(월) 1팀은 지곡면 개평리 개평마을, 2팀은 휴천면 문정리 문상마을을 조사하여 모두 설화 12편과 민요 59편을 제공받았다.

2009년 2월 14일(토)~16일(월) : 조사 1팀은 지곡면, 조사 2팀은 휴천면 미조사 지역을 계속 조사했다. 지곡면을 조사하는 1팀은 2월 14일(토)에는 평촌리 상개평마을, 개평리 오평마을을, 2월 15일(일)에는 공배리 공배마을, 보산리 정취마을과 효산마을을 조사했으며, 휴천면을 조사하는 2팀은 2월 14일(토)에는 동강리 동강마을, 문정리 문하마을, 송전리 송전마을을, 2월 15일(일)에는 대천리 대포마을과 미천마을을, 2월 16일(월)에는 월평리 월평마을을 조사했다. 그 결과 3일 동안 지곡면에서 설화 23편과 민요 101편, 휴천면에서 설화 27편과 민요 195편을 조사하는 성과를 거두었다.

2월 21일(토)~23일(월) : 조사 1팀은 안의면, 조사 2팀은 유림면을 3일 동안 집중 조사했다. 안의면에서는 신안리 동촌마을·안심마을, 하원리 하비마을·상비마을·내동마을, 대대리 두항마을을 조사했으며, 유림면에서는 서주리 서주마을, 화촌리 우동마을·화촌마을, 국계리 국계마을, 대궁리 대치마을·사안마을, 손곡리 지곡마을을 조사했다. 그 결과 안의면에서는 설화가 18편, 민요가 106편으로 설화 조사가 빈약했던 반면, 유림면에서는 설화 51편, 민요 160편으로 설화와 민요가 모두 풍부하게 조사되었다.

2월 28일(토)~3월 1일(일) : 안의면과 유림면 조사를 마무리하기 위해 1박 2일 일정으로 조사를 실시했다. 지난주에 이어서 조사 1팀은 안의면, 조사 2팀은 유림면을 계속 조사했다. 안의면에서는 귀곡리 귀곡마을, 봉산리 봉산마을, 도림리 중동마을, 교북리 후암마을을 조사하여 설화 6편과 민요 81편을 녹취했으며, 유림면에서는 웅평리 웅평마을, 옥매리 옥동마을·차의마을·매촌마을, 손곡리 손곡마을, 유평리 유평마을을 조사하여 설화 2편과 민요 120편을 채록할 수 있었다. 지난주에 유림면에서 설화가 풍부하게 조사되었지만, 이번에는 안의면과 유림면 모두 민요 조사가 풍부하게 이루어진 데 비해 설화 조사는 상대적으로 빈약했다. 설화의 전승이 급격하게 쇠퇴하고 있음을 확인한 셈이다.

전반기 조사에서 미조사 지역으로 남은 병곡면, 백전면, 마천면, 서상면, 서하면, 함양읍을 조사하기 위해 후반기 조사를 7월에 집중 실시했다. 후반기 조사 일정은 다음과 같다.

7월 10일(금) : 병곡면 송평리 송평마을과 연덕리 덕평마을을 조사했다. 설화 12편과 민요 18편을 조사했다.

7월 18일(토) : 병곡면 조사를 계속하여 월암리 월암마을과 광평리 마평마을을 조사하여 설화 16편과 민요 9편을 녹음했다. 민요보다 설화가 더 많이 채록되었다.

7월 19일(일) : 전반기 조사에서 마무리하지 못한 안의면을 최종적으로 조사하기 위해 안의면으로 갔다. 안의면에서 봉산리 봉산마을과 도림리 중동마을을 방문하여 설화 6편과 민요 34편을 조사했다. 이 조사를 끝으로 안의면 9개 마을에서 설화 24편과 민요 187편을 채록할 수 있었다.

7월 20일(월) : 조사자 일행은 조사팀을 두 팀으로 나누어 현장조사를 실시했다. 조사 1팀은 서상면을 조사하기로 하고, 먼저 서상면사무소를 방문하여 현장 조사에 대한 조언과 협조를 구했다. 함양군청에 근무할 때 문화관광계에서 문화재 발굴, 조사를 담당하기도 했던 이태식 면장이 매우 호의적인 협조를 해주었다. 그는 서상면 금당리 방지마을을 먼저 조사하도록 하고 그곳에서 이성하(李性夏, 남, 80세) 노인을 만나볼 것을 조언했다. 이성하 노인은 9편의 설화를 구술하고 2편의 민요를 불러 주었다. 방지마을 조사 후 이성하 노인의 안내로 마을 주변에 있는 논개무덤과 최경회 무덤을 찾아보고 사진도 찍었다. 조사 후 숙소로 돌아오는 길에 정여창 선생 고택을 둘러보기도 했다.

조사 2팀은 마천면을 조사하기로 했다. 마천면사무소에 들러 조사에 대한 협조를 구하고, 먼저 구양리 등구마을을 찾아갔다. 그곳에서 설화 9편과 민요 12편을 들을 수 있었다.

7월 21일(화) : 조사자 일행은 조사팀을 3팀으로 나누었다. 일단 조사자 일행은 후반기 조사 계획을 전달하고 협조를 구하기 위해 함양군청을 방문했다. 그때 함양군청에서는 2006년에 박종섭 씨가 함양군의 지원을 받아 함양군 구비문학을 이미 실시했다는 사실을 알려주면서, 당시 조사·보고한 원고를 보여주었다. 그런데 그 원고는 예산 문제로 출판되지 못하고 있었다. 조사자는 군청의 허락을 받아 원고의 목차를 복사하여 현장조사에 참고하는 것을 허락 받았다. 이 자리를 빌어 박종섭 씨의 노력 덕분에 함양군 구비문학 조사를 한층 쉽게 할 수 있었음을 밝혀둔다.

조사 1팀은 서상면을 계속 조사하기로 하고, 금당리 추하마을과 옥산리 옥산마을을 방문했다. 두 마을에서 설화 9편과 민요 20편을 조사했다. 조사 2팀은 마천면을 계속 조사하기로 하고 의탄리 금계마을을 찾아가서 설화 5편, 민요 22편의 구연을 들을 수 있었다. 한 마을에서 설화와 민요가 비교적 풍부하게 조사된 셈이다. 조사 3팀은 백전면을 새로 조사하기로 하고, 백전면 오천리 양천마을과 양백리 서백마을을 찾아갔다. 그곳에서 설화 18편, 민요 25편을 조사했다.

7월 22일(수) : 조사자 일행 중 한 팀이 사정이 있어 7월 21일 귀가했다가 23일 다시 와서 조사하기로 했다. 따라서 조사팀은 두 팀으로 줄었다. 조사 1팀은 서상면 중남리 수개마을과 맹동마을을 들렀으나 마을의 여성 노인들 대부분이 비닐하우스에 일을 하러 가서 만날 수 없었다. 다만 맹동마을에서 몸이 불편한 신고만단(여, 74세) 제보자를 만나 민요 2편을 겨우 들을 수 있었다. 이후 대남리 오산마을을 들렀으나 마을 노인들이 일을 하러 가서 만날 수 없었다. 그런데 대로마을과 소로마을로 들어가는 입구에서 공공근로를 하고 있던 사람들을 만나게 되었다. 전날 옥산마을의 제보자 한 분이 26번 지방도에서 공공근로를 하고 있는 다른 팀에 민요를 잘 하는 분들이 많다고 일러 준 터였다. 그분이 일러준 대로 26번 지방도로로 가보니 대남리 소로마을과 대로마을, 그리고 도천리 피적래마을에서 온 분들이 일을 하다 잠시 쉬고 있었다. 조사팀은 이들을 만나 짧은 시간에 설화 1편, 민요 14편을 조사할 수 있었다. 조사 2팀은 마천면을 다시 가서 강청리 강청마을과 도촌마을, 덕전리 실덕마을을 조사했다. 그 결과 설화 6편과 민요 25편을 채록했다.

7월 23일(목) : 백전면과 병곡면을 조사하기로 한 팀이 합류하여 다시 3팀이 조사를 진행했다. 조사 1팀은 오전에 서상면사무소에서 이태식 면장을 만나 설화를 조사하고, 서상면을 계속 조사했다. 오후에 서상면 상남리 조산마을로 가서 조사한 후, 상남리 동대마을로 가서 조옥이(여, 77세) 제보자를 찾아 자택에서 민요를 조사했다. 중남리 복동마을과 수개마을을 들렀으나 비닐하우스로 대부분 일을 하러 가서 현장조사를 할 수 없었다.

조사 2팀은 마천면 삼정리 음정마을을 먼저 방문하여 설화 2편을 조사한 후에 1차 방문 시에 설화 조사를 하지 못했던 강청마을로 가서 마을 이장인 표갑준(남, 68세)과 박향규(남, 77세)를 만나 4편의 설화를 구술받았다. 조사 3팀은 백전면 구산리 구산마을, 대안리 대안마을, 평정리 평촌마을 조사을 조사했다. 이들 세 마을에서 설화 27편과 민요 10편을 채록했다. 마을의 지형이나 당제 등과 관련한 설화는 비교적 풍부하게 전승되고 있었으나 민요를 제대로 구송하는 제보자는 없었다.

7월 24일(금) : 조사 1팀은 서하면을 새로 조사하기로 했다. 다만 그 전에 서상면 중남리 수개마을로 갔다. 수개마을을 1차 방문했을 때, 한대분(여, 79세) 제보자의 민요 구연 능력이 뛰어나다는 점을 알고, 이후 두 차례나 찾아갔지만 일을 하러 가서 만나지 못했다. 한대분 제보자와 겨우 연락이 되어 오전에 자택에서 만나 민요를 추가 조사했다. 오후에는 서하면사무소를 방문하여 구비문학 조사 사실을 알리고 협조를 구했다. 그리고 면사무소가 있는 마을인 송계리 송계마을에서 백말달(여, 83세) 제보자를 만나 설화와 민요를 모두 조사했다. 송계마을 조사를 마치고 운곡리 은행마을로 가서 마을 입구에 있는 정자에서 남성 노인들을 대상으로 민요를 집중 조사한 후, 오후 늦게 송계리 신기마을로 와서 마을회관에서 모심기 노래를 비롯하여 창민요를 집중 조사했다.

조사 2팀은 마지막 미조사 지역인 함양읍을 조사하기로 했다. 함양읍 죽곡리 죽곡마을을 먼저 방문하여 조사를 한 후에 죽림리 상죽(상수락)마을과 시목마을을 방문했다. 이들 세 마을에서 설화 22편, 민요 53편을 들을 수 있었다. 비록 3마을에서 조사한 성과이지만, 하루 일정에 설화와 민요를 매우 풍부하게 조사한 셈이다. 조사 3팀은 병곡면 조사를 마무리하기로 하고, 도천리 도천마을과 옥계리 토내마을을 방문하여 현장 조사를 실시했다. 이들 두 마을에서 설화 13편과 민요 30편을 녹음할 수 있었다.

7월 25일(토) : 서상면과 서하면을 조사했던 조사 1팀은 함양읍 조사를 지원하기로 하고, 조사 3팀이 서하면 조사를 이어서 하기로 했다.

조사 1팀은 함양읍 신관리 기동마을·학동마을을 방문하여 마을에서 전해지는 선돌 이야기를 듣고, 백천리 척지마을로 옮겨 노춘영(여, 70세)

제보자로부터 설화 1편과 민요 4편을 들을 수 있었다. 이후 백천리 본백마을로 갔으나 제보자를 만나지 못하고, 신관리 기동마을을 재방문하여 하종희(여, 78세) 제보자로부터 설화 2편의 구술을 들었다. 오후 시간이 남아 신천리 평촌마을과 후동마을을 더 방문하여 3명의 제보자로부터 설화 3편과 민요 3편을 채록했다.

조사 2팀은 전날에 이어 함양읍 죽곡마을을 다시 방문했다. 전날 조사를 통해 김명호(남, 91세) 노인이 설화와 민요 구연에 뛰어난 제보자임을 알게 되었기 때문이다. 김명호 제보자는 많은 나이에도 불구하고 설화 9편과 민요 5편을 구연해 주었다. 오후에는 웅곡리 곰실로 불리는 웅곡마을을 방문했다. 웅곡마을에서 설화 3편과 민요 25편을 조사했다.

조사 3팀은 서하면 조사를 2일째 계속 하기로 했다. 서하면 봉전리 오현마을과 월평마을, 다곡리 다곡마을을 방문했다. 이들 세 마을에서 설화 16편, 설화 36편을 조사하게 되었는데, 세 마을 모두 비교적 활기찬 구비문학의 구연판이 이루어졌다고 할 수 있다.

7월 26일(일) : 조사 1팀은 계속 함양읍 구비문학 조사를 지원했다. 함양읍 교산리 두산마을을 방문했으나 마을회관에 사람들이 없어 조사에 실패하고, 함양향교가 있는 원교마을로 이동했으나 역사 제보자를 만나지 못했다. 점심을 먹고 함양산삼축제가 진행되고 있는 상림공원으로 가서 약초와 산나물을 판매하고 있던 병곡면 원산리 원산마을에서 온 분들을 만났다. 이들 중 2명으로부터 민요 8편을 채록했다. 남은 오후 시간에는 함양읍 삼산리 뇌산마을을 방문하여 4명의 여성 노인들로부터 설화 3편과 민요 22편을 들을 수 있었다.

조사 2팀은 함양읍을 계속 조사하기 위해 여러 마을을 방문했으나 죽림리 내곡마을과 구룡리 원구마을에서 조사가 이루어졌다. 이들 두 마을에서 설화 5편과 민요 53편을 채록했는데, 특히 민요 구연이 활발하게 이루어졌다. 조사 3팀은 서하면을 마무리 조사했다. 미조사 마을인 황산리 황산마을과 다곡리 대황마을을 방문하여 설화 3편, 민요 11편을 들었다.

7월 27일(월) : 함양군 구비문학 현장조사를 마무리하는 날이었다. 조사팀은 두 팀으로 나뉘어 한 팀은 함양유도회를 방문하기로 하고, 다른 한 팀은 함양문화원의 김성진 원장을 만나 설화를 조사하기로 했다. 함양유도회에서 김병호(남, 75세) 노인이 설화 7편을 구술하는 등 여러 분이 설화를 구술해 주었다. 그리고 함양문화원 김성진 원장도 조사의 취지를 잘 알고 11편의 설화를 구술해 주었다.

이상의 조사일정에 따라 함양군의 구비문학을 현장 조사한 결과, 다음 몇 가지 특징적인 사항을 정리할 수 있다.

설화의 경우이다. 첫째, 함양군과 관련된 인물설화가 비교적 많았다. 특히 정여창, 유자광, 논개, 박제현(점술가), 문태서(의병장) 등 지역과 관련된 인물 설화가 폭넓게 전승되고 있었다. 둘째, 산간 지역의 특성상 호랑이, 도깨비, 이무기 관련 이야기가 많이 전승되었다. 지리산 마고할미 설화도 산간지역의 특징과 관련된 설화이다. 그리고 산이 가다가 또는 바위가 떠내려가다 멈춘 이야기 등도 여러 편 채록되었다. 셋째, 지명과 지형 관련 설화 등이 풍부하게 조사되었다. 이들 설화는 대체로 명당 이야기나 풍수 이야기와 얽혀 있는 상태로 전승되고 있었다. 효리마을의 부자들이 망한 이야기는 풍수담과 결합된 대표적인 설화이다. 넷째, 지략담과 바보담 등도 두루 조사되었으며, 특히 여성 노인들로부터 음담패설이 제법 조사되었다. 여섯째, 마을의 당산제 등과 관련한 이야기들이 특히 산간지역인 백전면과 병곡면을 중심으로 풍부하게 전승되고 있었다.

다음으로 민요의 경우이다. 첫째, 노동요인 경우, 농업노동요가 주종을 이루었으며 간혹 길쌈노동요인 베틀 노래, 삼삼기 노래 등이 불렸다. 농업노동요 중에서는 모심기 노래가 마을마다 많이 불렸다. 주로 여성 노인들이 모심기 노래를 불렀으며, 드물게 모찌기 노래를 부르기도 했으나 온전하지 못했다. 남성 노인들도 모심기 노래는 그런대로 알고 있는 편이었으나, 논 매기를 할 때 다른 노래를 하지 않고 모심기 노래를 함께 부른다고도 했다. 드물게 보리타작 노래를 채록할 수 있었다. 길쌈노동요인 베틀 노래를 일부 여성 노인들로부터 들을 수 있었는데, 특이하게 남성 노인 중에도 베틀 노래와 시집살이 노래 등 서사민요를 잘 구연하는 이도 있었다. 이는 남성 제보자 자신의 개인적 취향을 보여주는 것이지만, 민요 구연이 성의 구분을 초월할 수 있음을 보여주는 사례이다. 둘째, 지역적으로 산이 많은 함양이었지만 '어사용'과 같이 산에서 나무를 하며 부르는 노래는 기대 이하였다. 넓게 '어사용' 계열의 노래라 할 수 있는, 전라 동부 산악권을 중심으로 불리는 '산 타령'이 일부 창자를 통해 조사되었다. 셋째, 여성 노인들, 특히 70대 후반 이상의 여성 노인들 중 일부는 '못갈 장가 노래', '쌍가락지 노래', '진주낭군 노래' 등 서사민요를 잘 불렀다. 이에 비해 70대 중반 이전의 여성 노인들은 '노랫가락', '창부 타령', '사발가', '양산도', '길군악' 등 경기민요에 속하는 창민요들을 주로 불렀다. 민요도 시기에 따라 유행하는 노래가 있다는 점을 이번 조사를 통해 한층 실감하게 되었다. 넷째, 유희요로 불리는 동요도 적극 조사함에 따라 다양한 동요가 채록되었다. '종지기 놀이 노래', '다리 세기(용낭 거리) 노래', '두꺼비집 짓기 노래', '잠자리 잡기 노래', '꿩 노래', '풀국 새 노래' 등이 이에 해당한다. 특히 '종지기 놀이 노래'는 단순하지만 처음으로 채록된 노래였으며, '다리 세기 노래'는 마을마다 조금씩 다른 사설을 보여주는 점이 흥미로웠다. 여섯째, 타령류의 민요로 '각설이 타령'을 부르는 창자가 더러 있었고, '화투 노래'는 마을마다 많은 사람들이 알고 있었다. 일곱째, '이 갈이 노래', '객귀 물리는 노래' 등 주술적 성격을 갖는 동요들도 조사되었다.

함양군의 설화와 민요 중에 특징적인 자료를 추가로 제시하면 다음과 같다.

먼저, 설화의 경우, 함양읍 신관리 기동마을의 하종회(여, 78세)가 구술한 '실수로 뱀을 찌른 스님과 인간으로 환생하여 원한 갚으려 한 뱀' 이야기는 특기할 만하다. 이 설화는 사찰 연기 설화에 해당하는 이야기이되, 이야기의 복선이 많고 흥미소가 많은 이야기로 설화성이 풍부했다. 그동안 『한국구비문학대계』에서 조사된 바 있는 '뱀의 정기로 태어난 허적'과 일부 상통되는 이야기이나, 뱀의 인간 환생 설화 중에 인물의 갈등과 화해, 사건의 역전 등 흥미 있는 스토리 전개를 보여줌으로써 화소가 풍부한 이야기라고 할 수 있다. 이야기의 구성은 [부모와 헤어진 아이 스님 되기→스님의 실수로 죽은 뱀→뱀의 정기로 태어난 아이→뱀 아이를 낳은 어머니와 스님의 남매지간 확인→뱀 아이의 스님 되기→스님이 된 뱀 아이의 복수→스승인 스님과 스님이 된 뱀 아이의 화해→절의 번창]으로 연결되어 있다.

다음으로 민요의 경우, 경북 안동에서 조사된 바 있는 '훗사나 타령'(조동일, 『서사민요연구』, 389~393쪽)에 해당하는 민요가 함양군에서 4편 조사, 채록되었다. 서상면 조산마을의 조병옥(남, 83세)과 휴천면 목현마을의 김형숙(여, 72세)이 부른 '훗낭군 타령' 등이 그것들이다. 여기서 특기할 점은 기존 채록 자료에서 나타나는 '이도령-부인(계집)-김도령'의 인물 관계가 함양군의 '훗낭군 타령'에서는 '이도령-춘향-김도령'으로 춘향의 정절 이야기를 역전시키는 서사민요로 불리고 있다는 점이다. 안동의 '훗사나 타령'과 함양의 '훗낭군 타령'의 선후 관계를 말하기 어려우나, 후자의 노래가 춘향 이야기를 역전시킴으로써 노래에 대한 창자나 청중의 흥미와 관심을 더욱 높이고 있다고 말할 수 있다. 그리고 훗낭군을 뒤주에 숨기는 것은 두 노래에서 공통적인데, 전자에서는 뒤주를 태우려고 하는 대신 후자의 노래에서는 뒤주를 낭떠러지에서 떨어뜨리려고 한다. 이 점에서 후자의 노래는 소설 '배비장전'의 모티브를 많이 보여준다. 노래의 기본적 서사 구조는 서로 일치하며, 안동의 '훗사나 타령'에 비해 달거리 형식의 '범벅 타령'이 빠져 있는 형태로 사설이 짧게 이루어져 있다.

1. 수동면

증편 한국구비문학대계 ● 경상남도 함양군

경상남도 함양군 수동면 내백리 내백마을

조사일시 : 2009.2.7
조 사 자 : 박경수, 안범준, 정혜란, 김미라

내백(內栢)마을은 '안잣들'이라고 불린다. 조선시대에 이 마을은 백토면에 속해 있었는데, 그때는 아랫잣돌(下栢石)이라 했다가 1914년 행정구역 개편 때 수동면에 속하게 되었다. 이후 이 마을은 잣돌(또는 잣들)의 안쪽에 있다 하여 안잣들이라 하게 된 것이다. 이 마을은 수동면에서 안의면으로 가는 3번 국도의 북쪽에 위치하고 있는데, 상백마을의 아래쪽에 11번 군도와 만나는 교차 지점에 있어서 교통이 편리한 편이다. 11번 군도로 도북리와 하교리를 거쳐 거창이나 산청으로 빠져나갈 수 있기 때문이다.

이 마을이 언제부터 조성되었는지는 알 수 없다. 옛날 마을 뒤 효막(孝莫)골에서 부자로 살던 지(池)씨 성을 가진 사람이 걸립패들을 피해 이곳으로 와서 은거하기 시작하면서 사람이 살기 시작했다고 한다. 이후 조선조 말에 인동 장씨, 진양 강씨, 신창 표씨 등이 마을로 들어와서 살게 됨으로써 큰 마을을 이루게 되었다고 한다. 내백마을은 이 안잣들과 안잣들에서 2km 동쪽에 '딱밭골'이라는 작은 마을을 포함하고 있는데, 두 자연마을을 합한 마을에 현재는 83가구 240명의 주민이 살고 있다. 주민들은 농사를 짓기도 하지만, 마을 뒤쪽의 낮은 야산을 이용하여 사과, 딸기, 수박, 밤 등 과수 작물들을 재배하며 생활하고 있다.

조사자 일행은 2009년 2월 7일(토) 수동면 구비문학 조사를 마무리하기로 했다. 수동면에서 아직 조사하지 못한 지역이 상백리, 내백리, 죽산리, 화산리였다. 하루에 이들 지역을 모두 조사하기 위해 조사자 일행은 2

팀으로 나뉘어 각자 정해진 지역으로 떠났다. 일단 수동면 상백리로 한 팀이 떠나고, 다른 한 팀이 내백리로 갔다. 조사팀은 미리 내백마을을 방문하기로 하고 마을 이장에게 연락을 취해 놓았기 때문에 마을 노인들을 마을회관에서 쉽게 만날 수 있었다. 그런데 마을회관에는 남성 노인들은 점심을 먹고 일하러 갔는지 몇 명만 방에 있고, 여성 노인들만 모여서 이야기를 하고 있었다. 박옥선이 이야기를 끄집어내면서 조사가 시작되었으며, 이귀딸, 한필순, 전경순 등이 민요 또는 설화를 구연했다. 이중 이귀딸은 민요를 집중 구연하고, 한필순은 설화 2편을 구연한 후 민요도 여러 편 제공했다. 조사 막바지에 강신봉 노인이 들어와서 모심기 노래 1편을 불렀다. 논농사를 주로 하는 마을이었기 때문에 모심기 노래를 많이 불렀으며, 놀면서 부르는 노랫가락 등을 여러 편 채록할 수 있었다. 설화 3편도 여성 제보자로부터 귀하게 취한 자료이다.

내백마을 마을회관

내백마을 전경

경상남도 함양군 수동면 도북리 도북마을

조사일시 : 2009.1.19

조 사 자 : 박경수, 서정매, 정혜란, 김미라, 이진영

　도북(道北)마을은 수동면 한 가운데에서 남북으로 가로지르는 11번 지방도로 변에 위치하고 있는데, 효리에서 북쪽으로 올라가다 보면 만나게된다. 조선시대에는 도북면이 따로 있었고, 면사무소가 있었던 마을이다. 도북이란 명칭은 거창으로 가는 한길의 북쪽에 마을이 있기 때문에 붙여졌다. 1914년 행정구역을 개편할 때 모간면과 백토면 등을 병합하여 수동면을 만들 때 상도북만을 도북리라 하여 수동면에 편입시켰다. 이 마을에는 노씨가 처음 들어와서 살았다고 전해지며, 이후 김씨가 들어왔고, 16세기에는 권씨가 안의에서 이곳으로 이사를 와서 대대로 살게 되었다고한다. 이때 이 마을은 도계천(桃溪川)의 이름을 따서 도계촌(桃溪村)이라

도북마을 마을회관

불렀다고도 한다. 2009년 1월 현재 이 마을에는 100가구 241명이 거주하고 있으며, 쌀농사도 짓지만 사과, 양파, 고추, 밤 등 작물을 심어 농가소득을 올리고 있다.

조사자 일행은 수동면 조사 3일째 되는 날 도북리 도북마을로 향했다. 효리마을 조사가 비교적 성공적이었다고 생각하고, 그 위쪽에 자리잡은 이 마을도 구비문학 조사 환경이 좋을 것으로 예상했다. 마을회관을 방문하니 마을 노인들이 많이 모여 있었다. 먼저 남성 노인들을 대상으로 설화부터 조사했으나 지명에 대한 간단한 설명 정도의 이야기만 나오고 기대하는 이야기는 나오지 않았다. 결국 여성 노인들이 모인 방으로 옮겨 민요판을 벌리게 되었다. 그러나 민요도 몇 명의 제보자를 중심으로 10여 편 채록하는 정도에 그쳤다. 설화는 거의 전승이 중단되다시피 되었고, 민요만 75세 이상의 여성 노인들을 중심으로 근근이 부를 수 있는 정도로 명맥이 이어지고 있었다.

경상남도 함양군 수동면 상백리 상백마을

조사일시 : 2009.2.7

조 사 자 : 황경숙, 조민정

상백마을 마을회관

　이 마을은 수동면과 안의면과의 경계지역 국도변에 위치하고 있다. 이 마을의 옛 이름은 '윗잣들'이다. 윗잣들이라 불린 이유는 예전에 이곳에 잣나무가 많았기 때문이라 한다. 이후 1941년 행정구역 개편 과정에서 옛 지명을 그대로 한자어로 옮긴 상백마을로 불리게 되었다.

　이 마을은 함양의 토박이 성씨인 여씨가 터를 잡아 살기 시작하면서 형성되었다고 한다. 이후 많은 성씨들이 이 마을로 옮겨와 삶의 터를 잡으면서 다양한 성씨들이 어울려 사는 마을로 변하게 되었다 하는데, 조선 세종대에는 한양에서 신창 표씨가, 선조대에는 삼가에서 김녕 김씨가, 효종대에는 양명대군의 후손인 이씨가, 이후로는 초계 정씨 밀양 박씨 동래

정씨 등도 들어와 살았다고 전한다.

역사 자료에 의하면 삼국시대 말기에 이 지방에서 나제(羅濟) 양군의 잦은 충돌이 있었다 하는데, 이 마을에는 그 당시 유적들이 남아 있다. 대표적인 역사 유적지로 삼국시대 말기의 고분으로 추정되는 '상백리 고분군'이 있다. 이 고분은 마을 앞 도로와 남계천 사이에 위치해 있는데, 그 규모면에서도 상당할 뿐만 아니라 단갑(短甲), 괘갑(挂甲) 등이 발굴되어 사료적 가치가 높은 것으로 학계에서 평가되고 있다.

현재 이 마을에는 70가구에 172명이 거주하고 있다. 마을 주민의 대부분은 농사를 짓고 있다. 주요 농작물로 벼, 사과, 배, 양파, 딸기, 밤 등이 있다. 마을 주민들 간의 화합이 잘 이루어져 지금도 3월이 되면 외지로 나간 이들도 마을로 와서 함께 만남의 시간을 갖는다고 한다.

조사 당시 마을 경로당 한 곳에 여러 할머니들이 모여 윷놀이를 즐기고 있었고, 다른 한 곳에는 할아버지 몇 분만이 밖에 앉아 한담을 나누고 있었다. 할머니를 대상으로 한 조사는 윷놀이가 한창인 상황이었던 까닭에 이루어지지 못하였고, 할아버지를 대상으로 한 조사만 이루어졌다.

경상남도 함양군 수동면 우명리 효리마을

조사일시 : 2009.1.18
조 사 자 : 박경수, 정혜란, 문세미나, 이진영

이 마을은 뒷산[승안산, 해발 308m]의 지형이 소가 우는 형세라 하여 '소울리'[지금은 한자로 우명리(牛鳴里)라 함]로 불리게 되었는데, 후에 효자가 많이 난 마을이라 하여 '효리(孝里)'로 불리게 되었다고 한다. 한때 효우동(孝友洞)이라 하기도 했는데, 이 역시 효자 마을을 지칭한 것이다. 조선시대에 이 마을은 효자도 많았지만, 남대문 밖에서 가장 살기 좋은 마을이라 할 정도로 천석군인 부자들이 많이 살았다고 한다.

효리마을은 조선 초기에 남원 양씨가 들어와 터를 잡고 살면서 형성되었다고 한다. 이후 하동 양씨가 쇠퇴하고 하동 정씨가 들어와 정착해서 살았으며, 얼마 후 나주 임씨가 들어와서부터 큰 마을로 성장했다고 한다.

이 마을에는 조선조 숙종 27년(1701년)에 창건된 구천서원(龜川書院)이 있다. 이 서원에는 효리마을 출신으로 한 성종대와 명종대 연간의 학자들인 춘당(春塘) 박맹지(朴孟智), 남계(藍溪) 표연말(表沿沫), 일로당(逸老堂) 양관(梁灌), 금재(琴齋) 강한(姜漢), 구졸암(九拙菴) 양희(梁喜), 우계(愚溪) 하맹보(河孟寶)를 배향하고 있는데, 고종 5년(1868년)에 철폐되었으나, 1984년에 이 마을의 후손들이 제실과 비를 유허지에 세워서 복원했다. 이 마을은 이렇듯 구천서원을 배경으로 많은 인재가 배출되는 등 번창했으며, 조선조 말에는 모간면 소재지로서 면사무소가 있었던 곳이다.

그러나 효리마을은 수동면으로 통합되면서 면사무소를 화산리로 넘겨주게 되었고, 이농 현상이 심각하게 되면서 마을의 위세는 급격하게 쇠퇴하게 되었다. 마을 중앙에 효리초등학교가 있었으나 지금은 폐교가 되었고, 2009년 1월 현재 76가구 192명이 거주하는 작은 마을이 되었다. 마을에는 노인들이 대부분인데, 쌀농사를 짓거나 사과, 배, 양파 등을 재배하고 봄에는 고로쇠액을 채취하면서 살아가고 있다.

조사자 일행은 수동면 조사를 시작한 이튿날 이 마을에 들렀다. 효리마을은 수동면사무소 소재지인 화산리에서 안의면 방향으로 약 4Km를 가다보면 길 오른쪽에 자리잡고 있었다. 이 마을이 오래된 마을이고 효자가 많이 난 마을이라는 점에서 구비문학 조사가 수월할 것으로 생각했고, 마을 이름이 인기 연예인 이효리를 연상하기도 해서 관심을 끌었기 때문에 조사마을로 선정한 것이다. 그러나 이런 기대와 달리 마을회관에는 여성 노인들만 6~7명이 있었다. 조사자 일행이 조사 목적을 말하자 모두 정숙현(여, 75세)이 와야 한다고 했다. 얼마 후 정숙현이 도착하고 나서야 조사가 제대로 이루어졌다. 정숙현이 혼자서 민요 10편을 부르면서 판을 독

구천서원

효리마을 전경

점하다시피 했다.

이 마을의 지형 지세과 연관된 '칼바위 전설'과 우계 하맹보의 후손인 하원룡의 효행담은 주변 지역에서 잘 알려진 설화인데, 이 마을에서 구술되지 않았고 다른 마을에서 조사되었다. 이 마을에서 조사한 설화 3편은 바보 이야기인 재담 2편과 '십 년을 콩나물죽 먹으며 부자 된 함경도 허씨' 이야기이다. 민요는 수 편의 모심기 노래가 있었지만, 화투 타령, 다리 세기 노래, 노랫가락 등 대부분 유희요였다.

경상남도 함양군 수동면 원평리 남계마을

조사일시 : 2009.1.18
조 사 자 : 박경수, 안범준, 문세미나, 조민정

남계마을은 함양군 수동면 원평리에 위치한 마을이다. 수동면사무소가 있는 곳에서 3번 국도를 따라 북쪽으로 약 3km쯤 가면 국도변에서 만나는 마을로, 유명한 남계서원(灆溪書院)과 청계서원(青溪書院)이 마을 중앙과 뒤에 자리 잡고 있다. 남계마을은 남계서원이 있는 곳이라 하여 붙여진 것이다.

남계서원은 일두(一蠹) 정여창(鄭汝昌, 1450~1504) 선생의 학문과 덕행을 기리기 위해 명종 7년(1552)에 지어진 서원인데, 주세붕(周世鵬)이 세운 백운동서원(白雲洞書院, 紹修書院) 다음에 지어진 두 번째 서원이다. 명종 21년(1566)에 '남계'라는 사액이 내려졌다. 정유재란(1597) 때 불타 없어졌다가 광해군 4년(1612)에 현 위치에 다시 지어졌다. 흥선대원군의 서원 철폐 때에도 다행히 보존되었다. 현재 경남문화재자료 제91호로 지정되어 있다.

다음 청계서원은 무오사화로 희생된 점필재(店畢齋) 김종직(金宗直)의 제자로 연산군 때의 학자인 탁영(濯纓) 김일손(金馹孫 : 1464~1498)이 수

남계서원

청계서원

학했다는 서원이다. 1495년 건립될 당시에는 청계정사(青溪精舍)였는데, 1915년 복원하면서 청계서원이라 했다. 1983년에 경상남도문화재 제56호로 지정되었다.

남계마을 구비문학 조사 참여자들 모습

남계마을 사람들은 두 서원이 있는 만큼 학자와 선비의 마을로 자부심이 대단하다. 과거에는 이 마을의 가구 수가 꽤 많았으나 이농 현상으로 가구 수가 크게 줄어 2009년 현재 56가구 138명이 거주하고 있는 것으로 군청 자료에 기록되어 있다. 정일두의 후손들인 하동 정씨와 남원 양씨들이 주민 가운데 특히 많았다. 마을사람들 대부분은 주로 미곡, 양파 등 농작물을 지으면서 살고 있다.

조사자 일행은 수동면 조사 둘째 날인 2009년 1월 18일(일) 오전에 이 마을을 찾아갔다. 미리 마을 이장에게 연락을 취해 놓았기 때문에 마을회관에 노인들이 많이 모여 있었다. 마을회관 방이 남녀로 구분되어 있었기에 조사자 일행은 두 팀으로 갈라져서 양쪽에서 조사를 진행했다. 남자들로부터 설화, 여자들로부터는 민요를 주로 조사했다. 여러 명이 나서서 설화나 민요를 한두 편씩 구연해주는 가운데 양채순, 양화용, 양구용, 정철상 등은 다른 제보자들보다 적극적으로 구연에 임했다. 특히 양채순 제보자는 민요를 거의 혼자 부르다시피 했는데, 16편의 노래를 했다. 양화용, 양구용, 정철상은 많지는 않지만 민요와 설화를 함께 구연했다.

경상남도 함양군 수동면 원평리 서평마을

조사일시 : 2009.1.18
조 사 자 : 박경수, 서정매, 안범준, 정혜란, 문세미나

서평(瑞坪)마을은 '세평마을'이라고도 하는데, 수동면 원평리에 속해 있다. 원평리는 이 서평마을과 남계마을로 구성되어 있는데, 3번 국도를 타고 남계마을에서 안의 방면으로 조금 더 올라가면 서평마을에 닿는다. 그런데 서평마을은 윗서평과 아랫서평의 두 자연마을로 구성되어 있으며, 윗서평보다 아랫서평이 가구 수가 많다. 위아래의 서평마을에는 현재 56가구 124명의 주민이 살고 있다.

서평마을의 동편에는 연화산이 길게 놓여 있고, 서쪽으로는 남천강이 국도와 나란히 흐르고 있다. 이처럼 서평마을은 서쪽 평야지대에 농토를 두고 미곡 농사를 짓는 한편 동쪽의 산을 이용하여 배, 밤 등 작물을 재배하고 있다. 이 마을에는 비지정 문화재로 산 중턱에 망북정(望北亭)이란 정자가 있는데, 이곳에서 북쪽을 바라보고 임금을 그리워했다고 한다. 그리고 윗서평의 뒤편으로 30여만 평의 부지에 (주)한국화이바 함양공장이 들어와 있다. 이 공장은 수동면에 유치된 큰 산업체로 유일한 것이다.

조사자 일행은 오전에 남계마을을 조사한 후에 점심을 먹고 두 팀으로

나뉘어 한 팀은 서평마을, 다른 한 팀은 우명리 효리마을을 조사하기로 했다. 서평마을로 간 조사팀은 윗서평보다 아랫서평이 크고 주민들이 많다는 점에서 아랫서평에 있는 마을회관으로 갔다. 마을회관의 남자들 방에는 4~5명의 노인들이 화투를 치고 있었기 때문에 부녀자들이 모여 있는 방으로 가서 조사 취지를 이야기하고 조사를 시작했다. 부녀자들 방에는 10여 명이 모여 앉아 쉬고 있었다.

서평마을에서는 민요만 조사되었다. 여러 사람이 나서서 민요를 부르기는 해도 설화를 구술하는 이는 아쉽게도 없었다. 박종달, 김분달, 유순자, 이숙자 등이 민요를 개인적으로 부르기도 하고, 함께 가창하기도 했다. 이 마을에서 10여 편의 민요가 조사되었다.

경상남도 함양군 수동면 하교리 하교마을

조사일시 : 2009.1.17
조 사 자 : 박경수, 서정매, 정혜란, 문세미나, 이진영

하교마을은 고유어로 '풋들마을', 도북리의 윗도북과 구분하여 아랫도북 또는 초도북으로 불린다. 마을 대부분이 산지로 둘러쌓여 있는데, 화산리의 면소재지로부터 동북쪽으로 난 지방도로를 타고 약 4Km를 올라가다 신기마을 근처 갈림길에서 11번 군도를 타고 다시 북쪽으로 1.5Km를 더 가야 따라 하는 산골 마을이다. 1914년 행정구역 개편 때 아랫도북과 교항마을 일부를 합하여 하교리라 명명되었다. 하교리는 현재 하교마을과 교항마을로 구분되어 있다. 마을 주변의 자연 명칭으로 흉년 때 밤 두 그릇과 바꾸었다고 하는 두밤들, 절이 있었다는 중산골, 다리가 놓여 있었다는 교항마을 등이 있다.

이 마을에 언제부터 사람들이 들어와 살게 되었는지는 정확하게 알 수 없다. 집에 빈대가 극심하여 이 마을로 들어와 살게 되었다고 전해진다.

하교마을 마을회관

하교마을 구비문학 조사 참여자들 모습

처음 무안 박씨가 터를 잡았다는 설도 있고, 나주 임씨와 하동 정씨가 차례로 들어와 대를 잇고 살게 됨으로써 마을 규모가 갖추어졌다고 한다. 마을 입구에 삼성목(三性木)이란 큰 느티나무가 있는데, 박씨, 임씨, 정씨의 삼성 사람들이 심었다고 하여 그렇게 이름이 붙여졌다고 한다.

조사자 일행은 함양군의 첫 조사지역으로 수동면을 정하고, 수동면에서도 이 하교마을을 처음으로 조사하게 되었다. 조사자 일행은 함양읍에 도착하여 함양문화원장인 김성진(남, 76세)을 만나 함양군의 구비문학 조사를 위해 협조를 요청한 후 수동면사무소로 갔다. 마침 조사자 일행 중에 수동면에 집이 있는 사람이 있어, 그의 부친인 김해민(남, 53세)의 도움을 받아 비교적 쉽게 구비문학 조사를 할 수 있었다. 김해민은 미리 조사목적을 전해 듣고, 이 마을을 조사마을로 우리에게 추천해 주었다.

조사자 일행이 하교마을 마을회관에 도착하자, 미리 마을 이장이 연락을 받고 조사자 일행을 맞아 주었다. 미리 조사 목적이 전달된 탓인지 마을 사람들이 매우 호의적이었다. 마을회관에 있는 어른들에게 인사를 하고 조사를 위한 판을 열었다. 이 마을에서 설화 7편, 민요 43편이 조사되었으니 한 마을에서 비교적 풍성한 자료 조사를 할 수 있었다.

경상남도 함양군 수동면 화산리 본통마을

조사일시 : 2009.2.7
조 사 자 : 박경수, 안범준, 정혜란, 김미라

본통마을은 수동면의 중심지인 화산리에 속해 있지만, 다른 마을들과는 상당히 거리를 두고 산청에서 함양으로 넘어오는 경계 지역의 국도변에 위치하고 있다. 현재 윗본통과 '까막섬'이라 불리는 아랫본통의 두 자연마을로 이루어져 있는데, 국도변의 경계에 위치하고 있는 특성상 여러 곳에서 이 마을로 들어와서 사는 사람들로 구성되어 있다. 처음에는 옥씨

본통마을 전경

성을 가진 사람이 들어와 살기 시작했다고 하며, 이후 김해 김씨 등 여러 성씨를 가진 사람들이 들어와 마을을 이루었다고 한다. 마을이 형성될 초기에는 부흥동이라 했으며, 이 마을에 구렁이가 많다 하여 한때 '구렁억'이라 불리기도 했다 한다. 2009년 2월 현재 51가구 123명이 거주하고 있으며, 수동면의 다른 지역들처럼 미곡, 양파 농사를 짓는 사람들이 대부분이었고, 멜론을 특산 작물로 재배하는 이들도 있었다.

조사자 일행은 2009년 2월 7일(토) 두 팀으로 나뉘어 수동면의 미조사 지역을 조사하기로 했다. 두 팀 중 한 팀은 죽산리와 화산리를 조사하기로 하고 먼저 수동면에서 가장 북동쪽에 위치한 죽산리의 내산마을과 외산마을을 방문했다. 그러나 두 마을 모두 마을회관을 들렀으나 설화나 민요의 제보자를 찾지 못했다. 결국 죽산리 조사는 포기하고 화산리로 향했는데, 수동면에서도 가장 남쪽에 위치한 본통마을로 갔다. 화산리에는 섬동, 미동, 내동, 변동, 분덕, 본통 등 6마을이 있는데, 본통마을을 제외하고 5마을은 모두 면사무소 가까이 위치한 마을들로 구비문학 조사가 힘들 것이라 판단했기 때문이다.

조사자 일행이 본통마을 마을회관을 방문했을 때 여성 노인들만 4~5명 모여 있었다. 이들은 처음에는 노래나 이야기는 다 잊어버리고 아는 것이 없다고 하면서 비협조적이었으나, 대화를 주고받는 사이에 조사 취지를 이해하고 민요를 구연하기 시작했다. 이곳에서 민요 20편과 설화 2편을 조사했다. 이 마을 조사를 끝으로 수동면 조사를 마치게 되었다.

강신봉, 남, 1923년생

주 소 지 : 경상남도 함양군 수동면 내백리 내백마을
제보일시 : 2009.2.7
조 사 자 : 박경수, 안범준, 정혜란, 김미라

강신봉(姜信奉)은 1923년생 돼지띠로 올
해 87세이다. 본은 진주이며, 고향은 현재의
수동면 내백마을이다. 현재 81세의 부인(박
옥선)과 함께 살고 있으며, 5남 1녀의 자식
들은 모두 타지에 나가 살고 있다. 제보자
는 내백마을에서 4대째 살고 있다고 했는
데, 마을에서 노인회장을 역임하는 등 마을
의 가장 큰 어른으로서의 위치에 있었다.

제보자는 학교를 다닌 적이 없으며, 15살 때부터 한동안 품팔이를 하며
힘들게 살았던 적도 있다고 했다. 여성 노인들을 대상으로 진행되고 있는
조사판의 막바지에 와서 모심기 노래 1편을 했다. 젊었을 때 농사를 지으
며 듣고 배웠던 노래라고 했다. 현재는 농사를 짓지 않고 있는데, 농사를
지은 지가 오래되어서 모심기 노래도 가사가 헷갈려서 잘 부르지 못한다
고 했다. 지금도 가끔씩 흥이 날 때 민요를 부른다고 했다.

제공 자료 목록
04_18_FOS_20090207_PKS_KSB_0001 모심기 노래

권오현, 남, 1936년생

주 소 지 : 경상남도 함양군 수동면 도북리 도북마을
제보일시 : 2009.1.19
조 사 자 : 박경수, 서정매, 정혜란, 김미라, 이진영

권오현(權五鉉)은 1936년 쥐띠 생으로 올해 74세이다. 본은 안동이며, 함양군 수동면 도북리 도북마을에서 태어나 계속 거주했는데, 현재 70세인 부인(김정예)과 둘이서 살고 있다. 슬하에 4남 1녀를 두었다. 어렸을 때 일하면서 노래하는 것을 듣고 자연스럽게 알게 되었다고 했는데, 지금은 모두 잊어서 노래할 수 없다고 했다. 조사자의 요청에 어렸을 때 산에서 산비둘기 소리를 흉내내며 불렀던 '풀국새 노래'를 불러 주었다.

제공 자료 목록
04_18_FOS_20090119_PKS_KOH_0001 풀국새 노래

김분달, 여, 1931년생

주 소 지 : 경상남도 함양군 수동면 원평리 서평마을
제보일시 : 2009.1.18
조 사 자 : 박경수, 서정매, 안범준, 정혜란, 문세미나

김분달은 1931년 함양군 마천면에서 태어났다. 올해 79세이다. 남편은 5년 전에 작고했다고 하며, 슬하에 4남 1녀의 자식을 두고 있다. 자식들은 객지에 나가 있고 제보자 혼자 살고 있다고 했다. 학교는 나오지 않았고, 고향인 마천면에서 결혼을 하고 살다가 현재의 수동면 서평마을로 40

년 전에 와서 지금까지 살고 있다고 했다.

제보자는 내성적인 성격인지 노래 부르기를 부끄러워했다. 다른 사람들이 노래를 부르는 중간에 겨우 모심기 노래 1편을 했다. 그러나 다른 사람들이 노래를 부를 때 따라 불렀으며, 자신이 모심기 노래를 할 때는 직접 모심기 동작을 하면서 노래를 불렀다. 노래는 어렸을 때 어른들이 부르는 것을 들으면서 익힌 것이라 했다.

제공 자료 목록
04_18_FOS_20090118_PKS_KBD_0001 모심기 노래

김순분, 여, 1935년생

주 소 지 : 경상남도 함양군 수동면 하교리 하교마을
제보일시 : 2009.1.17
조 사 자 : 박경수, 서정매, 정혜란, 문세미나, 이진영

김순분은 1935년 경남 산청에서 태어나서 자랐다. 나이 16세 때인 1949년에 현재의 수동면 하교마을로 시집을 왔다. 남편은 3년 전인 2006년에 작고했는데, 슬하에 3남 4녀를 두었다. 학교에는 다닌 적은 없다고 했다. 약간 큰 키에 얼굴은 고운 편이었는데, 성격은 처음에는 내성적으로 보였으나 노래를 부르면서 매우 활달하게 바뀌었다.

제보자는 노래판과 이야기판이 한참 진행되는 동안에도 계속 조용히

듣고만 있었다. 그러다 주오점, 박삼순, 임옥남 등이 번갈아 노래를 부르며 노래판이 한창 무르익자 끼어들었다. 박삼순이 '노랫가락'을 다 부르지 못하고 그치자, 제보자가 이어지는 뒷부분의 사설을 불러서 마무리하며 노래판에 참여한 것이다. 조사자가 제보자에게 노래를 잘 한다고 부추기자 계속해서 민요를 불렀다. 목청이 맑은 편이었으며, 노래에 흥이 들어 있었다.

제공 자료 목록

04_18_FOS_20090117_PKS_KSB_0001 노랫가락

04_18_FOS_20090117_PKS_KSB_0002 다리 세기 노래

04_18_FOS_20090117_PKS_KSB_0003 파랑새요 (1)

04_18_FOS_20090117_PKS_KSB_0004 파랑새요 (2)

04_18_FOS_20090117_PKS_KSB_0005 임 그리는 노래

04_18_FOS_20090117_PKS_KSB_0006 청춘가

04_18_FOS_20090117_PKS_KSB_0007 남녀 연정요

04_18_FOS_20090117_PKS_KSB_0008 댕기 노래

김행자, 여, 1931년생

주 소 지 : 경상남도 함양군 수동면 화산리 본통마을

제보일시 : 2009.2.7

조 사 자 : 박경수, 안범준, 정혜란, 김미라

김행자는 1931년 양띠 생으로 경남 삼천포에서 태어났으며, 올해 77세이다. 어렸을 때 일본 동경으로 건너가 초등학교를 다녔으며, 해방 이후 14살 때 국내로 들어왔는데, 한동안 경남 고성, 충무 등 여러 곳을 전전하며 살았다. 택호는 고성댁이다. 결혼을 하고, 현재의 본통마을에서 살게 된 때

는 35살 때부터였다고 한다. 남편은 15년 전에 작고하였고, 아들만 4형제를 두었는데 전국 각지에서 살고 있다고 했다. 민요 2편과 '쥐 시집보내기' 1편을 해주었다. 민요는 어릴 때 듣고 배웠던 것인데, 노래를 부를 때는 즐겁게 흥을 내었다. 설화는 일본에서 초등학교를 다닐 때 배웠던 것이라 했다.

제공 자료 목록
04_18_FOT_20090207_PKS_KHJ_0001 쥐 시집보내기
04_18_FOS_20090207_PKS_KHJ_0001 닐니리야
04_18_FOS_20090207_PKS_KHJ_0002 청춘가

박분해, 여, 1925년생

주 소 지 : 경상남도 함양군 수동면 도북리 도북마을
제보일시 : 2009.1.19
조 사 자 : 박경수, 서정매, 정혜란, 김미라, 이진영

박분해는 1925년 수동면 상백마을에서 태어났다. 올해 84세로 소띠이며, 택호는 잣들댁이다. 남편은 11년 전에 작고했으며, 슬하에 1남 3녀를 두었다. 현재 자식들은 타지에서 살고 있고, 제보자 혼자 집에서 생활하고 있다. 결혼을 하고 하고리 하고마을에서 살다가 현재의 도북마을로 이사를 왔다고 했다. 제보자는 어렸을 때 서당 공부를 3년 하고 중학교도 다녔다고 했다. 남색 티셔츠를 깔끔하게 차려 입고 있었으며, 성격은 활달한 편이었다. '시집살이 노래', '바느질 노래' 등 민요 3편을 부르며 적극적으로 민요 구연에 참여하고자 했으며, 조사자의 질문에 잘 답변하는 등 친절하게 대했다. 어렸을 때 친정어머니의 노래를

많이 듣다 보니 자연스럽게 따라 부르게 되었다고 했다.

제공 자료 목록

04_18_FOS_20090119_PKS_PBH_0001 아기 어르는 노래 / 알캉달캉 노래

04_18_FOS_20090119_PKS_PBH_0002 시집살이 노래

04_18_FOS_20090119_PKS_PBH_0003 바느질 노래

박삼순, 여, 1929년생

주 소 지 : 경상남도 함양군 수동면 하교리 하교마을

제보일시 : 2009.1.17

조 사 자 : 박경수, 서정매, 정혜란, 문세미나, 이진영

박삼순은 1929년 뱀띠로 함양군 유림면 유평리 옥산마을에서 태어나 자랐다. 나이 17세 때에 해방을 맞고 그 이듬해인 1946년에 18세의 나이로 이곳 수동면 하교마을로 시집을 와서 살았다. 올해 나이는 81세로 남편은 6년 전에 작고했으며, 슬하에 1남 6녀를 두었다. 아들은 현재 부산에 거주하고 있고, 딸 셋은 서울에 있다고 했다. 딸 한 명은 목장을 한다고 자랑했다.

학벌은 고향에서 소학교 4년을 다닌 것이 전부인데, 4년 동안 일본어를 배워서 일본어를 좀 안다고 했다. 재산은 30평 정도의 집에 200평 정도의 땅이 있어 농사를 지었으나 지금은 나이가 들어 일은 하지 않고 혼자 지내고 있다고 했다. 제보자는 현재 마을에서 노인회장을 맡고 있는데, 성격이 차분하고 붙임성이 좋아 보였다.

제보자는 노인회장을 맡고 있다는 책임의식 때문인지 다른 사람들에게 노래를 적극 할 것을 권했다. 그러나 본인은 나이가 들어서 목소리가 좋

지 않다고 생각했는지 노래판에 쉽게 나서지 않고 다른 사람이 부를 때 작은 목소리로 따라 불렀다. 조사자가 제보자도 해보라고 적극 권하자 6 편의 노래를 불렀다. 그러나 기억력이 쇠해서인지 조금 부르다 말기도 하고, 다른 사람의 도움을 받아서 부르기도 했다.

제공 자료 목록

04_18_FOS_20090117_PKS_PSS_0002 모심기 노래

04_18_FOS_20090117_PKS_PSS_0003 아기 재우는 노래

04_18_FOS_20090117_PKS_PSS_0004 사발가

04_18_FOS_20090117_PKS_PSS_0005 배추 씻는 처녀 노래

04_18_FOS_20090117_PKS_PSS_0006 노랫가락

박옥선, 여, 1929년생

주 소 지 : 경상남도 함양군 수동면 내백리 내백마을

제보일시 : 2009.2.7

조 사 자 : 박경수, 안범준, 정혜란, 김미라

박옥선은 1929년 뱀띠로 함양군 안의면 황곡리 신당마을에서 태어났다. 택호는 신당마을을 '새말'이라 불러서 새말댁이라 한다. 올해 81세로 현재의 수동면 내백마을로 시집을 와서 계속 살고 있다. 남편은 자신보다 6살 위인데, 87세로 장수하고 있다. 남편과의 사이에 5남 1녀를 두었으며, 자식들은 모두 객지에서 살고 있다. 현재의 집에는 두 노인이 생활하고 있다.

제보자는 나이에 비해 건강하고 밝은 모습이었는데, 항상 웃으며 지낸다고 했다. 성격이 밝아서인지 가장 먼저 이야기를 시작하면서 분위기를

이끌었다. 그가 구술한 설화는 우스개 이야기로 좌중의 웃음을 자아내게
했으며, 민요를 부를 때는 차분하면서도 즐겁게 불렀다. 민요는 어렸을
때 어른들이 부르는 것을 듣고 익힌 것이라고 했다.

제공 자료 목록
04_18_FOS_2000207_PKS_POS_0001 다리 세기 노래
04_18_FOS_2000207_PKS_POS_0002 모심기 노래
04_18_FOT_2000207_PKS_POS_0001 봉사와 벙어리 부부의 의사소통

박우연, 여, 1922년생

주 소 지 : 경상남도 함양군 수동면 우명리 효리마을
제보일시 : 2009.1.18
조 사 자 : 박경수, 정혜란, 문세미나, 이진영

박우연은 1922년 생으로 수동면 가성마
을에서 태어나고 자랐다. 17세 때 효리마을
로 시집을 와서 지금까지 살고 있다고 했다.
올해 88세로 현재 효리마을에서 가장 연장
자라고 했다. 백발의 모습임에도 비교적 건
강해 보였다. 남편은 제보자가 60세 때 작
고했다고 한다. 남편과의 사이에 3남 3녀를
두었다.

조사자가 마을회관의 부녀자들이 모인 방으로 갔을 때는 몸이 아프다
고 하며 누워있다가 잠시 후 일어나 바로 앉아서 노래판에 참여했다. 조
사자가 노래를 부탁하자 처음에는 아는 노래가 없다고 하면서 노래 부르
기를 꺼렸다. 그러나 정숙현이 민요를 부를 때 아는 노래가 나오면 조용
히 따라 부르기도 했다. 노래판이 진행되는 동안 점차 노래에 자신감이
생겼는지 "이런 노래 불러도 되느냐?"고 묻고는 노래를 했다. 정숙현이 노

래를 하다 잠시 쉬는 사이 모심기 노래를 여러 편 불렀다. 이들 노래는 제보자가 젊을 때 일하면서 어른들이 부르는 것을 듣고 배운 것이라 했다.

제공 자료 목록
04_18_FOS_20090118_PKS_PWY_0001 모심기 노래 (1)
04_18_FOS_20090118_PKS_PWY_0002 지초 캐는 노래
04_18_FOS_20090118_PKS_PWY_0003 모심기 노래 (2)
04_18_FOS_20090118_PKS_PWY_0004 모심기 노래 (3)

박종달, 여, 1936년생

주 소 지 : 경상남도 함양군 수동면 원평리 서평마을
제보일시 : 2009.1.18
조 사 자 : 박경수, 서정매, 안범준, 정혜란, 문세미나

박종달은 1936년 쥐띠로 수동면 우명리 가성마을에서 태어났다. 19세 때 현재의 서평마을로 시집을 와서 계속 거주하고 있다고 했다. 올해 74세이며, 남편과의 사이에 3남 1녀의 자식을 두었다. 제보자는 초등학교를 졸업했다고 하며, 성격은 차분해 보였다. 노래가 생각날 때마다 불러 주려고 했는데, 모심기 노래와 아기 재우는 노래를 구연했다. 어릴 때 어른들이 부르는 것을 듣고 따라 부르면서 배운 것이라고 했다.

제공 자료 목록
04_18_FOS_20090118_PKS_PJD_0001 모심기 노래
04_18_FOS_20090118_PKS_PJD_0002 아기 재우는 노래

서미식, 여, 1923년생

주 소 지 : 경상남도 함양군 수동면 우명리 효리마을
제보일시 : 2009.1.18
조 사 자 : 박경수, 정혜란, 문세미나, 이진영

서미식은 1923년 생으로, 유림면 웅평에
서 태어나고 자랐다. 올해 87세로 개띠이다.
남편은 23년 전에 작고했으며, 남편과의 사
이에 1남 1녀의 자식을 두었다. 농사일을
하면서 효리에서 살아가고 있다고 했다. 할
머니는 27살 때 서울로 올라가서 살다가 31
년 전에 이곳으로 돌아와서 살고 있다고 했
다. 할머니가 어렸을 때 소학교를 입학하였

지만, 3년 다니다가 부모님의 반대로 그만두고 집에서 오빠들에게 공부를
배웠다고 했다.

어렸을 때부터 책을 좋아했고 많이 읽었다고 한다. 그러나 나이가 들어
서 다 잊어 먹었다면서 아쉬워했다. 비록 10년을 콩나물죽을 먹고 지내다
부자가 된 사람의 이야기를 했다. 비록 설화 1편을 구연했지만, 차분하게
이야기를 이끌어나갔다.

제공 자료 목록
04_18_FOT_20090118_PKS_SMS_0001 십 년을 콩나물죽 먹고 부자 된 함경도 허씨

신정순, 여, 1931년생

주 소 지 : 경상남도 함양군 수동면 우명리 효리마을
제보일시 : 2009.1.18
조 사 자 : 박경수, 정혜란, 문세미나, 이진영

신정순은 1931년생으로 서상면에서 태어
나서 자랐다. 17세 때 수동면 효리마을로
시집을 와서 현재까지 살고 있으며, 초등학
교를 중퇴했다. 올해 79세로 양띠이다. 남편
은 20년 전에 작고했다고 한다. 남편과의
사이에 2남 5녀의 자식이 있다. 밭농사를
조금 하고 있다고 했는데, 효리마을에서 제
보자가 가장 젊다고 했다.

제보자는 조사의 취지를 잘 이해하고 적극적으로 도와주려고 노력했다.
젊었을 때 어른들이 부르는 민요를 듣기는 했지만 부르지는 못한다고 했
다. 조사자가 옛날이야기라도 아는 것이 있으면 해달라고 하자, 7~8세
때 동네 어른들에게 들었다는 바보 이야기 2편을 했다. 기억력이 좋아서
이야기의 흐름을 비교적 잘 기억하여 구연했다.

제공 자료 목록
04_18_FOT_20090118_PKS_SJS_0001 자기 성도 모르는 바보
04_18_FOT_20090118_PKS_SJS_0002 말뜻을 모르고 엉뚱한 짓을 한 바보

양구용, 남, 1933년생

주 소 지 : 경상남도 함양군 수동면 원평리 남계마을
제보일시 : 2009.1.18
조 사 자 : 박경수, 안범준, 문세미나, 조민정

양구용은 남원 양씨로 1933년 함양군 수동면 원평리 남계마을에서 태
어났다. 닭띠 생으로 올해 77세인데, 3살 연하(74세)인 부인과의 사이에 3
남 1녀를 두었다. 자녀들은 서울, 대구, 의정부에서 살고 있다고 했다. 부
인과 함께 농사를 지으며 생활하고 있다. 초등학교를 다닌 학력을 가지고

있다. 3대째 함양에서 살고 있다고 했으며, 노래와 이야기하기를 좋아했다. 특히 노래를 부를 때는 흥을 내어 춤을 추기도 했다. 민요 2편과 설화 1편을 제공했는데, 민요는 '모심기 노래'의 각편들이며, 설화는 곶감 때문에 호랑이 쫓고 곰 잡은 이야기였다. 적극적인 구연 태도에도 불구하고 치아가 빠져 발음이 새는 바람에 전사하는 일이 쉽지 않았다.

제공 자료 목록

04_18_FOT_20090118_PKS_YGY_0001 곶감 덕분에 호랑이 쫓고 곰 잡은 사람

04_18_FOS_20090118_PKS_YGY_0001 모심기 노래 (1)

04_18_FOS_20090118_PKS_YGY_0002 모심기 노래 (2)

양주용, 남, 1931년생

주 소 지 : 경상남도 함양군 수동면 원평리 남계마을

제보일시 : 2009.1.18

조 사 자 : 박경수, 안범준, 문세미나, 조민정

양주용은 남원 양씨로 1931년 양띠 생으로 함양군 수동면 원평리 남계마을에서 태어났다. 6살 연하(73세)인 부인과의 사이에 3남 2녀를 두었으며, 현재 농사를 지으며 부인과 함께 생활하고 있다. 초등학교를 다녔으며, 500년 가까이 현재의 마을에서 거주했다고 하며 대대로 산 이력을 자랑스럽게 생각했다. 설화 1편을 구술했는데, 부잣집에 장가 간 가난한 집 바보 이야기였다. 이야기를 재미있게 잘 구술했으며, 발음도 정확했다.

제공 자료 목록

04_18_FOT_20090118_PKS_YJY_0001 부잣집에 장가간 가난한 집 바보

양채순, 여, 1934년생

주 소 지 : 경상남도 함양군 수동면 원평리 남계마을
제보일시 : 2009.1.18
조 사 자 : 박경수, 안범준, 문세미나, 조민정

양채순(梁茱順)은 1934년 개띠 생으로 수
동면 원평리 남계마을에서 태어나서 현재까
지 거주하고 있다. 학교에 다닌 적은 없다고
했다. 올해 76세로 남편은 5년 전에 작고했
으며, 슬하에 3남 1녀를 두었다. 아들 2명은
서울에서 거주하고, 1명은 미국에서 거주하
고 있다고 했다.

제보자의 외모는 나이보다 젊어 보였다.
노래를 계속 기억하며 흥을 내어 부르는 제보자의 모습을 통해 기억력과
가창력이 모두 좋다고 느꼈다. 마을회관에서 여성들만 따로 방에 모이게
했는데, 이 자리에서 가장 먼저 민요를 부르기 시작해서 혼자 노래판을
주도하다시피 했다. 노래를 한 편씩 부르고 나서 해설을 붙이기도 했으며,
계속 다른 노래가 생각났는지 민요를 이어서 불렀다. 조사자가 이들 노래
를 언제 배웠느냐고 묻자, 20대의 젊은 시절에 친구 시어머니에게서 노래
를 듣고 배웠다고 했다. 어린 시절 친구들과 놀면서 노래를 많이 불렀다
고도 했다. 제보자가 부른 민요의 종류가 다양했다는 점이 소리꾼으로서
의 자질을 보여준 것이었다.

제공 자료 목록

04_18_FOS_20090118_PKS_YCS_0001 다리 세기 노래
04_18_FOS_20090118_PKS_YCS_0002 모심기 노래
04_18_FOS_20090118_PKS_YCS_0003 베 짜기 노래
04_18_FOS_20090118_PKS_YCS_0004 시집살이 노래 (1)

04_18_FOS_20090118_PKS_YCS_0005 댕기 노래

04_18_FOS_20090118_PKS_YCS_0006 아기 재우는 노래

04_18_FOS_20090118_PKS_YCS_0007 못 갈 장가 노래

04_18_FOS_20090118_PKS_YCS_0008 찡 노래

04_18_FOS_20090118_PKS_YCS_0009 바느질 노래

04_18_FOS_20090118_PKS_YCS_0010 시집살이 노래 (2)

04_18_FOS_20090118_PKS_YCS_0011 봉선화 노래

04_18_FOS_20090118_PKS_YCS_0012 치마 노래

04_18_FOS_20090118_PKS_YCS_0013 아기 어르는 노래 (1) / 불매 소리

04_18_FOS_20090118_PKS_YCS_0014 사발가

04_18_FOS_20090118_PKS_YCS_0015 화투 타령

04_18_FOS_20090118_PKS_YCS_0016 아기 어르는 노래 (2) / 알강달강

양화용, 남, 1936년생

주 소 지 : 경상남도 함양군 수동면 원평리 남계마을
제보일시 : 2009.1.18
조 사 자 : 박경수, 안범준, 문세미나, 조민정

양화용은 1936년생으로 함양읍에서 태어
났다. 올해 74세로 쥐띠이며, 남원 양씨라고
했다. 현재 부인(허정자)과 함께 살고 있는
데, 나이가 10년 연하인 64세라고 했다. 부
인과의 사이에 2남 2녀의 자식을 두었다. 제
보자는 초등학교를 졸업했다고 했다. 지금은
농사일을 하면서 생활하고 있다고 한다.

제보자는 키와 몸집은 작은 편이었지만,
목소리가 큰 편이어서 노래를 불러도 이야기를 해도 잘 들렸다. 나이에
비해 건강하고 젊어 보였다. 남성들만 있는 방에서 일명 '그네 노래'라 하
는 노랫가락 1편과 설화 2편을 구연했는데, 뒤에 여성들만 모인 방으로

옮겨 와서 다시 한번 이 노래를 부른 다음 추가로 일명 '나비 노래'인 노랫가락 1편과 설화 1편을 구술했다. 설화는 돌을 굴려 호랑이를 쫓은 체험담, '나이에 따라 같은 것'이란 우스개 이야기, 그리고 효리마을에 살았던 부자가 상석을 크게 하고 망했다는 이야기였다. 민요 가창력과 설화 구술력을 함께 갖추었으나, 구술한 자료는 민요 2편, 설화 3편뿐이었다.

제공 자료 목록

04_18_FOT_20090118_PKS_YWY_0001 상석을 크게 했다가 망한 효리 부자

04_18_FOT_20090118_PKS_YWY_0002 나이 대에 따라 같은 것

04_18_MPN_20090118_PKS_YWY_0001 돌을 굴려서 쫓은 호랑이

04_18_FOS_20090118_PKS_YWY_0001 노랫가락 (1) / 그네 노래

04_18_FOS_20090118_PKS_YWY_0002 노랫가락 (2) / 나비 노래

유순자, 여, 1945년생

주 소 지 : 경상남도 함양군 수동면 원평리 서평마을

제보일시 : 2009.1.18

조 사 자 : 박경수, 서정매, 안범준, 정혜란, 문세미나

유순자는 1945년생 닭띠로, 함양군 지곡면 공배리 음촌마을에서 태어났다. 올해 65세로 5살 위(70세)인 남편과 함께 살고 있으며, 남편과의 사이에 1남 3녀의 자식을 두었다. 자식들은 모두 객지에 나가 살고 있다고 했다. 배제초등학교를 졸업했다고 하며, 44년 전부터 현재의 원평리 아래서평에서 살았다고 한다. 제보자는 빨간 체크무늬 남방을 입고 뿔테 안경을 꼈다. 처음에는 노래 부르기를 부끄러워했으나 점차 노래판에 익숙해지면서 적극적으로 민요를 구연했다. 노래를 별

도로 배우지는 않았으며, 어렸을 때 어른들이 부르는 것을 듣고 따라 부르면서 알게 되었다고 했다.

제공 자료 목록

04_18_FOS_20090118_PKS_YSJ_0001 다리 세기 노래
04_18_FOS_20090118_PKS_YSJ_0002 시계야 가지 마라
04_18_FOS_20090118_PKS_YSJ_0003 노랫가락 / 나비 노래
04_18_FOS_20090118_PKS_YSJ_0004 아기 어르는 노래 / 알강달강

유을림, 여, 1925년생

주 소 지 : 경상남도 함양군 수동면 도북리 도북마을
제보일시 : 2009.1.19
조 사 자 : 박경수, 서정매, 정혜란, 김미라, 이진영

유을림은 1925년 경남 거창에서 태어났다. 올해 85세로 소띠이며, 택호는 참동댁이라 했다. 제보자는 16세 때 결혼하여 이곳 함양군 수동면 도북마을로 와서 현재까지 살고 있다. 그런데 남편은 제보자가 25세 때 작고하는 바람에 1남 1녀의 자식만 두게 되었다고 했다. 현재 아들네 식구들과 같이 살고 있는데, 주업으로 사과 농사를 하고 있다고 했다. 학교를 다닌 적은 없으며, 성격은 조용하고 차분하게 느껴졌다. 제보자는 어렸을 때는 노래를 많이 불렀는데, 나이가 들면서 거의 잊고 말았다고 아쉬워했다. '아기 재우는 노래', '베 짜기 노래', '모심기 노래' 등 3편을 구연했으며, 아기 재우는 노래를 할 때는 손동작으로 아기를 재우는 모습을 보이기도 했다. 어렸을 때 어른들이 부르는 노래를 듣고 배웠다고 했다.

제공 자료 목록

04_18_FOS_20090119_PKS_YEL_0001 아기 재우는 노래
04_18_FOS_20090119_PKS_YEL_0002 베 짜기 노래
04_18_FOS_20090119_PKS_YEL_0003 모심기 노래

유재순, 여, 1935년생

주 소 지 : 경상남도 함양군 수동면 도북리 도북마을
제보일시 : 2009.1.19
조 사 자 : 박경수, 서정매, 정혜란, 김미라, 이진영

　　유재순은 1935년 돼지 띠로 일본 오사카에서 태어났다고 했다. 그런데 해방되기 전에 함양군 안의면 하원리에서 '생비'로 불리는 상비마을로 와서 살다가 19살 때 현재의 수동면 도북마을로 와서 살았다고 했다. 올해 75세이고, 택호는 생비댁이다. 남편은 5년 전에 작고했으며, 남편과의 사이에 2남 2녀를 두었다. 농사일을 하고 있으며, 초등학교를 조금 다닌 적이 있다고 했다. 성격은 적극적인 편이었지만, 민요는 첫 소절이나 중간 부분의 사설을 제대로 기억하지 못해서 몇 번이나 부르다가 멈추고 말았다. 겨우 일명 '타박네 노래'라 하는 것으로 모심기를 할 때 부르는 노래 1편을 구연했다. 민요는 일하거나 놀 때 어른들이 부르는 것을 들으며 조금씩 배웠다고 했으나, 기억력 때문에 민요 구연의 한계를 느끼게 했다.

제공 자료 목록

04_18_FOS_20090119_PKS_YJS_0001 모심기 노래

이귀딸, 여, 1931년생

주 소 지 : 경상남도 함양군 수동면 내백리 내백마을
제보일시 : 2009.2.7
조 사 자 : 박경수, 안범준, 정혜란, 김미라

이귀딸(李貴達)은 1931년 경남 거창에서
태어났으며 현재 79세이다. 택호는 거창댁
이다. 집안에서 귀한 딸이라 하여 이름을
'귀딸'이라 했다고 한다. 14살(1944년) 때에
현재의 함양군 수동면 내백마을로 시집을
와서 계속 살고 있다고 했다. 남편은 8년
전에 작고했으며, 슬하에 5남 2녀를 두었다.
자식들은 모두 출가하여 부산 등 타지에서
살고 있고, 제보자 혼자 집에서 생활하고 있다.

제보자는 민요 구연이 시작되고 나서도 한동안 조용히 있었다. 그러다
다른 사람들이 조사자가 요청하는 민요를 잘 모른다고 하자 자신이 아는
민요를 한 편씩 하기 시작했다. 이후 제보자는 노래가 생각날 때마다 자
진해서 불렀는데, 노래판이 계속되면서 흥을 내어 즐겁게 불렀다. 이렇게
부른 민요가 모두 8편이다. 내백마을에서는 한필선과 더불어 가장 민요를
잘 부르는 제보자였다. 이야기도 나서서 했지만, 경험담을 이야기한 것이
라서 채록 대상에서 제외했다. 민요는 젊어서 놀 때 부르다가 알게 되었
다고 했다.

제공 자료 목록
04_18_FOS_20090207_PKS_LKD_0001 시어머니 노래
04_18_FOS_20090207_PKS_LKD_0002 청춘가 (1) / 무정한 님
04_18_FOS_20090207_PKS_LKD_0003 모심기 노래
04_18_FOS_20090207_PKS_LKD_0004 청춘가 (2)

04_18_FOS_20090207_PKS_LKD_0005 짓구내기
04_18_FOS_20090207_PKS_LKD_0006 노랫가락 (1) / 그네 노래
04_18_FOS_20090207_PKS_LKD_0007 도라지 타령
04_18_FOS_20090207_PKS_LKD_0008 노랫가락 (2)

이숙자, 여, 1936년생

주 소 지 : 경상남도 함양군 수동면 원평리 서평마을
제보일시 : 2009.1.18
조 사 자 : 박경수, 서정매, 안범준, 정혜란, 문세미나

　이숙자는 1936년 함양읍에서 태어났다. 쥐띠 생으로 올해 74세이다. 현재 2살 위의 남편(임순택)과 20살 때 결혼을 했으며, 슬하에 2남 1녀를 두었다. 자식들은 모두 객지에 나가 살고, 남편과 함께 현재의 집에서 살고 있다고 했다. 함양초등학교를 졸업했다고 했는데, 외모는 나이보다 젊어 보였으며, 성격은 조근 조근 말하는 것으로 보아 차분해 보였다. 다른 사람이 노래를 할 때 따라 부르다가 베 짤 때 부르는 노래를 1편 했다. 결혼 전에 어른들이 부르는 것을 들어서 알게 된 노래라고 했다.

제공 자료 목록
04_18_FOS_20090118_PKS_LSJ_0001 베 짜기 노래

이점석, 남, 1933년생

주 소 지 : 경상남도 함양군 수동면 상백리 상백마을
제보일시 : 2009.2.7

조 사 자 : 황경숙, 조민정

이점석은 1933년 함양군 수동면 상백리 상백마을에서 태어났다. 올해 77세로 매우 점잖은 모습이었다. 오래 전에 외지로 나가 생활했으나 몇 년 전부터 건강이 좋지 않아 고향으로 다시 돌아와 생활하고 있다 하였다. 조사 당시 제보자는 처음에 건강이 좋지 않다며 조사에 응하지 않았다. 조사자가 여러 차례 이야기를 띄워주고 청하기를 반복하면서 조사가 이루어졌는데, 건강 탓에 대부분 자발적인 제보는 없고 질문에 대한 응답 형식으로 이루어졌다. 이렇게 해서 제보자가 구술한 설화가 11편이다.

제공 자료 목록

04_18_FOT_20090207_PKS_LJS_0001 비늘이 없어 용이 못된 깡철이
04_18_FOT_20090207_PKS_LJS_0002 최치원이 심고 가꾼 상림숲과 해인사의 나무
04_18_FOT_20090207_PKS_LJS_0003 아낙네의 말에 가다가 멈춘 마이산
04_18_FOT_20090207_PKS_LJS_0004 경주 석굴암의 쌀바위와 욕심 많은 중
04_18_FOT_20090207_PKS_LJS_0005 저승 갔다 온 어머니
04_18_FOT_20090207_PKS_LJS_0006 두 귀가 찢어진 골무산의 늙은 호랑이
04_18_FOT_20090207_PKS_LJS_0007 암수 용바위의 혈을 자른 일본
04_18_FOT_20090207_PKS_LJS_0008 용추골 신선당 우물
04_18_FOT_20090207_PKS_LJS_0009 명당자리를 일러 주고 벌에 쏘여 죽은 풍수
04_18_FOT_20090207_PKS_LJS_0010 방귀 잘 뀌는 며느리
04_18_FOT_20090207_PKS_LJS_0011 돌문산과 마귀할미

이종태, 남, 1941년생

주 소 지 : 경상남도 함양군 수동면 원평리 남계마을

제보일시 : 2009.1.18

조 사 자 : 박경수, 안범준, 문세미나, 조민정

이종태는 1941년 뱀띠 생으로 함양군 서
상면 중남리 하리에서 태어났다. 본은 합천
이다. 서울에서 8년 정도 살다가 2년 전에
수동면 원평리 남계마을로 이사 와서 살고
있다. 부인은 11년 전에 작고했으며, 슬하에
2남 1녀를 두었다. 농사를 짓고 있으며, 초
등학교를 다닌 학력을 지녔다. 민요 1편을
제공했는데, 주로 여성들이 삼을 삼으면서
불렀던 서사민요의 한 가지인 '못 갈 장가 노래'였다. 어렸을 때 어른들이
부르는 것을 듣고 배운 것이라 했다.

제공 자료 목록

04_18_FOS_20090118_PKS_LJT_0001 못 갈 장가 노래

임옥남, 여, 1931년생

주 소 지 : 경상남도 함양군 수동면 화산리 본통마을

제보일시 : 2009.2.7

조 사 자 : 박경수, 안범준, 정혜란, 김미라

임옥남은 1931년 양띠 생으로 전북 남원
시 산내면에서 태어났다. 16살에 현재 거주
하고 있는 경남 함양군 수동면 화산리 본통
마을로 시집을 와서 계속 살고 있다. 올해로
79세이며, 남편은 39년 전에 여의고 아들 3
명을 힘들게 키웠다고 했다. 현재 자식들은

모두 객지에 나가 살고 있으며, 본통마을 집에서 혼자 생활하고 있다. 학교를 다닌 적은 없으며, 과거에 농사를 지었으나 지금은 나이가 들어 농사일을 하지 못한다고 했다. 민요 2편을 구송했는데, 모두 온전하게 부르지 못했다. 나이가 들어 노래의 사설을 잘 기억하지 못했으나, 자주 웃고 밝은 표정을 지었다. 노래는 과거에 일을 하면서 듣고 익힌 것이라고 했다.

제공 자료 목록
04_18_FOS_20090207_PKS_ION_0001 모찌기 노래
04_18_FOS_20090207_PKS_ION_0002 청춘가

임옥남, 여, 1933년생

주 소 지 : 경상남도 함양군 수동면 하교리 하교마을
제보일시 : 2009.1.17
조 사 자 : 박경수, 서정매, 정혜란, 문세미나, 이진영

임옥남은 1933년 닭띠로 수동면 하교리에서 계속 이곳에서 살고 있다고 했다. 올해 나이 77세로 남편은 이미 작고했고, 슬하에 4남 4녀의 8남매를 두었다고 했다. 민요를 많이 부른 주오점의 올케로 서로 시누 올케 사이다. 자식들은 모두 외지에 있고 혼자 살고 있다고 했다. 제보자는 다른 사람들이 부르는 노래를 한참 동안 듣고만 있다가, 조사자가 제보자에게 노래를 해보라고 권유하자 웃으면서 못한다고 하며 쉽게 나서지 않았다. 노래 부르기를 매우 부끄러워하면서 3편을 불렀는데, 소리에 힘이 없고 발음이 불분명하여 뜻을 정확하게 알기 어려운 노래도 있었다.

임호택, 남, 1932년생

주 소 지 : 경상남도 함양군 수동면 하교리 하교마을

제보일시 : 2009.1.17

조 사 자 : 박경수, 서정매, 정혜란, 문세미나, 이진영

임호택(林虎澤)은 1932년 임신생으로 원숭이띠이며, 수동면 죽산리 일명 '치라골'이라 하는 곳에서 태어났다고 했다. 본은 나주이다. 현재 78세로 3남 3녀를 두었으며, 부인과 함께 농사를 짓는다고 했다. 젊어서 경남 산청군에서도 살았고, 한때 함양읍에서도 살았다고 했다. 현재의 하교마을에는 30년 전에 들어왔다. 재산으로 3,000평의 농토가 있는데, 400평에는 밤을 심고, 나머지 땅에는 농사를 짓는다고 했다. 학교에 다닌 적은 없지만, 책을 보는 것을 좋아했으며, 주위에서 총명하다는 소리를 많이 들었다고 자기 자랑을 했다.

조사자가 도깨비 이야기가 있으면 하나 해 달라고 하자, 죽어서 송사 해결하고 임금이 된 제마무 이야기 1편을 구술했다. 이야기가 길어지자 청중들이 지겨워하며 이야기를 그만 두라고 종용했다. 제보자는 이야기를 잘 알아서 듣는 사람도 있다고 응수하며 청중들과 입씨름을 하기도 했다. 틀니를 하여 구술하는 도중에 틀니가 딱딱 부딪치는 소리가 나서 발음을

잘 알아듣기 어려운 경우도 있었다. 이야기를 재미있게 구술하려고 노력했으나 청중들이 이야기를 빨리 마치라고 종용하는 바람에 결국 마지막 부분을 간략하게 정리하여 끝내고 말았다. 그러나 이야기의 전체 흐름을 놓치지 않고 마무리를 했다.

제공 자료 목록

04_18_FOT_20090117_PKS_IHT_0001 죽어서 송사 해결하고 임금이 된 제마무

전경순, 여, 1930년생

주 소 지 : 경상남도 함양군 수동면 내백리 내백마을
제보일시 : 2009.2.7
조 사 자 : 박경수, 안범준, 정혜란, 김미라

전경순은 1930년 말띠 생으로 함양군 서상면 추하마을에서 태어났다. 20살 때 현재의 수동면 내백마을로 시집을 왔는데, 올해로 80세가 되니 60년 동안 계속 내백마을에서 거주해 왔다. 남편은 12년 전에 작고했으며, 슬하에 2남 4녀를 두었다. 자식들은 모두 객지에서 살고 있으며, 제보자 혼자 현재의 집에서 살고 있다. 학교를 다닌 적이 없어 글을 알지 못한다고 했다. 노래를 잘 못한다며 노래하기를 꺼렸다. 옆에서 다른 제보자들이 노래 부르는 것에 호응을 해주다가 청춘가 곡조에 맞추어 여러 편을 기억해서 불렀다. 노래는 이 마을로 시집을 와서 품앗이 일을 하면서 부른 것이라 했다.

제공 자료 목록

04_18_FOS_20090207_PKS_HPS_0001 청춘가

정경상, 남, 1942년생

주 소 지 : 경상남도 함양군 수동면 우명리 효리마을
제보일시 : 2009.7.27
조 사 자 : 박경수, 문세미나, 이진영, 조민정

정경상은 1942년생으로 올해 68세이다.
부인 임영주와 농사를 지으며 살고 있고,
슬하에 3남 2녀를 두었다. 함양군 수동면
우명리 효리마을이 고향이며, 현재도 계속
거주하고 있다. 현재 함양유도회 회장을 맡
고 있다.

조사자는 제보자를 함양유도회에 오기 전
날인 2009년 7월 26일(일) 오전에 함양읍
교산리 원교마을에 있는 함양향교에서 먼저 만났다. 그때는 향교지를 만
들기 위해 여러 분과 일을 하고 있어서 자세한 이야기를 나누지 못했지
만, 간단히 인사를 하자 함양유도회로 오면 이야기를 잘 하는 분들이 있
다며 일러주기도 했다. 조사자 일행이 다음 날 함양유도회를 방문했을 때
마침 그 자리에 제보자가 있었으며 우리를 반갑게 맞이했다. 제보자는 다
른 사람이 이야기하는 것을 주로 듣는 입장에 있었다. 그러던 제보자는
양태규(남, 82세)가 남원 양씨와 관련된 우명리 효리와 관련된 이야기를
하자 이야기를 끝까지 듣고 난 후에, 자신이 알고 있는 이야기와 다르다
고 하면서 다시 이야기를 했다. 효리마을이 고향인 입장에서 자신이 알고
있는 이야기가 더 정확하다는 것을 은근히 내세우는 입장에서 이야기를
했다. 그러나 전설은 전설일 따름이고 믿을 수 없으며, 사실을 더 중시하
는 입장에서 이야기를 했다. 이외 제보자는 물에 떠내려가다가 멈추었다
는 대고대 바위 이야기와 자신을 무시한 고모를 망하게 한 유자광 이야기
를 했다.

제공 자료 목록

04_18_FOT_20090727_PKS_JKS_0001 세도 부리다 망한 효리의 양씨들과 칼바위

04_18_FOT_20090727_PKS_JKS_0002 물에 떠내려가다 멈춘 대고대 바위

04_18_FOT_20090727_PKS_JKS_0003 자신을 무시한 고모를 망하게 한 유자광

정모임, 여, 1933년생

주 소 지 : 경상남도 함양군 수동면 화산리 본통마을

제보일시 : 2009.2.7

조 사 자 : 박경수, 안범준, 정혜란, 김미라

정모임은 1933년 닭띠 생으로 함양군 유림면 국계리에서 태어났다. 택호는 유림댁이다. 17세에 수동면 화산리 본통마을로 시집을 와서 농사를 지으며 지내왔다. 10년 전에 남편을 여의었으며, 2남 3녀의 자녀들은 모두 객지에서 살고, 본통마을 집에서는 혼자 생활하고 있다. 다른 제보자인 정옥순과는 인척 관계에 있다. 학교는 다닌 적은 없다고 했다. 민요는 5편을 불렀는데, 옛날에 농사일을 하면서 불렀던 노래라고 했다. 박수를 치면서 매우 흥을 내어 노래를 불렀으며, 주위의 호응도 좋았다.

제공 자료 목록

04_18_FOS_20090207_PKS_JMI_0001 노랫가락 (1) / 그네 노래

04_18_FOS_20090207_PKS_JMI_0002 노랫가락 (2)

04_18_FOS_20090207_PKS_JMI_0003 아리랑

04_18_FOS_20090207_PKS_JMI_0004 청춘가

04_18_FOS_20090207_PKS_JMI_0005 개미 타령

정숙현, 여, 1935년생

주 소 지 : 경상남도 함양군 수동면 우명리 효리마을
제보일시 : 2009.1.18
조 사 자 : 박경수, 정혜란, 문세미나, 이진영

정숙현은 1935년 돼지띠로, 수동면 죽산리에서 태어나고 자랐다. 올해 75세이며, 남편 임종권과의 사이에 2남 2녀의 자식을 두었다. 농사일을 하면서 살아가고 있으며, 20살 때 효리로 시집을 와서 현재까지 살고 있다. 초등학교까지 졸업했다고 한다. 지금은 나이가 들어서 잘 놀지 못하지만, 50대까지만 해도 친구들과 어울려 잘 놀았다고 한다. 어렸을 때는 일본 노래도 썩 잘 불렀다고 했다. 평소 흥이 많은 분임을 노래하는 모습을 통해 알 수 있었다.

제보자는 나이가 들어 노래를 많이 잊었다고 했지만, 노래 첫 소절만 들어도 대부분 기억할 정도로 기억력이 좋았다. 옛날 노래나 이야기를 조사한다고 하니 모두 이 제보자가 와야 한다고 말할 정도로 이 마을에서는 소리를 잘 하는 분으로 알려져 있었다. 이 제보자가 오자 노래판이 제대로 만들어졌다. 처음에는 기억이 잘 나지 않는다고 노래하기를 약간 주저했으나, 일단 노래를 시작한 이후부터는 기억이 나는 노래를 적극적으로 했다. 제보자가 부른 민요는 대부분 노랫가락조로 부른 것이다. 노랫가락조로 다양한 사설을 부르는 것으로 보아 구연 능력이 뛰어난 편이었다. 모심기 노래와 다리 세기 노래 등도 곁들어 불렀다.

제공 자료 목록
04_18_FOS_20090118_PKS_JSH_0001 다리 세기 노래
04_18_FOS_20090118_PKS_JSH_0002 모심기 노래

04_18_FOS_20090118_PKS_JSH_0003 백발

04_18_FOS_20090118_PKS_JSH_0004 화투 타령

04_18_FOS_20090118_PKS_JSH_0005 청춘가 (1)

04_18_FOS_20090118_PKS_JSH_0006 신세한탄가

04_18_FOS_20090118_PKS_JSH_0007 원망가

04_18_FOS_20090118_PKS_JSH_0008 청춘가 (2)

04_18_FOS_20090118_PKS_JSH_0009 노랫가락

04_18_FOS_20090118_PKS_JSH_0010 의암이 노래

04_18_FOS_20090118_PKS_JSH_0011 남녀 연정요

04_18_FOS_20090118_PKS_JSH_0012 신세타령요

정연두, 남, 1939년생

주 소 지 : 경상남도 함양군 수동면 상백리 상백마을

제보일시 : 2009.2.7

조 사 자 : 황경숙, 조민정

정연두는 1939년 수동면 상백마을에서 태어나 현재까지 살고 있다. 올해 71세 나이로 매우 정정하고 밝은 모습이었다. 현재 할머니와 함께 농사를 짓고 있으며, 자녀들은 모두 외지에 나가 생활하고 있다. 처음에는 경계심을 갖고 조사 목적을 수차례 확인하였다. 다른 제보자에 대한 조사를 진행하는 동안 줄곧 지켜보기만 하였다. 다른 제보자에 대한 조사를 마친 뒤에야 조사 목적을 이해하고 비로소 조사에 응하였다. 조사가 본격적으로 이루어지자 예전에 민요를 많이 불렀다고 하며 민요를 연이어 불렀다. 모두 24편의 민요와 2편의 설화를 구연했다. 때로는 흥에 겨워 춤을 추기도 하였는데, 주로 목소리를 꺾는 대목에서 흥을 내었다.

제공 자료 목록

04_18_FOT_20090207_PKS_JYD_0001 기우제로 지내는 무제

04_18_FOT_20090207_PKS_JYD_0002 명산에 묘를 파서 비를 오게 한 풍속

04_18_FOS_20090207_PKS_JYD_0001 권주가

04_18_FOS_20090207_PKS_JYD_0002 댕기 노래

04_18_FOS_20090207_PKS_JYD_0003 노랫가락 (1)

04_18_FOS_20090207_PKS_JYD_0004 모심기 노래 (1)

04_18_FOS_20090207_PKS_JYD_0005 모심기 노래 (2)

04_18_FOS_20090207_PKS_JYD_0006 모심기 노래 (3)

04_18_FOS_20090207_PKS_JYD_0007 모심기 노래 (4)

04_18_FOS_20090207_PKS_JYD_0008 남녀 연정요

04_18_FOS_20090207_PKS_JYD_0009 논 매기 노래

04_18_FOS_20090207_PKS_JYD_0010 구멍 타령

04_18_FOS_20090207_PKS_JYD_0011 노랫가락 (2)

04_18_FOS_20090207_PKS_JYD_0012 의암이 노래

04_18_FOS_20090207_PKS_JYD_0013 시집살이 노래

04_18_FOS_20090207_PKS_JYD_0014 청춘가 (1)

04_18_FOS_20090207_PKS_JYD_0015 청춘가 (2)

04_18_FOS_20090207_PKS_JYD_0016 베틀 노래

04_18_FOS_20090207_PKS_JYD_0017 화투 타령

04_18_FOS_20090207_PKS_JYD_0018 노랫가락 (3)

04_18_FOS_20090207_PKS_JYD_0019 노랫가락 (4)

04_18_FOS_20090207_PKS_JYD_0020 노랫가락 (5)

04_18_MFS_20090207_PKS_JYD_0001 출병가

04_18_MFS_20090207_PKS_JYD_0002 각설이 타령

정옥순, 여, 1937년생

주 소 지 : 경상남도 함양군 수동면 화산리 본동마을

제보일시 : 2009.2.7

조 사 자 : 박경수, 안범준, 정혜란, 김미라

　　정옥순은 1937년 소띠 생으로 함양군 유림면 국계리에서 태어났으며

올해로 73세이다. 택호는 국계댁이다. 18세
에 수동면 본통마을로 시집을 와서 계속 거
주하고 있다. 2년 전 남편이 작고하였고, 슬
하에 3남 2녀를 두었으나 모두 외지에서 생
활하고 있다. 다른 제보자인 정옥순의 손아
래 친척 관계에 있다. 학교는 다닌 적은 없
다고 했다.

　제보자는 조사자의 조사 취지를 이해하고
가장 먼저 노래를 불러 주며 적극적으로 민요 구연에 임했다. 목청이 크
고 좋았으며, 노래를 부를 때 흥을 내어 좌중을 즐겁게 했다. '모심기 노
래', '아기 재우는 노래' 등 기능요와 '무정한 오빠 노래' 등 서사민요, 그
리고 여러 편의 동요를 포함하여 모두 9편을 불러 주었다. 이들 노래는
어렸을 때 친구들과 놀며 불렀거나 시집을 와서 일을 하면서 불렀던 노래
라고 했다. 민요 외에 "꼬부랑 할머니"로 시작되는 이른바 '꼬부랑 이야
기'를 재미있게 했다.

제공 자료 목록
04_18_FOT_20090207_PKS_JOS_0001 꼬부랑 이야기
04_18_FOS_20090207_PKS_JOS_0002 모심기 노래 (1)
04_18_FOS_20090207_PKS_JOS_0003 시누 올케 노래 (1)
04_18_FOS_20090207_PKS_JOS_0004 모심기 노래 (2)
04_18_FOS_20090207_PKS_JOS_0005 아기 재우는 노래
04_18_FOS_20090207_PKS_JOS_0006 못 갈 장가 노래
04_18_FOS_20090207_PKS_JOS_0007 시누 올케 노래 (2)
04_18_FOS_20090207_PKS_JOS_0008 다리 세기 노래
04_18_FOS_20090207_PKS_JOS_0009 잠자리 잡는 노래
04_18_FOS_20090207_PKS_JOS_0010 밥 달라는 노래

정지상, 남, 1938년생

주 소 지 : 경상남도 함양군 수동면 원평리 남계마을
제보일시 : 2009.1.18
조 사 자 : 박경수, 안범준, 문세미나, 조민정

정지상은 1938년 호랑이띠 생으로 함양
군 유림면에서 태어났으며, 수동면 원평리
남계마을로 이사를 와서 살고 있다고 했다.
본은 하동이며, 2살 연하인 부인과의 사이
에 2남 3녀를 두었으며, 현재 농사를 지으
며 부인과 함께 지내고 있다. 학력은 초등
학교를 나온 것이 전부라고 했다. 안경을
낀 모습에 깔끔한 외모였는데, 자신이 직접
메모한 것을 보고 노래하기도 했다. 민요 2편과 설화 1편을 제공했는데,
민요는 '모심기 노래'와 '달맞이 노래'이며, 설화는 맞바위와 남계천의 내
력을 이야기한 것이다.

제공 자료 목록
04_18_FOT_20090118_PKS_JJS_0001 맞바위와 남계수의 내력
04_18_FOS_20090118_PKS_JJS_0001 뱃놀이 노래
04_18_FOS_20090118_PKS_JJS_0002 모심기 노래

정철상, 남, 1931년생

주 소 지 : 경상남도 함양군 수동면 원평리 남계마을
제보일시 : 2009.1.18
조 사 자 : 박경수, 안범준, 문세미나, 조민정

정철상은 1931년 양띠 생으로 함양군 원평리 남계마을에서 태어났다.
본은 하동이며, 하동 정씨인 정여창의 후손임을 자랑스럽게 생각하고, 정

여창의 효성에 대한 이야기를 하기도 했다. 젊어서 군에 갔다 오고, 부산에서 2년 거주한 기간을 빼고 고향인 남계마을에서 계속 거주했다. 1살 연하인 부인과 함께 살고 있는데, 슬하에 2남 4녀를 두었다. 4녀 중 한 여식이 조사자가 있는 대학의 중국어과를 졸업했다 하며 조사자 일행을 친근하게 맞이했다. 학력은 초등학교를 다녔다 하며, 생업으로 농사를 짓고 있다고 했다.

　마을회관에 모인 노인들 중에 가장 나이가 많았는데, 민요와 설화를 적극 구연하려고 노력했다. 민요로는 '베틀 노래' 1편을 불렀으나 중간에 가사를 기억하지 못해 대충 마무리했다. 설화는 정여창의 효성을 말하는 일화로 비로 불어난 남계천의 강물을 줄어들게 하여 모친상을 치른 이야기와 효리의 남원 양씨 부자들이 세도를 많이 부려 효리의 좋은 터를 지키지 못하고 망하게 되었다는 이야기를 흥미진진하게 구술했다. 민요보다 설화의 구연 능력이 좋았다. 나이에 비해 발음이 분명했으며, 이야기는 거짓말이라 하면서도 이야기가 갖는 윤리성을 중시하여 인물전설과 지명전설을 구술한 것으로 판단된다.

제공 자료 목록
04_18_FOT_20090118_PKS_JCS_0001 강물을 줄어들게 한 정일두와 '낭개수'
04_18_FOT_20090118_PKS_JCS_0002 세도 부리다 망한 효리의 남원 양씨들
04_18_FOS_20090118_PKS_JCS_0001 베틀 노래

주오점, 여, 1934년생

주 소 지 : 경상남도 함양군 수동면 하교리 하교마을
제보일시 : 2009.1.17

조 사 자 : 박경수, 서정매, 정혜란, 문세미나, 이진영

주오점은 1934년 개띠로 수동면 하교마
을에서 태어나서 계속 같은 곳에서 살았다
고 한다. 남편은 자신보다 7살 위인데, 42살
때 작고했으며, 슬하에 2남 3녀를 두었다.
현재 작은 아들과 함께 살고 있는데, 아들
농사를 도우면서 지낸다고 했다. 다른 제보
자인 임옥남과는 시누 올케 사이인데, 친정
과 시댁이 모두 하교마을에 있는 셈이다.

제보자는 특별히 노래를 따로 배운 적은 없으나 노래에 흥미가 있어서
좋아했다고 했다. 그래서 그런지 하교마을에서 가장 돋보이는 소리꾼으로
알려져 있었으며, 실제 노래판을 독점하다시피 하며 노래를 불렀다. '모심
기 노래'를 비롯하여 '노랫가락', '양산도', '노들강변', '베틀노래', '시집
살이 노래' 등 부르는 노래도 다양했다. 혼자 단정한 모습으로 앉아서 노
래를 했는데, 틀니를 했지만 발음도 분명하고 목청도 좋았다. 노래를 듣
는 청중들이 모두 노래를 잘 한다고 칭찬을 할 정도였다. 노래를 부르는
중간에 임호택이 이야기를 하나 하자, 자신도 간단한 이야기 하나 하겠다
면서 민담 1편을 구술했다.

제공 자료 목록
04_18_FOT_20090117_PKS_JOJ_0001 이야기 잘 해서 사위된 사람
04_18_FOS_20090117_PKS_JOJ_0001 창부 타령 (1)
04_18_FOS_20090117_PKS_JOJ_0002 모심기 노래 (1)
04_18_FOS_20090117_PKS_JOJ_0003 양산도
04_18_FOS_20090117_PKS_JOJ_0004 시집살이 노래 (1)
04_18_FOS_20090117_PKS_JOJ_0005 창부 타령 (2)
04_18_FOS_20090117_PKS_JOJ_0006 삼 삼기 노래
04_18_FOS_20090117_PKS_JOJ_0007 베 짜기 노래

04_18_FOS_20090117_PKS_JOJ_0008 창부 타령 (3)

04_18_FOS_20090117_PKS_JOJ_0009 모심기 노래 (2)

04_18_FOS_20090117_PKS_JOJ_0010 모심기 노래 (3)

04_18_FOS_20090117_PKS_JOJ_0011 시집살이 노래 (2)

04_18_FOS_20090117_PKS_JOJ_0012 모심기 노래 (4)

04_18_FOS_20090117_PKS_JOJ_0013 화투 타령

04_18_FOS_20090117_PKS_JOJ_0014 사발가

표업순, 여, 1927년생

주 소 지 : 경상남도 함양군 수동면 도북리 도북마을

제보일시 : 2009.1.19

조 사 자 : 박경수, 서정매, 정혜란, 김미라, 이진영

표업순은 1927년 토끼 띠로 수동면 내백에서 태어났다. 올해 83세이며 택호는 내국댁이다. 남편은 3년 전에 작고했으며, 남편과의 사이에 2남 3녀를 두었다. 현재 자식들은 다 객지에서 살고 있고, 할머니 혼자 마을에서 살고 있다. 18세 때 결혼하면서부터 현재의 수동면 도북에서 살기 시작했다고 했다.

제보자는 노래를 많이 알았지만 나이가 들어서 다 잊고 말았으며, 옛날에는 일 하느라 바빠서 노래할 시간도 없었다고 말했다. 노래가 한창 진행되면서 노래판이 무르익자 일명 '의암이 노래'를 부르며 참여했다. 노래판의 막바지에 조사자의 요청에 따라 어렸을 때 불렀던 '이갈이 노래', '배 내리는 노래', '종지기 돌리기 노래' 등 3편도 했다. 많은 나이와 달리 노래는 힘차고 발음도 분명했다. 어렸을 때 어른들 어깨너머로 노래를 들으면서 흥얼거리고, 친구들과 같이 불렀다고 했다.

제공 자료 목록

04_18_FOS_20090119_PKS_PUS_0001 의암이 노래

04_18_FOS_20090119_PKS_PUS_0002 이갈이 노래

04_18_FOS_20090119_PKS_PUS_0003 배 내리는 노래

04_18_FOS_20090119_PKS_PUS_0004 종지기 돌리는 노래

한필순, 여, 1932년생

주 소 지 : 경상남도 함양군 수동면 내백리 내백마을

제보일시 : 2009.2.7

조 사 자 : 박경수, 안범준, 정혜란, 김미라

한필순은 1932년생으로 원숭이띠이며 올
해 78세이다. 함양군 백전면에서 태어나 18
살 때 수동면 내백마을로 결혼을 하면서 왔
다. 택호는 희재댁이다. 남편은 11년 전에
작고했으며, 현재 집에서 혼자 살고 있다.
슬하에 4남 1녀를 두었는데, 모두 객지에서
생활하고 있다. 마을에 도로가 생기기 전에
는 마을회관 앞쪽에 살았는데, 도로가 생기
면서 마을 안쪽으로 집을 옮겨 살게 되었다고 했다. 어렸을 때 야학을 다
니면서 글을 조금 배웠다고 했다.

제보자는 민요의 구연 능력이 특히 뛰어났다. 민요를 많이 알고 있는
듯 했으며, 기억이 나는 노래를 연달아 불렀다. 다양한 종류의 민요를 구
연했으며, 노랫가락의 곡조에 맞추어 다양한 사설의 노래를 부르기도 했
다. 박수를 치면서 흥겹게 노래를 부르는 모습이 특히 인상적이었다. 설
화는 어렸을 때 부친으로부터 들은 것이라고 하면서 어른을 골려준 재치
있는 아이의 이야기를 2편 이어서 했다.

제공 자료 목록

04_18_FOT_20090207_PKS_HPS_0001 부잣집 어른을 골려 준 아이

04_18_FOT_20090207_PKS_HPS_0002 고을 원을 골려 준 아이

04_18_FOS_20090207_PKS_HPS_0001 노랫가락 (1)

04_18_FOS_20090207_PKS_HPS_0002 아기 재우는 노래

04_18_FOS_20090207_PKS_HPS_0003 노랫가락 (2)

04_18_FOS_20090207_PKS_HPS_0004 의암이 노래

04_18_FOS_20090207_PKS_HPS_0005 화투 타령

04_18_FOS_20090207_PKS_HPS_0006 첫날밤 노래

쥐 시집보내기

자료코드 : 04_18_FOT_20090207_PKS_KHJ_0001
조사장소 : 경상남도 함양군 수동면 화산리 본통마을 마을회관
조사일시 : 2009.2.7
조 사 자 : 박경수, 안범준, 정혜란, 김미라
제 보 자 : 김행자, 여, 77세
구연상황 : 제보자는 민요를 몇 편 부른 다음, 자진해서 이 이야기를 구술했다.
줄 거 리 : 쥐가 새끼를 시집보내야 하는데, 가장 좋은 배필을 구하려고 했다. 달님에게
　　　　 가니 자기보다 더 좋은 곳을 가보라고 했다. 이렇게 해서 바람님, 구름님 등
　　　　 을 차례로 찾아 가서 물었다. 마지막으로 구름님에게 가서 물으니, 자신보다
　　　　 더 좋은 배필은 쥐라고 했다. 결국 쥐는 쥐에게 시집을 갔다.

　쥐가, 쥐가 엄마 아빠가 있는데, 생쥐를 낳았는데, 쥐새끼를 시집을 보
내야 되는데, 그 쥐새끼를 갖다,

　"오데(어디)다가 시집을 보낼까?"

　이랑께네,

　"하느님, 달님한테 가 가지고 시집보내라"고 곁에 사람이 그래 말해주
는데, 그래서 인자 달님한테 가서,

　"이리이리 해서 우리 딸이 있는데, 시집을 보내야 될긴데 맡아 주라."
고 이랑께네,

　"내캄(나보다) 더 착하고 저 야문(야무진) 사람이 있으니, 그 사람한테
보내시라."고 그랑께네, 그리 저 딴 데 행님한테 갔지.

　행님한테 가 가지고,

　"우리 딸을 맡아 주라."

　이라(이리) 하이께네,

"내카마 더 그한 사람이 있으니카네, 그 사람인테 말을 하라."고 이라니께네, 또 그 사람한테 또 간께네, [잠시 생각하며] 그 저저 뭐꼬,

"바람아, 바람님한테 가라."고 이란께네, 그 사람한테 간께, 바람님한테 간께네,

"이리 뭐꼬 내카마(나보다) 더 똑똑한 사람 있은께네, 구름한테 가라."고 또 시키는 기라. 그래 또 구름한테 가 가지고, 인제 돼 가지고,

"내 딸을 맡아주라."고 이라니께네, 그래 인자 그러께,

"내카마 더 뭐꼬 야무진 사람이 있은께네, 그 사람한테 시집보내라."고. 그래 인자 자꾸, 내리 내리 인자 자꾸 그래 가지고, 인자 그냥 난중(나중)에는,

"내카마 더 센 기(것)는 쥐니, 쥐, 쥐한테 인자 시집보내라."고 이라거든요.

그러니 결국엔 쥐한테 시집갔답니다.

봉사와 벙어리 부부의 의사소통

자료코드 : 04_18_FOT_20090207_PKS_POS_0001
조사장소 : 경상남도 함양군 수동면 내백리 내백마을 마을회관
조사일시 : 2009.2.7
조 사 자 : 박경수, 안범준, 정혜란, 김미라
제 보 자 : 박옥선, 여, 81세
구연상황 : 조사자가 제보자에게 아는 이야기가 없느냐고 묻자 처음에는 없다고 했다. 조사자가 다른 마을에서 들은 아버지를 새장가 보낸 아들 이야기를 하자, 제보자가 이 이야기를 했다. 청중들이 모두 웃으면서 재미있게 이야기를 들었다. 구비문학 조자는 제보자의 이 이야기로부터 시작되었다.
줄 거 리 : 봉사 남편과 벙어리 부인이 살았다. 동네에 불이 났는데, 벙어리 부인이 가서 불을 끄고 왔다. 봉사 남편이 불이 난 장소를 묻자, 벙어리 부인이 입을 두드려서 알게 했다. 다시 손해의 정도를 묻자 자신의 음부를 손으로 두드려서 알

게 하고, 마지막으로 불이 나서 어떤 상황이 되었는지 묻자, 봉사 남편의 붕알을 두드려서 상기등만 남았음을 알게 했다. 이렇게 봉사와 벙어리 부부는 서로 소통하며 살았다.

남자는 봉사고, 여자는 버버리(벙어리)거든요. 둘이 내홀(내외간에) 살았는데, 그래 인제 이래 동네에 불이 났거든요.

그런께네 여자는 버버린께네 불 끄러 가고, 남자는 못 가잖아요, 봉산께. 그럼 이제 갔다 오니께,

"오데 불이 났던고?" 칸게네, 자기 영감 입을 톡톡 두드린께,

"입덕덕님집에 불이 나." [일동 웃음]

"그럼 손해를 얼마나 봤을고?"

자기 [손으로 자신의 가랑이 사이를 가리키며] 여를 영감 손을 톡톡 두리린게,

"십만 원 어치를 손해를 봐." [일동 웃음]

"근데 또 손해를 얼마나 봤던고?" 칸께, 자기 붕알을 갖다 톡톡 뚜드린께,

"아 상지동(상기둥)만 남았던가베." [일동 웃음]

(조사자 : 상지독, 상지독?)

상지동만 남았어. 그러이 눈치를 둘이 다 버버리하고 봉사하고 둘이 그리 맞춰서 살았더래요.

(조사자 : 아, 그래 해도 다 서로 둘이 다 통하네 그죠?)

그래 서로 통한께, 그래 버버리는 쫓아거서 불을 끄지만, 봉사는 못 가거던요.

그래 마 봉사가 마 그래 물은께, 하나도 틀림없이 딱 십만 어치 손해가고 상지둥만 남았더래요. [일동 웃음]

십 년을 콩나물죽 먹고 부자 된 함경도 허씨

자료코드 : 04_18_FOT_20090118_PKS_SMS_0001
조사장소 : 경상남도 함양군 수동면 우명리 효리마을 마을회관
조사일시 : 2009.1.18
조 사 자 : 박경수, 정혜란, 문세미나, 이진영
제 보 자 : 서미식, 여, 87세

구연상황 : 민요를 듣고 나서, 재미있는 이야기가 있으면 해달라고 했더니 제보자가 나서
　　　　　서 이 이야기를 했다. 이야기를 다 듣고 나서 조사자가 언제 이 이야기를 들
　　　　　었느냐고 묻자 어렸을 때 들었다고 했다.

줄 거 리 : 함경도 이주에 사는 허씨가 장가를 갔지만 매우 가난하게 살았다. 허씨는 형
　　　　　과 동생 부부에게 힘들게 살더라도 10년만 기다려 달라고 했다. 허씨 부부는
　　　　　10년 동안 콩나물죽을 먹고 지내기로 결심을 했다. 그러면서 낮에는 품팔이
　　　　　를 하고 밤에는 새끼를 꼬면서 열심히 일했고, 부부는 집에 들어올 때마다 돌
　　　　　하나씩 가지고 와서 마당에 놓았다. 9년째 되던 해 형과 동생 내외가 와서 부
　　　　　인이 모처럼 밥을 해서 내놓았다. 그러자 허씨는 밥상을 빼앗고 다시 죽을 끓
　　　　　여 오라고 했다. 형과 동생 내외가 너무 한다고 하면서 떠났다. 10년이 되던
　　　　　때 재산을 많이 모았다. 동생에게 천석, 형에게 이천 석을 주고 큰 잔치를 했
　　　　　다. 그리고 마당에 쌓아둔 돌무더기에서 광채가 나서 보니 생금덩이가 있었
　　　　　다. 이 생금덩이를 나라에 팔아서 큰 부자가 되었다.

내 이야기 한 마디 하께.

함경도 이주에 허씨 양반이 한 분 살았는데,

(조사자 : 아하.)

어떻게 가난하던지, 때빔백을 못하는 기라(정확한 뜻을 알 수 없으나,
"끼니때마다 제대로 먹지 못 한다"는 뜻으로 말한 것으로 보임).

그래서 삼 형제뿐이라. 그래서 장개(장가)를 갔는데, 삼 형제가 다 장개
를 갔는데, 묵고 살 게 없어. 그래서,

"형수씨하고, 형님하고도 친정으로 가서 묵고 사시오. 제수씨하고 동상
도 처갓집에 가서 묵고 좀 살아라. 십 년만."

나하고 인자 자기 마누래하고는 남아갖고 인자 결심을 한 기라. 그날부

터 결심을 어째 하느냐? 인자 저 마누라가 데꼬(데리고) 온 행랑 몸종이 있었어. 개는 콩나물죽을 십 년을 낋이(끓여) 먹자고 마누라하고 약속을 했었어.

그래 약속을 해 갖고 그날부터 콩나물죽을 끓있는 기라. 콩나물죽을 낋여갖고 그 애씨(아씨) 따라온 행랑 아이는 한 그릇을 주고, 어른 따라왔다가 배 굶이면 안 된다고 한 그릇을 주고, 자기는 한 그릇 갖고 내외가 갈라 묵은 기라. 한 그릇도 다 못 묵고.

그래서 십 년을 콩나물죽을 낋이 먹으면서 밤낮으로 바깥에 나가서 인자 일을 하는 기라. 품팔이를 해서 밤이면 새끼 꼬아서 팔고, 낮으로는 품팔이 해서 모으고, 갔다가 들어오면 마누라하고 자기고 빈손으로 안 들어오고, 돌목 요만한 돌목 하나라도 꼭 들고 들어와. 들고 들어와서 마당 귀퉤(귀퉁이)에다가 던지고 던지고 그랬거든.

그랬는데, 십년이 안 되고 구년이 됐는데, 살림을 많이 모았어. 동상(동생) 천 석, 행님 이천 석, 자기 삼천 석, 이리 모았는데. 아 인자, 처가살이 갔던 행님도,

"저렇기 부자가 됐은께 가보자."

두 내외가 오고, 처가살이 갔던 동생 내외도 또 와보고 그랬거든. 옹께, 마누라가 모처럼 시아버지하고 모도 시동상이 왔은께,

"모처럼 밥을 한 때 하자."

밥을 했거든. 밥을 한께, 이 결심한 남편이 밥상을 받은, 형님 밥상 받은 걸 도로 내쫓아.

"콩나물 옇고(넣고) 죽을 낋이 오이라. 밥을 이래 넣고 죽을 낋이 오이라."

형님도 울고 가고,

"저놈이 이렇게 재산을 많이 모아 놓고, 형님이 구 년만에 왔는데, 밥 한 때 해준 걸 밥상을 뺏아서 내쫓는다. 이놈! 괘씸한 놈!"

울고, 형수도 울고 가고, 행님도 울고 가고, 제수씨도 동상도 다 울고 가는 기라. 받은 밥상을 빼뜰어서(빼앗아서) 죽 끓이 오라고 하니까, 서러워 가지고.

그래서 십 년 딱 되던 날, 되던 날, 꽃가마를 가지고 행랑 끝으로 시켜서, 신기 가마를 태워서 행님 형수 모셔 오고, 제수씨 동상도 모셔 오고, 돼지 잡고, 소 잡고, 온 동네 잔치를 하고, 동상 천 석, 행님 이천 석, 자기가 삼천 석. 그래 가지고 인자 아이 어째서 그래 십 년이 다 됐는데, 어째서 그래 벼락부자가 됐느냐?

저녁을 먹고 새끼를 꼬고 이래 앉아인께(앉아 있으니까), 돌무디기에. 날마다 갔다 오면 돌을 하나씩 갖다 던지니까 마당 구석에, 돌무디기가 이런 기라. 많애.

아이 저녁을 먹고 새끼를 꼬옴서 이래 처다보면 돌무더기에서 흰-한 광채가 나고-, 가까이 가보면 없고, 또 새끼를 꼬오다 그 이튿날 새끼를 꼬오다 가보면, 또 흰-하이 광채가 나는 기라. 가보면 안 보이는 기라.

그 이튿날 낮에 그 돌무더기를 하나씩 다 들어 내보는 기라. 다들어 내 보니까 생금장이 이만한 게 들었어.

(조사자 : 생금?)

생금장.

(조사자 : 아, 아.)

생금장, 생금장이 이만한 게 하나 들었어. 그놈을 나라에다가 고발했디, 임금님이 사감서(사 가면서) 육천 석을 준 기라, 육천 석. 그래서 삼형제가 부자가 되서 한 고을 울리고 잘 살았어. 저 함경도 이주에 허씨 양반이라.

고 저, 그 그 이야기 한 기 그래요.

(조사자 : 어르신, 이 이야기를 어디서 들어셨는데요? 이 이야기를 어디서 들어셨는데요?)

뭐라 쿠노? 이 이야기를 어디서 들었느냐. 애릴 때.

(조사자 : 어릴 때 동네 어른들이 이야기해 주신 거예요?)

어른들이 얘기해 준 기라.

자기 성도 모르는 바보

자료코드 : 04_18_FOT_20090118_PKS_SJS_0001
조사장소 : 경상남도 함양군 수동면 우명리 효리마을 마을회관
조사일시 : 2009.1.18
조 사 자 : 박경수, 정혜란, 문세미나, 이진영
제 보 자 : 신정순, 여, 79세
구연상황 : 조사자가 재미있는 이야기를 해달라고 하자 제보자가 이 이야기를 했다. 한
　　　　　청중이 이야기는 모두 거짓말이라고 해서 그런 이야기가 필요하다고 하자 바
　　　　　로 이 이야기를 구연했다.
줄 거 리 : 바보가 장가를 가게 되었다. 바보의 성이 배가인데, 옷고름에 성을 잊어먹지
　　　　　않도록 먹는 배를 달아 주었다. 그런데 도랑을 건너다 그만 배가 떨어지고 꼭
　　　　　지만 남았다. 사람들이 바보에게 성을 물으니 꼭지가라 했다.

(청중 1 : 인자 이야기 나온다.)

(청중 2 : 이야기는 다 거짓말이라.)

(조사자 : 이야기 들어야 됩니다. 그런 이야기가 우리가 필요합니다.)

옛날에 사람이 하도 등신이라서 장가를 보냈는데, 제 성을 아무리 갈채
줘도(가르쳐 줘도) 모르는 기라.

제 성이 배가라. 배간데, 인자 장가를 보냈는데, 배간데, 인자 그 사람
장가가는 신랑한테다가 신랑 옷고름에다가 배를 하나 딱 쪼매 줬는 기라.
쪼매 줘 가지고 인자 장가를 보냈어.

장가를 보내께, 또랑(도랑)을 팔딱 팔딱 건너 가니께네로 배가 똑 떨어
졌삤어. 그래 장가가서, 인자 그 사람들이,

"니 성이 뭐꼬?"

그라니까, 옷고름을 내려다 보니께 배는 안 달렸거든. 배는 없고 꼭지 만 달렸거든. 그러니까,

"내 성은 꼭지가요, 꼭지가요."

(조사자 : 아 배, 이름 말해줄려고 달았는데.)

제 성을 몰라서 잊어버려서.

(조사자 : 먹는 배를.)

응, 먹는 배를 하나 달아 줬는데, 도랑을 팔딱 팔딱 건너가이까네 배가 뚝 떨어졌뺐어. 그래 인제, 꼭지만 달랑 달랑 하니까네, 옷고름을 내려다 보니께네로 꼭지만 달렸은께로.

(청중 : 성이 꼭지네.)

니 성이 뭐꼬? 하니까네 꼭지가다, 꼭지가다.

(조사자 : 어디서 들으셨어요? 어디서 들으셨어요? 어떻게 아셨어요?)

우리 옛날에 쪼그만 할 때, 쪼그만 할 때.

말뜻을 모르고 엉뚱한 짓을 한 바보

자료코드 : 04_18_FOT_20090118_PKS_SJS_0002
조사장소 : 경상남도 함양군 수동면 우명리 효리마을 마을회관
조사일시 : 2009.1.18
조 사 자 : 박경수, 정혜란, 문세미나, 이진영
제 보 자 : 신정순, 여, 79세
구연상황 : 제보자가 먼저 한 바보 이야기에 대해 조사자가 재미있다고 하면서 이런 이 야기를 듣고 싶다고 했다. 그러자 제보자는 또 유식한 이야기를 하나 하겠다 고 하면서 이 이야기를 했다.
줄 거 리 : 바보가 장가를 가게 되었다. 어머니가 이바지 음식을 해서 처갓집에 가져가서 "빛만 보이고 오라"고 했다. 바보는 처갓집에 가서 장모 앞에서 음식을 보여 주기만 하고 도로 집으로 가져 왔다. 사실은 바보 어머니가 음식을 적게 해서

조금만 가져 왔다고 말하라고 했는데, 바보는 "빛만 보이라"는 말뜻을 모르고 음식을 보여주기만 한 것이다.

내가 유식한 이야기를 또 하나 해야 되겠다.

(조사자 : 예. 재미있는데요.)

옛날에 하도 등신 같은 사람을.

(조사자 : 바보?)

바보라, 응. 장가를 보냈는데, 장개를 보냈는데, 인자 저거 어머니가 거시기로 캤는 기라.

뭐꼬 차반을, 이받이를 해서, 저거 아들한테 저게 지고 가서, 처갓집에 가서 빛만 뵈이고 오라 캤거든.

(조사자 : 어어?)

빛만 뵈이고.

(조사자 : 빛만?)

하모, 빛만.

"이거 작으이케 빛만 보라." 카더라.

"빛만 보라 캐라."

이러캄서(이렇게 하면서) 인자, 저거 아들을 이바지 짐을 지이서 보냈단 말이라. 보내께, 그거 그 사람이 인자, 저거 엄마가 인자, 빛만 뵈이고 온다 칸다꼬, 저 차반 짐을 한 짐 지고 가 갖고, 가 갖고, 인자 저거 장모가 변소에 가서 앉았는 기라. 저거 장모가 변소에 가서 앉아은께, 빛만, 저거 어마이가 빛만 보고 오라 칸다꼬, 그 변소에 문 앞에다가 지게를 딱 내려놓고는, 인절미를 딱 뚜들이면서, 인절미.

(조사자 : 예예.)

인절미 딱 뚜들이면서 쭉 늘어지니까,

"요거는 느려치기. 요거는 느려치기."

또 돼지다리 착 내놓고,

"요거는 꿀꿀이."

응, 또 머시라 카노. 닭, 옛날에는 그랬거든, 닭도 꺼내고. 닭 그놈을 또 딱 내려치고 장모인테 뵈이고는,

"요거는 꼬꼬다리, 꼬꼬다리고."

또 그라고 인자, 술을 가져가 갖고, 술은 옛날에 두루미가 있었거든, 옹구 두루미. 두루미가 있었는데, 촐랑 촐랑 흔들어 다니면서,

"요거는 올랑 촐랑이라."

카더란다. 올랑 촐랑이.

(조사자 : 올랑 촐랑이?)

응, 올랑 촐랑이.

그래 갖고 고마 짊어지고, 고마 도로 짊어지고 저거 엄마한테 갖다 줬어.

(조사자 : 그냥 보여만 주고?)

어, 보여만 주고 빛만 보고 갖고, 빛만 보라 캐라.

(조사자 : 빛만 보라는 게 무슨 말이에요? 엄마가 바보한테 시킨 건 뭔데요?)

빛만, 인자 작으니께, 작다 이 말이라.

(조사자 : 아! 작다고 말해라. 말해 주고 이걸 주고 와라.)

아니지. 작고, 작다고 그카고, 그 집에 주고 오라 카는 기라. 빛만 보이고 오라한다고 도로 짊어지고 저거 엄마 갖다 줬어.

(조사자 : 아, 그이까 바보 엄마는 장모님한테 이거 조금만 갖다 줘라.)

응, 조금만 했으니까 빛만 보라 캐라 그러캤대(그렇게 했대).

(조사자 : 그리고 인제 그걸 놓고 갔어야 됐는데.)

놓고 갔어야 됐는데.

(조사자 : 바보는 보여만 주고.)

보여만 주고, 빛만 보라 한다고.

(조사자 : 도로 짊어지고 간 거예요. 할머니 이것도 그냥 어릴 때 이렇게 들으신 이야기예요?)

하모, 어릴 때 조그만 할 때 들었제.

(조사자 : 언제쯤 들으신 거예요?)

한 여나무 살 묵어서.

곶감 덕분에 호랑이 쫓고 곰 잡은 사람

자료코드 : 04_18_FOT_20090118_PKS_YGY_0001
조사장소 : 경상남도 함양군 수동면 원평리 남계마을 마을회관
조사일시 : 2009.1.18
조 사 자 : 박경수, 안범준, 문세미나, 조민정
제 보 자 : 양구용, 남, 77세
구연상황 : 조사자가 이 마을에 전해 오는 호랑이나 도깨비 이야기가 없느냐고 하자, 제보자가 이 이야기를 했다. 처음에는 자기보다 더 무서운 곶감 소리에 놀라서 도망간 호랑이 이야기를 하는 줄 알았는데, 곶감 소리에 도망가는 호랑이를 따라가다 곰을 잡아 부자가 되었다는 이야기였다.
줄 거 리 : 한 가난한 사람이 양식이 없어 남의 집 소를 몰래 잡아서 팔아먹으려고 마구간에 들어갔다. 마침 호랑이도 배가 고파 민가에 내려왔다가, 무슨 말을 해도 계속 울던 아이가 곶감 소리에 울음을 그치자, 자신보다 더 무서운 것이 곶감이라고 생각했다. 호랑이가 마구간을 들어가니 이 사람이 호랑이를 힘차게 발로 차버렸다. 호랑이는 이것을 곶감이라 생각하고 도망을 하다 동구나무에서 멈추었다. 어찌나 무서워 동구나무 위에 올라가니, 곰이 내려와서 왜 도망을 치느냐고 물었다. 호랑이가 곶감이 따라와서 그렇다고 했다. 호랑이는 도망가고, 곰이 곶감이 있다는 곳으로 왔는데, 이 사람이 동구나무의 구멍을 미리 막아 놓았다. 나무로 올라간 곰을 실에 꿰어 잡아당기니 곰이 죽었다. 곰을 시장에 파니 소를 판 것보다 부자가 되었다.

이전에 한 사람이 나만치러(나만큼) 못살았는데요. 그런데 배도 고프고,

양식도 없고, 이우지(이웃)에, 저 소를, 몰아 팔아머을라꼬 마구깐에 드(들어)갔어요. 드갔는데,

(조사자 : 어디 들어갔는고요?)

보물 마구에, 허 마구에.

(조사자 : 보물 마구에, 네네.)

보물 드갔는데, 드간께 아가 울어쌌더래, 아가. 그래, 순사겉다 하고 더 울거든.

또 여 또 잡으러다 들오거든. 그래 본께네 송아지 한 마리더랴. 한 마리 들어 누웠드래.

그래 그때 그참 알고 호랭이가 내려왔던 모양이지. 그래 막 아무 소리를 해도 더 울거든. 그래,

"아나 꽂감, 꽂감 묵으라."

하니깐 그치거든. 그래 호랑이가 가만히 들응께, '하따 내가 세상에서 제일 무서운 사람인데, 무서운 놈인데, 나보다 더 무서운 사람 있구나.' 싶어서 마구 드갔어.

마구 드간께 이 사람이 막 집어 차삐렀어. 차다 보니깐 호랑이 둑고(들고) 차버렸거든. ○○시럽게 찬게 아이고, 마 도망을 가는데, 도망을 가는 기라 호랑이가. 어찌나 무섭든지.

그래 가다가 꽂감 널쭈라꼬(떨어뜨리려고) 큰 동구나무 밑에서 딱 멈췄어. 곶감이 가만히 본께 도둑이 아니고 호랭이거던. 그만 동구나무 속으로 올라갔어. 올라가 가지고 그런께 동구나무, 큰 고목인데, 마 속이 비었더래. 구녕(구멍)이 있더래. 그래 쏙 따라 드갔어. 어찌나 무섭든지. 드간께, 곰 한 놈이 요 우에서 내려오두만,

"넌 머 때문에 쫓아오노?" 항께네,

"아이고 형님, 형님 말도 말아, 말도 말아. 꽂갬이 들러붙어 가지고 마 자물라(잡아 먹을라) 캐서 겨우 떼놓고 왔소." 이랬거던.

"미쳤나 니가. 곶감이 어째 사람을 무노?"

"아이고, 함부래 그런 소리 마라. 하지 마라."

"곶감 어덴데(어디 있는데)?"

"저 나무에 있소."

그러 카거던. 그래서 고목에 살 올라가 본께, 뭐 구녕이 있는데, 구녕이. 구녕이 있는데, 똑 들어보니깐 문구녕이 날빤(널찍) 하거든. 그래 호랭이는 오도 못하고.

"함부래 행님 가지 마소."

그래 부탁하는 기라. 그래 남아있거든. 곰이 가만히 생각해보니깐 이놈의 지런(뜻을 알 수 없다.) 때라고. 딱 마 숨 못 쉬구로 구녕을 딱 막아삐렸어. 구멍을 막아삐고 가만히 쳐다봉께네 뭐이 대롭다이(대롱대롱) 하드라.

그래 바늘로 가지고 딱 묶어가 잡아 땡겼어. 잡아땡기간 마 아파서 죽는다 카거든, 곰이. 호랭이 갔다가,

"행님 내 뭐라 카대요. 행님 곶갬이 그리 겁난데."

그래 마 호랑이가 도망을 가삐렸어. 그래 실을 잡아땡기께 곰이 고만 죽어삐더래.

(청중 : 끝이요?)

와 끝이라.

그래 한 거는 내삐리고, 그래 가지고 안자 나와 가지고 곰을 잡아 가지고, ○○장에 팔아 가지고, 소 판 것보다 더 부자가 됐어.

(조사자 : 더 부자가 됐어요? 아ㅡ.)

그것도 돼요?

(조사자 : 아 좋지요. 좋은 이야깁니다.)

부잣집에 장가간 가난한 집 바보

자료코드 : 04_18_FOT_20090118_PKS_YJY_0001
조사장소 : 경상남도 함양군 수동면 원평리 남계마을 마을회관
조사일시 : 2009.1.18
조 사 자 : 박경수, 안범준, 문세미나, 조민정
제 보 자 : 양주용, 남, 79세
구연상황 : 조사자가 이야기를 해달라는 말에 한 청중이 이야기는 거짓말이고 노래는 참
        말이라고 하며 이야기하기를 피했다. 거짓말 이야기라도 잘 하면 좋다고 부추
        기자, 제보자가 나서서 이 이야기를 했다. 이야기 중간에 이야기는 거짓말이
        라고 한 청중이 틈틈이 "거짓말이야"라며 이야기를 방해하는 말을 하기도 했
        다. 제보자가 입담 좋게 이야기를 이어 갔다.
줄 거 리 : 옛날 내외가 살다가 아들 하나만 놓고 남편은 죽었다. 어머니는 품팔이를 하
        면서 아들을 키웠다. 그런데 아들은 소변도 못 가리는 바보였다. 16~7세가
        되자 산에 나무를 해오라고 하며 밖으로 쫓아냈다. 바보는 산에서 나무를 하
        지 못하고 졸고 있는 부엉이를 잡아서 내려왔다. 개구리 등을 먹여 부엉이를
        잘 키웠다. 어머니가 장가도 못 가느냐고 하자, 하루는 김진사 막내딸과 혼인
        을 하자고 어머니에게 가서 말해 달라고 했다. 어머니가 김진사 집에 그 말을
        전하러 갔지만, 도리어 똥물만 먹고 되돌아 왔다. 바보는 한밤중에 김진사 댁
        근처 큰 나무에 부엉이처럼 올라가서 고함을 쳐서 하느님의 명령처럼 자신과
        혼인을 맺도록 하라고 한다. 김진사는 사람을 보내어 혼인을 청하지만, 바보
        는 몇 번이나 거절한다. 그러자 김진사 댁에서 논과 재산 반쪽을 준다고 하자
        혼인을 허락한다. 첫날밤에 바보는 인절미를 신부가 자는 치마 속에 몰래 넣
        고는 깨워서 똥을 쌌다고 하면서 속이고는, 자신이 그것을 치운다고 먹어버린
        다. 그리고 자신이 진자 똥을 싸놓고 신부에게 자신이 똥을 치워줬으니 자신
        처럼 먹어서 치우라고 한다. 장모가 이 소리를 듣고 소문이 나지 않도록 하겠
        다며 하며 치운다. 가난했던 바보는 이렇게 해서 부잣집에 장가를 가서 어머
        니가 똥물을 먹은 복수를 한 뒤 잘 살았다.

    말하자면 인자 내외하고 살다가 저거 아들 하나 놓고 고만 남편이 죽
어뻐렸네. 죽어뻐린께 이기 참 사람 일이 곤란한데 그래 됐어. 그래서 인
자 야는 큰아(큰아이)지만은 먹고 살 일이 막막하지. 그런데 자석(자식)을
놔놨으니까 야를 먹여 살려야 되겠고, 그래 인자 품팔이도 하고, 밥도 얻

어먹고, 전에는 밥을 많이 얻어다 먹었어. 우리 때만 해도 밥 얻어먹는 거 많이 봤거던.

아가 한 놈이 바보라. 영 바보짓을 해. 밥을 무면(먹으면) 여 오줌 소변을 못 가린다 이기라. 그런(그러니) 밥을, 인자 밥을 무러 차려주면, 저거 어머니는 밥을 얻으러 가든지 일을 하러 가든지 가삐리는데.

저녁을 먹고 웃목에서 똥을 쌌네. 밖에도 안 나가고, 밖에라도 못나가고, 그래서 그래 가지고 뭐 이것도 자식이라고 갖다 내삐릴 수도 없고, 그러니까 키와내는 기라. 그러고 나니 한 열 칠팔 세 묵은 기라.

그래 되모 열 여나무살 무몬 산에 나무도 해와야 되고, 이래 하는 긴데, 그래서 저거 뭐 저래 싸서(해서) 안 되겠어, 하루는 인자 쫓아냈어.

"인자 나무 하러 가거라." 해도 생전 말을 안 듣고 한께네, 그래 '나를 쫓아냈는 기 이기 나무를 하라고 쫓아냈는가' 싶어서 참 지게를 하나 짊어지고, 나무를 안해버러(안 해보아서) 할 수가 있나, 나무하러 솔솔 돌아댕기다 보이께, 뭐 어인데다가(어디인가) 미(미리) 왔던 모양이라. 간다고 해노이 부잉이(부엉이)가 자불고 앉았다 이기라.

(조사자 : 뭐가예?)

부잉이, 부잉이, 산에 부잉이.

(청중 : 부엉이.)

(조사자 : 부엉이.)

부엉이가 어쩌다가 자고 별 끝에 있거든. 그리이 집 밖에다 나둔께 갈팡질팡 간 기라. 나무도 할 줄도 모르고. 그래 가지고 자불고 있는 부엉이를 잡았어. 부엉이를 잡아가 안고 오는데, 그렇다고 저거 어무이가 아 인자 참 어데 갔다 오이께, 저거 아들이 없거든.

'아 이놈이 인자 나무하러 갔는가, 지게도 없고 나무하러 갔는 갑다' 싶어서, 마루에 있으이께, 나무 꺾는 질을 부엉이를 안고 오거던.

"근데 이놈아! 나무 해 갖고 오지, 부엉이 잡아오라고 했나?"

이래 칸께,

"아, 이게 좋은 기라요."

이놈을 잡아 미일(먹일) 게 있어야 될 게 아이라. 만날 뒷산에 개구리겉은 거, 새나 죽은 거 있으면 주고, 이래서 보호를 하는 기라. 그래 이놈이 잘 커.

"그래 이놈우 자슥아, 니 나이에 다 장개(장가)도 다 가는데, 너 부엉이만 키우면 우짜노?" 항께네,

"아이가, 걱정마라. 난 장개갈 수 있어요." 이라는데, 바보가. 그래 하루는 저기 있다가

"어무이."

"와."

"내 말 한마디만 들어주소." 하드래,

"그래, 무슨 말이고?"

"저기 저 김진사 댁, 김진사 딸이 서(셋)인데 끄트머리 막내딸이 출가 안한 게 하나 있어. 하나 있응께, 거 가서 나 이름을 들먹이면서 내가 이 집에 장개, 혼인하자고 언약을 맺고 오라."고 카거던.

"이 노무 자슥, 미칬 놈도 작게도 안 미쳤지, 거 정승네 집에 가갖고 뭐라고 말할 끼라."

그래 하루 그란다. 아이 임마이(이놈) 때문에 못 전디겠어(견디겠어).

"어무이 안 가모 나는 죽는다." 하거던. 어 하리(하루)는 칼을 갖다 놓고,

"어무이 꼭 그 소리 하러 안 가면 나 죽을란다."

그래. '아, 그래 인자 가마 저 놈이 아무래도 나 쥑일란지 모를 끼고, 뭐 저 사람들 있는 집에 가서 맞아 죽네' 싶어 가지고 그래 간 기라. 가갖고 좌우간 그런 이야기를 한 기라, 저거 어무니가.

"우리 아들이랑 혼인을 하자 말이지, 혼인하자."고 이얘기를 하이께,

"어데 감히, 그게 말이나 되야. 여봐라!" 카민서러,

"똥물을 퍼여라." 카는 기라. 더러운 줄 뒤 안 한다꼬, 그래 인자 똥물만 실컷 마신 기라.

그런께 이놈의 자식, 저거 어무이가 아직 안 온께네, '아이고 거사를 하고 오는갑다' 싶어 가지고, '혼인하고, 혼인 이야기를 하고 오는갑다' 싶어 가지고 이놈이 좋아하고 있는 기라.

마 다 지난 시간에 저거 어무이가 오거던.

"어무이, 그 소리 했소?" 카니께네,

"야, 이놈아. 내가 그 소리 하고 오다가 내가 더 죽었다." 캐네.

"인자 됐어. 인자 장개 가게 됐어." 카더래. 그래 인자, 그래 며칠 있으께네,

"어무이! 여 등하고 초 한 자루하고 성냥 하면(한번) 구해 달라."

이기라. 그래 한 시방 시간으로 한 12시나 돼서, 얼굴 할름(분명하게 가려듣기 어려움) 벗고, 일단 등 그놈 달고, 초 그 안에 옇고, 지는 등 안에 옇어(넣어) 가지고, 그림 앞에 보면은, 전에 여언(이런) 데는 그림이 없다, 이전에는 뽀뿌라(포플러)가 있었어. 뽀뿌라라 카는 기 키가 크거든.

(청중 : 뽀뿌라 나무, 왜놈, 왜놈 말이다. 버드나무라 카기도 하고.)

그냥 인자 그 기올라 간 기라. 그 위에 인자 사실 나무란다 해 가지고, 그래서 불을 써 가지고, 촛불을 써 가지고, 그따가 등을 내놓고는, 불을 인자 환할 꺼 아이라.

"여봐라, 김가야!" 카고 꽘(고함)을 지르는 기라. 그래 한 번, 두 번 모르는 기고 안주(아직) 밤인께. 시삼번 꽘을 지른께 뉘이가들(누워서들) 들어 듣거든. 그런께 그래,

"아이 뭐 소리난다고. 저 하늘에서 뭔 소리가 난다."고 그라면서 우석부석 나오는 기라. 그저 안자 들어보고, 사람들이 나와서 뉘집 말인지 알 수 있거든.

"아이고 여봐라 김가야! 저 뭐시하고 혼인을 해라. 혼인을 안 하면 너거 집을 속을 팔기다." 카면서 너무 공개적으로 그라니까, 하늘님이 내려와서 이야기를 하는 기로 이기는(여기는) 기라.

"당장 낼(내일) 아칙(아침)에 날 새든지 쫓아가서 저게 혼인을, 언약을 해라." 카고, 그러께네 '이래도 죽고 하늘님이 내려오셔 가지고 우리 저 저게 혼인 짝을 정해주고 간다' 카거든. 만약에 우리가 혼인을 안 하면 우리 집을 멸망을 한다고 카니,

"그래 쫓아가 가지고 날 받아 오이라."

그래 인자 참 그러구로 살살 기서 그냥 집에 와삐리고. 그래 가만히 있으께네, 날 새도록 기다리고 있다. 기다리고 있으께네, 올키(옳게) 날도 안새 쫓아와 가지고,

"계십니까?" 캐서며 하인을 보내는 기라.

"그래, 누고?" 카모 이란데,

"그래 저게 김진사 댁에 가서 아무 날, 아무 시에 장개 오라 캅디다. 혼인날을 정해 오라 캅디다." 캐.

"누가 그런 소리 하디? 나는 그런 적이 없어. 장개 안 간다 캐라."

아이 이놈이 호령을 지기며 보내 버렸어. 그래 저 진사 어른, '행여나 혼인 구청을 안 받아서 그런가 보다' 해서 와서 안 되겠거든.

"아이 영 품은 저 절대 말을 안 듣더라고 말이지, 혼인 신고를 안 하더라." 카이께네, 고래 인자 고새 낫은(나은) 놈을 또 보내더래.

"니가 쫌 나서서 가서 허락을 꼭 받아오라."

카더라. 그래 가서 하이께네 내나 일반이라.

"그놈의 집구석에 장가 안 가고, 그놈의 집구석 속을 팔 끼다, 내가."

마 또 이 울림장(으름장)을 더 놓는다.

그라고 허락을 못 받고 또 왔어. 그래 정신이 얼마나 급한지 쫓아간 기라. 쫓아가고 하인이 또 항께,

"누고?" 카거든 또. 그래 가서 앞에 딱 무릎을 꿇고,

"고마 참 우리 셋째 딸하고 혼인을 하자고 말이지, 언약을, 허혼(許婚) 받으러 왔다."고 이라거든. 뭐 이놈이,

"절대 내가 뭐 자기집에 장개 갈라느냐고. 장개 안 간다."고 꼭 거절을 하는 기라. 그랑께네,

"아이고! 어데 논 몇 마지기하고, 어데 살림 반쪽하고 이래서 줄끼니께 네 장가 한번 오이라."고 이라거든. 그래 이기,

"논 참, 논 몇 지기하고, 저저 살림 반쪽하고 그래 갈랍니다."

그래 한 기라. 그래가주(그래 가지고) 인자 허락을 받고는,

"이 집에 아무 것도 할 것 없고, 몸만 오면은 우리가 다 준비 다할 끼라."고 허락을 받고 갔어. 그래 가지고 안자 그놈의 장개날이 가까운데, 저거 이놈이 하는 소리가,

"인절미 한 개만 해돌라." 캐. 인절미 그거라, 콩고루 묻힌 거.

그래 저놈이 저라는데 안 해줄 수도 없고, 인절미를 항차 맨들었어. 그래 인자 장개 가는 날, 캐비해서(포장을 해서) 오무라서 간 기라.

인자 참 행렬을 지내고, 참 첫날 저녁이 다가왔는데, 그래 참 이 신부가 고단해서 그런가 잠이 일찍 와 들어뺐는 기라. 그래 인절미를 살짜기 옇어 가지고, 신부 말하자면 치마 밑에다가 살째기 옇은 기라.

그라다가 저 자고 일어난 척 해 가지고 뿌디디 몸을 건드리께네 깜짝 놀랄 꺼 아인가베. 그래 푸뚝 일난께(일어나니까) 거기 말하자면 인절미가 밀려나온 기라. 밤에 어뜩(얼른) 보면 똑 똥걸구만, 노-란.

"아이고, 이 양반아 아무리 좋고 좋지만은 많이 좀, 많이 자시야지. 그걸로 했는갑다고.

하혈을 해서 이 청한 구석에 있다가 똥 치우라고 개를 부를 수 없는 기고, 사람 소리 할 수도 없고. 아무도 모리게(모르게) 내가 고마 치우겠다."고. 이걸 지가 마 묵어뺐다. 지가 묵고 난 뒤, 묵고 나서 다 넘어가도 안

해서 응아 디리 싸비렸다. 싸논께, 없는 놈이 말하자면 뭐 나물도 싸고 별 거 다 뭈는데(먹었는데) 숭악칼(흉악할) 거 아닌가베. 그래서 인자,

"아이고 그걸 갖다가 당신이 그래 놓은 거를 이래 돼비리서 안 먹을 수도 없고, 강한 걸 억지로 묵었더마는 고마 과식을 했는갑다." 카면서 그래 넜다 카거든. 그래께 신부사 '이게 자기, 내 똥 자기가 먹었응께네 자기 똥 자기가 치워줘야 되겠다' 이기라. 그래 이걸 먹을 수 있나 대관절. 서로 신강(실랑이)을 해쌌다 이걸 묵으라 묵으라 해샀는데, 그래 참 친정 엄마라 카는, 장모가 서로 가만이 들어본께 숭악한 소리라.

"그라몬 인자 내가 묵우면(먹으면) 안 되겠냐?" 카는 기라.

"아니 아무나 묵으면 된다."고. 근데 이걸 묵을 수가 있나?

"그래 내가 소문 안 나구로(안나게) 착 치워 줄낑게 안 무도 안 되겠나?"

"아, 그럼 그래라."고. 그 인자 원인는 저거 어무이가 똥물을 안 먹었는가베. 어-, 그 똥물 먹은 걸 갚음 할라고 그러는 기라. 그래 갖고 없는 사람이 말하자면 일부러 장개가 가지고 그래 잘 살더래. 그래 된 경우라.

상석을 크게 했다가 망한 효리 부자

자료코드 : 04_18_FOT_20090118_PKS_YWY_0001
조사장소 : 경상남도 함양군 수동면 원평리 남계마을 마을회관
조사일시 : 2009.1.18
조 사 자 : 박경수, 안범준, 문세미나, 조민정
제 보 자 : 양화용, 남, 74세
구연상황 : 제보자는 할아버지들이 있는 옆방에 있다가 할머니들이 있는 방으로 옮겨왔다. 조사자가 마을과 관련된 전설이 있느냐고 하자, 제보자가 자진해서 이 이야기를 하겠다고 하며 시작했다.
줄 거 리 : 효리마을에 큰 부자가 있었다. 부자라서 조상 제상에 제물을 많이 차리기 위

해서 석공에게 산소의 상석을 크게 만들게 했다. 그렇게 해도 부자가 보기에 상석이 너무 작았다. 화가 나서 주위에 있는 중 콧구멍을 꿰자, 중이 앞으로 상석이 커질 것이라 했다. 그런데 부자는 너무 세도를 부리고 권력을 행사하다 망해버렸다. 지금 그 상석은 커진 그대로 있다.

중, 저 콧구멍 낀 이야기를 한 가지 하까.

(조사자 : 예, 해보십시오.)

저 요 효리마을이라고 있는데, 효리마을이 옛날에 부자, 부자가 많이 난 동네라.

(조사자 : 예-.)

(청중 : 그거야 다 해놔서 알아.)

(조사자 : 한 번 더 하십시오.)

그거 다 인제 했는데, 내 끄터머리(끝머리)만 하께.

부자가, 한참 부자가 많았는께네, 저거 할아버지, 그러 카면 되지는 안 하는데, 우리 할아버진데. [청중 웃음]

[웃으며] 저거 할아버지 제상에 많이 차려놔야 되는데, 이거이 작아. 산소 고 와. 이놈을 이 두루 아홉 자면, 현재 두루 아홉 자면 [방 크기를 손으로 가리키며] 이만 해.

[방 옆에 세워둔 긴 상을 가리키며] 앞에 이거보다 커 지금.

고리 인자 옛날에 돌재이 말아지, 돌재이 석공한테, 요새 말로는 석공인데, 옛날말로는 돌재이라. 거기다가 인자,

"크게 하라." 캤는데, 이 부자가 가만히 본께네 그래도 작은 기라. 작은 께네 시킨 대로 한다고, 중 콧구멍을 고마 디립다(곧 바로) 끼이면서로. 시킨 대로 안 한다고. 그런께 중이 하는 소리가,

"앞으로 자꾸 커진다."는 거라. 이거이 상석이 돌이 커지는데, 그래 낭주에(나중에) 보니까 자꾸 커지더래.

왜 커졌노? 이 부자가 원창(워낙) 세도를 많이 부리고 마 월권 행사를

한께, 망해뿌린께, 갖다 놓을게 없어. 그래서 자꾸 상석이 커져.

(청중 : 그래 그 사람이 도사라.)

그래서 저 상석을 저기서 가본다 카는데, 질이 좋으냐 안 좋으냐 그래 쌓네. 지금은 무진장 커. 그 상석들이 그런게 있어 그래.

(청중 : 그걸 어짠다(어떻게 한다고) 카는대? 그 산소를 어짠다 카는대?)

아니 가본다고.

(청중 : 아―, 옛날 끼라고(것이라고).)

아 옛날 것은 그렇게 큰 상석이 없어, 저 저 경상남도에 가면.

(청중 : 전설이라 전설.)

그리 커, 이 상석이.

나이 대에 따라 같은 것

자료코드 : 04_18_FOT_20090118_PKS_YWY_0002
조사장소 : 경상남도 함양군 수동면 원평리 남계마을 마을회관
조사일시 : 2009.1.18
조 사 자 : 박경수, 안범준, 문세미나, 조민정
제 보 자 : 양화용, 남, 74세
구연상황 : 없음
줄 거 리 : 60대는 배운 사람이나 안 배운 사람이나 똑 같고, 70대는 마누라가 있으나 없으나 똑 같고, 80대는 방에 누워 살아있으나 죽어 있으나 똑같다.

(조사자 : 네네.)

보통 사람이 퇴직을 하고,

(조사자 : 네.)

조금 나이가 많아질 때 그때 하는 그 시긴데 60살이 넘으면 배운 사람이나 안 배운 사람이나 같애.

(조사자 : 네.)

퇴직 해 버렸제, 70살이 되면은 마느래가 있으나 똑 같애.

80살이 되면은 방에 있으나 집에 있으나 똑 같애.

(조사자 : 하하하하.)

그런 우스개 이야기도 좋습니다.

비늘이 없어 용이 못된 깡철이

자료코드 : 04_18_FOT_20090207_PKS_LJS_0001
조사장소 : 경상남도 함양군 수동면 상백리 상백마을 경로당
조사일시 : 2009.2.7
조 사 자 : 황경숙, 조민정
제 보 자 : 이점석, 남, 77세
구연상황 : 조사자가 옛날 이야기를 해달라고 하자 제보자는 처음에는 알고 있는 이야기
가 없다며 거절했다. 조사자가 이무기 이야기를 먼저 들려주자, 제보자는 이
마을에서는 이무기라 하지 않고 깡철이라 한다며 관심을 보여 깡철이 이야기
를 먼저 들려주자 제보자가 깡철이 이야기를 하였다.

줄 거 리 : 깡철이는 비늘이 없어 용이 되지 못한 메기인데, 그 한으로 인해 때때로 사람
들을 괴롭혀 흉년을 들게 한다. 그런데 깡철이를 퇴치할 방도는 없다.

(조사자 : 깡철이라고 합니까?)

깡철이. 깡철이가 간 곳은 가을도 봄이다. 그런 이야기도 있고, 깡철이
는 그만큼 못된 짓을 잘 한다 이거지.

(조사자 : 깡철이를 물리칠려면 어떡합니까?)

물리 칠 수가 없는 기고, 깡철이는 일종에 신과 같은데 그걸 어떻게 못
하거든요.

우리보다 나이 많은 사람들의 이야기를 들어보면, 깡철이가 머뗌에 깡
철이가 됐느냐? 용못된 이무기가 깡철이라 하거덩요.

그래 인자 용이라 하는 것은 비늘이 있어야 용이 된답니다. 근데, 비늘이 없으니깐, 메기는 비늘이 없거든요. 그래서 메기가 용은 될 자격은 가지고 있는데, 비닐(비늘)이 없어서 용이 못되었다. 그래서 용이 못되니까 심술만 지기고(부리고) 해살만(짓궂게 훼방을 놓는 짓만) 지기는 기라요.

그래서 그것이 요기(여기)있다가 말하자면 저기 넘어가면, 깡철이가 간 곳은 가을도 봄이라 하는 기지. 가을이면 모든 것이 풍요롭고 참 사람이 먹고 살 것도 풍부한데, 봄이 되면 먹을 게 없잖아요. 그래서 깡철이 간 곳은 가을도 봄이다. 그런 얘기를 하는 거요. 그건 뭐 확실히 누가 뭐 깡철이를 본 사람도 없고, 또 말로만 전설에 의해서 참 그렇다 하는 이기지.

그 뭐, 그렇다 저렇다 확실히 이건 이렇다 요거는 저렇다 이야기를 뚜렷하게 이야기할 사람이 아무도 없어.

최치원이 심고 가꾼 상림숲과 해인사의 나무

자료코드 : 04_18_FOT_20090207_PKS_LJS_0002
조사장소 : 경상남도 함양군 수동면 상백리 상백마을 경로당
조사일시 : 2009.2.7
조 사 자 : 황경숙, 조민정
제 보 자 : 이점석, 남, 77세
구연상황 : 제보자가 깡철이 이야기를 마친 뒤, 별 달리 채록에 관심을 보이지 않았다. 조사자가 관심을 유도하기 위해 상림숲에 대한 이야기를 꺼내며, 혹 최치원 선생에 대한 이야기를 알고 있는 것이 없냐고 묻자, 제보자가 최치원에 대한 이야기를 알고 있다 하였다.
줄 거 리 : 최치원이 함양 상림숲을 가꿀 때 사용한 호미를 나무에 걸어 놓았는데, 어디 걸려 있는 지 찾을 수가 없다. 또한 상림숲에는 개미와 뱀이 없다는 특징을 가지고 있다. 이렇게 숲을 가꾸어 놓은 최치원이 어느 날, 어디론가 가면서 해인사에 작대기를 거꾸로 꽂고는 떠났다는 전설이다.

우리 함양에 가면 상림숲이라고 있어요. 상림숲이라고 있는데, 그 숲이

지금에 가면 전부 잡목으로 꽉 우거져서 참 숲이 노래도 하기도 좋고 참 좋은 곳입니다.

이런데, 그 숲을 누가 가꾸었느냐? 옛날에 최치원 선생님이라고 있었더랍니다. 최치원 선생이 그게(그곳에) 나무를 심고 또 가꾸고 이래 가지고, 호미로 풀 맺은 호미를 나무에다 걸어놨는데 호미가 바람이 불면 '쟁그랑 쟁그랑' 소리까지 난다 하는데, 호미가 어디 걸렸는지 찾지를 못한다, 이런 설도 있고.

거기에 보면 하나가 특징이 뭐냐면 그 숲 내에는 개미와 배암(뱀) 짐승이 하나도 품지를 못합니다. 지금도 그게 벌레가 없어요. 그거 하나가 특징이 있는데.

그렇게 좋게 가꾸고 참 좋게 만들어 놓은 그 최치원 선생이 어디론가 가시면서 작지(작대기)를 집고 댕기는 작지를 해인사 절 어데다가 갖다 꽂으면서,

"이 나무가 내 꽂은 작대기가 그라면."

그게 거꾸로 꽂았답니다.

"이 나무가 죽으면 내가 죽은 줄 알고, 살아 있으면 내가 살아 있는 줄 알아라."

이러카는 전설이 있는데. 지금 해인사 가보면 그 작지(작대기) 거꾸로 꽂은 게 지금 살아 있거든요. 그래서 그런 것도 우리가 가서 이 나무가 그렇게 좋은 나무다 보기도 하고 그런 게 있었는데.

아낙네의 말에 가다가 멈춘 마이산

자료코드 : 04_18_FOT_20090207_PKS_LJS_0003
조사장소 : 경상남도 함양군 수동면 상백리 상백마을 경로당
조사일시 : 2009.2.7
조 사 자 : 황경숙, 조민정
제 보 자 : 이점석, 남, 77세
구연상황 : 조사자가 마고할미 이야기를 해주며, 유사한 이야기를 알고 있는지 묻자 잠시
　　　　　 생각을 한 뒤, 다른 이야기는 모르겠고 마이산에 대한 이야기를 알고 있다며
　　　　　 이야기를 들려주었다.
줄 거 리 : 마이산이 도읍지를 찾아 함양으로 길을 떠나 올 때에, 무주의 어느 아낙네가
　　　　　 마이산이 움직이는 것을 보고는 방정맞게 "산이 움직인다"라 소리치자, 그만
　　　　　 마이산이 함양으로 오지 못하고 지금의 무주에 멈추게 되었다.

　그 산이 어떤 산이냐 하면, 저기 전라북도 여기가면 그기가 무주, 무주
라고 하는데 마이산이라고 있습니다.

　그 산이 전에는 소꿈산이라고 이렇게 말을 했는데, 그 산이 이렇게 도
읍지가 여기가 서울이 될려고 도는데, 아침 일찍 어느 아낙네가 물 이러
나오다가,

　"어! 산이 돌아간다." 이카는데 말끝에 산이 돌아가다 멈췄다고 이런
설도 있거든요.

　그게 인자 그때는 어느 왕 시절인지 몰라도 예전에는 솟굼산이라고 하
는데, 지금은 마이산이라고 합니다. 왜 마이산이라고 하냐면? 어느 왕이
그 산이 말 귀와 같이 생겼다 해서 마이산이라고 한답니다.

경주 석굴암의 쌀바위와 욕심 많은 중

자료코드 : 04_18_FOT_20090207_PKS_LJS_0004
조사장소 : 경상남도 함양군 수동면 상백리 상백마을 경로당

조사일시 : 2009.2.7
조 사 자 : 황경숙, 조민정
제 보 자 : 이점석, 남, 77세
구연상황 : 조사자가 쌀이나 술이 나오던 바위가 있었는데, 사람들이 욕심을 부려 더 이
상 쌀이나 술이 나오지 않게 되었다는 이야기를 들어본 적이 있다며 들려주
자 제보자가 경주 석굴암에도 그와 유사한 이야기가 있다며 이야기를 들려주
었다.
줄 거 리 : 경주 석굴암에 언제나 그 곳 사람들이 먹을 만큼만 쌀이 나오는 쌀바위가 있
었다. 한 중이 쌀바위에 쌀이 많이 나오도록 하기 위해 작대기로 쌀이 나오는
구멍을 쑤시자 더 이상 쌀이 나오지 않았다. 이후 그 바위에서는 물만 나온다
한다.

경주 석굴암 경주 석굴암에 가면 그런 설이 있었다.

(조사자 : 이야기 한번 해보세요.)

있었다 이카거든. 석굴암에 가면 지금 큰 바위 속에 파 가지고 그짜다
가(그곳에다가) 부처를 이래 맨들어서 해났는데.

거기에 옛날에 참 쌀이 사람이 서이(세 명) 있으면 서이 먹을 만침, 또
너이(네 명) 있으면 너이 먹을 만치 쌀이 식구 붙는데.

따라서 고래 나왔는데, 이 때마다 거기서 받을려니깐 애가 터져서, 마
중이 가서 작지(작대기)로 쑥 찔러뺏답니다 많이 나오라고. 이라니까 괘씸
해 가지고 바위가 삐끗버린 기지.

그래서 지금은 물이 나와.

저승 갔다 온 어머니

자료코드 : 04_18_FOT_20090207_PKS_LJS_0005
조사장소 : 경상남도 함양군 수동면 상백리 상백마을 경로당
조사일시 : 2009.2.7
조 사 자 : 황경숙, 조민정

제 보 자 : 이점석, 남, 77세

구연상황 : 조사자가 제보자에게 저승에 간 이야기나 죽은 사람이 동물 등으로 환생한 이야기를 묻자, 제보자가 어머니에게 들은 이야기를 하였다.

줄 거 리 : 죽어 저승에 가게 된 어머니가 저승에서 함께 살자는 어느 노인의 청을 거절하고 집으로 돌아와 자신이 죽어 저승 세계를 다녀온 것임을 비로소 알게 되었다.

저승을 갔다 오셨다고, 그런 이야기를 내가 들었거든요.

(조사자 : 네 그 이야기를 좀 해 주세요.)

저승을 어찌 갔냐 하면 자기는 평소에 아파서 누웠는데, 꿈인지 뭐인지도 모르더라는 거래요. 어덴가 강께네(가니까) 사람들이 뭐 참 베틀을 놓고 베도 짜고. 사랑방에서 새끼도 꼬고, 신발도 짚신을 옛날에 삼을 때 거든요. 짚신도 삼고. 뭐 나이 많은 사람 적은사람 뭐 많더랍니다.

많은데, 어느 노인 한 분이 말을 하기를 우리 어머니를 보고,

"당신이 나하고 살 것 같으면 그게 앉고 살기 싫거든 가거라."고 하더래요. 그래서,

"아이고! 벌이를 잘하는 사람하고도 내가 살기 싫은데 짚신 삼는 사람하고 내가 어찌 살겠느냐?" 하니깐,

"가라." 하더래요. 그래서 왔는데, 온다고 온 것이 여기 우리 상백 가운데 길을 배암들길이라고 했는데, 여기를 오면서 그때 때가 음력으로 2월 달인데.

그때는 둠(두엄) 소막에 밟힌 거름짐, 머슴들이 지내고 이럴 때거든요. 거름짐을 지고 가는데 길을 비켜줘가면서 집으로 막 오니까, 뭐인가 모르고 눈이 번쩍 떴는데, 사람들이 울고불고 난리가 났더랍니다. 그래 삼일만에 다시 깨어났다.

우리 어머니한테 들었습니다. 다른 사람도 아니고 우리 어머니에게 들었습니다. 딴 사람들에게 안 듣고. 꼭 전설 같지만 우리 어머니가 나한테

이야기를 했으니깐 맞다 싶으거든요.

　이웃에 노인들도 얘기를 들으면 전에는 사람들이 참 작고를 하고 이라면 술을 한 잔씩 받아가는 그게 있었어요. 술을 가져다가 사람이 살아났다니깐에 술 주전자를 가지고 도망을 가고 부끄러워서 그런 일이 있었어.

두 귀가 찢어진 골무산의 늙은 호랑이

자료코드 : 04_18_FOT_20090207_PKS_LJS_0006
조사장소 : 경상남도 함양군 수동면 상백리 상백마을 경로당
조사일시 : 2009.2.7
조 사 자 : 황경숙, 조민정
제 보 자 : 이점석, 남, 77세
구연상황 : 조사자가 인근 지명을 묻고 그와 관련된 이야기가 있느냐 묻자. 제보자가 골
　　　　　무산 호랑이 이야기를 했다.
줄 거 리 : 골무산에는 늙은 호랑이가 있었다. 이 호랑이는 두 귀가 찢어져 있었다. 그
　　　　　이유는 사람을 잡아먹을 때마다 귀가 찢어졌기 때문이다.

　골무산이라고 있습니다. 저 골무산.

　(조사자 : 골무산?)

　네, 골무산이라고 있는데, 저기에는 윤디바우라고 있어요. 그 윤디바우 밑에는 호랑이가 엄청 오래되어 가지고 수문신 호랑이가 있다. 그래서 너무나 호랑이가 오래되어 가지고 흰 띠를 띠었다 이거지요.

　이 호랑이가 너무나 오래돼서 이가 빠져 가지고 사람을 못잡아 먹을 정돈데, 귀가 두 개가 찢어졌다. 그래 왜 귀가 째졌냐 사람 하나 잡아먹으면 귀가 하나 째지고, 둘 잡아먹으면 두 번 째지고 그래서 귀가 두 번 찢어진 호랑이가 있었다.

　그런 이야기를 그 이야기가 우습지요. 사람이 들어도 거짓말 같제.

　(조사자 : 그 호랑이한테는 마을 사람들이 제사 지내고 그러진 않았습니

까?)

네, 제사 지내고 그런 건 없고요, 그런 호랑이가 있었다, 그런 이야기는 들은 적은 있었죠.

암수 용바위의 혈을 자른 일본

자료코드 : 04_18_FOT_20090207_PKS_LJS_0007
조사장소 : 경상남도 함양군 수동면 상백리 상백마을 경로당
조사일시 : 2009.2.7
조 사 자 : 황경숙, 조민정
제 보 자 : 이점석, 남, 77세
구연상황 : 조사자가 풍수와 관련된 이야기를 하나 더 해달라고 하자, 제보자가 일본인들이 우리나라 명당에 혈을 자른 이야기를 해 주겠다 하였다.
줄 거 리 : 용추골에는 암수 두 용이 만나는 형상의 용바위가 있다. 그로 인해 그 고장에 인재가 날 것을 염려해 일제 강점기 때 일본인들이 암수 두 용이 만나지 못하도록 숫용 형상의 바위에 구멍을 뚫었다.

용추골, 용추골에 가면 장재불이라 하는 데가 있는데, 거기에 올라가자마자 우측에는 내려오는 거는 숫용이고 돌바위가 이렇게 내려오는 거는, 좌측에서 건너는 거는 암용이다.

그래서 암용 숫용이 만나는 장면인데, 거기서 만나 가지고 어떻게 무슨 조화가 이루어졌으면 큰 인재가 날 것인데, 그것을 고만 미리 고만 알고 왜놈들이 와 가지고 숫용 고만 머리를 이렇게 구멍을 팠어요. 그래서 용이 죽었다. 그런 설이 지금 전해져 오고 있거든요.

그래서 지금 가보면은 그 바위들이 이렇게 구멍이 나 있습니다. 용의 형용으로 생긴 바위돌이 비슷하게 바위돌이 비슷하게 그렇게 생겼어요.

용추골 신선당 우물

자료코드 : 04_18_FOT_20090207_PKS_LJS_0008
조사장소 : 경상남도 함양군 수동면 상백리 상백마을 경로당
조사일시 : 2009.2.7
조 사 자 : 황경숙, 조민정
제 보 자 : 이점석, 남, 77세

구연상황 : 조사자가 다른 재미있는 이야기를 해달라고 하자, 제보자가 신선세계로 구경
갔다 오니 세월이 거짓말처럼 흘렀더라는 거짓말 같은 이야기가 있다며 들려
주었다.

줄 거 리 : 어떤 사람이 용추골에 풀을 베러 가다가 자신도 모르게 우연히 신선세계에
가게 되어 우물물을 먹고, 잠시 신선들이 두는 장기를 구경하다 집으로 돌아
왔다. 집으로 돌아와 보니 세월이 얼마나 흘렀는지 집을 떠나올 때는 없었던
손자가 노인이 되어 있었다.

용추골이라고 하는데 가면은, 그 산은 기백산이라고 합니다.

그 산 누룩댐이라고 있는데, 그 밑에 신선당이라고 있거든요. 거기에는
참 신선당이 있는데, 그 풀 베로 간 사람이 물이 먹고 싶어서 우물을 찾
으니까. 두 노인이 장기를 두고 있는데 우물을 물으니까,

"그 밑에 우물에 바가지 띄워 났다. 물 묵고 가거라." 하는 소리를 듣
고. 가서 물 한 모금 먹고, 장기 두는데 잠시 앉아 있다가 집에 돌아왔는
데, 손자가 나지 않은 손자 모발이 허옇게 났다 하는 이야기를 들은 적은
있지.

누구나 세월이 잘 흘렀다 그 말이지.

명당자리를 일러 주고 벌에 쏘여 죽은 풍수

자료코드 : 04_18_FOT_20090207_PKS_LJS_0009
조사장소 : 경상남도 함양군 수동면 상백리 상백마을 경로당
조사일시 : 2009.2.7

조 사 자 : 황경숙, 조민정
제 보 자 : 이점석, 남, 77세
구연상황 : 제보자가 이 마을에는 별 다는 전설이 없으나, 다른 마을에는 지금도 전해지
          는 전설이 있다며, 덕산마을 뒤에 있는 벌 명당에 얽힌 이야기를 하였다. 이
          야기 도중 제보자를 알아보는 이웃이 있어 잠시 이야기가 멈추기도 했다.
줄 거 리 : 어느 풍수가 명당자리를 잡아 주었다. 명당자리는 다름 아닌 마을 정자나무가
          있는 터다. 풍수는 자신이 그곳을 떠나 육십 리 고개를 넘은 뒤에 정자나무를
          베어야 한다고 일렀으나, 일꾼들이 가름을 잘못하여 풍수가 육십 리 고개를
          넘기 전에 정자나무를 베었다. 그로 인해 풍수는 정자나무에 살고 있던 큰 벌
          에 쏘여 죽고 말았다.

안의면에 가면은 덕산이라고 하는데, 세재라고도 하고 그런 동네가 있
거든요.

그 마을 뒤에 가면 벌 명당이라고 있습니다. 그 인자 왜 벌 명당이라고
하냐면, 거기서 큰 벌이 나왔다 이래 가지고 벌 명당이라고 하는데. 옛날
에 도사가 도사인 줄 알고 묘자리를 잡아 달라고 하니까,

"묘자리를 내가 잡아주기는 어렵지 않은데 내 말을 듣겠냐?" 하는 말을
하더라는거요.

"어떤 일이 있어도 말을 듣겠다."

이래 가지고 그 묘자리를 잡았는데, 그 묘자리가 무슨 묘자리냐면 큰
정자나무가 살아 있었더래요.

[제보자의 지인들이 인사를 해 잠시 이야기를 멈추었다.]

그래 가지고 그 정자나무를 베어내고 묘를 쓰면 그 묘자리가 참 부자
가 되고 좋다. 그런 이야기를 하고 인자, 그 풍수가 하는 말이,

"내가 저 육십 리 재를 넘어갔을까 싶어걸랑 정자나무를 베고 일을 시
작해라." 했는데, 이 사람들이 가만히 생각해보니깐, 큰 정자나무를 베고
묘자리를 볼라 하면 일찍 시작해야, 거 일하기 전에 풍수가 육십 리 재,
재를 넘겠단 말이오.

그래서 나무를 베니까, 큰 벌이 나와 풍수를 쏘아 죽여 버렸다는 거야. 그래서 풍수가 죽었다.

그 묘자리가 있는데, 거창 신씨들 자리인데, 참 묘자리가 매우 좋다 합니다.

방귀 잘 뀌는 며느리

자료코드 : 04_18_FOT_20090207_PKS_LJS_0010
조사장소 : 경상남도 함양군 수동면 상백리 상백마을 경로당
조사일시 : 2009.2.7
조 사 자 : 황경숙, 조민정
제 보 자 : 이점석, 남, 77세
구연상황 : 조사자가 웃고 즐기는 이야기를 알고 있으면 해 달라며, 방귀에 얽힌 이야기도 참 재미있더라 하자 제보자가 그럼 방귀 잘 뀌는 며느리 이야기를 해주겠다 하였다.
줄 거 리 : 방귀 잘 뀌는 며느리가 어느 날 시아버지 앞에서 방귀를 뀌었다. 시아버지가 며느리가 무안할까 싶어 그 방귀가 복방귀라 둘러 말하자, 철없는 며느리가 마을 사람들이 많이 드나드는 정자나무에서도 방귀를 뀌었다고 자랑했다.

며느리가 시아바이 밥상들고 가는데, 방구를 뽕 끼닝께, 며느리 무례할까 싶어서,

"아따 우리 며느리 복똥 뀐다." 카니간.

"아이고 아버님 정자서 세 번 꼈어요." 그카더라.

그런 이야기는 한 번 들어본 적은 있어요.

돌문산과 마귀할미

자료코드 : 04_18_FOT_20090207_PKS_LJS_0011
조사장소 : 경상남도 함양군 수동면 상백리 상백마을 경로당
조사일시 : 2009.2.7
조 사 자 : 황경숙, 조민정
제 보 자 : 이점석, 남, 77세
구연상황 : 조사자가 마고할미 이야기를 들려주자 제보자가 마고할미는 모르겠고 마귀할
　　　　　미 이야기는 알고 있다며 이야기 했다.
줄 거 리 : 거인인 마귀할미가 지금의 돌문산에 성을 쌓기 위해 치마에 돌을 가득 담고
　　　　　가다가 치마폭이 터져 성을 쌓지 못하고 말았다. 그래서 그곳에 돌무더기가
　　　　　있게 되었다.

　여 저게 보면 우리 여 임진왜란 때 성을 쌓고 전쟁한 산이요. 황석산이
라는 산이 있어요. 그게 일명 우리 마을에서 부르기는 돌문산이라고 말하
는데, 거 돌무산이 왜 돌문산이냐?

　돌문을 달아놓고, 성을 쌓아 놓고 돌문을 달았다고 돌문산이라고 이렇
게 부르는데, 거기에 성을 쌓을라고 옛날에 마귀할머니라 하는 분이 성을
쌓을라고 돌을 치마폭에다 한 치마 쌓고 가는데, 거기 용추골 입구에 가
면 가다가 치마폭이 터져서 거기 비어났다 하는 그런 설이 있는데, 그 돌
무더기가 차에 실으면 몇 십 차 될 겁니다. 그런 돌무더기가 있어요.

　(조사자 : 마귀할머니라고 합니까?)

　예, 마귀 할마이.

죽어서 송사 해결하고 임금이 된 제마무

자료코드 : 04_18_FOT_20090117_PKS_IHT_0001
조사장소 : 경상남도 함양군 수동면 하교리 하교마을 마을회관
조사일시 : 2009.1.17

조 사 자 : 박경수, 서정매, 정혜란, 문세미나, 이진영
제 보 자 : 임호택, 남, 78세
구연상황 : 노래판이 잠시 멈춘 사이에 조사자가 도깨비 이야기나 호랑이 이야기를 좀
　　　　　해달라고 하자, 제보자가 도깨비 이야기는 자신이 하겠다고 하면서 자진하여
　　　　　이 이야기를 했다. 그런데 이야기의 마지막 부분에 두서가 없이 길어지니까
　　　　　청중들이 그만 하라고 종용하자, 언성을 약간 높이며 청중들과 입씨름하기도
　　　　　했다. 결국 이야기의 마지막 부분을 간략하게 하면서 마무리했다.
줄 거 리 : 옛날에 천하 문장가인 제마무라는 사람이 살았다. 그런데 문장은 좋아도 돈이
　　　　　없어서 과거를 볼 때마다 낙방을 했다. 하루는 높은 산에 올라가 백일기도를
　　　　　하며 하늘에 세상을 원망하는 문장을 써서 올려 보냈다. 옥황상제가 문장을
　　　　　보고 제마무를 하늘로 올라오게 했다. 신체는 남고 혼만 하늘로 올라가니 억
　　　　　울한 사람들이 모두 송사를 한다고 나와 있었다. 유방과 항우도 송사에 나와
　　　　　있었는데, 제마무는 옥황상제도 해결하지 못한 송사를 모두 해결했다. 옥황상
　　　　　제가 제마무에게 임금이 되도록 했는데, 계속 신체가 썩지 않고 있었다.

토깨비 이야기 할라 카모 내가 하제.

옛날에, 옛날에 저저 저 뭐꼬 제마무라는 카는 사람이 하나 있었어.

(조사자 : 지마무?)

제마무, 제제, 제마무라는 사람이 있었는데, 그 사람이 천하 문쟁이(천
하 문장가)라. 천하 문쟁인데, 이놈어 저 그때만 해도 뭐 과게(과거) 보러
가면 돈 있는 사람은 과게 되는데, 돈이 없어노니까 그만 낙방을 저질러.
열 번 다해도 열 번 다 낙방이라, 문장은 물어볼 것도 없는데.

그래서 이 사람이 저 높은 산에 올라갖고 백일기도를 한 기라.

백일기도를 해 가지고 백일 딱 돼서 만리장성을 써 가지고는 고만 탁
차낭(발음이 불분명함) 그리(그려) 가지고 하늘로 올려보냈어.

(조사자 : 뭘 그려서요?)

만리장성을 써 가지고 암, 하늘로 올려 보냈어. 이라논(이래 놓으니) 하
늘에 쏙 올라갔뿐는 기라. 한 개도 거시기 안 되고, 재가 안 되고.

그래 인제 그만 집에 내려왔어. 집에 내려온께로, 공중에서 하는 말이,

"재마무 너는 인간에서 월매나(얼마나) 잘 했기 따문에 왜 하늘에 원망을 하느냐?"

그거는 사실로 그랬거던.

"저, 악한 사람은 잘 되고 선한 사람은 망케 하니, 난 선한 사람은 선케 하고 악한 사람은 망케 하라 그래 했다." 한케네, 그러니,

"조금 있어 보라." 카는 기라. 그래 인자 방에 들어가서 자기 마누라한테다가,

"내가 죽도록 삼어도("죽어서 있어도"의 뜻으로 말한 듯함) 내 신체를 들내지(들어내지) 말고, 곡도 하지 말고 가만히 놓두라(놓아 두라). 가만히 놓두라(놓아 두라)." 캤는데, 그래 인자 대명천지에 또 공중에서 소리를 하는 기라.

"옥황상제가 올라오라 카는데 올라가야 된다." 이러카는 기라.

그래 뭐 신체만 있고 혼만 쏙 올라갔뿌는 기라, 말하자면. 혼만 올라갔는데, 그래 인제 뭐 참 걸상한 자리를 주면서 앉으라 카거던. 그래 앉은께네로 들빵 하는 말이,

"니는 인간에서 얼매나 정치를 잘 하고, 잘 했는데, 왜 하늘에 원망을 하느냐?"

"지금 사실로 말하자면 악한 사람은 잘 되고 선한 사람은 안 된다 이기라."

그람(그러면) 돈이 있고 그런 사람은, 이 사람은, 아무것도 안 해도 과거가 되고, 이 사람은 천하무적인데 안 되거든.

"그래, 그러니 뭐 인간의 저저 세상을 어찌 살까보냐?"

그러께네로,

"조금 있어 보라고."

그래 옥집에 들어간 기라. 옥집에 들어간께네로, 그래 옥제가 자리를 주면서,

"앉으라꼬."

그래 앉아 있으께네, 똑 내나 하는 말이 그말이라. 그래 그렇다 칸께네로,

"그라면 뭐 한 가지 부탁이 있다." 칸께네,

"뭐이냐?"

"초한 시절에, 초한 시절에 장군들이 여러 수천 명이 송사에 왔는데, 삼백 년을 해도 저저 송사의 끝이 안났다." 이기라.

(조사자 : 삼백년?)

"삼백 년을 해도 끝이 안 났다." 이라는데, 삼백 년, 그 장군들이 말하자면 초왕 십대왕이,

(조사자 : 십대왕이?)

십대왕이 앉아서 해도 삼 년을 해도 그 해결을 못하거든.

그래 인자 제마무라는 카는 사람이,

"하하 이거 저저 이래논께노(이러 하니) 인간 사람이 어째 살겠노 말이야. 이거 하나 해결 못하는 인간들이 말이지, 뭐 인간인가 귀신인가 [웃으며] 모르지만은, 참 그러니 도직(도저히) 이제는 살 수가 없다. 해결한다." 캤거든. 해결한다 카는, 내자말로(말하자면) 그싼께네로(그렇게 하니까) 인자 십대왕을 싹 다 모임을 했삤는 거라.

그러니 인자 자기 혼차 그만 독왕이 돼갖고, 그래 말하자면 그 저저 육방관속들이 마 다 모여서 그만 둘러싸고 있거던. 둘러싸고 있는데, 그러니 딱 앉아갖고 제일 먼저 드갔나 하면 한 태조 유방, 유방을 불렀어. 말하자면 그 유방이 말하자면 통일천하를 했거던. 통일천하를 해논께노로, 그래 유방을 떡 불러가 댄께네로, 이놈의 자, 왜 그렇노 할거 같으면, 그 한식네('한 태조가'라고 해야 할 말을 다르게 했다)를 갖다가 그석에(습관적으로 하는 간투사이다) 지렁(간장) 가마에 삶았거든.

이거 뭐 부리물대로(부려먹을대로) 싹 다 부리묵고는, 그래 갖고 인자

그 사람이 와서 송사했제.

한식네가 그 잔덕고개로 갈 때, 초부, 나무꾼, 나무를 짊어지고 오는데, 그 사람한테 질(길)을 물었다 말이야. 그래 질을 쪽 가르쳐 줬거던. 갈쳐 준께네로 조리 가다가 가만 생각하께네로 안됐는 기라.

'하 요놈이 저저 틀림없이 날카는 전에 도망을 가 다행인데, 그래 마 저저 중국서 저저 그석으로 한나라 말이 도망을 가는 판인데, 요놈이 틀림없이 질을 가르쳐 줄 거다. 질을 가르쳐줬디 나는 죽는다 말이야.'

그래 다시 와갖고 날좀 보자 캤더니 집에 없다 말이라. 그런 사람들은 전부 다 송사에 나왔는 기라. 집에 갖다 나왔는데, 그래 천 명이면 천 명, 만 명이면 만 명, 장군들이 전부 다 집에 나와 있는 기라. 그래 뭐 거시기 인자 한번 싹 다 불러 닸있어(불러 들였어). 장군들을 짝 불러닸기 놓고, 그렇냐 카고, 그래 인자 새로, 새로 불러 가지고,

"유방이 너는 내가 말하자면 한식네 얻어 갖고 세계 통일을 했는데, 했는데, 왜 저 말이지 송사에 나왔느냐?" 말이야. 그래 뭐 향식료 어떻고 누구 어떻고 막 이래 해쌓거든. 싸이케네로,

"그래 알았다." 카고, 그래 또 한 번 불러갖고는, 또 새로 이야기를 하고는, 고 뒤에는 판결내 줬는 기라.

"너는 새로 인간으로 태어 갖고, 인간으로 새로 태어나 가지고 누구한테는 어떻게 하고 고초를 받아라."

아, 너는, 그 저저 뭐꼬, 항우를 불러다놓고, 항우가 말하자면 저저 마천하장군 아이라, 마 산이 이래 쌓고 산이 들락말락하고.

"그러니까 너는 그만치 힘이 센데, 와(왜) 한식, 저 유방이한테 죽었노?" 말이야. 그래 너는 뭣이 돼 가지고, 그래 이기 인자 말하자면 삼국지라. 그래 생각보다 이야기가 다 됐어. 그러면 인자 거시기가 유방이는, 유방이는 경패더나 뭣이더라, 뭣이 돼 가지고.

(청중 : 짤막하게 하고 인자 말어.)

인자 잠깐 하고 말끼라. [일동 웃음]

(청중 : 무신 소리하는지 당체 못 알아듣겠네.)

그래 가지고, [약간 언성을 높이며] 알아듣는 사람은 알아들어.

그러께네로 너는 뭣이 되고, 너는 뭣이 되고 이래 갖고는, ○○○ 돼갖고 원수를 갚는 기라. 그러니까 한식네가 말하자면 조조가.

(청중 : 뭐가 한식네가 무엇인데?)

응! 한식네가 거시기가 유방이가.

(청중 : [약간 지겨운 듯이] 한식네가 저거 삼촌아이라. 냅둬 그만.)

[다시 언성을 높이며] 알기는 알고 카나? 뭐라 카노. 한식네가 유방이한테 거시기해 가지고 응.

(청중 : [조용하게] 그런 소리하지 마.)

아! 초한지를 봤나, 삼국지를 봤나, 아이고. [웃음]

그래 가지고, 내나 말이지, 그 한식네라 카는 기는 조조가 되는 기라. 조조가 되고, 유방이는.

(청중 : 유방이 뭔데?)

[언성을 높이며] 한 태조 유방말이다. 지랄하네.

(청중 : 자꾸 돌려대라.)

허! 참 내. 그래 갖고 전부 다 너는 뭣이 되고, 너는 뭣이 되고, 저저 이래 이래 갖고 싹 다.

내가 간단히 핸 기라, 책이 한 권이라. 간단히 하고 마는데, 그래 갖고 뭐 싹 다 그래 해놓고난께, 해논께네로 옥황상제가,

"그래 욕 봤다." 카면서,

"너는 어느 나라에 가갖고 임금을 살아 먹어라."

이래 해 갖고 내려와갖고 그래서 자기 신체가 안 썩고 있더라 캐.

(조사자 : 그래 어데 제마무라는 사람이 그래 임금이 됐는교?)

응?

(조사자 : 임금이 됐는교? 제마무라는 사람이 송사 다 해결하고.)

아무-(아무렴) 해결하고.

(조사자 : 그래 그 이야기는 언제, 저 그 책을 읽고 알았는교? 언제 들었는교? 누구인테 들었는교?)

이거 내가 책을 보고 알았는 긴데.

(조사자 : 아, 책을 보고.)

아, 이거 책 본 지가 한 사 오십 년.

(조사자 : 40년.)

40년이 넘었는갑다. 그래 그때 책 보고, 그놈의 책이 어데 갔분는가. 허허.

세도 부리다 망한 효리의 양씨들과 칼바위

자료코드 : 04_18_FOT_20090727_PKS_JKS_0001

조사장소 : 경상남도 함양군 함양읍 함양유도회 회관

조사일시 : 2009.7.27

조 사 자 : 박경수, 문세미나, 이진영, 조민정

제 보 자 : 정경상, 남, 68세

구연상황 : 조사자가 마을의 지명이나 지형에 관한 이야기를 해 달라고 하자 먼저 양태 규 제보자(남, 82세)가 우명리 쇠바위에 관한 이야기를 했다. 이 이야기를 다 듣고는 제보자는 자신이 아는 효리의 칼바위 이야기와 좀 다르다며 자신이 아는 이야기를 구술했다.

줄 거 리 : 이조 초기에 중들이 득세할 당시에, 효리에 천석군인 남원 양씨들이 30호가 살았다. 하루는 이 마을에 중이 동냥을 왔다. 그런데 동냥 온 중을 때려서 동 냥을 못 다니게 했다. 중은 이 사실을 도사 중에게 알렸다. 도사 중은 효리에 내려가 지형을 살펴보았다. 효리의 지형이 십자혈이 있는 곳으로 너무 좋았 다. 남원 양씨들이 효리의 지형 덕분으로 부귀를 얻어 잘 살았는데, 석공에게 상석을 크게 하라고 했다. 그런데 석공의 실수로 돌이 떨어져 나가서 상석이 작아졌다. 남원 양씨들이 석공을 죽이려 하자 나중에 이 상석이 커진다고 하

며, 그때 자신의 말과 같이 되지 않으면 죽이라고 했다. 이런 상황에 도사 중이 와서 마을 앞의 연못을 메우고 칼바위를 자르게 했다. 소의 구시였던 연못이 없어지고, 쇠뿔이었던 칼바위가 잘리는 바람에 효리가 일시에 망해버렸다. 그 후 상석은 저절로 놓을 제물이 부족해서 크게 느껴지게 되었다. 석공도 뭔가를 아는 사람이었다.

(조사자 : 그 바위를 그 쇠바우라 하는 그 바위를 또 혹시 칼, 칼바위라고도 안 합니까?)

아니 그 이야기를 내가 할께, 내가 인자 효리 전설 이야기를 듣기는 고거는, 고거는 댓가지, 그 죽림이라 하는 거는 처음 듣네요, 내가.

처음 들었고, 그래 인자 그 스님이 들어와서 동냥을 들어왔을 때 이야기는 그 이야기나 비슷한데.

스님이 와서, 그 당시 어떤 시기냐 하면은 이조 초기에는 중들이 상당히 득세를 해 가지고 이성계 등극할 때 그 무학대사가 그석 해서 그 당시는 중들을 다 숭상하고 막 했는데, 저것들 너무나 그래 놓으니깐 난장판이 되어서 중들을 하세할 그 시기라. 그 시기에 효리 동네 천석군이 30호가 살았대요, 남원 양씨들이.

(조사자 : 옛날 그 부자 동네네요.)

천석군이 30호가 살았는데, 동냥을 왔거든요. 동냥을 오니까, 양반 동네 전에 옛날에는 중들이 동냥을 못 댕기구로 했던 모냥이라.

그런께 양반 동네 동냥을 왔다고 고마 참 내놓고 고마 뚜러(두드려) 패 버렸어. 이라니까,

"살려만 주십시오. 살리만 주십시요."

이래서 인자 갔어요. 살째기(살짝) 가니까 도사 중한테 가서 일렀대요. 자기 스승한테 가 일렀대요.

"효리 거 가니까 그리 하더라."

"그람 내가 그 동네를 한번 가보지."

이래서 그 도사가 오싰더라는(오셨더라는) 기라. 가서 둘러보니까 세암사에서 내려온 그 산줄기가 말이죠, 십자혈이 일곱 개가 있답니다, 십자혈이. 십자혈이 산이 쑥 내려오다가 푹 올라가서 싹 이리 생기고, 또 내려오다가 요래 생긴 게 일곱 개라네요, 고게.

십자혈은 북으로 묘를 머리를 두고 써도 되고 남으로 써도 되고, 묘 방향은 말이지 암무(아무) 데라도 쓸 수 있는 고런 자리가 십자혈이래요.

그런데 그 운세가 너무나도 좋은 기라, 효리가. 사실상 함양에 선생이, 여덟 선생 났니, 일곱 선생 났니 안쌌습니까(하지 않습니까), 효리가. 그러고 부(富)도 나고 귀(貴)도 나고 이러니까 마 거창한 기지. 그러차 그 당시 남원 양씨들이 높은 산소라고 있어요.

(청중 : 있어. 있어.)

높은 산소 그 산소 묘를 들이고 그 상석을 들이는데, 상석을 들이는데 그 지금 우리가 보군데는(보건대는) 이것보다 더 집니다. 이 상석 길이가 이것보다 더 질고, 폭은 상당히 크거든요. 그만한 그 상석을 놓는 데가 저로 봐서는 뭐 이 근동에서는 못 봤어요. 그렇게 커.

그 상석을 들이다가 태감이만치 뗐는 기라. 석공이 잘못해 가지고. 그러니까 당장 석공이 직일라 카는 기라. 그 석공 하는 말이,

"돌이 큽니다. 5년 내로 이 돌이 안 크면 저를 그때 죽이십시오."

그렇던 찰라라. 찰란데, 중이 와 가지고 보니깐 득세를 하고 대단하거든. 그래서 종가댁인가, 사실상 그 부잣집에를 들어가 가지고,

"아― 더 되고 싶냐?"

"하이고, 그기야 물어볼 필요 머 있냐."고 말이지.

"그러면 좋은 수가 있습니다. 얼마든지 할 수 있습니다." 이란께,

"어떻게 하면 되냐?"고 무라되(물어보되), 지금도 가면은 그 저 양씨네들, 그 종가집 옆에 가면, 여 와 국상씨, 정국상씨 그 집터에 가면 바위가 하나는 요래 백이가(박혀서) 있고, 하나는 지금 땅에가 떨어져 있습니다.

이쪽으로 굴러 떨어져서.

그 전에 그 밑에, 6·25 사변 때, 그 바위 밑에 굴을 파고 반공을 하고 그랬거든요.

그기(그것이) 머냐 하면 소뿔이라. 지금 저 구천서원 진(지은) 데가 그 소뿔 나온 데라고, 고 대밭이. 우각이라. 그런데 고기 떨어져 있어요, 하나는.

"이 돌을 빼십시오. 이 돌을 빼야 됩니다."

빼고, 고 앞에 가면 지금 저, 거식이 지금 가면 그 창고가 하나 있어, 고 앞에 가면. 창고에 그 못이 있었다, 연못이.

"못 이걸 메우십시오. 메우고 저 앞에 칼바우를 끊으십시오. 그러면은 마 아무 태야도(탈도) 없고 칼 저놈이 전주면(겨냥하면) 고마 영 절단 납니다."

그게 뭐이냐 하면, 소가 이리 뿔로 가쥬(가지고) 이리 여물 묵다가 이리 칼하고 이래 바로 되면, 소가 용을 쓰는 기라, 그람 팍팍 올라가는 기라.

그러니가 칼바우 끊어삐나(끊어버리니) 힘을 몬쓸 거 아인가매. 그 연못은 소 구시라. 소 구시를 메와삐리고 소뿔 빼삐리고 칼 끊어삐리몬 심(힘) 못 쓰는 기라.

그래서 그 당시에 인자 그래 가지고 했는데, 그리 해삐리니까 고마 초록띠가 30명이 남계천에 가서 천렵을 했대, 그 당시. 대단하니깐 노비들 데꼬(데리고) 가서) 했는데, 확어가 올라 오더랍니다, 요런 고기가 올러오고. 숟가락 댄 사람 싹 다 죽었답니다.

그렇고 마리(마루) 밑에서 불이 천불이 나와 가지고 하루 저녁에 싹 다 씰어버렸다 캐. 이야기가 그래 옛날에. 전설 이야깁니다. [웃으며] 참말인가 거짓말인가는 모르지. [일동 웃음]

(조사자 : 그 상석은 안자.)

그 인자 나와 가지고는 싹 다 씨리삐렀다 말이지. 그런께 갈 때가 없으니까 공배로 내려오고 냉기로 내려오고, 그리고 효리에서는 못 살았어. 지금은 효리에 몇 집이 살고 있는데.

그래 그 상석은 왜 컸냐 하면, 그 당시는 돈도 있고 세도도 있고 재산도 있고 해서 재물을 많이 차리니까 이리 컸는데, 망해삐린게 차릴 게 없은게 돌이 저절로 컸삐렀잖아.

가운데만 놔삐리께 돌이 [웃으며] 커비렀다 이 말이라 그래. 차릴 게 없으니까 돌이 크는 거지 뭐. 그래서 돌이 커진다. 근데 석공 거 그 사람도 알던 모양이지.

그렇다 카는 이야기를 내가 들었는데, 거 죽림이라 카는 이야기하고 그런 이야기는 나는 오늘 처음 들었네.

물에 떠내려가다 멈춘 대고대 바위

자료코드 : 04_18_FOT_20090727_PKS_JKS_0002
조사장소 : 경상남도 함양군 함양읍 함양유도회 회관
조사일시 : 2009.7.27
조 사 자 : 박경수, 문세미나, 이진영, 조민정
제 보 자 : 정경상, 남, 68세
구연상황 : 조사자가 근처에 바위가 떠내려가다 멈춘 곳이 있다고 하던데 하며 이야기를 유도하자, 제보자가 그것이 떨어진 바위라고 하면서 이야기를 해 주었다. 그런데 이야기는 믿을 수 없고, 사실은 홍수로 주변의 다른 것이 다 떠내려가고 그 바위만 남게 된 것이라고 설명했다.
줄 거 리 : 옛날에 도촌에서 있었던 일이다. 어떤 여자가 밖으로 나와 보니 바위가 떠내려 오고 있었다. 이를 보고 "저기 바위가 떠내려온다"라고 말했다. 그러니까 그만 바위가 그 자리에 멈추고 말았다. 그래서 그곳에 떨어진 바위라 하는 대고대가 있다. 그런데 사실은 그곳을 파면 물돌이 나오는데, 홍수가 져서 그 주위에 다른 것은 다 떠내려가고 그 바위만 남아서 그렇게 된 것이다.

그래서 떨어진 바우라 카거든, 그걸 떨어진 바우.

(조사자 : 대고대, 떨어진 바우.)

대고대, 떨어진 바우라 카는데, 옛날에 그 도촌이 고까지 도촌이라요. 그래서 그 어떤 여자가 나와서 본께 떠내려 오거든, 산이.

"어- 저 떠내려온다, 떠내려온다." 이카이까 섰다 카는데, 그 말이 안 맞는 기고. 그 전설을 보면은 우리가 볼 때는 지금 저 대고대 가면은 대암사라고 있습니다. 곰배 앞에. 대암사하고 연화사가 이끼(엮겨) 있어, 이끼 있고. 그 물이 어디로 내려갔느냐 하면은 소아대 뜰로 내려갔는 기라요.

소아대 뜰 거기 가보면 지금 바위, 이 물돌이 조금만 파면은 전부 물돌이거든. 그런께 그기 돌아가던 기 홍수가 일라서(일어나서) 바로 질러뻐리니까, 이기 다른 거는 다 떠내려갔는데, 떠내려가지를 못한 기 그 떨어진 바우라. 그래서 떨어진 바우라.

자신을 무시한 고모를 망하게 한 유자광

자료코드 : 04_18_FOT_20090727_PKS_JKS_0003
조사장소 : 경상남도 함양군 함양읍 함양유도회 회관
조사일시 : 2009.7.27
조 사 자 : 박경수, 문세미나, 이진영, 조민정
제 보 자 : 정경상, 남, 68세
구연상황 : 조사자가 유자광에 얽힌 이야기를 묻자, 제보자는 유자광이 고모를 망하게 한 이야기를 해주었다.
줄 거 리 : 유자광이 경상감사로 있을 때 고모를 배알하러 왔다. 고모에게 방안에 가서 배알을 할지 밖에서 배알을 할지 물었다. 그러자 고모는 마당에 거적떼기를 던지면서 서자 자식이니 밖에서 배알하라고 했다. 유자광은 괘심했지만 그렇게 했다. 그리고 나서 유자광은 그 동네로 이어진 산의 혈을 끊게 하여 고모네 가계를 망하게 했다.

유자광이가 경상감사로 와 있을 때, 경상감사로 와 있을 때 자기 고모를 배알하러 온 기라.

(조사자 : 배알하러.)

어, 와 가지고,

"고모님 방에, 방안에서 그런께 내에서 배알 하오리까 바껕에서 하오리까" 카니까,

"오데 서자가 그 안에서 보느냐."

그래 꺼적데기를 하나 마당에다 던짐시로(던지면서) 거서 배알을 하라 캤다. 절을 보라 캤다, 절을 하라 캤던 모양이라.

그런께 인자 유자광이로 보아서는 그 서자의 거석을 하니까 괘씸하지만은, 그 세도, 조씨네들 그 당시 세도가 대단했어.

그러니까 그래서 거서 배알을 하고 복수를 한 거야. 복수를 한 기, 거 보면은 그 저 말미가 아이고 저쪽에 수여서 보면은 거저 무신 고개고? 웃골로(윗골로) 넘어가는 그,

(청중 : 계곡이다.)

계곡이가? 그 동네가 있어. 동네가 있는데 그 동네를 뚤버라(뚫어라) 캤지요 그죠?

(청중 : 산을 끊어라 했어.)

산을 끊어라 했어. 산을 끊고 그라고 나면은 여 부자가 될 것이다. 그 기 막히가 되가 있어야 될긴데 끊어 가지고 싹 다 망했다 카지. 고모 가계가 완전히 망했다.

그러이 유자광이가 심술을 지긴 기라, 자기 고모집에 가 가지고.

기우제로 지내는 무제

자료코드 : 04_18_FOT_20090207_PKS_JYD_0001

조사장소 : 경상남도 함양군 수동면 상백리 상백마을 경로당
조사일시 : 2009.2.7
조 사 자 : 황경숙, 조민정
제 보 자 : 정연두, 남, 71세
구연상황 : 조사자가 재미있는 이야기나 이 마을에 전해오는 이야기가 있으면 들려 달라
고 청한 뒤, 여러 편의 이야기 사례를 제보자에게 들려 주는 과정에서 무제
이야기가 나오자 제보자가 이 마을에서 지냈던 무제 이야기를 하였다.
줄 거 리 : 가뭄이 들 때 이 마을에서는 마을 사람들이 함께 물병에 물을 담아서 비가
오는 상황을 재현한 뒤 불을 피워 연기를 피운다. 이를 무제라 칭한다.

지금 매이로 날이 이래 가물거든요. 가물면은 물이 필요하니깐 그라면
인자 온 동민이 회의를 해 가지고 무제를 한번 지내자 이래 됐는 기라요.

그래 인자 마당에다가 들 저런 데다가 가마솥댕이(가마솥)을 놓고 불을
놓고 이런 식으로 해 가지고, 어른들이 지내는 걸 보니깐.

우리 마을로 해나가면 저 뒤에 요 인자 샘이가 있어요. 그 전에는 댓병
소주 거 유리로 된 거 소주가 있거든요. 지금은 플라스틱이지만 유리로
된거 한 병짜리, 한 되짜리.

그걸 인자 가주고(가지고) 가 가지고 거기다가 물을 한것(많이) 담는 거
에요 샘의 물을. 지다란 사챙이에 사람들이 쭉 붙어 가지고 물병 들고 막
가는 거예요. 장수가 앞장을 서고 물병 들고 장수는. 그래 가지고,

"물 타러 가자. 어이쌰. 물 타러 가자. 어쌰."

그래 가지고 그 가서 물을 떠 가지고 이리 가져오는 기라요.

큰 봉분에 넣고 비온다 하고 물풍년이다 하고 걷고 거기다가 물을 기
루고 그래 인자 조만하이 이라 해 가지고 연기를 내고,

(조사자 : 불을 피우고요?)

응, 연기를 내고.

우리 마을에서도 그리하는 거는 내가 작을 때 조그만할 때 내가 몇 번
봤어요.

무제 지내는 거는 곳곳이 다 틀리겠지요. 우리 마을에는 그리 지내고 저 마을에는 이래지내고. 그 당시 때는 그리 하고 나면 어쨌던 구름이 끼고 이슬비가 오기는 왔어요. 그것도 묘하기는 묘한 기지요.

명산에 묘를 파서 비를 오게 한 풍속

자료코드 : 04_18_FOT_20090207_PKS_JYD_0002
조사장소 : 경상남도 함양군 수동면 상백리 상백마을 경로당
조사일시 : 2009.2.7
조 사 자 : 황경숙, 조민정
제 보 자 : 정연두, 남, 71세
구연상황 : 조사자가 제보자가 앞서 이야기한 무제 외에 달리 행하는 기우제가 없는가를 묻자, 제보자가 예전에는 명산에 묘를 쓰면 비가 안 온다고 여겨 명산에 있는 묘를 파내는 풍속이 있었다 하고는 상백마을에서 행한 기우제 이야기를 하였다.
줄 거 리 : 상백마을에서 보이는 삼산에 묘를 쓰면 비가 안 온다고 여겼다. 그래서 마을 사람들이 가뭄이 들면 삼산에 있는 묘를 팠다.

저산에 조조(저) 저기 보이지요. 저 산 저기요. 저 산에 한남막에 묘를 쓰면 비가 안 온다 하는 기라요. 저 산 저 보이는데. 한남막에.

(조사자 : 마을에서는 저 산을 뭐라고 하는가요?)

조 산 이름이 삼산이라 그카는데, 우리가 보통 부를 때 삼산이라 이카거든요.

그런데 인자 삼산이라고 한남막인데, 조 한남막 이름은 시리봉(시루봉)이라 하는 기라요. 저게 시루봉. 그런데, 조기에다(그곳에다) 한남막에 묘를 쓰면은 비가 안 온다. 지금매이로(지금처럼) 비가 안 오면,

"저 가보자. 묘를 써났는가?"

이래 돼. 그러면 사실은,

"묘를 써났다." 이카는 기라요. 나는 그 때 작아서 가보지는 안했는데,

요 근래에 와서는 그런 게 없고.

저 가서 묘를 팠다고, 그래서 묘 임자가 나타나면 안 되니까 나타나지는 안 하고 묘를 파냈다고 그래샀고, 막 어른들이 묘를 팠다고.

언제 비 올 것이라 하면, 참 비가 오는 기라요. 그때 당시 때는 많이는 안 와도 비가 오고 그랬는 기라요.

지금 생각하면 웃기기는 웃기는 기라요. 저게(저 곳에) 여러번 묘를 파러 갔었어요. 어른들이. 나는 어려서 안 가고 이랬는데, 참 묘하긴 묘한 기라요. 확실히.

꼬부랑 이야기

자료코드 : 04_18_FOT_20090207_PKS_JOS_0001
조사장소 : 경상남도 함양군 수동면 화산리 본통마을 마을회관
조사일시 : 2009.2.7
조 사 자 : 박경수, 안범준, 정혜란, 김미라
제 보 자 : 정옥순, 여, 73세
구연상황 : 조사자가 재미있는 이야기를 해달라고 하니까 제보자는 이 이야기를 했다.
줄 거 리 : 꼬부랑한 할머니가 꼬부랑한 작대기를 짚고 꼬부랑길을 가다가 꼬부랑한 개를
          만나서 꼬부랑 작대기로 꼬부랑 개를 때리니 꼬부랑 개가 꼬부랑 깽깽했다.

꼬부랑한 할마이가, 꼬부랑한 작대기 짚고, 꼬부랑 꼬부랑 걸어간께, 꼬부랑 길로 걸어간께, 저 꼬부랑한 개가 쏙 나오거던.

그런께 꼬부랑한 작대기로 강생이를 팍 뚜디리 패뿌께네, 꼬부랑 깽깽 꼬부랑 깽깽 꼬부랑 깽깽 하더래.

맞바위와 남계수의 내력

자료코드 : 04_18_FOT_20090118_PKS_JJS_0001
조사장소 : 경상남도 함양군 수동면 원평리 남계마을 마을회관
조사일시 : 2009.1.18
조 사 자 : 박경수, 안범준, 문세미나, 조민정
제 보 자 : 정지상, 남, 72세
구연상황 : 조사자가 마을 주변이 지명이나 바위 등에 얽힌 이야기가 없느냐고 하자, 제
　　　　　 보자가 이 이야기를 했다.
줄 거 리 : 산성에 맞바위라고 있는데, 임진왜란 때 아군들이 서로 마주 보고 교신을 하
　　　　　 던 바위라고 해서 붙여진 이름이다. 남계천은 임진왜란 때 일본군과 전쟁을
　　　　　 하다 아군이 많이 죽어 그 피가 흘러갔다고 하여 '혈계천'이라 부르기도 했다.

옛날 산성(사근산성을 말하는 듯함.)이 거 있는데 임진왜란 때, 그때 인
자, 왜놈들 하고 싸움을 할 때, 그게 인자 말하자면, 요새로 말하자면 신
호제. 따지고 보면 연기로 하든, 불빛으로 하든. 요 밑에 그 말하자면, 우
리 군이, 아군이 요게서 이 왜놈들이 어떻게 지금 움직이고 있다 하고 서
로 연락 교신을 할 때.

(조사자 : 봉화불로?)

응, 교신을 할 때 그거를 사용했던 맞바우라.

(청중 : 그도 맞바위가 하나 있거던.)

저 남하에도, 성 옆에도 하나 있고, 요게도 하나 있어. 현재 요도 나가
면 현물이 있어. 고리 했던 기고.

(조사자 : 그때 당시 그래 했던.)

요게 그 우리가 남계수라고 이러는데, 그 당시 일본 사람들하고 싸워서
우리 군이 너무 많이 죽었을 때, 피가 흘러내려 가다가 혈계수라, 이런 말
도 했거던. 혈계수라 이런 말도 했거던. 그런 전설이 있고.

(조사자 : 아, 그때 사람이 많이 죽어서.)

그때 일본 사람들하고 전쟁을 하다 보이께, 그런 전설이 있다 카는 그기라.

강물을 줄어들게 한 정일두와 '낭개수'

자료코드 : 04_18_FOT_20090118_PKS_JCS_0001
조사장소 : 경상남도 함양군 수동면 원평리 남계마을 마을회관
조사일시 : 2009.1.18
조 사 자 : 박경수, 안범준, 문세미나, 조민정
제 보 자 : 정철상, 남, 79세

구연상황 : 조사자가 이 마을에 얽힌 전설이나 정일두 선생 이야기를 해달라고 하자 제
　　　　　보자가 나서서 이 이야기를 했다. 효성으로 남계천의 물을 줄어들게 하여 어
　　　　　머니 장례를 치렀다는 정일두 이야기와 '낭개수'(남계천의 별칭)란 강 이름이
　　　　　붙게 된 사연을 합쳐서 한 이야기로 했다.

줄 거 리 : 정여창이 어머니의 장지를 강 건너 성안에 잡고 장례를 지내고자 했다. 그런
　　　　　데 비가 많이 와서 강을 건너지 못할 뿐만 아니라 건너편의 중들이 장례를
　　　　　반대하고 강을 못 건너게 했다. 정여창이 하늘에 기도를 하자 강물이 줄어들
　　　　　어 장례 행렬이 건널 수 있게 되었다. 중들도 정여창을 하늘이 내린 사람이라
　　　　　생각하고 모두 물러났다. 그런데 장례 행렬의 맨 뒤를 따르던 몸종이 그만 강
　　　　　물에 휩쓸려 죽고 말았다. '낭개수'란 강물 이름은 이 몸종의 이름인 '낭개'를
　　　　　따서 붙인 것이다.

　　요 위에 성안이라는 데를 갈 것 같으면은, 그 모시난(모셔 놓은), 모셔
가 있어.

　　있는데, 옛날에 저기 정일두(일두(一蠹) 정여창(鄭汝昌)) 선생의 오마니
가(어머니) 돌아가셨어. 돌아가싰는데, 물을 강을, 냉수를 건니야 돼. 냉기
수('남계천'을 이렇게 말했다.)를 건니야 되는데, 이 앞에 물, 이기 냉기수
거든. 건너야 되는데, 우에서 비가 많이 와 가지고 황토사가 내리 왔었어.
황토사가 내려와서 도저히 상두꾼이 문상을 몬하게 되었어. 물이 많아서
문상을 몬하고 있고.

　　요 우에 성안이라 캔 데, 저 중이 절을 지놓고 있었어. 그래서 거다가
자기 오마이를 모실라 캤는데, 저 중들이 못 건너게, 물 못 건너구로 했어.
대추(가려 듣기 힘들어 뜻을 알 수 없다.) 이를 해 갖고 물을 못 건너구로
했어. 못 건너구로 핸 것뿐만 아이라 물이 많아서 건네 올 수가 없어.

건널 수 없었는데, 정일두 선생이 우쨋냐면 참 청화수를 떠놓고 말이지, 하느님인테 기도를 드렸다 이말이야. 기도를 딱 드린께, 그 냇물이 갈라졌다는 소리는 거짓말이고, 물이 줄어졌삤어, 줄어진 기라.

(조사자 : 줄어들었어, 갑자기.)

하모 줄었어. 줄어서 물 건네오는 기라.

문상을 해 갖고 건니오는데, 뭐이랄꼬 같으면 절에 중이, 중이 말이라, '아하 이거 하늘이 아는 사람이구나. 우리가 가야 되제, 우리가 피해야 되제. 아 여서 우리가 같이 상대를 해서는 안되겠다.' 싶어서 중들이 싹 갔삐렸어.

갔삐리고 문상을 해가 건네오는데, 여 말할 것 같으면 어째 됐냐 할 것 같으면 건네오고, 싹 다 건니오고.

몸종이 하나 있었어. 옛날에 몸종이라고 하는 사람, 그 밑에 수발이 하는 사람, 종.

(조사자 : 그렇죠.)

몸종이 하나 있었는데, 여가 여자가 하나 있었는 기라. 몸종이 하나 건니다가, 맨 끄트머리 여자가 건너오다가 물이 팍 쏟아지 가지고 물에 떠내려 갔삤어. 떠내려가 죽었어. 죽었단 말이라, 물에 떠내려가 죽었는데, 그 몸종 이름이 무엇이냐 하면 낭개라.

(조사자 : 아하.)

이름이 낭개라.

(조사자 : 네.)

이름이 낭개라서 물이 낭개수라, 낭개수가 되었어.

그래 가지고 그이 참 오마이를 갖다가 성안에다 갖다 모셨거든. 모시고, 몸종은 들어가는 입구에다가 묻어줬다 이 말이라. 그런 전설이 있어.

(조사자 : 처음 듣는 이야깁니다.)

그러이께 그 일두 선생이 참말로 부모한테는 효자라. 아 효자 노릇을 했어. 여 비에 가면, 신도비에 적어놓은 거 싹 다 있거든.

(조사자 : 네네.)

적어 놓은 게 있는데, 효자라 효자. 그런게 효자고, 여 충신이고, 정일 두 선생이, 내가 정가지만은, 우리 선조가 여여 문화재가 돼갖고 있어요. 우리 종갓집이 문화재로 돼갖고 있는데, 그 정문에, 대문에 가면 효자 충신이라고 간판이 딱 되가 있어.

세도 부리다 망한 효리의 남원 양씨들

자료코드 : 04_18_FOT_20090118_PKS_JCS_0002
조사장소 : 경상남도 함양군 수동면 원평리 남계마을 마을회관
조사일시 : 2009.1.18
조 사 자 : 박경수, 안범준, 문세미나, 조민정
제 보 자 : 정철상, 남, 79세
구연상황 : 마을의 지명이나 명당, 풍수에 관한 이야기가 없느냐고 조사자가 묻자, 제보 자가 남계천의 강물을 줄어들게 하여 모친상을 치른 정여창과 '낭개수'라 별 칭되는 이름이 전해지는 이야기를 한 다음, 바로 이어서 이 이야기를 했다. 효리마을에서 조사하지 못한 칼바위 전설이 포함된 효리의 지명 전설을 이야 기한 것이다.
줄 거 리 : 옛날 효리는 소터 자리로 터가 좋아 부자들이 많이 살았는데, 남원 양씨들이 만석지기가 많았다. 그런데 남원 양씨들이 너무 세도를 부려 윗 마을의 최씨 들이 마을 앞을 지나지 못하고 '도치골'을 돌아서 가야 할 정도였다. 도사가 보낸 중이 양씨들의 세도를 확인하러 갔다가 큰 곤욕을 치렀다. 도사가 마을 에 내려와 마을 앞의 연못을 메우고 칼처럼 생긴 칼바위를 깨면 더 큰 부자 가 된다고 했다. 도사가 시키는 대로 하자, 소의 구시가 되는 못이 메워지게 되고, 칼바위가 깨어져 피가 나고 두 마리 학이 날라가버려서 마을의 업(業) 이 없어졌다. 그후 양씨들이 망하고 효리에 큰 부자가 나지 않았다.

옛날에 함양을 몰라도 효리 개평이라고 하면 알았어. 알아줬어. 그런께 지금도 함양 군내에서도 효리 개평이라고 하면 알아줘요. 알아주는 데라.

(조사자 : 마을 이름이 인자.)

하모, 그래서 저 여 효리 개평, 효리 개평이래 썼는데, 그전에 전설의 이야기를 한번 들어 보면, 옛날에 효리 집터가 좋아 가지고, 내가 그 듣는 소린데.

(조사자 : 그 이야기.)

그런데 옛날에 집이 소터라. 효리가 아니고 소리라, 소리. 하모, 소터라고 소리라. 소린데, 옛날에 우리는 모르는데, 옛날에 이야기는 들었어.

양씨네들이, 남원 양씨네들이 소우리, 소우린데. 그래서 인자 남원 장씨네들이 만석 거부가 수붕(수북)했었어.

(조사자 : 만석 거부가.)

응. 옛날에 이야기가 그러구로. 하모 얘긴데, 만석이 막 천지가 수두룩했었어. 터가 거찮아(대단히) 좋구만, 효리. 터가 만석이 수북했는데.

양씨네들이 세도를 부릴라고 마, 그 앞에 도로를 지내가면, 그 우에 최씨네들이 살았는데, 말만 말만 타고 가면 어른, 저저 양반이노 집 앞에서 말타고 간다고 못 타구러 했어. 못 타고 가구러 했어. 세도가 어찌나 좋던지 옛날에는 안 그런가베.

그래서 최씨네들이 살다가 저리 돌아간다고, 도치골이라고 있어. 효리 앞에는 못 가고, 돌아갔어. 돌아갔기 때민에 도치고개.

(조사자 : 도치고개?)

하모, 돌치고개. 그래서 최씨네들이 거 살아도 만날 돌아댕기지 효리 앞에는 못댕겼어. 세도가 어떻게 세든지.

(조사자 : 지금 그 저 남원?)

아, 남원 양씨들이, [주변에 있는 양씨들을 지칭하며] 이 사람들이 다 남원 양씨거던. 그래 가지고 그런 이야기를, 옛날에 우리가 들은 이야긴께네 보통으로 들어도 되는 기라,

그래 가지고 세도가 엄청 좋은께네, 저 중, 도사가, 도사가 말이라,

"효리가 세도가 그리 좋다고 카는데, 세도가 얼매나 좋은고 한번 가봐라."

제자를 보낸 기라. 제자를 보낸께네, 중이 온께네 고만, 세도가 좋대도 이놈을 들송구리로 해가 그만 막 뚜디리 팼거든, 얼매나 이놈을.

"무엇 때문에 내려왔느냐?"

그래서,

"우리 도사님이 내리가보라 캐서 내려왔다 그랴. 그랄 겉으면 내가 올라가서 도사님을 내려다 보내줄낀께, 나좀 풀어도라."

이래 가지고 그래 풀어줬다 카는 기라. 풀어 준께 올라가서 도사한테 가서 이얘기를 했거든.

"요카고 요카고 함양 효리라 카는 데를 간께네, 그리 세도가 좋더라. 좋다 카다 맞아죽을 뻔 했다고. 그런께 도사님이 한번 내려가보시라."고 이러 캤거든. 그래서 인자 도사가 내려 왔어. 옛날에는 도사는 마 천재라, 아무것도, 세상일을 찬히(훤히) 아는 사람들이라. 내려와지고서는, 그래 참 제일로 갑부, 만석 거부한테 가서 이야기를 한 기라.

"하 이렇게 돼도 더 되고 짚나(싶나)?" 이기라. 만석이 마 수두룩했었다 캐.

"이리 돼도 더 되고 짚나?"

"아이고, 더 되고 짚고 말고."

이만 석이 아이라 삼만 석이라도 하고 짚거든. 있는 사램이 더 하고 짚는 기라. [동의를 구하며] 안 그래? 지금도 있는 사램이 자꾸 더 있고 짚은데. 그때 아모 비미(어련히) 알끼라.

"그라면 좋은 수가 있습니다."

그 효리가 그럴 것 같으면 못이, 큰 못이 하나 있거든. 못이 있고 소, 소 구시라. 그 못이 큰 기 하나 있고, 고 건네 갈 것 같으몬

[제보자가 다른 사람에게 돈을 건네주어야 하는 일이 있어 잠시 이야기를 멈추었다가 다시 시작함]

그래 가지고 못이 하나 큰 게, 동네 앞에 못이 큰 게 하나 있어. 있고,

고 건네 바우가 하나 있어. 칼바우라 카는 기, 칼바우. 칼바우라 카는 기 있는데, 고기(그것이) 어찌 됐냐 할 거 같으면,

"그 칼바우가, 소가 저저 죽을 묵고 있는데, 칼바우 그놈이 칵 찌르면 살림이 폭폭 솟는 기라. 폭폭 솟아 자꾸 부자가 되는 기라, 부자가 되는데."

도사라 망할라고 그럴새(그렇게) 이애기를 한 기라. 그런께,

"요 구시를, 구시도 아이고, 요 못을 메우소."

(조사자 : 응, 못을.)

"못 메우고, 저 건네 저 바우, 저놈을 탁 깨 내삐리 버리소. 깨내모 고마 팽가가 몇 만석 된다 이기라. 몇 만석 더 된다 이기라."

그라고서는,

"알겠냐고. 그라면, 이기 수만 석 더 한다." 고 이리 캤거든. '에라이 이놈의 거 어디 한번 봐라.' 싶어서 올라간 기라. 올라가서, 세도는 좋제, 만석군 뭐 수두룩한데, 세도 비미 좋나? 그래 마 구시를 싹 마 내삐렀어, 못을.

(조사자 : 못을, 어.)

못을 메우고 그 칼, 칼바우라는 그 놈을 탁 짤라버렸다 말이라. 세도 했고, 세도 좋고 비미 뭐 할끼라. 그래 가지고 이놈을 탁 짤라버리께네, 거서(거기서) 니 말 들으면 학이 두 바리 날라갈테고, 한 마리는 지곡으로 가고, 한 마리는 성안으로 갔다는 말이 있대.

(조사자 : 성안으로?)

학이 거서 나가 가지고.

(조사자 : 돌 깨는 바위에서.)

거짓말인가 참말인가 몰라도, 옛날 얘기 거짓말 아인가배, 더러. 아모.

(청중(양화용) : 그래 인자 업이 떠난 기라, 말하자몬.)

아모, 업이 떠나삔 기라,

그런데 지금도 가보모 칼바우라 카는 데 그 거짓말(거짓말)이 아이라,

지금도 불구무리한(불그스름한) 물이 있어. 거거 칵 짤라낸 데. 짤라낸 데 지금도 불구무레한 물이 있더라고, 본께.

(조사자 : 학이 날라가뻤네.)

응, 그래뺐는데.

(청중 : 지금도 바우는 있어.)

하모 바우는 있어. 반츰은 날라가삐고, 바우는 있는 기라, 지금도. 반츰은 있어. 있는데, 요기 어디 있느냐 하면, 그런께 고거 딱 메와삐리고 칼 바우 건드리고 난께, 학이 두 바리 날라가서 하나는 성안으로 가고, 하나는 지곡으로 갔다 카는데.

고리 가삐리고, 여는 어떡할거 같으면 집이 망하기 시작하는 기라. 소년생(소년상(少年喪))이 자꾸 나는 기라. 소년생이 난다구 카는 것은 젊은 사람이 자꾸 죽는 기라. 죽고 막 굉장한, 집이 어데서 불딩이가 나와 가지고 집을 싸라삐리는(불살라버리는) 기라.

도저히 견딜 수가 없는 기라. 그래서 할 수 없어 가지고 그 사람들이 내려왔어. 내려온 곳이, 요 밑에 새바우라고 하는데, 거기밖에 못 내려 왔어.

내려와 가지고, 평상 산다 캐야 우리 어려서부터 거시기 해도 호부 30석 하는 사람이 없었어. 폭 망해삐맀어 고마. 만석군 하는 사람들이 좋게 30석도 제대로 못했는데.

이 사람들이네. 이 사람들이 잘 살았어, 동안에 삼서. 어, 그전에 한 삼십 석, 오십 석 했으니께네, 하모 이 사람들이 잘 살고 이랬는데. 양씨네들이 두서너 집 뺐이 한 삼십 석하는 사람이 없었어. 없었는데, 그 사람들이 탁 망해버렸빘거든.

나중에 우리 정가에서 개평서 효리 이사를 갔는 기라. 그 뒤에 망하고 난 뒤에. 와 가지고 효리서 우리 집안이 삼천 석을 했어. 천석 석 셋집이 났다. 삼천 석을 하고 그리 살았어, 옛날에.

그런께 너무 세도를 부리면 못하는 기라. 아— 하모.

이야기 잘 해서 사위된 사람

자료코드 : 04_18_FOT_20090117_PKS_JOJ_0001
조사장소 : 경상남도 함양군 수동면 하교리 하교마을 마을회관
조사일시 : 2009.1.17
조 사 자 : 박경수, 서정매, 정혜란, 문세미나, 이진영
제 보 자 : 주오점, 여, 76세
구연상황 : 노래판이 잠시 멈춘 사이에 임오택이 도깨비 이야기를 하면서 이야기판으로
바뀌었다. 조사자가 노래 못하면 이야기 한 자리 해야 한다고 하니까, 제보자
가 이야기를 간단하게 하나 하겠다고 하면서 이 이야기를 시작했다.
줄 거 리 : 옛날에 딸을 예쁘게 키운 사람이 이야기를 듣기 싫도록 해주는 사람이 있으
면 사위를 삼겠다고 했다. 한 사람이 나서서 시키는 대로 따라서 말을 해야
한다고 했다. 소나무에서 솔방울이 하나씩 떨어지는 이야기를 끝도 없이 하
자, 결국 딸을 빼앗기고 사위를 삼게 되었다.

(조사자 : 할매, 안자 노래 또 한 자리, 또 이쪽에서 이쪽을 넘길게, 노
래 한 자리 하고, 또 노래 못하면 이야기 한 자리 해야 됩니다.) [웃음]
이야기 간단하게 하나 할게.

(조사자 : 예 예.)
옛날에 어떤 아저씨가 딸을 이쁘게 하나 키웠는데,
"이 딸한테 내 사위 되는 사람은 나의 저게 듣기 싫도록 그 저게 이야
기해주는 사람 준다." 카더라요. 그래 인자.

(청중 : 사우 인제 될 사람을?)
(조사자 : 음, 듣기 싫도록 이야기하는.)
그래 사우가 인제 그서,
"내가 듣기 싫도록 해준다."고 자단을 하고 하나 들어왔는데.
"나 시킨대로 해야 된다."
그러더래요.
"그래 시킨대로 한다."고 한께, 저게 우물가에 그카모 우물가에 그카고.
"솔나무가 하나 있다."

"솔나무가 하나 있습니다."

"그럼 솔방울이 한 개 떨어진다."

"그래 하나 떨어진다."

카모,

"툼벙."

또,

"툼벙."

그 꼭 숭(흉내)을 내야 되는 거 아닙니까? 거기 끝이 있소? [일동 웃음] 하나 떨어지면 또 툼벙, 또 사우가 툼벙. 몇 년이고 끝이 있소?

그래서 그냥 딸 뺏기고 말더라요. [일동 웃음]

부잣집 어른을 골려준 아이

자료코드 : 04_18_FOT_20090207_PKS_HPS_0001
조사장소 : 경상남도 함양군 수동면 내백리 내백마을 마을회관
조사일시 : 2009.2.7
조 사 자 : 박경수, 안범준, 정혜란, 김미라
제 보 자 : 한필순, 여, 78세
구연상황 : 제보자는 옛날에 부친한테서 들은 이야기라며 한번 해보겠다고 하면서 구연을 했다. 오성과 한음 일화가 부잣집과 가난한 집 사이의 이야기로 전환되어 구술되었다.
줄 거 리 : 옛날 윗집은 부자로, 아랫집은 가난하게 살면서 윗집에서 아랫집을 무시했다. 가난한 집에 있는 배나무가 윗집으로 넘어가니, 윗집에서 자기 집 것이라고 따 먹었다. 가난한 아랫집에 사는 일곱 살 아이가 윗집 영감 방에 가서 손을 넣으며, "이 손이 누구 손이냐"고 물었다. 윗집 영감이 아이 손이라고 하자, 아이는 왜 우리집 배나무를 그 집에서 따 먹느냐고 따졌다. 영감은 아무 말을 못했다.

옛날에 웃집에는 부잣집에서 살고, 아랫집에는 없는 사람이 살았는데,

근데 아가 일곱 살 먹는 아가 하나 있었다 캐요. 일곱 살 먹는 아들이 아 랫집에, 인자 없는 집에 사는데, 옛날에는 없이 산께, 넘어집(남의집)도 살 고 한께, 고만 참 없는 사람은 그거 양반으로 안 치잖아요?

(조사자 : 그렇지.)

그래가 사는데, 배나무가 저기 없는 집에서 인자 배나무가 와갖고 고만 있는 집에 그리 넘어갔더래요. 그래 배를 없는 집에선 저거 배나무라고 딸라고 한께, 고마 못 따구러 하더라요. 저거 집으로 배나무가 넘어왔으 니까,

"우리 해라."

인자 있는 집에서.

(청중 : 자기집 낀데(것인데).)

하모.

그란께, 그마 일곱 살 먹는 애가 고마 와갖고, 그 있는 집에 참 영감님 방에 가 갖고 손가락을 푹 옇더라요. 그래,

"야이놈 자슥! 그따가 와 손을 넣냐?"고 머라한께(나무라니까), 그래 고 마,

"이게 손이 내 손이요, 할아버지 손이냐?"라고 묻더라 캐.

"야이놈 자슥아!"

담배 꼭대기를 탁 때리면서,

"네게 붙은데 니 손가락이지 왜 내 손가락이고?"

"그럼 배나무 우리집에 있는데, 와 요집에서 배를 따먹느냐?"고 따지더 래요. [일동 웃음] 그러니까 고마 다시 할 말이 없어서 말을 못 하더라 캐.

고을 원을 골려 준 아이

자료코드 : 04_18_FOT_20090207_PKS_HPS_0002
조사장소 : 경상남도 함양군 수동면 내백리 내백마을 마을회관
조사일시 : 2009.2.7
조 사 자 : 박경수, 안범준, 정혜란, 김미라
제 보 자 : 한필순, 여, 78세
구연상황 : 앞의 이야기에 이어 제보자는 옛날에 더 들었던 이야기라고 하면서 이 이야
기를 구술했다.
줄 거 리 : 옛날 많은 사람들이 모여서 묘사를 지내고 있었다. 고을 원이 말을 타고 지나
가다가 술을 먹고 싶어서 술을 한잔 올리라고 명령했다. 이때 일곱 살 아이가
손님도 자손과 같으니 절을 한번 하면 술을 드린다고 했다. 고을 원이 민망하
여 절을 하지 못하고 술도 얻어먹지 못했다.

그래 또 인자, 옛날에 [웃으며] 제게 큰 학장네가 있어서 묘사를 지내
더라네요. 묘사를 지내는데, 막 사람이 그렇게 많이 묘사를 지내는데, 참
고을 원이 와 갖고, 옛날에 말을 타고 오다가 처다본께, 참 목이 컬컬하
이, 술이 한 잔 잡숫고 짚더래요.

"여봐라, 여기 술 한 잔 올리라!" 캤다네요. 그랑께 모두 묘사를 지내다
서서 차다본께, 그래 고마 또 그 일곱 살 먹은 애가 옆에 서서 딱 돌아서
서 처다보디마는,

"손(손님)도 손이요, 자손도 손인께네, 여기 와서 절 한 자리 하이소. 그
라모 술 한 잔 드리마." 카더라여. 그러니까 그 술 한 잔 얻어먹으려고,
참 고을 원이 와갖고 넘의 묘사에 절을 하겠어요? 그러니까 몬 하고 가더
래여, 못 얻어먹고.

그리 어린 아들이, 그래 옛날에는 고마 그런 아를, 그런 아를 없애삔다
네요, 똑똑하다고.

(조사자 : 너무 똑똑하다고.)

예. 그래 나도 그런 얘기를 옛날에 들었어요.

돌을 굴려서 호랑이 쫓은 이야기

자료코드 : 04_18_MPN_20090118_PKS_YWY_0001
조사장소 : 경상남도 함양군 수동면 원평리 남계마을 마을회관
조사일시 : 2009.1.18
조 사 자 : 박경수, 안범준, 문세미나, 조민정
제 보 자 : 양화용, 남, 74세
구연상황 : 조사자가 예전에는 함양에 호랑이가 많았지 않느냐며 호랑이 이야기를 유도
했다. 제보자가 나서서 직접 체험한 이야기라며 호랑이 이야기를 꺼냈다.
줄 거 리 : 난망이란 곳에 나무를 하러 간 사람들이 산 위에서 돌을 언덕 내리막으로 굴
렸다. 숲에 숨어 있던 호랑이가 놀라서 도망을 갔다. 그 후 호랑이는 사람만
보면 도망갔다.

저게 우리가 제낀 바운데, 우리가 저 여 ○망('난망'인지 '남망'인지 불
문명하다)이라고, 우리가 나무를 하러 갔거든.

(조사자 : 나무하러 네.)

저 수동 사람이 저 나무를 또 하러 와. 저게서 고마 저 난망에서, 저 머
고 돌을 갖다가 막 이 밑에 인자, 내리막이 이리 있는데, 우에서 마 짝지
로 갖고 마 돌을 막 세리 공굴여(굴려).

(청중 : 나무 못 하구러. 나무 못 하구러?)

응!

"하이, 이놈의 작들아, 돌군(돌군(群), 돌무더기) 무디(무더기) 내려간
다."

이람서 고마 마 돌을 공굴린다 말이라. 그래 아이 밑에 있응께, 막 저
위에서 막 태양겉은 돌을 막 궁굴리 내려가서 겁이 나서 마 피했다. 피해
서, 아니 그 수풀 있는데 거 있으께네, 아이 이놈의 호랭이가 마 놀래 가

지고, 어 호랭이가 놀래 가지고, 이놈이 돌군 무디 내려오는 바람에, 어디 숭궀다가(숨었다가) 놀래 가지고 고만, 사람만 보면 쫓아왔버려.

(조사자 : 아하 호랭이가, 네.)

그래 인제 처다본께네 이거 뭐 호랭인가 머인고도 몰랐지 머, 난주(나중에) 알고본께 호랭이라고 했어.

그래 인자 그 앞으로 그 뭐이고 가더라고. 그래 인자 작대기를 짚고 지게를 짊어지고, 그 뭐 뭐시라고 그놈을 찾아 갔다. 찾아간께 먼데서 본께 나무 밑에 딱 숨었더라, 숨더라고.

그래 인자 이게 머이라꼬 또 갔어. 가 갖고 인자 구경을 했다고. 가니까 고만 가버리고 없데. 근데 여서,

(청중 : 잘못 본 거 아냐?)

아이라. 어디로 본께네 앉은 자리까지 딱 발떼죽(발자국)이 있고, 그렇더라고. 그래 인자 여 호랑이가 샜었어(많았어).

모심기 노래

자료코드 : 04_18_FOS_20090207_PKS_KSB_0001
조사장소 : 경상남도 함양군 수동면 내백리 내백마을 마을회관
조사일시 : 2009.2.7
조 사 자 : 박경수, 안범준, 정혜란, 김미라
제 보 자 : 강신봉, 남, 87세
구연상황 : 여성 노인들을 대상으로 한 구비문학 조사가 거의 끝나갈 무렵 이 제보자가
          들어왔다. 조사자가 모심기 노래를 부탁하자, 제보자는 이 노래를 했다. 노래
          중간에 사설이 바로 생각나지 않아 잠시 머뭇거리다가 청중의 도움을 받아
          끝까지 노래를 불렀다.

다풀~다풀~ 타박-머리 해 다- 진데 어데- 가노

요기 인자 처면(처음) 사람이 부르는 기거던. 고 뒤에는.

엄마 [잠시 머뭇거리다] 엄마 산소

아이구 이거 아이다.
(청중 : 우리 엄마.)

우리 엄마 산소-등에 젖 묵-으로~ 나는- 가네

풀국새 노래

자료코드 : 04_18_FOS_20090119_PKS_KOH_0001
조사장소 : 경상남도 함양군 수동면 도북리 도북마을 마을회관
조사일시 : 2009.1.19

조 사 자 : 박경수, 서정매, 정혜란, 김미라, 이진영

제 보 자 : 권오현, 남, 74세

구연상황 : 조사자가 어렸을 때 산에 가서 뻐꾸기나 산비둘기 소리를 흉내내며 부르는
노래를 유도하자, 제보자가 이 노래를 했다. 처음에는 읊조리듯이 했는데, 조
사자가 노래로 다시 불러 달라고 요청해서 했다. 풀국새는 뻐꾸기를 지칭하는
경남 방언이라고 사전에 올라 있지만, '풀국새 노래'는 산비둘기 소리를 흉내
내어 부른 노래이다.

  (조사자 : 애비 죽고, 이래.)

  (조사자 : 다시 한번 해 보시죠.)

　　풀꾹 풀꾹

　　애미 죽고 애비 죽고

　　서당 빨래 누가 할꼬

[일동 웃음]

모심기 노래

자료코드 : 04_18_FOS_20090118_PKS_KBD_0001

조사장소 : 경상남도 함양군 수동면 원평리 서평마을 마을회관

조사일시 : 2009.1.18

조 사 자 : 박경수, 서정매, 안범준, 정혜란, 문세미나

제 보 자 : 김분달, 여, 79세

구연상황 : 조사자가 모심을 때 부르는 노래가 없었느냐고 하자, 제보자가 이 노래를 노
랫가락 곡조로 불렀다. 모를 심는 동작을 하면서 불렀다.

　　다풀~다풀~ 타박머-리 해 다 질 때~ 어데 가노

　　울 어머-니 산소 등~에 젖 묵으로~ 나는 가네

노랫가락

자료코드 : 04_18_FOS_20090117_PKS_KSB_0001
조사장소 : 경상남도 함양군 수동면 하교리 하교마을 마을회관
조사일시 : 2009.1.17
조 사 자 : 박경수, 서정매, 정혜란, 문세미나, 이진영
제보자 1 : 김순분, 여, 75세
제보자 2 : 박삼순, 여, 81세
구연상황 : 노래판이 한창 무르익자, 제보자가 노래판에 자연스럽게 끼어들었다. 박삼순
이 먼저 '노랫가락'을 부르고 다 마무리하지 못하고 그치자, 제보자가 나서서
더 연결되는 뒷부분의 사설을 불렀다.

제보자 2 지리산- 상상봉~ 외로이 소나무~

날캉같이-도~ 외로이 섰구나

하도 외롭아서 인자 그런 노래 속으로 불렀지.

제보자 1 외로이 섰다고~ 숭보지~ 마세요~

올코(올해와)- 내년 가면 좋~다 쌍지화 설께네라

다리 세기 노래

자료코드 : 04_18_FOS_20090117_PKS_KSB_0002
조사장소 : 경상남도 함양군 수동면 하교리 하교마을 마을회관
조사일시 : 2009.1.17
조 사 자 : 박경수, 서정매, 정혜란, 문세미나, 이진영
제 보 자 : 김순분, 여, 75세
구연상황 : 어렸을 때 다리를 세면서 부르는 노래가 있지 않느냐고 조사자가 말하자, 제
보자가 이 노래를 불렀다. 사설을 3박자의 리듬에 맞추어 빠르게 읊듯이 불
렀다.

[빠르게]
이거리 저거리 각거리

진주 맹근(망근) 도맹근

짝바리 해양근

도래 줌치(주머니) 사례육

육도 육도 전라육

동산에 올라 제비콕

마당에 닭키(닭이) 꼬꼬댁

정지문이 떨커덕

파랑새요 (1)

자료코드 : 04_18_FOS_20090117_PKS_KSB_0003
조사장소 : 경상남도 함양군 수동면 하교리 하교마을 마을회관
조사일시 : 2009.1.17
조 사 자 : 박경수, 서정매, 정혜란, 문세미나, 이진영
제 보 자 : 김순분, 여, 75세
구연상황 : 제보자는 이 노래가 생각났는지 자진하여 바로 부르기 시작했다.

새야 새야~ 파랑~새야~ 연애-줄에 앉지 마라

연애꽃-이 떨어~지면~ 처녀- 총각이 울고 간다

파랑새요 (2)

자료코드 : 04_18_FOS_20090117_PKS_KSB_0004
조사장소 : 경상남도 함양군 수동면 하교리 하교마을 마을회관
조사일시 : 2009.1.17
조 사 자 : 박경수, 서정매, 정혜란, 문세미나, 이진영
제 보 자 : 김순분, 여, 75세
구연상황 : 제보자가 앞의 노래를 부른 후에 청중 중에 박삼순이 이 노래를 읊조리자, 이

노래가 바로 생각났는지 불렀다. 노래는 노랫가락조로 했다.

새야 새야~ 파랑새야~ 녹디낭개(녹두나무)~ 앉지 마라
녹디낭~개 앉이면은 청포장사가 울고 간다
청포-장사 울고 가면~ 너의 진실을 어이 할래

임 그리는 노래

자료코드 : 04_18_FOS_20090117_PKS_KSB_0005
조사장소 : 경상남도 함양군 수동면 하교리 하교마을 마을회관
조사일시 : 2009.1.17
조 사 자 : 박경수, 서정매, 정혜란, 문세미나, 이진영
제 보 자 : 김순분, 여, 75세
구연상황 : 청중(박삼순)이 작은 목소리로 이 노래를 시작했으나 제보자가 나서서 노래를
끝까지 부르며 마무리했다. 역시 노랫가락조로 불렀다. 노래를 마치고 제보자
스스로 "잘 한다"고 하자 모두 박수를 치며 호응했다.

(청중 : [노래로] 파릇파-릇 봄배추는- 밤이슬 오기만 기다리고.)

옥에 갇-힌 춘향이는 이도령 오기만 기다린다
얼씨구나 좋네- 절씨구나 좋네~
이렇게 좋을 때가 또 있던가

잘 한다. [일동 웃음]

청춘가

자료코드 : 04_18_FOS_20090117_PKS_KSB_0006
조사장소 : 경상남도 함양군 수동면 하교리 하교마을 마을회관

조사일시 : 2009.1.17
조 사 자 : 박경수, 서정매, 정혜란, 문세미나, 이진영
제 보 자 : 김순분, 여, 75세
구연상황 : 제보자가 흥이 나서 계속 생각나는 대로 노래를 하기 시작했다.

산천이 얼마나이 좋으면~
노래야 끝마다~ 좋-다 산천이 드느뇨~

남녀 연정요

자료코드 : 04_18_FOS_20090117_PKS_KSB_0007
조사장소 : 경상남도 함양군 수동면 하교리 하교마을 마을회관
조사일시 : 2009.1.17
조 사 자 : 박경수, 서정매, 정혜란, 문세미나, 이진영
제 보 자 : 김순분, 여, 75세
구연상황 : 앞의 노래에 이어서 이 노래가 생각났는지 바로 불렀다.

○○ 낭개(나무에) 땋던 머리~요~
시리낭자 하고서~어 우리 영창 수질 가게~(전체적으로 무슨 뜻
인지 알기 어렵다. 청춘 남녀가 연정을 나누는 노래인 듯하다.)
좋~다 난실로~ 오는구나~

댕기 노래

자료코드 : 04_18_FOS_20090117_PKS_KSB_0008
조사장소 : 경상남도 함양군 수동면 하교리 하교마을 마을회관
조사일시 : 2009.1.17
조 사 자 : 박경수, 서정매, 정혜란, 문세미나, 이진영
제 보 자 : 김순분, 여, 75세

구연상황 : 제보자는 계속 청춘가 가락으로 이 노래를 불렀다.

울 아버지~ 떠다 주는~ 홍갑사 댕기는~

고운 때도 아니 묻어- 좋다-

좋기는 지랄이 좋아.

한날받이 오는구나~

(청중 : 옛날에 그기 노래라.)

닐니리야

자료코드 : 04_18_FOS_20090207_PKS_KHJ_0001
조사장소 : 경상남도 함양군 수동면 화산리 본통마을 마을회관
조사일시 : 2009.2.7
조 사 자 : 박경수, 안범준, 정혜란, 김미라
제 보 자 : 김행자, 여, 77세
구연상황 : 조사자가 제보자에게 노래를 불러 보라고 하자 이 노래를 했다.

닐니리야 닐니리야

니나노 난실로 내가 돌아간다

닐니닐리 닐니리야

영사(청사)초롱 불 밝혀라 믿었던 낭군이 날 찾아온다

닐니닐리 닐니리야

니나노 난실로 내가 돌아간다

한번 가면 못 오실래 청춘 어이 살아야 잘 살아 볼까

청춘가

자료코드 : 04_18_FOS_20090207_PKS_KHJ_0002
조사장소 : 경상남도 함양군 수동면 화산리 본통마을 마을회관
조사일시 : 2009.2.7
조 사 자 : 박경수, 안범준, 정혜란, 김미라
제 보 자 : 김행자, 여, 77세
구연상황 : 조사자가 계속 노래를 부탁하자, 제보자가 이 노래를 했다. 노랫가락 곡조로
　　　　　 불렀다.

산이- 높-아야 이이요 골도-나 깊은데~

쪼그만한 여자가 에- 좋다 얼마나 깊을 소냐~

아기 어르는 노래

자료코드 : 04_18_FOS_20090119_PKS_PBH_0001
조사장소 : 경상남도 함양군 수동면 도북리 도북마을 마을회관
조사일시 : 2009.1.19
조 사 자 : 박경수, 서정매, 정혜란, 김미라, 이진영
제 보 자 : 박분해, 여, 84세
구연상황 : 조사자가 아기를 어르며 부르는 노래를 해 달라고 하자, 제보자가 이 노래를
　　　　　 했다.

달캉달캉 베 짜 두고

밤 한 되를 얻었더니

챗독 안에 옇어(넣어)논 걸

머리 검은 새앙지(생쥐)가

들랑날랑 다 까묵고

한 쪼가리 남은걸랑

껍디기(껍데기)는 애비 주고

비늘락큰(비늘랑은) 애미 주고

밤 하나는 [빠르게 말로] 너랑 나랑 똑 갈라 묵자

달캉달캉 그캤어(그랬어), 우리 어릴 때는.

시집살이 노래

자료코드 : 04_18_FOS_20090119_PKS_PBH_0002
조사장소 : 경상남도 함양군 수동면 도북리 도북마을 마을회관
조사일시 : 2009.1.19
조 사 자 : 박경수, 서정매, 정혜란, 김미라, 이진영
제 보 자 : 박분해, 여, 84세
구연상황 : 조사자가 시집살이 노래가 없느냐고 묻자, 유을림이 먼저 "성아 성아 사촌 성
아"라고 부르자 제보자가 이어서 이 노래를 했다.

(청중 : 성아 성아 사촌 성아.)

시접(시집)살이 어떻더노
조그만한 도리판에
수제(수저) 놓기 정 어렵고
중우(중의(中衣)) 벗은 시아재비
말하기도 정 어렵더라

바느질 노래

자료코드 : 04_18_FOS_20090119_PKS_PBH_0003
조사장소 : 경상남도 함양군 수동면 도북리 도북마을 마을회관
조사일시 : 2009.1.19
조 사 자 : 박경수, 서정매, 정혜란, 김미라, 이진영

제 보 자 : 박분해, 여, 84세

구연상황 : 조사자가 바느질하며 부르는 노래가 없느냐고 하자, 제보자가 이 노래를 했다.

> 태평양~ 자-수를 놓~아
>
> 만수무-강을 선을 둘러~
>
> 선무지기(쌍무지개)- 쌍끈-을 달~아
>
> 정드난 님을 채워-줄~래

모심기 노래

자료코드 : 04_18_FOS_20090117_PKS_PSS_0002

조사장소 : 경상남도 함양군 수동면 하교리 하교마을 마을회관

조사일시 : 2009.1.17

조 사 자 : 박경수, 서정매, 정혜란, 문세미나, 이진영

제 보 자 : 박삼순, 여, 81세

구연상황 : 조사자가 아는 노래가 있으면 해달라고 하자 모심기 노래로 부르기도 하는
이 노래를 불렀다. 일명 '타박머리 노래'인데 기억이 잘 나지 않는지 조금 부
르다가 마쳤다.

> 다풀-다풀- 타박머리 해-다진데 어데 가노-

뭐꼬. [청중들이 일제히 웃음]

> 저 건네라- 잔솔밭에~ 엄마 찾아~ 나는 가요-

아기 재우는 노래

자료코드 : 04_18_FOS_20090117_PKS_PSS_0003

조사장소 : 경상남도 함양군 수동면 하교리 하교마을 마을회관

조사일시 : 2009.1.17

조 사 자 : 박경수, 서정매, 정혜란, 문세미나, 이진영

제 보 자 : 박삼순, 여, 81세

구연상황 : 제보자는 가창에는 자신이 없는 듯 사설만을 읊조리듯이 했다. 아기를 재우면
서 부르는 노래이다.

아가 자자 젖 묵꼬(먹고) 자자

너가부지(너 아버지) 날 마다꼬(나를 마다하고) 북만주 갔다

사발가

자료코드 : 04_18_FOS_20090117_PKS_PSS_0004

조사장소 : 경상남도 함양군 수동면 하교리 하교마을 마을회관

조사일시 : 2009.1.17

조 사 자 : 박경수, 서정매, 정혜란, 문세미나, 이진영

제 보 자 : 박삼순, 여, 81세

구연상황 : 제보자가 이 노래가 생각났는지 자진해서 불렀다. 이 노래만은 평소 많이 불
러 보았는지 읊조리지 않고 가락을 넣어서 불렀다. 그러나 사발가의 앞 사설
만 부르고는 마쳤다.

석탄~백탄~ 타는~데 연기는 퐁~퐁 나는데

요네~ 가슴은 다 타-도 연기도 짐도 안 난~다

배추 씻는 처녀 노래

자료코드 : 04_18_FOS_20090117_PKS_PSS_0005

조사장소 : 경상남도 함양군 수동면 하교리 하교마을 마을회관

조사일시 : 2009.1.17

조 사 자 : 박경수, 서정매, 정혜란, 문세미나, 이진영

제 보 자 : 박삼순, 여, 81세

구연상황 : 제보자가 이 노래가 생각났는지 천천히 읊조리며 시작했다. 청중들이 함께 이

노래를 따라 부르자 노래에 흥을 넣어 크게 불렀다. 청중 중에 '주오점'이 제보자가 부른 노래에 이어서 사설을 더 넣어서 불렀다.

수천당- 흐르는 물에~ 배차(배추) 씻는 저 처녀야
겉에 겉입 제처놓고 속에 속닙을 나를 도라-
당신을- 언제 봤다고 속에 속닙을 주려마는
한 번 보면 초면이요 두 번 보면은 구맨(구면)이라-

(청중 : 구면 초면 명사상사를 맺어 백년하기를 하옵소사.)

노랫가락

자료코드 : 04_18_FOS_20090117_PKS_PSS_0006
조사장소 : 경상남도 함양군 수동면 하교리 하교마을 마을회관
조사일시 : 2009.1.17
조 사 자 : 박경수, 서정매, 정혜란, 문세미나, 이진영
제 보 자 : 박삼순, 여, 81세
구연상황 : 조사자가 옛날 노래 아무 것이나 해달라고 하자, 제보자가 노래 제목을 모른다고 했다. 제목을 몰라도 된다고 하니 이 노래를 했다.

창 밑에~ 국화를 심어- 국화꽃 밑에~ 술 빚어 놓-고
술-익자 국-화꽃 피자 임이 오-시자 달도- 떴네~

다리 세기 노래

자료코드 : 04_18_FOS_20090207_PKS_POS_0001
조사장소 : 경상남도 함양군 수동면 내백리 내백마을 마을회관
조사일시 : 2009.2.7
조 사 자 : 박경수, 안범준, 정혜란, 김미라

제 보 자 : 박옥선, 여, 81세

구연상황 : 어렸을 때 다리를 세면서 부르는 노래가 있지 않느냐고 하자, 제보자가 이 노래를 불렀다.

이거리 저거리 각거리

진도 맹근 도맹근

짝바리 해양근

도래줌치 사래육

육구육구 전라육구

당산에 먹을 갈아 칠뚱 말뚱

모심기 노래

자료코드 : 04_18_FOS_20090207_PKS_POS_0002

조사장소 : 경상남도 함양군 수동면 내백리 내백마을 마을회관

조사일시 : 2009.2.7

조 사 자 : 박경수, 안범준, 정혜란, 김미라

제 보 자 : 박옥선, 여, 81세

구연상황 : 조사자가 제보자에게 모심기 노래를 부탁하자 이 노래를 시작했다. 메기는 소리를 한 다음 받는 소리가 바로 생각나지 않았는지 잠시 노래를 멈추었다. 조사자의 도움을 받아 다시 받는 소리를 이어서 불렀다.

서- 마~지-기~ 논~빼미는~ 반달만-큼~ 남았-어요~

제가~ 무-슨~ 반달~이-냐~ 초승달-이- 지가 반달 반달이지요

모심기 노래 (1)

자료코드 : 04_18_FOS_20090118_PKS_PWY_0001

조사장소 : 경상남도 함양군 수동면 우명리 효리마을 마을회관

조사일시 : 2009.1.18

조 사 자 : 박경수, 정혜란, 문세미나, 이진영

제 보 자 : 박우연, 여, 88세

구연상황 : 다른 제보자가 노래를 시작하려고 할 때 갑자기 이 노래가 생각난 듯 혼자서 노래를 시작했다. 한 소절을 하고는 노래를 계속 잇지 못했는데, 청중의 도움 을 받아 끝까지 불렀다.

물꼬 철~철 물 실어 놓고~ 주인 양반 오데 갔소~

(청중 : 또 있어 조금. 무신 첩이 대단해서.)

무신(무슨) 첩이 대단하여~ 밤에 가고 낮에도 가노~
밤으로는 잠자러 가고~ 낮이로는 놀러 가네~

지초 캐는 노래

자료코드 : 04_18_FOS_20090118_PKS_PWY_0002

조사장소 : 경상남도 함양군 수동면 우명리 효리마을 마을회관

조사일시 : 2009.1.18

조 사 자 : 박경수, 정혜란, 문세미나, 이진영

제 보 자 : 박우연, 여, 88세

구연상황 : 청중 중에서 "낙양성 십리허에"로 시작되는 유행가를 부르라고 하자, 잠시 생 각하고는 이 노래를 했다. 노래를 마치고 "세 마디 했다"고 하면서 자신이 부 른 노래가 몇 째인지를 말했다.

꼬-방~꼬-방~ 장꼬방에~

지추(지초)~ 닷 말- 숨겼더니~

우리~ 동상~ 곱기나 키워~

지추~ 캐기 다 늙는~다

모심기 노래 (2)

자료코드 : 04_18_FOS_20090118_PKS_PWY_0003
조사장소 : 경상남도 함양군 수동면 우명리 효리마을 마을회관
조사일시 : 2009.1.18
조 사 자 : 박경수, 정혜란, 문세미나, 이진영
제 보 자 : 박우연, 여, 88세
구연상황 : 다른 사람이 노래를 부르는 동안 이 노래가 생각났는지 바로 부르기 시작했
다. 노래를 마치고 조사자가 이 노래도 모 심을 때 부르는 노래냐고 묻자, 그
렇다고 했다.

살랑~살랑~ 부는 바람~ 울 언니~제모(뜻을 알 수 없다) 한삼
(한숨~) 바람~

제가~ 무신 한삼 바람~ 절로 부~는 바람-이제~

모심기 노래 (3)

자료코드 : 04_18_FOS_20090118_PKS_PWY_0004
조사장소 : 경상남도 함양군 수동면 우명리 효리마을 마을회관
조사일시 : 2009.1.18
조 사 자 : 박경수, 정혜란, 문세미나, 이진영
제 보 자 : 박우연, 여, 88세
구연상황 : 조사자가 노래를 잘 부른다고 하면서 더 불러 달라고 하자 이 노래를 했다.

서 마~지기 논빼-미는~ 반달~만치- 남았구나~

제가~ 무-신 반달이라~ 초승-달이- 반달-이지~

모심기 노래

자료코드 : 04_18_FOS_20090118_PKS_PJD_0001

조사장소 : 경상남도 함양군 수동면 원평리 서평마을 마을회관

조사일시 : 2009.1.18

조 사 자 : 박경수, 서정매, 안범준, 정혜란, 문세미나

제 보 자 : 박종달, 여, 74세

구연상황 : 조사자가 첫 소절을 부르며 모심기 노래를 계속 유도하자, 제보자가 생각난 듯이 이 노래를 불렀다. 청중들을 노래에 맞추어 박수를 쳤다. 가락은 노랫가락조였다.

물꼬 철-철 물 실어~놓고 주인- 한량은 어디- 갔소~

울 넘에-라 담 넘에-라 첩을 두고 첩의 방에- 놀로 갔소

무슨 첩-이 대~단해서~ 낮에- 가고~ 밤에 가요

밤으로-는 잠자러 가고~ 낮으로-는 놀러 가요 [일동 박수]

아기 재우는 노래

자료코드 : 04_18_FOS_20090118_PKS_PJD_0002

조사장소 : 경상남도 함양군 수동면 원평리 서평마을 마을회관

조사일시 : 2009.1.18

조 사 자 : 박경수, 서정매, 안범준, 정혜란, 문세미나

제 보 자 : 박종달, 여, 74세

구연상황 : 조사자가 아기 재울 때 부르는 노래가 있었느냐고 물으니, 제보자가 이 노래를 부르기 시작했다. 청중들도 제보자가 부르는 노래를 따라서 불렀다.

자장 자장 자장

멍멍개야- 짖지- 마라

꼬꼬닭아- 우지- 마라

우리 아기- 잘도- 잔다

모심기 노래 (1)

자료코드 : 04_18_FOS_20090118_PKS_YGY_0001
조사장소 : 경상남도 함양군 수동면 원평리 남계마을 마을회관
조사일시 : 2009.1.18
조 사 자 : 박경수, 안범준, 문세미나, 조민정
제 보 자 : 양구용, 남, 77세
구연상황 : 조사자가 모심기 노래를 부탁하자, 제보자가 나서서 이 노래를 했다. 청중들이 제대로 잘 부른다고 반응했다.

　　　물-꼬 철-철 물- 실어 놓~고 주인- 한량~ 어~데- 갔소
　　　무-네(문어)~ 전복 에~와나 들-고~ 첩-의 방~방에 놀러를
　　갔-소

모심기 노래 (2)

자료코드 : 04_18_FOS_20090118_PKS_YGY_0002
조사장소 : 경상남도 함양군 수동면 원평리 남계마을 마을회관
조사일시 : 2009.1.18
조 사 자 : 박경수, 안범준, 문세미나, 조민정
제 보 자 : 양구용, 남, 77세
구연상황 : 제보자는 앞의 모심기 노래를 마치고, 다시 이 노래가 생각났는지 부르기 시작했다. 노래를 마치고 제보자 스스로 청중들에게 박수를 치라고 했다.

　　　서 마-지기 논빼미-가~ 반-달만큼~ 남았구나-아
　　　제가 무~슨 반-달인고- 초승달이 반~달이지
　　　초승-달만 반달이~고 우~리 딸도 반-달이다

　　박수. [청중 박수]

다리 세기 노래

자료코드 : 04_18_FOS_20090118_PKS_YCS_0001
조사장소 : 경상남도 함양군 수동면 원평리 남계마을 마을회관
조사일시 : 2009.1.18
조 사 자 : 박경수, 안범준, 문세미나, 조민정
제 보 자 : 양채순, 여, 76세
구연상황 : 조사자가 이 노래의 첫 소절을 부르며 구연을 유도하자, 제보자가 그것은 알
겠다고 하면서 다리를 세는 동작을 하면서 부르기 시작했다.

　　　　이거리 저거리 갓거리

　　　　진주 맹근(망근) 도맹근

　　　　짝발로 해양근

　　　　도래 줌치 사래 육

　　　　육대 육대 철남사

　　　　하늘에 올라 두룸박

　　　　정지문이 털크덕

　　　　마당 닭이 꼬꼬댁

　　　　아가 아가 물 떠오이라

　　　　새이 한 놈 잡아 묵고

　　　　목이 막혀 킹 캥

　　이라모 이게 도독놈이라. [일동 웃음]

모심기 노래

자료코드 : 04_18_FOS_20090118_PKS_YCS_0002
조사장소 : 경상남도 함양군 수동면 원평리 남계마을 마을회관
조사일시 : 2009.1.18

조 사 자 : 박경수, 안범준, 문세미나, 조민정
제 보 자 : 양채순, 여, 76세
구연상황 : 조사자가 모심을 때 부르는 노래를 해달라고 하자, 이 노래를 불렀다.

　　　　서 마지-기 논-빼-미 모-를 심어 영화로세
　　　　우리 동상~ 곱기- 키와 갓을 씌워서 영화로세

베 짜기 노래

자료코드 : 04_18_FOS_20090118_PKS_YCS_0003
조사장소 : 경상남도 함양군 수동면 원평리 남계마을 마을회관
조사일시 : 2009.1.18
조 사 자 : 박경수, 안범준, 문세미나, 조민정
제 보 자 : 양채순, 여, 76세
구연상황 : 조사자가 베를 짜면서 불렀던 노래가 있느냐고 묻자, 제보자가 이 노래를 불
　　　　　렀다.

　　　　진주 단성 베 짜-는 큰애기
　　　　베틀에 수심만 다 자지러진다
　　　　낮에~ 짜면 일에 일광-단이요
　　　　밤에~ 짜면 월에 월광단이라
　　　　일광단 월광단 많이나 짜서
　　　　강원도 금강산 시집을 가요
　　　　서방님 와이샤스를 지어나 볼까-

시집살이 노래 (1)

자료코드 : 04_18_FOS_20090118_PKS_YCS_0004

조사장소 : 경상남도 함양군 수동면 원평리 남계마을 마을회관

조사일시 : 2009.1.18

조 사 자 : 박경수, 안범준, 문세미나, 조민정

제 보 자 : 양채순, 여, 76세

구연상황 : 조사자가 밭 매면서 부르는 노래가 없느냐고 하자 제보자가 이 노래를 했다. 앞부분만 부르고 잊어버렸다며 중단하고 말았다.

불꽃겉이~ 더운 날에 메꽃겉이~ 지심밭을

한 골 메고 두 골- 메고 삼-시 세 골을 메고 나니

때가 된 기라. 그라고 나서,

집에라고- 들어가니 시누애기- 하는 말이

그까짓 걸- 밭이라고 때가 돼서- 들어왔나

또 뭐라 카더라. 그 다음에 잊어삐렀다 고마.

댕기 노래

자료코드 : 04_18_FOS_20090118_PKS_YCS_0005

조사장소 : 경상남도 함양군 수동면 원평리 남계마을 마을회관

조사일시 : 2009.1.18

조 사 자 : 박경수, 안범준, 문세미나, 조민정

제 보 자 : 양채순, 여, 76세

구연상황 : 댕기 노래를 아는 데까지 해달라고 조사자가 청하자, 이 노래를 했다.

울 아버지- 떠온- 댕기

울 어머니- 접은 댕기

우리 올키- 눈치 댕기

우리 오빠- 헐근 댕기

우-리 동생 눈물 댕기

담 안에서- 너를 띠워

담 밖에가 널 짰는가

남산 밑에- 남도-령아

주소 주소 나-를 주소

그 댕-기를 나를 주소

한 마디 빠졌다.

주웠다네 주었다네

서당분 도련님이 주었다네

주소 주소 나-를 주소

그 댕-기를 나를 주소

이 댕기는 주었지만

돌려줄 수- 있겠는가

큰솥 걸고 동솥 걸고

살-림살이를 살 때 주지

이기 끝이라.

아기 재우는 노래

자료코드 : 04_18_FOS_20090118_PKS_YCS_0006

조사장소 : 경상남도 함양군 수동면 원평리 남계마을 마을회관

조사일시 : 2009.1.18

조 사 자 : 박경수, 안범준, 문세미나, 조민정

제 보 자 : 양채순, 여, 76세

구연상황 : 아기를 재울 때 부르는 노래를 불러 달라고 하자 이 노래를 했다. 어렸을 때

듣고 또 불렀다고 했다.

아가 동동~ 내 새끼야 젖 묵고 자~자
너거 아버지 날 마다하고 북만주 갔다

못 갈 장가 노래

자료코드 : 04_18_FOS_20090118_PKS_YCS_0007
조사장소 : 경상남도 함양군 수동면 원평리 남계마을 마을회관
조사일시 : 2009.1.18
조 사 자 : 박경수, 안범준, 문세미나, 조민정
제 보 자 : 양채순, 여, 76세
구연상황 : 제보자는 노래를 부르면서 점점 자신감을 가지고 노래를 불렀다. 제법 긴 서
사민요인 이 노래를 마지막 부분에서 잠시 기억이 나지 않는지 멈추기도 했
지만, 다시 기억을 해서 끝까지 불렀다. 청중들이 진짜 오래 된 노래를 부른
다고 감탄을 했다.

앞집 가서 궁합 보고
뒷집 가−서 책력 보고
궁합에도 못 갈 장가
책력에도− 못 갈 장가
제가 세와(제가 고집하여) 가는 장가
어느 누가 말릴 소냐
장개질를 차려 갖고
한 모랭이 돌아가니
까마귀 까치가 진동하네
두 모랭이 돌아가니
여수(여우) 새끼가 진동하네

세 모랭이 돌아가니
곡소리가 진동하네
한 대문을 열고 가니
널쟁이가 널을 짜고
두 대문을 열고 가니
꽃쟁이가 꽃 맨들고
세 대문을 열고 가니
조그만한 아이 처남
집이도 안고 뱅뱅 도네
갔소 갔소 우리 누나
자형 싫다고 가고 없소

(청중 : 그카지마는 장개 지랄한다고 가.)

대문 안에 썩 들어서니
삼단 같은 머릴라큰
길 아래다 제끼 놓고
가고 없네 가고 없네
날 보기가 영 싫거든
오던 길로 가고 없네
갈래 갈래 나는 갈래
오던 길로 나는 갈래
안주 나빠

아이다(아니다). [일동 웃음]
(청중 : 그래 안해 놓께노.)
오래 돼서.

(청중 : 아냐 그거는 형님, 그거는 진짜 그한 기라.)

　　가요 가요 나는 가요

　　오던 길로 나는 가요

　　장모라고 하는 말이

　　사우 사우 내 사우야

　　인제 가면 언제 오노

　　솥에든 쌀이 싹히(싹이) 나도

　　그때도 올똥말똥

　　솥에든 닭이 홰치어도

　　그때도 올똥말똥

그라고 끝이라 아매(아마도).

꿩 노래

자료코드 : 04_18_FOS_20090118_PKS_YCS_0008
조사장소 : 경상남도 함양군 수동면 원평리 남계마을 마을회관
조사일시 : 2009.1.18
조 사 자 : 박경수, 안범준, 문세미나, 조민정
제 보 자 : 양채순, 여, 76세
구연상황 : 산에 가서 부르는 노래를 해달라고 하니, 노래가 아니고 말로 하는 것이라며
　　　　　하며 다음 노래를 읊조렸다. 노래를 다 읊조리고 난 후에 이 노래는 남자들이
　　　　　산에 가서 부른다고 했다.

　　꿜꿜 장서방 자네 집이 어덴고

　　한 재 두 재 넘어서 뿌덕 집이 내 집이네

그거 나무 하러 가서 남자들이 하는 거.

(조사자 : 뿌덕 집이 뭐예요?)

뿌덕, 뿌덕, 뿌덕. 솔나무 쪼깐한 거 빤반한 거 있거던. 그걸 부덕이라 카거던. 고 밑에 꽁집을(꿩 집을) 짓거던.

바느질 노래

자료코드 : 04_18_FOS_20090118_PKS_YCS_0009
조사장소 : 경상남도 함양군 수동면 원평리 남계마을 마을회관
조사일시 : 2009.1.18
조 사 자 : 박경수, 안범준, 문세미나, 조민정
제 보 자 : 양채순, 여, 76세
구연상황 : 바느질을 하면서 부르는 노래가 있느냐고 묻자, 제보자는 "초성이 안 좋아서 내 노래를 잘 못하거던."이라 하며 노래 부르기를 잠시 주저했다. 그래도 좋다고 하는 데까지 불러 달라고 조사자가 요청하자 이 노래를 했다.

전주 가서- 떠온~ 비단

평양 가-서 따듬어서

조선국~ 바느질에

명지 고름 난짓 달고

고합같은 동전(동정)~달아

입자 하니- 때가 묻고

들자 하니- 먼지 앉고

밀친 경~ 밀친- 농에

내기 살포-(살포시) 넣였다가

서울 가신 우리- 선부(선비)

장안같이 등방하여

도복채로- 입어 보세

인자 애꼈다가 애꼈다가 신랑 급제해 갖고.

시집살이 노래 (2)

자료코드 : 04_18_FOS_20090118_PKS_YCS_0010
조사장소 : 경상남도 함양군 수동면 원평리 남계마을 마을회관
조사일시 : 2009.1.18
조 사 자 : 박경수, 안범준, 문세미나, 조민정
제 보 자 : 양채순, 여, 76세
구연상황 : 조사자가 시집살이 노래가 있지 않느냐고 하면서 노래를 유도했더니 제보자
가 이 노래를 불렀다. 노래를 부른 후, 청중들이 옛날 시집살이에 대해서 서
로 공감하는 말을 나누었다.

　　　성아 성아~ 사촌-성아
　　　시접살이- 어떻더노
　　　시접살이~ 좋지만은
　　　동골동골~ 두리판에
　　　수저- 놓기도 정 어렵더라
　　　동골 동골~ 수박 씻기
　　　밥도- 놓기도 정 어렵더라
　　　중우 벗은 시아-재비
　　　하리- 하까 하소 하까
　　　말 하기도 정 어렵더라

　　거기 끝이제.

봉선화 노래

자료코드 : 04_18_FOS_20090118_PKS_YCS_0011
조사장소 : 경상남도 함양군 수동면 원평리 남계마을 마을회관
조사일시 : 2009.1.18
조 사 자 : 박경수, 안범준, 문세미나, 조민정
제 보 자 : 양채순, 여, 76세
구연상황 : 조사자가 어렸을 때 친구들과 같이 놀면서 불렀던 노래가 있었느냐고 묻자,
　　　　　제보자가 다음 노래가 생각났는지 부르기 시작했다. 노랫가락조로 불렀다.

　　　전주 땅- 너-른 하늘에- 피어나-는 봉선화야~
　　　한 잎 따서 길이를 잡고 두 잎 따여서 섶을 지어~
　　　물명지- 세 폭 간첩 안동 땅까지 잘잘 끌네-
　　　꽃바구니 옆에나 끼고 사냥판으로 곰돌아든-다

치마 노래

자료코드 : 04_18_FOS_20090118_PKS_YCS_0012
조사장소 : 경상남도 함양군 수동면 원평리 남계마을 마을회관
조사일시 : 2009.1.18
조 사 자 : 박경수, 안범준, 문세미나, 조민정
제 보 자 : 양채순, 여, 76세
구연상황 : 어렸을 때 놀면서 친구들과 불렀던 노래라고 하며 이 노래를 불렀다.

　　　아리 잘잘 끗는~다~아~
　　　내리 잘잘 끗는~다~아~
　　　열두 폭 치매자리(치마자락)-
　　　좋다 아리 잘잘 끗는~다~

아기 어르는 노래 (1) / 불매 소리

자료코드 : 04_18_FOS_20090118_PKS_YCS_0013
조사장소 : 경상남도 함양군 수동면 원평리 남계마을 마을회관
조사일시 : 2009.1.18
조 사 자 : 박경수, 안범준, 문세미나, 조민정
제 보 자 : 양채순, 여, 76세
구연상황 : 조사자가 "불미 불미"로 서두를 떼며 아기를 어르거나 달래면서 부르는 노래
가 있느냐고 묻자, 제보자가 이 노래를 했다.

불미 불미-
요 불미가 뉘 불민고
당산에 대불미네
불미 값이 몇 냥인고
돈이라도 천 냥이오
금이라도 천 냥이라
일천 냥이 제값이오

아들 그석할 때 그라대. 불미 갈칠 때.

사발가

자료코드 : 04_18_FOS_20090118_PKS_YCS_0014
조사장소 : 경상남도 함양군 수동면 원평리 남계마을 마을회관
조사일시 : 2009.1.18
조 사 자 : 박경수, 안범준, 문세미나, 조민정
제 보 자 : 양채순, 여, 76세
구연상황 : 신세를 한탄하는 노래는 없느냐고 묻자, 제보자가 이 노래를 불렀다.

석탄-백탄- 타는~데~ 연기만 진-동한다~네

요내야 가슴은 다 타~도~ 연기도 짐도 아니나네-

화투 타령

자료코드 : 04_18_FOS_20090118_PKS_YCS_0015
조사장소 : 경상남도 함양군 수동면 원평리 남계마을 마을회관
조사일시 : 2009.1.18
조 사 자 : 박경수, 안범준, 문세미나, 조민정
제 보 자 : 양채순, 여, 76세
구연상황 : 조사자가 화투 노래를 아느냐고 묻자, 잠시 생각을 하며 사설을 읊어보더니
　　　　　곧 노래로 불렀다.

정월이라- 속속한 마음

이월 매조에 맺어 놓고

삼월 사쿠라- 산란한 마음

사월 흑사리- 흐늘흐늘

오월 난초- 나는- 나비

유월 목단에 춤 잘 추네

칠월 홍돼지 홀로- 누워

팔-월 명월만 바라본다

구월 국화- 굳었던 마음

시월 단풍에 다 떨어졌네

동지 오동 긴-긴 밤에

동포들 생각이 간절하네

그런 거기 끝이라.

아기 어르는 노래 (2) / 알강달강

자료코드 : 04_18_FOS_20090118_PKS_YCS_0016
조사장소 : 경상남도 함양군 수동면 원평리 남계마을 마을회관
조사일시 : 2009.1.18
조 사 자 : 박경수, 안범준, 문세미나, 조민정
제 보 자 : 양채순, 여, 76세
구연상황 : 조사자가 애기 어르며 불렀던 노래가 있었냐고 물으니, 제보자가 이 노래를
불렀다.

　　　알캉달캉 서울 가서 밤 한 톨이 줖어다가
　　　껍데길랑 애비 주고 비늘락은(비늘랑은) 애미 주고
　　　알맹이는 너랑 나랑 똑같이 갈라 묵자

　　그라대. [일동 웃음] 전에 어룬다고 그랬어.

노랫가락 (1) / 그네 노래

자료코드 : 04_18_FOS_20090118_PKS_YWY_0001
조사장소 : 경상남도 함양군 수동면 원평리 남계마을 마을회관
조사일시 : 2009.1.18
조 사 자 : 박경수, 안범준, 문세미나, 조민정
제 보 자 : 양화용, 남, 74세
구연상황 : 조사자가 잘 하는 노래를 한 수 해달라고 하자, "다 까뭈어 뭐"라고 했지만
바로 이 노래를 시작했다. 노랫가락으로 흥을 내어 불렀다.

　　　수천댕(추천댕) 세모시(세모진) 낭게(나무에) 늘어진- 가-지다 그
　　네를 매여
　　　임이 뛰면 내가나 밀고 내가- 뛰면은 임이 민-다~
　　　임아 임아 줄 밀지 마라 줄 떨어지면은 정 떨어진다-
　　　줄-이사 떨어질망정 한번 든 정이 떨어질 소-냐

노랫가락 (2) / 나비 노래

자료코드 : 04_18_FOS_20090118_PKS_YWY_0002
조사장소 : 경상남도 함양군 수동면 원평리 남계마을 마을회관
조사일시 : 2009.1.18
조 사 자 : 박경수, 안범준, 문세미나, 조민정
제 보 자 : 양화용, 남, 74세
구연상황 : 제보자는 앞의 노래에 이어 잘 알려진 시조를 노랫가락으로 불렀다.

나-부(나비)야 청산을 가자~ 호-랑나-부야 너도 가자~

가-다가 날-저물면은 꽃에를 가도 자고나- 가자~

꽃-에서 푸-대접하면 낙엽-에라도 쉬여나- 가~자

다리 세기 노래

자료코드 : 04_18_FOS_20090118_PKS_YSJ_0001
조사장소 : 경상남도 함양군 수동면 원평리 서평마을 마을회관
조사일시 : 2009.1.18
조 사 자 : 박경수, 서정매, 안범준, 정혜란, 문세미나
제 보 자 : 유순자, 여, 65세
구연상황 : 조사자가 다리를 헤아리면서 부르는 "이거리 저거리 각거리" 하면서 부르는
노래가 있지 않느냐고 묻자, 제보자가 직접 동작을 해보이며 이 노래를 했다.

이거리 저거리 각거리

진주 맹근(망근) 도맹근

짝발로 해양근

도래 줌치(주머니) 사래육

육도 육도 전라도

하늘에 올라 제비콩

또 뭐라 캤노? [청중 웃음]

아가 아가 물 떠오이라
새이(형) 담배 한 대 물고
목이 메여 킹 쾡 [일동 웃음]

시계야 가지 마라

자료코드 : 04_18_FOS_20090118_PKS_YSJ_0002
조사장소 : 경상남도 함양군 수동면 원평리 서평마을 마을회관
조사일시 : 2009.1.18
조 사 자 : 박경수, 서정매, 안범준, 정혜란, 문세미나
제 보 자 : 유순자, 여, 65세
구연상황 : 조사자가 제보자에게 다른 노래가 없느냐고 하면서 계속 노래를 유도하자, 제
　　　　　 보자가 기억을 더듬으며 이 노래를 했다.

벽장에 걸려난 시-계
덜커덕 내 가지 마~라
네가 가~면은 세월~이 가나
세월이 가~면은 내 청춘 간-다

노랫가락 / 나비 노래

자료코드 : 04_18_FOS_20090118_PKS_YSJ_0003
조사장소 : 경상남도 함양군 수동면 원평리 서평마을 마을회관
조사일시 : 2009.1.18
조 사 자 : 박경수, 서정매, 안범준, 정혜란, 문세미나
제 보 자 : 유순자, 여, 65세
구연상황 : 제보자가 노래를 시작하자 청중들이 같이 따라서 불렀다. 노랫가락으로 부르

는 노래인데, 제보자는 노래를 마치고 어렸을 때 얻어 들은 것이고, 누구에게
배웠는지 모른다고 했다.

나-비야 청산을 가자 돌아온 나비야 너도- 가-자~

가다가- 날 저물걸랑 꽃밭-에서도 자고 가자

꽃이 지고 없거들랑은 요내- 가슴에 자고 가-자

아기 어르는 노래 / 알강달강

자료코드 : 04_18_FOS_20090118_PKS_YSJ_0004
조사장소 : 경상남도 함양군 수동면 원평리 서평마을 마을회관
조사일시 : 2009.1.18
조 사 자 : 박경수, 서정매, 안범준, 정혜란, 문세미나
제 보 자 : 유순자, 여, 65세
구연상황 : 조사자가 아기를 어르며 부르는 노래로 "알캉달캉"하며 시작하는 노래가 없
느냐고 하자, 제보자가 이 노래가 생각났는지 불렀다. 노래는 제보자가 시작
했지만 주위 사람들이 다 같이 불렀다.

알캉달캉 서울 가서

밤 한 톨을 줃어다가

살강(선반) 밑에 묻었더니

들락날락 새앙지(생쥐)가

다 까묵고 밤 한 톨이 남았거든

껍데길랑 애비 주고

비늘랑은 애미 주고

알맹일랑 너랑 나랑 다 까묵자

아기 재우는 노래

자료코드 : 04_18_FOS_20090118_PKS_YEL_0001
조사장소 : 경상남도 함양군 수동면 도북리 도북마을 마을회관
조사일시 : 2009.1.19
조 사 자 : 박경수, 서정매, 정혜란, 김미라, 이진영
제 보 자 : 유을림, 여, 85세
구연상황 : 조사자가 아기를 재울 때 불렀던 노래를 불러 달라고 하자, 제보자가 이 노래
　　　　　를 생각해서 불렀다.

　　　아가- 아가 우지- 마라

　　　꼬꼬- 닭아 울지- 마라

　　　멍멍- 개야 짖지- 말고

　　　우리- 아기 잘도- 잔다

베 짜기 노래

자료코드 : 04_18_FOS_20090118_PKS_YEL_0002
조사장소 : 경상남도 함양군 수동면 도북리 도북마을 마을회관
조사일시 : 2009.1.19
조 사 자 : 박경수, 서정매, 정혜란, 김미라, 이진영
제 보 자 : 유을림, 여, 85세
구연상황 : 조사자가 베 짤 때 부르는 노래가 있지 않았냐고 묻자, 제보자는 잘 기억이
　　　　　안나지만 불러 보겠다고 하며 이 노래를 했다. 빠르게 읊조리듯이 했다.

　　　베 짜는- 아가씨 베틀 노래 사랑에 수심이 지노라

　　　밤에- 짜는 일강단(일광단, '월광단'이라 해야 할 것을 이렇게 불
　　렀다) 낮에- 짜는 양강단(양광단)

　　　일강단 양강단 다 짜놓고

　　　강원도 금강산에 임 모시러 가네

모심기 노래

자료코드 : 04_18_FOS_20090118_PKS_YEL_0003
조사장소 : 경상남도 함양군 수동면 도북리 도북마을 마을회관
조사일시 : 2009.1.19
조 사 자 : 박경수, 서정매, 정혜란, 김미라, 이진영
제 보 자 : 유을림, 여, 85세
구연상황 : 모심기 할 때 부르는 노래가 많지 않느냐고 하며, 이 노래의 앞 소절을 불러
보자, 제보자가 이 노래도 안다고 하면서 부르기 시작했다.

　　　물꼬- 철~철 물- 실어 놓고~ 주인 양반 어~데 갔-노
　　저 건네라 첩을 두고 낮에는 놀러 가고 밤에는 자로 가네

모심기 노래

자료코드 : 04_18_FOS_20080119_PKS_YJS_0001
조사장소 : 경상남도 함양군 수동면 도북리 도북마을 마을회관
조사일시 : 2009.1.19
조 사 자 : 박경수, 서정매, 정혜란, 김미라, 이진영
제 보 자 : 유재순, 여, 75세
구연상황 : 조사자가 모를 심으면서 불렀던 노래가 없느냐고 묻자, 제보자가 이런 노래도
일하면서 불렀다고 하면서 부르기 시작했다.

　　　다풀-다풀~ 타박-머리 해 다- 진데 어데- 가노
　　우리- 엄마 산소-등에 젖 묵-으러 나는- 간다

시어머니 노래

자료코드 : 04_18_FOS_20090207_PKS_LKD_0001
조사장소 : 경상남도 함양군 수동면 내백리 내백마을 마을회관

조사일시 : 2009.2.7

조 사 자 : 박경수, 안범준, 정혜란, 김미라

제 보 자 : 이귀딸, 여, 79세

구연상황 : 조사자가 옛날에 불렀던 노래를 부탁하자, 제보자가 옛날 노래라며 이 노래를
했다. 모심기를 할 때도 이 노래를 불렀다고 했다.

칠팔월~ 수싯잎(수숫잎)은~ 철을 알고 흔드는데~

우리집에 시어머-니 철 모르고 날 흔드네~

청춘가 (1) / 무정한 님

자료코드 : 04_18_FOS_20090207_PKS_LKD_0002

조사장소 : 경상남도 함양군 수동면 내백리 내백마을 마을회관

조사일시 : 2009.2.7

조 사 자 : 박경수, 안범준, 정혜란, 김미라

제 보 자 : 이귀딸, 여, 79세

구연상황 : 제보자는 이 노래가 생각났는지 자진해서 불렀다. 청춘가 곡조로 불렀다.

술과- 담배는~ 이요 내심중(심정) 아는데~ 에에

한 푼에 그 님두- 에헤~ 내 심중- 몰라요

모심기 노래

자료코드 : 04_18_FOS_20090207_PKS_LKD_0003

조사장소 : 경상남도 함양군 수동면 내백리 내백마을 마을회관

조사일시 : 2009.2.7

조 사 자 : 박경수, 안범준, 정혜란, 김미라

제 보 자 : 이귀딸, 여, 79세

구연상황 : 조사자가 아무 노래나 좋다고 하면서 나오는 대로 노래해도 된다고 하니, 제
보자가 이 노래를 부르기 시작했다.

모시-적삼- 안섶- 안에~ 분통겉-은~ 저 젖탱이-

많이 보-면~ 빙(병) 나는데~ 정성껏 널('넣을'의 뜻인 듯)만치만

보고 가소-

청춘가 (2)

자료코드 : 04_18_FOS_20090207_PKS_LKD_0004
조사장소 : 경상남도 함양군 수동면 내백리 내백마을 마을회관
조사일시 : 2009.2.7
조 사 자 : 박경수, 안범준, 정혜란, 김미라
제 보 자 : 이귀딸, 여, 79세
구연상황 : 제보자가 먼저 이 노래를 자진해서 했다. 청중들이 중간에 따라 했으나, "당
신이-"부터는 다시 제보자 혼자서 불렀다.

술아- 술수-리~요 잘 넘어 가논저 좋다

찬물아 내 술은 에~ 입 안에 돈다네~

당신이- 날만큼~ 사랑을 준다-면~

까시밭이 천리라도- 에~ 발 벗고 간다네~

짓구내기

자료코드 : 04_18_FOS_20090207_PKS_LKD_0005
조사장소 : 경상남도 함양군 수동면 내백리 내백마을 마을회관
조사일시 : 2009.2.7
조 사 자 : 박경수, 안범준, 정혜란, 김미라
제 보 자 : 이귀딸, 여, 79세
구연상황 : 제보자가 계속해서 이 노래를 자진해서 불렀다. 가락은 노랫가락조였다.

마산서 백-마를 타고- 진주 모퉁 썩 올라서 에~

연꽃은- 행지를 집고 수양버들은 춤 잘 치-고~

수양버들 춤 잘 치-면 이내 신상이 춤 몬 치-리~

노랫가락 (1) / 그네 노래

자료코드 : 04_18_FOS_20090207_PKS_LKD_0006

조사장소 : 경상남도 함양군 수동면 내백리 내백마을 마을회관

조사일시 : 2009.2.7

조 사 자 : 박경수, 안범준, 정혜란, 김미라

제 보 자 : 이귀딸, 여, 79세

구연상황 : 조사자가 이 노래의 서두를 말하며 아는 사람이 있으면 불러 달라고 하자, 제
보자가 나서서 이 노래를 했다. 노랫가락으로 부른 그네 노래이다.

추천당 세모시 낭개 늘어진 가지다 그네를 매-어~

임이 뛰면 내가나 밀고 내가 뛰면은 임이 밀-고~

임아 임아 줄 살살 밀어 줄 떨어지-면 정 떨어진-다~

도라지 타령

자료코드 : 04_18_FOS_20090207_PKS_LKD_0007

조사장소 : 경상남도 함양군 수동면 내백리 내백마을 마을회관

조사일시 : 2009.2.7

조 사 자 : 박경수, 안범준, 정혜란, 김미라

제 보 자 : 이귀딸, 여, 79세

구연상황 : 제보자가 자진해서 이 노래를 부르고 난 뒤, 도라지 타령을 옛날에 이렇게 불
렀다고 했다.

도라지 도라지 도라~지- 심심삼천에 백도라지-

어데 날 데가 없어~서 엄마 옷을 탐 내느~냐-

옛날에 노래 이랬다.

노랫가락 (2)

자료코드 : 04_18_FOS_20090207_PKS_LKD_0008
조사장소 : 경상남도 함양군 수동면 내백리 내백마을 마을회관
조사일시 : 2009.2.7
조 사 자 : 박경수, 안범준, 정혜란, 김미라
제 보 자 : 이귀딸, 여, 79세
구연상황 : 앞에 노래에 이어서 이 노래를 불렀다. 노랫가락조로 불렀다.

　　품배 사천 큰 안방에 잉어 무릎팍을 다녀디어
　　치어다(쳐다) 보니 기와자 천장 니러다 보니 강자장판
　　둘이 누여(누워) 잠을 자니 요산 갱치(경치)가 여개(여기)로다

베 짜기 노래

자료코드 : 04_18_FOS_20090118_PKS_LSJ_0001
조사장소 : 경상남도 함양군 수동면 원평리 서평마을 마을회관
조사일시 : 2009.1.18
조 사 자 : 박경수, 서정매, 안범준, 정혜란, 문세미나
제 보 자 : 이숙자, 여, 74세
구연상황 : 조사자가 베를 짤 때 부르는 노래를 불러 달라고 하자, 이 노래가 생각났는지
　　　　　 노래를 불렀다.

　　베 짜는 아가씨 사랑 노래 베틀-에 수심만 지노라
　　에~에~ 에~에~

낮에 짜면은 일강단(일광단)이요

밤에 짜면은 월강단(월광단)이라

일강단 월강단 다 짜-놓고

서방님 아이샤스(와이셔츠)나 지어~보세

못 갈 장가 노래

자료코드 : 04_18_FOS_20090118_PKS_LJT_0001
조사장소 : 경삼남도 함양군 수동면 원평리 남계마을 마을회관
조사일시 : 2009.1.18
조 사 자 : 박경수, 안범준, 문세미나, 조민정
제 보 자 : 이종태, 남, 69세
구연상황 : 제보자가 자진해서 이 노래를 불렀다.

장개-장개~ 가는 장개 내가 시워서(내가 세워서) 가는 장개

앞집에 가서- 책력을 보고 뒷집에 가서- 궁합 보고

책력-에도 못 갈 장가 궁합에도 못 갈 장가

장가- 장가 가는 장개 내가 시와서 가는 장개

한 모-랭이를 썩 돌아가니 까막까치가 진동하고

두 모-랭이를 썩 돌아가니 여수 새끼가 진동하네

세 모-랭이를 썩 돌아가니 곡소리가 진동하네

죽었-구나 죽었-구나 신부씨댁이 죽었구나

가오- 가오- 나는 가오 우리 집으로 나는 가오

나 줄-라고 해논- 술은 상두-꾼이나 많이 주소

나 줄-라고 해논- 떡도 상두-꾼이나 많이 주소

형부- 형부 우리- 행부 이제- 가면은 언제 오요

삼 년- 먹은 고목- 낭개 잎이- 지고 꽃이 피면

그때 가사 내가 오지

애간장 노래

자료코드 : 04_18_FOS_20090117_PKS_ION_0001
조사장소 : 경상남도 함양군 수동면 하교리 하교마을 마을회관
조사일시 : 2009.1.17
조 사 자 : 박경수, 서정매, 정혜란, 문세미나, 이진영
제 보 자 : 임옥남, 여, 77세
구연상황 : 조사자가 제보자에게 노래 한 곡 불러 달라고 하자, 조용히 이 노래를 불렀
다. 나이 탓인지 노래는 힘이 없고 발음도 불분명했다.

　　　물꼬 밑에 깨구리(개구리)는 배암 간장을 다 녹이고
　　　논 가운데 고딩(고동)이 한 놈 한배 간장을 다 녹인다
　　　우리 집에 저 영감은 요내 내속 다 끌는다(다 긁는다)

시집살이 노래

자료코드 : 04_18_FOS_20090117_PKS_ION_0002
조사장소 : 경상남도 함양군 수동면 하교리 하교마을 마을회관
조사일시 : 2009.1.17
조 사 자 : 박경수, 서정매, 정혜란, 문세미나, 이진영
제 보 자 : 임옥남, 여, 77세
구연상황 : 주위가 소란한 가운데 제보자가 혼자서 노래를 부르기 시작했다. 소리가 작아
서 잘 들리지 않았다. 서사민요로 부르는 긴 노래의 앞부분 소절만을 불렀다.

　　　불꽃같이 더운 날에 메꽃같은 채전밭을 매라 하니
　　　한 골 메고 두 골 메고 삼시 세 골 거듭 메고
　　　요네 점심

다른 점심 나오는데 요내 점심 안 오던가

오기사는 오데만은 국만 장만 받고 오네

아기 재우는 노래

자료코드 : 04_18_FOS_20090117_PKS_ION_0003
조사장소 : 경상남도 함양군 수동면 하교리 하교마을 마을회관
조사일시 : 2009.1.17
조 사 자 : 박경수, 서정매, 정혜란, 문세미나, 이진영
제 보 자 : 임옥남, 여, 77세
구연상황 : 애기를 재울 때 부르는 자장가를 불러 달라고 하자 제보자가 이 노래를 읊조
리듯이 조용히 불렀다.

아가 아가 자장자장

우리 아가 자장자장

뒷집 개야 짓지 마라

우리 애기 잠 깨운다

자장자장 우리 애기 잘도 잔다

꼬꼬 닭아 울지 마라

우리 아기 잠 깨운다

앞집 개야 짓지 마라

우리 아기 잠 깨운다

모찌기 노래

자료코드 : 04_18_FOS_20090207_PKS_ION_0001
조사장소 : 경상남도 함양군 수동면 화산리 본통마을 마을회관

조사일시 : 2009.2.7

조 사 자 : 박경수, 안범준, 정혜란, 김미라

제보자 1 : 임옥남, 여, 79세

제보자 2 : 정옥순, 여, 73세

구연상황 : 조사자가 모찌기나 모심기를 할 때 부르는 노래를 해보라고 하니, 제보자가
　　　　　 먼저 노래를 부르기 시작했다. 그러나 한 소절 부르다 기억이 나지 않자, 청
　　　　　 중 중 정옥순이 다른 사설을 넣어서 마무리했다.

제보자 1 : 다풀~다풀~ 타박~머리~ 해 다~진데 어데~ 가요-

　　　　　 우리야~ 오~빠요

　　또 뭐이더라?

　　(청중 : 그거 몰라. 아는 것만 해봐.)

제보자 2 : 한강에~다가 모를~ 부어~ 모쪄~내기- 난감-하-네~

　　(청중 : 잘 한다.)

청춘가

자료코드 : 04_18_FOS_20090207_PKS_ION_0002

조사장소 : 경상남도 함양군 수동면 화산리 본통마을 마을회관

조사일시 : 2009.2.7

조 사 자 : 박경수, 안범준, 정혜란, 김미라

제 보 자 : 임옥남, 여, 79세

구연상황 : 노래판이 흥이 나는 분위기가 되었다. 제보자가 자진해서 이 노래를 청춘가
　　　　　 가락으로 불렀다.

　　연지 찍고 분 바르고~ 갱대(경대)를 보-니께 에~

　　촌살림 살길은~ 영 글-렀구-나~

청춘가

자료코드 : 04_18_FOS_20090207_PKS_JKS_0001
조사장소 : 경상남도 함양군 수동면 내백리 마을회관
조사일시 : 2009.2.7
조 사 자 : 박경수, 안범준, 정혜란, 김미라
제 보 자 : 전경순, 여, 80세
구연상황 : 노래판이 막바지가 되면서 흥이 나는 분위기가 되었다. 제보자가 흥에 겨워
이 노래를 즐겁게 부르자 주위의 청중들도 따라서 흥겹게 불렀다.

술아 술술이 잘 넘어 가고서~어 찬물아 내 술은 에~ 입 안에 돈
다네
술과 담배는~ 내 심정을 아-는데~ 한 품에 든 님-도 에~ 내
심정 몰라라
노자 좋구나~아 젊어서 놉시다 나이 많고 뱅이 들면 에~ 못 노
나니-요~

노랫가락 (1) / 그네 노래

자료코드 : 04_18_FOS_20090207_PKS_JMI_0001
조사장소 : 경상남도 함양군 수동면 화산리 본통마을 마을회관
조사일시 : 2009.2.7
조 사 자 : 박경수, 안범준, 정혜란, 김미라
제 보 자 : 정모임, 여, 77세
구연상황 : 앞의 노래에 이어 제보자가 이 노래를 노랫가락의 곡조로 불렀다.

수천당(추천당)~ 세모시 낭개(나무에)- 늘어진 가지에다 군데(그
네)를 매어-
임이- 뛰면 내가나 밀고 내가-뛰-면은 임이 밀-고
임아 임아 줄 밀지 마라 줄 떨어지-면 정 떨어진-다

노랫가락 (2)

자료코드 : 04_18_FOS_20090207_PKS_JMI_0002
조사장소 : 경상남도 함양군 수동면 화산리 본통마을 마을회관
조사일시 : 2009.2.7
조 사 자 : 박경수, 안범준, 정혜란, 김미라
제 보 자 : 정모임, 여, 77세
구연상황 : 앞의 노래가 끝나자 곧바로 이 노래를 시작했다. 노랫가락의 곡조로 계속 노
　　　　　래를 불렀는데, 제보자 외에 청중들도 따라서 같이 불렀다. 앞의 두 행 사설
　　　　　은 모심기 노래로 부르기도 한다.

배-고파- 지어 논 밥은 미(뉘)도 많고 돌도 많네
미-많고 돌-많은 탓은~ 임이 없는 탓이로~다
언제나 갔던 임 만나 미 없는 돌 없는 밥을 먹어나 볼까

아리랑

자료코드 : 04_18_FOS_20090207_PKS_JMI_0003
조사장소 : 경상남도 함양군 수동면 화산리 본통마을 마을회관
조사일시 : 2009.2.7
조 사 자 : 박경수, 안범준, 정혜란, 김미라
제 보 자 : 정모임, 여, 77세
구연상황 : 조사자가 이곳에서는 아리랑을 부르지 않느냐고 하니까, 제보자 외에 여럿이
　　　　　아리랑을 불렀다. 본조아리랑인 경기아리랑의 잘 알려진 사설을 불렀다. 이곳
　　　　　에서는 밀양 아리랑은 거의 불리지 않는다.

아리랑 아리랑 아라리요 아리랑 고개를 넘어간다
나를 버리고 가시는 님은 십리도 못가서 발병이 나네

청춘가

자료코드 : 04_18_FOS_20090207_PKS_JMI_0004
조사장소 : 경상남도 함양군 수동면 화산리 본통마을 마을회관
조사일시 : 2009.2.7
조 사 자 : 박경수, 안범준, 정혜란, 김미라
제 보 자 : 정모임, 여, 77세
구연상황 : 다른 사람의 노래가 끝나자 제보자가 이 노래를 바로 시작했다. 청춘가의 일
절을 노랫가락으로 불렀다.

세월이 갈라면 니 혼자 가지~

아까운 내 청춘을 아이고 와 다리고(데리고) 가느냐-

개미 타령

자료코드 : 04_18_FOS_20090207_PKS_JMI_0005
조사장소 : 경상남도 함양군 수동면 화산리 본통마을 마을회관
조사일시 : 2009.2.7
조 사 자 : 박경수, 안범준, 정혜란, 김미라
제 보 자 : 정모임, 여, 77세
구연상황 : 제보자가 갑자기 이 노래를 불렀다. 읊조리듯이 빠르게 노래했는데, 사설이
재미있어 청중들이 모두 웃었다. 가사가 빨라서 다시 한 번 더 불러 달라고
했다. 앞뒤로 열을 지어 가는 개미들을 보고 노래했던 것으로 생각된다.

개미야 개미야 저건네 조그만한 불개미 집에

은종이 타고 금종이 타고 방안에 밥말을 집어타고 [청중 웃음]

앞에는 선달이 뒤에는 노쟁이 노장 선달 건드리고

은종지기 놋종지기 아금바리 배종지기 청춘에는 대발종지기

[일동 웃음]

[한번 더]

개미야 개미야 불개미야

은종이 타고 금종이 타고 방안에 밥말 집어타고

앞에는 선달이 뒤에는 노쟁이 노장 선달 거느리고

은종지기 놋종지기 아금바리 배딴종지 청춘에는 대발종지

다리 세기 노래

자료코드 : 04_18_FOS_20090118_PKS_JSH_0001

조사장소 : 경상남도 함양군 수동면 우명리 효리마을 마을회관

조사일시 : 2009.1.18

조 사 자 : 박경수, 정혜란, 문세미나, 이진영

제 보 자 : 정숙현, 여, 75세

구연상황 : 조사자가 좌중을 보고 베틀 노래를 아느냐고 묻자 부르는 사람이 없었다. "이
거리 저거리 각거리"는 아느냐고 하니까, 제보자가 "그것은 아무것도 아니
지." 하면서 단숨에 이 노래를 했다. 다리를 서로 엇갈려 끼고, 다리를 하나씩
짚으면서 이 노래를 부른다.

[앉은 채로 다리를 세는 동작을 하면서]

이거리 저거리 갓거리

진주맹근 도맹근

짝발로 희양근

도래줌치(도래주머니) 사래육

육도육도 찔래육

강산에 목을 매여

에롱데롱 가운데 달칵

정지문(부엌문)이 달칵

모심기 노래

자료코드 : 04_18_FOS_20090118_PKS_JSH_0002
조사장소 : 경상남도 함양군 수동면 우명리 효리마을 마을회관
조사일시 : 2009.1.18
조 사 자 : 박경수, 정혜란, 문세미나, 이진영
제 보 자 : 정숙현, 여, 75세
구연상황 : 조사자가 모심기 노래를 해달라고 하니, "서마지기 논빼미" 노래가 있다고 하
면서 이 노래를 했다. 마지막 소절부터 박우연이 함께 불렀다.

서마지기- 논빼미는~ 반달만치- 남았네~

제가-무슨- 반달인가~ 초승-달이- 반달-이제~

[박우연이 함께 부른다]

초생달만- 반달-인가~ 그-믐달도- 반달이제~

백발가

자료코드 : 04_18_FOS_20090118_PKS_JSH_0003
조사장소 : 경상남도 함양군 수동면 우명리 효리마을 마을회관
조사일시 : 2009.1.18
조 사 자 : 박경수, 정혜란, 문세미나, 이진영
제 보 자 : 정숙현, 여, 75세
구연상황 : 제보자는 노래가 기억나는 대로 적극적으로 불렀다. 이 노래도 제보자가 자연
스럽게 노랫가락조로 부른 것이다.

노세~ 좋다 젊어서 놀아~ 늙고야 뱅(병)들면 못 노나니~

이팔~청춘 소년들-아~ 백발을 보고~ 반절을 마소~

우-리도 어제 아래 소년이더니~ 백발 되-기가 아주- 쉽네~

화투 타령

자료코드 : 04_18_FOS_20090118_PKS_JSH_0004
조사장소 : 경상남도 함양군 수동면 우명리 효리마을 마을회관
조사일시 : 2009.1.18
조 사 자 : 박경수, 정혜란, 문세미나, 이진영
제 보 자 : 정숙현, 여, 75세
구연상황 : 이 지역에서는 아리랑은 잘 부르지 않는 것 같다고 했다. 노랫가락이나 청춘
가를 불러 달라고 하자 제보자가 이 노래를 했다. 노랫가락조로 부른 화투 타
령이다.

정월 솔가지 속삭한 마음

이월 매조에 맺아 놓고

삼월 사꾸라 산란한 마음

사월 흑사리 흔들렸네

오월 난초 나는~나비~

유월아 목단에 다 올랐네

칠월 홍돼지 홀로~ 누워

팔월 공산에 달 솟았다

구월 국화 굳었던 마음

시월 단풍에 뚝 떨어졌네

청춘가 (1)

자료코드 : 04_18_FOS_20090118_PKS_JSH_0005
조사장소 : 경상남도 함양군 수동면 우명리 효리마을 마을회관
조사일시 : 2009.1.18
조 사 자 : 박경수, 정혜란, 문세미나, 이진영
제 보 자 : 정숙현, 여, 75세

청춘만 되거라~아 청춘만 되거라~아
몇 백 년을 살더라도 에~ 청춘만 되거라~아

청춘을 살라 해도~오 팔 놈이 없고요~오
백발을 팔라 해도 제- 살 놈이 없구나~

신세한탄가

자료코드 : 04_18_FOS_20090118_PKS_JSH_0006
조사장소 : 경상남도 함양군 수동면 우명리 효리마을 마을회관
조사일시 : 2009.1.18
조 사 자 : 박경수, 정혜란, 문세미나, 이진영
제 보 자 : 정숙현, 여, 75세
구연상황 : 앞에서 화투 타령과 청춘가를 부른 후에 계속해서 청춘가의 곡조로 두 편의
노래를 연달아 불렀다.

당신을 만내서~

잊어 묵고 안 된다.

당신을~ 만연해서("만내서"를 조금 변형해서 불렀다) 이내 속에
든 병은~
약방 약에 감초라도 에~ 묘약이 되더라~
산도 설-고 설~어 물도나 선고("설고"를 달리 부름) 데~
누구를 보자고 에~ 나 요기 왔는고~

아이쿠 인자 못 외와.

세월이 가는 것은~ 아니 원통하여도~

내 청춘은 늙는 기 제일 원통하더라~

(조사자 : 아이구 잘 하시네. 같이 춤을 추면서 불러야 되는데 그지요.)
춤도 추면서 많이 불렀는데, 인자는 마 안 해 그런 거.

원망가

자료코드 : 04_18_FOS_20090118_PKS_JSH_0007
조사장소 : 경상남도 함양군 수동면 우명리 효리마을 마을회관
조사일시 : 2009.1.18
조 사 자 : 박경수, 정혜란, 문세미나, 이진영
제 보 자 : 정숙현, 여, 75세
구연상황 : 제보자는 앞의 신세한탄가에 이어 계속해서 다음 노래를 청춘가 가락으로 불렀다.

열두 칸 부생이 연달아 놓고서~

어떤 놈을 줄라고 에~ 나란히 주는고~오

맞은 족집게 에~ 연지야 분통은~

어떤 년을 줄라고 에~ 나란히 주는고~

인자 고만 해.

청춘가 (2)

자료코드 : 04_18_FOS_20090118_PKS_JSH_0008
조사장소 : 경상남도 함양군 수동면 우명리 효리마을 마을회관
조사일시 : 2009.1.18

조 사 자 : 박경수, 정혜란, 문세미나, 이진영

제 보 자 : 정숙현, 여, 75세

구연상황 : 제보자가 청춘가 가락으로 두 곡을 부른 후 잠시 다른 사람에게 노래를 부르
라고 했다가, 다시 이 노래가 생각났는지 바로 불렀다.

큰아기 홀목(손목)에~ 개살구가 열렸나~

쥐었다만 놓아도 에~ 눈 살살 갱긴다(감긴다)~

노랫가락

자료코드 : 04_18_FOS_20090118_PKS_JSH_0009

조사장소 : 경상남도 함양군 수동면 우명리 효리마을 마을회관

조사일시 : 2009.1.18

조 사 자 : 박경수, 정혜란, 문세미나, 이진영

제 보 자 : 정숙현, 여, 75세

구연상황 : 제보자는 젊어서는 잘 불렀는데, 이제는 목이 가서 잘 부르지 못한다고 했다.
그래도 조사자가 가락이 살아있다고 부추기자 부끄러워하면서도 이 노래를
불렀다.

담안에 국화를 심어 국화 밑에다 술 비비어 옇고(넣고)~

술되자~ 꽃 피자~마자~ 임이 오시자 달이 떴네~

동자야~ 국화술 걸러라 임이 오-신다 문열어 봐-라~

의암이 노래

자료코드 : 04_18_FOS_20090118_PKS_JSH_0010

조사장소 : 경상남도 함양군 수동면 우명리 효리마을 마을회관

조사일시 : 2009.1.18

조 사 자 : 박경수, 정혜란, 문세미나, 이진영

제 보 자 : 정숙현, 여, 75세

구연상황 : 조사자가 진주 남강 노래를 기억하느냐고 물으니 제보자가 이 노래를 안다면서 부르기 시작했다.

진주 남강 이애미(의암이, '이애미'는 논개를 별칭한 것이다.)는
우리 조선을 살리자고~
팔대 장군 목을 안고 진주야~ 남강에 빠졌다네~

남녀 연정요

자료코드 : 04_18_FOS_20090118_PKS_JSH_0011
조사장소 : 경상남도 함양군 수동면 우명리 효리마을 마을회관
조사일시 : 2009.1.18
조 사 자 : 박경수, 정혜란, 문세미나, 이진영
제 보 자 : 정숙현, 여, 75세
구연상황 : "울도 담도 없는 집에"로 시작되는 일명 '진주 남강요'를 아는지 물었는데, 같은 사설로 시작되는 이 노래가 생각났는지 부르기 시작했다.

울도 담도 없는 집에~
맹지베(명주 베)- 짜는 저 처녀야~
맹지베락은(명주베랑은) 됐다가 짜고~
고개 살짝만 들어 보소~
아따~ 그 총각 꾀도 많네~
고개 들면은 선 볼라꼬~

신세타령요

자료코드 : 04_18_FOS_20090118_PKS_JSH_0012
조사장소 : 경상남도 함양군 수동면 우명리 효리마을 마을회관

조사일시 : 2009.1.18

조 사 자 : 박경수, 정혜란, 문세미나, 이진영

제 보 자 : 정숙현, 여, 75세

구연상황 : 제보자가 마지막으로 부른 노래이다. 자신의 신세를 한탄하는 사설을 청춘가 가락에 넣어서 부른 것이다. 수동면 죽산리는 제보자가 태어난 곳이기도 한데, 고향을 떠나온 자신의 신세를 이 노래를 통해 나타냈다. 청중들이 모두 명가수라고 칭찬을 했다.

쓸쓸한 수동면~ 명중한 죽산리~

못 살고 떠나온 몸은~ 에~ 여자된 탓이라~

권주가

자료코드 : 04_18_FOS_20090207_PKS_JYD_0001

조사장소 : 경상남도 함양군 수동면 상백리 상백마을 경로당

조사일시 : 2009.2.7

조 사 자 : 황경숙, 조민정

제 보 자 : 정연두, 남, 71세

구연상황 : 조사자가 민요를 불러 줄 것을 청하자, 처음에는 아는 것이 없다며 거절하였다. 이후 다른 제보자에 대한 채록 과정을 지켜보던 제보자는 나도 노래 한 자락 해볼까 하면서 장모에게 술을 올리며 부르는 노래라고 일러준 후에 다음 노래를 불러주었다.

담-안에 꽃씨-를~ 심어~ 담 밖으로만- 늘어졌네 ~

백만장자- 다 돌라해도 아니~ 주시고~ 날- 준 장모~

원-에 원곡 못~하지만은~ 술 한-잔으로 대접하요~

이- 술-을 잡으나-시면~ 늙-도 죽-도 안 합니다~

댕기 노래

자료코드 : 04_18_FOS_20090207_PKS_JYD_0002
조사장소 : 경상남도 함양군 수동면 상백리 상백마을 경로당
조사일시 : 2009.2.7
조 사 자 : 황경숙, 조민정
제 보 자 : 정연두, 남, 71세
구연상황 : 앞의 노래가 끝나자, 제보자가 흥에 겨워 먼저 댕기 노래를 하나 해보겠다 하
며 노래했다.

한-냥~ 주고~ 떠온~ 댕기~

두냥~ 주고~ 접은~ 댕기~

성 안-에라~ 널뛰~다가~

성 밖으로~ 늘은 댕기

뒤로 보니~ 서당꾼들~

주은 댕기-를~ 나를 주소~

허리 굽혀~ 주은 댕기

언약 없이야 널 줄소냐

삼오-간대(사모관대)~ 내가 쓰고

족두리간대는~ 니가 쓰고

맞절~할 제야 너를 주마

오동-나무~ 명장농에

니 옷 넣고~ 내 옷 넣고

긴- 베개~ 마주 베고~

잠 잘 적에~ 너를 주마

노랫가락 (1)

자료코드 : 04_18_FOS_20090207_PKS_JYD_0003
조사장소 : 경상남도 함양군 수동면 상백리 상백마을 경로당
조사일시 : 2009.2.7
조 사 자 : 황경숙, 조민정
제 보 자 : 정연두, 남, 71세
구연상황 : 조사자가 다른 민요를 불러 줄 것을 청하자 예전에 술 마시면서 부르는 노래
한 자락을 하겠다며 손장단을 치면서 노래했다.

저- 달~ 뒤-에는~ 별- 따라~ 가~고~

우런 님~ 뒤-에는~ 내가 따-라~ 가~지~

이~히-히~ 이~히-히~ 어-

보통 그러면 이랬샀고(이렇게 하고) 노래를 부르고 이라지.

모심기 노래 (1)

자료코드 : 04_18_FOS_20090207_PKS_JYD_0004
조사장소 : 경상남도 함양군 수동면 상백리 상백마을 경로당
조사일시 : 2009.2.7
조 사 자 : 황경숙, 조민정
제 보 자 : 정연두, 남, 71세
구연상황 : 적극적으로 구연하였고 흥겨워 일어나서 춤도 추면서 노래를 힘차게 불러 주
었다.

서- 마~지~기~ 논-빼-미~가~ 반-달~만~치~면 나 남아~
있~네~

요기 맨 첨 첫대가리(첫머리) 하는 기라. 그러면 받는 사람은,

지-가~ 무-슨 반~달~이-라~ 초-생~달- 달이-야~ 반~달-

이-지~

모심기 노래 (2)

자료코드 : 04_18_FOS_20090207_PKS_JYD_0005
조사장소 : 경상남도 함양군 수동면 상백리 상백마을 경로당
조사일시 : 2009.2.7
조 사 자 : 황경숙, 조민정
제 보 자 : 정연두, 남, 71세
구연상황 : 제보자가 앞의 민요를 부른 뒤 잠시 분위기가 가라앉았다. 조사자가 예전에
　　　　　일할 때 부른 노래를 들려 달라 잠시 생각한 뒤 노래를 불렀다.

　　　해~ 다~ 지~고 저~문~ 날~에~ 몸 단수하고 어데를 가~요~

　　요게 일 절인 기라. 일을 하면서 그러면 이제 받는 사람은,

　　　　첩의~집~에~ 가~실~라~면~ 나 죽는 꼴이나~ 보고나~ 가
　　소~

모심기 노래 (3)

자료코드 : 04_18_FOS_20090207_PKS_JYD_0006
조사장소 : 경상남도 함양군 수동면 상백리 상백마을 경로당
조사일시 : 2009.2.7
조 사 자 : 황경숙, 조민정
제 보 자 : 정연두, 남, 71세
구연상황 : 제보자가 모심기 노래가 많은데, 소리를 받는 사람이 없어 잘 안된다며 잠시
　　　　　생각에 잠기다가 그래도 해보겠다며 손장단을 하면서 노래를 불렀다.

　　　다~풀~다~풀~ 타~박-야~ 머-리~ 해 다~ 진-데~ 어-데~

가-요~

이게 일 절이거든요. 이제 받는 사람이,

    울~ 어머-니~ 산~소나~ 앞-에~ 젖 묵으러~야~ 나는~ 간다

모심기 노래 (4)

자료코드 : 04_18_FOS_20090207_PKS_JYD_0007
조사장소 : 경상남도 함양군 수동면 상백리 상백마을 경로당
조사일시 : 2009.2.7
조 사 자 : 황경숙, 조민정
제 보 자 : 정연두, 남, 71세
구연상황 : 제보자가 앞의 모심기 노래를 부른 뒤, 가사를 잠시 생각한 뒤 연이어 불렀다.

    요~ 논~에~다~ 모~를-야~ 심어~ 감-실~감-실~ 감실~감
    실 영-화~로-다~

이거는 이 모를 심어 가지고 감실감실 커 오니까.

남녀 연정요

자료코드 : 04_18_FOS_20090207_PKS_JYD_0008
조사장소 : 경상남도 함양군 수동면 상백리 상백마을 경로당
조사일시 : 2009.2.7
조 사 자 : 황경숙, 조민정
제 보 자 : 정연두, 남, 71세
구연상황 : 조사자가 제보자에게 즐겨 불렀던 민요를 들려 달라고 하자, 사랑 노래 한 자
       락 하겠다며 손으로 장단을 맞추며 노래를 불렀다.

진-주~골목~ 긴긴-골목~ 처녀 총각이 만났구나~

지어 봤-네~ 잡아 봤-네~ 처녀야 홀목(손목)을 잡아 봤네

여-보 총각~ 내 홀목(손목) 노소~ 남이 보-면~ 의사로다

죽었으면~ 영 죽었지~ 한번 쥔 홀목(손목)을 못 놓겠소

네모 반듯 장판-방에~ 이불 평풍을 둘러치고

방안-에라~ 밝히는 촛불 니가 끌까~ 내가 끌까

평풍- 뒤에~ 붙은 나비 홀홀 불고~ 끄고 간다

나-비도~ 기생일말정~ 절개조차도 없을 소냐~

논 매기 노래

자료코드 : 04_18_FOS_20090207_PKS_JYD_0009

조사장소 : 경상남도 함양군 수동면 상백리 상백마을 경로당

조사일시 : 2009.2.7

조 사 자 : 황경숙, 조민정

제 보 자 : 정연두, 남, 71세

구연상황 : 제보자가 예전에 농사 지을 때 부른 노래가 많았다 하며, 그때 많이 불렀던
　　　　　노래라 하며 불렀다.

농-창~농-창~ 벼-루 끝에~ 시-누 올-키~ 올키-가야~ 빠-
졌~다-네~

동생~ 재-끼노-코(제쳐놓고)~ 올-키~부-터야~ 건-진다-네~

나도-야~ 죽-어~ 후-세상 가-서~ 낭-군~부터-야~ 샘-길라
네(섬길라네)

구멍 타령

자료코드 : 04_18_FOS_20090207_PKS_JYD_0010
조사장소 : 경상남도 함양군 수동면 상백리 상백마을 경로당
조사일시 : 2009.2.7
조 사 자 : 황경숙, 조민정
제 보 자 : 정연두, 남, 71세
구연상황 : 조사자가 구멍 타령이 참 재미있었던데 혹 알고 있느냐고 묻자, 제보자가 알고
있다고 하였다. 처음에는 그런 노래를 부르기가 쑥스럽다고 하다가 다 알고
있는 노래니 부르겠다고 하면서 다음 노래를 불렀다.

　　　　지리-산~ 딱따구리는~ 참나무 구녕도 뚫는데~
　　　　우리집의 저 물건은 뚫어 논 구녕도 못 뚫는다
　　　　어량 어량 어허야 디야~
　　　　어허랑 디야 니가 내 사랑이~다

노랫가락 (2)

자료코드 : 04_18_FOS_20090207_PKS_JYD_0011
조사장소 : 경상남도 함양군 수동면 상백리 상백마을 경로당
조사일시 : 2009.2.7
조 사 자 : 황경숙, 조민정
제 보 자 : 정연두, 남, 71세
구연상황 : 제보자가 구멍 타령을 부른 뒤, 젊어서 술 마실 때 많이 불렀던 노래를 하겠
다며 노래를 불렀다. 조사자가 장단을 맞추자 제보자는 흥겨워 어깨춤을 추면
서 노래했다.

　　　　술아~ 니~ 먹는다고~ 맹-세를~ 행~께~
　　　　권-주가~ 바-람에~ 녹-초가 됐~네~
　　　　에-헤~ 에-헤~ 어~
　　　　노자-아~ 좋~구나~ 젊어서 놀~아 ~

늙고 지고 피든게~ 내가 못 놀-겠네~

의암이 노래

자료코드 : 04_18_FOS_20090207_PKS_JYD_0012
조사장소 : 경상남도 함양군 수동면 상백리 상백마을 경로당
조사일시 : 2009.2.7
조 사 자 : 황경숙, 조민정
제 보 자 : 정연두, 남, 71세
구연상황 : 조사자가 진주 난봉가를 알고 있느냐고 묻자, 제보자가 진주 난봉가는 모르고
진주 기생 노래는 알고 있다며 불렀다.

진주~기생 의암이가~ 조선 백성을 살릴라고
산두 장군(정확한 뜻을 알 수 없음)~ 목을 안고~ 진주야 남강에
떨어졌네

시집살이 노래

자료코드 : 04_18_FOS_20090207_PKS_JYD_0013
조사장소 : 경상남도 함양군 수동면 상백리 상백마을 경로당
조사일시 : 2009.2.7
조 사 자 : 황경숙, 조민정
제 보 자 : 정연두, 남, 71세
구연상황 : 조사자가 다른 노래를 청하자 시집살이요를 조금 알고 있다며 노랫가락에 얹
어 노래를 불렀다.

시집살이~ 잘 산다고~ 돈백상~ 준~께~
요강까장 씻어 갖고~ 살강에~ 얹네~
에~ 헤에~ 에~ 헤에~ 좋다

청춘가 (1)

자료코드 : 04_18_FOS_20090207_PKS_JYD_0014
조사장소 : 경상남도 함양군 수동면 상백리 상백마을 경로당
조사일시 : 2009.2.7
조 사 자 : 황경숙, 조민정
제 보 자 : 정연두, 남, 71세
구연상황 : 제보자가 흥겨워 노래하면서 분위기가 고조되자 앞에 불렀던 적이 있는 청춘
　　　　　 가를 사설이 길게 한다고 하면서 다시 불렀다.

　　　　저 달~ 뒤에는~ 별~따라~ 가~고~
　　　　우런 님 뒤에는~ 내가 따라 가~지~
　　　　에- 헤에~ 에-헤에~ 어~

　　　　노자~ 좋~구나 젊어~ 서 놀~아 ~
　　　　늙고 지고 피든게 내가야 못 놀겠~ 네~
　　　　에- 헤에~ 에-헤에~ 어~

　　　　산이 높~아야~ 골짝도~ 깊~어~
　　　　조만한 여자나 마음~ 얼마나~ 깊~어~
　　　　에~

청춘가 (2)

자료코드 : 04_18_FOS_20090207_PKS_JYD_0015
조사장소 : 경상남도 함양군 수동면 상백리 상백마을 경로당
조사일시 : 2009.2.7
조 사 자 : 황경숙, 조민정
제 보 자 : 정연두, 남, 71세
구연상황 : 제보자가 청춘가는 사설을 붙이기 나름이라며 앞에 불렀던 청춘가에 사설을

달리해 노래를 불렀다.

저- 수숫잎도~ 철을 알고~ 흔~드는데~
우리집에 시어머니~ 철 모르고 날 흔든~다~

아까도 불렀는데, 그래서 이래서 자꾸 부치면 되는 기라. 뭐 부치면 되는 기라.

저게 가는 저 처녀~ 엉뎅이 봐~라~
요리 쌜룩 조리 쌜룩~ 멋들어졌~네~

베틀 노래

자료코드 : 04_18_FOS_20090207_PKS_JYD_0016
조사장소 : 경상남도 함양군 수동면 상백리 상백마을 경로당
조사일시 : 2009.2.7
조 사 자 : 황경숙, 조민정
제 보 자 : 정연두, 남, 71세
구연상황 : 조사가 베틀 노래를 청하자, 예전에 많이 듣고 따라 부르기도 했는데 지금은 잘 기억이 나지 않는다며 생각나는 데까지 해보겠다며 노래를 불렀다.

하늘-에라~ 베틀을 놓고 구름 잡아서 잉에 걸고
얼커덩 절커덩 베 짜는 소리~
향휴 목포 뒤집에 얼커덕 절커덕 베 짜는 소리~
베틀 다리 사 형제요~ 큰애기 다리는 두 다리라~
얼커덩 절커덩 베 짜는 소리

[빠진 가사가 있다며 다시 부름]

공중에라~ 베틀을 놓고~ 구름 잡아서 잉에 걸고

향후 목포 뒤집에 얼커덕 철커덕 베 짜는 소리

낮에 짜면~ 일광단이요~ 밤에 짜면은 월광단이라

일광단 월광단 통통 팔아~ 서방님 와이샤스 지어 주자

화투 타령

자료코드 : 04_18_FOS_20090207_PKS_JYD_0017
조사장소 : 경상남도 함양군 수동면 상백리 상백마을 경로당
조사일시 : 2009.2.7
조 사 자 : 황경숙, 조민정
제 보 자 : 정연두, 남, 71세
구연상황 : 조사자가 화투 노래를 청하자 노래를 불렀다. 그런데 10월 이후에는 가사를
기억하지 못했다.

정-월이라 솔솔군 마음~

이-월 매자에 맺아 놓고

삼-월 사쿠라 산란한 마음~

그 참 잘 모르겠는데.

사-월 흑싸리 흩어 놓고

오-월 난초 놀던 나비~

유-월 목단에 모아들고

칠-월 홍돼지 홀로~ 누워~

팔-월 공산에~ 구경 간다

구-월 국화-꽃이~ 피어~

시-월 단풍에 뚝 떨어졌다

모르겠는데, 그리는 그까지는.

노랫가락 (3)

자료코드 : 04_18_FOS_20090207_PKS_JYD_0018
조사장소 : 경상남도 함양군 수동면 상백리 상백마을 경로당
조사일시 : 2009.2.7
조 사 자 : 황경숙, 조민정
제 보 자 : 정연두, 남, 71세
구연상황 : 제보자는 흥겨워 일어나서 춤을 추면서 노래를 힘차게 불러 주었다.

시집살이~ 잘-살면~ 내 살림 되~나~

오동동- 뚜디리('전부 뭉쳐서'의 뜻임) 팔아 술받이 하~자~

에-헤~ 에-헤~ 어허~

저 달- 뒤에는~ 별 따라~ 가~고~ 우런 님 뒤에는~ 내 따라
가~지

노랫가락 (4)

자료코드 : 04_18_FOS_20090207_PKS_JYD_0019
조사장소 : 경상남도 함양군 수동면 상백리 상백마을 경로당
조사일시 : 2009.2.7
조 사 자 : 황경숙, 조민정
제 보 자 : 정연두, 남, 71세
구연상황 : 조사자가 함양지역에서만 부르는 노래가 있으면 불러 달라고 청하자, 제보자
가 함양지역에서만 부르는 노래를 들려주겠다며 노래했다.

마-산서~ 백마-를~ 타-고 진주 녹-두에 올라나서니~

연꽃은~ 봉지를 짓고~ 수양버들은 희늘어졌네~

우리-도 유정님~ 만-나 팔을 베고서 희늘어질꼬~

노랫가락 (5)

자료코드 : 04_18_FOS_20090207_PKS_JYD_0020
조사장소 : 경상남도 함양군 수동면 상백리 상백마을 경로당
조사일시 : 2009.2.7
조 사 자 : 황경숙, 조민정
제 보 자 : 정연두, 남, 71세
구연상황 : 제보자가 예전에 불렀던 노래라 하면서 다음 노래를 불렀다.

　　　함양읍에~ 군수야~ 딸자랑~ 말~아~

　　　연지분 떨어징께~ 지나내나 같~다~

모심기 노래 (1)

자료코드 : 04_18_FOS_20090207_PKS_JOS_0002
조사장소 : 경상남도 함양군 수동면 화산리 본통마을 마을회관
조사일시 : 2009.2.7
조 사 자 : 박경수, 안범준, 정혜란, 김미라
제 보 자 : 정옥순, 여, 73세
구연상황 : 조사자의 모심기 노래를 부탁하자 처음에는 모른다고 하면서 부르기를 주저
　　　　　했으나, 주변 청중들이 거듭 권유하자 이 노래를 했다. 제보자가 노래를 힘차
　　　　　게 부르자 청중들이 웃으면서 분위기를 맞추었다.

　　　서 마지기 논빼미가~ 반달-만치 남았구-나

　　　우리야~ 님은~요- 어데-로 가고~ 맞이(마주) 볼 줄을 모르는고-

시누 올케 노래 (1)

자료코드 : 04_18_FOS_20090207_PKS_JOS_0003
조사장소 : 경상남도 함양군 수동면 화산리 본통마을 마을회관

조사일시 : 2009.2.7

조 사 자 : 박경수, 안범준, 정혜란, 김미라

제 보 자 : 정옥순, 여, 73세

구연상황 : 앞의 노래를 마치자 말자 제보자는 이 노래를 이어서 불렀다. 모심기 노래로
부르기도 하는 노래였다. 노래가 끝나자 청중들이 모두 잘 한다고 박수를 쳤다.

풍덩~풍덩~ 요 베리(여기 벼랑) 끝에~

시누-올키~ 떨어졌네

우리야~ 오-빠가 그 말 듣고~

옆에 있는 처는 제치 놓고

동생부타(동생부터) 건져주네-

모심기 노래 (2)

자료코드 : 04_18_FOS_20090207_PKS_JOS_0004

조사장소 : 경상남도 함양군 수동면 화산리 본통마을 마을회관

조사일시 : 2009.2.7

조 사 자 : 박경수, 안범준, 정혜란, 김미라

제 보 자 : 정옥순, 여, 73세

구연상황 : 앞의 노래에 이어 제보자가 계속 모심기 노래의 사설을 불렀다. 이 노래는 메기
는 소리만 하고 그쳤다. 모심기 노래로 흔히 부르지 않는 사설이라서 채록했다.

마당-앞에~ 상추 심어~ 상추-속기가 난감-하네-

아기 재우는 노래

자료코드 : 04_18_FOS_20090207_PKS_JOS_0005

조사장소 : 경상남도 함양군 수동면 화산리 본통마을 마을회관

조사일시 : 2009.2.7

조 사 자 : 박경수, 안범준, 정혜란, 김미라
제 보 자 : 정옥순, 여, 73세
구연상황 : 조사자가 아기 재우는 자장가를 불러 달라고 하자, 제보자가 이 노래를 했다.

    달캉-달캉- 달캉-달캉

    우리- 애기 잠 잘-잔다

    앞집- 개도 오지- 마라

    뒷집- 개도 오지- 마라

    우리- 아기 잠 잘-잔다

못 갈 장가 노래

자료코드 : 04_18_FOS_20090207_PKS_JOS_0006
조사장소 : 경상남도 함양군 수동면 화산리 본통마을 마을회관
조사일시 : 2009.2.7
조 사 자 : 박경수, 안범준, 정혜란, 김미라
제 보 자 : 정옥순, 여, 73세
구연상황 : 제보자는 긴 서사민요로 불리는 이 노래를 자진해서 불렀다. 중간에 가사가
    잘 생각나지 않는지 멈추었다가 기억이 나는 뒷부분의 가사를 부르고 마쳤다.

    궁합에도 못 갈 장개 생신에도 못 갈 장개

    삼시세판을 가고 본께

    한 모랭이 돌아간께 피랭이 숫놈이 흠배흠배

    두 모랭이를 돌아간께 까마구까치가 째작째작

  [웃으며 잠시 멈추고] 째작째작, 고 뭐 있는데, 있고 고기 있는데. 그거
잘 모르겠네요.
  (조사자 : 중간에 마 생각 안 나면 빼고.)
  빼고.

팽풍(평풍) 뒤에 우는 아기 조랑 말고 젖 주어라

가요 가요 나는 가요 오던 질로 나는 가요

어제 왔던 새 사우야 안주가 나빠서 갈라 하나 진지가 나빠서 갈라 하나

안주 진지는 안 나빠도 너거 딸 행실이 궂어(짓궂어) 나는 간다

시누 올케 노래 (2)

자료코드 : 04_18_FOS_20090207_PKS_JOS_0007
조사장소 : 경상남도 함양군 수동면 화산리 본통마을 마을회관
조사일시 : 2009.2.7
조 사 자 : 박경수, 안범준, 정혜란, 김미라
제 보 자 : 정옥순, 여, 73세
구연상황 : 제보자가 앞에서 모심기 노래로 이 노래의 일부를 했는데, 노래의 가사가 온
전하게 생각났는지 다시 부르게 되었다.

농창~농−창 벼리(벼랑) 끝에~ 시누 올키 꽃 꺾다가

떨어−졌네 떨어−졌네 벼리 끝에 떨어졌네

우리 오빠 그 말 듣고 흠배흠배 오시더만

옆에 있는 동생 제치 놓고 처부텅 건져 주네

나도 언제 시접(시집) 가서 서방님부텅 챙길라네

다리 세기 노래

자료코드 : 04_18_FOS_20090207_PKS_JOS_0008
조사장소 : 경상남도 함양군 수동면 화산리 본통마을 마을회관
조사일시 : 2009.2.7
조 사 자 : 박경수, 안범준, 정혜란, 김미라

제 보 자 : 정옥순, 여, 73세
구연상황 : 조사자가 다리를 세면서 "이거리 저거리 갓거리"하며 부르는 노래가 있지 않느냐고 하자, 제보자가 이 노래를 불렀다. 제보자 외에 여러 사람이 기억을 살려서 노래를 해보았으나 완전하게 기억하지 못했다.

이거리 저거리 갓거리

진주맹근 도맹근

다리를 짝 뻗어놓고.

짝바리 해양금

도래줌치 사래육

육도육도 천리육

하늘에 올라 두름박

덕덕 긁어라

몰라 오래 돼서.

잠자리 잡는 노래

자료코드 : 04_18_FOS_20090207_PKS_JOS_0009
조사장소 : 경상남도 함양군 수동면 화산리 본동마을 마을회관
조사일시 : 2009.2.7
조 사 자 : 박경수, 안범준, 정혜란, 김미라
제 보 자 : 정옥순, 여, 73세
구연상황 : 조사자가 어렸을 때 잠자리를 잡을 때 잠자리가 날지 못하도록 하면서 부르는 노래를 해보라고 하자, 제보자가 이 노래를 했다.

잠자리 붙어라

붙은 자리 붙어라

멀리 가면 죽는다

밥 달라는 노래

자료코드 : 04_18_FOS_20090207_PKS_JOS_0010
조사장소 : 경상남도 함양군 수동면 화산리 본통마을 마을회관
조사일시 : 2009.2.7
조 사 자 : 박경수, 안범준, 정혜란, 김미라
제 보 자 : 정옥순, 여, 73세
구연상황 : 조사자가 어렸을 때 불렀던 동요를 해보라고 하니, 제보자가 이 노래를 읊조리듯이 했다.

[읊조리듯이]

아지매 아지매 밥 마이(많이) 주소

사쿠라 뒷산에 밤 따다 주께

그러쿠모 밥을 이마치(이만큼) 준다 캐.

뱃놀이 노래

자료코드 : 04_18_FOS_20090118_PKS_JJS_0001
조사장소 : 경상남도 함양군 수동면 원평리 남계마을 마을회관
조사일시 : 2009.1.18
조 사 자 : 박경수, 안범준, 문세미나, 조민정
제 보 자 : 정지상, 남, 72세
구연상황 : 제보자가 특별히 배운 것이라며 이 노래를 했다.

오강-정장 관운-장

시호 시호는 후전이요

언정부지가 이 아니요

가요 가요 나는 가요

내가 가면 아주 가나

아주 가면 잊을소냐

가세 가세 놀다가 가세

에헤야 데헤야 어기여차

뱃놀이 가잔다—

모심기 노래

자료코드 : 04_18_FOS_20090118_PKS_JJS_0002

조사장소 : 경상남도 함양군 수동면 원평리 남계마을 마을회관

조사일시 : 2009.1.18

조 사 자 : 박경수, 안범준, 문세미나, 조민정

제 보 자 : 정지상, 남, 72세

구연상황 : 조사자가 "서 마지기 논빼미가"라고 하며 모심기 노래를 해보라고 하자, 제보
자는 그거 많이 하는 것인데 녹음할 필요가 없다며 노래 부르기를 주저했다.
지방마다 같은 노래라도 다 다르고, 마을마다 다르기도 한다고 하면서 한 번
불러 보라고 했다. 이 노래를 잠시 부르다 가사는 알겠는데, 곡이 안 된다고
하며 다시 멈추었다. 곡이 되지 않아도 괜찮다는 말에 끝까지 했다. 역시 모
심기 노래의 가락을 제대로 잡지 못했다.

서 마지기 논빼미가

그거는 가사는 되는데 곡이 안 될 것 같애.

(조사자 : 괜찮습니다. 곡이 다 안 되도 괜찮아요.)

반달만큼 남았구나

제-가 무슨 반달이더냐 초생달-이 반달이-제

베틀 노래

자료코드 : 04_18_FOS_20090118_PKS_JCS_0001

조사장소 : 경상남도 함양군 수동면 원평리 남계마을 마을회관

조사일시 : 2009.1.18

조 사 자 : 박경수, 안범준, 문세미나, 조민정

제 보 자 : 정철상, 남, 79세

구연상황 : 제보자는 "천지지애 덕기지애 하는 거다"라고 하면 이 노래를 했다. 처음에는
베틀을 놓은 과정부터 잘 불러나가다가 중간에 가사를 기억하지 못해 중단했
다가, 다시 이어서 불렀는데 다른 노래로 흔히 부르는 가사를 붙여서 불렀다.
즉, 베틀로 도령의 도포를 지었지만, 도령이 죽고 말아 답답한 신세가 되었다
는 것이다.

월궁에~ 노던 선녀

일지지야 덕지지여

지하로 내려가서

지하층에 할 일 없어

달 가운데야 계수나무

서쪽으로나 뻗은 가지

옥도끼로나 찍어 내어

금도끼로 다듬어서

베틀 한 쌍을 지어 보세

베틀 놀 때가 전혀 없어

옥낭간을 둘러나보니

옥낭간에 베틀 놓아

베틀이라 앉아나서니

서울이라 정승임네

용상에 앉인걸다

앉을깨라 앉아나보니

임금임네 용상에 앉인걸다

부태란 걸 두른 것은

비 오고 계시한 날
비 안개를 둘(둘러) 엱었다

젊은 사람 모를 기라.
(조사자 : 아하 잘 하십니다.)

행여나 태여나 산중제는
○○○○를 ○내린다
북받이 넘나들어
청룡 황룡이 알을 품고
백옥칸을 넘날아든다

[이후 가사가 잘 생각나지 않은지, 응얼거리듯이 노래하여 가사를 알기
어렵다.]

부태란걸 ○○란걸
○○○○ 계시한 날
○○○○ ○○든다

하이고 대서(힘들어서) 못하겠다.
(청중 : 아직도 멀었는데.)
(조사자 : 다 불러 주십시오.)

북받이 넘나들어
청룡 황룡이 알을 품고
백옥칸을 넘날아든다

[다시 노래를 멈추고]
대서 못하겠어. 다른 것 많은데.

(조사자 : 잘 생각이 안 나네요.)

　　　　[다시 웅얼거리듯이 노래로]
　　　　○을 꺾어 넘어가는 도투마리
　　　　○○○을 붓을 안고
　　　　○○○○ ○돌아간다
　　　　낮에 짜면은 월광단이요
　　　　밤에 짜면은 일광단이라
　　　　일광단 월광단 ○ 많이 짜서
　　　　서방님네 서울 가신 도령님네
　　　　도포 한 쌍을 지어 보세
　　　　○○어깨다 학을 받쳐
　　　　○○○○ ○○○○
　　　　서울 가신 도령님네
　　　　도포 한 쌍을 지어 놓고
　　　　○락 보시기를 고대한다
　　　　보기야 보시요마는
　　　　칠성당 내에 높이 왔네
　　　　아이구 답답 내 신세야
　　　　아이구 답답 내 신세야

원앙침 베개 아요?

　　　　원앙침 베개 ○○○○
　　　　베개○는 소(沼)이 되야
　　　　그걸사 소이라고
　　　　거위 한 쌍 비호 한 쌍

쌍쌍이 날아드네

창부 타령 (1)

자료코드 : 04_18_FOS_20090117_PKS_JOJ_0001
조사장소 : 경상남도 함양군 수동면 하교리 하교마을 마을회관
조사일시 : 2009.1.17
조 사 자 : 박경수, 서정매, 정혜란, 문세미나, 이진영
제 보 자 : 주오점, 여, 76세
구연상황 : 제보자는 자진하여 창부 타령 2곡을 매우 흥을 내어 연달아 불렀다.

　　　아니~ 아니 노지는 못하리라

뭐라카노 또.

　　　하늘과 같은~ 서방님이~ 태산 같은 병을 실어
　　　약탕을~랑 옆에 두고 자는~듯이~ 가고 없네
　　　얼씨구나 좋다~어 절씨~구 좋아 지화자 좋으면은 무엇하리

또 하까요.
(조사자 : 잘 하시네요.)

　　　앞뜰 논 팔아서~ 첩을 주고
　　　뒷뜰 논 팔아서 시받이 하고
　　　[어깨춤을 추며]
　　　요리 까불랑 저리 까불랑 다 까버리고
　　　백수건달만 되는구만
　　　얼씨구나 좋다~ 절씨~구 좋아 아니- 노지는 못하리라

모심기 노래 (1)

자료코드 : 04_18_FOS_20090117_PKS_JOJ_0002
조사장소 : 경상남도 함양군 수동면 하교리 하교마을 마을회관
조사일시 : 2009.1.17
조 사 자 : 박경수, 서정매, 정혜란, 문세미나, 이진영
제 보 자 : 주오점, 여, 75세
구연상황 : 조사자가 모심기 노래를 해달라고 부탁하자 제보자가 이 노래를 했다. 목청이
좋아 큰 소리로 제대로 불렀다.

오-늘 해가~ 다- 졌는-가~ 골골~마~다 연기~나네
우리~ 할-맘 어-데를 가고~ 연기-낼 줄을 모~르는-고

양산도

자료코드 : 04_18_FOS_20090117_PKS_JOJ_0003
조사장소 : 경상남도 함양군 수동면 하교리 하교마을 마을회관
조사일시 : 2009.1.17
조 사 자 : 박경수, 서정매, 정혜란, 문세미나, 이진영
제 보 자 : 주오점, 여, 76세
구연상황 : 조사자가 양산도를 한 번 더 해달라고 하니 제보자가 이 노래를 했다. 목청
좋게 시작했다가 가사를 다 외지 못했는지 끝부분에 가서 소리를 줄이면서
가사도 흘리듯이 했다.

에헤~이여~

높은 산- 상상봉에 외롭게 선~ 나무는

날관도(날과도) 같이도~ 외롭기 섰~다~

여라~ 놓여라 내 못 놓겠~네~에이에

열 놈이 죽어나져도 그전 올소 어~어

시집살이 노래 (1)

자료코드 : 04_18_FOS_20090117_PKS_JOJ_0004
조사장소 : 경상남도 함양군 수동면 하교리 하교마을 마을회관
조사일시 : 2009.1.17
조 사 자 : 박경수, 서정매, 정혜란, 문세미나, 이진영
제 보 자 : 주오점, 여, 76세
구연상황 : 조사자가 시집살이 노래를 알면 해달라고 하자, 제보자가 이 노래를 했다. 노래는 노랫가락조로 했다.

성님 성~님 사촌 성~님 시접살이가 어떻디요

시접살이는~ 좋디요마는

동글동글 도리판에~ 수제(수저) 놓기가 젤 어렵고

중의(중의(中衣), 즉 고의(袴衣)) 벗은 시동상을 말대꾸하기가 어렵
더라

창부 타령 (2)

자료코드 : 04_18_FOS_20090117_PKS_JOJ_0005
조사장소 : 경상남도 함양군 수동면 하교리 하교마을 마을회관
조사일시 : 2009.1.17
조 사 자 : 박경수, 서정매, 정혜란, 문세미나, 이진영
제 보 자 : 주오점, 여, 76세
구연상황 : 제보자가 흥이 났는지 창부 타령을 자진해서 불렀다. 주위 청중들이 모두 소리를 잘 한다고 칭찬을 하자 더 신이 나서 불렀다.

아니~ 아~니 노지는 못하리라~

백호야~ 훨훨- 날지를 말아라 너를- 잡으러 내 안간다

성산-은 배리십이에(무슨 뜻인지 알기 어렵다.) 너를 따라서 나
여 왔다

나물 묵-고 물 마시고~ 팔을 베고 누웠으니

대장-부 살림살이가 요-만하면 넉넉하제

얼씨구나 좋다 절씨구 좋아~ 아니 노지는 못하리라

삼 삼기 노래

자료코드 : 04_18_FOS_20090117_PKS_JOJ_0006
조사장소 : 경상남도 함양군 수동면 하교리 하교마을 마을회관
조사일시 : 2009.1.17
조 사 자 : 박경수, 서정매, 정혜란, 문세미나, 이진영
제 보 자 : 주오점, 여, 76세
구연상황 : 제보자가 혼자서 이 노래의 사설을 흥얼거려서 조사자가 읊조리듯이 해도 좋
　　　　　 다고 하자 노래를 했다. 노랫가락조로 불렀다.

혼자 삼-는 삼가래는 목 감기가~ 일이로다

둘이 삼-는 삼가래는 군데 띠기~ 일이로다

베 짜기 노래

자료코드 : 04_18_FOS_20090117_PKS_JOJ_0007
조사장소 : 경상남도 함양군 수동면 하교리 하교마을 마을회관
조사일시 : 2009.1.17
조 사 자 : 박경수, 서정매, 정혜란, 문세미나, 이진영
제 보 자 : 주오점, 여, 76세
구연상황 : 제보자가 먼저 부른 삼 삼기 노래에 이어 이 노래가 생각났는지 부르기 시작
　　　　　 했다. 노래는 사발가의 가락으로 불렀다.

오늘~ 일기가 하심심하여서

베틀- 노래를 불러나 볼까

낮에- 짜면- 일광-단이요
밤에- 짜면~ 월광-단이라
일광단 월광단 다 짜- 가지고
우리네 서방님 와이셔츠나 해어나 볼까

창부 타령 (3)

자료코드 : 04_18_FOS_20090117_PKS_JOJ_0008
조사장소 : 경상남도 함양군 수동면 하교리 하교마을 마을회관
조사일시 : 2009.1.17
조 사 자 : 박경수, 서정매, 정혜란, 문세미나, 이진영
제 보 자 : 주오점, 여, 76세
구연상황 : 노래판이 점차 흥겹게 무르익었다. 조사자가 "이제 조금씩 생각나지요?"라고
  말하자, 제보자가 이 노래가 생각났는지 부르기 시작했다. 창부 타령 곡조로
  불렀다.

노세~ 젊어서~ 놀아 늙고 병-들면 못 노나-니~
화무는 십일홍이요 달도- 차며는 기우나니-
인생은 일장춘몽에 아니- 놀면은 무엇하리-

모심기 노래 (2)

자료코드 : 04_18_FOS_20090117_PKS_JOJ_0009
조사장소 : 경상남도 함양군 수동면 하교리 하교마을 마을회관
조사일시 : 2009.1.17
조 사 자 : 박경수, 서정매, 정혜란, 문세미나, 이진영
제 보 자 : 주오점, 여, 76세
구연상황 : 제보자가 자진해서 노랫가락조로 부른 것이다. 모심기 노래에서 흔히 부르는
  사설이다.

모시 적삼 속적삼에~ 분통 겉은~ 저 젖탱이

튀어 보면 탐낼-끼고~ 살아보며는 못 개킨다("못 갠다" 또는 "못 접는다"로 풀이되지만, "못 잊는다"는 뜻을 가지는 것으로 파악됨.)

모심기 노래 (3)

자료코드 : 04_18_FOS_20090117_PKS_JOJ_0010
조사장소 : 경상남도 함양군 수동면 하교리 하교마을 마을회관
조사일시 : 2009.1.17
조 사 자 : 박경수, 서정매, 정혜란, 문세미나, 이진영
제 보 자 : 주오점, 여, 76세
구연상황 : 앞의 모심기 노래에 이어서 이 노래가 생각났는지 불렀다. 모심기 노래로 부르는 서로 다른 각 편을 이어서 부른 것이다.

오늘~ 해-가 다- 졌는가~ 골-골-마다 연-기가 나네~

서 마지기 논빼-미는~ 반~달만치~ 남~았-구나
제가~ 무~신 반달이-고~ 초-승달이 반~달이지

시집살이 노래 (2)

자료코드 : 04_18_FOS_20090117_PKS_JOJ_0011
조사장소 : 경상남도 함양군 수동면 하교리 하교마을 마을회관
조사일시 : 2009.1.17
조 사 자 : 박경수, 서정매, 정혜란, 문세미나, 이진영
제 보 자 : 주오점, 여, 76세
구연상황 : 제보자가 밭 매기할 때 부르는 시집살이 노래의 한 소절을 노랫가락조로 불렀다.

불꽃겉이- 더운 날에 메꽃-겉은 지심밭을

한 골-매고 두 골-매고 삼세 번-을 매고 나니
다른 점심- 다 나오는데 요내- 점심은 안 나오네

모심기 노래 (4)

자료코드 : 04_18_FOS_20090117_PKS_JOJ_0012
조사장소 : 경상남도 함양군 수동면 하교리 하교마을 마을회관
조사일시 : 2009.1.17
조 사 자 : 박경수, 서정매, 정혜란, 문세미나, 이진영
제 보 자 : 주오점, 여, 76세
구연상황 : 앞의 노래에 이어서 바로 이 노래를 불렀다.

다-풀~다-풀~ 타-박머-리~ 해- 다~ 진데 어-데를 가-노
우리~ 엄~마 산-소 등에~ 젖 묵으로(젖 먹으러) 나는~ 가요

화투 타령

자료코드 : 04_18_FOS_20090117_PKS_JOJ_0013
조사장소 : 경상남도 함양군 수동면 하교리 하교마을 마을회관
조사일시 : 2009.1.17
조 사 자 : 박경수, 서정매, 정혜란, 문세미나, 이진영
제 보 자 : 주오점, 여, 76세
구연상황 : 조사자가 화투 타령이 없느냐고 하자 제보자가 이 노래를 했다.

정월- 솔나무- 속속히 앉아~
이월 매조에 맺어 놓코
삼월 사쿠라- 산란한 마음~
사월 흑사리 흔들흔들
오월 난-초 나는 나비

유월 목단에 날아- 앉고

칠월- 홍돼지가 홀로 누워

팔월 동산에 달이 돋아

구월 국-화 피자- 마자

시월 단풍에 다 떨어졌네

동지 설달 오신- 님은

사발가

자료코드 : 04_18_FOS_20090117_PKS_JOJ_0014

조사장소 : 경상남도 함양군 수동면 하교리 하교마을 마을회관

조사일시 : 2009.1.17

조 사 자 : 박경수, 서정매, 정혜란, 문세미나, 이진영

제 보 자 : 주오점, 여, 76세

구연상황 : 제보자는 옛날에 시장에서 약장수들이 이 노래를 하는 것을 들었다고 하면서
사발가를 재미있게 사설을 엮어서 불렀다.

석탄- 백탄 한방탄아 두방탄아 기령탄아 조개탄아 마개탄아

장작불 거부집이 용불용(뜻을 알기 어렵다.) 심심한 타는데~

일천만 내 가슴은 다 타~도 연기집도 안 난~다

의암이 노래

자료코드 : 04_18_FOS_20090119_PKS_PUS_0001

조사장소 : 경상남도 함양군 수동면 도북리 도북마을 마을회관

조사일시 : 2009.1.19

조 사 자 : 박경수, 서정매, 정혜란, 김미라, 이진영

제 보 자 : 표업순, 여, 83세

구연상황 : 조사자가 '진주 남강 노래'를 불러 달라고 하자, 제보자가 이 노래를 했다.
　　　　　사발가의 곡조로 불렀다.

진주- 기상(기생) 이애미(의암이(의암이는 논개를 말함))는~

우리- 조선을 살릴라고

팔대-장군- 목을 안고~

진주-남강에 뚝 떨어졌네

이갈이 노래

자료코드 : 04_18_FOS_20090119_PKS_PUS_0002
조사장소 : 경상남도 함양군 수동면 도북리 도북마을 마을회관
조사일시 : 2009.1.19
조 사 자 : 박경수, 서정매, 정혜란, 김미라, 이진영
제 보 자 : 표업순, 여, 83세
구연상황 : 조사자가 어렸을 때 이를 빼서 지붕에 던지며 부르는 노래를 해달라고 하자,
　　　　　제보자가 이빨을 던지는 시늉을 하면서 이 노래를 했다.

깐치야 깐치야

네 이빨 나 주고

내 헌 이빨 너 가주 가거라

배 내리는 노래

자료코드 : 04_18_FOS_20090119_PKS_PUS_0003
조사장소 : 경상남도 함양군 수동면 도북리 도북마을 마을회관
조사일시 : 2009.1.19
조 사 자 : 박경수, 서정매, 정혜란, 김미라, 이진영
제 보 자 : 표업순, 여, 83세

내 손이 약손이다

할미 손이 약손이다

우리 손자 배 쑥- 내려 가거라

종지기 돌리는 노래

자료코드 : 04_18_FOS_20090119_PKS_PUS_0004
조사장소 : 경상남도 함양군 수동면 도북리 도북마을 마을회관
조사일시 : 2009.1.19
조 사 자 : 박경수, 서정매, 정혜란, 김미라, 이진영
제 보 자 : 표업순, 여, 83세
구연상황 : 어렸을 때 종지를 돌리며 놀 때 부르는 노래를 해달라고 하자, 제보자가 이
노래를 했다. 종지기는 '종지'의 방언으로, 간장 등을 담는 작은 그릇을 말한
다. 여자들이 둥글게 둘러 앉아 치마 밑으로 종지를 돌리면, 술래가 종지를
돌리고 있는 아이를 알아맞히는 놀이이다. 이 놀이는 수건돌리기와 비슷한 놀
이이다.

돌아간다 돌아간다 종지기가 돌아간다

노랫가락 (1)

자료코드 : 04_18_FOS_20090207_PKS_HPS_0001
조사장소 : 경상남도 함양군 수동면 내백리 내백마을 마을회관
조사일시 : 2009.2.7
조 사 자 : 박경수, 안범준, 정혜란, 김미라
제 보 자 : 한필순, 여, 78세

구연상황 : 노랫가락이 계속 되는 분위기에서 제보자가 다른 제보자의 노래가 끝나자 바로 이어서 박수를 치며 박자에 맞춰서 이 노래를 불렀다.

님은 가~고 봄은 오고 꽃만 피어도 임의 생각

앉았으니 임이 오나 누웠으니 잠이 오나~

임도 잠도 아니나 오고~ 모진 강풍만 부는구나

아기 재우는 노래

자료코드 : 04_18_FOS_20090207_PKS_HPS_0002
조사장소 : 경상남도 함양군 수동면 내백리 내백마을 마을회관
조사일시 : 2009.2.7
조 사 자 : 박경수, 안범준, 정혜란, 김미라
제 보 자 : 한필순, 여, 78세
구연상황 : 제보자가 먼저 부른 노랫가락에 이어 이 노래를 불렀다. 아기 재울 때 부르는 노래이기도 한데 노랫가락조로 불렀다.

아가 동동 내 새끼야~ 젖 먹고 자거라~

너거 아부지 날 마다고 에~헤~에 북만주 갔단다~

노랫가락 (2)

자료코드 : 04_18_FOS_20090207_PKS_HPS_0003
조사장소 : 경상남도 함양군 수동면 내백리 내백마을 마을회관
조사일시 : 2009.2.7
조 사 자 : 박경수, 안범준, 정혜란, 김미라
제 보 자 : 한필순, 여, 78세
구연상황 : 제보자는 스스로 흥에 겨워 계속 노랫가락조로 민요를 불렀다.

오농나무 꾀꼬리 장롱~ 발맞춰 놓고야~아

새 난 정(새로 난 정) 맘 같으면 에헤에~ 변할 수 없더~라—

의암이 노래

자료코드 : 04_18_FOS_20090207_PKS_HPS_0004
조사장소 : 경상남도 함양군 수동면 내백리 내백마을 마을회관
조사일시 : 2009.2.7
조 사 자 : 박경수, 안범준, 정혜란, 김미라
제 보 자 : 한필순, 여, 78세
구연상황 : 앞의 노래에 이어서 일명 '의암이 노래'를 계속 노랫가락조로 불렀다.

진주 기상 의애미는~ 우리 조-선 살리자-고
일본 대장 목을~ 안고 남강물-에 빠졌다-네

화투 타령

자료코드 : 04_18_FOS_20090207_PKS_HPS_0005
조사장소 : 경상남도 함양군 수동면 내백리 내백마을 마을회관
조사일시 : 2009.2.7
조 사 자 : 박경수, 안범준, 정혜란, 김미라
제 보 자 : 한필순, 여, 78세
구연상황 : 조사자가 화투 노래를 한번 해보라고 하자, 제보자는 망설이지 않고 바로 이 노래를 불렀다.

정월 솔갱이- 송실~송실~
이월 매조 맺아 놓고
삼월 사쿠라 만발했네
사월 흑싸리 흐느러졌다-
오월 난초 난에 앉아

유월 목단 매어졌네-

칠월 홍돼지 홀로 앉아

팔월 동산에 달도나 밝다-

구월 국화 군은 몸에

시월 단풍에 흐느러졌네

(조사자 : 아이구, 잘 하네.)

첫날밤 노래

자료코드 : 04_18_FOS_20090207_PKS_HPS_0006
조사장소 : 경상남도 함양군 수동면 내백리 내백마을 마을회관
조사일시 : 2009.2.7
조 사 자 : 박경수, 안범준, 정혜란, 김미라
제 보 자 : 한필순, 여, 78세
구연상황 : 제보자가 먼저 부른 '화투 타령'에 이어 이 노래가 생각났는지 자진해서 불렀다. 곡조는 노랫가락조였다.

화초동~동 첫날밤에~ 임도 앉고 나도 앉아~

상온상(정확하게 알아 듣기 어렵다.) 댕기 놓고 임도 쌍-금 나도
쌍-금

쌍금 쌍-금 돈는 이 쌈은 어따(어디) 보-고 날 잊을래-

출병가

자료코드 : 04_18_MFS_20090207_PKS_JYD_0001
조사장소 : 경상남도 함양군 수동면 상백리 상백마을 경로당
조사일시 : 2009.2.7
조 사 자 : 황경숙, 조민정
제 보 자 : 정연두, 남, 71세
구연상황 : 조사자가 다른 민요를 청하자 남들이 잘 알지 못하는 좋은 노래를 알고 있다
며 노래를 불렀다.

한 두-살에~ 철을 몰라~

부모님 은공을 못했더니

이십세기(이십세에)~ 당당하야~

부모님 은공을~ 알라 하니

대동아전장이 일어났소

일 년-동안~ 훈련을 받고~

총-칼을~ 어깨 매고

어머님전 울지- 마오~

아버님전 울지 마오

내 사령아~ 울-지 말게~

한 발-띠어 눈물~짓고~

두 발~세 발~ 발 맞추네

고국-산천~ 헤쳤던 친구~

눈물을~짓고서 돌아왔네

각설이 타령

자료코드 : 04_18_MFS_20090207_PKS_JYD_0002
조사장소 : 경상남도 함양군 수동면 상백리 상백마을 경로당
조사일시 : 2009.2.7
조 사 자 : 황경숙, 조민정
제 보 자 : 정연두, 남, 71세
구연상황 : 조사자가 각설이 타령을 청하자 처음에는 거절하시다가 조사자가 알고 계시
면 한 자락 해 달라고 간곡히 청하자 청한다면 부르겠다며 노래를 불렀다.

일-자 한 장을 들고~봐 이날이 송송 해송송
돛-대 없는 배를~타고 진-주야 남강을 건넜네

요게 인자 얻어먹는 사람이 하는거거든요, 각설이 타령이.
한 곡 했으니깐, 넘의 개비에 돈을 든걸, 내 개비에 올라니깐 비미하겠
소? 한 손 주소 이카는 기라. 요게 진짜 할라면 이런 소리를 안하고 해야
되는데.

이-자를 들고~봐 우리나라 이대통령 남북통일을 원하신다
삼-자를 들고~봐 삼천만의 민족들이 삼천리 강-산 원하신다
사-자를 들고~봐 사천이백칠십에 팔년 해방의 깃발 휘날렸다
오-자를 들고~봐 오십 만의 유엔군이 중공군에 모지란다
칠-자를 들고~봐 칠십 리에 박역포가 경계선을 넘어간다
팔-자를 들고~봐 요놈의 팔자 기가- 막혀 요 못난 꼴 되는구나
구-자를 들고~봐 군인 생활 구 년만에 이등뱅이 왠 말이요
장-자를 들고~봐 장하도다 장하도다 우리-의 국군이 장하도다

2. 안의면

▌조사마을

경상남도 함양군 안의면 귀곡리 귀곡마을

조사일시 : 2009.2.28
조 사 자 : 안범준, 김미라, 문세미나, 조민정

귀곡(貴谷)마을은 옛날 안의군 대대면에 속한 지역으로 귓골 또는 귀곡
이라 하여 1914년 행정구역 개편 시에 경상남도 함양군 대지면에 편입되
었다. 1933년에 대지면이 없어지면서 다시 안의면에 편입되었다. 대대리
에서 박동을 넘어가는 중간에 위치한 마을로 아홉 계곡의 골이 아홉 마리
의 거북을 닮아서 귀곡(龜谷)이라고 불렸다. 뒤에 귀곡(貴谷)으로 거북 귀
자를 귀할 귀자로 바꾸어 부르게 되었다고 한다.

이 마을은 16세기경 함안 조씨들에 의해 터가 잡혔다고 하며, 특히 다
래덩굴이 많았다고 한다. 얼마나 다래덩굴이 많이 얽혀있는지 마을 입구
에서 다래덩굴을 흔들면 청태산 중턱에까지 흔들릴 정도로 얽혀 있었다
고 한다. 마을 입구의 새장터엔 늙은 미류나무가 귀곡 사람들의 쉼터 역
할을 하고 있으며, 해마다 이곳에서 마을 당산제를 지내고 있다. 2009년
현재 52가구에 93명이 거주하고 있는데, 노인 인구가 대부분을 차지한다.
귀곡마을의 대표적인 작물로 용추청결미가 있다.

귀곡마을은 박동으로 넘어가는 고개에 위치하고 있어 골이 깊은 편이
었다. 조사자 일행은 골이 깊은 만큼 조사가 제대로 이루어질 것이라는
기대를 가지고 귀곡마을을 방문하였다. 마을의 주민들은 객지에서 찾아오
는 손님이 드문 탓인지 조사자 일행을 환대하였다.

귀곡마을에서 조사한 자료는 민요만 58편으로, 다른 마을에 비해 압도
적으로 많은 양이다. 특히 41편의 민요를 제공한 김순분(76세)은 놀라울
정도로 기억력이 좋아서 조사에 많은 도움을 주었다. 제보자 김순분은 적

귀곡마을 전경

귀곡마을 마을회관

극적이고 활달한 성격에 건강상태도 무척 좋은 편이다. 목청이 좋아서 가사 전달이 뛰어났다. 제보자가 구연한 대부분의 노래들은 어린 시절에 어른들로부터 배운 것들이라고 한다. 민요는 노동요를 비롯하여 노랫가락, 청춘가, 시집살이 노래 등으로 매우 다양했다.

경상남도 함양군 안의면 대대리 두항마을

조사일시 : 2009.2.23
조 사 자 : 안범준, 정혜란, 김미라

두항마을은 안의에서 거창으로 가는 고개의 오른쪽에 있는 마을이다. 옛날 안의군 대대면에 속한 지역으로 한태, 한터 또는 대대라 하였다. 그 후 1914년 행정구역 개편시에 대대면이 대지면에 편입되었다가 1933년 대지면이 없어지면서 안의면에 편입되었는데, 두평(斗坪)마을과 궁항(弓項)마을이 합쳐져서 두항(斗項)이라 불리게 되었다고 한다. 본래 6개의 자연마을로 이루어진 두항마을은 일교차가 많이 나서 당도가 높은 사과와 유기농으로 재배되는 쌀, 그리고 산도라지를 자랑하고 있다.

2009년 현재 103가구에 243명이 거주하고 있는 두항마을은 저농약 사과, 쌀, 고추, 양파, 마늘 등을 생산하고 있다. 특히 두항마을은 안의면의 특색 사업으로 물내리 마을에 선정되어 저농약 사과 재배와 체험 학습의 장으로 각광받고 있다. 2003년에는 광주청과와 자매결연을 맺어 마을에서 생산되는 농산물 유통에 큰 힘을 얻었다고 한다.

조사자 일행은 전날 마을 이장에게 미리 연락을 해두었기에 많은 사람들이 있으리라 기대하고 두항마을을 찾았다. 두항마을은 길가에 있는 마을이 아니라서 한참을 헤매서야 찾을 수 있었다. 낮은 산을 넘어 마을 초입에 당도하니 오래된 듯한 열녀비가 있었다. 마을은 산의 형세를 따라 펼쳐져 있었는데, 신식의 건물 하나 없이 과거의 모습을 잘 유지하고 있었다.

두항마을 전경

두항마을 마을회관

조사자 일행이 마을회관에 도착하니 예상과 다르게 노인 몇 분 외에는 모여 있는 사람이 없었다. 무슨 일이 있느냐고 물었더니 마을 잔치로 인해 모두 버스를 대절하여 시외로 나갔다는 것이다. 조사자 일행은 안타까움을 금치 못했지만 오히려 이것이 좋은 기회가 되었다. 두 명의 유능한 제보자가 남아 있었기 때문에 조용한 환경에서 구비문학을 조사할 수 있었던 것이다.

두항마을에서는 민요가 28편이 나왔는데, 모두 김무선(여, 82세)과 정경분(여, 80세)에게서 채록한 것이다. 특히 제보자 김무선은 낙천적이고 활달한 성격으로 마을에서 노래 잘하기로 유명하였다. 이날 김무선은 혼자서 23편의 민요를 구연하였는데, 가사의 내용이나 가락도 뛰어났다.

경상남도 함양군 안의면 봉산리 봉산마을

조사일시 : 2009.7.19
조 사 자 : 안범준, 정혜란, 김미라

봉산(鳳山)마을은 용문서원이라고 불리기도 한다. 마을 입구 다리에 선돌이 있었는데 그것이 용문이었다고 한다. 일제 강점기인 1914년에 행정구역이 개편될 때 봉산마을로 되었다. 봉산이라는 이름은 정씨네 산이 풍수지리상 참새설이라 하여 봉황새 봉자를 써서 봉산마을이라 하였다. 용문서원은 안의에서 유일한 서원으로 그 설립 연대는 450년 전으로 전하고 있다. 선비들이 모여서 학문과 충절을 닦고 석학들을 제사하는 곳이지만 지금은 흔적도 없고 일두 선생의 송덕비만 남아있다.

마을 형성은 서원이 생기고 나서 한두 집씩 모여 터를 잡아 살았다. 안동김씨 파평윤씨 동래정씨 밀양박씨가 봉산마을에 터를 잡았다. 개울을 경계로 오른쪽은 음지땀 왼쪽은 양지땀이라 하고 풍수지리상 음지땀의 굴미이 골짜기가 구시처럼 생겨서 천석군이 나오고 잘 산다고 한다.

봉산마을 전경

봉산에는 근대에 징공장이 4개가 있었는데, 인력이 부족하고 수요가 부족하여 공장이 부도가 났다고 한다. 옛날부터 용문서원에서 큰 사람이 많이 났다고 하였다. 그래서 봉산마을에는 최근에도 사성 장군도 나고 권위가 있는 인물들이 많이 났다고 한다. 산세가 마을을 싸고 있는 형국이기 때문이라고 했다. 태평양전쟁이 나자 일제가 산줄기를 끊어 놓았다고 한다. 마을의 북쪽에 아리랑 고개가 있는데, 일제가 넝쿨을 끊듯이 인재를 끊기 위해서 동강을 내놓았다고 한다. 안의에 인재가 많이 나서 혈맥을 끊어버린 것이다.

2009년 현재 88가구에 192명이 거주하고 있다. 주요 생산물로는 쌀, 양파, 표고버섯, 포도가 재배되고 있다. 최근에는 마을 이장의 추진으로 고추장을 도시지역으로 직거래하고 있어 높은 수익을 거두고 있다.

조사자가 미리 이장에게 협조를 구해두었으나, 비가 많이 오는 궂은 날씨로 인해 사람이 많이 모이지 못했다. 다행스럽게도 봉산마을에서 가장 노래를 많이 알고 있는 제보자가 조사에 참여하였다. 봉산마을에서 조사된 설화는 용추계곡의 상사바위에 얽힌 전설 1편뿐이었으나 민요는 16편이었다. 민요는 모심기 노래 몇 편을 제외하고는 신세타령, 청춘가 등 유흥적인 비기능요가 주류를 이루었다.

경상남도 함양군 안의면 신안리 동촌마을

조사일시 : 2009.2.21
조 사 자 : 안범준, 정혜란, 김미라

동촌(洞村)마을은 골말, 섬밭, 독매, 실미 등 4개 자연마을을 합쳐서 부르는 명칭이다. 골말은 짚소쿠리 안처럼 생긴 모양이라서 따뜻하게 살 수 있다고 골말이라 했고, 섬밭은 옛날 개천 가운데 있는 마을이라서 섬마을이고, 실미마을은 실미들 가운데 있는 몇 가구밖에 없는 마을이다. 특히 실미마을은 곡식이 잘 영글어 익는다 하여 붙여진 명칭이라 했다.

1914년 행정구역 개편 전에는 대지면에 속해 있었던 마을이다. 마을의 형성 연대는 오래 되었지만 연대는 불확실하며 개척한 씨족도 잘 알려져 있지 않다. 골말 동쪽에 독밭골이 있고, 대대리로 넘어가는 동산고개와 실의 서쪽에 배암골이 있으며, 동촌 남쪽으로 피밭골이 있다. 그리고 섬밭 남쪽 맥시들, 골말, 남쪽 새전들, 동촌 남쪽 실미들, 독뫼 남쪽 양마곡들이 있다. 2009년 현재 60가구에 142명이 거주하고 있으며, 동촌마을의 주요 생산물로 쌀, 사과 등이 있다.

조사자 일행이 동촌마을을 조사하기로 계획한 것은 2월 15일이었으나 마을을 찾아갔을 때 사람들이 너무 없어 2월 21일에 다시 오겠다고 약속하였다. 약속한 대로 21일 오후에 마을회관에 도착하니 많은 분들이 나와 일행을 반겨 주었다. 준비해 간 다과를 드리자 기뻐하면서 커피를 내어오는 등 따뜻한 인정을 느낄 수 있었던 마을이다. 특히, 동촌마을이 친가인 일행이 있어 더욱 친근감을 느낄 수 있었으며, 제보자들도 마음 편하게 구연에 임해 주었다. 조사자가 현지와 관련이 있을 경우 조사가 수월할 수 있다는 사실을 깨닫게 되었다.

동촌마을에서는 설화가 15편, 민요가 23편이 조사되었다. 다른 조사 지역에 비해 설화가 많이 채록되었다는 것이 특징이다. 이것은 설화에 유능한 제보자가 있었기 때문인데, 이종선(남, 83세)은 혼자서 7편의 설화를 구연하였다. 이종선은 어려서부터 앞이 보이지 않아 독경무로 생계를 유지하였다고 한다. 그러다보니 많은 것들을 기억할 수 있게 되었고, 민요와 설화를 많이 구연할 수 있다고 하였다. 하지만 나이가 들면서 기억력이 쇠퇴하여 알고 있는 설화와 민요를 충분히 구연하지 못했다고 아쉬워하였다. 조사자 일행은 유능한 제보자가 시간이 흐를수록 없어지고 있다는 사실에 안타까움을 금치 못했다.

동촌마을 전경

경상남도 함양군 안의면 신안리 안심마을

조사일시 : 2009.2.22
조 사 자 : 안범준, 정혜란, 김미라

500년 전 초계 정씨가 처음 황석산과 기백산 양대 명산의 정기가 왕성하고 자연경관이 수려한 이곳에 터를 잡아 '편안하게 살 수 있는 곳'이라 하여 안심이라 명명하였다고도 전한다. 옛부터 '일안심 이영승'이란 말대로 살기 좋은 곳으로 알려졌다. 원래 대지면 소재지였으며 면사무소는 동촌마을에 있었고 지서는 안심에 있었다. 2009년 현재 59가구에 110명이 거주하고 있으며, 주된 농산물로 용추쌀을 생산하고 있다.

특히, 안심마을은 '물레방아 떡마을'로 2005년 농촌 전통테마마을로 선정된 이후, 2007년 한국농어촌공사에서 주관한 '2007 전국 농촌체험마을 도농교류 페스티벌'에서 최우수상을, 그해 12월 농촌진흥청에서 실시한

안심마을 마을회관

'전국 농촌 전통테마마을 평가'에서 최우수상을 각각 수상한 바 있다. 용추계곡과 용추폭포, 용추사, 마을의 액운을 내친다는 신비한 매의 형상을 가지고 있는 매바위, 연암물레방아공원, 용추 자연휴양림 등이 관광객을 끌어들이고 있다.

조사자 일행은 마을 이장에게 미리 연락을 하고 안심마을을 찾았다. 안심마을은 도로와 인접한 곳이어서 쉽게 접근할 수 있었다. 비가 내리고 저녁시간이 가까운 시간이라 마을회관에 많은 사람이 모여 있었다. 그러나 화투판에 정신이 쏠려 있어서 조사자 일행의 협조 요청에 응하는 사람이 없었다. 노름판이 벌어지는 곳에서는 조사가 힘들다는 조언을 들은 터라 일어나려고 하는데 노래를 부르겠다는 제보자가 있었다. 우여곡절 끝에 화투판을 옆에 두고 소란스러운 분위기에서 조사를 계속할 수 있었다.

안심마을에서 조사한 자료는 민요 16편이 전부이다. 특히 임석순(여, 74세)은 11편의 민요를 제공하였는데 활달한 성격의 제보자는 박수를 치며 흥겹게 구연하였다. 모심기 노래, 모찌기 노래 등의 노동요가 많은 비중을 차지하였고, 그 외에 노랫가락, 길군악, 청춘가 등의 노래도 다수 있다.

경상남도 함양군 안의면 하원리 내동마을

조사일시 : 2009.2.22
조 사 자 : 안범준, 정혜란, 김미라

내동(內洞)마을은 바깥담과 안담, 매바위 마을이 있다. 바깥담은 가람지, 양지마을로 불리며, 안담은 기백산이 병풍처럼 둘려 있고 황석산의 정기를 바라보는 마을이며, 매바위마을은 매안마을이라고 불렀다.

마을 아래 하천에 매산나 소(沼)가 있다. 소 위에 큰 수직바위가 병풍처럼 둘려 있으며, 높은 절벽 위에 매의 형상을 하고 있는 매바위가 있어서 마을 이름을 매바위마을로 부른다. 매바위는 매산나 소 위에 날개를 오므리고 부리를 계곡 쪽을 향해 꿩을 주시하고 있다고 한다. 그리고 무학대사가 정도전의 계책에 의해 위급함을 느끼고 곳곳을 헤매던 중에 우연히 이 골짜기에 들렀다는 은신암(隱身庵)이 있다.

고종 3년(1866)에 세운 심원정은 심진동 계곡에서 가장 아름다운 곳 중의 하나다. 옛부터 안의삼동이라 하여 화림동(化林洞), 심진동(尋眞洞), 원학동(遠鶴洞)은 주변의 경관이 빼어났다. 이곳이 국내에 널리 알려지면서 많은 시인 묵객들이 즐겨찾게 되었다. 조선 명종과 선조 때 거제부사를 지낸 돈암 정지영이 벼슬을 버리고 고향에 돌아와 정자를 짓고 소영자적(嘯詠自適)하던 유영소가 이곳 심원정 맑은 계류소리를 벗하여 자태를 보이고 있다. 후손들이 돈암선생을 추모하여 정자 앞에 돈암제를 세웠고, 이곳에서 제례를 행하고 있다. 2009년 현재 73가구에 142명이 거주하고 있다. 내동 마을의 주요 생산물로 쌀, 고추, 고구마 등이 있다.

조사자 일행이 내동마을을 찾았을 때 비가 많이 내리고 있었다. 비가 많이 오면 제보자들이 마을회관에 많이 나왔으리라 기대를 하며 방문하였다. 마을회관의 겉모습은 매우 낡았지만 들어가서 보니 많은 사람들이 모여 있었다. 그러나 방문 목적을 말하여도 심드렁한 반응이어서 조사자들이 유도하는 데 어려움이 많았던 마을이다.

내동마을에서는 설화가 한 편도 조사가 되지 않았다. 매산나 소나 매바위에 대한 이야기가 있는지 물어보았지만, 전해져 내려오는 전설은 없고 모양이 매를 닮아서 그런 것이라고 할 뿐이었다. 오로지 민요만 21편이 조사되었는데, 모심기 노래를 비롯하여 도라지 타령, 짓구내기, 청춘가, 신세타령 등의 유희요가 대부분이었다. 제보자들은 하나같이 어린 시절에 들은 이야기는 많지만 텔레비전 시청과 같은 문명의 발달로 인해 기억이 나지 않는다고 하였다.

내동마을 입구

내동마을 제보자

경상남도 함양군 안의면 하원리 상비마을

조사일시 : 2009.2.22

조 사 자 : 안범준, 정혜란, 김미라

상비마을 마을회관

상비(上肥)마을에는 기씨, 정씨가 처음 들어와 살았으나 '처음 터를 잡은 성씨는 세를 못 편다'는 속설 때문에 떠났다고 한다. 이후 진주 단성에서 수원 백씨가 임진왜란을 피하여 이곳까지 오게 되었다고 한다. 현재는 류씨, 이씨, 백씨 등이 터를 잡아 살고 있다.

상비마을은 하루에 버스가 2대만 있을 정도로 전형적인 산촌마을이다. 안의면 중에서도 깊은 산자락에 위치하고 있으며, 2009년 현재 가구의 수는 26가구, 인구는 44명이다. 이 마을의 주된 생산물은 용추쌀, 참깨, 고추 등이 있으며 대다수의 노인들이 홀로 농사를 지으며 생계를 이어가고 있다.

조사자 일행이 상비마을을 조사지역으로 선정한 이유는 안의면에서 지대가 높은 곳이고 개발이 덜 이루어진 곳이기 때문이다. 비교적 고립된 지형이라 많은 이야기와 노래가 있으리라 생각하고 상비마을을 찾았다. 이미 오전에 하비마을을 조사한 터라 상비마을까지 올라가는 시간은 얼마 걸리지 않았다. 눈이 내린데다가 길이 좁아 마을로 진입하는 데 어려움이 있었다. 마을회관에서 조사를 하였는데, 하비마을과 달리 적극적으로 조사에 참여해 주었다.

조사한 자료는 모두 민요 11편, 설화 3편이다. 민요는 노동요가 가장 많은 비중을 차지하고, 그외 노랫가락, 길군악, 신세 타령 등이 있다. 설화로 선녀와 나무꾼, 호랑이와 떡, 도깨비 이야기 등이 있다.

경상남도 함양군 안의면 하원리 하비마을

조사일시 : 2009.2.22
조 사 자 : 안범준, 정혜란, 김미라

하비(下肥)마을은 최초로 초계 정씨가 정착하였고, 그후 거창 류씨가 들어와 정착하였다고 한다. 하비마을 앞에는 명장산이 있고 문바위가 머리 부분에 있다. 이 마을에서 문바위가 유명하다고 하나 전설을 아는 사람은 없었다. 명장산 아래에는 시내가 흐르고 있어 아름다운 경치를 이루고 있다.

하비마을은 하루에 버스가 2대만 있을 정도로 전형적인 산촌마을이다. 안의면 중에서도 깊은 산자락에 위치하고 있으며, 2009년 현재 가구의 수는 31가구, 인구는 69명이다. 이 마을의 주된 생산물로 용추쌀, 고추 등이 있으며, 대다수의 노인들이 홀로 농사를 지으며 생계를 이어가고 있다.

조사자 일행이 하비마을을 조사지역으로 선정한 이유는 안의면에서 지대가 높은 곳이고 개발이 덜 이루어진 곳이기 때문이다. 비교적 고립된

하비마을 마을회관

지형이라 많은 이야기와 노래가 있으리라 생각하고 하비마을을 찾았다. 눈이 내린 데다가 길이 좁아 마을로 진입하는데 어려움이 있었다. 마을회관에서 조사를 하였는데 주민들의 태도가 비협조적이어서 조사에 어려움을 겪었다.

조사한 자료는 민요 11편, 설화 3편이다. 민요 중에는 노동요가 가장 많았지만 노랫가락 등 비기능요도 포함되어 있다.

▌제보자

강석순, 여, 1930년생

주 소 지 : 경상남도 함양군 안의면 하원리 하비마을
제보일시 : 2009.2.22
조 사 자 : 안범준, 정혜란, 김미라

강석순은 1930년생으로 경남 함양군 안
의면 하비마을에서 태어났다. 하비마을에서
태어나 계속 이곳에서 자라고 결혼도 했다.
올해 80세로, 슬하에 1남 1녀를 두고 있다.
13년 전에 남편이 작고하였다. 학교를 나오
지 않아 많이 알지 못한다고 했다. 현재는
딸의 집에서 함께 거주하고 있다.

제보자는 대부분의 청중들이 비협조적인
태도를 보이는 것과 달리 적극적인 태도로 참여하였다. 제보자가 제공한
자료는 민요 4편으로, 어렸을 때 동무들이랑 어울리면서 알게 되었다고
하였다.

제공 자료 목록
04_18_FOS_20090222_PKS_KSS_0001 김군악
04_18_FOS_20090222_PKS_KSS_0002 베 짜기 노래
04_18_FOS_20090222_PKS_KSS_0003 다리 세기 노래
04_18_FOS_20090222_PKS_KSS_0004 청춘가

권윤점, 여, 1941년생

주 소 지 : 경상남도 함양군 안의면 하원리 하비마을

제보일시 : 2009.2.22

조 사 자 : 안범준, 정혜란, 김미라

권윤점은 1941년생으로 경남 함양군 수동면 도북마을에서 태어났다. 19세에 이곳 하비마을로 시집을 와서 지금까지 살고 있다. 10년 전 남편이 작고하였으며, 현재 아들 한 명이 있다. 활달한 성격으로 청중들의 분위기를 주도하였다.

제보자가 제공한 자료는 민요 2편으로, 어렸을 때 아버지께 들은 것이라며 기억을 되새기며 불렀다. 처음에는 비협조적인 태도로 조사에 임하였으나, 조사의 취지를 듣고는 적극적으로 참여하였다.

제공 자료 목록

04_18_FOS_20090222_PKS_KYJ_0001 아리랑

04_18_FOS_20090222_PKS_KYJ_0002 아기 어르는 노래

김금분, 여, 1928년생

주 소 지 : 경상남도 함양군 안의면 신안리 안심마을

제보일시 : 2009.2.22

조 사 자 : 안범준, 정혜란, 김미라

김금분은 1928년생으로 경남 거창군 북산면 용수막에서 태어났다. 어린 시절부터 시집을 오기 전까지는 경남 함양군 안의면 황대마을에서 컸다. 그래서 택호는 황대댁으로 불린다. 19세에 시집을 오면서부터 안심마을에 거주하여 지금까지 안심마을을 떠난 적이 없다. 40년 전 남편이 세상을 떠났고, 자녀는 3남 3녀로 모두 객지에서 생활하고 있다. 또 일제

강점기 시절 초등학교를 졸업하였다고 한다. 제보자는 비녀를 꽂지는 않았지만 머리를 뒤로 묶어 정갈한 모습이었다.

제보자가 제공한 자료는 민요 4편으로, 어릴 적부터 듣고 불렀던 노래라고 한다. 밝고 활달한 성격으로 자신이 노래를 부를 때뿐만 아니라 다른 제보자가 노래할 때에도 적극적인 태도로 호응하였다.

제공 자료 목록

04_18_FOS_20090222_PKS_KKB_0001 도라지 타령
04_18_FOS_20090222_PKS_KKB_0002 창부 타령
04_18_FOS_20090222_PKS_KKB_0003 청춘가
04_18_FOS_20090222_PKS_KKB_0004 남녀 연정요

김말달, 여, 1926년생

주 소 지 : 경상남도 함양군 안의면 귀곡리 귀곡마을
제보일시 : 2009.2.28
조 사 자 : 안범준, 김미라, 문세미나, 조민정

김말달은 1926년에 경남 함양군 안의면 귀곡마을에서 태어났다. 올해 나이는 83세이고 현재 남편과 함께 벼농사를 짓고 있다. 남편과의 사이에는 2남 2녀의 자녀가 있으며, 자녀들은 모두 객지에서 생활하고 있다.

처음에는 다른 제보자의 노래를 따라 부를 뿐 매우 소극적인 모습을 보였다. 다른 제보자들이 노래를 구연하자 제보자도 용기

를 얻어 민요 2편을 구연하였다. 젊은 시절 일을 하면서 어른들이 부르는 노래를 따라 부르면서 습득하였다고 했다.

제공 자료 목록
04_18_FOS_20090228_PKS_KMD1_0001 청춘가 (1)
04_18_FOS_20090228_PKS_KMD1_0002 청춘가 (2)

김무선, 여, 1928년생

주 소 지 : 경상남도 함양군 안의면 대대리 두항마을
제보일시 : 2009.2.23
조 사 자 : 안범준, 정혜란, 김미라

김무선은 1928년생으로 경남 거창군 남산면 지하동에서 태어나 지하동댁으로 불린다. 노래를 제일 많이 안다고 마을 사람들이 입을 모아서 추천을 하였다. 머리를 곱게 묶고 비녀를 꽂고 있는 모습이 단정한 몸가짐을 느끼게 했다. 그리고 실제로 마을 사람들의 추천이 무색하지 않게 제보자가 요구하기도 전에 부르기도 하고, 기억이 잘 나지 않는 부분은 제보자가 앞구절을 넌지시 꺼내면서 요구를 하면 바로 불렀다. 항상 웃고 다니는 것처럼 얼굴이 아주 밝았다.

남편은 15년 전 세상을 떠났고 3남 3녀를 두었지만 장남을 사고로 잃은 아픔을 가지고 있었다. 거창에서 17살 때 두항으로 시집을 오면서 계속 두항에서 사는데 객지로 나간 가족들도 자주 오는지 가족 이야기를 하며 즐거워했다.

아직도 농사를 짓고 있으며, 조사를 하는 당일에도 밭일을 하고 있어서 마을 사람들이 찾으러 가서야 회관으로 모실 수 있었다. 제보자의 말투와 움직임은 나이에 비해 훨씬 정정해 보였다.

제공 자료 목록

04_18_FOS_20090223_PKS_KMS_0001 모심기 노래 (1)

04_18_FOS_20090223_PKS_KMS_0002 모찌기 노래

04_18_FOS_20090223_PKS_KMS_0003 모심기 노래 (2)

04_18_FOS_20090223_PKS_KMS_0004 모심기 노래 (3)

04_18_FOS_20090223_PKS_KMS_0005 길군악

04_18_FOS_20090223_PKS_KMS_0006 그네 노래

04_18_FOS_20090223_PKS_KMS_0007 양산도

04_18_FOS_20090223_PKS_KMS_0008 모심기 노래 (4)

04_18_FOS_20090223_PKS_KMS_0009 노랫가락 (1)

04_18_FOS_20090223_PKS_KMS_0010 노랫가락 (2)

04_18_FOS_20090223_PKS_KMS_0011 나물 캐는 노래

04_18_FOS_20090223_PKS_KMS_0012 베 짜기 노래

04_18_FOS_20090223_PKS_KMS_0013 아리랑 (1)

04_18_FOS_20090223_PKS_KMS_0014 진도아리랑

04_18_FOS_20090223_PKS_KMS_0015 아리랑 (2)

04_18_FOS_20090223_PKS_KMS_0016 화투 타령

04_18_FOS_20090223_PKS_KMS_0017 마산서 백마를 타고

04_18_FOS_20090223_PKS_KMS_0018 아기 어르는 노래 / 불매 소리

04_18_FOS_20090223_PKS_KMS_0019 청춘가 (1)

04_18_FOS_20090223_PKS_KMS_0020 청춘가 (2)

04_18_FOS_20090223_PKS_KMS_0021 다리 세기 노래

04_18_FOS_20090223_PKS_KMS_0022 남녀 연정요

김민달, 여, 1937년생

주 소 지 : 경상남도 함양군 안의면 귀곡리 귀곡마을

제보일시 : 2009.2.28

조 사 자 : 안범준, 김미라, 문세미나, 조민정

김민달은 1937년에 경남 함양군 서하면 호성마을에서 태어났다. 19살 되던 해 귀곡마을로 시집왔으며 2남 2녀의 자녀를 두고 있다. 현재 부부가 함께 벼농사를 짓고 있으며 택호는 상계동댁이다.

제보자는 차분하고 침착한 성격이며 건강 상태가 무척 좋은 편이었다. 목청이 좋아서 노래를 잘하며 가사도 정확하게 기억하고 있었다. 시집을 와서 일할 때 어른들이 부르는 노래를 듣고 자연스레 습득을 하게 되었다고 한다.

제공 자료 목록
04_18_FOS_20090228_PKS_KMD2_0001 노랫가락
04_18_FOS_20090228_PKS_KMD2_0002 청춘가 (1)
04_18_FOS_20090228_PKS_KMD2_0003 청춘가 (2)

김순분, 여, 1934년생

주 소 지 : 경상남도 함양군 안의면 귀곡리 귀곡마을
제보일시 : 2009.2.28
조 사 자 : 안범준, 김미라, 문세미나, 조민정

김순분은 1934년에 경남 함양군 지곡면 중백마을에서 태어났다. 17세가 되던 해에 귀곡마을로 시집을 왔다. 13년 전 작고한 남편 사이에 3남 1녀의 자녀를 두고 있다. 현재는 혼자서 밭농사를 지으며 생계를 유지하고 있다.

제보자들 가운데 가장 적극적인 태도로

조사에 응하였다. 제보자가 제공한 자료는 민요 36편으로 뛰어난 가창 능력을 보여주었다고 할 수 있다. 적극적이고 활달한 성격에 건강 상태도 무척 좋은 편이었다. 목청이 좋아서 가사가 잘 전달되었고, 기억력도 좋았다. 제보자가 구연한 대부분의 노래들은 어린 시절에 어른들로부터 배운 것들이라고 했다.

제공 자료 목록

04_18_FOS_20090228_PKS_KSB_0001 노랫가락 (1) / 그네 노래

04_18_FOS_20090228_PKS_KSB_0002 노랫가락 (2)

04_18_FOS_20090228_PKS_KSB_0003 양산도 (1)

04_18_FOS_20090228_PKS_KSB_0004 길군악 (1)

04_18_FOS_20090228_PKS_KSB_0005 쌍가락지 노래

04_18_FOS_20090228_PKS_KSB_0006 도라지 타령

04_18_FOS_20090228_PKS_KSB_0007 사발가

04_18_FOS_20090228_PKS_KSB_0008 남녀 연정요 (1)

04_18_FOS_20090228_PKS_KSB_0009 남녀 연정요 (2)

04_18_FOS_20090228_PKS_KSB_0010 창부 타령 (1)

04_18_FOS_20090228_PKS_KSB_0011 창부 타령 (2)

04_18_FOS_20090228_PKS_KSB_0012 화투 타령

04_18_FOS_20090228_PKS_KSB_0013 의암이 노래

04_18_FOS_20090228_PKS_KSB_0014 시집살이 노래 (1)

04_18_FOS_20090228_PKS_KSB_0015 맏딸아기 노래

04_18_FOS_20090228_PKS_KSB_0016 청춘가 (1)

04_18_FOS_20090228_PKS_KSB_0017 청춘가 (2)

04_18_FOS_20090228_PKS_KSB_0018 나물 캐는 노래

04_18_FOS_20090228_PKS_KSB_0019 노랫가락 (3)

04_18_FOS_20090228_PKS_KSB_0020 창부 타령 (3)

04_18_FOS_20090228_PKS_KSB_0021 마산서 백마를 타고

04_18_FOS_20090228_PKS_KSB_0022 베 짜기 노래

04_18_FOS_20090228_PKS_KSB_0023 상사 노래

04_18_FOS_20090228_PKS_KSB_0024 노랫가락 (4)

04_18_FOS_20090228_PKS_KSB_0025 권주가

04_18_FOS_20090228_PKS_KSB_0026 청춘가 (3)

04_18_FOS_20090228_PKS_KSB_0027 나 죽거들랑

04_18_FOS_20090228_PKS_KSB_0028 못 갈 장가 노래

04_18_FOS_20090228_PKS_KSB_0029 노랫가락 (5)

04_18_FOS_20090228_PKS_KSB_0030 물레 노래

04_18_FOS_20090228_PKS_KSB_0031 청춘가 (4)

04_18_FOS_20090228_PKS_KSB_0032 시집살이 노래 (2) / 부모부음요

04_18_FOS_20090228_PKS_KSB_0033 시집살이 노래 (3) / 중 노래

04_18_FOS_20090228_PKS_KSB_0034 양산도 (2)

04_18_FOS_20090228_PKS_KSB_0035 길군악 (2)

04_18_FOS_20090228_PKS_KSB_0036 노랫가락 (6)

김영희, 여, 1938년생

주 소 지 : 경상남도 함양군 안의면 하원리 내동마을

제보일시 : 2009.2.22

조 사 자 : 안범준, 정혜란, 김미라

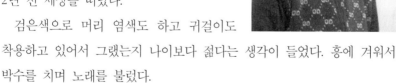

김영희는 1938년생으로 안의면 봉산마을에서 태어났다. 8남매로 동생들을 학교에 보낸다고 학교를 3년밖에 다닐 수 없었다고 한다. 19살에 내동마을로 시집을 오게 된다. 그리고 지금까지 내동에서 살고 있다. 슬하에 쌍둥이 아들과 3녀를 두고 있고, 남편은 2년 전 세상을 떠났다.

검은색으로 머리 염색도 하고 귀걸이도 착용하고 있어서 그랬는지 나이보다 젊다는 생각이 들었다. 흥에 겨워서 박수를 치며 노래를 불렀다.

제공 자료 목록

04_18_FOS_20090222_PKS_KYH_0001 양산도

김점분, 여, 1940년생

주 소 지 : 경상남도 함양군 안의면 신안리 안심마을
제보일시 : 2009.2.22
조 사 자 : 안범준, 정혜란, 김미라

　김점분은 1940년생으로 경남 함양군 안
의면 안심마을에서 태어났다. 신안리 마음
마을로 21세에 시집을 갔다가 11년 전 남편
이 세상을 떠나면서 다시 안심마을로 돌아
왔다. 슬하에 2남 1녀가 있고 지금은 모두
객지로 나가 있어 혼자서 생활한다. 밝은
색의 옷을 입어서 그런지 나이보다 젊어 보
였다.

　제보자는 목청이 좋고 성격도 활발하여 박수를 치며 적극적으로 노래
를 불렀다. 제보자가 제공한 자료는 민요 1편으로 젊은 시절에 일을 하면
서 부르던 노래라고 한다. 자신이 노래를 부르기보다 다른 제보자의 노래
를 이끌어 내는 데 많은 도움을 주었다.

제공 자료 목록
04_18_FOS_20090222_PKS_KJB_0001 청춘가

마기임, 여, 1942년생

주 소 지 : 경상남도 함양군 안의면 하원리 내동마을
제보일시 : 2009.2.22
조 사 자 : 안범준, 정혜란, 김미라

마기임은 1942년 합천에서 태어났다. 7살 연상의 남편을 만나 18살에 시집을 오면서 내동마을에서 살게 되었다. 슬하에 3남 1녀를 두고 있고, 먼저 세상을 떠난 남편 대신 아들과 같이 살고 있다고 한다.

목소리가 아주 크고 활발해서 조사하는 내내 분위기를 주도했다. 그래서 청중들은 옆에서 하는 것을 보고 부르면서 적극적으로 불렀다.

제공 자료 목록

04_18_FOS_20090222_PKS_MKI_0001 모심기 노래 (1)

04_18_FOS_20090222_PKS_MKI_0002 모심기 노래 (2)

04_18_FOS_20090222_PKS_MKI_0003 모찌기 노래

04_18_FOS_20090222_PKS_MKI_0004 모심기 노래 (3)

04_18_FOS_20090222_PKS_MKI_0005 길군악 / 짓구내기

04_18_FOS_20090222_PKS_MKI_0006 화투 타령

04_18_FOS_20090222_PKS_MKI_0007 나물 캐는 노래

박우석, 남, 1921년생

주 소 지 : 경상남도 함양군 안의면 신안리 동촌마을

제보일시 : 2009.2.21

조 사 자 : 안범준, 정혜란, 김미라

박우석은 1921년에 경남 함양군 안의면 동촌마을에서 태어났다. 고향인 이곳에서 결혼을 하고 3남 3녀를 두고 있으며 현재 부인과 함께 살고 있다. 제보자는 나이에 비해 무척 정정한 편이었다.

제보자는 초등학교를 졸업하였으며 상식도 풍부한 편이었다. 마을에서 이종선과 가장 친하여 항상 같이 다닌다고 하였다.

제보자가 제공한 자료는 민요 1편으로, 일을 할 때 어른들이 부르는 노래를 듣고 따라 부르면서 습득한 것이라고 했다. 제보자는 조사에 적극적이어서 다른 제보자가 많은 자료를 제공할 수 있도록 도왔다.

제공 자료 목록

04_18_FOS_20090221_PKS_PWS_0001 모심기 노래

백재임, 여, 1932년생

주 소 지 : 경상남도 함양군 안의면 하원리 하비마을
제보일시 : 2009.2.22
조 사 자 : 안범준, 정혜란, 김미라

백재임은 1932년에 경남 함양군 안의면 상비마을에서 태어났다. 18세에 아랫마을인 하비마을로 시집을 와서 지금까지 계속 살고 있다. 14년 전 남편이 작고하고 현재 혼자 살고 있다. 슬하에 3남 1녀를 두고 있다. 자녀들은 모두 객지에서 생활을 하고 있다. 제보자는 학교교육을 받지 못했고, 현재는 농사도 짓지 않는다고 했다.

조사자의 요청에 아는 것이 없다고 하면서 소극적인 태도를 보였다. 제보자가 제공한 자료는 민요 1편으로 어린 시절에 어른들로부터 들었던 것이다.

제공 자료 목록

04_18_FOS_20090222_PKS_BJI_0001 노랫가락 / 그네 노래

서필순, 여, 1923년생

주 소 지 : 경상남도 함양군 안의면 귀곡리 귀곡마을
제보일시 : 2009.2.28
조 사 자 : 안범준, 김미라, 문세미나, 조민정

　서필순은 1923년에 경남 거창군에서 태
어났다. 올해 나이 86세로 택호는 거창댁이
다. 18세에 귀곡마을로 시집을 와서 지금까
지 살고 있다. 몸이 중풍으로 인해 약간은
불편하다. 6년 전 작고한 남편과의 사이에
2남 4녀를 두고 있으며 자녀들은 모두 객지
에서 생활하고 있다.

　제보자는 몸이 불편하여 발음이 비교적
부정확한 편이다. 제공한 자료는 민요 2편으로 모두 젊은 시절에 어른들
로부터 배운 노래라고 한다.

제공 자료 목록
04_18_FOS_20090228_PKS_SPS_0001 베짜기 노래
04_18_FOS_20090228_PKS_SPS_0002 노랫가락

오경분, 여, 1946년생

주 소 지 : 경상남도 함양군 안의면 하원리 내동마을
제보일시 : 2009.2.22
조 사 자 : 안범준, 정혜란, 김미라

　오경분은 1946년 경남 거창군 마리면 지동마을에서 태어났다. 자동마
을은 도롱골이라고도 불렸다고 해서 마을에서 도롱골댁으로 불린다. 마을
에서도 젊은 축에 속하는 오경분은 당시 마리국민학교를 졸업하고 20살

때 시집을 오면서 내동마을에서 살기 시작
했다. 오경분은 34살 때 남편이 세상을 떠
나면서 일찍부터 혼자 몸으로 되어서 1남 3
녀를 키웠다. 농사만 지으면서 여자 혼자
자식을 키우려니 참 힘들었다면서 그 고생
은 말로 다 할 수 없다고 했다.

　하지만 세월이 흘러 자식을 다 키우고 시
집 장가를 보내고 난 뒤 이젠 다 옛날 일이
라며 웃으면서 말을 했다. 다른 분들보다 박수도 많이 치고 웃으면서 노
래를 불렀다. 그리고 다른 제보자가 노래를 부르면 같이 부르기도 하면서
흥을 많이 돋웠다.

　얼굴엔 수줍음이 가득해서 노래를 부르기 전에는 많이 부끄러워했지만
막상 노래를 부를 땐 가쁜 숨을 몰아쉬면서 적극적으로 불렀다. 주로 어
릴 때 동네에서 배웠던 노래를 기억하고 있었다.

제공 자료 목록
04_18_FOS_20090222_PKS_OKB_0001 달거리 노래
04_18_FOS_20090222_PKS_OKB_0002 노랫가락 (1) / 그네 노래
04_18_FOS_20090222_PKS_OKB_0003 노랫가락 (2)
04_18_FOS_20090222_PKS_OKB_0004 다리 세기 노래
04_18_FOS_20090222_PKS_OKB_0005 댕기 노래
04_18_FOS_20090222_PKS_OKB_0006 못 갈 장가 노래
04_18_FOS_20090222_PKS_OKB_0007 모심기 노래

오행순, 여, 1930년생
주 소 지 : 경상남도 함양군 안의면 봉산리 봉산마을
제보일시 : 2009.7.19
조 사 자 : 안범준, 정혜란, 김미라

오행순은 1930년 경남 함양군 병곡리 월
암리 월암마을에서 태어났다. 올해 나이는
79세이다. 30년 전 작고한 남편과의 사이에
3남 3녀가 있다. 작년에 막내아들이 작고하
였다.

17세 되던 해 을암에서 봉산마을로 시집
와서 지금까지 한 번도 이곳을 떠나본 적이
없다. 조사에 가장 적극적으로 참여했으며
목청이 좋아서 노래를 잘 불렀다. 무섭게 보이는 인상과는 달리 따뜻한
성품이었다. 호탕한 성격으로 노래를 큰 소리로 불러 주었다. 일하면서
어른들에게 배운 노래라고 한다.

제공 자료 목록

04_18_FOS_20090719_PKS_OHS_0001 모찌기 노래
04_18_FOS_20090719_PKS_OHS_0002 모심기 노래 (1)
04_18_FOS_20090719_PKS_OHS_0003 모심기 노래 (2)
04_18_FOS_20090719_PKS_OHS_0004 곶감 깎는 노래
04_18_FOS_20090719_PKS_OHS_0005 밀양 아리랑
04_18_FOS_20090719_PKS_OHS_0006 길군악 / 짓구내기
04_18_FOS_20090719_PKS_OHS_0007 봄배추 노래
04_18_FOS_20090719_PKS_OHS_0008 도라지 타령
04_18_FOS_20090719_PKS_OHS_0009 모심기 노래 (3)

우영재, 여, 1937년생

주 소 지 : 경상남도 함양군 안의면 하원리 상비마을
제보일시 : 2009.2.22
조 사 자 : 안범준, 정혜란, 김미라

우영재는 1937년에 경남 함양군 안의면 대대리 두항마을에서 태어났다.

18세에 이곳 상비마을로 시집을 왔으며, 현재 슬하에 3남 3녀를 두고 남편과 함께 살고 있다. 학교를 다닌 적은 없으며 호탕하고 활달한 성격으로 마을 사람들에게 인기가 많은 편이다.

제보자는 조사자의 질문에 응답을 하면서 알고 있는 민요를 많이 불렀다. 제공한 자료는 민요 10편으로, 시집을 와서 어른들과 함께 노래를 따라 부르면서 배웠다고 한다. 또한 친오빠한테 배우기도 했다고 했다. 적극적인 태도로 박수를 치며 장단에 맞춰가면서 노래를 불렀다. 다른 사람들에게도 민요 부를 것을 적극 추천하며 호응도 했지만 결국엔 자신이 대부분 불렀다.

제공 자료 목록

04_18_FOT_20090222_PKS_WYJ_0001 선녀와 나무꾼

04_18_FOT_20090222_PKS_WYJ_0002 떡을 달라는 호랑이

04_18_FOS_20090222_PKS_WYJ_0001 모심기 노래

04_18_FOS_20090222_PKS_WYJ_0002 모찌기 노래

04_18_FOS_20090222_PKS_WYJ_0003 도라지 타령

04_18_FOS_20090222_PKS_WYJ_0004 양산도

04_18_FOS_20090222_PKS_WYJ_0005 노랫가락 (1)

04_18_FOS_20090222_PKS_WYJ_0006 노랫가락 (2)

04_18_FOS_20090222_PKS_WYJ_0007 마산서 백마를 타고

04_18_FOS_20090222_PKS_WYJ_0008 노랫가락 (3) / 그네 노래

04_18_FOS_20090222_PKS_WYJ_0009 화투 타령

이석분, 여, 1942년생

주 소 지 : 경상남도 함양군 안의면 하원리 내동마을

제보일시 : 2009.2.22

조 사 자 : 안범준, 정혜란, 김미라

이석분은 1941년 안의면 대대리에서 태어났다. 학교를 다닌 적은 없지만 서당에서 야간에 공부를 했다고 한다. 19살 때 시집을 와서 2남 4녀를 낳았는데, 자식들은 지금은 다 결혼을 해서 고향을 떠나 있다. 남편은 3년 전 세상을 떠났다. 노래를 많이 기억하고 있지는 않았지만 기억하려고 노력을 하면서 불렀다.

제공 자료 목록

04_18_FOS_20090222_PKS_LSB_0001 도라지 타령
04_18_FOS_20090222_PKS_LSB_0002 너냥 나냥

이일색, 여, 1925년생

주 소 지 : 경상남도 함양군 안의면 봉산리 봉산마을
제보일시 : 2009.7.19
조 사 자 : 안범준, 정혜란, 김미라

이일색은 1925년 마음마을에서 태어났다. 올해 나이는 85세 소띠이다. 30년 전 작고한 남편과의 사이에 3남 1녀가 있다. 지금 현재 손주가 미국에서 유학 중이라며 자랑을 많이 했다. 17세 되던 해 봉산 마을로 시집와서 남편이 작고한 후 자식들을 공부시키느라고 많이 힘들었다고 한다. 야학에서 한글을 조금 배운 것이 전부라고 했다.

적극적이면서 노래를 아주 잘 불렀다.

제공 자료 목록

04_18_FOT_20090719_PKS_LIS_0001 상사 바위 이야기

04_18_FOS_20090719_PKS_LIS_0001 창부 타령 (1) / 주초 캐는 노래

04_18_FOS_20090719_PKS_LIS_0002 창부 타령 (2) / 사모요

04_18_FOS_20090719_PKS_LIS_0003 창부 타령 (3) / 사랑 노래

04_18_FOS_20090719_PKS_LIS_0004 창부 타령 (4)

04_18_FOS_20090719_PKS_LIS_0005 권주가

04_18_FOS_20090719_PKS_LIS_0006 남녀 연정요

04_18_FOS_20090719_PKS_LIS_0007 부정한 부인 노래

이종배, 남, 1945년생

주 소 지 : 경상남도 함양군 안의면 하원리 상비마을

제보일시 : 2009.2.22

조 사 자 : 안범준, 정혜란, 김미라

이종배는 올해 65세로 현재 부인과 함께 고향인 상비마을에서 살고 있다. 슬하에 2남 1녀를 두고 있으며 자녀들은 모두 객지에서 지내고 있다. 부인과 함께 농사를 지으며 생계를 유지하고 있다. 건강 상태는 양호한 편이지만 목이 아픈 상태라고 한다.

다른 제보자의 노래를 듣다가 젊은 시절에 어른들과 보리타작을 할 때 부르던 노래라고 하면서 자발적으로 구연하였다. 노래를 부르던 중 목상태가 좋지 않아서 멈추고 말았다. 이외 도깨비에 홀려 혼이 난 아버지의 이야기를 구술했다.

제공 자료 목록

04_18_MPN_20090222_PKS_LJB_0001 도깨비에 홀린 아버지
04_18_FOS_20090222_PKS_LJB_0001 보리타작 노래

이종선, 남, 1927년생

주 소 지 : 경상남도 함양군 안의면 신안리 동촌마을
제보일시 : 2009.2.21
조 사 자 : 안범준, 정혜란, 김미라

이종선은 1927년에 경남 함양군 안의면
신안리 동촌마을에서 태어난 토박이이다.
제보자는 올해 83세로 무척 정정해 보였다.
현재 슬하에 4남 2녀를 두고 있으며 다들
객지 생활을 하고 있다. 지금은 부인과 함
께 동촌마을에서 살고 있다. 제보자는 눈이
보이질 않아 옛날부터 점을 쳐서 생계를 유
지했다고 한다. 현재는 점을 치지는 않고
밭농사를 지으며 생계를 유지하고 있다.

제보자는 조사자의 말을 듣고 노래를 구연하였다. 치아가 빠져서 발음
이 매우 불분명했다. 그래도 기억을 더듬으며 자발적으로 구연하였다. 제
보자가 제공한 설화 5편과 민요 3편인데, 민요는 어린 시절에 어른들로부
터 들은 것이라고 한다.

제공 자료 목록

04_18_FOT_20090221_PKS_LJS_0001 도깨비 이용해서 부자된 이야기
04_18_FOT_20090221_PKS_LJS_0002 안씨 괄시하다 망신 당한 명씨
04_18_FOT_20090221_PKS_LJS_0003 정승에게 글제를 얻어 과거 급제한 선비
04_18_FOT_20090221_PKS_LJS_0004 명판결로 아기의 엄마를 찾아준 여인
04_18_FOT_20090221_PKS_LJS_0005 주인 목숨 구한 종

04_18_FOS_20090221_PKS_LJS_0001 노랫가락 / 그네 노래
04_18_FOS_20090221_PKS_LJS_0002 정 노래
04_18_FOS_20090221_PKS_LJS_0003 양산도

이현숙, 여, 1938년생

주 소 지 : 경상남도 함양군 안의면 신안리 동촌마을
제보일시 : 2009.2.21
조 사 자 : 안범준, 정혜란, 김미라

　이현숙은 1938년에 경남 거창군에서 태어났다. 올해 나이 72세로 20년 전 남편이 작고한 후 아들 1명을 두고 혼자 살고 있다. 일찍이 거창에서 결혼을 하여 나이 31세가 되던 해 이곳 동촌마을로 와서 살게 되었다. 밝고 활발한 성격과 양호한 건강 상태로 마을 사람들과 사이가 무척 좋다고 한다.

　제보자가 먼저 노래를 시작하겠다면서 설명을 덧붙여 차분하게 불렀다. 제보자가 제공한 자료는 설화 2편과 민요 5편인데, 민요는 어렸을 때 어른들로부터 그냥 듣고 배운 것이라고 했다.

제공 자료 목록
04_18_FOT_20090221_PKS_LHS_0001 고려장에서 살아 돌아온 어머니
04_18_FOT_20090221_PKS_LHS_0002 며느리의 방귀 힘
04_18_FOS_20090221_PKS_LHS_0001 창부 타령
04_18_FOS_20090221_PKS_LHS_0002 청춘가
04_18_FOS_20090221_PKS_LHS_0003 노랫가락 / 그네 노래
04_18_FOS_20090221_PKS_LHS_0004 다리 세기 노래
04_18_FOS_20090221_PKS_LHS_0005 아기 어르는 노래 / 불매 소리

임석순, 여, 1934년생

주 소 지 : 경상남도 함양군 안의면 신안리 안심마을
제보일시 : 2009.2.22
조 사 자 : 안범준, 정혜란, 김미라

임석순은 1934년에 경남 거창군 북서면에서 태어났다. 일제 강점기 시절 국민학교를 14세의 늦은 나이에 입학하여 16세 때까지 학교를 다녔다. 20세 때 시집을 안심마을로 왔다. 남편 박재한과의 사이에 3남 1녀를 두었고 자녀들은 모두 객지에서 생활하고 있다. 지금은 남편과 둘이서 농사를 지으며 생활하고 있다.

제보자는 목청이 좋고 기억력이 좋아 민요 10편을 구연하였다. 활달한 성격의 제보자는 박수를 치며 흥겹게 구연하였다. 제공한 자료는 모두 시집을 와서 어른들로부터 듣고 따라 불렀던 노래라고 한다.

제공 자료 목록
04_18_FOS_20090222_PKS_ISS_0001 모심기 노래 (1)
04_18_FOS_20090222_PKS_ISS_0002 양산도
04_18_FOS_20090222_PKS_ISS_0003 화투 타령
04_18_FOS_20090222_PKS_ISS_0004 길군악
04_18_FOS_20090222_PKS_ISS_0005 모찌기 노래
04_18_FOS_20090222_PKS_ISS_0006 모심기 노래 (2)
04_18_FOS_20090222_PKS_ISS_0007 모심기 노래 (3)
04_18_FOS_20090222_PKS_ISS_0008 다리 세기 노래
04_18_FOS_20090222_PKS_ISS_0009 창부 타령
04_18_FOS_20090222_PKS_ISS_0010 모심기 노래 (4)

임수연, 여, 1938년생

주 소 지 : 경상남도 함양군 안의면 신안리 동촌마을
제보일시 : 2009.2.21
조 사 자 : 안범준, 정혜란, 김미라

임수연은 올해 72세로 1938년 경남 거창
군에서 태어났다. 16세에 동촌마을로 시집
을 오면서부터 이곳에서 살기 시작했고 4남
2녀를 두고 있다. 자녀들은 모두 객지 생활
을 하고 있으며, 제보자는 현재 남편과 함
께 살고 있다. 임수연은 학교 교육을 제대
로 받지 못했다고 한다. 그럼에도 불구하고
많은 민요를 기억하고 있을 정도로 기억력
이 뛰어났다. 성격이 활달하고 건강 상태도 양호하여 마을에서 인기가 많
다고 한다.

설화 6편과 민요 11편을 제공하였다. 목청이 좋고 목소리가 또렷하여
청중들의 호응이 많이 받았다. 민요는 대부분 어릴 때 듣고 배운 것이라
한다.

제공 자료 목록
04_18_FOT_20090221_PKS_ISY_0001 은혜 갚은 호랑이
04_18_FOT_20090221_PKS_ISY_0002 시골 깍쟁이와 서울 깍쟁이
04_18_FOT_20090221_PKS_ISY_0003 며느리 입방정 때문에 용으로 승천 못한 시아버지
04_18_FOT_20090221_PKS_ISY_0004 개로 환생한 어머니
04_18_FOT_20090221_PKS_ISY_0005 금기 어긴 신랑 때문에 지네가 된 부인
04_18_FOT_20090221_PKS_ISY_0006 우렁 각시
04_18_FOS_20090221_PKS_ISY_0001 달 타령
04_18_FOS_20090221_PKS_ISY_0002 쌍가락지 노래
04_18_FOS_20090221_PKS_ISY_0003 진주 난봉가
04_18_FOS_20090221_PKS_ISY_0004 시누 올케 노래

04_18_FOS_20090221_PKS_ISY_0005 풍년가

04_18_FOS_20090221_PKS_ISY_0006 화투 타령

04_18_FOS_20090221_PKS_ISY_0007 도라지 타령

04_18_FOS_20090221_PKS_ISY_0008 나물 캐는 노래

04_18_FOS_20090221_PKS_ISY_0009 아기 어르는 노래 (1) / 불매 소리

04_18_FOS_20090221_PKS_ISY_0010 아기 어르는 노래 (2) / 금자동아 옥자동아

04_18_MFS_20090221_PKS_ISY_0001 창가 / 백발가

장기분, 여, 1932년생

주 소 지 : 경상남도 함양군 안의면 신안리 동촌마을

제보일시 : 2009.2.21

조 사 자 : 안범준, 정혜란, 김미라

장기분은 1932년에 경남 함양군 안의면 송림에서 태어났다. 제보자는 결혼을 해서 20여 년 전에 동촌마을로 이사를 왔다고 한다. 현재 남편과 함께 살고 있으며 슬하에 3남 3녀를 두고 있다. 자녀들은 모두 다 객지에서 생활을 하고 있다.

제보자가 제공한 자료는 민요 2편인데, 모심기 할 때 부르던 노래라며 듣고 배운 것이라고 한다. 목청이 좋고 음정이 안정되어서 청중들로부터 큰 호응을 받았다.

제공 자료 목록

04_18_FOS_20090221_PKS_JKB_0001 모심기 노래 (1)

04_18_FOS_20090221_PKS_JKB_0002 모심기 노래 (2)

정경분, 여, 1930년생

주 소 지 : 경상남도 함양군 안의면 대대리 두항마을
제보일시 : 2009.2.23
조 사 자 : 안범준, 정혜란, 김미라

정경분은 1930년생으로 경남 거창군 마
리면 영승리 영승마을에서 태어났다. 남들
보다 늦은 나이인 25살에 두항마을로 시집
을 와서 그때부터 지금까지 살고 있다. 흰
머리를 가지런히 커트머리로 자른 모습이
단정해 보였다. 대구 동생집에 가끔씩 가서
며칠 있다가 마을로 오곤 한다고 했다. 부
끄럼이 많아서 수줍게 이야기를 시작하였지
만, 한번 이야기를 시작한 후로 연달아 이야기도 하고 노래도 불렀다.

제보자 조사를 할 때는 본인의 인적 사항을 이야기해 주는 것을 꺼려
했다. 남편도 세상을 버리고 없다 하고 슬하에 자녀도 없다고 했다. 학교
를 다닌 적이 없다.

제공 자료 목록

04_18_FOT_20090223_PKS_JKB_0001 도사와 도술 내기 한 아이
04_18_FOT_20090223_PKS_JKB_0002 여우 여인 덕에 부자된 남자
04_18_FOS_20090223_PKS_JKB_0001 창부 타령 (1)
04_18_FOS_20090223_PKS_JKB_0002 창부 타령 (2)
04_18_FOS_20090223_PKS_JKB_0003 양산도 (1) / 함양 산청 물레방아
04_18_FOS_20090223_PKS_JKB_0004 양산도 (2) / 용추폭포 노래
04_18_FOS_20090223_PKS_JKB_0005 도라지 타령

정복순, 여, 1930년생

주 소 지 : 경상남도 함양군 안의면 신안리 동촌마을

정복순은 올해 76세로 1930년에 경남 함
양군 서하면에서 태어났다. 18세에 이곳 동
촌마을로 시집을 와서 계속해서 살고 있다.
20년 전 남편이 작고하고 슬하에 5남 1녀를
두고 있다. 어렸을 때 초등학교 4학년까지
다니다 가정 형편으로 학교를 그만두었다.
현재 밭농사를 지으면서 홀로 생계를 유지
하고 있다. 차분한 성격으로 평소 말수가
없는 편이라고 한다.

제보자는 주변에서 노래를 권하자 처음에는 거절하다가 청중의 호응에
민요를 구연하였다. 이 노래는 어린 시절에 듣고 따라 불러서 알게 된 것
이라고 했다.

제공 자료 목록
04_18_FOS_20090221_PKS_JBS_0001 모심기 노래

정일분, 여, 1920년생

주 소 지 : 경상남도 함양군 안의면 귀곡리 귀곡마을
제보일시 : 2009.2.28
조 사 자 : 안범준, 김미라, 문세미나, 조민정

정일분은 1920년에 안의면 봉산리 봉산
마을 에서 태어났다. 15세가 되던 해에 함
양군 안의면 귀곡마을로 시집을 왔으며 현
재 혼자서 살고 있다. 17년 전 작고한 남편

과의 사이에 7명의 자녀를 두었는데 모두가 아들이다.

제보자가 제공한 자료는 민요 7편인데, 정확한 발음으로 차분하게 불렀다. 나이가 많음에도 불구하고 기억력이 좋은 편으로 가사를 정확히 기억하고 있었다. 젊은 시절에 친구들과 같이 노래를 부르면서 자연스럽게 습득하였다고 한다.

제공 자료 목록
04_18_FOS_20090228_PKS_JIB_0001 모심기 노래 (1)
04_18_FOS_20090228_PKS_JIB_0002 모심기 노래 (2)
04_18_FOS_20090228_PKS_JIB_0003 모찌기 노래
04_18_FOS_20090228_PKS_JIB_0004 모심기 노래 (3)
04_18_FOS_20090228_PKS_JIB_0005 청춘가 (1)
04_18_FOS_20090228_PKS_JIB_0006 청춘가 (2)
04_18_FOS_20090228_PKS_JIB_0007 시집살이 노래

최금안, 여, 1928년생

주 소 지 : 경상남도 함양군 안의면 귀곡리 귀곡마을
제보일시 : 2009.2.28
조 사 자 : 안범준, 김미라, 문세미나, 조민정

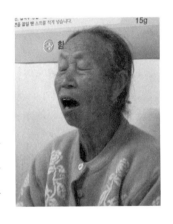

최금안은 1928년에 경남 거창군 마리면 엄정골에서 태어났으며 올해 나이는 82세이다. 17세 되던 해 함양군 안의면 귀곡리 귀곡마을로 시집을 온 후로는 다른 지역에서 살아본 적이 없다. 30년 전 작고한 남편과의 사이에 3남 4녀를 두었다. 지금은 일을 하지 않고 마을회관에서 사람들과 어울리는 것으로 소일하고 있다.

제보자가 제공한 자료는 민요 3편으로 흥에 겨워 춤을 추면서 노래를

불렀다. 치아의 상태가 좋지 않아서 발음이 약간 부정확한 편이다. 청중들이 목청이 좋다면서 칭찬을 무수히 할 정도로 구성진 목소리로 구연하였다. 어린 시절에 삼을 삼고 일할 때 친구들과 어울려서 노래를 배웠다고 한다.

제공 자료 목록
04_18_FOS_20090228_PKS_CKA_0001 모심기 노래 (1)
04_18_FOS_20090228_PKS_CKA_0002 노랫가락
04_18_FOS_20090228_PKS_CKA_0003 모심기 노래 (2)

선녀와 나무꾼

자료코드 : 04_18_FOT_20090222_PKS_WYJ_0001
조사장소 : 경상남도 함양군 안의면 하원리 상비마을 마을회관
조사일시 : 2009.2.22
조 사 자 : 안범준, 정혜란, 김미라
제 보 자 : 우영재, 여, 72세
구연상황 : 조사자가 어릴 때 들은 재미있는 이야기가 없는지 요청하자 제보자는 선녀와 나무꾼 이야기를 하겠다고 하였다. 결말 부분이 특이한 것이 이 자료의 특징이다.
줄 거 리 : 옛날에 선녀가 목욕을 하러 내려 왔는데 지게꾼이 선녀의 옷을 숨겼다. 이를 통해 둘이 부부가 되어 아이 둘을 낳고 살았다. 남편은 아이 셋을 낳을 때까지는 옷을 보여 주지 말라는 금기를 어겨 선녀가 하늘로 올라가 버렸다.

옛날에 선녀가 내려왔는데, 인자 내려와서 목욕을 하러 들어갔는 기라. 목욕하러 들어갔는데, 옷을 싹 거머 안고 총각이, 지게꾼이 가져 갔어.

그래 가져 갔는데, 그래 인자, 그 저게 그슥 선녀랑 지게꾼이랑 만나 갖고, 배필이 되갖고 사는데, 얘기도 놓고 그랬는데, 고마,

(청중 : 얘기 서이 놓도록은 옷을 보여주지 말라 했어.)

남한테 이바구하지 말랬어. 그 얘기 서이 놓도록은 고마, 절대 고마 남한테 말을 하지 말고 뒤도 안 돌아보고 배워야 한다고 했는데, 남편이 둘 놓고 나서 고마 해 버렸어. 그러니까 그게 변해서 여우가 돼 가지고, 막 귀신이 돼 가지고, 막 하늘로 올라가 버렸어. 그래 그런 이야기도 있어.

떡을 달라는 호랑이

자료코드 : 04_18_FOT_20090222_PKS_WYJ_0002

조사장소 : 경상남도 함양군 안의면 하원리 상비마을 마을회관

조사일시 : 2009.2.22

조 사 자 : 안범준, 정혜란, 김미라

제 보 자 : 우영재, 여, 72세

구연상황 : 앞의 선녀와 나무꾼에 이어서 자발적으로 구연하였다. 호랑이와 곶감, 떡이
　　　　　중심 소재로 등장하는 익숙한 이야기이다.

줄 거 리 : 어머니가 딸의 집에 떡을 가지고 가는데 호랑이가 나타나 떡을 달라고 하였
　　　　　다. 어머니는 떡을 모두 호랑이에게 주고 빈손으로 집에 갔다.

　아들이 와 호랑이 이야기해 달라 하면 막 그라는데,

　(청중 : 곶감주면 호랑이가 막 호랑이가 옆에 있다가, 곶감이 호랑이보
다 더 무서운 게 있나 보다 해서 도망갔다네, 곶감이 무섭다고.)

　떡을 해 가지고 딸네 집에 갔는데 한 모랭이 돌아가면,

　"나 한 조각 던지 주면 안 잡아 먹지." 하면, 던져 주고 또 한 모랭이
돌아가면,

　"떡 하나 주면 안 잡아 먹지." 하면 또 던져 주고, 그래 던져 주다 보니
떡 한 당새기(떡동구미) 다 던져줬대.

　(조사자 : 그래서 어떻게 됐습니까?)

　그래 갖고 그냥 갔겠지 뭐, 떡도 못 갖고 가고.

상사바위 이야기

자료코드 : 04_18_FOT_20090719_PKS_LIS_0001

조사장소 : 경상남도 함양군 안의면 봉산리 봉산마을 마을회관

조사일시 : 2009.7.19

조 사 자 : 안범준, 정혜란, 김미라

제 보 자 : 이일색, 여, 85세

구연상황 : 조사자가 상사바위에 대해 물어보자 제보자가 이 이야기를 했다.

줄 거 리 : 상사병이 걸린 사람이 어떤 바위에 가서 굿을 했더니 상사가 떨어졌다. 그래

서 그 바위를 상사바위라고 부른다.

옛날에 여기서 상사병이 말하자면, 처녀 총각이 좋아해 가지고 한쪽에서 안할라 해 가지고 상사병이 나서 죽었다이가 그쟈? 죽으면은 상사바위 그기에 가서 굿을 하는 기라.

(조사자 : 네.)

그래서 상사 바위가 있어. 요쭉에 그게 거 가서 굿을 하면 진짜로 상사병이 걸리면 거게나 고마 떨어지 나간다데.

(조사자 : 네.)

나 오덴고는 모른데 상사바위가 요쭉에는 있어 있다 캐.

옛날에 상사병이 나면은, 옛날에 지금은 연애를 하면 사랑을 하면 둘이서 좋아해 하는데, 상대편은 항개도 안 좋아하는데 한 사람만 좋아해 가지고 막 백날 끙끙 앓고 있다가 고마 죽게 됐는 기라. 그라면은 거기 가서 굿을 하는 기라. 그래서 상사바우라 하는 기라.

도깨비 이용해서 부자된 이야기

자료코드 : 04_18_FOT_20090221_PKS_LJS_0001
조사장소 : 경상남도 함양군 안의면 신안리 동촌마을 마을회관
조사일시 : 2009.2.21
조 사 자 : 안범준, 정혜란, 김미라
제 보 자 : 이종선, 남, 83세
구연상황 : 조사자가 도깨비 이야기를 해보라고 하자, 도깨비 이야기는 거짓말이라고 하면서 구술하였다. 제보자의 치아가 빠진 상태이고 발음이 정확하지 않아 이야기를 알아 듣기 매우 힘들었다.
줄 거 리 : 옛날에 어느 사람이 도깨비에게 돈이 제일 무섭다고 하니 도깨비가 돈을 던져 주었다. 그래서 그 사람은 도깨비를 이용하여 큰 부자가 되었다고 한다.

(조사자 : 그 도깨비하고 씨름하는 이야기도 있지 않습니까? 도깨비하고

씨름도 하고, 도깨비 속여 부자된 이야기도 있지 않습니까?)

아, 도깨비? 그거 엉터리도 없는 말이라.

(조사자 : 그런 거짓말도 괜찮습니다.)

도깨비 해 갖고 부자된 이야기 쌨지. 도깨비 그거는 거짓말을 잘 햐.

(조사자 : 예, 거짓말도 괜찮습니다.)

옛날 도깨비가, 그 하도 참 도깨비 속이면 부자된다 캐. 부자가 된다 캐서, 그래 도깨비를, 한번 그 도깨비를 속인다. 속인데, 아 이놈이 당근 논에다가 막 ○○○○○○○○○ 도깨비가.

"애이끼 이놈의 자석."

도깨비한테 말하기를,

"아이구, 올 나락 씨러져서 못 먹겠다. 사과 이놈 참 큰데 시서 못 묵겠다." 한께,

이놈이 또 싫증이 나 갖고 도깨비한테,

"내가 이 개똥을 막 퍼다 넣었으면 나락이 막 썩어 못 묵을 긴데, 사과를 주다 여서 올 나락이 안 쓸어지고 잘 여문다."

아 고마 먼저 묵던 거 싹다 주다 내삐리고 개똥을 자꾸 주다 넣는 기라, 막. 그 나락이 도깨비 덕에 잘 묵었대.

근데 돈도,

"하이고 내가 또 그기 좋은데, 돈이, 당신 제일 무섭소?"

도깨비가 그런께,

"나는 다른 사람은 무서운 게 없고 돈이 제일 무섭소. 돈, 생금장, 제일 무섭소." 하니까, 이놈의 도깨비가,

"다른 사람이 뭘 무서워 하요? 제일 무서워 하는 게 뭐요?" 하니,

"장단지 밑구녕 빠진 거 그게 제일 무섭다 하거든."

그 하루는 돈을, 장단지 빠진 거 사립문 구석에 딱 세워 놓은게, 도깨비가 무서워서, 부애가 나서, 막, 이 노무거 장단지를 세워 놨어. 못 한다

고, 요노무 자석을,

"뭘, 뭘, 자기는 뭘 제일 좋아하요?" 한께,

"난 돈하고 금하고 이걸 좋아한다." 한께,

삽짝에 돈하고 금하고 자꾸 던지는 기라. 뭐 뭐, 마당에 수북해. 장단지 빼고 난께, 괘씸하다고 해서 다시는 돈을 더 안 던지고 나머지도 안 던지더래.

안씨 괄시하다 망신 당한 명씨

자료코드 : 04_18_FOT_20090221_PKS_LJS_0002
조사장소 : 경상남도 함양군 안의면 신안리 동촌마을 마을회관
조사일시 : 2009.2.21
조 사 자 : 안범준, 정혜란, 김미라
제 보 자 : 이종선, 남, 83세
구연상황 : 앞에서 한번 이야기를 하더니 자진하여 이야기를 꺼내서 이어나갔다.
줄 거 리 : 친구인 명씨가 안씨는 갓을 쓴 계집이라고 하여 상놈이라고 놀렸다. 안씨는
동냥을 하러 온 스님을 이용하여 명씨 성도 근본을 알 수 없는 상놈이라고
하며 망신을 주었다.

한 동네에 가령 섶밭, 이 동네 같으면, '명(明)'가하고 '안(安)'가하고 사는데, '이(李)'간가 '김(金)'간가 자세히 모르겠는데, 그 사람이 하는 말이,

"안가가 상놈이다. 상놈이다. 와 그 상놈인가 하믄, 갓머리(宀) 밑에 계집 여(女)자가 한자가 안가라이. 갓머리 밑에 계집 여 한자가 편안할 안자, 안가다. 여자가 갓 쓰고 있으면 상놈밖에 더 되나? 여자가 모자 쓰고 하는 무당, 그거거든. 모자 쓰고 하니께 너는 상놈이다. 본대, 본대 상놈이다."

그래, 둘이 친구로 한 동네에 살았는데, 그래 인제, 하루는 중이 하나 왔어. 동냥하러 왔는데,

"그래 동냥을 주소."

"내가 동냥은 드리지, 돌라 하는 만큼 줄긴께 방에 좀 들어오소."

안가, 아, 하나는 명가라, 명가이. 명가라, 밝을 명(明)자 명가고, 편안할 안자 안가라, 둘이 친구라.

"그래 둘이서 함 모았는데, 그래 내 모을 긴께 안가하고 명가하고 우리 둘이 모을 긴께 그 동냥 하러 오이소."

그래 중을 초대했단 말이라, 그래 약속을 했어. 그래 인자, 아이, 안가 하고 명가하고 둘이 한 방에서 노는데 중이,

"동냥을 좀 주소."

하고,

"동냥을 내 드릴 긴께 여 좀 들어 오소, 쉬 가소."

중이 이제 약속을 했은게 들어오는 기라. 들어와 가지고, 안가가 먼저,

"아, 인사 합시다."

인사를 청하는 기라, 청한께,

"우리 한 방에 앉아서 인사도 없은께 인사합시다."

그 대사, 중은 이름이 대사라 카거든, 대사.

"대사님, 성씨가 뉘시오?"

하거든. 그래 이 안가가,

"내 성은 보잘 것 없는 성이오. 이야기할 것도 없소."

그카는 기라.

"대체 뭔 성인데 이야기할 수 없는 그런 성을 징깃소(지녔소)?"

하거든.

"내 성은 속성이 밝을 명, 내 성은 명가요."

명가, 명가가 그 옆에 있는데,

"명가가 상당히 양반인데 어찌 명가가 상놈이란 말이오?"

"그래, 내 그 유래를 말씀하지요. 원래 명가가 본대 숭악한 상놈이오."

한동네에 한 골짜기에 하나 있고, 절이 하나 있고, 저쪽 골짜기에 절이 있어. 그래 인자 그 나는 우리 어머니가 본대 혼자 되었더라. 혼자 되었는데, 장사를 했어. 장사를 거서 했어요. 그래 하도 장사를 잘 한께 양쪽에 절에 있는 중놈을 다 떨어 먹었어 고마. 이쪽 절에 있는 절도 거덜나뻐리고 저쪽 절에 있는 절도 거덜나뻐렀어. 중이, 중이, 동냥 바랑을 짊어지고 들락날락 들락날락 하는 기라.

절이 다 됐신께 저거가 동냥 안 하면 묵고 살 기 없어. 그래서 우리, 그래서 거서 장사를 하다본께, 이쪽 절에 중도 우리 집에 자주 들락거리고 저쪽 절에 중도 우리 집에 자주 들락거리고, 그럭저럭 하다본께 애기가 하나 들어섰어.

애기가 들어섰는데, 아이 이쪽 중도 들락거렀은께 이쪽 중이 애기를 만들었는가, 저쪽 중이 애기를 만들었는가 그 모르는 기라. 그래서 양쪽 절에 중이 들락거렀은께 인자 하나는 절 이름이 일광사라, 한쪽 절 이름은 월광사라. 그래서 일광사 월광사, 그래서 일월(日月)을 합하면 밝을 명(明)자 명가다.

"나는 명가요, 일광사 절도 돌아다니고 월광사도 돌아다니고 날도 밝고 달도 밝고 그래서 명가요. 그래서 나는 명가가 되었어요. 나는 실제로 그랬소."

그렇타 카더래.

(청중 : 두 성 다 없는 성이네.)

하모, 엄연히 명가가 없는 기라. 밝을 명자 명가가 없는 긴데, '나는 명가요.' 중놈이 역부로 짓는 기라.

(청중 : 그 사람이 도사다, 도사.)

하모 도사라, 그거. 그래서 명가 콧대를 꺽더라 캐. 그래서 명가가 그때부터 콧대가 납작됐어, 고마. 저는 인사를 안해도 명가가 씨 상놈인데 어디밑 자식인데, 글카먼서(그렇게 하면서) 말이라, 명가가 그때부터 큰소리 못했어.

(조사자 : 재미있는 이야기입니다. 그럼 스님이 막 신통한 재주가 있는 그런 이야기 아십니까?)

그렇지. 이런 기라. 저 여자가 절 중놈을 떨어 먹을라고 여자가 수작을 꾸민 기라. 아를 배서 그런 기 아이고, 백끼(백지, 일부러) 명가 코 꺾을라고 중놈이 그런 얘기를 한 기라.

정승에게 글제를 얻어 과거 급제한 선비

자료코드 : 04_18_FOT_20090221_PKS_LJS_0003
조사장소 : 경상남도 함양군 안의면 신안리 동촌마을 마을회관
조사일시 : 2009.2.21
조 사 자 : 안범준, 정혜란, 김미라
제 보 자 : 이종선, 남, 83세
구연상황 : 조사자가 다른 이야기를 아느냐고 묻하자 제보자는 알고 있는 이야기가 많다고 하면서 적극적으로 구연하였다. 치아의 상태가 좋지 않아 발음이 부정확하였다.
줄 거 리 : 한 선비가 다른 선비들과 과거를 보러 서울로 올라갔다. 선비들은 어떤 고을에 있는 정승 집의 배나무에 열린 배를 따먹기로 하였는데 그 선비가 배를 따기로 했다. 그런데 망을 보고 받쳐 주기로 한 선비들은 모두 도망을 갔다. 정승은 그 선비에게 시를 짓게 하였는데, 그 글제가 과거에 나와 선비는 급제하였다.

옛날 그런 얘기가 있더라 캐. 서울 과거를 보려고 하려면, 자오묘유년에 과거를 보는 기라. 자오, 자년 오년 묘년 유년에 과거를 허가를 내서 과거를 보러 가는데, 자오묘유년에. 그래 보러 댕기는데, 그전에 서울 과거를 보려고 하면, 미리 앞댕겨서, 한 달을 앞댕기든 두 달을 앞댕기든 몇 일 앞댕기든지 걸어가는 기라. 옛날에는 걸어가거든, 지금은 차가 있지만은.

그래 몇날 몇일을 앞두고 내가 걸어갈 만한 정도 나두고 선비들 모아드는 기라.

(청중 : 옛날엔 차가 없거든.)

차가 없어 걸어 댕깄거든. 그런게 아니라 우리가 가는데, 아무 정승 뒤 안에 말하자면 후원에, 배나무가 있는데 그 배를 못 따 묵어. 정승도 무섭고 담장이 높아서 못 따 먹어.

"그래서 우리가 배를 따 먹으러 가보자, 따 먹자."

한 선비가 있다가,

"그래서 누가 배 따러 올라가 볼래? 배 따러 누가 올라갈래?" 이카거든.

"내가 올라가서 따지."

(청중 : 벼슬이 떨어지는데 그 배를 따면.)

하모, 그 배를, 올라갈 놈이 없는 기라.

"내가 올라가지, 내가 따올 긴게 옆에서 받으소."

그래 인자 여럿이 가 가지고, 올라가는데 받쳐주고 이리 받추고 이리 받추고 이리해서 올라갔는데, 막상 올라가는 걸 본께 밑에 놈이 겁이 나는 기라. 싹 다 가버리고 도망가 버렸어, 고마.

배나무에 올라간 놈이 내려오도 못하는 기라, 인자 고마 받쳐줄 사람이 없어서. 배나무에 가만 앉았단 말이라. 꼼짝도 못하는 기라 정승 뒤에 배나무 있는데. 정승이 밤부터는 집을 한 바퀴 돌거든. 자기 집을, 행여나 뭣이 인기척이 있는가 뭐 있는가 싶어서. 배나무 밑에 간께, 가만히 차라본께, 배나무 위에 사람 하나가 앉아 있어, 배나무 위에.

"그래, 머시고? 뉘고? 내려오이라, 내려오이라."

퍼뜩 감(고함)을 지르면 배나무에 급하게 내려오면 널쩌 죽어.

(조사자 : 큰갑네예, 큰 나무네예.)

하모, 큰 배나무라. 급하다고 어서 내릴라다가 죽는 기라. 그러다 음을

입어 사람이 죽어 음을 입는 기라. 그래서,

"내려 오이라, 내가 아무런 없이 괜찮다, 내려 오이라."

좋게 그런 말을 하는 기라. 그래서 살살 내려왔어, 어쩔 수 없이. 그러다 본께,

"우리 집으로 가자."

말하자면 저그 방으로 가자, 데리고 갔어, 그 사람을 배 따먹으러 올라간 사람을. 데리고 간께,

"내가 글귀 하나를 질 긴게 선비가 답을 질라나?" 캐.

"해보이소. 글귀를 내 보이소."

그캐. 그래 글귀를 내는데, 글귀를 뭐라고 낸 기 아이라,

"금옥이비보(金玉而非寶)요"

금옥이비보요, 금옥이 보배가 아니고 비보요,

"현신이, 현신이보(賢臣而寶)라."

현신이 어진 신하 보배다, 현신이보라, 어질 현(賢)자 신하 신(臣)자이, 현신이보라, 어진 신하가 보배다.

"그럼, 너도 글 함 지어 봐라."

선생이 묻는 기라.

"일월비명(日月非明)이요 성군이명(聖君而明)이라."

일월이 비명이요, 날과 달이 안 밝고, 성군이명이라 임금이 성군이명이라 밝더라. 임금이 정치를 못하면 어두워, 임금이 정치를 잘해야만 밝지. 그래 일월비명이요 성군이명이라, 일월이 비명, 명이, 명이, 밝은 게 아니고 성군이명이라, 성군이명이라. 그래 글귀가 그래 그 말이 딱 맞거든. 참 딱이 맞는 기라.

그래 운자를 낼 때, 정승이 운자를 낼 때 그걸 냈어, 그 글귀를.

그 인자,

"일월이비명이요 성군이명이다. 아니 처음에 낼 때 금옥이비보요 현신

이보다 어진 신하가 보배다."

그러니 저 사람은,

"일월비명이요 성군이명이라, 성군이명이다."

그 글귀가 딱 맞는 기라. 그래 하니 그 사람이 큰 벼슬을 했다 캐. 그 사람이 벼슬을 했어.

명판결로 아기의 엄마를 찾아준 여인

자료코드 : 04_18_FOT_20090221_PKS_LJS_0004
조사장소 : 경상남도 함양군 안의면 신안리 동촌마을 마을회관
조사일시 : 2009.2.21
조 사 자 : 안범준, 정혜란, 김미라
제 보 자 : 이종선, 남, 83세
구연상황 : 조사자의 이야기를 바탕으로 그와 비슷한 이야기를 생각하여 이야기를 시작
했다. 이야기는 솔로몬의 명판결과 매우 유사하다.
줄 거 리 : 옛날에 앞집과 뒷집에 두 여자가 살았는데, 뒷집에 사는 여자는 아이를 갖지
못했다. 그때 앞집 여자가 아이를 낳자 뒷집 여자가 아이를 훔쳤다. 앞집 여
자가 소송을 걸어 판사에게 아이의 엄마를 가려 달라고 하였다. 이에 이를 구
경하던 한 여인이 아이를 잘라서 나누어 가지라고 하여 아기의 진짜 엄마를
가려냈다.

(조사자 : 옛날에는 참 그런 얘기도 많았지 않습니까? 거 억수로 애가
더 똑똑해 가지고 어른들보다 애들이 더 똑똑해서, 애들이 막 판결 내려
주고 그런 것도 있었지 않습니까?)

응, 있지, 있어.

(조사자 : 어른들이 판결 잘 못할 때, 똑똑한 애들이 나와 가지고, 탁 가
르쳐주고 이런 것도 있었지 않습니까?)

옛날에 앞, 뒷집에 사는데, 여자가. 뒷집에는 여자는 아기를 잘 낳는데

앞집에는 여자는 아기를 못 낳아. 한 또리라, 한 또리. 애기를 낳을 때가 넘었는데, 한 삼십이 넘었는데 아기를 못 놓는 기라.

그래서 내가 연기를 한 기라. 뒷집에 아기를 놓으면 혼자 키우겠다. 혼자 키우겠다. 내 애기 낳았다 하고, 뒷집 여자가 아 뱄다. 아를 배야 될 거 아이가? 자기 아를 배는 기라.

배서 아가 없은께 옷을 막 두껍게 입고 속에다 뭘 넣고 이렇게 하고 그런게 애기를 밴 기라.

앞집 여자도 애기를 뱄고, 뒷집 여자도 애기를 뱄어. 둘 다 애기를 뱄어. 애기를 뱄는데, 그 인자 뒷집에도 아기를 낳았다고 해. 자기도 애기를 놓은 기라.

그 인자 낳는데, 뒷집에서 훔쳐왔어. 훔쳐왔어, 아기가, 뒷 사람이. 훔쳐, 훔쳐, 자기도 아 뱄은께 애기 놓을 때 돼서 애기 낳고, 뒷집에서도 아기 뱄으니 아 낳는데, 아기 훔쳐왔으니 그 인자 어띠 몇 일, 한 일주일, 이주일, 삼주일, 사주일, 오주일, 한 일곱일이나 되도 그 집에 아가 안 보이는 기라, 안 보여.

한 일곱일이나 되도 안보이서, 한 일곱일이 넘어간께로 아기를 와 구경하라 카더마. 그래 그 뒷집 여자가 아기를 잃어버렸는데 가본께 저거 애기라, 저거 애기. 그래서 말을 못하고, 우리 애기라 소리도 못하고, 이쪽이 곰곰이 생각하니 애기를 잃어버렸으니 찾기는 찾아야 되는데, 내 애기라 소리도 못하고 판사한테 재판을 한 기라.

"이리 이리 되었다. 우리 애기는 우리 애긴데, 저거 애기라 하니 내가 어쩔 수 없소. 판결 좀 내려 주소."

이카거든. 그래 재판을 걸은 기라. 내가 판사가 뭐라느냐면, 판사가,

"자기도 자기 애기라 하고 자기도 자기 애기라 하고, 본 것도 없고 들은 것도 없고 못하고 내가 어떻게 판결하겠노?"

그래 내가, 거 있다가, 여자가 하나 있다가,

"내가 판결해 주지요."

(조사자 : 예, 누가예?)

그 여 사람이, 재판을 하믄 방청객을 많이 모으거든. 구경하러 많이 오거든. 근께 그 여자가 가만히 들은께 제가 판결할 성 싶어가,

"내가 판결하지요."

"그럼, 당신이 판결하소."

그 아기를 손을, 한 손은 뒷집 사람이 잡고, 애기 손을, 한 손은 앞집 사람이 잡았어. 붙잡아서,

"너들이 갈라라. 애기를 갈르면 될 거 아이가?"

칼로 가지고 고만 막 위에서 쎄리거든. 애를 놓은 사람은 못 봤으면 못 봤지, 애기를 뺏겼으면 뺏기지 그 꼴을 못 보겄는 기라.

그래서 손을 놓더라 캐. 훔친 여자는 손을 거머 쥐고 있더라 캐, 거머 쥐고 있어.

그 애기는 이 사람 애기라. 그래 판결을 내려서 애기의 본 임자를 찾아 주더라캐. 안 그러면 뺏겼어, 뺏겼어. 뺏기도 저 사람 뺏겼으면 뺏겼지, 그 꼴은 못 보겠어. 손을 놔 버린 기라. 저 여자는, 훔쳐간 여자는 저거 아가 아인께 까짓거 뭐, 손을 거머 쥐고 있더라 캐.

(청중 : 그거 억압을 준 거지, 참 뭐, 실제로 끊을라고 한 건 아일긴데.)

하모, 아이지. 억압을 준 기지, 억압 준 기라. 칼로 막 내려칠라고 한께 손을 놨더라 캐.

(청중 : 그 복장이 작아.)

주인 목숨 구한 종

자료코드 : 04_18_FOT_20090221_PKS_LJS_0005
조사장소 : 경상남도 함양군 안의면 신안리 동촌마을 마을회관
조사일시 : 2009.2.21
조 사 자 : 안범준, 정혜란, 김미라
제 보 자 : 이종선, 남, 83세
구연상황 : 제보자가 자발적으로 이야기를 구연하였다. 제보자의 치아 상태가 좋지 않아
　　　　　발음이 부정확한 편이다. 청중들도 듣기가 힘들어서인지 호응이 좋지 못했다.
줄 거 리 : 한 선비가 이야기를 좋아하여 이야기를 다른 사람에게 들려주지 않았다. 그
　　　　　아들이 장가를 가게 되었는데, 이야기들이 각기 배나무, 샘물, 칼이 되어 아들
　　　　　을 해치려고 한다. 아들과 상극이었던 종이 이야기들의 음모를 듣고 아들의
　　　　　목숨을 구해주었다.

　(조사자 : 이 고장에 또 옛날에 조선시대 때 연암 박지원이 여기 있었지
않습니까? 안의 현감으로 연암 박지원이 있었지 않습니까?)

　박지원이?

　(조사자 : 예, 예. 그 이야기 내려오는 건 없습니까? 그 분도 판결 얘기
잘 있었을 긴데.)

　나 박지원이 첨 듣는 소린데.

　(조사자 : 뭐, 물레방아 만들었을 때 이야기나 그런 이야기는 없는가예?
참 안의에 좋은 일 많이 했었다고 하던데.)

　박지원이, 박지원이, 나 그런 이야기는 첨 듣는 소리제.

　(청중 : 박지원이는 모르겠는데, 박태욱이는 있었지.)

　박태욱이는 근래에 있던 이야기고.

　(청중 : 그 옛날 이야기는 모르겠네.)

　얘기도 좋은 얘기 들으면 하는 게 원칙이라. 안 하고 가만 놔두면 이야
기도 사(邪)가 돼, 사가.

　(조사자 : 맞습니다, 맞습니다.)

하모, 이야기도 사(邪)가 돼서 안 된다는 기라. 옆에서 많이 들어 이야기도 많이 해야 본뜨기도 되고 그래 하는 긴데, 이야기를 안 하거든. 그 한 그런 사람이 있더라 해. 선빈데, 이야기, 좋은 이야기 볼만한 이야기를 석 자, 석 자리를, 석 자리를. 석 자리를 들었는데, 아 이야기를, 딱 그 이야기를 유명하다 싶은데, 석 자리를 딱 벽에다 써 붙여 놓고, 써 붙여 놨는데, 이야기를 하지를 않는 기라. 얘기를 하지를 않아. 여러 얘기를 하지를 않는 기라.

그, 그 집 하인인가 모르지만은, 얘기가, 그 종 데리다 놓고 부자라, 부자로 살았어. 근데 그 종하고 그 부자 아들하고 말하자면 상극이라, 그 엄연히 안 맞아.

그래서 하루는 그 밑에 저 부자집 아들이 장가를 갈 판인데, 그 뒤를, 그 가매를 맬 사람이 없는 기라. 그러믄 하필 그 종하고 주인하고 상극인데,

"아이고, 앞은, 앞에는 내가 매지요."

아 이놈의 자석이 게나 미워 죽겠는데, 아 가매를 갖다가 장개갈 때까지 제가 맬라 하거든. 아, 참, 이 사람은 들은 이야기가 있어서, 들은 얘기가 있어서, 내가 매고 간다고 했는데, 그래 그럭저럭 날짜가 장개 갈 날에 닥쳤어. 닥쳤는데,

"그래, 가자."

가매는 앞에서 뉘가 맨다고 하고 아무가 매고 뒤는 뉘가 매고, 둘이서 매고 가는데, 그래 둘이 매고 가면 참 오래 되면 멀기도 멀면 쉬어야 되거든, 대서. 그래 이야기가 머라 카는고 아이라, 이야기 서이가,

"너는 저 놈이 장가를 갈 껀데 조랑조랑 배나무가 하나 되라. 보기 좋은 배나무가, 탐스럽고 뵈기 좋은 조롱조롱 가는 출처에 배나무가 되라. 나는 차랑차랑한 웅덩 샘이가 될게. 또 하나는 그래도 그래도 안 되면 나는 에이 자석, 칼이 될 긴게, 칼이 돼갖고 신랑 [청취 불능] 마지막에 고

래 하자."

이야기 석 자가 그래 돼갖고 있는 기라. 약속을 했어.

그래, 이 신랑이 장개를 가는데, 하이참 장가를 가다 보니 가매 밑에서, 안에서 본께 참 배나무가 탐스럽고, 배가 탐스럽고 예쁘게 잡히기 먹기 좋게 열어가 있거든.

"야들아, 그 가매를 멈춰라."

아이고, 앞에 맨 놈이 전에 들은 얘기는 있고,

"안 됩니다. 이 새 길 가는 좋은 길에 그런 주전부리를 하면 안 됩니다." 꼭 가는 기라. 안 서고 가는 기라. 아 이놈이 장개 가는 신랑이, 신랑이, 밉기도 미운데 자꾸 더 밉은 기라. 더 미워. 그래서 간다. 가니까 물이 찰랑찰랑 샘이 있는데,

"목이 말라죽겠는데 내 가매 좀 멈춰라. 내 물 좀, 샘이 뵈기 좋고 물도 맑은 성 싶은데, 물 좀 마시고 갈란다."

또 안 된다는 기라.

"어째 새 길 가는 신랑이 이런 물을 자실 거냐."

안 된다고 막 가버린 기라. 또 그 한번 면했어. 아이고, 막 저 놈이 미워서 똑 죽는 기라.

그 인자, 그럭저럭 간다고 가는데, 신행길이 다 됐어, 저 저 신부집을. 다 됐는데, 예식장을 가믄 머 거시기 있거든. 어, 그 뭐꼬? 서하마문외(壻下馬門外), 서하마문외, 서하마문외, 사우는 문 밖에 내리라. 주인(主人)이 영서(迎壻), 주인이 청에서 맞이하거든. 다 뭐시 해 갖고 예식장에 들어섰는데,

'신부출(新婦出), 북향재배(北向再拜)' 안하는가베?

이래 한께, 아 이 종놈이 신랑을 앞으로 밀뜨려 버렸네.

아이고, 이 놈이 그래가 혼이 난 기라. 종놈이 신랑을 밀뜨려 버렸은께, 아무래도 알 것 아인가베? 그래 변명을 한 기라.

"신랑 선 자리를 파 보소."

판께 칼 끄트머리가 빼또록 하이 올라 오더라 캐.

(조사자 : 칼이예?)

칼 끄트머리가 땅 밑에서이. 아까 그때 직일라고, 이야기가, 그 이야기가,

"나는 칼이 돼가 고때 직일 긴께 하다 하다 안 되면 고거빽이 할 수 없다."

그래 직일라 카거든. 그래 밑에, 그래서 파 본께 칼이 빼또롬이 올라오는 기라. 그런께, 그 신랑이 그 미워하던 종놈을 평생을 할아버지보다 더 알아.

죽을 것을 살았거든. 그 사람이 도운 기라. 그 밉던 종이, 저 할아버지, 증조 할아버지, 고조 할아버지보다 더 잘 나고 좋고 대우를 해준 기라.

그래서 그 살림이 그래서 살고, 종하고 신랑하고는 그래 잘 지내고 그렇더래.

(조사자 : 이야기가 사람을 해칠려고 하는 거네예.)

그렇지. 그런 이야기도 있거든.

고려장에서 살아 돌아온 어머니

자료코드 : 04_18_FOT_20090221_PKS_LHS_0001
조사장소 : 경상남도 함양군 안의면 신안리 동촌마을 마을회관
조사일시 : 2009.2.21
조 사 자 : 안범준, 정혜란, 김미라
제 보 자 : 이현숙, 여, 72세
구연상황 : 조사자가 효자나 효부의 이야기를 요청하자 제보자가 구술하였다. 제보자는
　　　　　유식하지 못해 효자 이야기는 알지 못하고 고려장 이야기를 하겠다고 하였다.
줄 거 리 : 옛날에 아들이 어머니를 고려장 하기 위해 지게에 어머니를 지고 가서 불을

질렀다. 그런데 비가 와서 불이 꺼지고 어머니는 살아서 돌아왔다.

(조사자 : 그 효자나 효부가, 인자 부모나 아프니까 부모가 너무 먹고 싶어하는 게 있어 가지고 그걸 막, 철도 아닌데 구해 왔다던가 하는 이야기 많다 아닙니까?)

(청중 : 여기에는 그렇게 유식하지 못해요.)

옛날에는 지금 고려장은 안 하지만, 옛날에는 고려장을 하게 되면서 부모가 한 인자 60대만 넘으면 고려장을 하고 그랬더라 카대요.

지게에 짊어지고 고려장을 한다고, 지게를 짊어지고 산골까지 업고 간께, 감서 양쪽에 솔나무를 똑똑 뿔라 놓고, 그래, 인자 가서 솔갱이를 많이 해 가지고 거석해 놨는데, 거따 가운데가 넣어 놓고, 저그 어머이를 넣고, 타서 죽을 꺼라고 불을 질러 놓고 집에 왔는데, 가고 난께 막 소나기가 많이 와 가지고, 고마 그 나무가 안 타갖고 자기 어머니가 그 질로 살아갖고 집에 왔더라 캐.

"아이고, 어머니 죽으라고 불을 질러놓고 왔는데, 왔느냐?" 하면서 깜짝 놀라더라요. 그래 가면서 즈그 어머니가 불을 질러 놓고도 가는데도,

"야야, 저게 가면서, 지게 업고 가면서 나 오던 질로 가거래이. 내가 솔나무를 똑똑 꺽어 놓고 왔다."

그카면서 자기 어머니가 그래도 자식이라서, 고려장 시키러 갔는데 자식이라서 그래 가르쳐 주고, 그래 자기 아들이 가고 난께로 비가, 우박이 쏟아지거든. 그런께네 타서 안 죽고 한 육십대 된께 막 걸어올 정도 된께, 다부(다시) 오거든.

"아이구, 어머이가 돌아가셨는 줄, 타서 돌아가셨는 줄 알았디 오냐구." 하면서 깜짝 놀라더래. 그래, 지금은 이래 참, 나(나이)대로 살지만 옛날에는 나대로 살지 못했답니다.

며느리의 방귀 힘

자료코드 : 04_18_FOT_20090221_PKS_LHS_0002

조사장소 : 경상남도 함양군 안의면 신안리 동촌마을 마을회관

조사일시 : 2009.2.21

조 사 자 : 안범준, 정혜란, 김미라

제 보 자 : 이현숙, 여, 72세

구연상황 : 조사자가 우스운 이야기를 요청하자 제보자가 구술하였다. 청중들도 모두 웃
　　　　　으면서 제보자의 이야기를 들었다.

줄 거 리 : 옛날에 한 며느리가 방귀 힘이 세었다. 하루는 시아버지 밥상을 들고 나오다
　　　　　가 방귀가 나오려 하자, 시아버지에게 집 기둥을 붙잡으라고 했다.

　(조사자 : 며느리가 방귀를 억수로 잘 뀌는 며느리, 방귀 잘 뀌는 며느
리 이야기 모르십니까? 대들보가 들썩 했다던데.)

　옛날에 시아버지가, 며느리가 시아버지 앞에 밥상을 들고 오다가 시아
버지 앞에 와서 방귀가 나오려고 하거든요.

　"아버님, 상지동 좀 잡으이소."

　상지동 날라갈까 싶어서 똥을 팍 뀌는데, [웃음] 그런 수가 있었다 캐요.

은혜 갚은 호랑이

자료코드 : 04_18_FOT_20090221_PKS_ISY_0001

조사장소 : 경상남도 함양군 안의면 신안리 동촌마을 마을회관

조사일시 : 2009.2.21

조 사 자 : 안범준, 정혜란, 김미라

제 보 자 : 임수연, 여, 72세

구연상황 : 조사자의 이야기를 듣고 아는 것 같으면서도 확실히 잘 모르겠다 하면서 이
　　　　　야기를 시작했다.

줄 거 리 : 한 총각이 산에서 나무를 하다 호랑이를 만났다. 총각은 호랑이 목에 걸린 비
　　　　　녀를 뽑아 주었다. 그러자 호랑이는 처녀를 물어다 총각에게 갖다 주었다. 이
　　　　　일을 본 사촌 형이 욕심을 내어 호랑이 새끼의 다리를 부러뜨렸다가 모든 재

산을 다 잃었다.

옛날에 한 아저씨가 이제 저 농부인데 늦게까지 장가를 못 간 거라. 늦게까지 장가를 못 갔는데, 산에 가서 나무를 하러 가니까, 늙은 호랑이 입을 딱 벌리고 그래 있는 거라. 그래서 인자 '이 호랑이가 나를 잡아먹으려고 하나?'

"니가 나를 잡아먹을래?" 하니까

"안 잡아먹는다고."

"니 입에 머가 들었나?" 하니

[고개를 끄덕이며] 이렇게 하더래.

(조사자 : 아, 끄덕끄떡, 예?)

예, 그래서 지게를 받쳐 놓고 농부가 손을 이리 넣어 본께 참 비녀가 딱 걸려. 그래 가지고 비녀를 빼준께 그 호랑이가 눈물을 지르르 흘리고 있다가 가버리고, 이 사람 나무를 해 가지고 내려왔는 기라.

그래 나무를 해 가지고 내려와서 그러그로 몇 달이 됐던가 어쨌던가, 그래 총각은 혼자서 없는 집에서 사는데, 아 하루 아침에 머시(무엇이) 막 밖에서 밤에 캭 그러더라 캐. 이 머시 카는고 싶어서 열어 보니까, 큰애기를 하나 엎어 놨더래, 호랭이가.

(조사자 : 아이쿠야!)

은혜 한다고, 짐승을 구하면 은혜를 한다고이. 그 사람은, 이 큰애기는 기절을 해삐리 죽은 기라. 그런께 방에 갖다 놓고 이 총각이 따신데 눕혀 놓고 그래 물을 끼리서 먹이고 한께 살아난 거라.

그래 노니까 인자 큰애기는 '내가 호랑이한테 물려 갔는데, 이 사람이 나를 구제해 줬다.' 하고 그 사람을 그래, 그 사람을 은혜를 하고 사는 기라. 찬물 떠 놓고 예를 지내고 그래 사는데.

그 오두막테서 막 그래 장단지 밥 그래 먹고 사는데, 그래 인자 각시가 뭐 이리 때면서 신세 타령을 하는 기라. 부석을 쑤심시로, 부지땡이로 뚜드리 가면서 노래를 신세 타령을 하는 기라.

그래 인자 뭣이 자꾸 쑤시다 본께 뭐시 안에 뭐시 턱턱 걷더라 캐. 그래 그걸 휘비나 본께 금덩이더래, 금덩어리. 금덩어리가 이런 사람들 눈에는 안 보인대요. 복에 지어야 보이지.

(조사자 : 아, 복을 지어야.)

다른 사람은 돌로 보인 기라. 이 사람은 자기 복인께 금덩어리가 보인 거지.

그래 인자 금덩어리 그 놈을 내다가 팔아갖고 큰 부자를 이래 집을 잘 짓고 사는데, 이 호랑이가 심심하면 그 집 문 앞에 개처럼 지키주는 기라, 그 집을, 끝끝내 개처럼 지켜 준께.

그래 인제 동네 사람은 아이 막 저 호랑이를 저거 집에는 호랑이를 데려다 저 칸다고 막 싫다 카는 기라 곁에 사람은. 곁에 사람이 싫다 하면은 이 호랑이는 싫다 카면은 고마 없어져 버리고 말아. 동네 사람들 해코지도 안 하고. 고마 하도 싫다 싼께 이 호랑이가 없어지고 마는 기라. 없어지고 마는데. 자기 집에 사춘세이(사촌형)가 아무 것도 없던 사람이 부자가 되어 가지고 있으니까,

"그래 너 어떻게 해서 이렇게 부자가 되나?" 한께네,

"산에 가니까 이만저만하고 참 그런 일이 있어서 그랬다." 카는 기라. 그래 자기도 아무 아무리 훑터도(찾아도) 그런 기 없는 기라, 호랭이가 그런 기 없는 기라. 호랭이가 그런 기 없은게 그런 걸 못 하고, '이것을 어떻게 해서 그슥 하나.' 싶어서, 가가걸랑 호랑이 새끼를 자는 걸 고마 때리 잡았삐렸는 기라. 그런께 그 호랑이 새끼를 잡아뿌리갖고 고마 다리를 뿌질라뿐 기라.

다리를 뿌질라갖고 그걸 인자 잇어서, 자기는 인자 공구리를 해 갖고 그놈을 보호를 해줘서 갖다 논께, 그 집에는 그 이튿날 당장 와서 다 호

식해 가지고 가버렸어.

그런께 사람이 심살(심술)을 지기면 동상 부자되는 기 그게 세부리가 (시샘이) 나갖고, 자기도 그러면은 인자 행여나 금덩이나 갖다 줄까 어짤까 싶어 갖고. 그랬는데 이 뭐, 도로 있던, 살림 있으면 뭐할 기라? 다 호식해 가버리고 없는데, 그것까지 다 동상 모가치라(몫이라).

그런께 사람은 본심을 곱게 쓰라는 그 뜻이지.

시골 깍쟁이와 서울 깍쟁이

자료코드 : 04_18_FOT_20090221_PKS_ISY_0002
조사장소 : 경상남도 함양군 안의면 신안리 동촌마을 마을회관
조사일시 : 2009.2.21
조 사 자 : 안범준, 정혜란, 김미라
제 보 자 : 임수연, 여, 72세
구연상황 : 제보자는 많이 웃으면서 다음 이야기를 이어나갔다. 시골과 서울 깍쟁이 이야기에 방귀 힘이 센 며느리 이야기가 결합되어 구술되었다.
줄 거 리 : 시골 깍쟁이와 서울 깍쟁이는 친척 간이다. 시골 깍쟁가 담배 종이에 글을 써서 서울 깍쟁이에게 편지를 보냈다. 답장을 받으면 편지 종이로 문을 바르려고 했다. 답장이 없어서 서울에 올라가 보니 자신이 보낸 담배 종이로 문을 발라 놓았다. 하나님이 꿩을 사자로 보내 시골 깍쟁이를 잡아오라고 했다. 인간세상에 내려온 꿩이 처음 본 세상에서 놀다 보니 하늘로 올라갈 시기를 놓쳤다. 방귀 힘이 센 며느리가 방귀를 뀌어 도구통을 하늘로 올려 보냈다. 꿩은 그 도구통이 자신에게 떨어질까 두려워 이리저리 돌아다닌다.

(조사자 : 도굴통 도굴도굴 해주이소.)

시골에 깍쟁이하고, 저 서울에, 서울에 깍쟁이하고 친척이 곱쟁이 깍쟁이가 있더래요.

그래 갖고 옛날에 문이 막 떨어지면 바를 게 없자나요. 그래 갖고 옛날에 봉초 담배 껍데기 거따(그곳에) 대고 인자 편지를 써서 시골 깍쟁이가

서울 깍쟁이한테 부친 기라.

그라모 인자, 거따가 대고 말을 많거로, 그래야 인자 담에 큰 쪼가리가 오믄 자기 문 바를라꼬. 그래 갖고 말이 많거로 해 갖고 자리 요거만한 쪼가리다가 붙있는데, 아무리 그 편지가 답이 오는가 기다려도 하도 안 와서 인자 올라가는 기라.

올라간께 고걸 갖고 집에다 문에다 딱 붙여 놨더라 캐. 그래 갖고 인자 자기카마(자기보다) 그 사람이 더 영리하지. 그란께,

(청중 : 그렇지, 머리 좋은 사람이다.)

그래 갖고 인자 혼을 나고 내려왔는 기라. 내려와서 가만 생각하니 그것도 아깝고 저것도 아깝고 짜증나 못 배기겠는데, 며느리도 또, 며느리라고 하나 봤는데, 처골이 져서 못 견디는 기라. 그래 가지고 인자, 며느리 시아버지가,

"야야 너 얼굴이 왜 노랗노?" 칸께,

"아버님 제가 방귀를 참아서 그렇습니다."

그러거든.

"그럼, 방귀를 껴라."

"아버님, 방귀를 뀌며는 집이, 우리 집이 날라 갑니다."

그러고 그러다가 참 얼마나 됐는지, 저게, 말하자면 쉽게 말해서 하느님이, 하느님이,

"시골의 깍쟁이, 깍쟁이를 잡아 가지고 올라오이라." 했는 기라. 깍쟁이를 잡아 가지고 올라오이라 캤는데, 사자를 부르니까, 지금 장꿩이 있잖아요, 그지요? 장꿩이 있는데 그게 하늘에서 사자라서 모가지가 곱대요. 하느님의 사자라서.

그래, 그 사람을 잡아서 오라 했는데 아 여 내려오니깨네 하도 들판도 좋고 막 지가 안 보던 것도 본께 먹을 것도 쎘고 쎘는 기라. 그래 이리저리 댕기다 보니께 고마 올라갈 시기가 늦었는 기라요. 그래 늦어 갖고 인

제, 이거 마 이리 저리 돌아 댕기면서 주워 먹고 버림을 받았는데, 그래, 그로 인자 며느리가 방구, 못 했던 방귀를 낄 때가 됐는가 어쨌는가,

"아버님 상지동을 잡으이소." 하더라 캐.

상지동을 잡은개, 방귀를 팍 뀐께네 막 도굴통이 막 산으로 올라 가뻐린 기라. [청중 웃음]

하늘로 올라가니, 그런께 여 하늘로 이 놈의 도굴통이 하늘에 떨어져 갖고 자꾸 굴러댕기는 기라. 궁그르니까 두굴두굴하니, 그랑게 인자, 이 저시기 뀐은 그 도굴통 소리에 놀래 갖고. [웃음]

(청중 : 놀래 갖고 여서 푸드득 날고, 저서 푸드득 날고 그랬잖아.)

막 꺽꺽거리면서 돌아댕기. 저 잡으로 올까 싶어서.

(청중 : 이야기 되네, 말 돼, 말 돼.)

며느리 입방정 때문에 용으로 승천 못한 시아버지

자료코드 : 04_18_FOT_20090221_PKS_ISY_0003
조사장소 : 경상남도 함양군 안의면 신안리 동촌마을 마을회관
조사일시 : 2009.2.21
조 사 자 : 안범준, 정혜란, 김미라
제 보 자 : 임수연, 여, 72세
구연상황 : 조사자가 이야기를 요청하자 제보자가 이에 응하여 구연하였다. 청중들은 제보자의 이야기에 적극적으로 호응하면서 경청하였다.
줄 거 리 : 아버지가 죽으면서 아들에게 자신이 죽으면 우물에 넣으라고 유언을 했다. 아들은 아버지가 죽자 유언대로 우물에 넣었다. 삼 년 뒤 부부가 말싸움을 하던 중, 아내가 남편이 시아버지를 우물에 넣었다고 말해버린다. 이 말을 들은 이웃사람들이 우물을 파 보았다. 며느리의 입방정 때문에 부정을 탄 용이 승천하지 못했다.

저시기 머, 아무리 부부간이라도 평생 못할 말이 있고 할 말이 있는데,

자슥하고 부부, 아버지하고는 부자지간은 못할 말이 없대. 왜 그러냐 하면 넘이기 때문에.

옛날에 한 사람이, 즈그 아버지가 죽음시롱,

"나는 죽걸랑은 아무 데 우물에 갖다 넣어라." 카더래, 자기를. 그 사람이 보살인데, 아는 사람이지.

"그 우물에 갖다가 날 죽걸랑 우물에 갖다 넣어라." 캤는 기라. (청중 : 즈그 아버지를?) 응, 저거 아버지가 죽으면,

"나는 우물에 갖다 넣어라." 캤는 기라. 그래 우물에 갖다 넣으라 칸께, 아버지가 유언을 한 거라서 참 아무도 모른께, 우물에 넣어삐린 기라.

우물에 갖다 넣슨께나 저시기 마누라도 알고 다 알지. 마누라도 알고 다 아는데, 웬만한 거는 부자지간에만 아는데. 그래 인자 아들이 아바이가 하는 말이,

"너거 어머니는 넘이니까 너만 알고 나만 알아야 된다. 뭣이든가 그래야 한다."

시아버지가 죽다본께네 갖다 내버린 걸 알았는 기라. 인자 그걸 하나 알았는 기라.

그러고로 한 삼 년이 넘었겠지. 그러고 부부간에 고마 싸움이 났버린 기라. 싸움이 난게네 고마 폭발한 기라.

"우리 집에 저 영감탱이 저거 아버지 아무 데 우물에 갖다 넣었다."고. 그런께 이웃에서 그걸 들은 기라. 그래 논께네 이 동네 물 먹는 사람이 가만 있을라 카나? 그래 갖고 막 난리가 난 거라.

그래 갖고 인자 우물에 진짜 갖다 넣었는가 파 본다고 우물을 쳐 낸께, 용이, 용이 낙하가 돼서 올라갈라꼬 싹 다 몸뚱이는 다 되고, 몸뚱아리는 싹 다 되고 머리만 안 됐더라 캐, 머리가 젤로 늦게 돼, 머리만 안 됐대.

그래 갖고 그마, 그 사람이 하늘로 거시기 낙마가 돼서 올라갈 걸 고마, 그 여자 입에 방정에 고마 못 올라간 기라.

여자 입이 방정은 방정이라.

(청중 : 옛날부터 저게, 어른들 하는 말씀이 '오마이는 넘이고 아버지
는 내 핏줄이라.')

개로 환생한 어머니

자료코드 : 04_18_FOT_20090221_PKS_ISY_0004
조사장소 : 경상남도 함양군 안의면 신안리 동촌마을 마을회관
조사일시 : 2009.2.21
조 사 자 : 안범준, 정혜란, 김미라
제 보 자 : 임수연, 여, 72세
구연상황 : 조사자가 개명당 이야기를 아느냐고 제보자에게 묻자 제보자가 적극적으로
구연하였다. 제보자는 뛰어난 말솜씨로 청중들의 적극적인 호응을 받으면서
이야기판의 분위기를 조성하였다.
줄 거 리 : 옛날에 가난하게 살아온 어머니가 죽어서 아들 집의 개로 환생하였다. 그 개
가 밥은 안 먹고 맛있는 것만 훔쳐 먹자 아들은 개를 마구 때렸다. 하루는 개
가 꿈에 나타나 어머니인 것을 말하고 세상 구경을 하고 싶다고 했다. 이에
아들은 개를 데리고 세상 구경을 시켜 주었는데, 어느 곳에서 개가 죽자 묻어
주었다. 개명당 덕에 그 뒤로 잘 살게 되었다.

그런께, 개가 안 될라고 자꾸 구경 댕기잖아, 개 매이로. 개 될까 싶어서.

(조사자 : 그 얘기 알고 계십니다, 알고 계시네요.)

아니요, 다 몰라, 다 몰라.

그 너무나 옛날 노인들은 맨날 집에만 지키고 있어서, 옛날 요새 그렇
지 놀러 안 댕기거든.

그래 논께는 죽어서 개가 됐는 기라. 저승에서 가서,

"너는 맨날 집이나 지키라." 하고 개로 환생을 했는데, 그 개가 아들네
집에 와서 태인 기라. 아들네 태 있는데, 아들은 저거 엄마인 줄 모르고
자꾸 뚜드리 패는 기라. 뚜드러 팬께나 그래, 아무 오만 걸 줘도 먹지를

않는 기라, 밥을 안 묵어. 밥을 안 묵고 저 묵는 거, 맛있는 걸 훔쳐 먹으려니까 맨날 매만 맞는 기라요.

그래 하루는 꿈에 선몽을 한 기라, 아들한테,

"내가 아무시 엄마다. 내가 이리저리 해서 너거 집에 왔다고. 나는 배가 고프다." 카더라 캐. 그래 배가 고파서, 그때부터는 자기 엄만 줄 알고 잘 대접을 하는 기라.

그래 잘 대접했는데, 그래 인자 얼마 동안 아들 집에서 살아서 자기 집에 갈 때가 구경 실컷 다 하고 인자 저승에서 오라고 부르는 기라. 그래 인자 다 하고 갈 때가 됐다지 않았는가.

"나 인자 갈 때가 됐으니 구경이나 실컷 하고 갈란다." 하더라 캐. 그래 가지고 인자 오정에다 넣어서 짊어지고 방방곡곡에 마 다 댕기는 기라. 지금은 차가 있지만 전에는 걸어다닐 때거든. 방방곡곡에 방방곡곡에 다 댕기는데, 그래 인자 어데 가서는 돼서, 오쟁이를 척 내놓고 담배를 한 대 푸고,

"그래, 어머니 갑시다." 카고 본께, 고마 거기서 죽은 기라. 그래 거 죽어서 고마 거따 갖다가 묻은 기라.

그래 묻었디만, 그래놓고 그 아들이 잘 살더래. 거기가 개명당이라서, 개명당이라서 자기 엄마가 개가 돼서 개명당이, 개명당이라서 그리 아들이 잘 살더래. 그 엄마를 실컷 구경시켜 놓은께 다 한께 엄마는 저승길에 들어가논께네 자석을 잘 되게 하는 기라.

너무나 집 지키고 있으면 개가 된다 하더라고.

(청중 : 개를 너무 오래 키우면, 개를 너무 오래 키우면 안 된대.)

개는 오 년, 닭은 삼 년, 그래 더 키우진 않는다 해.

(조사자 : 닭은 왜예?)

닭도 너무 오래 키우면 사(邪)가 된대.

(조사자 : 그런 이야기도 있었습니까?)

금기 어긴 신랑 때문에 지네가 된 부인

자료코드 : 04_18_FOT_20090221_PKS_ISY_0005
조사장소 : 경상남도 함양군 안의면 신안리 동촌마을 마을회관
조사일시 : 2009.2.21
조 사 자 : 안범준, 정혜란, 김미라
제 보 자 : 임수연, 여, 72세
구연상황 : 앞서 구연한 용이 승천하지 못한 이야기에 이어 제보자가 자발적으로 구연하
　　　　　였다. 제보자의 입담이 좋아 청중들도 모두 이야기를 경청하였다.
줄 거 리 : 옛날에 한 사람이 장가를 갔는데, 아내가 오늘 저녁에 문구멍을 들여다 보지
　　　　　말라고 하였다. 궁금증을 참지 못한 남편이 문구멍을 들여다 보니 지네와 닭
　　　　　이 싸움을 하고 있었다. 나중에 보니 지네가 죽어 있었는데, 그 지네가 아내
　　　　　였다.

　옛날에 거시기 한 사람이 장가를 갔는데, 말하자면, 도사가 저 작은 고
갯길에 서당, 서당에를 댕깄다 하네.

　"그래, 거기 가면 오늘 저녁에 오데 가서 싸움이 있으깅께 절대로 문고
리를 저시기, 서당에를 갔다 오걸랑 그 저시기 문구녕을 디다보지(들여다
보지) 마라." 하더라 캐. 각시가,

　"절대로 여 문구녕을 디다 보지 마라."

　그랬는 기라. 그래 머 궁금해 죽겠는 기라, 신랑이 '와 문구녕을 디다보
지 말라 캤는고?' 싶어서 인자 서당에를 갔다 왔는데. '오늘 저녁 무슨 일
이 있어서 디다보지 말라는고?' 싶어 갖고, 그래 인자 하도 궁금해서 밖에
참다참다 못 참아서 디다봤는 기라.

　디다 본께 이 마누래는 지네가 되고, 고마 고 닭이, 닭이 되고.

　(청중 : 신랑은 닭이 되고.)

　그래 가지고 막 싸우는 기라. 그래서 문구녕을 디다보고 난께로 고마
그게 온데간데도 없고 쭉 뻗으러져 죽었는데, 지네가 하나 큰 게 죽어 갖
고 있더라 캐.

그래 저시기 지네가 죽으면서 그카더라 캐.

"당신이 안 디다봤으면 나하고 백 년을 살 긴데, 당신이 디다봤기 때문에 내가 당신의 눈에 띄있은께 이미 난 살 수가 없고 죽는다." 함서, 지네가, 자기 디다볼 적에는 지네가, 거시기 닭이 다리가 뚝 떨어졌는데, 그래, 디다보고 나서 본께 닭이 다리, 저시기 지네 발이 뚝 떨어져삐맀다 캐.

그래 갖고 죽고, 그래 신랑이 문고리를 디다봐서 자기는 백년하래를 못하고 나는 앞에 간다고. [웃음] 그래, 닭은 오래 되면 지네 된다 캐. 그런께 삼 년 이상 믹이지 말라 캐.

우렁 각시

자료코드 : 04_18_FOT_20090221_PKS_ISY_0006
조사장소 : 경상남도 함양군 안의면 신안리 동촌마을 마을회관
조사일시 : 2009.2.21
조 사 자 : 안범준, 정혜란, 김미라
제 보 자 : 임수연, 여, 72세
구연상황 : 조사자가 다른 이야기를 요청하자 제보자가 우렁이 각시 이야기를 구연하였다. 청중들은 제보자의 이야기에 적극적으로 호응하면서 경청하였다. 일반적인 우렁 각시의 결말과 다른 것이 이 이야기의 특징이다.
줄 거 리 : 한 가난한 총각이 논을 갈면서 신세를 한탄하자 어디선가 '나랑 같이 살자'는 소리가 들려온다. 소리 나는 곳에 가보니 우렁이가 있어 집에 가져다 놓았다. 총각이 일을 갔다 오면 밥이 차려져 있었는데, 총각이 궁금함을 참지 못하고 이를 훔쳐보았다. 우렁이는 시간을 채우지 못했다고 하면서 떠나 버렸다.

옛날에 참 총각이 없는 집에 살아 가지고, 참 늦게까지 결혼도 못하고, 장 넘의 농사만 짓고 이래 머슴살이도 하고 그러다가, 참 논갈이가 돼서 논을 가는가, 소를 부침시로,

"이랴, 이놈우 소야, 어서 가자. 이 농사를 이리 지어 누구랑 묵고 살까?"

그칸께,

"누구랑 살까?"

이칸께,

아이, 장 그래 군담을 하고 논을 가는 기라. 그런께 거서, 저시기 우렁이가 듣고,

"누구랑 살아. 너랑 나랑 같이 살지."

그 인자, 이상해서 또 한 번 그란 기라. 그란께,

"누구랑 살아, 너랑 나랑 같이 살지."

그카는 기라. 그 이상해서 그 인자 구석진 데 가서 그 참, 가서 본께 큰 우렁이가 거 있는 기라.

아이 거 머, 하이 머해서 인자 그걸 인자 갖다가 큰 너벅에다 물을 담가 놨는 기라. 담가 놓고 인자 들에 와서 일을 얼마 하고 가면, 아이 나와서 딱 밥을 지어놓고, 우렁이가, 딱 밥을 지어놓고.

그래서 한 번은 '고만 한 번 인자 요걸 꼭 봐야 되겠다.' 어찌 생겼는지 궁금하잖아요? 봐야 되겠다 싶어서, 그래 보니까 아이 우렁이가 쏙 나와갖고 참 예쁜 선녀가 나와갖고 밥을 지놓고 싹 들어 갈라 카는 기라.

그래 싹 들어갈라 카는 걸 고마 손을 딱 거머 잡았는 기라. 그래 거머 잡아 가지고 못 들어가거로 한께, 이 우렁이가,

"시간만 참았으모, 당신이 나하고 살 긴데, 시간이 다 안 됐다. 시간이 안 돼 갖고 당신은 나하고 못 산다."

그런께 사람이 초조하게 긋지 말라는 그 뜻이지. 그 시간을 기다리지, 그래 우렁이 각시하고 못 살고 말았어, 너무 초조해서. [청중 웃음]

도사와 도술 내기 한 아이

자료코드 : 04_18_FOT_20090223_PKS_JKB_0001
조사장소 : 경상남도 함양군 안의면 대대리 두항마을 마을회관
조사일시 : 2009.2.23
조 사 자 : 안범준, 정혜란, 김미라
제 보 자 : 정경분, 여, 80세
구연상황 : 조사자가 제보자에게 이야기나 노래 중에 아무 것이나 해 달라고 요청하자
　　　　　그럼 이야기를 하나 해 보겠다며 이 이야기를 시작했다.
줄 거 리 : 옛날에 한 사람이 아들을 못 낳았는데, 도사의 지시로 공을 들여 아이를 낳았
　　　　　다. 아이를 낳고 아홉 살이 되자 그 도사가 찾아와 데리고 갔다. 그 아이는
　　　　　도사의 기술을 모두 배워서 도사로부터 도망하여 어머니에게 자신은 소가 될
　　　　　테니 도사가 찾아오더라도 주지 말라고 했다. 그러나 어머니는 돈을 준다는
　　　　　도사의 말에 속아 소가 된 아들을 내어 주었다. 그러자 아들은 도사와 도술내
　　　　　기를 하게 되고 끝내 아들이 승리하여 왕의 부마가 되었다.

　옛날에 다 잊어뿔렀다.

　옛날에 웬 사람이 아들을 못 낳아 가지고, 글케 쌌다가 뭐라 카더라.
그래 어느 도사가 왔는 기라. 도사가 와서 참 어디 공을 들이라 캐서 그
건 또 잊어버리고. 공을 들여가 아를 하나 낳았는데, 그러고로 아가 한 아
홉 살 먹은 기라. 아홉 살 묵었는데, 그래 참 어느 도사가 왔어.

　"저 아는 열 살만 먹으면 죽는다 카는데, 저 아를 나를 도라."

　그캤는 기라. 그카니까, 그래 갖고 그 열 살 먹으면 죽는다 한께 그 도
사를 줬어.

　그러구로 그 아가 절에 가 컸는 기라. 그래가 거시기 그러구로 열 댓살
먹었어. 인자 그래가 그 아가 그 절에 가서 도사한테 기술을 싹 다 배웠
어 인자.

　도사한테 배웠는데 그때 되면 지가 죽을 판이라. 인자 지가 죽을 판이
라서 인자, 그 절에를 나왔어. 나와 가지고 그석 뭐고 즈그 어머이한테 캤
는 기라.

"내가 인쟈 그 도사가 우리 집에 와서 나를 돌라칼거니 나를 주지 말라고. 그 도사가 아무리 돈을 준다 캐도 돈이 아이라." 카거든. 아이라 캐서 그래도 주지 말라 캤어. 그라고 나서,

"내가 소가 될끼니 소가 될끼니 그 내 고빼이(고삐)를 끌러(풀어) 주지 마라."

글캤거든. 그랬는데 그러구로 도사가 인쟈 왔어. 이제 자기 아를 돌라 카는 기라. 그래 가지고 아무리 돈을 준다 케도 어마이가 줄라 카겠는가배.

그래서 인자 돈을 한정없이 준다 캤어. 그래가 인자 돈을 준다 캤는데 그 저기 그래 그 아들 소를 줬어. 소를 줘 가지고,

(청중 : 주면 안 되는데.)

소를 줬는데 그래가 인쟈 몰고 나가는 기라.

그래 인자 돈을 수북히 집채만큼 처재(쌓여져) 있거든. 그래 참 처재 있는데. 그래 인쟈 소가 돼 가지고 가는데 그때가 인쟈 모 심굴(심을) 땐 기라. 모 숭굴(심을) 때라서 어떤 사람이 모 숨구면서 점심을 먹으라 캤는 기라.

점심을 먹는데 그래 인자 소 고빼이를 밟고 앉아 먹거든. 소 고빼이를 밟고 앉아서 먹으니까

"그 고빼이를 끌어 놓으라고. 점심을 잡술 딴에는 고빼이를 끌려 놔야지, 그래가 되겠나." 하면서. 그래 고빼이를 끌러 가지고 점심을 먹는데, 이 소가 매가 돼서 날라갔어. 매가 돼 가지고 날라갔는데 인자, 거시기지. 그래가 이 도사 주문이 매 잡는 짐승 그게 뭔가 모르겠어. 매 잡아 묵는 짐승이 돼 가지고 그 매를 따라갔어. 매를 따라가 가지고 그래 가지고 인자 저기 매가 되어 가지고 따라갔는데, 고마 이 아들이 이제 거시기가 됐어, 또. 쥐가 됐어.

(조사자 : 쥐가예?)

쥐가 됐는데, 쥐가 됐는데 그래 갖고 인제 이기 도사는 이쟈 고양이가

됐어. 고양이가 되서 잡아먹히게 됐거든. 잡아 먹히게 되었는데, 그래 가지고 이 쥐가 고마 거시기 됐어. 인쟈 구슬이 됐어.

(조사자 : 구슬예?)

응, 구실이 돼 가지고 또 그거 뭐꼬? 저 거스기 저기 그때 고마 사람이 됐어, 이 도사가. 사람이 돼 가지고, 구슬이 돼 가지고, 그 처자 아버이가 임금이라. 처자 아바이가 임금인데, 그래 구슬이 돼 가지고 처자 품 속으로 들어갔어.

그래가 그 도사가 저, 그 임금하고 장기를 두자 카는 기라. 장기를 두자 캐 가지고 인쟈, 저기 내기를 하자 캉께.

"그래 내기를 뭘 할까요?" 항께네,

"그래, 저 처자 품 안에, 당신 딸 품안에 구슬이 들어갔으니 그 구슬 그 걸 나를 도라."

그래 그슥을 했응께 장기를 둬 가지고 거스기 저기 또 자세히 모르겠다. 그래가 임금이 저 가지고 도사가 이겼는데, 그래가 인쟈 구슬이 돼 가지고 그 뭣이 됐는기는 모르겠다. 구슬 주어 먹는 뭐가 됐어 도사가.

그래 갖고 인쟈 도사가 뭐이 돼 갖고 뒤바껴져서 모르겠는데, 처자가 뭐이 돼 갖고 인쟈. 그래가 인쟈 거시기, 어찌 됐든 사람이 됐는데 그 사람하고 그 중하고 그 중 남자 거시기 도사가 인쟈 죽게 됐어.

그래가 거스기 돼 가지고 그 사람하고 결혼을 했어. 결혼을 해서 인쟈 임금 딸하고 결혼을 했응께, 인쟈 좋은 기라. 좋아갖고 어마이를 찾아 올라고 항께로, 그래도 부모라고 또 찾아갔는 기라.

그 도사가 돈 준 게 지지감치(정확한 뜻을 알 수 없으나 '전부다'라는 의미인 것 같다) 방우(바위)라서 부모고 자식이라서 그걸 싹 치워주고, 그래 어마이한테,

"나를 그래 주지 말라 캤는데 왜 줬냐고 하고 부모고 자식인께 내가 돌 방우를 내가 다 치워 주꾸마." 하면서 다 치워 주고 갔어.

(조사자 : 참 재미난 이야기 하셨습니다.)

여우 여인 덕에 부자된 남자

자료코드 : 04_18_FOT_20090223_PKS_JKB_0002
조사장소 : 경상남도 함양군 안의면 대대리 두항마을 마을회관
조사일시 : 2009.2.23
조 사 자 : 안범준, 정혜란, 김미라
제 보 자 : 정경분, 여, 80세
구연상황 : 이제 이야기가 더 있을 것 같다는 조사자의 말에 한참 후 이야기를 시작했다.
줄 거 리 : 어떤 남자가 여우가 변한 여인과 좋아하여 결혼하게 되었다. 어느 날 한 도사
가 그 남자에게 죽을 수 있으니 말의 피가 있는 가죽을 걸어 두라고 했다. 그
남자는 도사의 말대로 하였다. 여우는 산으로 올라가면서 돈과 은을 많이 던
져 주었다. 그 남자는 그 돈과 은으로 땅을 사 부자가 되었다.

그래 또 옛날에 아들이 없어 가지고 그랬는데, 아 참 아들은 나왔다더
라. 아들은 나왔는데 참 그스기 난 기 아니라 서당공부를 하러 댕겼는데,
서당공부를 하러 댕겼는데, 인 처자를 도중에 만났어.

응 처자를 도중에 만났는데 서로 좋아 지낸 기라. 근데 그게 나중에 알
고 봉께(알고 보니) 여신(여우)기라, 여시. 여시라서 참 성 그래 갖고 지냈
는데 그래 지내다가 거기서 여시가 됐는데, 그래 참 좋아 지내다가 결혼
을 했어.

결혼을 했는데 또 어느 도사가 와 가지고 그 사람이 사람이 아니고 여
시라고 글캤거든. 그래 가지고 결혼해 가지고 자꾸 잘 사는데. 그랬는데,
어느 도사가 와서,

"그 사람이 여시라서 당신이 죽을 테니 내가 방패를 가르쳐 준다."고
글캤어. 그래 가지고 삽작거리 돼 가지고,

"말을, 말 피를 그슥해 가지고 가죽을 갖다 걸라." 캤거든. 여시는 그래

그거를 그슥히 하대. 그래 가지고 그랬는데 그래 참 하루 도사 말 듣고 그래 그랬거든. 근데 여시가 그날 올라와 가지고, 그래 그 올라가면서 그 참 하는 말이,

"동네방네 사람들아 부부간이라고 진작 말 말아라. 진작 말 말아라." 카면서 돈 받아라 은 받아라 하면서 돈 은을 무지게(무지하게, 많이) 던져 줬어. 돈은을 무자게 던져 줬는데, 그카면서 동산으로 올라가면서 덕수를 넘어 가지고 여시가 돼 가지고 올라갔어.

근데 봉께로 전신에 돈, 은인 기라. 근데 그냥 놔두면 또 여시가 다 가지고 간다대. 다 가지고 간다고 해서 땅을 샀어. 땅을 샀는데도 천지강산에 말뚝을 박은 기라. 말뚝을 빼면 박고 빼면 박고 그래 잘 산대.

도깨비에 홀린 아버지

자료코드 : 04_18_MPN_20090222_PKS_LJB_0001
조사장소 : 경상남도 함양군 안의면 하원리 상비마을 마을회관
조사일시 : 2009.2.22
조 사 자 : 안범준, 정혜란, 김미라
제 보 자 : 이종배, 남, 65세
구연상황 : 조사자가 도깨비로 부자된 이야기를 요청하자 조사자가 적극적인 태도로 구연하였다. 제보자의 부친이 겪은 체험적인 이야기로 서사성이 부족한 민담이다.
줄 거 리 : 추석 대목에 아버지가 우시장에 갔다가 돌아오는 길에 도깨비에게 홀렸다. 아버지는 신발도 신지 않고 가시덤불로만 걸어갔다. 집에 와서도 도깨비와 친해야 한다면서 불도 켜지 못하게 하였다.

(조사자 : 도깨비 이용해 가지고 부자된 이야기 들어봤습니까?)

부자됐다는 이야긴 안 들어 봤고, 한번은 우리 아버지가 도깨비한테 홀끼 가지고, 십겁을 했구만.

(조사자 : 그 얘기 한번 들려주십시오.)

옛날에 그, 그러구로 한 이십 년, 삼십 년 됐나? 우시장 다니면서, 다니다 추석 대목이 됐는데, 그 당시 걸어 다닐 땐데, 여 장질리 재라고 있어. 밀짚모자를 사 가지고 와서 저 집에 아들들이 휴가라고 집에 오니라고, 집에 오다가 여 좀 기다리라 카더만은 가서 안오는 기라. 마중을 가는 밤중에, 저 넘에 도깨비한테 홀끼 가지고, 저 한 백 미터 밑에 밭 가에 가서 콕 쳐 박혀 있더라고.

그래가 인자 가자하니까 도깨비는 무조건 가시덤불로 자꾸 가는 기라, 가시덤불에. 시내로 안 가고 어디 멀리 가서 담배 피우러 불도 못 키게

하고, 후레쉬도 못 키그로 하고, 불도 못 키게 하고, 아, 집에 와서도 앉아서, 도깨비랑 아주 친해야 내가 돈을 번다고, 불도 집에도 불도 못 키게 하고 마루에 가만 앉아서 탁하고 이야기를 하는 기라.

"아, 도깨비가 무슨 도깨비가 있어예."

한참 시간이 지나고, 이래 인자, 난중 인자,

"가거라, 다음에 맞는다."

이래 쌓고 하더만, 인자 담배 피우고 불을 켜도 아무 말도 안 하더라고. 그런 기억이 있어, 우리 아버지가 그랬어.

(조사자 : 아 그런 이야기가 있습니까?)

내가 이제 데꼬 오는데, 불도 못 키고 후라쉬, 여여 마중을 나갔는데, 우시장 다니다가, 인자 추석 대목인데, 음력 추석 대목인데, 밀짚모자를 하나 사 쓰고 와 가지고, 젊은 애 서울서 내려온 친구, 그 손자 같은, 말하자면, 여 있으라 하고 나 잠깐 온다 하고 아무 소리 안 하는 기라.

여여 안 오자 감을(고함을) 지르니까, 여 있다고 간게 퍼뜩 갔다 온다 해놓고 안 온다 이기라. 그래 가 보니까 도깨비한테 홀긴 기라. 그래 가지고 신발도 다 벗어, 벗어버리고 신발은 인자 주워도 신발도 안 신을라 카고, 가시덤불로, 계속 붙잡으러 가도 가시덤불로 갈라고 하는 기라.

도깨비는 가시덤불이 질이라. 그래, 불도 못 키거로 하고, 저저 왔는데 저거들이랑 친해야 돈을 번다고, 꼭 불도 못 키게 하고 집에 와서 마루에 앉았더라고, 옛날 마루에.

내가 그런 것을 함 봤어, 우리 아버지.

길군악

자료코드 : 04_18_FOS_20090222_PKS_KSS_0001
조사장소 : 경상남도 함양군 안의면 하원리 하비마을 마을회관
조사일시 : 2009.2.22
조 사 자 : 안범준, 정혜란, 김미라
제 보 자 : 강석순, 여, 80세
구연상황 : 조사자의 요청에 적극적으로 구연하였다. 목소리가 맑고 좋았으며 발음도 정
　　　　　확하였다.

　　　용추-폭포야~ 네 잘- 있-거라~

　　　명년 춘삼월에~ 또다시 오꾸마~

베 짜기 노래

자료코드 : 04_18_FOS_20090222_PKS_KSS_0002
조사장소 : 경상남도 함양군 안의면 하원리 하비마을 마을회관
조사일시 : 2009.2.22
조 사 자 : 안범준, 정혜란, 김미라
제 보 자 : 강석순, 여, 80세
구연상황 : 길군악에 이어 길군악과 같은 곡조로 노래를 불렀다. 청중들도 제보자의 목소
　　　　　리가 무척 좋다며 경청하였다.

　　　알커-당 달커당~ 베 짜는 소리야~

　　　질(길) 가는 선배가 좋다 질 못 가는구나~

다리 세기 노래

자료코드 : 04_18_FOS_20090222_PKS_KSS_0003

조사장소 : 경상남도 함양군 안의면 하원리 하비마을 마을회관

조사일시 : 2009.2.22

조 사 자 : 안범준, 정혜란, 김미라

제 보 자 : 강석순, 여, 80세

구연상황 : 처음에는 하지 않으려 했지만, 조사자의 권유로 이어서 노래를 하였다. 노래
로 하는 것이 아니라고 하면서 가사를 읊듯이 구연하였다. 직접 다리 세기 놀
이를 보여 주면서 노래를 함께 구연하는 적극적인 모습을 보였다.

이거리 저거리 갓거리

진주 맹금 도맹금

짝바리 해양금

또 머라 카노?

(청중들 : 도래 줌치 사래육 육도 육도 전라육 당산에)

청춘가

자료코드 : 04_18_FOS_20090222_PKS_KSS_0004

조사장소 : 경상남도 함양군 안의면 하원리 하비마을 마을회관

조사일시 : 2009.2.22

조 사 자 : 안범준, 정혜란, 김미라

제 보 자 : 강석순, 여, 80세

구연상황 : 양산도를 불러줄 것을 요청했으나 가사가 기억이 잘 안 난다면서 소극적인
자세를 보였다. 다음은 일반적인 양산도가 아닌 청춘가 곡조로 구연하였다.

양산도 큰애기~ 베 짜─는 소리

질 가는 선비가 좋다 길 못 가는구나

아리랑

자료코드 : 04_18_FOS_20090222_PKS_KYJ_0001
조사장소 : 경상남도 함양군 안의면 하원리 하비마을 마을회관
조사일시 : 2009.2.22
조 사 자 : 안범준, 정혜란, 김미라
제 보 자 : 권윤점, 여, 68세
구연상황 : 조사자가 이 지역의 아리랑은 어떤지 불러 달라고 요청하자 다음 노래를 불
         렀다. 청중들은 반응 없이 제보자의 노래를 들었고, 제보자도 어색한지 자신
         감이 없어 보였다.

아─리랑 아리랑 아라리요

아리랑 고개로 넘─어간다

나를─ 버리고 가시는 님은~

십─리도 못 가─서 발─병 난다

아기 어르는 노래

자료코드 : 04_18_FOS_20090222_PKS_KYJ_0002
조사장소 : 경상남도 함양군 안의면 하원리 하비마을 마을회관
조사일시 : 2009.2.22
조 사 자 : 안범준, 정혜란, 김미라
제 보 자 : 권윤점, 여, 68세
구연상황 : 조사자가 자장가는 어떤 것을 불렀는지 요청하자 이런 노래가 있다며 불렀다.
         아기를 어르는 동작도 함께 하면서 구연하였다.

불매 불매 불매

니 불매가 내 불매가

안동 권씨 불매다

불매 불매 불매

니 불매가 내 불매가

우리 손자 불매 불매

도라지 타령

자료코드 : 04_18_FOS_20090222_PKS_KKB_0001

조사장소 : 경상남도 함양군 안의면 신안리 안심마을 마을회관

조사일시 : 2009.2.22

조 사 자 : 안범준, 정혜란, 김미라

제 보 자 : 김금분, 여, 81세

구연상황 : 청중들이 노래를 해 보라며 요청하자 제보자가 이 노래를 불렀다. 제보자는
박수를 치면서 흥겹게 노래를 불렀다.

도라지 도라지 도라-지~ 심심산천에 백도라지

한두 뿌리만 캐어도~ 대바구니 반 석만 되노라

에헤용 에헤용 에헤-요~

어여라 난다 기화자자 좋~다

니가 내 간장 사리살살 다 녹힌다

(청중 : 앵콜, 하하하.)

석탄- 백탄 타는 데~는 연기가 퐁퐁 나건만은

요내- 가슴은 다 타-도~ 한품에 든 짐도 아니 나네

에헤용 에헤용 에헤-요~

어여라 난다 기화자자 좋다

니가 내 간장 사리살살 다 녹힌다

창부 타령

자료코드 : 04_18_FOS_20090222_PKS_KKB_0002

조사장소 : 경상남도 함양군 안의면 신안리 안심마을 마을회관

조사일시 : 2009.2.22

조 사 자 : 안범준, 정혜란, 김미라

제 보 자 : 김금분, 여, 81세

구연상황 : 제보자는 유행가로 부르는 성주풀이를 한 다음 한 곡 더 해 보겠다고 말을
꺼낸 뒤 바로 이 노래를 불렀다. 유행가인 성주풀이는 채록하지 않았다. 청중
들은 박수를 치며 제보자의 노래 솜씨를 칭찬하였다.

나비야 훨훨 날아~가자 임을 찾아서 날아가자

살품 살품 날았구나 임으야 곁으로 날았어요

푸른 하늘 넘고 넘어~ 달이 뜨면 임의 생각

별이 뜨면 독수-공방 긴긴 밤을 홀로 홀로 지새우요

애처로운 이내 심정 누가 누-가 알아 주나

앉았으니~ 임이 오요 누웠으-니 잠이 오나

임도 잠도 아니나 오고 모진 강풍이 날 속인다

가자 가자 훨훨 날아 가자 임을 찾으러 날아가자

청춘가

자료코드 : 04_18_FOS_20090222_PKS_KKB_0003

조사장소 : 경상남도 함양군 안의면 신안리 안심마을 마을회관

조사일시 : 2009.2.22

조 사 자 : 안범준, 정혜란, 김미라

제 보 자 : 김금분, 여, 81세

구연상황 : 제보자가 자발적으로 청춘가를 하겠다고 하면서 불렀다. 원래 주고받는 노래
라고 하면서 김점분과 함께 구연하였다. 청중들은 박수를 치면서 분위기를 더
욱 고조시켰다.

너도 팔 나도 팔~ 구두 팔 내 청춘~
무엇이 괴로워서 좋다 못 산다 말이-냐

우리 둘이 정리는 솔방울 정-인데~
바람만 불면은 좋다 들킬까 염려로다

일락 서산에 해 떨어지고서
월출 공산에 달 솟아 온다네

우수야 경칩에 대동강 풀리고
정든 님 말 한 마디 좋다 내 심정이 풀린-다-

남녀 연정요

자료코드 : 04_18_FOS_20090222_PKS_KKB_0004
조사장소 : 경상남도 함양군 안의면 신안리 안심마을 마을회관
조사일시 : 2009.2.22
조 사 자 : 안범준, 정혜란, 김미라
제 보 자 : 김금분, 여, 81세
구연상황 : 제보자는 재미있는 노래가 있다고 하면서 계속 청춘가 곡조로 구연하였다. 청
중들은 가사의 내용이 흥미롭다고 하면서 웃으며 박수를 쳤다.

꽃 같은 처녀가 콩밭을 매는데 짜짜라 짜짜짜
반달같은 총각이 요요 내 손목 잡노라 얼씨구 절씨고

반달같은 총각아 내 홀목(손목) 놓아라
범같은 우리 오빠 노려만 보고 있노라 얼씨구 절씨고

꽃같은 처녀야 그리 말 말아라
범같은 너거 오빠 오히려 내 처남 되노라 얼씨구 절씨고

아버지 어머니 잠 들어 주세요

담 밖에 섰는 총각 오히려 밤이슬 맞노라 얼씨구 절씨고

청춘가 (1)

자료코드 : 04_18_FOS_20090228_PKS_KMD1_0001
조사장소 : 경상남도 함양군 안의면 귀곡리 귀곡마을 마을회관
조사일시 : 2009.2.28
조 사 자 : 안범준, 김미라, 문세미나, 조민정
제 보 자 : 김말달, 여, 83세
구연상황 : 청중들과 노래를 연습하다가 조사자가 처음부터 불러 달라고 요청하자 적극
구연하였다. 청중들은 제보자의 노래 솜씨를 칭찬하면서 경청하였다.

이거 탄 낭군~ 소원을 했디만

우리집에- 저 낭군 에이 꺼신께 탔구나~ 아하아

청춘가 (2)

자료코드 : 04_18_FOS_20090228_PKS_KMD1_0002
조사장소 : 경상남도 함양군 안의면 귀곡리 귀곡마을 마을회관
조사일시 : 2009.2.28
조 사 자 : 안범준, 김미라, 문세미나, 조민정
제 보 자 : 김말달, 여, 83세
구연상황 : 제보자가 청중들과 이야기를 나누다가 청중들의 권유로 구연하였다. 치아의
상태가 좋지 않아서인지 발음이 정확하지 않았다.

나날이~ 급살진(뜻을 알기 어렵다) 달았나 울언 님 소석이 에~

무소식이네~ 혜에

우리 집에 살 적에는~ 쌀골에 암탉이다~

모심기 노래 (1)

자료코드 : 04_18_FOS_20090223_PKS_KMS_0001
조사장소 : 경상남도 함양군 안의면 대대리 두항마을 마을회관
조사일시 : 2009.2.23
조 사 자 : 안범준, 정혜란, 김미라
제 보 자 : 김무선, 여, 82세
구연상황 : 조사자가 모심기 노래를 불러 달라고 요구하자 바로 이 노래를 불렀다.

서-마지-기~ 논-빼-미-는~ 반-달-만-큼- 남았-구-나
제~가 무-신-들 반-달-인-가~ 초-승-달-이- 반-달-이-네

모찌기 노래

자료코드 : 04_18_FOS_20090223_PKS_KMS_0002
조사장소 : 경상남도 함양군 안의면 대대리 두항마을 마을회관
조사일시 : 2009.2.23
조 사 자 : 안범준, 정혜란, 김미라
제 보 자 : 김무선, 여, 82세
구연상황 : 조사자가 모찔 때도 노래를 부르지 않느냐는 말에 그렇다며 바로 불렀다.

들-어~내-세~ 들-어-내-세~ 이- 모-판-을- 들-어-나-내-세
이- 모-판-을- 들-어-내-서 서-마-지-기를 숭-거-나 보-세

모심기 노래 (2)

자료코드 : 04_18_FOS_20090223_PKS_KMS_0003
조사장소 : 경상남도 함양군 안의면 대대리 두항마을 마을회관
조사일시 : 2009.2.23
조 사 자 : 안범준, 정혜란, 김미라

제 보 자 : 김무선, 여, 82세

구연상황 : 다른 이야기를 잠시 하는 중에 제보자가 이 노래를 갑자기 불렀다.

다-풀- 다-풀 타-박-머-리~ 해- 다 진-데-를 어-데-를 가-노
우-리- 엄-마 산-소-등-에 젖- 먹~으-러-를 나-는 가요

모심기 노래 (3)

자료코드 : 04_18_FOS_20090223_PKS_KMS_0004

조사장소 : 경상남도 함양군 안의면 대대리 두항마을 마을회관

조사일시 : 2009.2.23

조 사 자 : 안범준, 정혜란, 김미라

제 보 자 : 김무선, 여, 82세

구연상황 : 물꼬 철철은 어떻게 하냐고 조사자가 물어보자마자 제보자가 바로 불렀다.

물-꼬- 철-철~ 물- 실-어-놓-고~ 주-인-양-반 어-데-를 갔-소
둑- 넘-어-다~ 첩-을 두-고~ 첩-의 방~에-를- 자-리-를 갔-소
낮-으-로-는~ 놀-러-를 가-고~ 밤-으-로-는~ 자-러-를 가요

그기라 그거. (조사자 : 문어 전복은 손에 들고 안 찾아갑니까?) 알기는
다 알았네. (청중 : 알기는 다 아는데 목청이 얼마나 좋은고 짚어 줄 기라)

문-어 전-복-을 손-에-다 들~고 첩-의- 방-에-를 놀-러-를-
가-세

길군악

자료코드 : 04_18_FOS_20090223_PKS_KMS_0005

조사장소 : 경상남도 함양군 안의면 대대리 두항마을 마을회관

조사일시 : 2009.2.23

조 사 자 : 안범준, 정혜란, 김미라

제 보 자 : 김무선, 여, 82세

구연상황 : 용추폭포에 대해 이야기를 하던 중에 제보자가 이 노래를 불렀다. 일명 '질꾸
내기' 또는 '짓구내기'라 불리는 길군악의 가락으로 불렀다.

용–추–폭–포–야 네– 잘– 있–거라～

명–년–아 춘～삼–월–에 또– 다–시～ 올–게～

그네 노래

자료코드 : 04_18_FOS_20090223_PKS_KMS_0006

조사장소 : 경상남도 함양군 안의면 대대리 두항마을 마을회관

조사일시 : 2009.2.23

조 사 자 : 안범준, 정혜란, 김미라

제 보 자 : 김무선, 여, 82세

구연상황 : 대화를 나누던 중에 제보자가 갑자기 이 노래를 불렀다.

수천당(추천당) 세모시(세모진) 낭게(나무에) 늘어진 가지다 군대
를(그네를) 매어～

임이 뛰면 내가나 밀고 내가 뛰면–은 임이 밀어～

임아 임아 줄 밀지 마라 줄 떨어–지면– 정 떨어진–다

양산도

자료코드 : 04_18_FOS_20090223_PKS_KMS_0007

조사장소 : 경상남도 함양군 안의면 대대리 두항마을 마을회관

조사일시 : 2009.2.23

조 사 자 : 안범준, 정혜란, 김미라

제 보 자 : 김무선, 여, 82세
구연상황 : 제보자가 먼저 양산도를 해 보겠다며 나서서 바로 불렀다.

에헤요 한번 불러 볼까? 양산도 해 볼까?

　　에헤-이요
　　간들 못 간들 얼마나 울었는-지
　　저기 저 마당이 한강수 되-었-네
　　하여 뒤여라 둥개 뒤여라 아니나 못 놀겠~네
　　열 놈이 구부려져도 나는 못 놀이로구~나

(청중 : 참 잘 부른다.)

　　에헤이여
　　함양 산천 물레방아는 물을 안고나 돌-고~
　　우리 집의 우리 님은 날만 안고 돈-다~
　　아서라 말어라 네가 그리를 마라
　　돈- 없는 내 청춘을 괄시를 마~라

모심기 노래 (4)

자료코드 : 04_18_FOS_20090223_PKS_KMS_0008
조사장소 : 경상남도 함양군 안의면 대대리 두항마을 마을회관
조사일시 : 2009.2.23
조 사 자 : 안범준, 정혜란, 김미라
제 보 자 : 김무선, 여, 82세
구연상황 : 제보자가 양산도를 부른 다음 잠시 웃고는 모심기 노래를 다시 했다. 노래를
　　　　　마친 다음 노래 사설을 설명해 주었다.

　　농-창~농-창~ 벼-루(벼랑) 끝-에- 무-정-한~ 저- 오-래-비

나-도- 죽-어-서 후-세-상-에~ 낭-군-부-터 섬-길-라-네

　그 노래 뜻이 농창 농창 벼리 끝에 시누 올캐를 갔어. 강께네로(가니까) 떨어져 내려가는데 오빠가 마누라만 건지고 나는 떠내려갔어. 그렁께(그러니까) 그 노래 의미가 농창농창 벼리 끝에 떠내려가도 나도 인자(이제) 낭군이 있으면 나 안 건지겠나. 노래 그게 그기라. 뜻이 그기라. 그래 그러니께네 남편이 있으면 안 건지겠나. 그렁께 나도 죽으면 낭군부터 섬긴다는 거지.

　그걸 의미를 알아야 돼. 벌로(건성으로) 그걸 적어갈 게 아니고.

노랫가락 (1)

자료코드 : 04_18_FOS_20090223_PKS_KMS_0009
조사장소 : 경상남도 함양군 안의면 대대리 두항마을 마을회관
조사일시 : 2009.2.23
조 사 자 : 안범준, 정혜란, 김미라
제 보 자 : 김무선, 여, 82세
구연상황 : 조사자가 춘향이 이도령 기다리는 노래를 아냐고 묻자 제보자가 봄배추 노래냐며 다시 물어봤다. 그리고 기억이 안 난다고 했지만 잠시 뒤 노래를 불렀다.

　　　새들새들 봄배-추는- 봄비 오기를- 기다리고
　　　옥 안에 갇힌 춘향이는 이도령 오기만을 기다리네
　　　얼씨구 절씨구 지화자 좋구나 요렇게 좋기는 오늘이로구나

노랫가락 (2)

자료코드 : 04_18_FOS_20090223_PKS_KMS_0010
조사장소 : 경상남도 함양군 안의면 대대리 두항마을 마을회관

조사일시 : 2009.2.23
조 사 자 : 안범준, 정혜란, 김미라
제 보 자 : 김무선, 여, 82세
구연상황 : 앞의 노래를 한 뒤 바로 이어 불렀다.

백구야~ 껑-충 날지 마라 너를- 잡으러 내 아니 간다
승성이 널 버리고 너를 쫓아서 내 안 가니
나물 묵고 물 마시고 대장부야 살림살이를 요만하면은 만족할까

나물 캐는 노래

자료코드 : 04_18_FOS_20090223_PKS_KMS_0011
조사장소 : 경상남도 함양군 안의면 대대리 두항마을 마을회관
조사일시 : 2009.2.23
조 사 자 : 안범준, 정혜란, 김미라
제 보 자 : 김무선, 여, 82세
구연상황 : 조사자가 이 노래의 앞부분을 이야기하자 제보자가 바로 그 뒷 내용을 이야
기했다. 그리고 잠시 뒤 바로 이 노래를 바로 불렀다.

남산 밑에 남도령아 수산 밑-에 수처-녀야
나물을~ 캐러를~ 안 갈려나
나물을 캐러 갈라더니 신도- 없고 칼도 없네
남도령 주머니를 탈탈 털어 돈 천냥이 있었구나
한 냥 주고 칼을 사고 두 냥 주-고 신을 사네
남-도령 밥은 쌀밥이요 수처녀 밥은 보리밥이오
수처녀 밥은 남도령이 먹고~ 남도령 밥은 수처녀가 묵어
점심 밥을 묵은 후에 백년언약을 맺자꾸나
쌀밥은 마누래가 묵고 보리밥은 총각이 묵었고.

베 짜기 노래

자료코드 : 04_18_FOS_20090223_PKS_KMS_0012
조사장소 : 경상남도 함양군 안의면 대대리 두항마을 마을회관
조사일시 : 2009.2.23
조 사 자 : 안범준, 정혜란, 김미라
제 보 자 : 김무선, 여, 82세
구연상황 : 조사자가 베틀 노래를 불러 달라고 요구하자 다 잊어버렸을 거라고 이야기했
다. 부르다 보면 기억날 거라는 조사자의 말에 부르기 시작했다.

베틀을 노세~ 베틀을 놓아~

옥난간에다 베틀을 노세

어야 이리 짜서 누구를 주느냐

도련님의 손수건을 짜여나- 보세

어혀요~ 낮에 짜는 거는 일광-단

밤에- 짜는 거는 월광-단이요

어여이요 베틀을 노세 베틀을 놓아

옥난강에다 베틀을 놓아

에헤요 요리로 짜여서~

도련님의 수건을 해여나 보세 에헤용~

아리랑 (1)

자료코드 : 04_18_FOS_20090223_PKS_KMS_0013
조사장소 : 경상남도 함양군 안의면 대대리 두항마을 마을회관
조사일시 : 2009.2.23
조 사 자 : 안범준, 정혜란, 김미라
제 보 자 : 김무선, 여, 82세
구연상황 : 이 마을에서 아리랑을 어떻게 불렀냐는 조사자의 물음에 제보자가 이 노래를

바로 불렀다.

아리랑 아-리랑 아라리요~

아리랑 고-개-로 넘어간다

아-리랑 고개는 무시나 고개

한- 번을 가면은 소식이 없네

문경-새재는 웬 고갠고

구부야(구비야)- 구부구부 눈물이로다

진도 아리랑

자료코드 : 04_18_FOS_20090223_PKS_KMS_0014
조사장소 : 경상남도 함양군 안의면 대대리 두항마을 마을회관
조사일시 : 2009.2.23
조 사 자 : 안범준, 정혜란, 김미라
제 보 자 : 김무선, 여, 82세
구연상황 : 진도 아리랑이라며 제보자가 바로 불렀다.

진도 아리랑은,

아리 -아리랑 스리 응응응 아라리라가 응응응

아리랑 응응응 아라리가 났네 으으응

가세 가-세 나를 두고 가세

연락- 하루만도 응응응 갔네

아리 아리랑 응응응

앓는데 안 앓아지네.

아리랑 (2)

자료코드 : 04_18_FOS_20090223_PKS_KMS_0015
조사장소 : 경상남도 함양군 안의면 대대리 두항마을 마을회관
조사일시 : 2009.2.23
조 사 자 : 안범준, 정혜란, 김미라
제 보 자 : 김무선, 여, 82세
구연상황 : 아리랑에 대한 이야기를 하던 중에 제보자가 이 노래를 불렀다.

    간-다~ 못 간다 얼마나 울어
    저기 저 마-당에 대동강만 졌네

　(조사자 : 아, 이건 무슨 노랩니까?)

　옛날 노래가 간다 못 간다 갈라 캉께, 우리 님이 떠나서 눈물이 한강이
져서 내가 건너가도 못 하요. 뜻이 그기라. 울어야 될 게 아이요.

화투 타령

자료코드 : 04_18_FOS_20090223_PKS_KMS_0016
조사장소 : 경상남도 함양군 안의면 대대리 두항마을 마을회관
조사일시 : 2009.2.23
조 사 자 : 안범준, 정혜란, 김미라
제 보 자 : 김무선, 여, 82세
구연상황 : 조사자가 열두 달 붙여서 하는 노래가 있다고 하자, 제보자가 정월 솔가지를
　　　　　말하는 거냐고 물어봤다. 이 제보자가 다른 사람에게 해 보라고 말한 다음 바
　　　　　로 불렀다.

    정월이라 쏙쏙한 마음을
    이월 매조에 맺어 놓고
    삼월 사쿠라 산란한 내 마음
    사월 흑사리 흐릿하다

오월 난초 나는 나비

유월 목단에 춤을 추네

구월 국화

(청중 : 칠월, 칠월.)

칠월 홍돼지제?

칠월 홍돼지 홀로 앉아

팔월 공산에 달이 떴네

구월 국화 곱게 피어

시월 단풍에 툭 떨어졌네

마산서 백마를 타고

자료코드 : 04_18_FOS_20090223_PKS_KMS_0017
조사장소 : 경상남도 함양군 안의면 대대리 두항마을 마을회관
조사일시 : 2009.2.23
조 사 자 : 안범준, 정혜란, 김미라
제 보 자 : 김무선, 여, 82세
구연상황 : 조사자가 진주 남강에 대해 이야기하면서 이 노래의 앞부분을 이야기하자 제
보자가 잘 기억이 나지 않는다고 했다. 앞부분을 모르겠다고 해서 조사자가
살짝 말해 주자 기억이 난 듯 노래를 불렀다.

마산서 백-마를~ 타고 진주 목등에 쑥 올라서-니

연-꽃은 둥지를- 지-어 수양버-들이 밤-춤을 춘다

아기 어르는 노래 / 불매 소리

자료코드 : 04_18_FOS_20090223_PKS_KMS_0018
조사장소 : 경상남도 함양군 안의면 대대리 두항마을 마을회관
조사일시 : 2009.2.23
조 사 자 : 안범준, 정혜란, 김미라
제 보 자 : 김무선, 여, 82세
구연상황 : 아기 어를 때 불매불매 하지 않았느냐는 조사자의 물음에 잠시 뒤 다음 노래
를 불렀다.

불매- 불매

이 불-매가 뉘- 불-매고

정-상도(경상도) 대불-매네

불매- 값이 몇 천 냥고

술 한 동우(동이) 닭 한 마리

글카고, 그기 그래 불러지는 기고.

또 한 불매를 불어다가

뒤뜰에다 밭을- 사고

또 한 불매 불어다가

앞뜰에다 논을- 사고

불어라 북-딱 이 불-매야

글캤어 전에는. 아 얼루는 노래는 그뿐인데 뭐 있어.

청춘가 (1)

자료코드 : 04_18_FOS_20090223_PKS_KMS_0019
조사장소 : 경상남도 함양군 안의면 대대리 두항마을 마을회관

조사일시 : 2009.2.23

조 사 자 : 안범준, 정혜란, 김미라

제 보 자 : 김무선, 여, 82세

구연상황 : 청춘가를 불러 달라는 조사자의 요구에 기억이 잘 나지 않는다고 했다. 그러
다 한 번 불러 보겠다며 불렀다.

노세~ 좋-구나 젊-어서 놀-거라

늙고 병든께 다 못 놀이로구~나

세-월이 갈라만 제 혼자 가~지-

아까운 내 청춘 와 데려 가~노

그기 청춘가지 뭐.

청춘가 (2)

자료코드 : 04_18_FOS_20090223_PKS_KMS_0020

조사장소 : 경상남도 함양군 안의면 대대리 두항마을 마을회관

조사일시 : 2009.2.23

조 사 자 : 안범준, 정혜란, 김미라

제 보 자 : 김무선, 여, 82세

구연상황 : 노래에 대한 이야기 중에 제보자가 갑자기 이 노래를 불렀다.

세-월아 봄철아 오고 가지를 마~라~

아까운 내 청춘이 와 이리 늙어만 가~~노-

간다 못 간다 얼매나~ 울~어~

초출간 찻간 앞에 까자(과자) 봉지가 떠 있~네-

다리 세기 노래

자료코드 : 04_18_FOS_20090223_PKS_KMS_0021
조사장소 : 경상남도 함양군 안의면 대대리 두항마을 마을회관
조사일시 : 2009.2.23
조 사 자 : 안범준, 정혜란, 김미라
제 보 자 : 김무선, 여, 82세
구연상황 : 조사자가 다리 세기를 하며 놀 때 불렀던 노래를 부탁하자 바로 다음 노래를
불렀다.

이거리 저거리 갓거리
진주 맹도 도맹도
짝발이 해양금
도래미 줌치 사래육

(조사자 : 그 다음에.)
그 다음에 없어. 이제 다 갔는데.
(청중 : 도래미 줌치 담아서 청춘에 묶고 고사리 나간다.)
나는 그거 모르것다.
(조사자 : 보통 육도육도 하시던데.)

육구 육구 전라 육구
동산에 먹 갈아
엎어질등 말등
엿가락 밥싸기 곰박싸이

이랬어 우리는.

남녀 연정요

자료코드 : 04_18_FOS_20090223_PKS_KMS_0022
조사장소 : 경상남도 함양군 안의면 대대리 두항마을 마을회관
조사일시 : 2009.2.23
조 사 자 : 안범준, 정혜란, 김미라
제 보 자 : 김무선, 여, 82세
구연상황 : 이야기를 하던 중에 제보자가 마지막으로 부르겠다며 이 노래를 불렀다.

살-랑-살-랑~ 부는- 바람~ 울-언- 님-의- 한-숨- 바-람-
울-언- 님-은~ 바-람-인-가~ 품- 안-으-로-만- 곰-돌-아-
드~네-

그 뜻을 가르쳐 줄게잉. 살랑살랑 부는 바람이 울언 님(우리 님) 한숨
바람이라. 한숨을 푹 쉬는 바람인데, 울언 님의 바람인가 품 안으로 드는
바람은 우리 님이 내 품 안으로 들어와. 그래 그게 뜻이라. 하모 그래서
그건 살랑살랑 부는 바람이 그기라

노랫가락

자료코드 : 04_18_FOS_20090228_PKS_KMD2_0001
조사장소 : 경상남도 함양군 안의면 귀곡리 귀곡마을 마을회관
조사일시 : 2009.2.28
조 사 자 : 안범준, 김미라, 문세미나, 조민정
제 보 자 : 김민달, 여, 72세
구연상황 : 조사자의 요청에 제보자가 응하여 적극 구연하였다. 청중들은 박수를 치면서
제보자의 노래를 경청하였다. 제보자는 바른 자세로 앉아 차분한 목소리로 노
래를 불렀다.

수경산 고-사리 꺾어 우수- 경분에 고기를 낚-아
도화 점점-이 줏어 놓고 녹수- 청산에 술- 부어 놓아라

술맛도 좋고도 보니 새악시 보니께 더우나 곱- 네

청춘가 (1)

자료코드 : 04_18_FOS_20090228_PKS_KMD2_0002
조사장소 : 경상남도 함양군 안의면 귀곡리 귀곡마을 마을회관
조사일시 : 2009.2.28
조 사 자 : 안범준, 김미라, 문세미나, 조민정
제 보 자 : 김민달, 여, 72세
구연상황 : 조사자가 베틀 노래나 삼 삼는 노래를 요청하자, 제보자는 그런 노래는 모른다고 하고는 청춘가를 불러보겠다고 했다.

　　저게 정지(부엌)는~ 마죽간에 올랐는데
　　우리 집 정지는 에헤 통잠만 자는구나

청춘가 (2)

자료코드 : 04_18_FOS_20090228_PKS_KMD2_0003
조사장소 : 경상남도 함양군 안의면 귀곡리 귀곡마을 마을회관
조사일시 : 2009.2.28
조 사 자 : 안범준, 김미라, 문세미나, 조민정
제 보 자 : 김민달, 여, 72세
구연상황 : 청중들의 적극적인 호응에 제보자가 자발적으로 구연하였다. 청중들은 박수를 치면서 흥겹게 제보자의 노래를 따라 불렀다.

　　꽃이- 고- 와야~ 전주야 단줄인데~
　　내 몸이 고아 봐야 에헤이 삼시 반쪽이라

　　소년만 되거라~ 소년만 되-거라~

백 년을 살더래도 소년만 되거라

우리 부모 볼라고~ 연락선 탔-더니~
무정한 우리 엄마 에 비헝기(비행기) 탔구나

노랫가락 (1) / 그네 노래

자료코드 : 04_18_FOS_20090228_PKS_KSB_0001
조사장소 : 경상남도 함양군 안의면 귀곡리 귀곡마을 마을회관
조사일시 : 2009.2.28
조 사 자 : 안범준, 김미라, 문세미나, 조민정
제 보 자 : 김순분, 여, 76세
구연상황 : 조사자가 그네 노래를 요청하자 제보자가 적극 구연하였다. 청중들은 제보자
　　　　　가 노래를 잘한다고 하면서 적극적으로 호응하였다.

　　수천당(추천당) 세-모세(세모진) 낭게(나무) 늘어진 가지에 군대
(그네)를 매어
　　임이 뛰면 내-가나 밀-고 내가 뛰면은 임이 밀-고
　　임아 임아 줄 밀지 마라 줄 떨어지면 정 떨어진-다

노랫가락 (2)

자료코드 : 04_18_FOS_20090228_PKS_KSB_0002
조사장소 : 경상남도 함양군 안의면 귀곡리 귀곡마을 마을회관
조사일시 : 2009.2.28
조 사 자 : 안범준, 김미라, 문세미나, 조민정
제 보 자 : 김순분, 여, 76세
구연상황 : 제보자는 알고 있는 노래가 많다고 하면서 적극적으로 구연하였다.

수-양산 고-사리 꺾어 녹수잔-에다 술 부아 놓고

술맛도 좋제요만은 당신을 보-닝께 더욱 더 좋-아

양산도 (1)

자료코드 : 04_18_FOS_20090228_PKS_KSB_0003

조사장소 : 경상남도 함양군 안의면 귀곡리 귀곡마을 마을회관

조사일시 : 2009.2.28

조 사 자 : 안범준, 김미라, 문세미나, 조민정

제 보 자 : 김순분, 여, 76세

구연상황 : 제보자는 자신이 알고 있는 노래를 모두 부르겠다면서 자발적으로 구연하였
다. 적극적인 제보자의 태도에 청중들도 흥겹게 참여하였다.

에헤헤 이여~

함양 산청 물레방아~ 물을 안고 돌~ 고

우리 집에 울언 님은 나를 안고- 돈-다

아서라 말어라 니가 그리 마-라

사람의 괄시를 니가 그리 마-라

길군악 (1)

자료코드 : 04_18_FOS_20090228_PKS_KSB_0004

조사장소 : 경상남도 함양군 안의면 귀곡리 귀곡마을 마을회관

조사일시 : 2009.2.28

조 사 자 : 안범준, 김미라, 문세미나, 조민정

제 보 자 : 김순분, 여, 76세

구연상황 : 조사자가 용추폭포로 시작하는 길군악을 요청하자 제보자가 적극 구연하였다.
청중들은 박수를 치면서 제보자의 노래를 경청하였다.

용추폭포야~ 네 잘만 있-거라~

내년에 춘삼월에 에이헤 또 다시 만나-자

쌍가락지 노래

자료코드 : 04_18_FOS_20090228_PKS_KSB_0005
조사장소 : 경상남도 함양군 안의면 귀곡리 귀곡마을 마을회관
조사일시 : 2009.2.28
조 사 자 : 안범준, 김미라, 문세미나, 조민정
제 보 자 : 김순분, 여, 76세
구연상황 : 조사자가 노래의 첫머리를 꺼내자 제보자가 적극 구연하였다. 노래 중간에 가
사를 잊어버린 부분에서는 청중의 도움으로 기억을 되살려 구연하였다.

쌍금쌍금 쌍가~락지

수싯대-기 밀가락지

호작-질로 닦아내어

그카고 뭐라 카노?

(청중 : 닦아내어 닦아내어 호작질로 닦아내어 먼 데 보니 달빛이오.)

저 처녀라 자는 방에

숨소리가 둘이로다

홍달 복송 양오-라바이

거짓 말씀 말어시오

안 잊어버렸네.

동남풍이 때리- 불면 풍지 떠는 소리로다

도라지 타령

자료코드 : 04_18_FOS_20090228_PKS_KSB_0006
조사장소 : 경상남도 함양군 안의면 귀곡리 귀곡마을 마을회관
조사일시 : 2009.2.28
조 사 자 : 안범준, 김미라, 문세미나, 조민정
제 보 자 : 김순분, 여, 76세
구연상황 : 조사자가 제보자에게 도라지 타령을 아느냐고 하자 다음 노래를 불렀다.

> 도라-지 캐로 간다고~ 요리 핑계 조리 핑계 갔더니~
> 모-지고 독한 놈을 만나-서~ 잔디기 베개를 베는구나
> 에헤요 에헤요 에헤야 에여라 난다 지화자자 좋다
> 내가 내 간장 스리슬슬 다 녹힌다

사발가

자료코드 : 04_18_FOS_20090228_PKS_KSB_0007
조사장소 : 경상남도 함양군 안의면 귀곡리 귀곡마을 마을회관
조사일시 : 2009.2.28
조 사 자 : 안범준, 김미라, 문세미나, 조민정
제 보 자 : 김순분, 여, 76세
구연상황 : 도라지 타령에 이어서 제보자가 적극적으로 청중들과 함께 구연하였다. 청중
들이 박수를 치면서 흥겨운 분위기를 조성하였다.

> 석탄 백탄 타는데 연기도 아니 나고 잘 탄다
> 요내 가슴 다 타도 연기야 짐도나 안 나가네
> 에헤야 에헤야 에헤야 어야라 난다 지화자자 좋다
> 내가 내 간장 스리슬슬 다 녹힌다
>
> 신고-산이 우르르 화물차 떠나가는 소리- 야

에헤야 에헤야 에헤야 어여라 난다 지화자자 좋다
내가 내가 내 간장 스리슬슬 다 녹힌다

남녀 연정요 (1)

자료코드 : 04_18_FOS_20090228_PKS_KSB_0008
조사장소 : 경상남도 함양군 안의면 귀곡리 귀곡마을 마을회관
조사일시 : 2009.2.28
조 사 자 : 안범준, 김미라, 문세미나, 조민정
제 보 자 : 김순분, 여, 76세
구연상황 : 제보자가 청중들의 권유로 적극 구연하였다. 청중들도 알고 있는 노래라 함께
         따라 부르면서 적극 호응하였다.

노랑 노-랑 노랑~ 밭에 콩잎 따는 저 처녀야
누 간장을 녹힐-라꼬~ 저다지 곱게도 생겼는고
나를 보고 곱다를 하요~ 우리야 언니는 더 고아요
우리야 언니를 보실라-거든 저 건네- 라
허연 산 밑에 물봉숭아 꽃이나 보고 가소

남녀 연정요 (2)

자료코드 : 04_18_FOS_20090228_PKS_KSB_0009
조사장소 : 경상남도 함양군 안의면 귀곡리 귀곡마을 마을회관
조사일시 : 2009.2.28
조 사 자 : 안범준, 김미라, 문세미나, 조민정
제 보 자 : 김순분, 여, 76세
구연상황 : 앞서 구연하였던 연정 노래를 이어 불렀는데 다른 가락으로 불렀다. 내용상으
         로 언니의 대답으로 이어지는데 매우 길게 늘여서 구연하였다.

나를 보고 곱다고 말-고 우리 동생은 더 고아- 요

창부 타령 (1)

자료코드 : 04_18_FOS_20090228_PKS_KSB_0010
조사장소 : 경상남도 함양군 안의면 귀곡리 귀곡마을 마을회관
조사일시 : 2009.2.28
조 사 자 : 안범준, 김미라, 문세미나, 조민정
제 보 자 : 김순분, 여, 76세
구연상황 : 조사자가 다른 노래를 요청하자 제보자가 이에 응하여 구연하였다. 제보자는
　　　　　 많은 노래를 구연하였지만 지친 기색 없이 즐겁게 구송하였다.

　　　봄- 들었네 이 강산 삼천리에 봄 들었네
　　　푸른 것은 버들이요 누른 것은 꾀꼬리라
　　　황금 같은 꾀꼬리는 황금의 갑옷을 떨쳐 입고
　　　춘향이 방으로 놀러 갔소
　　　얼씨구나 좋다 지화자 좋네 아니
　　　아니야 노지를 못하니라

창부 타령 (2)

자료코드 : 04_18_FOS_20090228_PKS_KSB_0011
조사장소 : 경상남도 함양군 안의면 귀곡리 귀곡마을 마을회관
조사일시 : 2009.2.28
조 사 자 : 안범준, 김미라, 문세미나, 조민정
제 보 자 : 김순분, 여, 76세
구연상황 : 조사자의 요청에 제보자가 적극적으로 이 노래를 구연하였다. 청중들은 제보
　　　　　 자가 노래를 많이 알고 있다고 하면서 경청하였다.

새들새들 봄배추는 밤이슬 오기만 기다리고
옥에 갇힌 춘향이는 이도령 오기만을 기다린다
얼씨구나 좋다 절씨구나 좋네 기화자 좋네
아니 아니야 놀지를 못하니라

화투 타령

자료코드 : 04_18_FOS_20090228_PKS_KSB_0012
조사장소 : 경상남도 함양군 안의면 귀곡리 귀곡마을 마을회관
조사일시 : 2009.2.28
조 사 자 : 안범준, 김미라, 문세미나, 조민정
제 보 자 : 김순분, 여, 76세
구연상황 : 조사자의 요청에 적극적으로 구연하였다. 중간에 가사를 잊어버린 부분은 청
중들의 도움으로 계속 이어 나갔다.

정월 솔가지 속속한 마음

이월 매조에 맺어 놓고

삼월 사쿠라 산란한 마음

사월 흑싸리 흘러 흘러

오월 난초 나는 나비

유월 목단에 춤을 춘다

칠월 홍돼지 홀로 누워

팔월 동산에 달도 밝다

구월 국화 굳었던 마음

시월 단풍에 뚝 떨어진다

동지 섣달 달 밝은 밤에

임을 다리고 유랑하세

의암이 노래

자료코드 : 04_18_FOS_20090228_PKS_KSB_0013
조사장소 : 경상남도 함양군 안의면 귀곡리 귀곡마을 마을회관
조사일시 : 2009.2.28
조 사 자 : 안범준, 김미라, 문세미나, 조민정
제 보 자 : 김순분, 여, 76세
구연상황 : 조사자의 요청에 응하여 이 노래를 구연하였다. 청중들은 제보자의 노래 솜씨
를 칭찬하며 박수를 치면서 적극 호응하였다. "진주 기생 의암의"는 논개를
지칭한 것이다.

진주 기생 의암이는 우리야 조선을 살리라고
애당 천당 목을 안고 진주야 남강에 뚝 떨어졌다
얼씨구나 좋다 정말로 좋네 요리케는 놀다가 병나겠다

시집살이 노래 (1)

자료코드 : 04_18_FOS_20090228_PKS_KSB_0014
조사장소 : 경상남도 함양군 안의면 귀곡리 귀곡마을 마을회관
조사일시 : 2009.2.28
조 사 자 : 안범준, 김미라, 문세미나, 조민정
제 보 자 : 김순분, 여, 76세
구연상황 : 조사자가 시집살이 노래를 요청하자 제보자가 적극 구연하였다.

성아 성아 사춘-성아 시접살이가 어떻더노
시접 가는 삼일 만에 일거리-를 돌라 항케

밥을 하라 카니 밥을 할 수가 있소? 또 반찬을 놓으라 칸께,

둥글둥-글 두리-판에 밥 퍼기도~ 어렵더라
동골동골 반찬 그릇 반찬 담기도 어렵더라

까묵었다. 또 상 놓기도 어렵고.

맏딸아기 노래

자료코드 : 04_18_FOS_20090228_PKS_KSB_0015
조사장소 : 경상남도 함양군 안의면 귀곡리 귀곡마을 마을회관
조사일시 : 2009.2.28
조 사 자 : 안범준, 김미라, 문세미나, 조민정
제 보 자 : 김순분, 여, 76세
구연상황 : 제보자가 자발적으로 이 노래를 구연하였다. 청중들은 들어보지 못했던 노래
라고 하면서 제보자의 노래를 경청하였다.

문경세재 고개 웬 고갠가

김씨네 딸아기 맏딸아기

하 잘한다고 소문을 듣고

한번 가-도 못 볼레라

두 번을 가여도 못 볼레라

삼시야 세 번 거듭 가니

열-두- 칸 청마리 끝에

금시렁 금시렁 놀고 있네

노방주라 접저구리

대자에 고름을 질기(길게) 달아

어깨는 너머로 척 넘겨 입고

물맹지라 단속곳은

성노에 주름을 질게 달고

청춘가 (1)

자료코드 : 04_18_FOS_20090228_PKS_KSB_0016
조사장소 : 경상남도 함양군 안의면 귀곡리 귀곡마을 마을회관
조사일시 : 2009.2.28
조 사 자 : 안범준, 김미라, 문세미나, 조민정
제 보 자 : 김순분, 여, 76세
구연상황 : 제보자는 청춘가 가락에 맞추어 다음 노래를 구연하였다.

　　　새별 같은 그의 얼굴은 꽃송이 들고 반웃음 친다
　　　얼씨구 좋구나 저 처녀라 등태 같은 머리 달아

청춘가 (2)

자료코드 : 04_18_FOS_20090228_PKS_KSB_0017
조사장소 : 경상남도 함양군 안의면 귀곡리 귀곡마을 마을회관
조사일시 : 2009.2.28
조 사 자 : 안범준, 김미라, 문세미나, 조민정
제 보 자 : 김순분, 여, 76세
구연상황 : 제보자가 자발적으로 이 노래를 구연하였다. 제보자는 시집살이를 할 때 자주
　　　　　불렀던 노래라고 설명하였다.

　　　골미산 무덤 비는~ 소낙비 되고~요~
　　　소매 밑에 묻은 때는 에헤~ 궂은 때 되더라

　하도 안 있어서, 안 저서 짚을 떼갖고 받아갖고 씻음서 도랑에 앉아서,
시집와서도 그래 쌌어.

나물 캐는 노래

자료코드 : 04_18_FOS_20090228_PKS_KSB_0018
조사장소 : 경상남도 함양군 안의면 귀곡리 귀곡마을 마을회관
조사일시 : 2009.2.28
조 사 자 : 안범준, 김미라, 문세미나, 조민정
제 보 자 : 김순분, 여, 76세
구연상황 : 조사자가 나물 캐는 노래를 요청하자 제보자가 적극 구연하였다. 중간에 청중
들과 가사가 엇갈려 혼란이 있었지만 끝까지 마무리하였다.

남산 밑에 남도-령아
수산 밑에 숫처녀야
나물을 캐러 안 갈라요
남도령 주머니를 톨톨 털어
돈 반 돈이 남았구나
반 돈 주고 칼 사 담고
반 돈 주고 신 사 신고
산에 올라 들길을 가면
올라가는 올개사리(올고사리)
능출능출 꺽어담고
내려오는 늦개사리(늦고사리)
버드륵 버드륵 꺾어 담아
물도 좋고 경치도 좋은데
점심밥을 먹을라니
남도령 밥은 쌀밥이요
숫처녀 밥은 꽁보리밥이라
물도 좋고 경치도 좋아

(청중 : 숫처녀 밥은 남도령이 묵고 그라고.)

그래, 물도 좋고 경치도 좋은 데서 먹어야지요.

남도령 밥은 쌀밥이라서 숫처녀가 먹고
숫처녀 밥은 남도령이 먹고 백년언약을 맺었어요

노랫가락 (3)

자료코드 : 04_18_FOS_20090228_PKS_KSB_0019
조사장소 : 경상남도 함양군 안의면 귀곡리 귀곡마을 마을회관
조사일시 : 2009.2.28
조 사 자 : 안범준, 김미라, 문세미나, 조민정
제 보 자 : 김순분, 여, 76세
구연상황 : 조사자의 요청에 제보자가 적극 응하였다. 노래의 뒷부분은 기억이 나지 않아
끝까지 마무리하지 못했다. 청중들은 노래를 불러본 지 오래되어 그렇다고 안
타까워하였다.

산에 올라 혹을 캐니 캐고 보니 산마귀요
그 터에다 집을 지어

뭐라 카노 또 까먹었다. 다 까먹었어요.

창부 타령 (3)

자료코드 : 04_18_FOS_20090228_PKS_KSB_0020
조사장소 : 경상남도 함양군 안의면 귀곡리 귀곡마을 마을회관
조사일시 : 2009.2.28
조 사 자 : 안범준, 김미라, 문세미나, 조민정
제 보 자 : 김순분, 여, 76세
구연상황 : 조사자의 요청에 적극적인 태도로 구연하였다. 청중들은 제보자의 노래 솜씨
가 좋다고 칭찬하면서 적극적으로 호응하였다.

해 다 지고 날 저문데 옥하야 단장을 곱게 하고

첩의 방에 가실라거든 나 죽는 꼴이나 보고 가소

첩의 방-은 꽃밭이요 나의 집-은 연못이라

꽃과 나비는 봄 한철이요 연못과 금붕어 사시사철

얼씨구나 좋아 절씨구나 좋아 아니야 놀지는 못하것네

마산서 백마를 타고

자료코드 : 04_18_FOS_20090228_PKS_KSB_0021
조사장소 : 경상남도 함양군 안의면 귀곡리 귀곡마을 마을회관
조사일시 : 2009.2.28
조 사 자 : 안범준, 김미라, 문세미나, 조민정
제 보 자 : 김순분, 여, 76세
구연상황 : 조사자와 청중의 요청에 응하여 구연하였다. 제보자는 많은 자료를 구연한 탓
인지 피곤한 모습이었다.

마-산서 백-마를 타고 진주 못등에 썩 올라 서니

연꽃은 봉지를 짓고 수양버들은 춤 잘 춘다

수양버들- 춤 잘 추는데 우리야 인생은 춤을 못 출까

베 짜기 노래

자료코드 : 04_18_FOS_20090228_PKS_KSB_0022
조사장소 : 경상남도 함양군 안의면 귀곡리 귀곡마을 마을회관
조사일시 : 2009.2.28
조 사 자 : 안범준, 김미라, 문세미나, 조민정
제 보 자 : 김순분, 여, 76세
구연상황 : 조사자가 베 짜는 노래를 요청하자 제보자가 이에 응하여 노래를 구연하였다.

청중들은 제보자가 모르는 노래가 없다면서 칭찬을 무수히 하였다.

울도 담도 없는 집에

맹지 베 짜는~ 저 처녀야

앉아 짜-나 서서 짜나

어이야 그리도 잘도 짠다

앉아서- 짜거이 서서 짜거이

총각의 유열의 웬 말이요

얼씨구 절시구 정말로 좋네

요렇게나 놀다가는 병날 기라

상사 노래

자료코드 : 04_18_FOS_20090228_PKS_KSB_0023
조사장소 : 경상남도 함양군 안의면 귀곡리 귀곡마을 마을회관
조사일시 : 2009.2.28
조 사 자 : 안범준, 김미라, 문세미나, 조민정
제 보 자 : 김순분, 여, 76세
구연상황 : 제보자가 조사자와 청중들의 칭찬에 자발적으로 노래를 구연하였다.

저 건네라 남산 밑에

나무 베는 남도령아

오만 나무 다 베여도

오죽에 설대랑 베지 마라

올 키우고 내년을 키와 내서

낙수대로만 후아 내세

낚는다면 열녀로다

못 낚는다면은 상사로다

상사 열녀 고를 매자

꼬부라-지도록만 살아 보자

노랫가락 (4)

자료코드 : 04_18_FOS_20090228_PKS_KSB_0024
조사장소 : 경상남도 함양군 안의면 귀곡리 귀곡마을 마을회관
조사일시 : 2009.2.28
조 사 자 : 안범준, 김미라, 문세미나, 조민정
제 보 자 : 김순분, 여, 76세
구연상황 : 제보자가 자발적으로 이 노래를 구연하였다. 청중들은 제보자의 기억력에 감
　　　　　탄하면서 적극적인 태도로 호응하였다.

왔소 왔소 나 여기 왔소 천리타-향에 나 여기 왔소

바- 람에 불-어서 왔나 구름 속-으로 쌓여나 왔나

아-마도 나 여기 온 것은 다름이- 아니라 꽃 보고 왔소

권주가

자료코드 : 04_18_FOS_20090228_PKS_KSB_0025
조사장소 : 경상남도 함양군 안의면 귀곡리 귀곡마을 마을회관
조사일시 : 2009.2.28
조 사 자 : 안범준, 김미라, 문세미나, 조민정
제 보 자 : 김순분, 여, 76세
구연상황 : 조사자가 요청하자 제보자는 결혼해서 장모에게 권주하는 노래라고 설명하면
　　　　　서 구연하였다.

딸 키워 날 주신 장모 이 술 한 잔을 잡으나시오

이 술은 자네가 먹고 우리 딸을 데려다가 성공하게

청춘가 (3)

자료코드 : 04_18_FOS_20090228_PKS_KSB_0026
조사장소 : 경상남도 함양군 안의면 귀곡리 귀곡마을 마을회관
조사일시 : 2009.2.28
조 사 자 : 안범준, 김미라, 문세미나, 조민정
제 보 자 : 김순분, 여, 76세
구연상황 : 제보자가 자발적으로 이 노래를 구연하였다.

공자 맹자야 니가 자랑을 말아-라~
덧없는 세월이 에헤 백발이 다 되었네

어제 아래는 소년-이더니
백발이 되기가 에헤야 아주나 쉽더라~

나 죽거들랑

자료코드 : 04_18_FOS_20090228_PKS_KSB_0027
조사장소 : 경상남도 함양군 안의면 귀곡리 귀곡마을 마을회관
조사일시 : 2009.2.28
조 사 자 : 안범준, 김미라, 문세미나, 조민정
제 보 자 : 김순분, 여, 76세
구연상황 : 조사자의 요청에 제보자가 적극적인 태도로 구연하였다. 노래의 가사 때문인
지 청중들은 차분한 분위기로 제보자의 노래를 경청하였다.

어매 어매 나 죽거들랑 앞산에-도 묻지 마라

옛날 노래라, 아주.

뒷산에도 묻지 말고 연꽃밭에다 묻어 주소
우리 친구 날 찾거들랑 연꽃 하나를 꺾어 주소

우리 동상 날 찾거든 연꽃 하나 꺾어 주고

우리야 오빠가 날 찾거든 꽃 한 송이를 꺾어 주소

못 갈 장가 노래

자료코드 : 04_18_FOS_20090228_PKS_KSB_0028

조사장소 : 경상남도 함양군 안의면 귀곡리 귀곡마을 마을회관

조사일시 : 2009.2.28

조 사 자 : 안범준, 김미라, 문세미나, 조민정

제 보 자 : 김순분, 여, 76세

구연상황 : 제보자가 자발적으로 이 노래를 구연하였다. 노래의 중간에 제보자의 가사와 청중들이 알고 있던 부분이 달라 가벼운 언쟁이 있었다.

하늘에야 하− 선부야

밀양 땅으로 장개 왔소

장개 오−던 첫날−밤에

신부님이 해산 했네

방문 앞에 세모시 놓고

방안에다 대모시 놓고

병풍 뒤에 우는 아기

조랑 말고야 젖을 줘라

가요 가요 나는 가요

오던 질−로 나는 가요

재인 장모 들어 보소

(청중 : 에이, 또 엄한 데로 간다.)

어데요?

나는 가요 나는 가요

오던 질로 나는 가요

재인 장모 들어 보소

자기네 딸 행동으로 나는 가요

어제 왔던 새 사우야

안주가 나빠 갈라를 하나

진지가 나빠서 갈라 하나

가요 가요

(청중 : 안주 진지 다 아니 나빠 너거 딸 행동이.)

그래, 그거라.

나는 가요 안주가 나빠

그카고 나서 안주가 나빠 가나 진지가 나빠 가나 캐. 안주 진지 다 안 나빠도 너거 딸 행동 나빠서 간다 카는 기라. 그란께 짓고 가소 짓고 가소 그란께, 아가 아바이는 수만 개요 네 이름은 수잡년이요, 너거 딸 행동이 나빠서 내가 간다 해.

어제 왔던 새 사위야

신고 가게 신고 가게

삼신(삼승)의 버신을 신고 가세

삼신의 버선은 내가 신어

삼신 버선 임자를 두고

삼신의 버선을 내가 신어

신고 입고 가소 입고 가소

열 세야 도복을 입고 가소

열 세 도복 임자를 두고

열 세야 도복을 내가 입어

저 건네라 싸리-밭에

이슬이 많아서 어이 갈라요

싸리야 꼬재이를 꺾어 들고

이슬 틀면서 내가 가지

한 모랭-이 돌아-가면

까마구 깐치가 진동하고

두 모랭-이 돌아가서

그거 까먹었구마. 돌아간께네로 까마구 깐치가 진동을 해서 울음소리가 진동했네. 고마 마누라가 죽은 기라. 질어서 안 할 기라.

노랫가락 (5)

자료코드 : 04_18_FOS_20090228_PKS_KSB_0029
조사장소 : 경상남도 함양군 안의면 귀곡리 귀곡마을 마을회관
조사일시 : 2009.2.28
조 사 자 : 안범준, 김미라, 문세미나, 조민정
제 보 자 : 김순분, 여, 76세
구연상황 : 제보자가 자발적으로 이 노래를 구연하였다. 제보자는 노래를 많이 불러서 목
이 아프다고 하면서도 적극적인 태도로 구연하였다.

친구 없는 내 동무야

부모 없는 내 동무야

부모 꽃에 구경 가자

구경이-사~ 좋지요만은

옷이 없어서 못 가겠소

모시 적삼 반동 달고

산들산들~ 입고 가자

물레 노래

자료코드 : 04_18_FOS_20090228_PKS_KSB_0030
조사장소 : 경상남도 함양군 안의면 귀곡리 귀곡마을 마을회관
조사일시 : 2009.2.28
조 사 자 : 안범준, 김미라, 문세미나, 조민정
제 보 자 : 김순분, 여, 76세
구연상황 : 제보자가 자발적으로 이 노래를 구연하였다. 청중들은 박수를 치면서 적극적인 태도로 호응하였다.

물레야 덜거탁 이어서 돌아라

대밭에 든 총각 에히 밤이슬 맞는다

청춘가 (4)

자료코드 : 04_18_FOS_20090228_PKS_KSB_0031
조사장소 : 경상남도 함양군 안의면 귀곡리 귀곡마을 마을회관
조사일시 : 2009.2.28
조 사 자 : 안범준, 김미라, 문세미나, 조민정
제 보 자 : 김순분, 여, 76세
구연상황 : 조사자가 자발적으로 이 노래를 구연하였다. 청중들은 노래에는 거짓말이 없다며 가사의 내용에 공감하였다. 청춘가 곡조에 계속 여러 편의 노래를 불렀다.

오동나무 숲 속에는 꾀꼬리가 슬피 울고

어두컴컴 빈방 안에 에헤 나 혼자 운다네

천방사에~ 두둥실 뜬- 배야~

한 많은 이내 몸을 에이 싣고만 가세요

날이 급살진 ○○○

울언 님(우리 님) 소식이 에이 무소식

능분지 지천자요 이부자리는~

깔고야 덮는 것도 에헤에 울언 님 덕이라

애 타고 속 타고~ 불안한 내 마음~

금강산 절로만 에헤요 중 되로 갈라요

나 마다 할 적에 진작에나 알았으면~

중이나 되어도 에이 높은 중이 됐을 끼라

시집살이 노래 (2) / 부모 부음요

자료코드 : 04_18_FOS_20090228_PKS_KSB_0032

조사장소 : 경상남도 함양군 안의면 귀곡리 귀곡마을 마을회관

조사일시 : 2009.2.28

조 사 자 : 안범준, 김미라, 문세미나, 조민정

제 보 자 : 김순분, 여, 76세

구연상황 : 조사자의 요청에 제보자가 응하여 구연하였다.

시집오던 삼일 만에

부고 왔소 부고 왔소

엄마 죽은 부고 왔소

아버님께 물어보니

그 밭은 다 매 놓고 가라 하네

어머님께 물어보니
물 여다 놓고 가라 하요
시키는 거 다 해놓고
삼일 만에 돌아가니
한 모랭이 돌아가니
여수(여우)새끼 쿵쿵 우네
두 모랭이 돌아가니
까막까치 진동하여
삼시 모랭이 돌아가니
연장소리가 완전하네
골목 밖에 들어서니
아버님께 하는 말씀
에라 요년 요망한 년
어제 아래 올 것이제
오늘이사 왜 왔느냐
시키는 거 다 해 놓고 올라 하니
늦어서 그렇습니다
그래 아버님께 들어보소
시키는 거 다해 놓고 올라 하니
이렇게나 늦었어요
아이고 세상 내 딸이야
내가 그런 줄 몰랐더라

시집살이 노래 (3) / 중 노래

자료코드 : 04_18_FOS_20090228_PKS_KSB_0033
조사장소 : 경상남도 함양군 안의면 귀곡리 귀곡마을 마을회관
조사일시 : 2009.2.28
조 사 자 : 안범준, 김미라, 문세미나, 조민정
제 보 자 : 김순분, 여, 76세
구연상황 : 제보자가 긴 노래를 불러 보겠다고 자발적으로 구연하였다. 제보자는 기억력
이 매우 좋은 편이어서 긴 노래의 가사를 거의 잊지 않고 있었다. 청중들은
노래의 가사가 좋다며 경청하였다.

시집가던 삼일만에

일거리를 돌라 하니

밭을 매러 가라 하요

질로- 질로 들로 들로

지심밭이 우리 밭이라

한 골 매고 두 골-을 매어

삼시야 세 골을 매고 나서

집에라고 오니께로

열두야 대문을 잠가 났네

시금시금 시아-부지

대문 조금만 열어 주소

에라 요년 요 망할년

그걸 싸나 일-이라고

삼시야 세 때를 찾아왔나

참새 겉-은 시어마이

대문 조금만 열어 주소

그걸 싸나 일이라고

삼시야 세 때를 찾아왔나

옥양목 치매 열 두- 폭에
한 폭 따서 바랑 짓고
한 폭 따서 버선 짓고
질로 질로 들로 들로
골짜구로 들어~ 서니

또 까묵었다. 절이다.

절로 절로 들어가니
깍아 주소 깍아 주소
요내 머리를 깍아 주소
깍아 주기는 어렵잖소만은
줄 이가 없어서 못 깎겄소
신던 버선을 부치 신고
집이라고 돌아오니
쑥대밭이 되였고나
오도 가도 몬하-여서
바랑망태 박지기 간다고 가니
동냥 주소 동냥 주소
우리 동냥을 못 주겄소
동냥이사 주지-만은
우리야 누야가 이상하요
그런 소리 말으시오
세월이 지나가면 변하니요

누야가 어디 있어서 누야 있냐고 인자 그 카고, 즈그 어매, 즈그 아부
지도 섬돌 밑에 들어간께 즈그매 즈그 아부지가 나오더니만 아무리 봐도

우리 딸도 이상하다 카고 그래요.

이상하네 이상하네
아무리 봐도 우리 딸이라
이상하네 이- 상하네
동냥이사 주지요만은
줄 이가 없어서 못 주것네-
아이고 불쌍 내 딸아기
와 요리키 될 줄은 내 몰랐네

양산도 (2)

자료코드 : 04_18_FOS_20090228_PKS_KSB_0034
조사장소 : 경상남도 함양군 안의면 귀곡리 귀곡마을 마을회관
조사일시 : 2009.2.28
조 사 자 : 안범준, 김미라, 문세미나, 조민정
제 보 자 : 김순분, 여, 76세
구연상황 : 제보자가 자발적으로 이 노래를 구연하였다. 청중들은 박수를 치면서 적극적
으로 호응하였다.

에헤이요
청해장사 물레방아는 물을 안고 돌- 고
우리 집의 울언 님은 나를 안고 돈다
에헤라 난다 둥게 디어라 아니나 못 놀것다
넘기를 하여도 아니나 못 노겠- 네

길군악 (2)

자료코드 : 04_18_FOS_20090228_PKS_KSB_0035
조사장소 : 경상남도 함양군 안의면 귀곡리 귀곡마을 마을회관
조사일시 : 2009.2.28
조 사 자 : 안범준, 김미라, 문세미나, 조민정
제 보 자 : 김순분, 여, 76세
구연상황 : 제보자가 자발적으로 이 노래를 구연하였다. 청중들은 박수를 치면서 제보자
　　　　　의 노래에 적극 호응하였다.

　　　　함양 산천 물레방에 물을 안고 돌- 고
　　　　우리 집에 울언 님은 나를 안고 돈다
　　　　아서라 말어라 니가 그리 말어라
　　　　사람의 괄시를 니가 그리 마라

노랫가락 (6)

자료코드 : 04_18_FOS_20090228_PKS_KSB_0036
조사장소 : 경상남도 함양군 안의면 귀곡리 귀곡마을 마을회관
조사일시 : 2009.2.28
조 사 자 : 안범준, 김미라, 문세미나, 조민정
제 보 자 : 김순분, 여, 76세
구연상황 : 제보자가 자발적으로 이 노래를 구연하였다. 제보자는 이 노래가 옛날 노래라
　　　　　고 덧붙여 설명하였다.

　　　　대천지 한바다에 뿌리를 남기가 나서
　　　　가지는 열두 가지요 꽃은 피어서 화사하니요
　　　　그 남개 열매가 열어 가지가지도 영화로다

양산도

자료코드 : 04_18_FOS_20090222_PKS_KYH_0001
조사장소 : 경상남도 함양군 안의면 하원리 내동마을 마을회관
조사일시 : 2009.2.22
조 사 자 : 안범준, 정혜란, 김미라
제 보 자 : 김영희, 여, 72세
구연상황 : 함양 산천 물레방아 노래를 아냐고 조사자가 물어보자, 제보자가 이 노래를
바로 불렀다. 청중들은 모두 박수를 치면서 즐겁게 따라 불렀다. 노래를 뛰어
나게 잘하는 것은 아니었지만 구수하고 정겹게 불러 청중들이 무척 즐거워하
였다. 곶감을 깎을 때 이들 노래를 부른다고 했다.

에헤-이-요

함양 산천 물-레방아 물을 안고 돌-고~

우리 집에~ 서방님은 나를 안고 돈-다~

아서라 말어라 네 그리 마-라~

사람의 괄시를 너가 그리 마-라~

에헤이요~

산이 높아야 골짝도 깊지

조그마한 여자 속이 얼마나 깊-으-리~

아서라 말어라 니가 그리 말-아라~

사람의 괄-시를 너가 그리 마-라~

청-천 하늘에 잔-별도 많-고~

요-내 가슴에 수-심도 많~다

아서라 말어라 네 그리 마~라

사-람의 괄-시를 네가 그리- 마~라

에헤-이요~

우리가 살면은 몇백 년 살-아~

요내 생전에- 멋대로- 놀-자

아서라 마서라 네가 그리 마~라

사-람의 괄시를 네 그리 마~라

에헤-이요

함양 산천 물레방아는 물을 안고 돌~고

우리 집의 우리 임-은 나를 안고 돈~다

아서라 말어라 네가 그리 마~라

사-람의 괄시-를 네 그리 마~라

에헤이요

오동동 지화자에 달이야 둥실 밝-아~

임의 동동 생각이 저절로 난~다

아-서라 말-아라 네가 그리 마~라~

사람의 괄-시를 네 그리 마~라~

노랫가락

자료코드 : 04_18_FOS_20090222_PKS_KYH_0002

조사장소 : 경상남도 함양군 안의면 하원리 내동마을 마을회관

조사일시 : 2009.2.22

조 사 자 : 안범준, 정혜란, 김미라

제 보 자 : 김영희, 여, 72세

구연상황 : 제보자들이 이 노래의 앞 부분을 이야기하고 조사자가 앞부분을 다시 말했다.
그러자 제보자가 이 노래를 불렀다. 중간에 가사를 잊어 청중들에게 확인하고
다시 이어 부르곤 하였다.

마-천서 백-마를 타-고 진주- 남-강에 쑥- 올라서-니

연-꽃은 봉-지를 짓고 수양버-들은- 춤을 춘-다~

수양버들 춤 잘 추는데~ 요내 인생은- 춤 못 추-나~

청춘가

자료코드 : 04_18_FOS_20090222_PKS_KJB_0001

조사장소 : 경상남도 함양군 안의면 신안리 안심마을 마을회관

조사일시 : 2009.2.22

조 사 자 : 안범준, 정혜란, 김미라

제 보 자 : 김점분, 여, 68세

구연상황 : 조사자가 다른 청중들과 이야기를 하는 중에 제보자가 갑자기 이 노래를 불렀다. 청중들은 박수를 치면서 흥겹게 노래를 들었다.

내 갈 길에는 길 따라 가고서~

울언 님 뒤에는 에헤 나 따라간다-네

(청중 : 청춘(청천) 하늘에 잔별도 많고.)

울언 님 뒤에는 에헤 좋구나 좋구-나

모심기 노래 (1)

자료코드 : 04_18_FOS_20090222_PKS_MKI_0001

조사장소 : 경상남도 함양군 안의면 하원리 내동마을 마을회관

조사일시 : 2009.2.22

조 사 자 : 안범준, 정혜란, 김미라

제 보 자 : 마기임, 여, 68세

구연상황 : 조사자가 모심기 노래를 끄집어내자 제보자가 이 노래를 불렀다.

농-창~농-창- 벼루-야 끝-에~ 시-누~ 올키가 빠-졌-구-나
시누야~ 건져 돌에다 놓-고~ 올키랑 건져 품-에다 품-네~

받는 노래는,

나-도~ 죽-어- 후-세-상에~ 낭-군-부-터~ 생-길-라-요

모심기 노래 (2)

자료코드 : 04_18_FOS_20090222_PKS_MKI_0002
조사장소 : 경상남도 함양군 안의면 하원리 내동마을 마을회관
조사일시 : 2009.2.22
조 사 자 : 안범준, 정혜란, 김미라
제 보 자 : 마기임, 여, 68세
구연상황 : 또 하나를 해 보자며 서 마지기로 시작하는 모심기 노래를 제보자들이 같이
불렀다.

서- 마-지-기~ 논-빼-미-가~ 반-달-만-치- 남-아- 있-네

그 또 받는 노래가 인제.

제-가- 무-슨- 반-달-인-가~ 초-생-달-이- 반-달-이-지

모찌기 노래

자료코드 : 04_18_FOS_20090222_PKS_MKI_0003
조사장소 : 경상남도 함양군 안의면 하원리 내동마을 마을회관
조사일시 : 2009.2.22
조 사 자 : 안범준, 정혜란, 김미라
제 보 자 : 마기임, 여, 68세

구연상황 : 모심기 노래가 여러 종류로 있다는 설명을 해 주고, 모 찔 때 하는 노래를 먼저 해 주겠다고 하고서 이 노래를 불렀다. 그러면서 연달아 시간별 모찌기 노래를 불렀다. 청중들도 함께 불러 주어 노동요 특유의 느낌을 살릴 수 있었다.

처음에 모 찔 때 부르는 거는,

　　들-어-내-세- 들어-나 내-세~ 요- 모자-리를 들-어-나 내-세

인쟈 받는 거는,

　　남-의~ 가-락~ 세- 가-락에~ 날랜 가-락을 들-어-나 내-세

퍼뜩 들어내자 이 말이지. 세 가락으로는 못 찌잖아요. 날래 들어내자 이 말이지.

(조사자 : 다른 마을에서는 또 '쌈을 싸세' 하던데요.)

그거는 다 쩌 갈 적에.

　　쌈을- 싸-세- 쌈-을- 싸-세 요 못자-리-를 쌈을- 싸-세

그거는 인쟈 다 쩌 갈 때, 둘러싸면서, 인쟈 점심 때 되면,

　　떠-나-오~네 떠-나-오-네~ 우-리 점-심-이- 떠-나-오-네

글카고 또 받는 거는,

　　우-리- 점심- 다 돼-가-네~ 동무해-서 한-양- 가세

모심기 노래 (3)

자료코드 : 04_18_FOS_20090222_PKS_MKI_0004
조사장소 : 경상남도 함양군 안의면 하원리 내동마을 마을회관
조사일시 : 2009.2.22

조 사 자 : 안범준, 정혜란, 김미라

제 보 자 : 마기임, 여, 68세

구연상황 : 모심을 때 다른 노래도 있지 않냐며 제보자들끼리 이야기를 하던 중에 이 노
래를 불렀다. 모든 청중들이 함께 불러 모심기 현장이 아닌 곳에서 노동요의
분위기를 한껏 느낄 수 있었다.

물꼬~ 철-철- 물 실어- 놓고- 주-인 양- 양반- 어-데-로- 갔-
소-

무네(문어)- 전-복- 손-에다 들고~ 첩-의 방- 방에 놀-러를
갔-네

다음에 받는 거는 이제, 무슨 첩이 대단해서 밤에 가고 낮에 가노,

(조사자 : 그러면 한번 받아 주십시오.)

무-슨- 첩~이- 대-단-해-서- 낮-에- 가 가고- 밤-에-도-
가-노

그 카고 이제 뒤에,

낮-에~ 가~면 청-주가 석- 잔~ 밤에- 가 가면은 탁-주-가
석-잔

길군악 / 짓구내기

자료코드 : 04_18_FOS_20090222_PKS_MKI_0005

조사장소 : 경상남도 함양군 안의면 하원리 내동마을 마을회관

조사일시 : 2009.2.22

조 사 자 : 안범준, 정혜란, 김미라

제 보 자 : 마기임, 여, 68세

구연상황 : 조사자가 다른 마을에서 용추폭포 노래를 들었다고 이야기를 하자 제보자들

이 가사를 읊조렸다. 그러자 제보자가 나서서 불렀다.

용추-야 폭-포야~ 네- 잘- 있-거-라~
명년~ 춘삼월 봄이- 오면 또 다시 옴-세~

화투 타령

자료코드 : 04_18_FOS_20090222_PKS_MKI_0006
조사장소 : 경상남도 함양군 안의면 하원리 내동마을 마을회관
조사일시 : 2009.2.22
조 사 자 : 안범준, 정혜란, 김미라
제 보 자 : 마기임, 여, 68세
구연상황 : 제보자들이 화투 노래를 불러 보자며 노래를 불렀다.

정월- 솔가지 쏙쏙한 마음
이월- 매주에 맺아 놓고
삼월- 사쿠라 산란한 마음
사월- 흑싸리가 허사로다
오월- 난-초 나-는 나비
유월- 목단에 춤 잘 춘다
칠월- 홍돼지 홀로 누워
팔월- 공-산에 달이 떴네
구월- 국화- 굳었던 마음
시월- 단풍에 뚝 떨어졌네
동짓-달은 눈이 와서
섣달- 비에 다 녹았네

나물 캐는 노래

자료코드 : 04_18_FOS_20090222_PKS_MKI_0007
조사장소 : 경상남도 함양군 안의면 하원리 내동마을 마을회관
조사일시 : 2009.2.22
조 사 자 : 안범준, 정혜란, 김미라
제 보 자 : 마기임, 여, 68세
구연상황 : 제보자들끼리 노래를 읊조리다가 오경분 제보자가 노래의 앞부분을 떠올리고
말로 했다. 그리고 그 뒷부분 가사도 다른 제보자와 같이 이야기를 했다. 가
사를 읊조려 본 뒤 셋이서 같이 노래를 불렀다.

남산- 밑에 남도-령아~

서산 밑에 숫처녀야

나물을 캐러 안 갈란가

나물- 캐러 간다-해도

신-도 없고 칼도 없네

남도령 줌치를 탈탈- 터-니

노잣돈이 남았구나

한 돈 주고 신 사 신고

한 돈- 주-고 칼 사 담고

물도- 좋-고 경치도 좋은데-

점심밥을 먹으려 하니

남도령 밥은 쌀-밥이오

숫처녀 밥-은 꽁보리밥이라

남도령 밥은 숫처녀 먹-고

숫처녀 밥은 남도령 먹고

물 좋고 경치도 좋은 데서

백년가약을 맺자꾸나

모심기 노래

자료코드 : 04_18_FOS_20090221_PKS_PWS_0001
조사장소 : 경상남도 함양군 안의면 신안리 동촌마을 마을회관
조사일시 : 2009.2.21
조 사 자 : 안범준, 정혜란, 김미라
제 보 자 : 박우석, 남, 88세
구연상황 : 이야기하는 것을 지켜보다가 아는 노래가 있다며 노래를 시작했다. 보통의 모
　　　　　심기 노래보다 빠른 곡조로 불렀다.

　　　서 마지-기 논-빼미는 반달만큼 남았-구나
　　　제가 무-슨 반달-일까 초승-달이 반달이지

노랫가락 / 그네 노래

자료코드 : 04_18_FOS_20090222_PKS_BJI_0001
조사장소 : 경상남도 함양군 안의면 하원리 하비마을 마을회관
조사일시 : 2009.2.22
조 사 자 : 안범준, 정혜란, 김미라
제 보 자 : 백재임, 여, 77세
구연상황 : 조사자가 노래의 첫 부분을 언급하자 제보자가 가사를 기억하고 구연하였다.
　　　　　제보자는 무척 부끄러워하는 모습이었다.

　　　수천당 세모시 남개(나무에) 늘어진 가지에 군대(그네)를 메어
　　　임이 뛰면 내-가 밀고요 내가 뛰-면은 임이 밀-어
　　　임아 임아 줄- 밀지 마라 줄 떨어-지면은 정 떨어진다.

베 짜기 노래

자료코드 : 04_18_FOS_20090228_PKS_SPS_0001

조사장소 : 경상남도 함양군 안의면 귀곡리 귀곡마을 마을회관

조사일시 : 2009.2.28

조 사 자 : 안범준, 김미라, 문세미나, 조민정

제 보 자 : 서필순, 여, 86세

구연상황 : 제보자가 베틀 노래를 부르겠다고 자발적으로 구연하였다. 뒷부분은 가사가
　　　　　 기억이 잘 안 난다면서 중단하였다.

　　　　오늘 일기가 하 심심하여 베틀 노래를 지어나 볼까
　　　　일광단 이광단 따여나 갖고서 임 와이셔츠나 다 지어 보까

　　또 그래 하는데, 또 있는데, 모르것네.

노랫가락

자료코드 : 04_18_FOS_20090228_PKS_SPS_0002

조사장소 : 경상남도 함양군 안의면 귀곡리 귀곡마을 마을회관

조사일시 : 2009.2.28

조]사 자 : 안범준, 김미라, 문세미나, 조민정

제 보 자 : 서필순, 여, 86세

구연상황 : 제보자가 자발적으로 이 노래를 구연하였다.

　　　　첫날 저녁에 처녀를 주고 다음날 저녁에 색시 주고
　　　　네모 빤듯 장판 안에 고운 차렵이불에다 단둘이 자라네
　　　　여보네 보게 돼지를 잡아서 단장에 오니깐 꼬꼬닭을
　　　　삼시- 세 분 꼬즌께네 송아치를 잡아 주요

　　아이고 나도 다 잊어버렸다. 잘하몬 듣기 좋은데, 첫날 저녁에 처녀 주
고 다음날 저녁에 색시 주고.

달거리 노래

자료코드 : 04_18_FOS_20090222_PKS_OKB_0001
조사장소 : 경상남도 함양군 안의면 하원리 내동마을 마을회관
조사일시 : 2009.2.22
조 사 자 : 안범준, 정혜란, 김미라
제 보 자 : 오경분, 여, 64세
구연상황 : 양산도를 불러줄 수 있느냐는 조사자의 요청에 청춘가를 불러보겠다며 제보
자가 불렀다. 다음 노래는 청춘가를 부른 후에 부른 것이다. 제보자는 노래를
부르는 동안 숨이 찬 듯하였으나, 청중들의 칭찬과 박수에 힘을 얻어 끝까지
구연해주었다.

정월이로다~

일월수야 달 밝은데 학- 한 쌍은 달빛 따러 내려와서 춤을 추노라~

이월이로다~

이월 매화 어찌하여 설한한풍에 섞어 놓는 꽃단조도 열망했노라~

삼월이로다~

삼월 사쿠라 눈 속에도 꽃 피었는데 우리 부모 홀목(손목) 잡고
꽃기경(꽃구경) 가자~

사월이로다~

사월 가지 초하루에 온갖 잡곡에 만발하여 이 마음이 상쾌하도다~

오월이로다~

오월 남자 피었단다 저기 저 산에 이 손 저 손 꺾어들고 선 보러
가자~

유월이로다~

유월 목단 꽃 중에도 하중하리라 나는 나비 뒤를 따라 울고 갑니다~

칠월이로다~

칠월 홍산 나무 홍산 붉은 꽃 피고 이 손 저 손 꺾어들고 임 보러
가자~

팔월이로다~

팔월 강산 적막 강산 나는 산 중에 슬피 우는 두견새야 니 울지 마라~

구월이로다~

구월 국화 담장 밑에 피는 국화는 나를 보고 반가워서 방긋 웃노라~

시월이로다~

시월달에 단풍 다 떨어지는데 우리 동무 홀목 잡고 꽃기경 가자~

동짓달이로다~

동짓달 오동동동 금빛을 싣고 동쪽에서 서쪽으로 잘 넘어갑니다~

섣달이로다~

섣달 지난 열두 달에 마지막인데 삼백육십오일같이 잘 넘어갑니다~

노랫가락 (1) / 그네 노래

자료코드 : 04_18_FOS_20090222_PKS_OKB_0002
조사장소 : 경상남도 함양군 안의면 하원리 내동마을 마을회관
조사일시 : 2009.2.22
조 사 자 : 안범준, 정혜란, 김미라
제 보 자 : 오경분, 여, 64세
구연상황 : 조사자가 그네 뛰는 노래의 앞부분을 이야기하면서 그런 노래를 아느냐고 물어봤다. 그러자 제보자들끼리 가사를 서로 이야기한 다음 제보자가 나서서 하는 데까지 해 보겠다며 노래를 시작했다.

수-천-당 세-모시~ 남-개(나무에) 늘어진- 가-지-다 군네(그네)를 매-어

임이 뛰면- 내가-나 밀고 내가- 뛰-면은 임이 민다~

임아 임아 줄- 밀-지- 마라 줄 떨어-지-면-은- 정 떨어-진-다~

노랫가락 (2)

자료코드 : 04_18_FOS_20090222_PKS_OKB_0003
조사장소 : 경상남도 함양군 안의면 하원리 내동마을 마을회관
조사일시 : 2009.2.22
조 사 자 : 안범준, 정혜란, 김미라
제 보 자 : 오경분, 여, 64세
구연상황 : 여러 노래에 대한 이야기를 하던 중에 제보자가 이 노래를 불렀다. 노래가 더
          연결이 될 것 같았으나 더 기억이 안 난다고 하였다.

배-꽃- 폈네- 배-꽃 폈네- 큰애기 손수건에 배꽃 폈네

배꽃- 같은- 손수건 밑에~ 반달-같은 저 인물 봐라

건드-리면 욕헐(욕할)-끼고 대장부의 간장이 다 녹-는다~

다리 세기 노래

자료코드 : 04_18_FOS_20090222_PKS_OKB_0004
조사장소 : 경상남도 함양군 안의면 하원리 내동마을 마을회관
조사일시 : 2009.2.22
조 사 자 : 안범준, 정혜란, 김미라
제 보 자 : 오경분, 여, 64세
구연상황 : 조사자가 "이거리 저거리 갓거리"를 시작하는 노래를 언급하자 여러 명이 가
          사를 이야기했다. 그리고 한 사람이 하자는 제보자들끼리의 말에 이 제보자가
          불렀다.

이거리 저거리 갓거리

진도 맹도 도맹도

짝발이 해랑산

도래미 줌치 사래육

엮어 엮어 찔레 엮어

당산에 먹을 갈아

붙일똥 말똥

들머리에 서서 개구리를 잡자

개구리 개구리 달캉

댕기 노래

자료코드 : 04_18_FOS_20090222_PKS_OKB_0005

조사장소 : 경상남도 함양군 안의면 하원리 내동마을 마을회관

조사일시 : 2009.2.22

조 사 자 : 안범준, 정혜란, 김미라

제 보 자 : 오경분, 여, 64세

구연상황 : 조사자가 댕기 노래를 아느냐고 물어보자 잠시 읊조리더니 바로 이 노래를
　　　　　 불렀다. 이 제보자가 앞부분을 부르자 다른 제보자도 같이 불렀다.

　　　　총-각이- 떠-다-준~ 홍-갑-사 댕-기를~

　　　　고운- 때도 아니 묻어 에혀~ 날받이 왔구-나~

　　　　날-받이랑 받아-서- 품에다- 품-고요~

　　　(청중 : 그기 청춘가제?)

　　　　끌렀던 댕기-를~ 에헤~ 다시 딜이(들여) 봅시다~

못 갈 장가 노래

자료코드 : 04_18_FOS_20090222_PKS_OKB_0006

조사장소 : 경상남도 함양군 안의면 하원리 내동마을 마을회관

조사일시 : 2009.2.22

조 사 자 : 안범준, 정혜란, 김미라

제 보 자 : 오경분, 여, 64세

구연상황 : 조사자가 한 모랭이 두 모랭이가 들어가는 노래가 없느냐고 물어보자, 제보자가 다음 노래를 불렀다. 노래를 부르다 가사를 다 기억하지 못해 중단하고 말았다.

　　　　궁합을 봐도 못 갈 장-가

　　　　책력을 봐-도 못 갈 장가

　　　　제가- 씨와- 가-는 장가

　　　　어느 누-가 말길소냐

　　뭐라 카대. 그 카고 장개를 가는데,

　　　　한 모-랭이 돌아가니 까막-까치 진동을 하고

　　　　두 모-랭이를 돌아-가니~ 상두-꾼이 진동을 하네

모심기 노래

자료코드 : 04_18_FOS_20090222_PKS_OKB_0007

조사장소 : 경상남도 함양군 안의면 하원리 내동마을 마을회관

조사일시 : 2009.2.22

조 사 자 : 안범준, 정혜란, 김미라

제 보 자 : 오경분, 여, 64세

구연상황 : 노래를 해 보겠다고 제보자가 조사자에게 말했다. 그러자 조사자가 주변을 정리하고 노래를 시작했다.

　　　　다-풀~ 다-풀- 다-박-머-리~ 해- 다 진데- 어-데 가-노~

　　그카고.

　　　　울 어-머~니- 산-소-가-에~ 젖- 먹-으~러- 나-는- 가~요

그리고 또 인자 해 넘어가면, 또 저게,

동해~동~창 돋-는~ 해-가~ 서-해-서-창-에- 걸-앉-았-네

이거 또 받는 소리가 어떻게 되더라? 아, 오늘 해가 다 졌는가 골골마다 연기 난다 그카더라.

모찌기 노래

자료코드 : 04_18_FOS_20090719_PKS_OHS_0001
조사장소 : 경상남도 함양군 안의면 봉산리 봉산마을 마을회관
조사일시 : 2009.7.19
조 사 자 : 안범준, 정혜란, 김미라
제 보 자 : 오행순, 여, 64세
구연상황 : 청중이 많지 않았으므로 조용한 분위기에서 조사가 이루어졌다. 제보자는 목
청이 좋고 활발한 성격이라 적극적으로 알고 있는 민요를 구연하였다.

들-어야~ 내~세- 들~어-나 내-세~
요~ 모~야 자-리를 들-어- 내-세~

모심기 노래 (1)

자료코드 : 04_18_FOS_20090719_PKS_OHS_0002
조사장소 : 경상남도 함양군 안의면 봉산리 봉산마을 마을회관
조사일시 : 2009.7.19
조 사 자 : 안범준, 정혜란, 김미라
제 보 자 : 오행순, 여, 64세
구연상황 : 앞에서 부른 모찌기 노래에 이어서 모심기 노래를 이어 불렀다. 크고 자신감
있는 목소리로 구성지게 불렀다. 청중들도 박수를 치면서 흥겨워하였다.

다~풀- 다~풀- 다~박-머-리~ 해- 다~ 진 진데~ 어~-데~
를 가-노

우리~야 엄~마- 산-소에야 등-에 젖- 먹-으로~만- 내-가
간-다

모심기 노래 (2)

자료코드 : 04_18_FOS_20090719_PKS_OHS_0003
조사장소 : 경상남도 함양군 안의면 봉산리 봉산마을 마을회관
조사일시 : 2009.7.19
조 사 자 : 안범준, 정혜란, 김미라
제 보 자 : 오행순, 여, 64세
구연상황 : 모심기 노래는 여러 가지라고 설명하면서 이 노래를 구연하였다. 흥에 겨운지
손짓을 하면서 신명나게 불렀다.

물-꼴~ 철~철- 물- 실어- 놓-고~ 주-인~ 양- 양반-은~ 어-
데-를~ 갔-노~

곶감 깎는 노래

자료코드 : 04_18_FOS_20090719_PKS_OHS_0004
조사장소 : 경상남도 함양군 안의면 봉산리 봉산마을 마을회관
조사일시 : 2009.7.19
조 사 자 : 안범준, 정혜란, 김미라
제 보 자 : 오행순, 여, 64세
구연상황 : 청중들과 함께 구연하였으나 크고 우렁찬 목소리로 구연하여 다른 좌중을
압도하였다. 함양의 대표적인 노래인 곶감 깎기 노래를 밀양 아리랑 곡조에
얹어 불렀다.

함양 산청~ 물-레방애 물을 안고 돌~고~오~오

우리- 집에- 서방님은 나를 안고 돈다~

아리 아리랑~ 쓰리 쓰리랑~ 아라리-가~났네~에~

아-리-랑~ 고-개로~ 내가 넘어-간다~

밀양 아리랑

자료코드 : 04_18_FOS_20090719_PKS_OHS_0005
조사장소 : 경상남도 함양군 안의면 봉산리 봉산마을 마을회관
조사일시 : 2009.7.19
조 사 자 : 안범준, 정혜란, 김미라
제 보 자 : 오행순, 여, 64세
구연상황 : 활달한 성격의 제보자는 앞에서 구연한 노래를 이어 불렀다. 청중들도 따라
불렀지만 제보자와 경쟁이 되지 않아 묻히고 말았다.

놓고- 놓고~ 닭 잡아~ 놓고~

소-괴기- 육개장에~ 밥말-아 먹자~

아리-아리랑~ 쓰리-쓰리랑~ 아아리가~ 낫-네~에~에

아-리랑- 고-개로~ 날 넘기- 주소~

길군악 / 짓구내기

자료코드 : 04_18_FOS_20090719_PKS_OHS_0006
조사장소 : 경상남도 함양군 안의면 봉산리 봉산마을 마을회관
조사일시 : 2009.7.19
조 사 자 : 안범준, 정혜란, 김미라
제 보 자 : 오행순, 여, 64세
구연상황 : 다른 청중들과 함께 용추폭포를 적극적으로 가창하려고 하였다. 노래를 가창

하는 중간에 청중이 곡조가 다르다고 하자 제보자는 자신이 알고 있는 대로 부르려고 했다.

용-추~폭~포~ 네- 잘- 있-거-라~

(청중 : 그래 하는 기 아이라.)

내~년 춘삼-월~ 또- 다시~ 온다~

봄배추 노래

자료코드 : 04_18_FOS_20090719_PKS_OHS_0007
조사장소 : 경상남도 함양군 안의면 봉산리 봉산마을 마을회관
조사일시 : 2009.7.19
조 사 자 : 안범준, 정혜란, 김미라
제 보 자 : 오행순, 여, 64세
구연상황 : 적극적이고 활달한 성격의 제보자는 자발적으로 노래를 불렀다. 다른 청중들도 이 노래를 알고 있는지 함께 따라 불렀다.

새-들- 새~들- 봄-배-추는~ 밤-비- 오기만~ 기다리고
옥에- 갇-힌~ 춘향이는~ 이도령- 오-기만 기-다린다

도라지 타령

자료코드 : 04_18_FOS_20090719_PKS_OHS_0008
조사장소 : 경상남도 함양군 안의면 봉산리 봉산마을 마을회관
조사일시 : 2009.7.19
조 사 자 : 안범준, 정혜란, 김미라
제 보 자 : 오행순, 여, 64세
구연상황 : 다음으로 '도라지'를 부르겠다고 제보자가 자발적으로 구연하였다. 제보자는

마을회관이 울릴 정도 우렁차게 불렀다. 다른 청중도 불렀지만 가사가 다른 부분이 나오자 더 이상 부르지 않았다.

도라-지~ 도라-지~ 백~도라-지~ 심심-산-천에~ 난- 도
라지~

네 오데- 날 때가~ 없어서~ 양-바우~ 사이 틈-에나~ 났느냐~

에에용~ 에헤용~ 에헤요~ 어-여라 난다~ 지화자-가~ 좋아~

네가 내-간장~ 스리- 살살~ 다 녹힌다~

안자 고만 해.

모심기 노래 (3)

자료코드 : 04_18_FOS_20090719_PKS_OHS_0009
조사장소 : 경상남도 함양군 안의면 봉산리 봉산마을 마을회관
조사일시 : 2009.7.19
조 사 자 : 안범준, 정혜란, 김미라
제 보 자 : 오행순, 여, 64세
구연상황 : 마지막으로 모심기 노래를 부르겠다고 자청하여 구연하였다. 다른 청중들도
아는 노래라고 함께 구연하였다. 청중들은 옛 생각이 떠오르는지 함께 따라
부르며 화기애애한 분위기를 조성하였다.

농-창~ 농-창~베-루야~ 끝에~헤 시누-야~ 올케-가~ 빠졌-
구나~

나도~ 저 후 옷에 우- 세상~ 가서- 낭-군~부터 섬-길라-네~

모심기 노래

자료코드 : 04_18_FOS_20090222_PKS_WYJ_0001

조사장소 : 경상남도 함양군 안의면 하원리 상비마을 마을회관
조사일시 : 2009.2.22
조 사 자 : 안범준, 정혜란, 김미라
제 보 자 : 우영재, 여, 72세
구연상황 : 조사자의 요청에 적극적으로 노래를 불렀다. 목청이 좋아 길게 노래를 빼면서
　　　　　불렀으나 가사가 잘 기억나지 않는지 청중들의 도움으로 구연하였다. 모심기
　　　　　노래가 점차 기억 속에서 사라지고 있는 현상을 볼 수 있는 예이다.

　　　서 마~지~기 논-빼~미-는

반달만치 남았다 하제?

　　　반달만큼 남아 있네

　　　오늘 해가 다 졌는가

그라고 또 머라 카노?[웃음]

　　　골골-마다 연기가 나-네

　　　다풀~ 다풀 다박 머~리

그라고 머라 카더라?

　　　해 다 지는데 어디를 갔노

그라고 받아야 돼, 하는 게 있어.

　　　우리 어매야 산소 앞-에 젖 먹으러 나는 가네

모찌기 노래

자료코드 : 04_18_FOS_20090222_PKS_WYJ_0002
조사장소 : 경상남도 함양군 안의면 하원리 상비마을 마을회관
조사일시 : 2009.2.22
조 사 자 : 안범준, 정혜란, 김미라
제 보 자 : 우영재, 여, 72세
구연상황 : 제보자가 자발적으로 노래를 이어서 불렀다. 제보자는 노래에 대한 설명도 하
　　　　　면서 구성지게 구연하였다.

　　　들어~내세 들어야 내~세 이 못자리를 들-어나 내세

　이카모 또, 쌈을 싸세 쌈을 싸세 이 모자리 쌈을 싸세, 또 그래 받아 주
는 기라. [일동 웃음]

　　　쌈~을 싸~세 쌈-을 싸세~ 이 모자~리를 쌈을 싸-세

도라지 타령

자료코드 : 04_18_FOS_20090222_PKS_WYJ_0003
조사장소 : 경상남도 함양군 안의면 하원리 상비마을 마을회관
조사일시 : 2009.2.22
조 사 자 : 안범준, 정혜란, 김미라
제 보 자 : 우영재, 여, 72세
구연상황 : 조사자의 요청에 적극적인 자세로 구연하였다. 제보자의 구성진 노래에 청중
　　　　　들도 적극 참여하면서 따라 부르기도 하였다.

　　　도라지 도라~지 백-도라~지 심-심산천에 백도라지
　　　한두 뿌리만 캐어-도~ 대바구니 사리살살 넘노-라
　　　에헤용 에헤용 에헤에용 에여-라 난다 지화자자 좋-다
　　　누가 누 간장 스리살살 넘노라

석탄- 백탄 타는-데~ 연기만 퐁퐁 나노라

요내 가슴 다 타도~ 연기도 짐(김)도 아니 나네

에헤용 에헤용 에헤에용 에여-라 난다 지화자자 좋-다

누가 누 간장 스리살살 넘노라

양산도

자료코드 : 04_18_FOS_20090222_PKS_WYJ_0004
조사장소 : 경상남도 함양군 안의면 하원리 상비마을 마을회관
조사일시 : 2009.2.22
조 사 자 : 안범준, 정혜란, 김미라
제 보 자 : 우영재, 여, 72세
구연상황 : 제보자가 자발적으로 또 부르겠다며 부른 것이다. 구성지고 우렁찬 제보자의
　　　　　노래에 청중들 모두 신명이 나서 다 같이 따라 불렀다.

에헤이요
연락 서산에 해 떨어지~고
열추야 동산에 달 솟아 온-다
어여라 너여라 아니나 못 노겄네
연기를 하여 어이도 다 못 노리로구나

에헤이여~
함양 산청 물레방아는 물을 안고 돌~고
우리 집에 서-방님 나를 안고 돈~다
어여라 너여라 아니나 못 놀겄네
연기를 하여-도 다 못 노리로구나

에헤이여

함양 사탕 묵을 대는 하늘 뱅뱅 돌~고

임금님한테 매 맞을 때에나 하늘 뱅뱅 돈다~

어여라 너여라 아니나 못 놀겠-네

연기를 하여도 다 못 노리로구나

노랫가락 (1)

자료코드 : 04_18_FOS_20090222_PKS_WYJ_0005
조사장소 : 경상남도 함양군 안의면 하원리 상비마을 마을회관
조사일시 : 2009.2.22
조 사 자 : 안범준, 정혜란, 김미라
제 보 자 : 우영재, 여, 72세
구연상황 : 제보자가 자발적으로 이 노래를 불렀다. 청중들은 제보자의 노래를 따라 부르
기도 하고 잘못된 가사를 지적하기도 하였다.

나비야 청산을 가자 호랑-나비야 너도 가-자

가다가 해 저물거든 이 몸이 대서(힘들어서) 자고 가자

그 임이 반대를 하면 달밤-에라도 질을 걷자

노랫가락 (2)

자료코드 : 04_18_FOS_20090222_PKS_WYJ_0006
조사장소 : 경상남도 함양군 안의면 하원리 상비마을 마을회관
조사일시 : 2009.2.22
조 사 자 : 안범준, 정혜란, 김미라
제 보 자 : 우영재, 여, 72세
구연상황 : 제보자가 자발적으로 노래를 시작했다. 청중들은 제보자의 노래에 맞추어 박

수를 치면서 따라 부르기도 하였다.

바람이 불어서~ 쓰러진 나무가~
눈비가 온다고 좋다 일어- 날쏘냐

마산서 백마를 타고

자료코드 : 04_18_FOS_20090222_PKS_WYJ_0007
조사장소 : 경상남도 함양군 안의면 하원리 상비마을 마을회관
조사일시 : 2009.2.22
조 사 자 : 안범준, 정혜란, 김미라
제 보 자 : 우영재, 여, 72세
구연상황 : 조사자가 앞부분을 조금 불러 보자 제보자가 잘 아는 노래라면서 불렀다. 청
중들은 박수를 치며 장단을 맞추어 끝까지 함께 불렀다.

마-산서 백-마를 타고 진주 목등에 올라서-니
연꽃은 넌지러지고 수양버-들은 춤을 춘-다
수양버들 춤 잘 추는데 요내 인생은 춤 못 추나

노랫가락 (3) / 그네 노래

자료코드 : 04_18_FOS_20090222_PKS_WYJ_0008
조사장소 : 경상남도 함양군 안의면 하원리 상비마을 마을회관
조사일시 : 2009.2.22
조 사 자 : 안범준, 정혜란, 김미라
제 보 자 : 우영재, 여, 72세
구연상황 : 조사자가 노래를 잘한다고 칭찬하자 제보자가 기뻐하면서 한 곡 더 부르겠다
고 하였다. 청중들은 박수를 치면서 장단을 맞추었다. 청중들 중에서 몇몇은
조용히 따라 부르기도 하였다.

수천당 세모시 남개 늘어진 가지다 그네를 매고
임이 뛰-면 내가나- 밀고 내가 뛰-면은 임이 밀-어
임아 임아 줄 밀지 마라 줄 떨어지면은 정 떨어진-다
저 줄-이사 떨어질망정 정 떨어질- 리는 만무하오

화투 타령

자료코드 : 04_18_FOS_20090222_PKS_WYJ_0009
조사장소 : 경상남도 함양군 안의면 하원리 상비마을 마을회관
조사일시 : 2009.2.22
조 사 자 : 안범준, 정혜란, 김미라
제 보 자 : 우영재, 여, 72세
구연상황 : 제보자가 많은 노래를 구연하여 분위기가 고조된 가운데 조사자가 다른 노래
가 없느냐고 요청하자 구연하였다.

정월 솔가지 쏙쏙한 마음
이월 매-조 맺어 놓고
삼월 사쿠라 산란한 마음
사월 흑싸리 허사로다
오월 난초 나는 나비에
유월 목단에 춤을 추네
칠월 홍돼지 홀로 누워
팔월 공산에 달이 떴네
구월 국-화 굳은 마음
시월 단풍에 다 떨어졌네
오동추야 달 밝은데
임의 생각 절로 난다

도라지 타령

자료코드 : 04_18_FOS_20090222_PKS_LSB_0001
조사장소 : 경상남도 함양군 안의면 하원리 내동마을 마을회관
조사일시 : 2009.2.22
조 사 자 : 안범준, 정혜란, 김미라
제 보 자 : 이석분, 여, 68세
구연상황 : 조사자가 도라지 타령을 불러 달라고 요청했다. 그리고 청중들이 가사를 읊조
리다가 이 제보자가 가락을 붙여 불렀다. 부르는 중간에 이석분과 마기임의
가사가 서로 엇갈려 마기임이 노래의 끝을 마무리하였다.

도라-지 도라-지 백-도라-지 심-심산-천에 백도-라지

한두- 뿌-리-만 캐어-도 대바구니가 처리철-철 넘는-다~

에헤용 에헤용 에헤에-용

에혀-라 난-다 지화자자- 좋-다

니가 내 간장 요리 살-살 다 녹는다

도라지~ 캐-러를 간-다-고~

시어마시 허-개(허가)를 받-았-더니

[청중이 뒷부분을 이어 부른다.]

뒷집에 귀동자를 다리고

잔-솔밭 모리 모리로 돌아-간다

내리 잡-방석에 잡방 걸어-져서

낮-잠만 고리골-골 자-는-구나~

너냥 나냥

자료코드 : 04_18_FOS_20090222_PKS_LSB_0002

조사장소 : 경상남도 함양군 안의면 하원리 내동마을 마을회관
조사일시 : 2009.2.22
조 사 자 : 안범준, 정혜란, 김미라
제 보 자 : 이석분, 여, 68세
구연상황 : 이 제보자가 앞부분을 시작하자 바로 다른 제보자들도 같이 부르기 시작했다.

　　　　우리 집에- 서방님은 계집질을- 갔-는데
　　　　바- 람아 강-풍아 석달 열흘만 불어라~
　　　　니-냥 내-냐 두리-둥-실 놀고-요
　　　　밤이 밤이나 낮이 낮이나 참사랑이로-구나

　　　　우리 집에- 서방님은 올적판에를 갔는데
　　　　밤이 밤이- 새도록 세칠팔로만 놀아라

창부 타령 (1) / 조추 캐는 노래

자료코드 : 04_18_FOS_20090719_PKS_LIS_0001
조사장소 : 경상남도 함양군 안의면 봉산리 봉산마을 마을회관
조사일시 : 2009.7.19
조 사 자 : 안범준, 정혜란, 김미라
제 보 자 : 이일색, 여, 85세
구연상황 : '주추 캐는 노래'라고 하면서 제보자가 적극적으로 구연하였다. 차분하고 단
　　　　　정한 외모로 구성진 목소리로 불렀다.

　　　　황해도-라~ 구월산- 밑에~ 주추- 캐~는- 저 처녀야~
　　　　너거 집-이~ 어데나~길래~ 해 다-지도록 주추-캐노
　　　　우리야- 집을~ 찾을-라면~ 이산 저산 등-을 넘어~
　　　　삼신산 안-개야 속에~ 초-가-삼칸이~ 내 집이요~

창부 타령 (2) / 사모요

자료코드 : 04_18_FOS_20090719_PKS_LIS_0002
조사장소 : 경상남도 함양군 안의면 봉산리 봉산마을 마을회관
조사일시 : 2009.7.19
조 사 자 : 안범준, 정혜란, 김미라
제 보 자 : 이일색, 여, 85세
구연상황 : 앞의 노래에 이어 자발적으로 창부 타령 곡조로 불렀다. 청중들은 부모를 생
　　　　　각하는 노래라고 하면서 차분한 분위기로 경청하였다.

　　울- 어머니~ 날 기~를- 적에~ 죽샌(죽순)-같이도~ 날 기르-
더니~

　　　　죽신- 끝에~ 왕대가~ 놀고- 왕대- 끝에- 학-이- 노네~

　　　　학은- 점점- 젊어-나~가고 울- 어-머니-는~ 늙어나-진다~

창부 타령 (3) / 사랑 노래

자료코드 : 04_18_FOS_20090719_PKS_LIS_0003
조사장소 : 경상남도 함양군 안의면 봉산리 봉산마을 마을회관
조사일시 : 2009.7.19
조 사 자 : 안범준, 정혜란, 김미라
제 보 자 : 이일색, 여, 85세
구연상황 : 제보자가 자발적으로 계속 창부 타령 곡조로 사랑 노래라고 하면서 불렀다.
　　　　　손짓을 하면서 흥겹게 구연하여 청중들에게 즐거움을 주었다.

　　　　하늘-같이~ 높-은~ 사랑~ 바다와- 같이도~ 깊은-사랑~

　　　　칠-년 대-한 가문- 날에 빗방-울~ 같-이도~ 반가운~ 사랑~

　　　　장내-하에~ 양귀-비오~ 이-도령-은~ 춘향-이라~

　　　　일-년- 열두 달~ 삼백-육십에~ 하루-만~ 못 봐도~ 못- 살
사랑~

창부 타령 (4)

자료코드 : 04_18_FOS_20090719_PKS_LIS_0004
조사장소 : 경상남도 함양군 안의면 봉산리 봉산마을 마을회관
조사일시 : 2009.7.19
조 사 자 : 안범준, 정혜란, 김미라
제 보 자 : 이일색, 여, 85세
구연상황 : 제보자가 자발적으로 불러보겠다고 하였다. 청중들도 아는 노래여서 함께 불
         렀다. 박수를 치면서 즐거운 분위기가 이루어졌다.

구슬같이~ 키운 아들~ 메느리-한테다~ 정을- 주고~
금아~ 옥아~ 키운- 딸-은~ 사우-한테~ 정을- 주고~
애탄- 개탄~ 묵은 돈아 살래~ 문서없이~넘-기- 주고~

태산-같이~ 믿었던~ 낭-군~ 황천-길에~ 보내 놓고~
분하-고도~ 원통-해~서~ 부엉-새가~ 되었다-네~
임오야 노던 이 장-소에 훨훨-거리고 놀-아- 보세~

권주가

자료코드 : 04_18_FOS_20090719_PKS_LIS_0005
조사장소 : 경상남도 함양군 안의면 봉산리 봉산마을 마을회관
조사일시 : 2009.7.19
조 사 자 : 안범준, 정혜란, 김미라
제 보 자 : 이일색, 여, 85세
구연상황 : 사위 노래라고 하면서 자발적으로 제보하였다. 사위에게 술을 한 잔 권할 때
         부르는 노래라고 하였다. 청중들도 오랜만에 들어 보는 노래라고 하면서 경청
         하는 분위기였다. 앞의노래들과 같이 창부 타령 곡조를 불렀다.

찹쌀- 백미~ 삼백- 석-에~ 앵노-같이도~ 가련- 사우~
팔도-강산~ 머난- 질에~ 길이- 멀-어서~ 어에- 왔노~

아기-삭한~ 초가-집에~ 만-대유전~ 내 사-우야~

놋쟁-반에 앵두를 담-아~ 밀-양 삼당- 유리야 짜내-

세-월~ 같이~도 술-을 부-어~

그 술-일랑~ 자네가~ 먹고~ 내- 딸- 성공은~ 자네-로세~

남녀 연정요

자료코드 : 04_18_FOS_20090719_PKS_LIS_0006
조사장소 : 경상남도 함양군 안의면 봉산리 봉산마을 마을회관
조사일시 : 2009.7.19
조 사 자 : 안범준, 정혜란, 김미라
제 보 자 : 이일색, 여, 85세
구연상황 : 제보자는 처녀들이 듣기에는 부끄러운 노래라고 하면서 망설였다. 조사자가
간청하여 조사할 수 있었다. 청중들은 내용이 남녀 간의 정사를 그린 것이라
면서 웃음을 금치 못했다. 역시 창부 타령 곡조로 불렀다.

후아 든-다~ 후아-를~ 든다~ 삼밭-으로나 후아- 든다

진- 삼-대는~ 망을- 보고~ 짜-른 삼대는 씨-러지고~

치매 벗어 채우를- 치고~ 허리띠 끌러서 팽풍(병풍) 치고~

저구리 벗어 소등을 하고~ 아차 우리가 이러다가 아기나~ 있으
면~ 어이 할까

아따 그 총각 겁자(怯者)~로세- 내- 주-머니에 약들었네~

[일동 웃음]

부정한 부인 노래

자료코드 : 04_18_FOS_20090719_PKS_LIS_0007

조사장소 : 경상남도 함양군 안의면 봉산리 봉산마을 마을회관

조사일시 : 2009.7.19

조 사 자 : 안범준, 정혜란, 김미라

제 보 자 : 이일색, 여, 85세

구연상황 : 앞에서 부른 남녀 연정 노래에 이어 비슷한 내용이라고 하면서 자발적으로 구연하였다. 청중들도 성적인 금기를 깨뜨린다는 즐거움에 연신 웃음을 터뜨렸다.

이년아~ 살릴- 년나~ 대동강 복판에~ 목 칠 년아~

어-린 자-석~ 잠 들이놓고 뱅(병)든 가장을 밀쳐놓고

새복 바람 찬 바-람에 반-보따리 싸-기가 웬일-이냐~

보리타작 노래

자료코드 : 04_18_FOS_20090222_PKS_LJB_0001

조사장소 : 경상남도 함양군 안의면 하원리 상비마을 마을회관

조사일시 : 2009.2.22

조 사 자 : 안범준, 정혜란, 김미라

제 보 자 : 이종배, 남, 65세

구연상황 : 조사자가 일할 때 부르는 노래를 요청하자 제보자가 다음 보리타작 노래를 불렀다. 제보자는 목청의 상태가 좋지 않아 힘들게 노래를 불렀다.

어허이 어이차

요리 놔요 보- 게

여기저기 골라 보세

여기도 있고

저기도 있네

요리 와요~

요리 조리

따라다녀서

여기 와글와글

쥐새끼가

얼-씨구 잘 나간다

절씨구 잘-한다

어허 좋다

이후후후

노랫가락 / 그네 노래

자료코드 : 04_18_FOS_20090221_PKS_LJS_0001
조사장소 : 경상남도 함양군 안의면 신안리 동촌마을 회관
조사일시 : 2009.2.21
조 사 자 : 안범준, 정혜란, 김미라
제 보 자 : 이종선, 남, 83세
구연상황 : 조사자의 요청에 제보자가 적극 응하여 구연하였다. 치아가 빠진 상태여서 발음이 정확하지 못하다.

수-천당 세-모-신 남-게 오색 가지다 그네를 매~야

임이 뛰면은 내가나- 밀고 내가 뛰-면 임이 밀고

임아 임아~ 줄- 밀-지 마라 줄 떨어지-면은 정 떨어진다

정 노래

자료코드 : 04_18_FOS_20090221_PKS_LJS_0002
조사장소 : 경상남도 함양군 안의면 신안리 동촌마을 회관
조사일시 : 2009.2.21
조 사 자 : 안범준, 정혜란, 김미라

제 보 자 : 이종선, 남, 83세

구연상황 : 제보자는 조용히 있다가 갑자기 다음 노래가 생각이 난 듯 청춘가 곡조로 부르기 시작했다. 청중들이 노래 잘한다고 칭찬하니 쑥스러워 했다.

종로- 네-거리~ 솥 떼우는 영감아~

정 떨어진 데-는 에 좋다 떼울 수 없느냐~

정 떨어-진 데는~ 지화로 떼우고~

솥 떨어-진 데는~ 에 좋다 무쇠로 떼운다

양산도

자료코드 : 04_18_FOS_20090221_PKS_LJS_0003

조사장소 : 경상남도 함양군 안의면 신안리 동촌마을 마을회관

조사일시 : 2009.2.21

조 사 자 : 안범준, 정혜란, 김미라

제 보 자 : 이종선, 남, 83세

구연상황 : 이 노래를 불러 보겠다며 부르기 시작했다. 주변 청중들이 적극 칭찬하면서 분위기를 띄웠다.

에헤이여~

함양 산천 물레방아~는 물을 안고 돌~고

열칠 팔살 큰아기는 나를 안고 돈~다~아

아서라 마서라 네 그리 마-라~아

사람에 괄세를 니가 그리 마~라

창부 타령

자료코드 : 04_18_FOS_20090221_PKS_LHS_0001

조사장소 : 경상남도 함양군 안의면 신안리 동촌마을 마을회관

조사일시 : 2009.2.21

조 사 자 : 안범준, 정혜란, 김미라

제 보 자 : 이현숙, 여, 72세

구연상황 : 조사자의 질문에 노래를 부르기 시작했다. 긴장을 한 탓인지 목소리가 조금
떨렸지만 구성지게 불렀다.

> 논 가운-데 논고-디는(논고동은) 황새 간장 다 녹힌다
>
> 물꼬- 밑에 올챙-이는 뚜꺼비 간-장 다 녹히고
>
> 또랑가-에 촉새 밑에 노는 고기 배양 간장 다 녹힌다.
>
> 두름가에 땅가시는 임의 죽은 넋이든가
>
> 내 치매 꼬리 잡고 낙루한다

청춘가

자료코드 : 04_18_FOS_20090221_PKS_LHS_0002

조사장소 : 경상남도 함양군 안의면 신안리 동촌마을 마을회관

조사일시 : 2009.2.21

조 사 자 : 안범준, 정혜란, 김미라

제 보 자 : 이현숙, 여, 72세

구연상황 : 조사자가 노래를 요청하자 제보자가 잘 부르지는 못하지만 불러 보겠다며 구
연하였다. 목청이 덜 풀렸는지 초반에 실수를 하였지만 곧 고쳐 불렀다.

> 당신이 날만큼 사랑을

그기 잘 안 나온다.

> 당신이 날만큼~ 사랑을 주-면은~
>
> 까시밭이 천리라도~ 발 벗고 갈래라~

고거만 간단해요.

노랫가락 / 그네 노래

자료코드 : 04_18_FOS_20090221_PKS_LHS_0003

조사장소 : 경상남도 함양군 안의면 신안리 동촌마을 마을회관

조사일시 : 2009.2.21

조 사 자 : 안범준, 정혜란, 김미라

제 보 자 : 이현숙, 여, 72세

구연상황 : 제보자가 자발적으로 노래를 불렀다. 청중들은 제보자가 가사를 틀리자 고쳐
주면서 노래를 들었다.

수천당 세-모시 낭개 늘어진 가지에 그네를 매어

임이 뛰-면 내가 밀고 내가 뛰-면 임이 민-다

임아 임아 줄 밀지- 마라 정 떨어지-면 줄 떨어진다

줄이사 떨어질 망정 정에 정조차

참, 거꾸로 했다.

줄이사 떨어질 망정 정에 정조차 떨어질소냐

다리 세기 노래

자료코드 : 04_18_FOS_20090221_PKS_LHS_0004

조사장소 : 경상남도 함양군 안의면 신안리 동촌마을 마을회관

조사일시 : 2009.2.21

조 사 자 : 안범준, 정혜란, 김미라

제 보 자 : 이현숙, 여, 72세

구연상황 : 조사자가 놀이를 하면서 부르던 노래가 없는지 묻자 제보자는 직접 다리 세
기 놀이를 해 보이면서 가사를 읊었다. 청중들도 웃으면서 흥미롭게 지켜 보
았다.

이거리 저거리 갓거리

진주 맹금 도맹금

짝발에 해양금

도래 줌치 사래육

미나리 끄트리 까치집

그렇게 했어요.

[다시 읊으며]

미나리 끄뜨리 까치집

도래 줌치 사래육

육구 육구 찔레 육구

아기 어르는 노래 / 불매 소리

자료코드 : 04_18_FOS_20090221_PKS_LHS_0005
조사장소 : 경상남도 함양군 안의면 신안리 동촌마을 마을회관
조사일시 : 2009.2.21
조 사 자 : 안범준, 정혜란, 김미라
제 보 자 : 이현숙, 여, 72세
구연상황 : 조사자가 불매 노래를 요청하자 제보자가 이에 응하여 구연하였다. 청중들은
          이런 것도 조사한다면서 흥미롭게 지켜 보았다.

불매 불매 불매야

이 불매가 니 불매고

경-상도 대불매

불어라 딱딱 불매야

불어라 딱딱 불매야

모심기 노래 (1)

자료코드 : 04_18_FOS_20090222_PKS_ISS_0001
조사장소 : 경상남도 함양군 안의면 신안리 안심마을 마을회관
조사일시 : 2009.2.22
조 사 자 : 안범준, 정혜란, 김미라
제 보 자 : 임석순, 여, 76세
구연상황 : 조사자가 모 심을 때 불렀던 노래를 요구하자 제보자가 이 노래를 불렀다. 제
　　　　　보자는 모심기 노래는 다 같이 부르는 것이라면서 청중들의 참여를 요청했다.

　　　서마지기 요 논빼미 반달~만큼 남았구나

　　　제가~ 무-슨 반달이냐~ 초승~달이 반달이지

　　　초승-달~만 반달이냐~ 그믐~달도 반달이지

양산도

자료코드 : 04_18_FOS_20090222_PKS_ISS_0002
조사장소 : 경상남도 함양군 안의면 신안리 안심마을 마을회관
조사일시 : 2009.2.22
조 사 자 : 안범준, 정혜란, 김미라
제 보 자 : 임석순, 여, 76세
구연상황 : 제보자가 바로 이 노래를 불렀다. 박수를 치면서 박자를 맞춰 가면서 불렀다.
　　　　　끝부분은 다른 사람도 부르면서 같이 흥겹게 불렀다.

　　　에헤이여

　　　놀자 좋구나 젊어서 놀-아

　　　늙고야 병들면 못노-나-니-

　　　아서라 말어라 네 그리 마~라

　　　사람의 괄시를 네 그리 마~라

　　　에헤이여

우리가 살면은 몇백 년 사~나

한 나이나 젊었을 때 놀고나 놀~아

아서라 말어라 네 그리 마~라

사람의 괄시를 네 그리 마라—

에헤이여

장구를 치다가 열쇠를 잃고

그 열쇠 찾기가 난감도 하~다

아서라 말어라 네 그리 마~라

사람의 괄시를 네 그리 마~라

화투 타령

자료코드 : 04_18_FOS_20090222_PKS_ISS_0003

조사장소 : 경상남도 함양군 안의면 신안리 안심마을 마을회관

조사일시 : 2009.2.22

조 사 자 : 안범준, 정혜란, 김미라

제 보 자 : 임석순, 여, 76세

구연상황 : 다른 노래에 대해 이야기를 하는 동안 제보자가 자발적으로 이 노래를 불렀
다.

정월 솔가지 속타는 내 마음

이월 매조에 맺어 놓고

삼월 사쿠라 산란한 내 마음

사월 흑싸리 허사로다

오월 난초 나는 나비

유월 목단에 춤 잘 춘다

칠월 홍돼지 홀로 누워

팔월 공산에 달 밝은데
구월 국화 굳었던 내 마음
시월 단풍에 뚝 떨어졌네
오동추야 달 밝은데
임의야 생각이 절로 난다

길군악

자료코드 : 04_18_FOS_20090222_PKS_ISS_0004
조사장소 : 경상남도 함양군 안의면 신안리 안심마을 마을회관
조사일시 : 2009.2.22
조 사 자 : 안범준, 정혜란, 김미라
제 보 자 : 임석순, 여, 76세
구연상황 : 조사자가 용추폭포 노래를 아냐고 물어보자 그 노래를 다 안다며 대답했다. 한 번 불러 달라하니 다 같이 불러 보겠다며 적극적인 자세로 구연하였다. 조사자가 다른 마을에서 조사된 길군악보다 길이가 길다고 하자 용추폭포에 노랫가락을 붙인 것이라서 그렇다고 하였다.

용추-폭포야~ 네 잘 있거라~ 명년 춘삼월에 좋다 또다시 만나자
우리가 살면은~ 몇백 년 살겄나─ 한 나이나 젊어서 좋다 놀구나
놉시다
우리가 살면은~ 몇백 년 살겄노~ 한 나이나 젊었을 때 좋다 뛰
고나 굴립시다
동쪽에 은하수 서쪽으로 찍는 ○○○ 바쁜 일 없으면 에헤이 놀
다가 갑시다
시고 떫어도~ 막걸리가 막 좋고 열 몽디(몽둥이) 맞아도 에헤이
꽃낭군 좋더라~
청치마 밑에다~ 소주병 달고서 앞사리 숲속으로 에헤이 날 오라

하는구나

　우수야 경칩에~ 대동강 풀리고~ 정든 님 말 한 마디 좋다 내 심
정이 풀린다

모찌기 노래

자료코드 : 04_18_FOS_20090222_PKS_ISS_0005
조사장소 : 경상남도 함양군 안의면 신안리 안심마을 마을회관
조사일시 : 2009.2.22
조 사 자 : 안범준, 정혜란, 김미라
제 보 자 : 임석순, 여, 76세
구연상황 : 박수를 치면서 노래를 생각하더니 바로 이 노래를 불렀다. 특별한 요구 없이
　　　　　두 제보자가 같이 노래를 불렀다.

　들어~내-세 들어나 내-세~ 요 모~자리를 들어나 내-세
　남은 가~락 세 가-락에~ 날랜 가~락-에- 들어나 내-세

모심기 노래 (2)

자료코드 : 04_18_FOS_20090222_PKS_ISS_0006
조사장소 : 경상남도 함양군 안의면 신안리 안심마을 마을회관
조사일시 : 2009.2.22
조 사 자 : 안범준, 정혜란, 김미라
제 보 자 : 임석순, 여, 76세
구연상황 : 제보자는 앞의 모찌기 노래에 이어 바로 이 노래를 불렀다. 청중들도 잘 알고
　　　　　있는 노래라 박수를 치면서 적극 호응하였다.

　다풀- 다~풀 다박머-리~ 해 다~ 진~데 오데 가-나
　저 건~네-라 산소에 무덤~ 젖 먹-으러 나는 가~요

모심기 노래 (3)

자료코드 : 04_18_FOS_20090222_PKS_ISS_0007
조사장소 : 경상남도 함양군 안의면 신안리 안심마을 마을회관
조사일시 : 2009.2.22
조 사 자 : 안범준, 정혜란, 김미라
제 보 자 : 임석순, 여, 76세
구연상황 : 조사자가 문어 전복 손에 들고 가는 노래도 있지 않냐고 물어보자 그런 노래
　　　　　있다며 가사를 읊조렸다. 그리고 앞 부분을 조사자가 말해주자 바로 이 노래
　　　　　를 불렀다. 청중들도 박수를 치면서 적극적으로 호응하였다.

　　　物꼬 철철 물 실어 놓고-- 주-인- 양--반- 어-데-로 갔-소
　　　文어~ 전~복 손에다 들고~ 첩의~ 방~에나 놀러-를 가지

　　　무슨- 첩이 대~단도 하여~ 낮-에 가고 밤에도~ 가나요
　　　낮으~로는 놀러를 가고~ 밤으-로~는 잠-자러 가요

다리 세기 노래

자료코드 : 04_18_FOS_20090222_PKS_ISS_0008
조사장소 : 경상남도 함양군 안의면 신안리 안심마을 마을회관
조사일시 : 2009.2.22
조 사 자 : 안범준, 정혜란, 김미라
제 보 자 : 임석순, 여, 76세
구연상황 : 어릴 때 다리 세기 노래를 많이 하지 않았냐고 조사자가 물어봤다. 그러자
　　　　　가사를 읊조리듯이 노래를 불렀다.

　　　이거리 저거리 갓거리
　　　진주 맹금 도맹금
　　　짝발라 해양금
　　　도래 줌치 사래육

육구 육구 찔레 육구

당산에 먹을 갈아

길똥 말똥

창부 타령

자료코드 : 04_18_FOS_20090222_PKS_ISS_0009

조사장소 : 경상남도 함양군 안의면 신안리 안심마을 마을회관

조사일시 : 2009.2.22

조 사 자 : 안범준, 정혜란, 김미라

제 보 자 : 임석순, 여, 76세

구연상황 : 조용한 가운데 제보자가 이 노래를 불렀다. 노래를 부르던 중에 김금분 제보
자가 가사를 바로잡으며 같이 불렀다.

강원도라 금강-산은 돌아야 갈수록 경치가 좋고

너와- 나와- 단둘이는 살아야 갈수록 정이 들고

없-는 금전 한탄을 말고 깊이나 든 정~ 이별 말고

둥글둥글 살아갑시다

석탄 백탄 한탄을 말고 둥글둥글 살아 갑시다

모심기 노래 (4)

자료코드 : 04_18_FOS_20090222_PKS_ISS_0010

조사장소 : 경상남도 함양군 안의면 신안리 안심마을 마을회관

조사일시 : 2009.2.22

조 사 자 : 안범준, 정혜란, 김미라

제 보 자 : 임석순, 여, 76세

구연상황 : 다른 노래들을 읊조리다가 임석순이 갑자기 이 노래를 불렀다. 그리고 마지막

가사를 기억 못하는 임석순 대신에 김점분이 대신 불렀다.

앙금- 당금 솔씨- 받아다 골룡-산에다 던졌더니
그 남개라 꽃이 피-어 시누 올케 꽃 꺾다가
떨어-졌네 떨어-졌네 한강 절구에 뚝 떨어졌네
무정하신 우리 오빠 곁에 있는 나를 두고 속에 있는 올케 건져
원통하던 요내 목숨은 고기야 밥으로 다 되구요
삼단같은 요내- 머리는 버들- 밭으로 휘느러진다
나도 죽어 후세상에는 낭군부터 섬길라네

[노래를 받으며] 만납시다 만납시다

무슨 밭으로 만나자 카노?

대밭으로만 만납시다

달 타령

자료코드 : 04_18_FOS_20090221_PKS_ISY_0001
조사장소 : 경상남도 함양군 안의면 신안리 동촌마을 마을회관
조사일시 : 2009.2.21
조 사 자 : 안범준, 정혜란, 김미라
제 보 자 : 임수연, 여, 72세
구연상황 : 앞의 청춘가에 이어서 계속해서 노래를 불렀다. 목소리가 맑고 뚜렷하여 가사 전달이 매우 잘 되는 편이다. 청중들은 제보자가 노래를 잘 한다면서 칭찬하였다.

달아 달아 뚜~렷한 달아 이 무슨~ 장에 뒤쳐즌 달아
저 달 속에 계수~나-무는 어이 하여야 데키질까
금도끼로 찍어-나 내어 옥도끼로 따듬아서

양친부모 모-시다가 천년만-년도 살고져라

쌍가락지 노래

자료코드 : 04_18_FOS_20090221_PKS_ISY_0002
조사장소 : 경상남도 함양군 안의면 신안리 동촌마을 마을회관
조사일시 : 2009.2.21
조 사 자 : 안범준, 정혜란, 김미라
제 보 자 : 임수연, 여, 72세
구연상황 : 조사자가 노래의 첫 머리를 언급하니 제보자가 노래를 불렀다. 제보자는 바른
자세로 앉아 차분하게 노래를 불렀다.

쌍금 쌍금 쌍가~락지

수숫대-기 밀가락지

호작~질로 닦아나 내어-

먼 데 보-니 달일-레~라

곁에 보니 큰아기라

저 큰아기 자는 방에는

숨-소리도 둘일레라

홍달복숭 오라~바님

거짓 말씀을 말으시오

그-때 컸던 그 방 안에는

참-새같이도 나 앉았소

동남-풍이 디리나- 부니

풍지 떠는 소릴레라

진주 난봉가

자료코드 : 04_18_FOS_20090221_PKS_ISY_0003
조사장소 : 경상남도 함양군 안의면 신안리 동촌마을 마을회관
조사일시 : 2009.2.21
조 사 자 : 안범준, 정혜란, 김미라
제 보 자 : 임수연, 여, 72세
구연상황 : 제보자는 청중들과 자신이 아는 노래의 가사를 의논하다가 적극적으로 구연
하였다. 청중들도 가사를 읊조리며 경청하였다. 곡조가 비교적 빠르고 경쾌한
것이 특징이다.

울도 담-도 없는 집에
시집살이 석삼년을 살고 나니
시어마시 하신 말씀
아가 아가 며늘아가
너에 낭군 볼-라거든
진주 남강 빨래 가라
시어마시 말씀대로
진주 남강 빨-래 가니
물도 좋고 경치 좋아
오드락 토드락 빨래하니
하늘같은 갓을 쓰고
구름같은 말을 타고
본체만체 지나치네
검은 빨래 검게 빨아
흰 빨래는 희게 빨아
오드락 토드락 바삐 빨아
집이라고 돌아오니
시어마시 하신 말씀

아가 아가 며늘아가
아래 너거 낭군 볼-라거든
아랫 방문 열어 봐라
시어마시 말씀대로
아랫 방문 열어 보니
오색 가지 안주에다
오색가-지 술을 놓고
기상첩(기생첩)을 옆에 끼고
본체만체 하는구나
웃방에라 올라와서
명지(명주) 수건에 목을 매어
자는 듯이 가버렸네
시어마시 하신 말씀
아랫방에 게 있느냐
웃방에 좀 올라와라
며늘아기 가고 없다
버선발로 뛰어나와
웃방문을 열어보니
명지수-건 목을 매고
자는 듯이도 가고 없네
어이구 여보 웬 말이오
첩의 정은 삼 년이오
본처 정은 백-년인데
너 이럴 줄 내 몰랐네

시누 올케 노래

자료코드 : 04_18_FOS_20090221_PKS_ISY_0004
조사장소 : 경상남도 함양군 안의면 신안리 동촌마을 마을회관
조사일시 : 2009.2.21
조 사 자 : 안범준, 정혜란, 김미라
제 보 자 : 임수연, 여, 72세
구연상황 : 옆의 사람이 노래를 부르자 호응을 해주다가 노래가 끝이 나자 노래를 시작했
　　　　　다. 청중들은 제보자의 노래를 따라 부르면서 박수를 치고 적극 호응하였다.

　　농~창 베루(벼랑)야 끝에~ 시누- 올~케가 꽃 꺾~ 다가
　　떨어-졌~네 떨어나졌네 시누~ 올케가 떨어나졌네
　　우리 오~빠 거동을 보소 곁에 있는 날 제쳐 두고
　　올케부~터 건져나 주네 분길같은 요내야 내 몸
　　고기-에 밥이요 되구나 말아 삼단같은 요내 머리
　　버들숲에 다 뜯기고 나도 죽어 후생 가-서 낭군부터 섬길라요

풍년가

자료코드 : 04_18_FOS_20090221_PKS_ISY_0005
조사장소 : 경상남도 함양군 안의면 신안리 동촌마을 마을회관
조사일시 : 2009.2.21
조 사 자 : 안범준, 정혜란, 김미라
제 보 자 : 임수연, 여, 72세
구연상황 : 제보자가 자발적으로 노래를 불렀다. 제보자가 목청도 좋고 활기차게 구연하
　　　　　여 청중들도 박수를 치면서 적극적으로 호응하였다. 노래는 창부 타령 곡조로
　　　　　했다.

　　해야 대야~ 얼씨구 좋구나 풍년이로-다
　　여보시오~ 농부님네~ 놀지를 말고서 일을 허세

일을 다 하면 이여 일을 허면은 세세연연이 풍년이로세
이 농사를 이리도 지어 늙은 부모님을 섬겨 보세

여보시오~ 농부님네 놀지 말고 일을 허세
저 건네편정 상상봉에 비가 묻어 들어온다
우장을 두르고 김매로 가세
물이 마른 번다리에 비가 내려어 물이 철렁
물 넘치는 푸른 논들에 보기만 하여도 배가 불러

화투 타령

자료코드 : 04_18_FOS_20090221_PKS_ISY_0006
조사장소 : 경상남도 함양군 안의면 신안리 동촌마을 마을회관
조사일시 : 2009.2.21
조 사 자 : 안범준, 정혜란, 김미라
제 보 자 : 임수연, 여, 72세
구연상황 : 청중들이 호응을 해 주면서 불러 보라고 하여 제보자가 부른 것이다. 다른 마을의 화투 타령과 가사가 조금 차이가 있다. 청중들은 박수를 치고 추임새를 넣으며 흥겹게 경청하였다.

정월 솔가지 속속한 마음
이월 매저(매조)에다 맺어 놓고
삼월 사쿠라 산란도나 하여
사월 흑싸리에 허사로다
오월 남치('난초'를 이렇게 부름) 날 떠난 나비
유월아 목단에가 춤을 추고
칠월 홍돼지 쓸쓸히도 누워
팔월에 공산에 달이 떴네

구월 국화~ 굳은 절개

시월아 단풍에 낙화로다

오동지 섣달에 눈비는 나리고

만국 강산 활발한 갑오

비 삼십이 넘나든다

도라지 타령

자료코드 : 04_18_FOS_20090221_PKS_ISY_0007
조사장소 : 경상남도 함양군 안의면 신안리 동촌마을 마을회관
조사일시 : 2009.2.21
조 사 자 : 안범준, 정혜란, 김미라
제 보 자 : 임수연, 여, 72세
구연상황 : 도라지 타령을 권유하자 불러보겠다 하면서 부르기 시작했다. 청중들은 박수
를 치면서 제보자의 노래를 경청하였다.

도라지 도라지 도라지~

금율현 금산포 백도라지

한두 뿌리만 캐어도

대바구리 반 시리 넘는다

에헤용 에헤용 에헤에야

어여라 난다 지화자자가 좋다

니가 내 간장을 사리살짝 다 녹인다

도라지 도라지 도라지~

순진 만만한 아가씨들

총각만 보면 낯 붉히~며

수줍은 해동화 멋들어졌네

에헤용 에헤용 에헤에야아

어여라 난다 지화자자가 좋다

저게 저 산 밑에 도라지가 한들한들

나물 캐는 노래

자료코드 : 04_18_FOS_20090221_PKS_ISY_0008
조사장소 : 경상남도 함양군 안의면 신안리 동촌마을 마을회관
조사일시 : 2009.2.21
조 사 자 : 안범준, 정혜란, 김미라
제 보 자 : 임수연, 여, 72세
구연상황 : 조사자가 노래 가사를 읊자 이 노래를 안다고 말하면서 노래를 했다. 많은 노
래를 제보하였음에도 불구하고 적극적인 자세로 구연하였다. 청중들도 노래
를 많이 안다며 제보자를 칭찬하였다.

남산 밑에서 나물 캐는

저 건네라 저 산 밑에 나물 캐는 저 처녀야

너거 집이 오데~인데 해가 가도 왜 안 가노

우리 집을 아실라면은 한 등 넘고 두 등을 넘어

기와 사삼 칸 집을 짓고 앞 두름에 국화를 심고

뒷 두름에는 매화 심어 분-통같은 내 집이요

아기 어르는 노래 (1) / 불매 소리

자료코드 : 04_18_FOS_20090221_PKS_ISY_0009
조사장소 : 경상남도 함양군 안의면 신안리 동촌마을 마을회관
조사일시 : 2009.2.21
조 사 자 : 안범준, 정혜란, 김미라

제 보 자 : 임수연, 여, 72세

구연상황 : 조사자가 아기 어를 때 부르는 노래를 아느냐고 묻자 제보자가 이 노래를 구
연하였다. 청중들도 모두 웃으면서 따라 불렀다.

불모 불모 불모야

이 불모가 어데 불몬고

경상도 놋불매

쇠는 어데 쇤고

전라도 재령쇠

불어라 딱딱 불어라 딱딱

새새새

[모두 웃음]

아기 어르는 노래 (2) / 금자동아 옥자동아

자료코드 : 04_18_FOS_20090221_PKS_ISY_0010

조사장소 : 경상남도 함양군 안의면 신안리 동촌마을 마을회관

조사일시 : 2009.2.21

조 사 자 : 안범준, 정혜란, 김미라

제 보 자 : 임수연, 여, 72세

구연상황 : 불매 노래를 부르고 아기 어루는 노래를 또 해보겠다면서 부른 노래이다. 곡
조는 창부 타령조이다.

금자동아 옥자동아

세계 청산에도 보배동나

은을 주야 너를 사려나

돈을 준들~ 너를 사려나

높은 남개(나무) 저 까진가

낮은 남-개 회초린가

양푼-전에를 갔다가 왔나

둥-글둥-글 잘 생겼네

잡화전에를 갔다가 왔나

올무같게도 잘 생겼네

부클부클 둑 써라

아무나 따나 곱게 먹고

아무나 따나도 곱게 커라

앞들 논도 니 논이고

뒤뜰에 밭도 니 밭이다

모심기 노래 (1)

자료코드 : 04_18_FOS_20090221_PKS_JKB_0001
조사장소 : 경상남도 함양군 안의면 신안리 동촌마을 마을회관
조사일시 : 2009.2.21
조 사 자 : 안범준, 정혜란, 김미라
제 보 자 : 장기분, 여, 77세
구연상황 : 제보자가 자발적으로 노래를 해 보겠다고 하면서 구연하였다. 일반적인 모심기 노래의 느린 가락으로 부르지 않고 창부 타령 가락으로 불렀다.

서 마지기 논빼-미는 반달만큼 남았구나

니가 무슨 달이 반달이냐 초생-달이 반달이지

모심기 노래 (2)

자료코드 : 04_18_FOS_20090221_PKS_JKB_0002

조사장소 : 경상남도 함양군 안의면 신안리 동촌마을 마을회관

조사일시 : 2009.2.21

조 사 자 : 안범준, 정혜란, 김미라

제 보 자 : 장기분, 여, 77세

구연상황 : 모심기 노래를 끝내고 또 하나 하겠다면서 불렀다. 역시 창부 타령 곡조로 불렀다.

    물꼬 철-철 물 실어 놓고 주인 양-반 어디 갔소

    등 너매라 첩을 두고 낮으로는 놀러 가고 밤으로는 잠자러 가요

창부 타령 (1)

자료코드 : 04_18_FOS_20090223_PKS_JKB_0001

조사장소 : 경상남도 함양군 안의면 대대리 두항마을 마을회관

조사일시 : 2009.2.23

조 사 자 : 안범준, 정혜란, 김미라

제 보 자 : 정경분, 여, 80세

구연상황 : 노래 부를 준비를 하고 있는 제보자에게 조사자가 불러 달라고 하자 부른 것이다.

    오-동 석산에 백호가 놀고 백호야 서산에 기러기 논다

    기러기 잡아서 술안주하고~ 동배주 걸-러서 먹고 노자

    과-부 중에 활발한 과부~ 맹-긍(명경) 장판에 돛대 과부

    우중 세안이 우산을 들고 구월산 달밤으로 곰돌아든다

    얼씨구 좋네 지화자 좋아~ 아니 아니 놀지는 못하리라

창부 타령 (2)

자료코드 : 04_18_FOS_20090223_PKS_JKB_0002

조사장소 : 경상남도 함양군 안의면 대대리 두항마을 마을회관
조사일시 : 2009.2.23
조 사 자 : 안범준, 정혜란, 김미라
제 보 자 : 정경분, 여, 80세
구연상황 : 기억나는 다른 노래가 없느냐는 조사자의 말에 이 노래를 불렀다.

바-늘 같-은 이내- 몸에 태-산같이도 병 실렀네

임에게다 편지를 했디 임은 오지 아니- 하고

약-만 지어서 보냈-구나~

[잠시 기억을 더듬은 후]

이 약을 먹고 죽으란 말가 이-름이-나 알고 눕자

가난도 광대처요 계룡산 이별주가 분명하네

얼씨구- 좋네 지화자 좋아 아니 아니 노지는 못하리라

양산도 (1) / 함양 산청 물레방아

자료코드 : 04_18_FOS_20090223_PKS_JKB_0003
조사장소 : 경상남도 함양군 안의면 대대리 두항마을 마을회관
조사일시 : 2009.2.23
조 사 자 : 안범준, 정혜란, 김미라
제 보 자 : 정경분, 여, 80세
구연상황 : 조사자가 함양 산청 노래가 있지 않느냐고 물어보자 바로 불렀다. 그런데 처
         음 할 때 제대로 기억이 나지 않아 다시 한 번 더 해 보겠다고 불렀다. 노래
         는 양산도 가락에 맞추어 불렀다.

함양 산청 물레방애 물을 안고 돌-고

우리 집 서방님-은 나를 안고 돈-다

에헤이여~

오동- 서산에 백호가 놀-고~

서-방님 품 안에-는 내-가 논-다~

에혀아 누여라 나 못 놀이로구-나~

다 했다.

양산도 (2) / 용추폭포 노래

자료코드 : 04_18_FOS_20090223_PKS_JKB_0004
조사장소 : 경상남도 함양군 안의면 대대리 두항마을 마을회관
조사일시 : 2009.2.23
조 사 자 : 안범준, 정혜란, 김미라
제 보 자 : 정경분, 여, 80세
구연상황 : 조사자가 용추폭포에 대한 노래가 있냐고 물어보자 그런 건 다 아는 거라는
          말을 했다. 조사자가 안의에만 있는 노래 같다고 말하자 불렀다. 역시 양산도
          곡조로 불렀다.

용추- 폭포야 네 잘 있거라~

명년아 춘삼월 또 다시 온-다

에혜-이여~

저- 구름 속에는- 빗님-이~ 놀-고~

서방님 품 안에- 내-가 논~다-

에혀라 누여라 나 못 놀이로구-나

(조사자 : 아, 잘 부르십니다.)

도라지 타령

자료코드 : 04_18_FOS_20090223_PKS_JKB_0005

조사장소 : 경상남도 함양군 안의면 대대리 두항마을 마을회관

조사일시 : 2009.2.23

조 사 자 : 안범준, 정혜란, 김미라

제 보 자 : 정경분, 여, 80세

구연상황 : 조사자가 도라지 타령은 기억나지 않냐며 기억나는 만큼만 불러 달라고 하자
바로 불렀다.

도라지 도라지 도라-지~ 심-심산-천에 백도라지~

한두- 뿌리만 캐어-도~ 바그리(바구니) 반에 반만 되노-라

에헤요 에헤용 에헤-용

에여라 난-다 지화자자 좋-네

니가 내 간장 스리살살 다 녹힌다

도라지 서방님 반찬이 없어-서 도라지 캐-여러 갔더니

니 오데 날 데가 없어-서~ 대반 뿌리 담 속에 나였노

에헤용 에헤용 에헤용~

에여라 난-다 지화자자 좋네

니가 내 간장 스리살살 다 녹힌다

석-탄 백-탄 타는-데~ 연기만 모리모속 나노-라

요내- 가슴 다 타-도 연기도 짐(김)도 안 난-다

에헤용 에헤용 에헤용

에여라 난-다 지화자자 좋-네

니가 내 간장 스리살살 다 녹힌다

모심기 노래

자료코드 : 04_18_FOS_20090221_PKS_JBS_0001

조사장소 : 경상남도 함양군 안의면 신안리 동촌마을 마을회관

조사일시 : 2009.2.21

조 사 자 : 안범준, 정혜란, 김미라

제 보 자 : 정복순, 여, 76세

구연상황 : 청중들이 옆에서 노래를 권하자 제보자가 불렀다. 청중들은 제보자가 목청이 좋아 노래를 잘한다면서 적극 호응하였다.

물꼬- 철철 물 실어 놓고~ 주-인 양 양반은 어디 갔소

이기 일 번이라요.

문에(문어) 전북(전복) 손에다 들고 첩의 방 방으로 놀러를 갔소

삼 번 하까?

(청중 : 한 번 해.)

낮으로는 놀러를 가고 밤-으로는 잠 자러 가요

모심기 노래 (1)

자료코드 : 04_18_FOS_20090228_PKS_JIB_0001

조사장소 : 경상남도 함양군 안의면 귀곡리 귀곡마을 마을회관

조사일시 : 2009.2.28

조 사 자 : 안범준, 김미라, 문세미나, 조민정

제 보 자 : 정일분, 여, 89세

구연상황 : 제보자가 자발적으로 이 노래를 구연하였다. 그러나 받는 소리를 기억하지 못해 메기는 소리만 하고 중단되고 말았다.

물꼬~ 철철에 물 실어 놓고 울언 님은 어-데를 갔소

(청중 : [노래하듯이] 모심을 줄 모르는고? 그거는 잊어뿔간가베.)

모심기 노래 (2)

자료코드 : 04_18_FOS_20090228_PKS_JIB_0002
조사장소 : 경상남도 함양군 안의면 귀곡리 귀곡마을 마을회관
조사일시 : 2009.2.28
조 사 자 : 안범준, 김미라, 문세미나, 조민정
제 보 자 : 정일분, 여, 89세
구연상황 : 조사자의 요청에 적극적인 태도로 구연하였다. 제보자는 목소리가 좋지 않다
고 하면서도 가락을 길게 빼며 최선을 다하였다.

인자 나가 많애서 목청도 안 나온다.

(청중 : 잘 하구마는 그만이나.)

(조사자 : 지금도 참 잘하는대예.)

　　　요 논에~다가 모를 심어~ 장잎이 피나~서 영화로세
　　　우리~ 자녀 곱기나 길러~ 갓을 씌워서 영화로다

모찌기 노래

자료코드 : 04_18_FOS_20090228_PKS_JIB_0003
조사장소 : 경상남도 함양군 안의면 귀곡리 귀곡마을 마을회관
조사일시 : 2009.2.28
조 사 자 : 안범준, 김미라, 문세미나, 조민정
제 보 자 : 정일분, 여, 89세
구연상황 : 조사자가 모찌는 노래를 요청하자 제보자가 이에 응하여 부른 것이다. 제보자
의 목소리가 약간 불안정하였다.

　　　들-어내세 들어야 내세~ 요 못-자~리를 들어내세
　　　에워~싸세 둘러나 싸세~ 처녀사- 둘러나 싸세

모심기 노래 (3)

자료코드 : 04_18_FOS_20090228_PKS_JIB_0004
조사장소 : 경상남도 함양군 안의면 귀곡리 귀곡마을 마을회관
조사일시 : 2009.2.28
조 사 자 : 안범준, 김미라, 문세미나, 조민정
제 보 자 : 정일분, 여, 89세
구연상황 : 청중들이 제보자가 노래를 잘한다고 칭찬하자 이에 자신을 얻은 듯 이 노래
를 또 불렀다.

> 농창~농창 벼로(벼랑)야 끝에~ 시누-올키가 빠졌다네
> 동상- 건지서 돌에 놓고~ 올키 건-지서 품에다 품네
> 나도~ 죽-어서 후세야상에 낭군부- 부텀 섬길라요

청춘가 (1)

자료코드 : 04_18_FOS_20090228_PKS_JIB_0005
조사장소 : 경상남도 함양군 안의면 귀곡리 귀곡마을 마을회관
조사일시 : 2009.2.28
조 사 자 : 안범준, 김미라, 문세미나, 조민정
제 보 자 : 정일분, 여, 89세
구연상황 : 제보자가 자발적으로 이 노래를 구연하였다. 목소리가 많이 풀려서인지 떨림
이 없이 불렀다.

> 노랑 노랑 노랑 밭-에 콩잎 따는 저 처-녀가
> 어이~ 그리 곱기만 생겼노

청춘가 (2)

자료코드 : 04_18_FOS_20090228_PKS_JIB_0006

조사장소 : 경상남도 함양군 안의면 귀곡리 귀곡마을 마을회관

조사일시 : 2009.2.28

조 사 자 : 안범준, 김미라, 문세미나, 조민정

제 보 자 : 정일분, 여, 89세

구연상황 : 제보자는 앞의 노래에 이어 청춘가 가락으로 자발적으로 이 노래를 불렀다.

  골자리 골자리~ 못골로 짠 자리~ 이히에~

  눕고나 노니 뽕 가지 남아 있네

시집살이 노래

자료코드 : 04_18_FOS_20090228_PKS_JIB_0007

조사장소 : 경상남도 함양군 안의면 귀곡리 귀곡마을 마을회관

조사일시 : 2009.2.28

조 사 자 : 안범준, 김미라, 문세미나, 조민정

제 보 자 : 정일분, 여, 89세

구연상황 : 조사자가 알고 있는 다른 노래를 불러 달라고 요청하자 제보자가 곧바로 부
른 것이다. 끝부분은 기억이 잘 나지 않는다며 노래를 마무리하였다.

  성아 성아 사촌 성아~

  쌀 한 되만 잤있으면

  성도 묵고 나도 묵지

  성의네는 부제(부자)라서

  쇳가래가 나발 부네

  우리는 간구해서(가난해서) 네 끼에다 요롱 달아

  동남풍이 디리 불면은

  집편강 소리 요란한데

  성의네는 부제라서 돌로 갖고 담을 쌓네

  우리는 간구해서 놋종지로 담 쌓는데

[웃으면서] 끄터머리 몰래야.

모심기 노래 (1)

자료코드 : 04_18_FOS_20090228_PKS_CKA_0001
조사장소 : 경상남도 함양군 안의면 귀곡리 귀곡마을 마을회관
조사일시 : 2009.2.28
조 사 자 : 안범준, 김미라, 문세미나, 조민정
제 보 자 : 최금안, 여, 82세
구연상황 : 조사자의 요청에 제보자가 적극적인 태도로 구연하였다. 노래는 창부 타령 곡
조로 했다. 활발한 성격을 지닌 제보자는 목소리에도 자신감이 넘쳤다.

　　　서 마지기 논빼-미에 반달마치 남아 있네
　　　제가 무슨 반달이고 초승-달이 반달이지
　　　초승-달만 반~달이가 그믐달도 반달이네

노랫가락

자료코드 : 04_18_FOS_20090228_PKS_CKA_0002
조사장소 : 경상남도 함양군 안의면 귀곡리 귀곡마을 마을회관
조사일시 : 2009.2.28
조 사 자 : 안범준, 김미라, 문세미나, 조민정
제 보 자 : 최금안, 여, 82세
구연상황 : 제보자가 자발적으로 이 노래를 구연하였다.

　　　함양 첩아 이 망년에 나으전(뜻을 알 수 없다)에다 연약자 싣고
　　　강원도라 석저를 둘러 노고자 반천을 딜어다보니
　　　이가지 죽어 삼가지 놋가지 늘어진 가지에
　　　홀로 앉아 우는 새가 어머님 죽어신 넉실인가(넋인가)

날만 보면 슬피 동정을 하는구나

얼씨구 절씨구 어헐시구 아니야 노지를 못하겠네

모심기 노래 (2)

자료코드 : 04_18_FOS_20090228_PKS_CKA_0003
조사장소 : 경상남도 함양군 안의면 귀곡리 귀곡마을 마을회관
조사일시 : 2009.2.28
조 사 자 : 안범준, 김미라, 문세미나, 조민정
제 보 자 : 최금안, 여, 82세
구연상황 : 제보자가 자발적으로 이 노래를 불렀다. 역시 창부 타령 곡조로 모심기 노래
를 했다. "우리 엄마 산소야 등에" 다음에 가사를 잊고 "뭐 하러 가노?"라고
물은 다음 청중들의 도움을 받아 나머지 가사를 불렀다. 노래를 다 부른 후
"그카모 됐어."라고 했다.

다풀다풀 타박머리 해 다 진데 어데 갔노

우리 엄마 산소야 등에 젖 먹으로 나는 가요

얼씨구 얼씨구 어헐씨구 아니야 노지는 못하겠어

창가 / 백발가

자료코드 : 04_18_MFS_20090221_PKS_ISY_0001
조사장소 : 경상남도 함양군 안의면 신안리 동촌마을 마을회관
조사일시 : 2009.2.21
조 사 자 : 안범준, 정혜란, 김미라
제 보 자 : 임수연, 여, 72세
구연상황 : 조사자의 요청에 제보자가 적극적으로 노래를 불렀다. 제보자는 창가 곡조로
구연하였으며 노래도 빠른 편이었다.

동천에 돋는 해와 솟는 저 달-은
해와 달은 쉬지 않고 오고 가건만
우리 청춘 허망하게 간 곳이 없고
흘러가는 세월 속에 백발이 됐네

3. 유림면

증편 한국구비문학대계 • 경상남도 함양군

■ 조사마을

경상남도 함양군 유림면 국계리 국계마을

조사일시 : 2009.2.22
조 사 자 : 서정매, 문세미나, 이진영, 조민정

국계마을 전경

국계(菊溪)마을은 행정상으로는 단일 동리로 되어 있다. 옛날에는 냇물이 굽게 돌아 흐른다 하여 굽개 또는 국계, 제계(蹄溪)라고 명칭하였다 한다. 제계라는 마을의 이름은 고려 말 목은 이색 선생이 만년에 이 마을에서 은거했는데 그 때 선생께서 우거할 때에 서재를 지었고 그 이름을 제계서재라 하였다고 한다. 그 후 조선 성종 때 사숙재 강희맹이 중수하였으나 세월이 오래되어 지금은 퇴락하여 없어지고 서재의 옛터만 남아 있다. 마을 이름이 제계에서 국계로 언제 바뀐지는 잘 알 수 없으나 행정구역 개편 때 바뀐 것으로 전하고 있다.

국계마을에는 강개암 선생의 별묘(別廟)가 있는데 퇴락하여 중건하는 과정에서 상량문에서 1637년도에 상량을 했던 기록이 나왔다. 그 기록상으로 보면 개암 선생은 별묘 창건 그 이전에 여기에 살았던 것으로 증명된다. 마을 남쪽에는 옛날 신선이 하늘에서 내려와 놀았다는 강선바위가 있는데 그곳에 얽힌 전설이 전해 온다.

국계마을은 67가구에 130명의 주민들이 살고 있으며, 주요 특산물로는 미곡, 오이, 딸기, 돼지고기 등이 있다.

국계마을은 오후 2시 경에 예고 없이 찾아갔지만, 마침 마을의 주민들이 다 모여서 담소를 나누는 중이었다. 음료수와 과자를 내어 놓으면서 바로 녹음에 들어갔다. 8명의 제보자가 노래와 설화를 구연해 주었는데, 대부분 민요를 불러 주었다.

모심기 노래, 시집살이 노래, 상사병 걸려 죽은 총각 노래, 다리 세기 노래, 보리타작 소리, 장꼬방 노래, 댕기 노래, 밀수제비 노래, 그네 노래, 종지기 돌리는 소리, 의암이 노래, 나물 캐는 노래, 진주 남강요, 화투 타령, 생일잔치 노래, 봉숭아 노래 등이 제공되었다. 특히 시집살이 노래, 상사병 걸려 죽은 총각 노래 등의 서사민요를 부르는 동안 청중들이 눈물을 자아내기도 하였다.

경상남도 함양군 유림면 대치리 대치마을

조사일시 : 2009.2.22
조 사 자 : 서정매, 문세미나, 이진영, 조민정

대치(大峙)마을은 원래 사기소(沙器所)라는 눈박이 그릇을 만드는 점촌 마을로 형전 자락에 몇 가구가 모여 살던 곳이다. 임진왜란 이후에 밀성

대치마을 전경

박씨가 단성 진태에서 왜란을 겪은 후 피란지를 찾아 나선 곳이 바로 대치마을이다. 현재 마을 뒤의 술터(酒谷)에다 터를 잡고 마을을 개척하면서 사안마을 뒷산을 넘어 다니게 되면서 큰재(大峙)를 넘는다고 하여 대치마을이라 이르게 되었다고 한다. 또 다른 유래설은 마을 뒷산 모양이 물을 마시러 내려오는 꿩의 모습을 닮았다 하여 '한치'라 하였는데, '한'은 크다는 뜻이고 '치'는 꿩을 가리키는 것으로 대치 혹은 한치라고 불렀다는 것이다.

그후 차츰 가구 수가 불어나게 되자 마을 자리가 협소하여 장자터로 터전을 옮겨 살게 되면서 큰재가 아닌 지금의 구룡고개로 넘어 다니게 되었다. 그 이후 편안하게 재를 넘는다고 하여 한치(閑峙)라는 이름을 얻게 되었다고 한다.

조선 순조 때 밀양 박씨가 단성에서 이곳으로 옮겨 와 산 기록이 있다.

지금은 밀성 박씨와 남평 문씨가 터주가 되어 마을을 이루고 있다. 마을 오른편 입구에 약 4백 년 된 수려한 정자나무가 일제 말기까지 있었는데, 제2차 세계대전 때 일본인들이 배를 만든다는 구실로 베어 버리고 두 그루가 남아 있다가 새마을사업을 할 당시 없어지게 되었다.

현재 이 마을에는 26가구에, 59명의 주민이 살고 있다. 주요 특산물로는 미곡, 양파 등이 있다.

조사자 일행은 연락도 없이 비가 부슬부슬 오는 오후 2시경에 마을회관에 도착을 하였는데 마침 어른들이 모여서 이야기를 나누고 있던 터였다. 마을 주민들은 많이 있었지만 막상 노래나 설화의 제보가 그리 원활하지 않았다. 2명의 제보자에 의해 노래가 녹음되었는데, 다리 세기 노래, 봄배추 노래, 노랫가락, 권주가 등이었다. 그러나 아쉽게도 설화는 채록되지 않았다.

경상남도 함양군 유림면 사안리 사안마을

조사일시 : 2009.2.22

조 사 자 : 서정매, 문세미나, 이진영, 조민정

사안(沙雁)마을의 옛 이름은 사한(沙閑)이라 하였다. 조선 선조 때 밀양 박씨가 청주에서 임진왜란으로 인해 내려와 안의성에 머물다가 왜구들의 진출을 막기 위해 남계천 하류의 백사장 근처에 진지를 구축하면서 사한이라 이름을 지었다고 한다.

마을 뒤의 산봉우리에는 한양으로 통신한다는 봉화봉이 있다. 그러나 일제 때 한(閑)자가 부당하다면서 주위의 수세나 산맥이 평사락 안(雁)이라 하여 마을 이름을 사안으로 고쳤다. 마을 중앙에는 약 6백 년의 수령을 가진 둘레 7미터의 느티나무가 마을의 역사를 알려 주고 있다.

사안마을은 유림면의 동북쪽에 위치하고 있으며 국도 1034번 옆에 자

사안마을 전경

리한다. 총 42가구로 현재 83명의 주민들이 거주하고 있다. 주요 생산물로는 미곡·양파 등이 있다.

사안마을에 도착했을 때는 오후 3시쯤이었고 비가 추적추적 내리고 있었다. 앞 마을의 조사가 빨리 끝나는 바람에 예정에 없던 조사가 이루어졌다. 마을회관에 기름보일러를 돌릴 수 있어서 많은 어른들이 따뜻한 온기가 있는 회관에 모여서 여담을 나누고 있던 중이었다. 다행히 조사자 일행을 반갑게 맞아 주었고 또 친절하게 대해 주었다.

제보자로는 정홍점(여, 81세), 허점식(여, 78세), 오두레(여, 76세), 노판선(여, 74세), 양오만(여, 73세), 허순이(여, 70세), 김광자(여, 67세), 신점순(여, 63세), 황춘자(여, 62세) 등 9명이다.

대부분의 제보자가 민요를 불러 준 데 반해 김광자 제보자는 방귀 잘 뀌는 며느리, 도깨비에게 홀려 싸운 이야기, 시아버지가 낭패를 겪는 이야기 등을 구술해 주었다. 김광자 제보자의 이야기를 시작으로 청중들도 민요를 구연하게 되었고, 점차 적극적인 제보가 이루어졌다.

불러 준 노래로는 모심기 노래, 보리타작 노래 등의 일 노래와 이거리 저거리 갓거리, 자장가, 알캉달캉 등의 동요, 쌍가락지 노래 등의 신세 한탄 노래, 그리고 나비 노래, 이 노래, 화투 타령, 함양 산천 물레방아, 그네 노래 등이다. 이들 중 창민요가 대부분을 차지하였다.

경상남도 함양군 유림면 서주리 서주마을

조사일시 : 2009.2.21
조 사 자 : 서정매, 문세미나, 이진영, 조민정

서주마을 전경

서주(西州)마을은 조선 선조 때 진양 정씨와 강화 노(魯)씨의 두 성씨가 진주에서 산청을 거쳐 강이 흐르고 평지가 있는 이곳으로 와서 정착하면서 형성된 마을이다.

마을이 동천강 서쪽에 있다 하여 서주라고 일컬었다고 한다. 그후 영조조에 진양 하씨가 진주 합천을 거쳐 이곳으로 들어왔고, 이후 밀양 박씨가 안의에서 대를 이으며 살다가 철종 때에 이곳으로 옮겨왔으며, 김해 김씨가 산청에서 들어와 살았다. 현재는 전주 이씨, 안동 김씨, 청주 한씨, 순흥 안씨 등의 후손들이 함께 모여서 살아가고 있다. 이 마을에는 정씨와 노씨가 심었다는 정자나무가 수령 약 4백 년이 넘는데, 마을의 역사를 간직한 채 무성하게 자라고 있다.

서주마을에는 현재 36가구에 67명의 주민들이 살고 있으며 주요 특산물로는 미곡, 양파 등이 있다.

마을 이장과 연락을 하고 약속대로 오후 2시경에 마을에 도착하였다. 여러 주민들이 제보를 위해 노래도 연습해 놓는 등 준비를 하고 있었다. 술과 음료를 준비하여 화기애애한 분위기를 조성한 후 녹음에 들어갔다. 마을의 지명이나 인명과 관련된 설화는 없었고, 어렸을 때부터 들어왔던 민담이 상당수 제공되었다. 호랑이와 도깨비 관련 이야기가 많았고 복 많은 아이 등 여러 편의 민담이 구연되었다. 이 외에 민요로는 보리타작 노래, 모심기 노래, 밭 매는 노래, 삼 삼기 노래 등의 노동요와 신세 한탄 노래, 아기 어르는 노래, 다리 세기 노래, 화투 타령 등이 조사되었다.

경상남도 함양군 유림면 서주리 우동마을

조사일시 : 2009.2.21
조 사 자 : 서정매, 문세미나, 이진영, 조민정

우동(牛洞)마을은 산수 지형이 꼭 소(牛)와 같이 생겼다 하여 쇳골이라고 부르다가, 이 쇳골을 한자로 표기할 때 우동이라고 쓰게 되므로 그렇게 부르게 된 것이라 한다. 산세의 모양은 풍수지리상 목마른 소가 물을 마시는 형국이며, 마을 앞에 넓은 들이 있어서 들로 인하여 양식이 풍부하다. 또한 들 앞으로 경호강이 흐르고 있어서 들판에 수량도 풍부하다.

우동마을에 처음 들어와 터를 잡아 취락을 형성하며 살기 시작한 도씨는 임진왜란 이후 우거진 칡덩굴을 쳐서 들어내고 입촌하였다 한다. 그 뒤에 여러 성씨가 모여서 살아오고 있으며 현재는 53가구가 마을을 형성하고 있다.

우동마을은 지방도 1034번이 지나가는 곳에 위치하므로 교통이 좋은 편이다. 현재 126가구에 219명의 주민이 거주하고 있으며 주요 특산물로는 미곡, 양파 등이 있다.

우동마을은 이장과 사전 연락을 하지 않고 오후 4시 경에 바로 찾아갔다. 겨울이라 마을회관에 많은 마을 주민들이 모여 있어서 조사가 자연스레 이루어졌다. 주민들 모두가 인심이 좋고 긍정적이어서 화기애애한 분위기에서 조사를 진행했다.

마을에서 이야기를 잘 하는 사람이 누구인지 물었는데 대뜸 이장이 와야 된다며 모두가 이장을 찾았다. 연락을 받고 도착한 이장은 역시 입담도 좋고, 노래도 잘 불렀다.

마을과 관계된 전설은 제보가 되지 않았지만, 민담 등이 많이 제보되었다. 마적도사 이야기, 물고기 잡아먹는 도깨비 이야기, 도사 이야기, 제사 때 물밥이 생긴 이야기, 제사 때 접상이 생긴 이야기 등이 이장을 통해서 구술되었고, 도깨비가 길을 내어준 이야기도 구술되었다. 민요도 많이 가창되었는데, 창부 타령, 그네 노래, 장기 두는 노래, 주머니 타령, 임 떠난 노래, 인생 노래, 주초 캐는 처녀 노래, 검둥개 노래, 못 갈 장가 노래 등을 이장이 불러 주었고, 다른 제보자들이 모심기 노래, 목화 따는 노래, 비 노래, 고사리 청 노래, 백발가, 노랫가락 등을 불러 주었다.

우동마을 전경

경상남도 함양군 유림면 손곡리 손곡마을

조사일시 : 2009.3.1

조 사 자 : 서정매, 정혜란, 이진영

　손곡(蓀谷)마을은 유림면의 서남쪽에 위치하고 있는데, 지리산 계곡에서 흘러온 물이 맑고, 공기가 좋은 곳이다. 전하는 바에 의하면 거창 심씨와 하순 최씨가 서로 마을에 먼저 들어온 주인이었다고 주장하고 있다. 현재는 십여 성씨로 마을을 이루고 발전해가고 있다. 과거에는 백여 호가 넘는 마을이었으나, 도시로 주민들이 빠져나가게 되면서 지금은 오십여 호 정도가 남아서 마을을 유지하고 있다.

　마을 입구에는 정자나무가 서 있는데, 칠십여 년 전에는 일곱 그루가 서 있다 하여 7형정이라 불렀다. 정자나무 밑에는 주막이 있어 여름철마다 길손들을 유혹하곤 했다고 한다. 아직도 구정 때마다 7형정 나무 밑에서 당산제를 지내고 있다. 현재 4그루는 고사되었고 3그루만 남아 있다. 그리고 50년 전에 마을 입구에 고려장 터가 있었다고 전해지며, 그 속에서 몇 점의 고려자기를 발굴하였다고 전해 온다. 이외 조목단(棗木壇)이 있었는데 효자 신효선에 대한 전설이 전해 내려온다.

손곡마을은 현재 55가구에 92명의 주민이 살고 있으며, 주요 특산물로는 미곡, 단감, 밤, 새송이, 곶감 등이 있다.

미리 이장과 통화해서 약속을 하고는, 11시경에 손곡마을에 도착을 하였다. 많은 분들이 마을회관에서 기다리고 있었고, 벌써 점심식사를 준비하고 있었다. 점심식사가 준비될 동안 술과 안주 및 과자를 내어 놓고 녹음 준비에 들어갔다. 인심이 후하고 열린 마음이어서인지 주민들이 호의적으로 조사자들을 대해 주었고, 적극적으로 제보에 임해 주었다.

제보자는 총 7명인데, 모두 할머니들의 제보로만 이루어졌다. 주로 민요가 제보되었고, 마을에 전해지는 전설이나 설화는 조사되지 못한 아쉬

손곡마을 전경

움이 있다.

제공된 민요로는 노동요인 베 짜는 노래, 모심기 노래, 베틀 노래, 밭 매기 노래, 보리타작 노래, 고사리 노래 등이 있고, 서사민요로 동곡각시 노래, 못 갈 장가 노래 등이 있다. 이 외에 가창을 위한 유흥적인 창민요 가 다양하게 조사되었다.

경상남도 함양군 유림면 손곡리 지곡마을

조사일시 : 2009.2.23

조 사 자 : 서정매, 문세미나, 이진영, 조민정

모실이라고도 부르는 지곡(池谷)마을은 임진왜란 때 합천 이씨가 정착 하면서 칡덩굴과 다래덩굴을 걷어 내고 마을을 이루었으며, 이후 경주 김 씨가 정착하였다 한다. 마을 이름은 마을 옆에 못골이라는 골이 있어 모

지곡마을 전경

실이라고 하였으며 이곳에서 흐르는 물이 마르지 않는다고 하여 한자어로 지곡이라고도 한다.

마을 앞의 경지를 정리할 때 기와와 엷은 토기 조각들이 수없이 출토되었고, 강변 들에서 고려 말기로 추정되는 묘지군이 발견되었다. 이로 미루어 임진왜란 훨씬 이전에도 사람이 살았던 곳으로 여겨진다. 엄청강 강물도 이 모실마을에 있는 함허정 앞에 이르러서는 맑고 푸른 호수가 된다. 함허정은 조선조 초기에 본군에 부임한 군수 최한후(崔漢候)가 머물던 곳으로 함허정에서 보는 절경은 탐방객의 발길을 멈추게 한다.

지곡마을은 유림면의 동남쪽에 위치하며 국도 1034번이 지나간다. 현재 총 55가구에 97명의 주민들이 거주하며, 주요 생산물로는 미곡, 양파 등이 있다.

지곡마을에 도착한 때는 11시경이었는데 점심을 준비하는 시간이었다. 거실로 보이는 가운데 방에서 이야기가 시작되었다가 점심이 준비되자 녹음을 멈추고 함께 점심을 먹은 뒤 부엌이 달린 작은 방에서 부녀자들을 대상으로 계속 조사를 하였다. 시끌벅적한 분위기였지만 모두가 귀를 기울이며 맞장구를 치는 등 흥겨운 분위기에서 조사가 이루어졌다.

모두 13명이 민요와 설화를 구연했는데, 이창환(남, 78세)과 강행석(남, 76세)을 제외하고 나머지는 모두 여성 제보자였다. 이들이 구술한 설화로는 도깨비가 물고리를 잡아 준 이야기, 호랑이불을 본 이야기, 방귀 이야기, 도깨비에게 홀려 사흘 만에 장사를 치른 사람 이야기, 호랑이가 손자를 품고 잔 이야기, 애장터에서 도깨비불을 본 이야기, 원기가 부실한 사람이 헛깨비를 만나 고생한 이야기, 약국에서 방귀 뀐 아주머니, 비짜루 몽둥이가 도깨비로 변한 이야기 등이 있다.

구연된 민요로는 아기 어르는 알강달강, 다리 세기 노래, 자장가를 비롯하여 일노래인 모심기 노래, 보리타작 노래, 밭 매는 노래 등이 있고, 양산도, 노랫가락 등도 많았다. 제보자 중에서 특히 이용순(여, 72세)은 기억력이 무척 좋아서 가사가 긴 서사민요를 여러 편 불러 주었다.

경상남도 함양군 유림면 옥매리 매촌마을

조사일시 : 2009.2.28
조 사 자 : 서정매, 정혜란, 이진영

매촌마을 전경

매촌(梅村)마을은 마을 뒷산의 지형이 매화낙지의 한 데서 유래되었다
고 한다. 다른 이야기로는 이 마을에 살던 정씨가 뒷산을 개간하여 매화
원을 조성하고 매화를 생산했기 때문에 매촌이라 하였다고 전해진다.

이 마을에 정씨와 나주 임씨, 그리고 덕수 이씨가 터를 잡고 살게 되었
다고 하나 상세히는 알 수 없다. 지금은 이 세 성씨와 그 외의 여러 성씨
가 모여 마을을 이루고 있다. 매촌마을의 방화재를 올라가는 길은 원래

오솔길이었지만, 지금은 지방도로가 확장·포장되어 교통이 편리한 곳이 되었다.

매촌마을은 총 40가구에 81명의 주민들이 살고 있다. 주요 특산물로는 미곡, 양파 등이 있다.

매촌마을은 예고 없이 오후에 방문하였다. 마을의 주민 수가 적은 데다 대부분 일을 하러 나갔기 때문에 제보자를 찾기가 어려웠다. 마을회관에 나와 담소를 나누고 있는 노인 몇 분을 대상으로 조사가 이루어졌다. 설화는 조사되지 못하였고, 주로 민요를 채록했다. 노랫가락, 양산도, 사발가 등 비기능의 가창요가 주류를 이루었다.

경상남도 함양군 유림면 옥매리 옥동마을

조사일시 : 2009.2.28
조 사 자 : 서정매, 정혜란, 이진영

옥동(玉洞)마을의 형성 연대는 임진왜란을 전후로 해서 약 400백여 년이 되는 것으로 추측하고 있다. 마을 앞에는 수백 년 된 고목나무가 있었으나 현재는 자연사하였고, 다시 보식을 하여 울창한 숲을 이루고 있다.

옥동마을은 아래땀과 윗땀으로 나누어져 있다. 아래땀은 풍천 노씨가 40호, 기타 성씨가 20호 정도로 구성된 노씨 집성촌이었다. 그리고 윗땀은 진양 강씨가 15호, 기타 성씨가 15호 정도로 도합 90호 정도로 가 살았다. 그러나 시대의 변화에 따라 옥동마을의 주민들이 도시로 많이 떠나면서 지금은 82가구에 188명의 주민들이 살고 있다.

옥동마을은 원래 옥은동(玉隱洞)이라 하기도 하였는데, 지금도 자연석에 옥은동이라 각자가 된 바위를 세워 놓고 있다. 옥은동이란 이 마을에 옥이 숨겨져 있는데, 그 옥을 찾으려면 열심히 땅을 파야 한다는 뜻으로, 그 뜻에 힘입어 현재도 열심히 땅을 파고 농사를 일구어가고 있다. 주요 특산물로는 미곡, 양파, 딸기 등이 있다.

옥동마을을 예고 없이 방문하였지만 난방이 잘 되어 있는 마을회관에서 여러 제보자들을 만날 수 있었다. 다만 이장을 비롯한 마을의 남자들 대부분이 논밭으로 일을 나간 상황이기 때문에 연로한 할머니들을 중심으로 조사에 임하게 되었다. 많은 제보자들이 민요를 구연해 주었는데 노동요, 유희요가 주로 채록되었다. 노동요로는 모심기 노래, 밭 매기 노래, 보리타작 노래 등이 조사되었다. 이외 아기 어르는 노래와 다리 세기 노래 등이 제공되었다. 유희요로는 물레방아 노래, 도라지 타령, 사발가, 노랫가락, 창부 타령, 쌍가락지 노래, 화투 타령, 담배 타령, 바지 노래, 댕기 노래, 옥단춘 노래, 방귀 타령 등이 불렸다. 특히 시계·바지·댕기·단추·화투·담배·가락지 등의 생활용품과 관계된 노래가 많이 조사된 것이 특징이다.

옥동마을 전경

경상남도 함양군 유림면 옥매리 차의마을

조사일시 : 2009.2.28
조 사 자 : 서정매, 정혜란, 이진영

차의(此衣)마을의 형성 연대는 약 350년으로 보고 있다. 전설에 의하면 맨 처음 소(蘇)씨가 들어와 터를 잡았다고 하며, 옛날에는 소씨가 여러 집 살고 있었으나 전부 다른 곳으로 이주하여 가고 지금은 한 집도 남아있지 않다.

일제의 행정구역 개편 이전에는 관변면에 속해 있었으나, 그 후에는 유림면에 속하게 되었다. 차의마을은 숙구실(宿狗室) 또는 수구실(水口室)이라는 이름으로 불리기도 한다.

차의마을에는 현재 36가구에 83명의 주민들이 살고 있다. 주요 특산물로는 미곡, 양파, 젖소 등이 있다.

조사자 일행은 연락을 미리 하지 않고 오후에 차의마을에 도착하였다.

차의마을 전경

마을회관에는 노인들이 여럿이 모여서 담소를 나누고 있었는데, 많은 사람들이 일을 하러 간 터여서 제보를 받기가 쉽지는 않았다.

도라지 타령, 그네 노래, 다리 세기 노래, 모심기 노래, 신세 타령 노래, 봄배추 노래 등이 구연되었으며, 설화로는 도깨비에게 홀린 이야기 등이 구술되었다. 서사민요나 일노래는 적었고 유흥요가 많았다.

경상남도 함양군 유림면 웅평리 웅평마을

조사일시 : 2009.2.28
조 사 자 : 서정매, 정혜란, 이진영

웅평(熊坪)마을은 화장산 정기가 뻗어서 산자수명한 마을이다. 덕석산의 발치 아래 동쪽으로 당산이 솟아 있고 서쪽으로 매취갑이 감싸고 있다. 마을 앞에는 넓은 들이 펼쳐져 있고, 북쪽으로 연화산을 바라보고 있다.

웅평마을 전경

400여 년 전 대구 달성 서씨가 임진왜란 때 두류산 운봉을 거쳐 이곳에 정착하면서 대대로 살아온 서씨의 집성촌이다.

덕석산 꼭대기 장군바위는 옛날 장군이 왼손바닥을 눌러서 생겼다는 자국이 지금도 완연히 남아 있다. 덕석산 동북 쪽 벼리 끝 소(沼)와 곰 발바닥 모양같이 생겼다는 넓은 웅해곡(熊海谷), 그리고 어느 효자가 어머니를 편히 모시고 살았다는 안모곡(安母谷) 등이 있다. 웅평마을의 이름은 골논, 뒷골, 새골의 이름으로도 불리고 있다.

과거에는 새골과 골논의 서당에서는 여러 관리와 학자, 그리고 효열의 인물이 많이 배출되었다. 특히 영조 때의 서기보는 효행으로 정려를 받은 바가 있는데, 그의 둘째 자부인 청송 심씨는 열부로서 정려를 받았고, 그의 3남 역시 효자로 정려를 받았다. 이처럼 삼부자의 정려비가 동구 밖에 세워져 있어서 후손들에게 귀감이 되고 있다.

현재 37가구에 68명의 주민들이 살고 있으며, 주요 특산물로는 미곡, 양파 등이 있다

웅평마을은 몇 번 방문을 하였지만 모두 일을 나가고 없었기 때문에 조사를 하지 못했다. 예고 없이 웅평마을을 다시 찾아가서 제보를 받게 되었는데, 아쉽게도 설화는 제보를 받지 못하였고 주로 민요를 제공받았다. 불러 준 노래로는 모심기 노래와 환갑 노래, 도라지 타령, 봄배추 노래, 아기 어르는 노래, 그네 노래 등이 있다.

경상남도 함양군 유림면 유평리 유평마을

조사일시 : 2009.3.1
조 사 자 : 서정매, 정혜란, 이진영

'버들이'라고도 부르는 유평(柳坪)마을은 약 3백 50여 년 전부터 청송 심씨가 진양 형씨와 함께 터를 잡아 일군 마을이라 한다. 이후 정조 때에

는 분성 배씨가 들어왔고, 순조 때에는 진양 정씨가 들어왔다.

마을 이름의 유래는 어느 지관이 이 마을 뒷산에 유지앵소(柳枝鶯巢)라는 명당이 있다 한 데에서 비롯되었다고 한다. 그후 하동 정씨가 유지앵소에 묘를 쓰게 되었고, 그 후손이 후학을 가르치기 위하여 서당을 지어주위에 많은 유생들을 배출하였다 한다. 서당 옆에는 주자경당이라는 사당을 지어 놓고 춘추로 제향하고 있다. 현재 38가구에 55명의 주민들이 살고 있으며, 주요 특산물로는 미곡, 양파 등이 있다.

유평마을은 뒤로 산이 둘러싸고 있고, 앞으로는 들녘이 펼쳐져 있다. 조사자 일행은 연락을 미리 하지 않고 오후 4시경에 유평마을을 찾아갔다. 마침 마을회관에 여럿이 모여 담소를 나누고 있었고, 조사자가 준비해간 음료와 과자를 내어 놓으며 자연스럽게 조사에 들어갈 수 있었다.

마을 관련 설화는 조사되지 못했으며, 민요가 주로 조사되었다. 노랫가

유평마을 전경

락, 창부 타령, 그네 노래, 홀로 선 나무 노래, 달 노래, 한자 노래, 절 짓
는 노래, 청혼 노래, 사발가, 도라지 타령, 화투 타령, 나비 노래, 다리 세
기 노래, 너냥 나냥, 양산도 등이 조사되었으며, 이외 서사민요로 '못 갈
장가 노래' 등이 제보되었다.

경상남도 함양군 유림면 화촌리 화촌마을

조사일시 : 2009.2.22
조 사 자 : 서정매, 문세미나, 이진영, 조민정

화촌마을 전경

　화촌(花村)마을은 14세기에 해주 석씨가 황해도 해주에서 이곳으로 이
동해 오면서 입촌하게 되었다 한다. 그런데 기록에 의하면, 고려 충렬왕
때(13세기) 성주 이씨 이백년과 이억년이 이곳에 살다가 문정마을로 들어

갔다고 하고, 그뒤 조선 선조 때 김녕 김씨가 대구에서 들어왔으며 철종 때에는 밀양 박씨가, 순조 때에는 함양 박씨가 들어왔다고 한다. 마을 이름은 별은계라 불렸는데, 이를 한자로 쓰면서 별음을 꽃 화(花)자와 마을 촌(村)자를 붙여 화촌마을이라고 한 데에서 유래되었다고 한다. 일설에는 옛날 지관이 뒷산에 화심이라는 명당자리가 있다고 하여 화촌이라고 부르게 되었다고도 한다.

1922년에 옥산마을에서 화촌마을로 면사무소가 이전되었다. 마을 앞 입구에는 높이가 25미터 되는 수령이 약 오백년 된 느티나무가 있는데, 나무의 하단부에 큰 혹이 두 개 있는 것이 특징이다. 그리고 십 미터 높이 지점에서 봄에 수액이 떨어지면 그 해 풍년이 들고 수액이 떨어지지 않으면 흉년이 든다는 전설이 전해지고 있다.

화촌마을에는 남장골·도틀봉·사두남·성짓골·씨아싯골·중산골·하이태굼터·진골 등의 골짜기가 있고, 모래가 많은 모래등, 여인의 치마같이 생긴 치마바위 등의 이름이 있다.

유림면의 동쪽에 위치하는 화촌마을은 1034번 지방도로와 2번 군도의 교차 지점이다. 총 79가구로 현재 162명의 주민들이 거주하고 있다. 주요 생산물로는 미곡, 양파 등이 있다.

화촌마을은 일요일 오전에 방문하였다. 마을 어른들 대부분이 마을회관에 모여 있었다. 미리 전화를 하고 방문한 터였다. 제보자는 모두 8명이며, 87세의 최고령에서부터 70세까지 구성되어 있다.

먼저 도깨비 이야기와 호랑이 이야기로 시작을 하였고, 첫날밤을 치르는 신방을 몰래 훔쳐보다 방귀 뀐 이야기, 산돼지에게 물려 죽은 이야기, 호랑이가 개를 업고 간 이야기 등을 조사할 수 있었다. 이야기가 다 끝날 즈음에 민요를 부르게 되었는데, 제보자들이 노래를 부를 때면 청중들도 흥에 겨워 박수도 치고 맞장구를 치는 등 즐거운 분위기에서 조사가 이루어졌다.

민요 조사는 이거리 저거리 갓거리(다리 세기 노래), 알캉 달캉 등을 부르는 것으로 시작하여 모심기 노래를 긴소리로 주고받으면서 이어졌다. 이 외에 삼 삼기 노래, 도라지 타령, 양산도, 청춘가, 화투 타령, 그네 노래, 명사십리 해당화야 등의 흥겨운 노래가 많이 제보되었다. 그러나 서사민요는 제공되지 않았다.

강복녀, 여, 1925년생

주 소 지 : 경상남도 함양군 유림면 손곡리 지곡마을
제보일시 : 2009.2.23
조 사 자 : 서정매, 문세미나, 이진영, 조민정

강복녀는 1925년 유림면 손곡리 손곡마을에서 태어났다. 올해 나이는 85세 소띠이다. 16세 때 지곡마을로 시집을 와서 지금까지 살고 있으며 상독댁이라 불리고 있다. 작고한 남편과의 사이에 2남 3녀를 두고 있다. 현재는 농사를 지으며 살고 있는데, 농사는 돈을 벌기 위한 것이 아니라 여가 시간을 보내기 위한 것이라 하였다. 제보자는 직접 들었던 이야기를 실감나고 재미있게 구술해 주었다.

제공 자료 목록
04_18_MPN_20090223_PKS_KBN_0001 우연히 호랑이를 잡은 벙어리 아들

강봉기, 여, 1932년생

주 소 지 : 경상남도 함양군 유림면 서주리 서주마을
제보일시 : 2009.2.21
조 사 자 : 서정매, 문세미나, 이진영, 조민정

강봉기는 1932년에 유림면 국계리 국계마을에서 태어났다. 16세에 서주마을로 와서 살게 되었으며, 이곳에서 남편을 만나 지금까지 살고 있다. 올해 78세로 원숭이띠이며 국계댁으로 불린다. 남편은 5년 전에 작고하여

현재 홀로 살아오고 있다. 슬하에 2남 4녀의 자녀를 두고 있으며 벼농사를 짓고 있다.

배우고자 하는 열망이 강한 편이어서 예전에 야간학교에 다닌 적이 있다. 짧은 파마머리에 햇볕에 얼굴이 탄 편이다. 회색 티셔츠에 분홍 조끼를 입고 있었다.

제공 자료 목록

04_18_FOT_20090221_PKS_KBG_0001 효부 며느리를 집까지 데려다 준 호랑이

강분달, 여, 1927년생

주 소 지 : 경상남도 함양군 유림면 옥매리 매촌마을
제보일시 : 2009.2.28
조 사 자 : 서정매, 정혜란, 이진영

강분달은 1927년에 함양읍 백천리 본백마을에서 태어났다. 현재 83세로 토끼띠이며 한정기댁이라는 택호로 불린다. 18세에 매촌마을로 시집을 와서 지금까지 살고 있다. 남편은 10년 전에 작고하였고 슬하에는 5남 3녀의 자녀를 두고 있다.

어릴 때 소학교에 3년을 다녔다. 안경을 끼고 있으며 보라색 조끼를 입고 목에 스카

프를 두르고 있었다. 말투가 구수하고 장난끼가 많아 노래를 부르는 도중에도 장난을 치는 등 성격이 활발하고 적극적이었다.

다른 제보자가 노래할 때 옆에서 함께 부르기도 했다. 불러 준 노래는

대부분 어른들이 부르는 것을 들으며 배운 것이라고 하였다.

제공 자료 목록

04_18_FOS_20090228_PKS_KBD_0001 아기 어르는 노래

04_18_FOS_20090228_PKS_KBD_0002 그네 노래

04_18_FOS_20090228_PKS_KBD_0003 양산도

04_18_FOS_20090228_PKS_KBD_0004 노랫가락

04_18_FOS_20090228_PKS_KBD_0005 모심기 노래

04_18_FOS_20090228_PKS_KBD_0006 사발가

강산달, 여, 1931년생

주 소 지 : 경상남도 함양군 유림면 손곡리 지곡마을

제보일시 : 2009.2.23

조 사 자 : 서정매, 문세미나, 이진영, 조민정

강산달은 1931년 함양군 휴천면 문정리 전불마을에서 태어났다. 올해 나이는 79세로 양띠이며 지곡댁으로 불리고 있다. 14년 전에 작고한 남편과의 사이에 2남 2녀를 두고 있다. 휴천면에서 잠시 살다가 지금은 지곡마을에서 농사를 지으며 살고 있다. 21살에 이곳으로 시집와서 지금까지 거주하고 있다. 활달한 성격으로 보였다.

나물 캐러 가서 호랑이를 본 체험담을 이야기해 준 뒤에 우스개로 부르는 보리타작 노래와 곡소리를 흉내 내는 노래를 했다.

제공 자료 목록

04_18_FOS_20090223_PKS_KSD_0001 보리타작 노래

04_18_FOS_20090223_PKS_KSD_0002 우스개 곡소리

04_18_FOS_20090223_PKS_KSD_0003 쌍가락지 노래

강점선, 여, 1934년생

주 소 지 : 경상남도 함양군 유림면 유평리 유평마을
제보일시 : 2009.3.1
조 사 자 : 서정매, 정혜란, 이진영

강점선은 1934년생으로 유림면 화촌마을
에서 태어났다. 올해 나이는 76세로 개띠이
며 화촌댁으로 불린다. 18살에 유평마을로
시집을 온 뒤 지금까지 유평마을에서 살고
있다. 12년 전 남편이 작고하여 홀로 살고
있으며 2남 3녀의 자녀를 두고 있다. 자녀
들은 현재 모두 객지로 나가 살고 있다.

학교는 다닌 바가 없다. 머리숱이 많고 짧
은 파마머리에 귀걸이를 하고 있으며 폴라티에 검은색 조끼를 입고 있었다.
성격이 쾌활하여 자주 웃으면서 적극적으로 조사에 응해 주었다. 목청이
좋아서 노랫소리도 우렁찬 편이었다. 제공해 준 노래는 유흥적인 창민요 5
편인데, 젊었을 때 일하면서 어른들에게 들으면서 배운 노래라고 했다.

제공 자료 목록
04_18_FOS_20090301_PKS_KJS_0001 청춘가
04_18_FOS_20090301_PKS_KJS_0002 창부 타령
04_18_FOS_20090301_PKS_KJS_0003 그네 노래
04_18_FOS_20090301_PKS_KJS_0004 지리산 산상봉에
04_18_FOS_20090301_PKS_KJS_0005 달 노래

강한남, 여, 1927년생

주 소 지 : 경상남도 함양군 유림면 옥매리 차의마을
제보일시 : 2009.2.28
조 사 자 : 서정매, 정혜란, 이진영

강한남은 1927년생으로 함양군 본백마을에서 태어났다. 17세에 차의마을로 시집을 와서 지금까지 살고 있다. 현재 나이는 83세로 토끼띠이며 증촌댁이라 불린다. 4년 전에 남편이 작고하여 지금은 홀로 살고 있으며 슬하에 3남 4녀의 자녀를 두고 있는데 현재 아들과 함께 살고 있다.

83세의 고령이지만 나이에 비해 훨씬 젊어 보이는 인상이다. 짧은 파마머리에 분홍 조끼를 입고 목에 스카프를 두르고 있었다. 불러준 노래는 어릴 때 놀면서 불렀던 것으로 다리 세기 노래를 구연해 주었는데, 직접 다리를 펴서 동작을 보여주면서 불렀다.

제공 자료 목록
04_18_FOS_20090228_PKS_KHN_0001 다리 세기 노래

강행석, 남, 1934년생

주 소 지 : 경상남도 함양군 유림면 손곡리 지곡마을
제보일시 : 2009.2.23
조 사 자 : 서정매, 문세미나, 이진영, 조민정

강행석은 1934년 지곡마을에서 태어나 지곡에서 결혼해서 살고 있다. 올해 나이는 76세로 개띠이며 현재 농사를 짓고 있다. 지곡마을에서 태어나 단 한 번도 다른 곳으로 가 본 일이 없다. 국민학교를 졸업하였으며 슬하에 3남 2녀의 자녀를 두고 있으나 모두 객지에 나가 있고 부인 김삼선(79세)과

함께 살고 있다. 모심기 노래와 상여소리를 짧게 구연해 주었다. 모심기 노래는 어른들에게 배우기도 하였고, 또 직접 부르면서 모를 심었다고 했다. 상여소리는 사설이 너무 짧아 자료적 가치가 적다고 판단하여 채록하지 않았다.

제공 자료 목록
04_18_FOS_20090223_PKS_KHS_0001 모심기 노래 (1)
04_18_FOS_20090223_PKS_KHS_0002 모심기 노래 (2)

권도정, 여, 1921년생

주 소 지 : 경상남도 함양군 유림면 국계리 국계마을
제보일시 : 2009.2.22
조 사 자 : 서정매, 문세미나, 이진영, 조민정

권도정은 1921년생으로 산청군에서 태어나고 자랐다. 올해 87세로 개띠이며 단성댁으로 불린다. 15세 때 국계마을로 시집을 와서 현재까지 살고 있다. 학교는 다닌 바가 없다. 남편은 20년 전에 작고하여 오랫동안 홀로 살고 있다. 3남 3녀의 자녀를 두고 있으며, 원래는 농사를 지었으나 최근에는 몸이 아프고 힘들어서 일을 하지 않는다.  제일 연장자라는 것을 한눈에 알아 볼 정도로 흰머리가 많았다. 보라색 조끼에 분홍 스카프로 목을 두르고 있었다. 소극적인 성품으로 주로 다른 제보자가 부르는 노래를 따라서 부르곤 했다.

제공 자료 목록
04_18_FOS_20090222_PKS_KDJ_0001 나물 캐는 노래

김경순, 여, 1934년생

주 소 지 : 경상남도 함양군 유림면 손곡리 지곡마을
제보일시 : 2009.2.23
조 사 자 : 서정매, 문세미나, 이진영, 조민정

김경순은 1934년 산청군 금서면 신아리 구와부락에서 태어났다. 올해 나이는 76세로 개띠이며 아촌댁이라 불리고 있다. 19살 되던 해에 결혼하여 지곡마을에 살고 있다. 1년 전에 작고한 남편과의 사이에 3남 2녀를 두고 있으며 57년 동안 지곡마을에서 거주하고 있다. 날씬하고 지적인 모습이며 적극적으로 설화와 민요를 구연해 주었다.

제공 자료 목록
04_18_FOT_20090223_PKS_KKS_0001 시아버지 앞에서 방귀 뀐 며느리
04_18_MPN_20090223_PKS_KKS_0001 도깨비와 씨름한 아버지
04_18_FOS_20090223_PKS_KKS_0001 모심기 노래 (1)
04_18_FOS_20090223_PKS_KKS_0002 모심기 노래 (2)
04_18_FOS_20090223_PKS_KKS_0003 모심기 노래 (3)
04_18_FOS_20090223_PKS_KKS_0004 모심기 노래 (4)
04_18_FOS_20090223_PKS_KKS_0005 모심기 노래 (5)
04_18_FOS_20090223_PKS_KKS_0006 보리타작 노래
04_18_FOS_20090223_PKS_KKS_0007 다리 세기 노래
04_18_FOS_20090223_PKS_KKS_0008 도라지 타령
04_18_FOS_20090223_PKS_KKS_0009 나물 캐는 노래
04_18_FOS_20090223_PKS_KKS_0010 사발가

김경옥, 여, 1922년생

주 소 지 : 경상남도 함양군 유림면 서주리 우동마을

제보일시 : 2009.2.21

조 사 자 : 서정매, 문세미나, 이진영, 조민정

김경옥은 1922년에 생초면 안골리에서 태어났으며 학교는 다닌 적이 없다. 일본에서 살다가 30세가 되던 해에 유림면 우동마을로 시집을 와서 지금까지 살고 있다. 올해 나이는 88세로 개띠이며 벌말댁으로 불린다. 남편은 30년 전에 작고하여 오랜 세월 동안 외롭게 홀로 살아왔다. 슬하에 2형제를 두고 있다.

녹색 티에 연두조끼를 입고 보라색 스카프를 하고 있었다. 어릴 때 부모에게 배운 노래라며 민요 5편을 적극적으로 구연해 주었다.

제공 자료 목록

04_18_FOS_20090214_PKS_KKO_0001 목화 따는 노래

04_18_FOS_20090214_PKS_KKO_0002 청춘가

04_18_FOS_20090214_PKS_KKO_0003 문답 노래

04_18_FOS_20090214_PKS_KKO_0004 소꿉놀이 노래

04_18_FOS_20090214_PKS_KKO_0005 백발가

김경희, 여, 1940년생

주 소 지 : 경상남도 함양군 유림면 유평리 유평마을

제보일시 : 2009.3.1

조 사 자 : 서정매, 정혜란, 이진영

김경희는 1940년생으로 전라도 광주에서 태어났다. 20살이 되던 해에 네 살 연상의 남편 정원식을 만나 유평마을로 시집을 와서 지금까지 유평마을에서 살고 있다. 남편은 교직에 몸을 담았는데 현재는 퇴직을 해서 쉬고 있다. 제보자는 광주에서 고등학교

까지 졸업하였으나 결혼을 한 후에는 전업주부로만 살았다고 한다. 슬하에 2남 3녀를 두었으나 현재는 모두 객지로 나가 있고, 지금은 남편과 둘이서 생활하고 있다.

불러준 노래는 모두 유평마을로 시집을 오고 나서 배웠던 것이라 한다. 둥근 얼굴형에 안경을 쓰고 있으며 짧지만 풍성한 파마머리를 하고, 한 벌로 된 고동색 옷에 빨간 조끼를 입고 있었다. 성품이 차분게 보였지만 노래를 부를 때는 명랑한 목소리로 불러 주었다.

제공 자료 목록
04_18_FOS_20090301_PKS_KKH_0001 다리 세기 노래
04_18_FOS_20090301_PKS_KKH_0002 양산도
04_18_FOS_20090301_PKS_KKH_0003 너냥 나냥

김광자, 여, 1942년생

주 소 지 : 경상남도 함양군 유림면 사안리 사안마을
제보일시 : 2009.2.22
조 사 자 : 서정매, 문세미나, 이진영, 조민정

김광자는 1942년 일본에서 태어났고 이후 어린 시절에는 함양군 서하면 운곡리에서 살았다. 올해 나이 67세로 아주 호탕하였는데 처음으로 이야기를 시작하며 분위기를 이끌어 주었다.

18세 되던 해에 사안마을로 시집와서 지금까지 한 번도 이곳을 떠나 본 적이 없다.

10년 전 작고한 남편과의 사이에 1남 3녀의 자녀를 두고 있다. 지금은 농사로 생계를 이어가며 살고 있다.

김남이, 여, 1926년생

주 소 지 : 경상남도 함양군 유림면 서주리 우동마을
제보일시 : 2009.2.21
조 사 자 : 서정매, 문세미나, 이진영, 조민정

김남이는 1926년 밀양에서 태어났다. 그
러나 3세부터 16세까지 만주에서 살게 되었
고, 이후 함양군 수동면으로 돌아와서 1년
을 살았다. 18세 때 유림면 서주리 우동마
을로 시집을 왔으나, 이후 부산에서 10년
정도 살다가 다시 우동마을로 들어와 살고
있다. 올해 84세로 범띠이며 수동댁으로 불
린다. 만주에서 살 때 3년 정도 야학을 다
닌 적이 있다.

짧은 파마머리에 빨간 티셔츠를 입고 초록 스카프를 하고 있었다. 처음
엔 소극적이었지만 나중에는 주위의 권유에 의해 참여하여 창부 타령과
모심기 노래를 불러 주었다.

제공 자료 목록

김남이, 여, 1921년생

주 소 지 : 경상남도 함양군 유림면 손곡리 손곡마을
제보일시 : 2009.3.1
조 사 자 : 서정매, 정혜란, 이진영

　김남이는 1921년 유림면 손곡리 지곡마을에서 태어났다. 17세가 되던 해에 손곡마을로 시집을 와서 지금까지 살고 있다. 현재 89세로 닭띠이며 모실댁으로 불린다. 남편은 30년 전에 작고하여 오랜 세월 동안 홀로 살고 있으며 슬하에 5남 3녀의 자식을 두고 있다.

　어렸을 때는 생활이 어려운 데다 여자는 글을 배우면 안 된다는 집안 어른들로 인해 학교는 다니지 못했다.

　짧은 흰색 머리이며 초록색 티셔츠에 회색 조끼를 입고 밤색 스카프를 하고 있었다. 목청이 좋고 기억력 또한 좋은데다 흥겨움이 많은 편으로 적극적으로 조사에 응해 주었다.

제공 자료 목록

04_18_FOS_20090301_PKS_KNI_0001 시누 올케 노래
04_18_FOS_20090301_PKS_KNI_0002 낚시 노래
04_18_FOS_20090301_PKS_KNI_0003 임 마중 노래
04_18_FOS_20090301_PKS_KNI_0004 노랫가락 / 그네 노래
04_18_FOS_20090301_PKS_KNI_0005 베 짜기 노래
04_18_FOS_20090301_PKS_KNI_0006 의암이 노래
04_18_FOS_20090301_PKS_KNI_0007 무궁화 노래
04_18_FOS_20090301_PKS_KNI_0008 남해 산골 뜬구름아
04_18_FOS_20090301_PKS_KNI_0009 동곡각시 노래 / 밭 매기 노래

김두이, 여, 1932년생

주 소 지 : 경상남도 함양군 유림면 손곡리 지곡마을
제보일시 : 2009.2.23
조 사 자 : 서정매, 문세미나, 이진영, 조민정

김두이는 1932년 유림면 손곡리 지곡마을에서 태어나 지곡에서 결혼을 했다. 택호는 남촌댁이라 불린다. 올해 나이는 78세로 원숭이띠이며 지금도 농사를 짓고 있으며, 8년 전에 작고한 남편과의 사이에 5남 2녀를 두고 있다. 허리가 불편한 것이 가장 큰 특징이다. 다른 제보자들의 노래를 조용히 듣고 있다가 '사발가' 1편을 불러 주었다.

제공 자료 목록
04_18_FOS_20090223_PKS_KDL_0001 사발가

김분이, 여, 1930년생

주 소 지 : 경상남도 함양군 유림면 국계리 국계마을
제보일시 : 2009.2.22
조 사 자 : 서정매, 문세미나, 이진영, 조민정

김분이는 1930년생으로 함양군 안의면에서 태어났으며, 17세가 되던 해에 유림면 국계마을로 시집 와서 지금까지 살고 있다. 올해 80세로 말띠이며 안의댁이라 불린다. 남편은 15년 전 작고하여 오랫동안 홀로 살아왔다. 남편과의 사이에 아들 3형제를 두

고 있으며, 현재 자식들과 함께 벼농사와 밭농사를 지으며 살아가고 있다.

짧은 파마머리에 짙은 카디건을 입고 아이보리색의 스카프를 목에 두르고 있었다. 조용한 말투로 차분한 편이지만, 적극적인 성품으로 목소리에 힘이 있으며, 동작을 함께 사용하면서 노래를 불러 주었다. 노래를 부르다가 노래가 생각나지 않으면 가사를 읊조리면서 마무리를 해 주기도 하였다.

제공 자료 목록

04_18_FOT_20090222_PKS_KBL_0001 도깨비로 둔갑하는 빗자루와 방아공이

04_18_FOS_20090222_PKS_KBL_0001 다리 세기 노래

04_18_FOS_20090222_PKS_KBL_0002 그네 노래

04_18_FOS_20090222_PKS_KBL_0003 종지기 돌리는 노래

04_18_FOS_20090222_PKS_KBL_0004 의암이 노래

김분이, 여, 1928년생

주 소 지 : 경상남도 함양군 유림면 화촌리 화촌마을

제보일시 : 2009.2.22

조 사 자 : 서정매, 문세미나, 이진영, 조민정

김분이는 1928년생으로 함양군 유림면 화촌에서 태어났다. 올해 나이는 82세로 용띠이다. 경미한 치매 때문에 정신이 약간 없어 보였다. 택호는 배름바웃댁이다.

17세에 이곳에서 태어나 결혼을 하였고 15년 전 작고한 남편과의 사이에 7남매를 두고 있다. 기억은 잘하지만 순간순간 가사를 잊어버리는 편이었다.

제공 자료 목록

04_18_FOS_20090222_PKS_KBY_0001 아기 어르는 노래 / 불먀 소리

김삼순, 여, 1939년생

주 소 지 : 경상남도 함양군 유림면 유평리 유평마을
제보일시 : 2009.3.1
조 사 자 : 서정매, 정혜란, 이진영

김삼순은 1939년생으로 함양군 휴천면에
서 태어났으나 한국전쟁이 발발한 후 유림
면 서주리 회동마을로 가서 살았다. 올해
71세로 토끼띠이며, 택호는 해동댁으로 불
린다. 동년배인 남편을 만나 유평마을로 시
집을 오게 되었다. 남편인 형남숙과의 사이
에 3남 1녀의 자녀를 두고 있는데, 현재 자
녀들은 모두 객지로 나가 있다. 지금은 남
편과 함께 벼농사를 지으며 생활하고 있다.

짧은 파마머리에 분홍꽃 무늬가 그려진 흰 와이셔츠를 입고 있었다. 긍
정적인 성품으로 잘 웃는 선한 얼굴을 하고 있다. 목소리가 고와서 노래
를 예쁘게 불렀다. 한자 노래를 불러 주었다.

제공 자료 목록
04_18_FOS_20090301_PKS_KSS_0001 한자 노래

김서분, 여, 1932년생

주 소 지 : 경상남도 함양군 유림면 대치리 대치마을
제보일시 : 2009.2.22
조 사 자 : 서정매, 문세미나, 이진영, 조민정

김서분은 1932년생으로 수동면 효리마을에서 태어나고 자랐다. 올해 78세로 원숭이 띠이며 효리댁이라 불린다. 20살에 대치마을로 시집을 와서 지금까지 살고 있다. 남편은 33년 전에 작고하여 오랫동안 홀로 살아왔다. 3남 4녀의 자식을 두고 있으며 지금은 아들과 함께 농사를 지으면서 살고 있다.

짧은 파마머리에 안경을 쓰고 보라색 조끼에 흰색 스카프를 하고 있었다. 제보자는 노래를 부르면서 기억이 잘 나지 않으면 가사를 읊조리기도 하였는데, 생각이 잘 안 나는 것을 무척 아쉬워했다. 손동작을 사용하면서 노래를 기억하는 대로 불러 주는 등 제보에 적극적이었다.

제공 자료 목록
04_18_FOS_20090222_PKS_KSB_0001 다리 세기 노래
04_18_FOS_20090222_PKS_KSB_0002 봄배추 노래
04_18_FOS_20090222_PKS_KSB_0003 노랫가락
04_18_FOS_20090222_PKS_KSB_0004 흰나비 노래

김석곤, 남, 1940년생

주 소 지 : 경상남도 함양군 유림면 서주리 서주마을
제보일시 : 2009.2.21
조 사 자 : 서정매, 문세미나, 이진영, 조민정

김석곤은 1940년에 유림면 서주마을에서 태어나 결혼하여 지금까지도 살고 있는 토박이이다. 올해 70세로 용띠이며 김해 김씨이다. 부인은 12년 전에 작고하여 홀로 살

아오고 있으며 슬하에 3남 3녀의 자식을 두었으나 현재는 모두 객지로 나가 살고 있다. 어릴 때 소학교를 졸업하였다. 평생을 농사일을 하고 살았으며, 아들에게 농사를 물려주었다 한다.

처음에는 노래 부르기를 매우 쑥스러워 하였지만 나중에는 '보리타작 노래'를 또렷한 목소리로 잘 불러 주었다.

제공 자료 목록
04_18_FOS_20090221_PKS_KSG 01 보리타작 노래

김숙녀, 여, 1938년생

주 소 지 : 경상남도 함양군 유림면 웅평리 웅평마을
제보일시 : 2009.2.28
조 사 자 : 서정매, 정혜란, 이진영

김숙녀는 1938년생으로 산청군 가른지에서 태어났다. 올해 72세로 범띠이며 가른지 댁으로 불린다. 19세가 되던 해에 웅평마을로 시집을 와서 현재까지 농사를 지으며 살고 있다.

여자도 배워야 한다는 아버지의 교육방침으로 초등학교를 졸업했다. 어릴 적부터 계속 농사를 지었음에도 불구하고 피부가 하얗고 깨끗했다. 슬하에 아들 하나만 있어 애지중지 귀하게 길렀다고 한다. 남편도 세상을 떠나 하나밖에 없는 아들에 대한 그리움이 더욱 크다고 했다.

짧은 파마머리에 보라색 외투를 입고 있었다. 노래를 잘 모른다며 소극적으로 말했으나 계속 기억을 더듬으면서 불러 주었다. 제공해 준 노래는 대부분 어릴 때 어른들로부터 들으며 배운 노래라고 하였다.

제공 자료 목록
04_18_FOS_20090228_PKS_KSN_0001 그네 노래
04_18_FOS_20090228_PKS_KSN_0002 봄배추 노래
04_18_FOS_20090228_PKS_KSN_0003 아기 어르는 노래
04_18_FOS_20090228_PKS_KSN_0004 도라지 타령

김영조, 남, 1931년생

주 소 지 : 경상남도 함양군 유림면 서주리 우동마을
제보일시 : 2009.2.21
조 사 자 : 서정매, 문세미나, 이진영, 조민정

김영조는 1931년 유림면 서주리 우동마을에서 태어나서 지금까지 계속 살고 있는 토박이이다. 올해 79세로 양띠이며 광산 김씨이다. 부인은 10년 전에 이미 작고하여 홀로 살고 있다. 슬하에 4형제를 두고 있으나, 지금은 모두 객지로 나가 살고 있다. 우동마을에서는 농사를 지으며 살고 있다.

조용한 성품으로 다른 사람이 하는 이야기를 주로 듣고 있다가 '모심기 노래'를 청중들의 권유로 불렀다.

제공 자료 목록
04_18_FOS_20090221_PKS_KYJ_0001 모심기 노래

김일순, 여, 1927년생

주 소 지 : 경상남도 함양군 유림면 옥매리 차의마을
제보일시 : 2009.2.28
조 사 자 : 서정매, 정혜란, 이진영

김일순은 1927년생으로 유림면 옥매리 차의마을에서 태어났다. 올해 83세로 토끼띠이며 우리댁으로 불린다. 15세가 되던 해에 함양 서상면

으로 시집을 갔고, 결혼한 지 11년 만에 남
편이 작고하여 60여 년이라는 오랜 기간
동안 홀로 살아왔다. 남편이 작고한 후 다
시 고향인 차의마을로 이사를 와서 지금까
지 살고 있다. 학교는 다닌 바 없으며 슬하
에 1남 2녀의 자녀를 두고 있다. 젊은 나이
에 혼자가 되면서 힘들게 3남매를 키웠다
한다.

　짧은 커트머리에 보라색 티셔츠를 입고 있었다. 웃음이 많아 긍정적인
성품으로 보였다. 다만 말을 할 때 입 주변이 많이 떨리는 편이었고, 몸도
조금 불편해 보였다. 제공해 준 노래는 어렸을 때 어른들에게 배운 노래
라고 했다.

제공 자료 목록
04_18_FOS_20090228_PKS_KIS_0001 도라지 타령
04_18_FOS_20090228_PKS_KIS_0002 그네 노래
04_18_FOS_20090228_PKS_KIS_0003 다리 세기 노래

김점석, 여, 1932년생

주 소 지 : 경상남도 함양군 유림면 유평리 유평마을
제보일시 : 2009.3.1
조 사 자 : 서정매, 정혜란, 이진영

　김점석은 1932년생으로 산청군 신안면에
서 태어났다. 올해 나이 78세로 원숭이띠이
며 근동댁으로 불린다. 17살 때 유평으로
시집오게 되면서 지금까지 유평마을에서 살
고 있다. 어린 시절에는 학교를 다닌 바 없

으며 집안일을 도왔다 한다. 남편은 10년 전에 작고하여 홀로 살고 있으며, 7명의 딸을 두고 있는 딸부잣집이다. 아들을 낳지 못하여 구박도 많이 들었다고 한다.

짧은 파마머리에 밤색 몸빼 바지를 입고 있으며 황색 티셔츠에 연보라색 조끼를 입고 있었다. 기억력이 무척 좋아서 긴 서사민요도 거침없이 잘 불러 주었다. 주로 어릴 때에 들으며 배운 것이라 했다.

제공 자료 목록
04_18_FOS_20090301_PKS_KJS_0001 한자 노래
04_18_FOS_20090301_PKS_KJS_0002 노랫가락
04_18_FOS_20090301_PKS_KJS_0003 남녀 연정요
04_18_FOS_20090301_PKS_KJS_0004 사발가
04_18_FOS_20090301_PKS_KJS_0005 도라지 타령
04_18_FOS_20090301_PKS_KJS_0006 화투 타령
04_18_FOS_20090301_PKS_KJS_0007 나비 노래
04_18_FOS_20090301_PKS_KJS_0008 못 갈 장가 노래

김점이, 여, 1929년생

주 소 지 : 경상남도 함양군 유림면 서주리 우동마을
제보일시 : 2009.2.21
조 사 자 : 서정매, 문세미나, 이진영, 조민정

김점이는 1929년 경남 산청군에서 태어나 자랐으며 17세 때 함양군 유림면 서주리 우동마을로 시집와서 지금까지 지내고 있다. 현재 81세로 뱀띠이며 동해댁으로 불린다. 남편은 2년 전에 작고하였고 슬하에 2남 2녀의 자녀를 두고 있다. 어릴 적 초등학교를 조금 다녔다 한다.

보라색 니트 조끼를 입고 주황색 스카프를 하고 있었다. 옛날에 할머니들이 하시는 것을 보고 따라 배운 노래들을 손동작과 발동작을 사용하여 흥겹게 불러 주었다.

아기 어르는 노래를 1편 불러 주었다. 옛날에 할머니들이 부르는 것을 듣고 따라 부르다 배운 노래로 손동작과 발동작을 사용하여 흥겹게 불러 주었다.

제공 자료 목록
04_18_FOS_20090221_PKS_KJI_0001 아기 어르는 노래 / 불매 소리

김정자, 여, 1934년생

주 소 지 : 경상남도 함양군 유림면 웅평리 웅평마을
제보일시 : 2009.2.28
조 사 자 : 서정매, 정혜란, 이진영

김정자는 1934년생으로 지곡면 공배마을에서 태어났다. 올해 나이 76세로 개띠이며 양촌댁으로 불린다. 18세가 되던 해에 4살 연상의 남편인 서봉언과 결혼하여 지금까지 웅평마을에서 살고 있다. 2남 2녀의 자녀를 두고 있으며 자녀들이 모두 객지로 나가 살고 있기 때문에 남편과 둘이서 농사를 지으며 생활하고 있다. 학교는 다닌 적이 없다.

짧은 파마머리에 분홍색 티셔츠에 따뜻해 보이는 조끼를 입고 있었다. 발음이 좋은 편이어서 노래를 부를 때도 또박또박 잘 불러 주었다. 또한 장난기도 있어서 다른 제보자에게 농을 걸기도 하는 등 분위기를 화기애애하게 만들어 주었다. 처음에는 노래를 부르지 않겠다며 거절했으나 나중에는 박수를 치면서 장단까지 맞춰 가며 적극적으로 불렀다. 제공해 준 노래들은 모두 어릴 때에 어른들이 부르는 노래를 듣고 배운 것으로 집에서 놀면서 많이 불렀다고 한다.

제공 자료 목록
04_18_FOS_20090228_PKS_KJJ_0001 환갑 노래
04_18_FOS_20090228_PKS_KJJ_0002 모심기 노래
04_18_FOS_20090228_PKS_KJJ_0003 도라지 타령

김종옥, 여, 1935년생

주 소 지 : 경상남도 함양군 유림면 국계리 국계마을
제보일시 : 2009.2.22
조 사 자 : 서정매, 문세미나, 이진영, 조민정

　김종옥은 1935년생으로 합양읍에서 태어나 자랐으나 중간에 부산에서 25년을 살다가 7년 전에 국계마을로 이사를 와서 거주하고 있다. 올해 71세로 토끼띠이며 신천댁으로 불린다. 남편 정병현(75세)과 함께 살고 있으며 2남 3녀의 자녀를 두고 있다. 아들은 현재 부산에 살고 있다고 한다. 현재 농사는 짓지 않고 살림살이만 한다.

　피부가 흰 편이며 짧은 파마머리에 화장기가 약간 있는 모습을 하고 있었다. 적극적인 성품으로 노래 가사가 잘 기억나지 않아도 일단 노래를 시작했다가 생각이 안 나면 멈추었다가 다시 생각나면 불러 주었다. 모두가 어렸을 때 들었던 노래라 하였다.

제공 자료 목록
04_18_FOS_20090222_PKS_KJO_0001 시집살이 노래
04_18_FOS_20090222_PKS_KJO_0002 진주난봉가

김판달, 여, 1941년생

주 소 지 : 경상남도 함양군 유림면 손곡리 지곡마을
제보일시 : 2009.2.23
조 사 자 : 서정매, 문세미나, 이진영, 조민정

김판달은 1941년생으로 올해 나이 69세
이고 뱀띠이다. 함양군 수동면에서 태어나
서 수동에서 결혼해서 살다가 유림면 손곡
리 지곡마을로 이사를 오게 되었다. 제보자
들 중 가장 적극적인 모습이었고, 남편 배기
철(78세)과 함께 마을회관에서 사람들과 자
주 어울리는 편이다.

슬하에 3남 3녀의 자식을 두고 있는데 모
두 객지에 나가 있다. 교회를 다니고 있어서 매주 일요일이면 바쁘다. 거
주지는 마을회관 바로 뒤이며 적극적으로 많은 이야기를 해 주었다. 목소
리가 무척 큰 편이고 시원시원했다. 주로 설화를 구술해 주었다.

제공 자료 목록

04_18_FOT_20090223_PKS_KPD_0001 도깨비에게 얻은 물고기
04_18_MPN_20090223_PKS_KPD_0001 호랑이불
04_18_MPN_20090223_PKS_KPD_0002 도깨비에게 홀려 죽은 사람
04_18_MPN_20090223_PKS_KPD_0003 호랑이를 개처럼 데리고 다닌 사람
04_18_MPN_20090223_PKS_KPD_0004 방귀 잘 뀌어 소박 면한 며느리
04_18_FOS_20090223_PKS_KPD_0001 모심기 노래 (1)
04_18_FOS_20090223_PKS_KPD_0002 모심기 노래 (2)
04_18_FOS_20090223_PKS_KPD_0003 모심기 노래 (3)

노동수, 여, 1938년생

주 소 지 : 경상남도 함양군 유림면 옥매리 옥동마을

제보일시 : 2009.2.28

조 사 자 : 서정매, 정혜란, 이진영

노동수는 1938년에 유림면 옥매리 옥동
마을에서 태어났다. 현재 72세로 범띠이며
옥산댁으로 불린다. 초등학교를 졸업하였고,
이후 유림면 유평리로 시집을 가서 살다가
40년 전에 다시 고향인 옥동마을로 이사를
와서 지금까지 살고 있다. 남편은 18년 전
에 작고하여 오랫동안 홀로 살고 있다. 슬
하에 4남 2녀의 자식을 두고 있다.

안경을 끼고 있으며 틀니를 한 지는 얼마 되지 않았다고 한다. 재치있
게 이야기를 잘 하며 성격도 활달하고 시원하게 보였다. 제공해 준 노래
는 주로 어릴 때 들으면서 배우게 된 것이라 했다.

제공 자료 목록

04_18_FOS_20090228_PKS_NDS_0001 방귀 타령

04_18_FOS_20090228_PKS_NDS_0002 청춘가

04_18_FOS_20090228_PKS_NDS_0003 봄배추 노래

04_18_FOS_20090228_PKS_NDS_0004 아기 어르는 노래 / 알강달강요

04_18_FOS_20090228_PKS_NDS_0005 노랫가락 / 마산서 백마를 타고

노무선, 여, 1928년생

주 소 지 : 경상남도 함양군 유림면 국계리 국계마을

제보일시 : 2009.2.22

조 사 자 : 서정매, 문세미나, 이진영, 조민정

노무선은 1928년생으로 유림면 국계리 국계마을에서 태어나 결혼을 하
고 지금까지 살고 있는 국계마을 토박이이다. 올해 82세로 용띠이며 산촌

댁으로 불린다. 남편은 6년 전 작고하였다. 남편과의 사이에 5남 2녀의 7남매를 두고 있는데, 지금은 모두 객지로 나가 살고 있다. 현재 농사는 짓지 않고 살림살이만 한다. 단정하고 야무지게 쪽 진 머리를 하고, 밤색 줄무늬 티셔츠에 자줏빛 조끼를 입고 주황색 스카프를 목에 두르고 있었다. 부끄러움이 많은 편으로 혼자서 노래를 불러 달라고 하면 손을 저으면서 고개를 절래절래 흔들곤 했다. 모심기 노래를 불러 주었는데, 노랫가락의 선율에 즉흥적으로 가사를 붙여 불러 주었다.

제공 자료 목록
04_18_FOS_20090222_PKS_NMS_0001 모심기 노래

노영순, 여, 1922년생

주 소 지 : 경상남도 함양군 유림면 화촌리 화촌마을
제보일시 : 2009.2.22
조 사 자 : 서정매, 문세미나, 이진영, 조민정

노영순은 1922년 화촌마을에서 태어났다. 올해 나이가 87세이다. 나이에 비해 젊은 모습이며 차분하고 적극적인 모습을 보였다. 15살 때 결혼하여 2남 5녀를 두고 있다. 얼마 전까지는 농사를 지었으나 이제는 노령으로 그만두었다. 당시 소학교를 3학년까지 다녔으며, 조부를 통해 배운 노래를 기억하고 있다고 했다.

제공 자료 목록

04_18_FOT_20090222_PKS_NYS_0001 며느리의 참았던 방귀 힘

04_18_FOT_20090222_PKS_NYS_0002 꼬부랑 이야기

04_18_FOS_20090222_PKS_NYS_0001 파랑새요

04_18_FOS_20090222_PKS_NYS_0002 아리랑

04_18_FOS_20090222_PKS_NYS_0003 시집살이 노래

04_18_FOS_20090222_PKS_NYS_0004 쌍가락지 노래

04_18_FOS_20090222_PKS_NYS_0005 아기 어르는 노래 / 알강달강요

노완종, 남, 1947년생

주 소 지 : 경상남도 함양군 유림면 서주리 우동마을
제보일시 : 2009.2.21
조 사 자 : 서정매, 문세미나, 이진영, 조민정

　노완종은 1947년 유림면 서주리 우동마을에서 태어나 결혼하여 지금까지 살고 있는 토박이이다. 풍천 노씨로 올해 63세이며 돼지띠로 고등학교까지 졸업을 하였다. 공무원 일을 하면서 경북 영덕과 영주에 1년씩 있다가 30세 되던 해에 우동마을로 다시 돌아왔다. 현재는 농사와 건설자재 사업을 하고 있다. 부인과의 사이에 아들 두 형제를 두고 있는데, 모두 서울에서 거주하고 있다.

　깔끔한 외모에 가죽 외투를 입고 있었다. 조사에 소극적이었는데 주변 사람이 부추기는 바람에 이야기 1편을 해 주었다.

제공 자료 목록

04_18_FOT_20090221_PKS_NWJ_0001 도깨비의 도움으로 만든 용수로

노판선, 여, 1928년생

주 소 지 : 경상남도 함양군 유림면 사안리 사안마을
제보일시 : 2009.2.22
조 사 자 : 서정매, 문세미나, 이진영, 조민정

　　노판선은 1928년 산청군 산청읍 척지리
에서 태어났다. 올해 나이 74세로 나이에
비해서 정정한 모습이다. 19세 되던 해 함
양군 유림리 사안리 사안마을로 시집와서
지금까지 이곳에서 살고 있다. 남편 박두영
과의 사이에 1남 7녀를 두고 있으며, 남편
과 함께 농사를 지으며 살고 있다. 어머니
에게 노래를 배웠으며 기억력이 좋아서 신
명나게 노래를 불러 주었다. 노래 가사에서 이해하기 힘든 부분은 설명해
주기도 하였다. 가장 먼저 노래를 시작했으며 노래판의 분위기를 이끌기
도 하였다.

제공 자료 목록

04_18_FOS_20090222_PKS_NPS_0001 이 노래
04_18_FOS_20090222_PKS_NPS_0002 모심기 노래
04_18_FOS_20090222_PKS_NPS_0003 사발가

민숙자, 여, 1928년생

주 소 지 : 경상남도 함양군 유림면 손곡리 지곡마을
제보일시 : 2009.2.23
조 사 자 : 서정매, 문세미나, 이진영, 조민정

　　민숙자는 1928년 산청군 금서면 지나리
부락에서 태어났다. 올해 나이는 82세이며

용띠로 16세에 지곡으로 시집왔으며 신촌댁으로 불리고 있다. 60년 전에 남편이 작고하여 오랫동안 혼자서 살아왔다. 외동아들이 한 명 있다. 다른 제보자의 노래를 조용히 듣고 있다가 노랫가락과 다리 세기 노래를 불러 주었다.

제공 자료 목록
04_18_FOS_20090223_PKS_MSJ_0001 노랫가락 / 배꽃은 장가 가고
04_18_FOS_20090223_PKS_MSJ_0002 다리 세기 노래

민영순, 여, 1932년생

주 소 지 : 경상남도 함양군 유림면 국계리 국계마을
제보일시 : 2009.2.22
조 사 자 : 서정매, 문세미나, 이진영, 조민정

민영순은 1932년생으로 산청군 군서면 주상리에서 태어났다. 유림면 대궁리 대치마을에서 살다가 19세가 되던 해에 유림면 국계리 국계마을로 시집을 와서 지금까지 살고 있다.

올해 78세로 원숭이띠이며 장동댁으로 불린다. 남편은 20년 전 작고하여 오랫동안 홀로 살아왔다. 4형제를 두고 있으며 자식들은 지금 모두 객지에서 생활하고 있다. 당시 소학교를 2년 정도 다닌 적이 있으며, 현재는 몸이 아파서 농사일을 하지 않는다.

짧은 파마머리에 분홍 티셔츠와 검은색 조끼를 입고 있었다. 노래보다는 이야기를 구술해 주었는데, 7~8세쯤 어렸을 때 들은 이야기와 17~18세에 겪었던 경험담이라고 했다. 이야기를 하면서도 손으로 제스추어를

취하는 등 구술에 적극적이었다.

제공 자료 목록
04_18_MPN_20090222_PKS_MYS_0001 귀신 우는 소리
04_18_MPN_20090222_PKS_MYS_0002 자갈을 던지는 호랑이

민우조, 여, 1932년생

주 소 지 : 경상남도 함양군 유림면 손곡리 손곡마을
제보일시 : 2009.3.1
조 사 자 : 서정매, 정혜란, 이진영

민우조는 1932년생으로 산청군 금서면 하계리에서 태어났다. 현재 78세로 원숭이 띠이며 벌말댁으로 불린다. 20살 때 함양군 유림면 손곡리 손곡마을로 시집을 와서 지금까지 살고 있으며, 남편은 20년 전에 작고하여 오랫동안 홀로 살아오고 있다. 2남 2녀의 자식을 두고 있으며 지금 모두 객지로 나가 있어 홀로 밭농사를 하면서 살고 있다.

원래는 논농사를 하였는데, 요즈음은 나이가 많아 힘들어서 밭농사만 소일거리로 짓고 있다.

마른 체형이며 짧은 파마머리에 얼굴이 갸름하고 약간 검은 편이다. 부끄러움이 많은 성격이었지만 노래를 부를 때는 자신감 있게 불러 주었다.

어렸을 때 학교를 다닌 적은 없고 주로 어른들이 일하면서 부르는 노래를 듣고 따라 배우거나 친구들과 함께 놀면서 노래를 많이 불렀다고 한다.

04_18_FOS_20090301_PKS_MWJ_0001 모심기 노래
04_18_FOS_20090301_PKS_MWJ_0002 진주난봉가
04_18_FOS_20090301_PKS_MWJ_0003 사랑가
04_18_FOS_20090301_PKS_MWJ_0004 서울 갔다 오는 길에

박갑순, 여, 1930년생

주 소 지 : 경상남도 함양군 유림면 화촌리 화촌마을
제보일시 : 2009.2.22
조 사 자 : 서정매, 문세미나, 이진영, 조민정

　박갑순은 1930년 함양군 유림면 화촌리
화촌마을에서 태어났다. 올해 나이는 76세
로 개띠이며 북천댁이라 불린다. 나이에 비
해서 기억력이 매우 좋으며 특히 민요를 잘
불렀다. 17세 때 결혼하여 슬하에 2남 3녀
의 자녀를 두었다. 지금까지 농사를 짓다가
이제는 주부로 살고 있다. 기억력이 좋은 편
이어서 많은 노래를 불러 주었다.

제공 자료 목록
04_18_MPN_20090222_PKS_PKS_0001 도깨비불과 도깨비 소리
04_18_FOS_20090222_PKS_PKS_0001 방귀 타령
04_18_FOS_20090222_PKS_PKS_0002 모심기 노래
04_18_FOS_20090222_PKS_PKS_0003 화투 타령
04_18_FOS_20090222_PKS_PKS_0004 다리 세기 노래
04_18_FOS_20090222_PKS_PKS_0005 밀양 아리랑
04_18_FOS_20090222_PKS_PKS_0006 너냥 나냥

박명순, 여, 1927년생

주 소 지 : 경상남도 함양군 유림면 화촌리 화촌마을

제보일시 : 2009.2.22

조 사 자 : 서정매, 문세미나, 이진영, 조민정

박명순은 1927년 함양군 유림면 화촌리 사라이마을에서 태어나서 사라이댁으로 불린다.

올해 83세로 적극적이고 웃음이 선한 인상이다. 남편은 작고하였으며 슬하에 4남 2녀의 자식이 있다. 자식들은 모두 부산에 거주하고 있으며, 제보자는 현재 혼자서 살고 있다. 농사를 오래도록 지었으나 지금은 농사일을 그만두고 집안 생활만 한다.

겉모습에서 나오는 여유로움이 한층 더 편안한 인상을 부각시켜 주었다. 제보자는 민요 3편을 제공했는데, 처음에는 머뭇거리며 노래를 하지 않고 있다가 조사자의 거듭된 요청에 읊조리듯이 노래를 했다.

제공 자료 목록

04_18_MPN_20090222_PKS_PMS_0001 호랑이불

04_18_MPN_20090222_PKS_PMS_0002 아기 울음소리가 나는 애장터

04_18_FOS_20090222_PKS_PMS_0001 의암이 노래

04_18_FOS_20090222_PKS_PMS_0002 다리 세기 노래

04_18_FOS_20090222_PKS_PMS_0003 우리 집 서방님은

박영애, 여, 1936년생

주 소 지 : 경상남도 함양군 유림면 옥매리 차의마을

제보일시 : 2009.2.28

조 사 자 : 서정매, 정혜란, 이진영

박영애는 1936년생으로 경남 산청군 생초에서 태어났다. 올해 76세로 개띠이며 곰내댁으로 불린다. 17세가 되던 해에 차의 마을로 시집을 와서 지금까지 56년째 계속 거주하고 있다. 현재 남편과 함께 살고 있으며 슬하에 6명의 아들을 두고 있다.

짧은 파마머리에 안경을 쓰고 있으며 얼굴에 상처가 조금 나 있었다. 분홍 티셔츠에 밤색 조끼를 입고 있으며 목에는 점박이 보라색 스카프를 하고 있었다. 목청이 좋은 편이어서 노래를 부르거나 말을 할 때에도 시원시원했다. 구연해 준 설화 1편은 마을에서 실제 있었던 일이라고 했다.

제공 자료 목록
04_18_MPN_20090228_PKS_PYE_0001 도깨비에게 홀린 사람

박재순, 여, 1935년생

주 소 지 : 경상남도 함양군 유림면 서주리 서주마을
제보일시 : 2009.2.21
조 사 자 : 서정매, 문세미나, 이진영, 조민정

박재순은 1935년에 산청군 산천면 정곡리에서 태어났다. 올해 75세로 돼지띠이며 정곡댁으로 불린다. 19세 때 서주마을로 시집을 와서 지금까지 살고 있다. 남편은 7년 전에 작고하여 홀로 살고 있으며 슬하에 2남 5녀의 자녀를 두고 있다.

짧은 파마머리를 하고 있으며 빨간 티셔

츠에 보라색 조끼를 입고 있다. 기억력과 입담이 좋은데다 적극적인 성품이어서 민요와 설화를 많이 구연해 주었다. 특히 민요를 부를 때는 생각나는 대로 손동작을 취하면서 적극적으로 불러 주었고, 설화를 구술할 때는 큰 목소리로 재미있게 이야기를 해 주었다. 불러준 민요와 설화는 박재순의 할아버지와 할머니에게서 들은 것이라고 하였다.

제공 자료 목록

04_18_FOT_20090221_PKS_PJS_0001 방귀 잘 뀌어 칭찬 받은 며느리

04_18_FOT_20090221_PKS_PJS_0002 호식 당할 팔자

04_18_FOT_20090221_PKS_PJS_0003 남의 혼이 들어 살아난 사람

04_18_FOT_20090221_PKS_PJS_0004 석숭이 복을 받은 나무꾼

04_18_MPN_20090221_PKS_PJS_0001 빗자루로 변한 도깨비

04_18_FOS_20090221_PKS_PJS_0001 보리타작 노래

04_18_FOS_20090221_PKS_PJS_0002 아기 어르는 노래

04_18_FOS_20090221_PKS_PJS_0003 다리 세기 타령

04_18_FOS_20090221_PKS_PJS_0004 화투 타령

박정임, 여, 1932년생

주 소 지 : 경상남도 함양군 유림면 옥매리 옥동마을
제보일시 : 2009.2.28
조 사 자 : 서정매, 정혜란, 이진영

박정임은 1932년 산청군 생초면 곰내마을에서 태어났다 19살 때 함양군 유림면 옥매리 옥동마을로 시집을 와서 지금까지 살고 있다. 올해 78세이며 원숭이띠로 택호는 휴천 한남댁이다. 남편은 11년 전에 작고하였고 슬하에 3남 3녀의 자녀를 두고 있으나 자식들은 모두 객지로 나가 생활하고 있다.

학교는 다닌 바가 없으며 현재 옥동마을에서 홀로 벼농사를 지으며 살고 있다. 청춘가 1편을 짧게 불러 주었다.

제공 자료 목록
04_18_FOS_20090228_PKS_PJI_0001 청춘가

박판선, 여, 1941년생

주 소 지 : 경상남도 함양군 유림면 국계리 국계마을
제보일시 : 2009.2.22
조 사 자 : 서정매, 문세미나, 이진영, 조민정

박판선은 1941년생으로 유림면 대치리 대치마을에서 태어나고 자랐다. 19세가 되던 해에 국계리 국계마을로 시집을 와서 현재까지 살고 있다. 올해 69세로 뱀띠이며 한치댁으로 불린다. 현재 남편 강영상(71세)과 함께 살고 있으며 2남 3녀의 자식을 두고 있다. 그런데 자식들은 모두 다 객지에 나가 살고 있어서 남편과 둘이서 국계마을에서 벼농사를 지으며 살고 있다.

약간 통통한 편이며 목소리가 크고 시원했다. 다리 세기 노래는 어렸을 때 많이 부른 것이라고 했다.

제공 자료 목록
04_18_FOS_20090222_PKS_PPS 0001 다리 세기 노래

서기남, 여, 1929년생

주 소 지 : 경상남도 함양군 유림면 옥매리 옥동마을

제보일시 : 2009.2.28
조 사 자 : 서정매, 정혜란, 이진영

서기남은 1929년생으로 유림면 웅평리 웅평마을에서 태어났다. 19살 때 인근 마을인 옥동마을로 시집을 와서 지금까지 살고 있다. 올해 81세로 뱀띠이며 웅평댁으로 불린다. 현재 남편과 살고 있으며 슬하에 아들 한 명을 두고 있다. 학교는 다닌 바가 없으며 불러 준 노래는 예전에 일하면서 배운 노래라고 하였다.

흰 파마머리에 야윈 얼굴이며 아랫니가 빠져 있었다. 조사자가 노래를 권유하자 숨이 가빠서 잘 부르지 못한다고 했다.

제공 자료 목록
04_18_FOS_20090228_PKS_SKN_0001 노랫가락

서영석, 여, 1936년생

주 소 지 : 경상남도 함양군 유림면 대치리 대치마을
제보일시 : 2009.2.22
조 사 자 : 서정매, 문세미나, 이진영, 조민정

서영석은 1936년생으로 유림면 웅평리 웅평에서 태어나고 자랐다. 올해 74세로 쥐띠이며 웅평댁이라 불린다. 21세에 대치마을로 시집와서 현재까지 살고 있다. 그러나 남편은 이미 작고하여 홀로 살고 있으며 2남 4녀의 자식을 두고 있다. 학교는 다닌

바가 없으며 현재 마을에서 벼농사와 밭농사를 하며 지낸다.

짧은 파마머리에 보라색 티셔츠에 밤색 조끼를 입었다. 민요를 다양하게 알고 있어서 조사자들이 첫 소절을 제시하면 바로 불러 주었다. 부끄러움이 많은 편이었지만 차분하게 노래를 불러 주었으나, 가사를 부분적으로 기억하지 못해 중간 부분만 부르기도 하였다.

제공 자료 목록

04_18_FOS_20090222_PKS_SYS_0001 노랫가락 / 그네 노래
04_18_FOS_20090222_PKS_SYS_0002 독수공방 노래
04_18_FOS_20090222_PKS_SYS_0003 아기 재우는 노래
04_18_FOS_20090222_PKS_SYS_0004 봄배추 노래
04_18_FOS_20090222_PKS_SYS_0005 권주가

석시순, 여, 1939년생

주 소 지 : 경상남도 함양군 유림면 손곡리 지곡마을
제보일시 : 2009.2.23
조 사 자 : 서정매, 문세미나, 이진영, 조민정

석시순은 1939년 유림면 손곡리 지곡마을에서 태어났다. 올해 나이는 71세로 용띠이며 20년 전에 작고한 남편과의 사이에는 2남 1녀를 두고 있다. 자식들은 모두 객지에 나가 있어 현재는 혼자 지곡에서 살고 있다. 대구에서 시집을 왔기 때문에 대구댁이라 불린다.

대체적으로 소극적이어서 다른 제보자들의 노래를 듣던 중에 기억나는 노랫가락이 있다며 한 곡을 불러 주었다.

제공 자료 목록

04_18_FOS_20090223_PKS_SSS_0001 노랫가락

손정갑, 남, 1940년생

주 소 지 : 경상남도 함양군 유림면 유평리 유평마을
제보일시 : 2009.3.1
조 사 자 : 서정매, 정혜란, 이진영

손정갑은 1940년생으로 함양군 휴천면에
서 태어났다. 올해 나이 70세로 용띠이며
밀양 손씨이다. 11살에 유림면 유평마을로
이사를 오게 된 이후 계속 유평마을에서 살
았다. 그러다가 1986년에 일자리를 찾아 서
울로 갔고, 서울에서 16년 동안 살다가 몇
년 전부터 다시 유평마을로 내려와 농사를
지으면서 생활하고 있다.

2008년부터는 새마을 지도자 직책을 맡아서 마을 일에 힘쓰고 있다. 7
살 연하인 부인과의 사이에 1남 6녀의 자녀를 두고 있다. 현재 부인과 자
녀들은 서울에서 생활하고 있고 유평마을에서는 홀로 살고 있다.

학교를 다니지 못하고 어릴 적부터 농사일을 하면서 듣고 배운 노래를
제보해 주었다. 목소리가 칼칼하면서도 우렁차서 노래의 맛을 잘 살려내
어 주었다. 모심기 노래를 긴 소리로 구연해 주었다.

제공 자료 목록

04_18_FOS_20090301_PKS_SJK_000001 모심기 노래

송순자, 여, 1934년생

주 소 지 : 경상남도 함양군 유림면 국계리 국계마을
제보일시 : 2009.2.22
조 사 자 : 서정매, 문세미나, 이진영, 조민정

송순자는 1934년생으로 유림면 국계리 국계마을에서 태어나서 현재까지 살고 있다. 올해 76세로 개띠이며 문산댁이라 불린다. 남편 유대종(95세)과 함께 살고 있으며 4남 1녀의 자식을 두었다. 중간에 인천에서 14~5년 정도 살다가 11년 전에 다시 국계마을로 돌아왔다고 한다.

짧은 파마머리에 빨간색 폴라티와 꽃무늬 조끼를 입었다. 적극적인 성품으로 목소리가 좋은 편이어서 듣기에 경쾌하고 낭랑하다. 제공해 준 노래는 어렸을 때 어른들에게 들어서 배운 것이라고 했다.

제공 자료 목록
04_18_FOS_20090222_PKS_SSJ_0001 생일잔치 노래
04_18_FOS_20090222_PKS_SSJ_0002 화투 타령

신성주, 여, 1927년생

주 소 지 : 경상남도 함양군 유림면 손곡리 손곡마을
제보일시 : 2009.3.1
조 사 자 : 서정매, 정혜란, 이진영

신성주는 1927년 거창의 수승대 부근에서 태어났다. 태어난 뒤 얼마 되지 않아 가족들과 함께 일본으로 가서 거주를 하였다가 17세에 유림면

손곡마을로 시집을 와서 지금까지 살고 있다. 현재 83세로 토끼띠이며 거창댁으로 불린다. 남편은 이미 10년 전에 작고하였고, 슬하에 3남 1녀의 자식이 있으나 지금은 모두 객지에서 생활하고 있어서 손곡마을에서는 홀로 살고 있다. 마을회관 아래쪽에 집이 있으며 83세의 많은 나이에도 불구하고 현재 벼농사를 짓고 있을 정도로 건강한 편이다.

작은 얼굴에 짧은 커트머리로 머리색이 모두 희다. 조용한 성품이어서인지 부끄러움이 많아 노래를 부르기를 꺼려했지만 다른 제보자의 권유로 인해 민요 3편을 불러 주었다.

제공 자료 목록
04_18_FOS_20090301_PKS_SSJ_0001 생일잔치 노래
04_18_FOS_20090301_PKS_SSJ_0002 노랫가락 (1) / 수양산 고사리 꺾어
04_18_FOS_20090301_PKS_SSJ_0003 노랫가락 (2) / 그네 노래

신점순, 여, 1947년생

주 소 지 : 경상남도 함양군 유림면 사안리 사안마을
제보일시 : 2009.2.22
조 사 자 : 서정매, 문세미나, 이진영, 조민정

신점순은 1947년 함양군 마천에서 태어났다. 올해 나이는 63세이며 당시에는 노처녀라 할 수 있는 25세에 사안마을로 시집을 왔다. 천연두로 인해서 얼굴을 손으로 뜯어 곰보 자국과 함께 얼굴이 전반적으로 일그

러져 있다. 5~6세에 얼굴이 변했다고 한다. 소학교를 졸업했고 외소한 체격이다. 지금은 남편과 함께 농사를 짓고 있다. 남편과의 사이에 2남이 있으며, 자신의 얼굴 때문에 부끄러워하며 자신감이 없이 민요 3편을 불러 주었다.

제공 자료 목록

04_18_FOS_20090222_PKS_SJS_0001 너냥 나냥

04_18_FOS_20090222_PKS_SJS_0002 함양읍에 군수 각시

04_18_FOS_20090222_PKS_SJS_0003 아기 재우는 노래

양오만, 여, 1927년생

주 소 지 : 경상남도 함양군 유림면 사안리 사안마을

제보일시 : 2009.2.22

조 사 자 : 서정매, 문세미나, 이진영, 조민정

양오만은 1927년 함양군 휴천면 동강에서 태어났다. 올해 나이는 73세로 17세 되던 해에 이곳으로 시집와서 지금까지 살고 있다. 몸이 무척 날씬하고 노래 실력도 좋으며 성격도 적극적이다. 작고한 남편과의 사이에 4남 3녀를 두었으며 지금은 혼자서 벼 농사를 짓고 있다. 집이 마을회관과 가까워 이곳에서 사람들과 자주 어울리고 있다. 민요 10편을 불렀는데, 마을 사람들이 부르는 노래를 듣고 배운 것이라고 했다.

제공 자료 목록

04_18_FOS_20090222_PKS_YOM_0001 첩 노래

04_18_FOS_20090222_PKS_YOM_0002 다리 세기 노래

04_18_FOS_20090222_PKS_YOM_0003 남녀 연정요 (1)

04_18_FOS_20090222_PKS_YOM_0004 남녀 연정요 (2) / 서울 선비 연을 띄워

04_18_FOS_20090222_PKS_YOM_0005 배추 씻는 처녀 노래

04_18_FOS_20090222_PKS_YOM_0006 화투 타령

04_18_FOS_20090222_PKS_YOM_0007 환쟁이 노래

04_18_FOS_20090222_PKS_YOM_0008 노장대라 뒷산에

04_18_MFS_20090222_PKS_YOM_0001 함양산천 물레방아

04_18_MFS_20090222_PKS_YOM_0002 나라 공출 보리 공출을

염은엽, 여, 1938년생

주 소 지 : 경상남도 함양군 유림면 옥매리 옥동마을

제보일시 : 2009.2.28

조 사 자 : 서정매, 정혜란, 이진영

　　염은엽은 1938년 마천면 고정마을에서 태어났다. 고향에서 결혼을 하여 살다가 31세가 되던 해에 시동생 공부를 위해 옥동마을로 이사를 온 후 지금까지 살고 있다. 남편은 40년 전에 작고하여 오랫동안 홀로 살아왔다. 슬하에 1남 3녀의 자녀를 두고 있다.

　　조사자의 질문에 처음에는 노래를 하지 않으려고 하였지만 시간이 지나면서 점차 적극적으로 노래를 불러 주었다. 스스로 박수를 치며 즐겁게 장단을 맞추며 노래를 불러 주었다. 제공해 준 9편의 노래는 주로 어릴 때 듣고 배운 것이라고 했다.

제공 자료 목록

04_18_FOS_20090228_PKS_YEY_0001 밀양 아리랑

04_18_FOS_20090228_PKS_YEY_0002 도라지 타령

04_18_FOS_20090228_PKS_YEY_0003 사발가
04_18_FOS_20090228_PKS_YEY_0004 청춘가 (1)
04_18_FOS_20090228_PKS_YEY_0005 노랫가락 (1) / 그네 노래
04_18_FOS_20090228_PKS_YEY_0006 시계 노래
04_18_FOS_20090228_PKS_YEY_0007 창부 타령
04_18_FOS_20090228_PKS_YEY_0008 노랫가락 (2)
04_18_FOS_20090228_PKS_YEY_0009 청춘가 (2)

오기순, 여, 1927년생

주 소 지 : 경상남도 함양군 유림면 옥매리 차의마을
제보일시 : 2009.2.28
조 사 자 : 서정매, 정혜란, 이진영

오기순은 1927년 유림면 옥매리 차의마을에서 태어나서 결혼하여 지금까지 살고 있는 토박이이다. 올해 나이는 83세로 토끼띠이며 버들댁으로 불린다. 남편은 20년 전에 작고하여 홀로 살아왔다. 슬하에 2남 4녀의 자녀를 두고 있다. 농사를 지으며 살아왔지만 요즘에는 농사일이 힘들어 쉬고 있다.

나이가 있어서인지 노래를 부를 때는 숨이 가빠 많이 부르지는 못하였다. 나이에 비해 젊은 얼굴이었다.

제공 자료 목록
04_18_FOS_20090228_PKS_OKS_0001 모심기 노래
04_18_FOS_20090228_PKS_OKS_0002 신세타령요
04_18_FOS_20090228_PKS_OKS_0003 노랫가락
04_18_FOS_20090228_PKS_OKS_0004 다리 세기 노래

오두레, 여, 1934년생

주 소 지 : 경상남도 함양군 유림면 사안리 사안마을
제보일시 : 2009.2.22
조 사 자 : 서정매, 문세미나, 이진영, 조민정

오두레는 1934년생으로 올해 나이는 76
세이다. 산천에서 태어났으며 17세 때 이곳
사안으로 이사를 와서 살게 되면서 결혼도
이곳에서 하게 되었다.

학교는 다닌 적이 없고, 1년 전에 작고한
남편과의 사이에 3남 1녀를 두고 있다. 4남
매 모두 다른 곳에 거주하고 있다. 농사를
짓고 있으며, 목소리가 크고 겉모습에 여유
가 있어 보였다.

제공 자료 목록
04_18_FOS_20090222_PKS_ODR_0001 노랫가락 / 그네 노래

오두이, 여, 1941년생

주 소 지 : 경상남도 함양군 유림면 손곡리 지곡마을
제보일시 : 2009.2.23
조 사 자 : 서정매, 문세미나, 이진영, 조민정

오두이는 1941년 유림면 손곡리 지곡마
을에서 태어났다. 올해 나이는 69세로 뱀띠
이며 제동댁으로 불린다. 현재 남편과 함께
농사를 지으며 살고 있고, 슬하에 2남 3녀
의 자녀를 두고 있다. 부끄러움이 많고 조용

조용한 말투에 조심스러운 편이었다.

가사를 적어서 들고 민요를 부르기도 하였는데, 부르면서 눈물을 짓기도 하였다. 모두 4~5세 때 자신의 할머니에게 들어 배우게 된 것이라고 한다.

제공 자료 목록

04_18_FOS_20090223_PKS_ODI_0001 올라가는 진복네야
04_18_FOS_20090223_PKS_ODI_0002 화투 타령
04_18_MFS_20090223_PKS_ODI_0001 임진강 나루터에

우삼순, 여, 1927년생

주 소 지 : 경상남도 함양군 유림면 손곡리 손곡마을
제보일시 : 2009.3.1
조 사 자 : 서정매, 정혜란, 이진영

우삼순은 1927년생으로 유림면 군무골에 서 태어났다. 15살에 손곡마을로 시집을 와 서 지금까지 살고 있다. 현재 83세로 토끼 띠이며 군무골댁으로 불린다. 남편은 7살 연상이며 3남 2녀의 자녀를 두고 있지만 현 재 모두 객지에 나가 살고 있어서 손곡마을 에서는 남편과 둘이서 생활하고 있다. 벼농 사를 지었으나 지금은 나이가 많이 들어서 농사는 짓지 않고 있다.

15살이라는 어린 나이에 시집을 온 터라 아는 게 없어서 시댁 어른에게 많이 혼나기도 했다고 한다. 제공한 노래는 시집을 온 후 집안일과 농사일 을 하며 어른들이 부르는 것을 듣고 따라 부른 것이라고 했다.

짧은 파마머리에 주름살이 많은 편이었다. 한쪽 눈이 불편해서 초점이

자주 흐리고, 아는 노래는 많지만 기억력이 많이 나빠져서 지금은 잘 못 부르겠다며 무척 아쉬워하였다.

제공 자료 목록

04_18_FOS_20090301_PKS_WSS_0001 도라지 타령
04_18_FOS_20090301_PKS_WSS_0002 사발가
04_18_FOS_20090301_PKS_WSS_0003 봄배추 노래
04_18_FOS_20090301_PKS_WSS_0004 남여 연정요
04_18_FOS_20090301_PKS_WSS_0005 양산도
04_18_FOS_20090301_PKS_WSS_0006 보리타작 노래
04_18_FOS_20090301_PKS_WSS_0007 노랫가락 / 나비 노래
04_18_FOS_20090301_PKS_WSS_0008 아기 어르는 노래
04_18_FOS_20090301_PKS_WSS_0009 생일잔치 노래

유차순, 여, 1932년생

주 소 지 : 경상남도 함양군 유림면 손곡리 손곡마을
제보일시 : 2009.3.1
조 사 자 : 서정매, 정혜란, 이진영

유차선은 1932년생으로 산청군에서 태어났다. 어릴 적에 가족들이 유림면 유평마을로 이사를 가면서 어린 시절을 유평마을에서 보냈다. 이후 17살에 유평마을에서 결혼을 하였고 22살 때에는 농사일 때문에 손곡마을로 이사를 와서 지금까지 살고 있다. 올해 78세로 원숭이띠이며 산청댁이라는 택호로 불린다. 학교를 다닌 적은 없다. 남편은 30년 전에 작고하여 오랫동안 홀로 살아왔다. 슬하에 4남 1녀의 자식이 있으며 지금 자식들은 모두 객지에 나가 살고 있다.

피부가 좋은 편이며 숱이 많은 짧은 머리를 하고 있었다. 홀로 밭농사를 지으며 살고 있는데, 조사 당일에도 밭일을 하고 막 들어와 노래를 불러 준 상황이었다. 목청이 좋아 어릴 적부터 노래를 잘 부른다는 소리를 많이 들었다며 적극적으로 제보에 임해 주었다. '이 노래' 등 5편의 민요를 불렀는데, 주로 어렸을 때 삼 삼으면서 어른들이 부르는 노래를 듣고 배운 것이라 하였다.

제공 자료 목록

04_18_FOS_20090301_PKS_YCS_0001 이 노래
04_18_FOS_20090301_PKS_YCS_0002 환갑 노래
04_18_FOS_20090301_PKS_YCS_0003 도라지 타령
04_18_FOS_20090301_PKS_YCS_0004 모심기 노래
04_18_FOS_20090301_PKS_YCS_0005 못 갈 장가 노래

이경선, 여, 1937년생

주 소 지 : 경상남도 함양군 유림면 손곡리 지곡마을
제보일시 : 2009.2.23
조 사 자 : 서정매, 문세미나, 이진영, 조민정

이경선은 1937년 유림면 손곡리 지곡마을에서 태어났다. 올해 나이 73세로 소띠이며 목소리가 큰 편이다. 택호는 기동댁으로 불리고 있다. 지금까지 농사를 짓고 있으며 슬하에 1남 7녀를 두었으나 모두 외지에서 생활을 하고 있어서 지금은 남편과 둘이서 지곡마을에서 노후를 보내고 있다.

주로 어릴 때 할머니로부터 들었던 이야기를 구술해 주었다.

04_18_FOT_20090223_PKS_LKS_0001 도깨비로 변하는 빗자루나 부지깽이
04_18_FOT_20090223_PKS_LKS_0002 내 방귀 달지요

이수영, 남, 1939년생

주 소 지 : 경상남도 함양군 유림면 서주리 서주마을
제보일시 : 2009.2.21
조 사 자 : 서정매, 문세미나, 이진영, 조민정

이수영은 1939년에 유림면 서주마을에서
태어나고 결혼하여 지금까지도 살고 있는
토박이이다. 올해 71세로 토끼띠이며 본은
전주 이씨이다. 부인과 함께 벼농사를 지으
며 살고 있으며, 3남 3녀의 자식을 두고 있
다. 초등학교를 졸업하였다.

곤색 작업복을 입고 있으며 얼굴이 길고
검은 편이다. 웃는 모습이 선한 인상으로
보이게 했다.

노래를 부르다가 가락이 기억이 나지 않아서 때로는 가사만 읊조리기
도 했다. 일을 할 때 어른들에게 듣고 부른 노래라고 했다.

제공 자료 목록

04_18_FOS_20090221_PKS_LSY_0001 모심기 노래

이용순, 여, 1938년생

주 소 지 : 경상남도 함양군 유림면 손곡리 지곡마을
제보일시 : 2009.2.23
조 사 자 : 서정매, 문세미나, 이진영, 조민정

이용순은 1938년 함양군 마천면에서 태어났다. 올해 나이는 72세로 호랑이띠이며 마천댁으로 불린다. 18세에 유림면 손곡리 지곡마을로 시집을 왔다. 39년 전에 남편이 작고하여 홀로 긴 세월을 살아왔다. 남편과의 사이에는 4남 3녀를 두고 있다.

현재 농사를 지으며 살아가고 있다. 성격은 매우 차분하게 보였으며, 외모가 다른 이들과 비교될 정도로 고운 모습이다. 노래 또한 차분히 잘 부르고 기억력이 좋아서 다른 제보자들과 달리 긴 가사를 잘 기억하고 있었고 목청까지 좋았다.

제공 자료 목록

04_18_FOS_20090223_PKS_LYS_0001 노랫가락 (1) / 그네 노래

04_18_FOS_20090223_PKS_LYS_0002 진주난봉가

04_18_FOS_20090223_PKS_LYS_0003 못 갈 장가 노래

04_18_FOS_20090223_PKS_LYS_0004 남녀 연정요

04_18_FOS_20090223_PKS_LYS_0005 노랫가락 (2) / 배꽃은 장가 가고

04_18_FOS_20090223_PKS_LYS_0006 노랫가락 (3) / 한 송이 떨어진 꽃은

04_18_FOS_20090223_PKS_LYS_0007 산문에 개 짖는 소리

04_18_FOS_20090223_PKS_LYS_0008 봄배추 노래

04_18_FOS_20090223_PKS_LYS_0009 원앙침 마주나 베고

04_18_FOS_20090223_PKS_LYS_0010 저 건네라 초당 안에

이윤점, 여, 1936년생

주 소 지 : 경상남도 함양군 유림면 서주리 서주마을

제보일시 : 2009.2.21

조 사 자 : 서정매, 문세미나, 이진영, 조민정

이윤점은 1936년 함양군 유림면 유평리 탕문마을에서 태어났다. 17세에 서주마을로 시집을 와서 지금까지 살고 있다. 올해 74세로 쥐띠이며 늘문댁이라는 택호로 불린다. 남편 하영상(돼지띠)과 함께 벼농사를 지으며 살고 있으며 4남 1녀의 자식을 두고 있다.

짧은 파마머리에 검은색 잠바를 입고 있는데 얼굴빛이 햇볕에 타서 검은 편이다.

적극적으로 조사에 임해 주었는데 어렸을 적에 할머니께 들은 이야기와 친구들과 함께 부른 민요를 생각나는 대로 구연해 주었다. 정확한 발음은 아니었지만 설화와 민요를 잘 기억하고 있었다. 민요를 주로 불러 주었고, 기억력이 좋고 입담 또한 좋아서 이야기를 무척 재미있게 구술해 주었다. 모심기 노래, 밭 매는 노래, 삼 삼기 노래, 신세한탄요와 같이 주로 노동요를 불러 주었고, 이외 도깨비불을 본 이야기, 고양이 고기를 먹은 사람 이야기, 저승사자에게 목숨을 구한 아이, 복을 가지고 있는 딸 이야기 등을 구술해 주었다.

제공 자료 목록

04_18_FOT_20090221_PKS_LYJ_0001 고양이 고기 먹은 사람 던져서 피한 파선

04_18_FOT_20090221_PKS_LYJ_0002 저승사자에게 목숨을 구한 아이

04_18_FOT_20090221_PKS_LYJ_0003 자기 복에 사는 딸

04_18_FOS_20090221_PKS_LYJ_0001 모심기 노래

04_18_FOS_20090221_PKS_LYJ_0002 시집살이 노래

04_18_FOS_20090221_PKS_LYJ_0003 청춘가

04_18_FOS_20090221_PKS_LYJ_0004 삼 삼기 노래

이창환, 남, 1932년생

주 소 지 : 경상남도 함양군 유림면 손곡리 지곡마을
제보일시 : 2009.2.23
조 사 자 : 서정매, 문세미나, 이진영, 조민정

이창환은 1932년 유림면 손곡리 지곡마을에서 태어났다. 올해 나이는 78세로 원숭이띠이다. 현재 농사를 짓고 있으며 슬하에 1남 7녀의 자식이 있다. 초등학교를 졸업하였으며, 똑똑하고 자신감이 있어 보였다. 부인과 함께 지곡마을에서 살고 있다. 젊었을 때 들은 도깨비 이야기를 구술해 주었다.

제공 자료 목록
04_18_MPN_20090223_PKS_LCH_0003 도깨비에 홀렸다가 깨어난 사람

임밀숙, 여, 1928년생

주 소 지 : 경상남도 함양군 유림면 옥매리 매촌마을
제보일시 : 2009.2.28
조 사 자 : 서정매, 정혜란, 이진영

임밀숙은 1928년생으로 함양군 수동면 가성마을에서 태어났다. 어렸을 때 유림면 옥매리 매촌마을로 이사를 왔고, 매촌마을에서 결혼을 하여 지금까지 살고 있다. 올해 82세이며, 용띠로 임촌댁이라고 불린다. 남편은 10년 전에 작고하였고, 슬하에 3남 1녀의 자녀를 두고 있다. 지금은 혼자서 농

사를 지으며 살고 있다.

공부에 열성이 있는 편이어서 야학을 다니며 글을 배웠다고 한다. 조사자가 노래를 권하자 처음에는 부끄러운 듯이 조용히 있었지만, 점점 분위기가 무르익자 편안한 자세를 취하며 차분하게 노래를 불러 주었다. 제공해 준 노래는 젊었을 때 어른들이 부르는 것을 듣고 배우게 된 것이라 했다.

제공 자료 목록

04_18_FOS_20090228_PKS_IMS_0001 다리 세기 노래
04_18_FOS_20090228_PKS_IMS_0002 쌍가락지 노래
04_18_FOS_20090228_PKS_IMS_0003 노랫가락
04_18_FOS_20090228_PKS_IMS_0004 봄배추 노래
04_18_FOS_20090228_PKS_IMS_0005 모심기 노래
04_18_FOS_20090228_PKS_IMS_0006 너냥 나냥

임채길, 남, 1947년생

주 소 지 : 경상남도 함양군 유림면 서주리 우동마을
제보일시 : 2009.2.21
조 사 자 : 서정매, 문세미나, 이진영, 조민정

임채길은 1947년에 유림면 서주리 우동마을에서 태어났다. 나주 임씨이며 올해 62세로 이전에 한남마을에도 살았다고 한다. 돼지띠이며 중학교까지 졸업하였다. 현재는 우동마을의 이장직을 맡고 있다. 입담이 좋고 기억력이 좋은 편이어서 노래와 이야기를 재미있게 잘 해 주었다. 카리스마가 있고 호감형이어서 이야기나 노래를 부를 때면

마을 주민들이 모두 귀 기울여 경청하였다.

부인과 함께 벼농사를 짓고 있으며, 3남 1녀의 자녀를 두고 있다. 깔끔한 짧은 머리에 밤색 잠바를 입고 있었다. 어릴 때 할아버지에게 들은 적 있는 이야기 5편을 재미있게 구술해 주었다. 그리고 어른들이 부르는 노래를 듣고 배운 것이라며 잘 모르는 부분은 읊조리기도 하면서 손동작과 함께 9편의 민요를 불러 주었다. 목소리가 매우 좋고 긴 가사도 잘 기억하고 있었다. 제보자는 조사판의 분위기를 한층 화기애애하게 만들어 주었다.

제공 자료 목록

04_18_FOT_20090221_PKS_ICG_0001 마적도사 이야기

04_18_FOT_20090221_PKS_ICG_0002 머슴으로 살며 때를 기다린 도사

04_18_FOT_20090221_PKS_ICG_0003 제사 때 물밥이 생긴 유래

04_18_FOT_20090221_PKS_ICG_0004 곁상이 생긴 유래

04_18_MPN_20090221_PKS_ICG_0001 물고기 잡아먹는 도깨비

04_18_FOS_20090221_PKS_ICG_0001 못된 신부 노래

04_18_FOS_20090221_PKS_ICG_0002 노랫가락 / 그네 노래

04_18_FOS_20090221_PKS_ICG_0003 장기 두는 노래

04_18_FOS_20090221_PKS_ICG_0004 주머니 타령

04_18_FOS_20090221_PKS_ICG_0005 이별가

04_18_FOS_20090221_PKS_ICG_0006 인생 노래

04_18_FOS_20090221_PKS_ICG_0007 주초 캐는 처녀 노래

04_18_FOS_20090221_PKS_ICG_0008 검둥개 노래

04_18_FOS_20090221_PKS_ICG_0009 못 갈 장가 노래

정순근, 여, 1936년생

주 소 지 : 경상남도 함양군 유림면 손곡리 지곡마을

제보일시 : 2009.2.23

조 사 자 : 서정매, 문세미나, 이진영, 조민정

정순근은 1936년 휴천면 목현리 목현마
을에서 태어났다. 올해 나이는 74세로 쥐띠
이며 나무골댁이라 불린다. 20세에 목현에
서 결혼을 하여 현재 지곡에서 살고 있다.
작고한 남편과의 사이에 5남 2녀가 있다.

제보자는 노래를 따로 배운 적은 없으나
기억력이 좋아서 들은 것은 다 기억하는 편
이라고 했다. 아기 어르는 노래 2편을 포함
하여 5편의 민요를 불러 주었다.

제공 자료 목록

04_18_FOS_20090223_PKS_JSK_0001 아기 어르는 노래 (1) / 금자동아 옥자동아
04_18_FOS_20090223_PKS_JSK_0002 아기 어르는 노래 (2) / 불매 소리
04_18_FOS_20090223_PKS_JSK_0003 댕기 노래
04_18_FOS_20090223_PKS_JSK_0004 양산도
04_18_FOS_20090223_PKS_JSK_0005 너냥 나냥

정순식, 여, 1934년생

주 소 지 : 경상남도 함양군 유림면 화촌리 화촌마을
제보일시 : 2009.2.22
조 사 자 : 서정매, 문세미나, 이진영, 조민정

정순식은 1934년생으로 함양군 수동면
우면리 효리마을에서 태어나 유림면 유평리
유평마을(일명 : 버들)로 이사를 가서 시집오
기 전까지 살았다. 올해 나이는 76세이다.
18세 되던 해에 화촌으로 시집와서 지금까
지 살고 있다. 당시 소학교 2학년까지 공부

했고, 주변사람들이 버들댁이라고 부른다.

나이에 비해서 고생을 많이 한 모습이며 농사를 짓다가 힘이 들어 가사에 전념하고 있다. 모심기 노래와 노랫가락 등을 불러 주었다.

제공 자료 목록

04_18_FOS_20090222_PKS_JSS_0001 모심기 노래 (1)

04_18_FOS_20090222_PKS_JSS_0002 시집살이 노래

04_18_FOS_20090222_PKS_JSS_0003 노랫가락 (1) / 그네 노래

04_18_FOS_20090222_PKS_JSS_0004 물 밑에 고기는

04_18_FOS_20090222_PKS_JSS_0005 노랫가락 (2)

04_18_FOS_20090222_PKS_JSS_0006 모심기 노래 (2)

정일선, 여, 1929년생

주 소 지 : 경상남도 함양군 유림면 손곡리 손곡마을
제보일시 : 2009.3.1
조 사 자 : 서정매, 정혜란, 이진영

정일선은 1929년생으로 손곡마을에서 태어나 자라고 결혼을 하여 지금까지 살고 있는 손곡마을 토박이이다. 현재 81세로 뱀띠이며 본동댁이라는 택호로 불린다. 19살에 결혼을 했는데 같은 마을로 시집을 가서 그런지 특별히 시집을 갔다는 느낌은 별로 없었다고 한다. 그러나 남편은 30년 전에 작고하여 오랫동안 홀로 살아왔다고 한다. 슬하여 3남 1녀가 있으며, 지금은 자식들이 모두 객지로 나가 살고 있어서 홀로 지내고 있다. 벼농사는 짓지 않고 홀로 소일거리 정도로 밭농사를 조금 하고 있으며, 마을회관을 자주 나오는 편이다.

목청도 좋고 성격도 밝고 적극적이어서 다른 제보자에게도 노래를 해 보라며 권하는 등 적극적으로 분위기를 돋우어 주었다. 학교를 다닌 적은 없었지만, 그땐 대부분의 여자들이 그러했기에 크게 아쉬움이 남는 것은 아니라고 했다.

제공 자료 목록

04_18_FOS_20090301_PKS_JIS_0001 베 짜기 노래
04_18_FOS_20090301_PKS_JIS_0002 청춘가 (1)
04_18_FOS_20090301_PKS_JIS_0003 정 노래
04_18_FOS_20090301_PKS_JIS_0004 노랫가락
04_18_FOS_20090301_PKS_JIS_0005 사발가
04_18_FOS_20090301_PKS_JIS_0006 너냥 나냥
04_18_FOS_20090301_PKS_JIS_0007 청춘가 (2)
04_18_MFS_20090301_PKS_JIS_0001 절개 노래, 묻어 주는 노래

정정림, 여, 1927년생

주 소 지 : 경상남도 함양군 유림면 손곡리 손곡마을
제보일시 : 2009.3.1
조 사 자 : 서정매, 정혜란, 이진영

정정림은 1927년생으로 휴천면 호산리에 서 태어났다. 17살에 손곡마을로 시집을 와 서 지금까지 살고 있다. 남편은 10년 전에 작고하여 홀로 살아오고 있다. 1남 3녀를 두고 있는데 지금은 모두 객지로 나가 있는 터라 혼자서 생활하고 있다.

몸집이 약간 큰 편이어서 후덕해 보이는 인상이다. 민요 3편 중에 꽤 긴 베틀 노래 도 한 편 불렀는데 딸이 학교 다닐 나이에 배웠던 노래라고 했다. 처음에

는 편안하게 노래를 부르기 시작했지만, 가사가 길다 보니 숨이 차서 노래를 부르기가 약간 힘이 들어 보였다.

제공 자료 목록
04_18_FOS_20090301_PKS_JJR_0001 베틀 노래
04_18_FOS_20090301_PKS_JJR_0002 공자 맹자 노래

정정숙, 여, 1940년생

주 소 지 : 경상남도 함양군 유림면 화촌리 화촌마을
제보일시 : 2009.2.22
조 사 자 : 서정매, 문세미나, 이진영, 조민정

정정숙은 1940년 유림면 화촌리 화촌마을에서 태어났다. 올해 나이는 70세로 태어난 곳과는 다르게 부산에서 성장하여 부산댁이라는 택호를 가지고 있다. 다시 이 마을에 돌아온 때는 9년 전인데, 남편과 함께 현재 농사를 짓고 있다. 초등학교를 졸업하고 검정고시를 쳐서 중학교까지 졸업했다고 한다. 아주 다부지고 자기 관리를 잘해 온 분으로 보였다.

남편과의 사이에 2남 2녀를 두고 있다. 젊은 나이라 그런지 다른 사람들과는 다르게 세련되고 야무진 모습을 보였다.

제공 자료 목록
04_18_FOS_20090222_PKS_JJS_0001 시누 올케 노래

정홍점, 여, 1929년생

주 소 지 : 경상남도 함양군 유림면 사안리 사안마을
제보일시 : 2009.2.22
조 사 자 : 서정매, 문세미나, 이진영, 조민정

　정홍점은 1929년 산청군 생초에서 태어
났다. 올해 나이는 81세로 16세가 되던 해
에 유림면 사안리 사안마을로 시집을 왔다.
5년 전에 작고한 남편과의 사이에 3남 3녀
가 있으며, 5남매 모두 다른 곳에서 살고
있다. 현재 제보자는 이 마을에서 혼자 살
고 있다.

제공 자료 목록
04_18_FOS_20090222_PKS_JHJ_0001 노랫가락 / 그네 노래

조계순, 여, 1921년생

주 소 지 : 경상남도 함양군 유림면 옥매리 옥동마을
제보일시 : 2009.2.28
조 사 자 : 서정매, 정혜란, 이진영

　조계순은 1921년 전북 남원시 운봉읍 산
덕리에서 태어나 17세에 이곳 경남 함양군
유림면 옥매리 옥동마을로 시집을 왔다. 5
살 때 어머니를 여의게 되면서 글을 배우지
못하였다. 올해 89세로 닭띠이며 새들댁이
라는 택호로 불린다. 남편은 50년 전에 작
고하여 오랫동안 홀로 살아왔다. 슬하에 5

남 2녀의 자식을 두고 있는데 지금은 큰아들과 함께 살고 있다. 큰아들은 현재 마을 노인회장이며 큰며느리는 동네에서 총무를 맡고 있다.

보라색 조끼를 입고 비녀로 쪽진 머리를 하고 있었는데 외모가 무척 고와 보였다. 또한 틀니를 하고 있어서 발음에 문제가 없었고 기억력도 좋은 편으로 많은 노래를 불러 주었다.

제공해 준 노래는 대부분 젊었을 때 일을 하거나 또는 놀면서 부른 것으로 주위 분들이 부르는 것을 따라 부르면서 배웠다고 한다. 조사자의 질문에 답을 잘해 주었고 적극적으로 민요를 제공해 주었다.

제공 자료 목록

04_18_FOS_20090228_PKS_JKS_0001 다리 세기 노래
04_18_FOS_20090228_PKS_JKS_0002 모심기 노래
04_18_FOS_20090228_PKS_JKS_0003 노랫가락
04_18_FOS_20090228_PKS_JKS_0004 시집살이 노래
04_18_FOS_20090228_PKS_JKS_0005 노랫가락 / 그네 노래
04_18_FOS_20090228_PKS_JKS_0006 밭 매기 노래
04_18_FOS_20090228_PKS_JKS_0007 무정 세월 노래
04_18_FOS_20090228_PKS_JKS_0008 아기 어르는 노래
04_18_FOS_20090228_PKS_JKS_0009 보리타작 노래

진을순, 여, 1934년생

주 소 지 : 경상남도 함양군 유림면 옥매리 옥동마을
제보일시 : 2009.2.28
조 사 자 : 서정매, 정혜란, 이진영

진을순은 함양군 수동면 아랫서평마을에서 태어났다. 스무 살에 유림면 옥매리 옥동마을로 시집을 와서 지금까지 살고 있다. 올해 나이는 76세로 개띠이며 동월댁이라는

택호로 불린다. 남편은 4년 전에 작고했으며 슬하에 4남 1녀의 자식을 두고 있는데 지금은 모두 객지로 나가서 살고 있다.

숱이 많은 흰머리를 비교적 짧게 깎아서 파마를 하고 있었다. 갸름한 얼굴선으로 인상이 선하다. 젊어서 들은 이야기로 도깨비와 노름한 이야기 1편과 어렸을 때 들어서 알게 된 민요 11편을 제공했다.

제공 자료 목록

04_18_MPN_20090228_PKS_JES_0001 도깨비와 노름한 사람
04_18_FOS_20090228_PKS_JES_0001 사모요 / 타박머리 노래
04_18_FOS_20090228_PKS_JES_0002 시누 올케 노래
04_18_FOS_20090228_PKS_JES_0003 쌍가락지 노래
04_18_FOS_20090228_PKS_JES_0004 춤 장단 노래
04_18_FOS_20090228_PKS_JES_0005 화투 타령
04_18_FOS_20090228_PKS_JES_0006 청춘가 / 담배 노래
04_18_FOS_20090228_PKS_JES_0007 바지 타령
04_18_FOS_20090228_PKS_JES_0008 댕기 노래
04_18_FOS_20090228_PKS_JES_0009 옥단춘 노래
04_18_FOS_20090228_PKS_JES_0010 아기 재우는 노래 / 자장가
04_18_FOS_20090228_PKS_JES_0011 아기 어르는 노래 / 불미 소리

최영림, 여, 1937년생

주 소 지 : 경상남도 함양군 유림면 국계리 국계마을
제보일시 : 2009.2.22
조 사 자 : 서정매, 문세미나, 이진영, 조민정

최영림은 1937년생으로 유림면 국계리 국계마을에서 태어나고 자랐으며 20살이 되던 해 국계마을에서 결혼하여 지금까지 살고 있는 토박이이다. 올해 73세로 소띠이며 새터댁이라는 택호로 불린다. 남편은 20년 전에 작고하여 오랫동안 홀로 살아왔다. 3남 2녀의 자녀를 두고 있으며 현재 밭농사와 논농사를 조금씩 하면서 지내고 있다. 학교는 다닌 바가 없다.

처음에는 제보에 소극적이었으나 노래를 생각나는대로 다 불러 주었다. 기억력이 무척 좋아서 긴 가사의 내용을 모두 기억하여 불러 주었다. 특히 서사민요를 많이 불러 주었다. 노래를 부르면서 눈시울을 적시기도 하였고 청중들도 감동이 되어 눈물을 지었다. 불러 준 노래는 주로 일을 하면서 불렀던 노래라고 하였다.

제공 자료 목록

04_18_FOS_20090222_PKS_CYL_0001 모심기 노래

04_18_FOS_20090222_PKS_CYL_0002 시집살이 노래 (1) / 중 노래

04_18_FOS_20090222_PKS_CYL_0003 시집살이 노래 (2) / 양동가마 노래

04_18_FOS_20090222_PKS_CYL_0004 시집살이 노래 (3)

04_18_FOS_20090222_PKS_CYL_0005 못 갈 장가 노래

04_18_FOS_20090222_PKS_CYL_0006 다리 세기 노래

04_18_FOS_20090222_PKS_CYL_0007 보리타작 노래

04_18_FOS_20090222_PKS_CYL_0008 장꼬방 노래

04_18_FOS_20090222_PKS_CYL_0009 댕기 노래

04_18_FOS_20090222_PKS_CYL_0010 밀수제비 노래

최영선, 여, 1936년생

주 소 지 : 경상남도 함양군 유림면 화촌리 화촌마을

제보일시 : 2009.2.22

조 사 자 : 서정매, 문세미나, 이진영, 조민정

최영선은 1936년 산청군 금서면 신아리 아촌마을에서 태어났다. 올해 나이는 74세로 나이에 비해서 정정한 모습이다. 10년 전 작고한 남편과의 사이에 4형제가 있으며 모두 다른 지역에서 살고 있다. 지금은 특별한 일

을 하지 않고 마을회관에서 사람들과 어울
려 시간을 보낸다고 했다.

아촌마을에서 태어났지만 자라면서 산청
군 생초면으로 이사를 가게 되어 그곳에서
살다가 17세 되던 해 함양군 유림면 화촌리
화촌마을로 시집을 오게 되었다. 지금까지
이곳 화촌에서 산 세월만 50년이 넘는다고
했다.

제보자가 불러 준 노래는 동네 어른들이 부르는 것을 따라 부르면서
자연스럽게 습득하게 된 것이라고 한다. 성격이 소극적이어서 부끄러움이
많아 보였다.

제공 자료 목록

04_18_FOS_20090222_PKS_CYS_0001 도라지 타령
04_18_FOS_20090222_PKS_CYS_0002 모심기 노래
04_18_FOS_20090222_PKS_CYS_0003 아기 재우는 노래 / 자장가

하영덕, 여, 1938년생

주 소 지 : 경상남도 함양군 유림면 서주리 서주마을
제보일시 : 2009.2.21
조 사 자 : 서정매, 문세미나, 이진영, 조민정

하영덕은 1938년 함양군 유림면 서주마
을에서 태어나고 결혼하여 지금까지 살아오
고 있는 토박이이다. 올해 72세로 범띠이며
일촌댁으로 불린다. 남편과 농사를 짓고 있
으며, 슬하에 3남 3녀의 자녀를 두고 있다.

제보자는 짧은 파마머리에 분홍색 티를

입고 있었으며, 조금 마른 체격에 차분하게 보였다.

제보자는 정확한 발음은 아니었지만 차분하게 이야기를 해 주었는데 모두가 설화였다. 어렸을 때 할아버지에게 들은 이야기라고 하였다.

제공 자료 목록

04_18_FOT_20090221_PKS_HYD_0001 호랑이를 잡은 어린 손자

04_18_MPN_20090221_PKS_HYD_0001 도깨비로 변한 해골

04_18_MPN_20090221_PKS_HYD_0002 호식할 팔자의 사람

허순이, 여, 1940년생

주 소 지 : 경상남도 함양군 유림면 사안리 사안마을

제보일시 : 2009.2.22

조 사 자 : 서정매, 문세미나, 이진영, 조민정

허순이는 1940년 경남 산청군에서 태어났으며 올해 나이는 70세이다. 함양군 유림리 사안리 사안마을에서 살기 시작한 때는 19세가 되던 해 무렵이었다. 몸집은 큰 편이며, 성격은 호방하고 시원시원하게 느껴졌다.

초등학교를 졸업하였으며 12년 전에 작고한 남편과의 사이에 4형제를 두었다. 지금은 혼자서 농사를 짓고 있다. 부끄러움을 많이 타는 성격이었지만 노래를 잘 불러 주었다.

제공 자료 목록

04_18_FOS_20090222_PKS_HSL_0001 시누 올케 노래

04_18_FOS_20090222_PKS_HSL_0002 첩 노래

04_18_FOS_20090222_PKS_HSL_0003 다리 세기 노래

04_18_FOS_20090222_PKS_HSL_0004 봄배추 노래

허점식, 여, 1932년생

주 소 지 : 경상남도 함양군 유림면 사안리 사안마을
제보일시 : 2009.2.22
조 사 자 : 서정매, 문세미나, 이진영, 조민정

허점식은 1932년 함양군 유림면 장안마
을에서 태어나 살다가 유림면 사안리 사안
마을로 시집왔다. 올해 나이는 78세이다. 17
세가 되던 해에 사안마을로 시집을 왔으며,
그 이후로 한 번도 이 마을을 떠나본 적이
없다고 했다.

지금은 농사를 짓고 있으며 나이에 비해
서 많이 늙은 모습이다. 15년 전에 작고한
남편과의 사이에 3남 2녀가 있다. 어릴 때에 어른들이 부르는 노래를 듣
고 따라 부르게 되면서 습득하게 되었다. 성격은 조용조용한 편으로 소극
적이었으나, 점차 적극적인 태도로 노래판에 참여하였다.

제공 자료 목록

04_18_FOS_20090222_PKS_HJS_0001 보리타작 노래
04_18_FOS_20090222_PKS_HJS_0002 쌍가락지 노래

황춘자, 여, 1948년생

주 소 지 : 경상남도 함양군 유림면 사안리 사안마을
제보일시 : 2009.2.22
조 사 자 : 서정매, 문세미나, 이진영, 조민정

황춘자는 1948년 경남 산청군에서 태어났으며 올해 나이 62세로 쥐띠
이다. 21살 때 함양군 유림면 사안리 사안마을에서 살기 시작하여 결혼도

이곳에서 하였다. 지금은 남편과 함께 농사를 짓고 있으며 슬하에 1남 2녀의 자식이 있다.

불러 준 노래는 모두 어머니에게 배운 노래로 대부분의 노래를 잘 기억하고 있었다. 비교적 젊은 세대에 속하는 편인데도 다른 사람들이 잘 모르는 노래를 부르기도 해서 주위로부터 대단하다고 칭찬을 들었다.

제공 자료 목록

04_18_FOS_20090222_PKS_HCJ_0001 사랑 노래

04_18_FOS_20090222_PKS_HCJ_0002 모심기 노래 (1)

04_18_FOS_20090222_PKS_HCJ_0003 모심기 노래 (2)

04_18_FOS_20090222_PKS_HCJ_0004 다리 세기 노래

04_18_FOS_20090222_PKS_HCJ_0005 아기 어르는 소리 / 불매 소리

04_18_FOS_20090222_PKS_HCJ_0006 아기 재우는 노래 (1)

04_18_FOS_20090222_PKS_HCJ_0007 아기 재우는 노래 (2)

04_18_FOS_20090222_PKS_HCJ_0008 보리타작 노래

04_18_FOS_20090222_PKS_HCJ_0009 아기 어르는 노래

04_18_FOS_20090222_PKS_HCJ_0010 노랫가락

효부 며느리를 집까지 데려다 준 호랑이

자료코드 : 04_18_FOT_20090221_PKS_KBG_0001
조사장소 : 경상남도 함양군 유림면 서주리 서주마을 마을회관
조사일시 : 2009.2.21
조 사 자 : 서정매, 문세미나, 이진영, 조민정
제 보 자 : 강봉기, 여, 78세
구연상황 : 제보자가 이야기를 잘하는 편이어서 청중들도 솔깃하게 이야기를 들었다. 청
중들은 이야기를 듣다가 설명이 필요한 부분에서 설명을 붙이거나 이야기에
공감하는 말을 한 마디씩 건네며 이야기를 거들었다.
줄 거 리 : 결혼한 지 일 년만에 혼자된 며느리가 시아버지를 모시고 살았다. 어느 날 친
정에 다녀왔다가 오는 길에 호랑이를 만났다. 그런데 호랑이는 며느리를 등에
태워서 집까지 데려다 주었다. 시아버지가 이를 보고 마당에 있는 개를 호랑
이에게 던져 주니, 호랑이는 개를 물고 산으로 가버렸다.

그 사람이 죽은 지가, 그 사람 나이가 한 120살이가 됐는데, 죽은 지가
그 사람이, 열 일곱에 시집와 가지고 열 여덟에 혼자됐어. 열 여덟에 혼자
되서 시오마니도 없고 집도 절도 없고 남의 집 접방(곁방)에서, 가운데 씨
아를 쳐 놓고. 시아바이하고 한 방 거처를 했어. 시아바이하고 며느리하고.

(조사자 : 무얼 했다구요?)

한 방 거처를 하면서 방이 없어 갖고 가운데 씨아를 쳐놓고.

(청중 : 지금으로 같으면 커튼을 쳐놓고.)

예, 하믄. 그래, 한 방 거처를 하고, 시아바이 거처를 하고. 열 여덟에
과부가 돼가 혼자 살았어. 평생을 인자. 평생을 사는데 저 산요라는 카는
데서, 산요에 친정이 있었어. 친정이 있었는데, 한 날은 남의 벼를 벤께,
친정 어머이, 아버지가 댕겨오라 카더래야. 그래서 간께, 딴소리는 없고

사람 재혼에 가라고, 내나 하는 소리가 그 소리더라 캐.

그래가 혼자 다부 돌리 가지고 시아버지 집으로 다부 돌아오는 기라. 돌아온께 그 밑에 당산거리 같은 데가 있는데, 거 온께네로 뭐이, 참, 불이 벌거이 쓰이가 있더라에. 불이 벌거이 쓰이가 있는데, 그래, 시아버지 있는데, 옆으로 슬쩍슬쩍 오더마는 뒤를 쓱 돌아서더라 캐. 그래 타라고.

(청중 : 호랭이가?)

하모, 호랭이가. 그래, 타라고 썩 돌아서니까 초풍할 거 아이라. 그래도 안 무섭걸래 탔지.

(청중 : 아.)

그래가 타고 이리 오는데, 껍죽껍죽 오는데, 저거 시가, 시아바이 있는 집에까지 딱 데려다 주더라네. 데려다 줬어.

(청중 : 아이구, 무시라.)

그냥 못 보내고, 시아바이가,

"마당에 있는 개 저 한 마리 던지 줘라."

이래돼 가지고, 그래 그놈 던지 준께 그놈 물고 가삐리더라요.

(청중 : 시아바이를 잘 모신끼네 산신령이 돌본 기라.)

그래서 시아바이를 그만큼 섬기고 평생을 살다가, 평생을 살다가 잘 모시고 살았대.

시아버지 앞에서 방귀 뀐 며느리

자료코드 : 04_18_FOT_20090223_PKS_KKS_0001
조사장소 : 경상남도 함양군 유림면 손곡리 지곡마을 마을회관
조사일시 : 2009.2.23
조 사 자 : 서정매, 문세미나, 이진영, 조민정
제 보 자 : 김경순, 여, 76세

구연상황 : 제보자는 다음 이야기를 재미있게 해 주었다.
줄 거 리 : 며느리가 시아버지와 밥을 먹는 자리에서 방귀를 뀌었다. 시아버지가 무슨 소
리인가 물었더니 사태가 불리해서 오발했다고 답을 했다.

시아버지하고 며느리하고 밥을 자시는데.

(조사자 : 밥을 먹는데.)

응. 며느리가 방구를 팡 뀐께.

(조사자 : 아이고, 밥상 앞에서.)

응. 그란께,

"야야, 그게 뭐인 소리고?" 칸께,

"아버님, 사태가 불리해서 오발을 했습니다."

[일동 웃음] 그래, 불리해서 오발을 했다고 칸께. 옛날에 총을 싸면 오
발해서 총알이 짱 안 나가요.

(조사자 : 오발?)

응. 오발해서. 그래,

"사태가 불리해서 오발을 했습니다. 우짜겠습니까?" 카이 참 실수했다.
그렇쿤(그렇게 말한) 며느리는 보통 머리가 좋은 사람이라 그래.

(조사자 : 재치 있는 방귀 끼는 며느리네요.)

(청중 : 하모, 재치 있지.)

며느리의 참았던 방귀 힘

자료코드 : 04_18_FOT_20090222_PKS_KGJ_0001
조사장소 : 경상남도 함양군 유림면 사안리 사안마을 마을회관
조사일시 : 2009.2.22
조 사 자 : 서정매, 문세미나, 이진영, 조민정
제 보 자 : 김광자, 여, 67세
구연상황 : 조사자가 방귀 잘 뀌는 며느리 이야기가없느냐고 하자 제보자가 다음 이야기

를 해 주었다.

줄거리 : 며느리가 시집을 와서 방귀를 못 뀌어 노랑병이 들었다. 시아버지가 허락해서
　　　　 방귀를 뀌면서 시아버지에게 기둥을 잡으라고 했다.

　옛날에 며느리가 한 동네 살았는데, 방구를 하도 잘 뀌었어.

　그런데 그래 가지고 시집을 갔어. 며느리가 색이 노랗게 해 갖고 다 죽
어가는 기라. 그래가 시아바이가 한다는 소리가,

　"야야, 니 얼굴이 와이리 노랐노?" 칸께,

　"아버님, 방구를 못 끼서 그렇습니다."

　"그라믄 내가 니 속이나 좀 편하구로 뀌라."

　"그라믄 아버님, 상기둥 잡을라요."

　그래가 [소리내어 웃으며] 상기둥을 잡으이끼네 마, 북 북 북 끼제긴께
(뀌니까),

　"어이쿠, 어이쿠, 야야 그만, 야야 그만."

　그게 끝이라. [웃음]

도깨비와 씨름한 사람

자료코드 : 04_18_FOT_20090222_PKS_KGJ_0002
조사장소 : 경상남도 함양군 유림면 사안리 사안마을 마을회관
조사일시 : 2009.2.22
조 사 자 : 서정매, 문세미나, 이진영, 조민정
제 보 자 : 김광자, 여, 67세
구연상황 : 제보자는 앞의 이야기를 한 후에 웃으면서 다음 이야기를 구술해 주었다.
줄거리 : 도깨비와 씨름을 해서 이긴 뒤에 정자나무에 묶어 두고 다음 날 와 보니 빗
　　　　 자루가 묶어져 있었다. 이 빗자루는 여성의 월경이 묻어서 도깨비로 둔갑한
　　　　 것이다. 그래서 여성들에게 부엌에서 빗자루를 깔고 앉지 말라고 한다.

　옛날에 사람이 시장에를 갔는데, 젊은 청년인데, 술을 잔뜩 먹고 오니

까, 키가 팔대 것은 사람이,

"씨름 한 번 해보자." 카더래.

"그라면 해보자."

그래가 어른들한테 얘기를 들은 소리가 있어. 이리 토째비는 키 큰 사람은 밑으로 파고들어야 이긴다네. 막 밑으로 파고 들어가도 마, 참 못 이길 정도로 마 마 토째비한테 앵기서.

그래 인자 마 밤새도록 실랭이를 치고, 영감이, 옛날 어른들이 밑으로 파고 들어가면 이긴다고 캐서, 밑으로 파고 들어가서 이짔어. 그래 갖고 요노무 자석을 정지나무에 갖다 폴깜 찡가서 마 창창 홀카 놓고(묶어 놓고) 집에 왔어.

집에 와서 그 이튿날 간께, 딱 빗자루 몽딩이만 있더라 캐. 그래, 빗자루 몽둥이가 여자들 못 깔구로 하잖아. 여자들 맨스를 친께. 그래 갖고 인자 비짜루 몽둥이만 딱. 그 피가 묻으면 토째비가 둔갑이 된다네.

도깨비로 둔갑하는 빗자루와 방아공이

자료코드 : 04_18_FOT_20090222_PKS_KBL_0001
조사장소 : 경상남도 함양군 유림면 국계마을 마을회관
조사일시 : 2009.2.22
조 사 자 : 서정매, 문세미나, 이진영, 조민정
제 보 자 : 김분이, 여, 80세
구연상황 : 제보자는 어렸을 때 어른들에게 들었던 도깨비 이야기가 있다고 하면서 다음 이야기를 해 주었다.
줄 거 리 : 여성들이 부엌이나 방앗간에서 빗자루나 방아공이를 깔고 앉아 불을 때다 보면 옷이 얇아서 그곳에 피가 묻을 때가 있다. 그때 빗자루나 방아공이가 도깨비로 둔갑한다. 작은 도깨비는 빗자루였고 큰 도깨비는 방아공이였다.

나이 많은 사람 저, 저 디들방에(디딜방아) 앉아서 불 때면 빗자리도 깔고 앉아서 떼고. 또 방앗간에 가면 디들방아, 방앗고(방아공이)도 깔고 앉아 불 떼고.

(조사자 : 방앗고?)

방앗간에 디들방에 찌이 묵었거든.

(조사자 : 아, 보관소.)

하모. 그럴 때는 옷도 얇고 그러이끼네, 고마 빗자리에 피가 묻거든.

(조사자 : 아, 그게 여자들 생리할 때.)

응, 응. 그기 인자 토째비가 돼 가지고 지랄해서, 그 이튿날 그걸 끄내키를(끈을) 갖고 나무에다 볼끈 짜매 논께 빗자리고. 작은 토채비는 빗짜리고, 큰 토채비는 방앗고고 그렇다고 캐.

도깨비에게 얻은 물고기

자료코드 : 04_18_FOT_20090223_PKS_KPD_0001
조사장소 : 경상남도 함양군 유림면 손곡리 지곡마을 마을회관
조사일시 : 2009.2.23
조 사 자 : 서정매, 문세미나, 이진영, 조민정
제 보 자 : 김판달, 여, 69세
구연상황 : 제보자는 차분한 목소리로 천천히 다음 이야기를 해 주었다.
줄 거 리 : 산청 내리 냇물에서 도깨비들이 고기를 잡고 있었따. 도깨비에게 잡은 물고기를 받아서 집에 온 적이 있었다. 그런데 다음 날 아침에 보면 뱀, 뱀장어, 개구리, 꺽재구 등이 있었다.

산청 내리라고 있거든. 거게(거기) 냇물이 있는데, 그전에는 거 울로 대 넜거든요. 배로 댕기고.

그랬는데 그 저 시장이 한 십리 되는데, 시장에 갔다 오는 사람들 술마이 잡숫고. 시계에다가 갈치 해서 막 이리 저게 달아갖고 짊어지고 이리 물을 건너오면, 도째비들이 고기를 잡아 가지고는 막 한 뭉티썩 주더

라요.

(조사자 : 도깨비들이 고기를 잡아서 주었어요?)

응 잡더라 카네. 우리 클 때라. 그래가 집에 가서 보며, 비암도 있고 개구리도 있고. [웃음] 진짜 막 저게 고기도 있고, 그런 적 봤어요.

(조사자 : 직접 보신 겁니까?)

아이, 우리 클 때. 클 때 어른들이 그래 갖고 와서 달아 놨는데, 아침에 본께, 우리 클 직에, 그래 마 그리 있더라고.

(조사자 : 뱀도 있고.)

뱀도 있고, 뱀장어도 있고 망태도 있고.

(조사자 : 도술을 부린 거네요.)

꺽재구도 있고 마 개구리도 있고.

(조사자 : 개구리.)

[웃으며] 꺽재기라고 있거든.

(조사자 : 예예 묵는 거. 그거 구경한 거 봤어요.)

며느리의 참았던 방귀 힘

자료코드 : 04_18_FOT_20090222_PKS_NYS_0001

조사장소 : 경상남도 함양군 유림면 화촌리 화촌마을 마을회관

조사일시 : 2009.2.22

조 사 자 : 서정매, 문세미나, 이진영, 조민정

제 보 자 : 노영순, 여, 87세

구연상황 : 제보자는 시원시원한 목소리로 재미있게 이야기를 들려주었다. 이 이야기를
어떻게 듣게 되었는지까지 설명을 해 주기도 하였다.

줄 거 리 : 며느리가 시집을 와서 어른들 앞에서 방귀를 못 뀌게 되자 병이 나서 얼굴이
노랗게 되었다. 시아버지가 이를 알고 며느리에게 편히 방귀를 뀌라고 했다.
며느리는 시아버지께는 앞 기둥을 잡아라 하고, 시어머니께는 뒤 기둥을 잡아
라 하고는 시원하게 방귀를 뀌니, 온 집이 휘청이고 들썩거렸다.

나도 이바구 들은 얘긴데, 하도 나 학교 대닐 때, 이박(이야기) 시간에 이박을 하라 카는데, 이박할 게 없는 기라.

(조사자 : 이박?)

하모, 왜정 때 이박 시간에. 그래가 할머니한테 이박 시간에,

"할머니 학교 가서 무슨 이야기하꼬?"

(청중 : 놀 시간에.)

우리 할머니가 이박을 하나 할게 이야기를 하시는데.

옛날에 며느리를 봐 노니까 노라이(노랗게) 그래가(그렇게) 저 있거든. 시아버지가,

"너가 어째서 얼굴이 그렇게 노라냐?" 이리 칸께(이렇게 얘기를 하니까),

"제가 방구를 참아서 노리다."고 그러데. 그래서,

"그럼 방구를 마 피어서 티워 내버려라." 하니 시아바이가 그러 큰게(그렇게 말하니까),

"아버님일랑 앞 지동(기둥) 잡고 어머님일랑 뒷 지동(기둥) 잡아라." 카더란다.

(조사자 : 아버님이랑 무얼 잡는다고요?)

아버님은 뒷 지동 앞 지동.

(청중 : 집 기둥.)

아버님은 앞 지동을 잡고 시어머니는 뒷 지동을 잡으라고 캐. 그래 방구를 얼마나 크게 끼었던지 집이 넘어 가더란다.

그래 거 이야기를 왜정 때 내가 학교 가서 한께 선생님이 짜다당 웃어 샀더라고.

(조사자 : 이 이야기는 누구에게 들은 얘깁니까?)

우리 할머니가 돌아가시고 안 계시지, 우리 조부님한테.

(조사자 : 조부님께 들으셨군요. 할아버지한테 들었던 이야기입니까?)

할어머니가 이야기 하지. 내가 학교가서 이야기를 하라고 하니.

(조사자 : 할머니가.)

꼬부랑 이야기

자료코드 : 04_18_FOT_20090222_PKS_NYS_0002
조사장소 : 경상남도 함양군 유림면 화촌리 화촌마을 마을회관
조사일시 : 2009.2.22
조 사 자 : 서정매, 문세미나, 이진영, 조민정
제 보 자 : 노영순, 여, 87세
구연상황 : 제보자는 앞의 이야기에 이어 다음 이야기를 해 주었다.
줄 거 리 : 꼬부랑 할머니가 꼬부랑 작대기를 짚고 꼬부랑 길을 가니까 꼬부랑 강아지가
따라왔다. 꼬부랑 강아지가 꼬부랑 똥을 누니 꼬부랑 강아지가 꼬부랑똥을 먹
어서 꼬부랑할머니가 꼬부랑 지팡이로 때렸다. 꼬부랑 개가 꼬부랑 캥캥 꼬부
랑 캥캥하더라.

"할머니 나는 학교를 가면 이야기 시간에 무슨 이야기를 해야 될꼬?"
한께(하니까), 그럼 우리 할머니 하시는 말씀이,

"옛날에 꼬꾸랑 할머니가 꼬부랑 길을 가는데, 그래, 꼬부랑 강아지가
따라오는데, 할머니가 꼬부랑 작대기를 짚었거든. 그래 할머니가 똥이 매
려워서 앉아서 꼬꾸랑 똥을 누이께. 꼬부랑 강아지가 주워 먹으면서 꼬꾸
랑 작대기로 쌔리준께(때리니까) 꼬꾸랑 깽 꼬꾸랑 깽 하더라."

꼭 내 거 이야기를 학교서 한 거라.

(조사자 : 아이고, 재미있네요.)

꼬부랑 할머니가 꼬부랑 똥을 눈 이야기.

(청중 : 꼬부랑 질을 가다가, 꼬부랑 똥이 누고 싶어서, 꼬꾸랑 개가 문
게(먹으니), 꼬꾸랑 작대기로 두드려 팽께 꼬부랑 깽갱 꼬부랑 깽갱 그러더
라 이기야.

도깨비의 도움으로 만든 용수로

자료코드 : 04_18_FOT_20090221_PKS_NWJ_0001
조사장소 : 경상남도 함양군 유림면 서주리 우동마을 마을회관
조사일시 : 2009.2.21
조 사 자 : 서정매, 문세미나, 이진영, 조민정
제 보 자 : 노완종, 남, 63세
구연상황 : 제보자는 실제 있었던 이야기라면서 구술해 주었다. 듣고 있던 청중들도 설명
　　　　　을 하면서 제보에 적극적으로 임해 주었다.
줄 거 리 : 생초 고읍에서는 강물로 농사를 짓는데, 강을 막을 수로가 필요했다. 도깨비
　　　　　가 도깨비불로 길을 가르쳐 주어서, 도깨비가 켜 준 방향으로 용수로를 만들
　　　　　게 되어 지금까지 농사를 짓고 있다.

생초 요리 요, 저 생초면에 상초라는 부락이 있어, 여기에. 생초면 고읍
이라고 하는, 고읍이라고 카고, 상초마을이라고 하는 고을이 있었는데. 강
물이 아이면 그 절대로 농사라도 질 수가 없는 기라. 그래서 인제 여, 본
을 낼 수가 없는 기라.

그런데 인제, 한날 밤에 말이지, 토째비가 불을 팍히 다 키 주 가지고,
고(거기) 불, 토째비 불 켠 데로 보낸 기, 지금 현재 보를 갖다 유지해 가
지고 농사 짓고 있어.

(조사자 : 토깨비가.)

불을 확 켜줘 가지고.

(조사자 : 불을 켜줘 가지고?)

하모, 근께 토째비가 불을, 길을 쫙 내주는 기라, 토깨비불이. 그래서
고 길로 해가(인해서), 그 길 생초 상초라는 부락에 농사를 다 지(지어) 묵
는 기라, 지금. 요 강은 인자 함양에서 끌어 모아 갔거든. 물을 갖다가.

(조사자 : 그러면 둑이란 말입니까? 둑을 했단 말인가?)

봇둑, 보를, 용수로. 토깨비가 길을 내줘 가지고, 고기를 딱 길 닦은 거
라.

귀신 우는 소리

자료코드 : 04_18_FOT_20090222_PKS_MYS_0001
조사장소 : 경상남도 함양군 유림면 국계마을 마을회관
조사일시 : 2009.2.22
조 사 자 : 서정매, 문세미나, 이진영, 조민정
제 보 자 : 민영순, 여, 78세
구연상황 : 제보자는 마을에 귀신 이야기가 많았다고 하면서 실제로 있었던 이야기라며
구술해 주었다.
줄 거 리 : 일제 강점기 때 공동묘지가 많았는데, 날이 궂은 날 밤이 되면 거기서 사람들
이 모였을 때처럼 웅성거리는 소리가 났다. 그 소리가 방에서도 들려서 무척
무서웠다.

　귀신 우는 소리는 끝도 없이 와지락하이 울더라고. 와지락하이, 공동묘
지가 있는데.

　(조사자 : 와지락, 와지락.)

　하모. 와지락 와지락. 근데 거기는 공동묘지가 많았어. 왜정 일정시대
때 모아서 뫼셔논 거(모셔놓은 거), 거기서 그래 소리가 나더라고. 날이
궂을라 카니깐, 밤에.

　(조사자 : 날이 궂을 때 밤에.)

　하모, 날이 궂을 때 밤에. 뭐꼬, 막 막 사람이 요리 모이면 이 음성 소
리가 많이 난다 아니요. 그러면 똑 그 소리 것애(같애). 막 와삭와삭 떠들
고 그라더라고.

　(조사자 : 그러면 그 소리들을 마을 사람들이 다 들은 겁니까?)

　(청중 : 다 듣는가 그걸.)

　여러이 안 들었어. 우리가족이 방에 앉아서 들었어.

　(조사자 : 방에서도 막 들렸어요?)

　응. 이리 비가 오는데 문을 열고 내다본께, 거서 그렇게 소리가 나더라
고. [웃으며] 무섭데. 그 소리 들은께.

방귀 잘 뀌어 칭찬 받은 며느리

자료코드 : 04_18_FOT_20090221_PKS_PJS_0001
조사장소 : 경상남도 함양군 유림면 서주마을 마을회관
조사일시 : 2009.2.21
조 사 자 : 서정매, 문세미나, 이진영, 조민정
제 보 자 : 박재순, 여, 75세
구연상황 : 방귀 이야기가 시작되자 청중들이 웃으며 맞장구를 치기도 하였다.
줄 거 리 : 방귀 잘 뀌는 며느리를 본 시아버지가 친정에 며느리를 데려다 주면서 과일 나무에 열린 과일을 보았다. 참 맛있게 보여서 며느리에게 하나 따 먹으면 좋 겠다고 했더니, 며느리가 방귀를 뀌어서 과일을 모두 떨어지게 해서 실컷 먹 었다. 그래서 시아버지는 사돈댁에 가서 며느리를 참 잘 봤다며 칭찬을 하고 왔다.

　방구 잘 뀐다는 소문을 들었고. 방구 잘 뀌는 며느리를 봤어. 그래 인 제 질을 가는데 인자, 시아바이하고 질을 가는데, 친정으로 가는데 따라 가는데 시아바이가. 그래 막 과일이 많이 열었다고 해. 그래 며느리한테

　“야야, 과일 저거 하나 따 묵었으면 좋겠는데, 딸 수 있나?”

　그러쿤게네,

　“아버님, 걱정 마이소.” 카더라네. [웃음]

　“그런데 아버님도 우짜면 날라갈 수도 있는데, 과일 옆에 가서 나무를 콱 붙들고 있으라.”더레.

　그래 가지고 인자 아버님, 어째든가 아버님이 날아갈 수 있으까네, 방 구를 한 대 낑끼네, 마. 과일이 싹 떨어져 가지고, 영감 머리고 뭐이고, 전 시네(전부) 과일이 둘러섰다 캐.

　‘아이고 참, 며느리 내가 참 잘 봤다.’고 사돈집에 데리다 주고 갔는데 인자,

　“참, 내가 며느리 잘 봤다고. 그 높은 과일도 한 개 못 묵을 낀데 며느 리가 많이 따줘서 잘 묵었다.”고 그 사돈집에 가서 치사를 하고 왔대요.

호식 당할 팔자

자료코드 : 04_18_FOT_20090221_PKS_PJS_0002
조사장소 : 경상남도 함양군 유림면 서주마을 마을회관
조사일시 : 2009.2.21
조 사 자 : 서정매, 문세미나, 이진영, 조민정
제 보 자 : 박재순, 여, 75세
구연상황 : 할아버지에게 직접 들었던 이야기라면서 제보자는 호랑이에게 잡아먹힐 사람
　　　　　팔자에 관한 이야기를 구술해 주었다.
줄 거 리 : 할아버지가 산에 나무를 해서 소 열 마리가 끄는 열 개의 구루마에 실어 오
　　　　　는데 호랑이를 만났다. 할아버지가 호랑이에게 소 하나만 잡아먹어라 했더니,
　　　　　호랑이가 한 구루마씩 지나가게 했다. 그런데 소는 잡아먹지 않고 가운데 있
　　　　　는 사람만 못 지나가게 하더니, 그 사람을 잡아먹었다. 그때 그 사람은 호식
　　　　　당할 팔자였다.

　함양 숲에 집이 막 떠내려 가 삐렀거든요. 그때는 소를 한 그때 할아버
지가 열, 그때는 소를 나무를 지고 긴 나무를 데려다 오기 때문에, 그래
그 소를 한 열 마리를 구루마를 씌고 짚은(깊은) 산중에 나무를, 칡나무을
실으러 갔는데.

　(조사자 : 소를 데리고요?)

　소를 구루마를 데리고 칡나무를 싣고 올라고. 한 열 대를 갔다 캐요.

　(조사자 : 소 구루마 열 대?)

　소 구루마를.

　(조사자 : 소도 열 대네요.)

　소도 열 마리고 구루마도 열 대인데. 그래 거서 점심 해 먹고 나무를
막 싣고 오는데, 이제 어둡운 기라. 함양 몬가선데(못 가서인데), 함양가
가야 되는데, 캄캄하이 어둡운데 큰 호랭이가 한 마리 나와 가지고 딱 가
로 서더래. 불을 써 가지고(켜서).

　이거 진짠데, 우리 할아버지한테 얘기 들은 기라. 진짜로.

　그러이끼네 그래 가로서 가지고 그 구루마 열대를 서로 못 가게 하고

호랑이가 불떡 서 있는데, 그래 인제 우리 할아버지가 그래 캤다 캐

"니도 하나를 잡아가지, 열 개를 다 못 잡아갈 끼고 갈 사람만 잡아가라." 칸끼네, 구루마 앞에 하나 끌꼬 가면 하나 보내 주고, 하나 또 가면 보내 주고, 한 가운데 사람을 갖다가. 그 사람이 인자 뭐이라 카더래? 호랭이 잡아먹힐 밥이라 카는 기라.

(조사자 : 아, 사람인데.)

사람인데 호랭이가.

(조사자 : 소는 안 잡아 먹고?)

소는 안 잡아먹고 딴 사람은 다 보내 주고 딱 가운데 있는 그 사람만 놔 뒀데요. 이거는 진짜라. 그래 그 사람은 호랭이한테 잽히갔다 아이오. 이건 진짜로.

남의 혼이 들어 살아난 사람

자료코드 : 04_18_FOT_20090221_PKS_PJS_0003
조사장소 : 경상남도 함양군 유림면 서주마을 마을회관
조사일시 : 2009.2.21
조 사 자 : 서정매, 문세미나, 이진영, 조민정
제 보 자 : 박재순, 여, 75세
구연상황 : 제보자는 저승을 다녀온 사람의 이야기를 해 주겠다며 다음 이야기를 해 주었다. 청중들도 모두 귀를 기울이며 들었다.
줄 거 리 : 한 동네에 영감이 아파 저승에 갈 준비를 하려고 마을 삼거리에 크게 음식을 차려 놓고 비손을 하고 있었다. 저승사자가 와서 음식을 먹고는 막상 영혼을 데리고 갈려고 하니 미안한 마음이 들어서 나이와 성이 같은 옆집 사람을 데리고 가버렸다. 저승에서는 그를 다시 내보냈으나 이승에서는 이미 염까지 다 해버린 상황이었다. 그래서 급히 비손 하는 집의 할아버지 몸에 영혼이 가게 되었다. 할아버지가 다시 깨어났는데 식구들을 보고 내 식구가 아니고 옆집의 가족을 내 가족이라고 하였다.

한 동네에서 영감이 하나 아팠어. 아팠는데, 그래 그 영감이 아팠는데, 손 비비는 거 알지요? 점쟁이가 그 귀신 달갠다고. 그래, 삼거리 저런 데 앉아서 벌기(크게) 차려 놓고 손을 비비는데. 저 손 찾아가 그 사람 잡으로 온 기라. 손 비비는 집에는.

그래, 그 사람들이 막 잘 얻어묵고 이 영감을 잡아갈려고 하니 미안하다 아이오. 많이 차려 놓은 걸 얻어묻끼네(얻어먹었으니), 딴 사람을 잡아간 기라. 나도(나이도) 같고, 얼추 같고, 성도 얼쭈 같은데 비슷한 사람을 잡아, 생생한 사람을.

그 사람 잡아갔는데, 저승에서 그 사람은 안주(아직) 올 때가 안 됐는데 잡아 왔다고. 근데 그 사람은 죽어 갖고 벌써 염도 다 했비고 치는데. 이 이짜(이쪽의) 아픈 영감은 살아났거든. 얼른 혼을 보내준 기라. 영감집에 손 비빈 영감에 그 사람 혼이 들어가 살아난 기라.

(조사자 : 딴 사람 혼이요?)

하모. 딴 사람 혼이 인자 거시 저승에 가서 안 됐어. 그래 가지고 저거 아들도 아이라 카고, 저집 아들이 내 아들이라 카고. 혼이 틀려노이께네. 그래 가지고 시비를 하고 막 저거 식구들 다 싫다 카고, 저거 마누래도 싫다 카고. 저 넘의(남의) 마누라, 저 마누래가 지 마누라(자기 마누라)라고 하고.

석숭이 복을 받은 나무꾼

자료코드 : 04_18_FOT_20090221_PKS_PJS_0004
조사장소 : 경상남도 함양군 유림면 서주마을 마을회관
조사일시 : 2009.2.21
조 사 자 : 서정매, 문세미나, 이진영, 조민정
제 보 자 : 박재순, 여, 75세

구연상황 : 제보자는 연이어 이야기를 들려 주었다. 이야기를 구연할 때마다 청중들이 이 야기를 거들면서 즐겁게 듣기도 하고 이야기에 끼어들기도 하는 등 화기애애 한 분위기에서 이야기가 구연되었다.
줄 거 리 : 하루에 나무 한 짐만 팔아먹고 살아야 되는 복을 지닌 사람이 하늘로 올라가 서 세상에서 가장 복 많은 사람의 복을 가진 석숭이의 복을 자기에게 달라고 했다. 석숭이는 아직 태어나지 않았기에 태어나기 전까지 석숭이의 복을 받을 수 있었다. 이후 하는 일마다 복이 가득하여 부자가 되어 살았다. 어느 날 어 떤 여인이 자기 집에서 아이를 낳았다. 그 아이가 바로 석숭이었다. 모든 재 산과 복을 석숭이에게 물려주게 되지만 큰집과 작은집으로 사이좋게 잘 살았 다. 그래서 사람들이 복을 빌 때면 석숭이 복을 달라고 하고, 명은 삼천갑자 동방삭을 타고나게 해 달라고 빈다.

우리나라 제일 복 많은 사람이 석순('석숭'을 '석순'이라 함)이라 하대. 석순인데, 나무를 두 짐 해다 놓으면 하늘에서 고마 달아올라 가삐고,

어찌 가난하던지.

(조사자 : 복이 있는 게 아니고, 있는 건지 없는 건지 모르겠네요.)

(청중 : 없어. 없어.)

복이 없어 가지고 나무하면서 팔아 가지고 묵고 사는데, 두 짐만 해 놓 으믄, 고마 뭐 하늘에서 없어진다 캐. 그러니깐 하루 한 짐만 해 놓고 팔 아서 먹고 사는 기라. 각시하고 둘이서.

(청중 : [웃으며] 참, 복도 더럽게 없다.)

그래, 그렇게 사는데, 그래 가지고 인자,

"어째서 이렇노?"

하루 저녁엔 나무를 막 해여다 나무 속에 딱 들어앉아 있었다 캐. 남자 가. 뭣이 이래 나무를 가져가는가 싶어서. 그래가 딱 들앉아 있은께네, 하 늘에서 쇠줄이 내려 오더마는 고만 나무를 두 개 묶어가 두 짝을 올라갔 는데, 이리 딸리 올라간 기라, 이 사람이. [청중 웃음]

뭐시기 그리 따라 올라갔는데, 가본께 나무 다섯 짐이 딱 거 재어 있더 래요.

(조사자 : 아. 아이고.)

그래,

"내 나무가 하루에 한 줌씩 팔아묵으면, 하루 한 짐썩 팔아묵으면 괜찮은데, 두 짐만 포개 놓으믄 뭐이 없어져서, 나무들 속에 있어서 오늘 저녁에 도둑놈을 잡는다고 있은끼네, 이리 하늘까지 올라왔다고."

그런께네 인자,

"자기는 복이 하루 나무 한 짐씩만 팔아먹고 살아라고 하는 복이래, 두 짐도 포개지 말고."

그래 복을 주니, 그래 하늘에서 임금님이라 카나 뭐라 카나, 나무 다섯 짐을 딱 그따 재 놨고, 이게 하늘에서 준 복이라고 그래 가지고. 그래,

"어떤 사람이 복이 제일 많냐?" 한께, 어떤 사람이 제일 많냐고 물은끼네, 이만한데 막 큰 쪽에 복이 요만한 것도 있고 이만한 것도 있고. 큰 것도 있고 혹도 막 큰 거지 이리한데.

"석순이 복이 제일 많다." 카더래. 석순이 복이. 석순이는 아직 태어나지도 않았더라 캐. 그래서,

"태어나지 않았으니깐 그 복을 나 좀 주면 안 되겠냐?" 카니 그 복을 주더라네. 그래가 내려와 가지고 그 딸이 태어나기 전에 부자가 되라고. 그 복을 줬다 캐. 그 복을 줬는데, 어찌 막 잘 되든지. 이 남자가 뭐, 나무도 해다 팔면 돈도 많이 벌어지고, 농사를 지으면 많이 되고, 자꾸 부자되는 기라 그마. 이 남자가.

그래 마 부자가 되어가 집을 마 아들채 집을 좋게 짓고 이리 사는데, 어떤 여자가 아를 배 가지고 저거 집에 왔다가 자러 왔다가 들어왔다 캐.

그래가 논께 그게 석순이 복이라 캐. 아가 석순이라고.

(조사자 : 자기 집으로 들어와버린 거네요?)

그러면 그래 가지고 애를 낳았는데 그래 가지고 그 집에서 자그마니한 집하고 큰집하고 거 복 많은 거 하고, 재산하고, 그 아 놓은 사람 석순이

라는 집에 다 넹기주고 자기는 또 사는데, 자기는 큰집 작은집처럼 잘 지냈다요. 복 없는 사람은 할 수 없지.

(청중 : 그래서 석순이 복이라 카나.)

응. 명은 삼천갑자 돈방석(동방삭)이라고 캤나? 그 사람은 아무리 잡아갈라 캐도 저승에서 잡아갈라 캐도 못 잡아가는 기라, 삼천갑자 돈방석이라는 사람은. 오만 짓을 다 해서 잡을라 캐도 그 삼천갑자 돈방석이라는 사람을 잡을라 카면. 그래 아무리 댕겨도 그 사람을 못 잡는 기라. 저승에서 잡아 갈라고 캐도.

그래, 숯도 씻으끼네, 삼천갑자 돈방석 새끼네는 살아도, 숯을 씻는 사람은 잡아갔다 캐. 그래 갖고 저승사자는 그래 알아갖고 탁 잡아간다 캐.

(조사자 : 아이구.)

명은 삼천갑자 돈방석이고, 또 명은 석순이 복이고, 그래 뭐 손 비빌 때 복은 석순이 복을 따라가고 명을 삼청갑자 돈방석으로 타고 나라고.

도깨비로 변하는 빗자루나 부지깽이

자료코드 : 04_18_FOT_20090223_PKS_LKS_0001
조사장소 : 경상남도 함양군 유림면 손곡리 지곡마을 마을회관
조사일시 : 2009.2.23
조 사 자 : 서정매, 문세미나, 이진영, 조민정
제 보 자 : 이경선, 여, 73세
구연상황 : 제보자는 차분한 목소리로 이야기를 해 주었다.
줄 거 리 : 빗자루 몽둥이나 부지깽이에 피가 묻으면 도깨비가 된다. 이 때문에 옛날엔 여지들에게 거기에 앉지 말라고 했다.

옛날에는 빗자루나 부적댕이(부지깽이)나 피를 묻히면 그게 토깨비가 된다고 해.

(조사자 : 그 이야기 한번 해 주십시오.)

이야기도 아이고 그것뿐이라.

(조사자 : 아닙니다. 그 얘기 한 번 해 주십시오.)

그거 저게 빗자루 몽댕이든가 부적댕이든가 그런데 이리, 사람 피를 묻히면 그기(그것이) 토깨비가 돼 갖고, 그래 갖고 인자 사람하고 시달리다가 보면 아침에 보면 빗자루 몽둥이고 부적댕이고 그렇다 캐.

(청중 : 그 전설이 그리, 빗자루를 깔고 앉지 마라고 하는 원인이 거 있는 기라.)

(조사자 : 예. 설명 조금 더 해 주시지요.)

(청중 : 원래 저 옛날에 그 어른들이 그렇게 시켰거든. 절대 그 빗자루 깔고 앉으면 안 된다고 카는 거를.)

(조사자 : 여자들이.)

(청중 : 다 들었을 낀데 전부 다.)

(조사자 : 구체적으로 얘기해 주세요.)

그러니까 부적댁이에(부지깽이에) 거 앉으며는 인제 거 뭐 아는가 모르겠다. 혹시 그런게 나올 수가 있거든.

(조사자 : 네.)

(청중 : 그런께 그게 묻으며는 그런 경우가 나온다고.)

빗자루 못 깔고 앉도록 인자 어른들이 당부를 한 기라.

(조사자 : 피가 묻으며는.)

(청중 : 그렇치. 그럼 인자 빗자루를 깔고 앉지 마라고 그래 인자 어른들이 당부를 한 기라. 옛날에. 그런 원인 때문에.)

(조사자 : 네.)

(청중 : 요새는 과학이 발달해서 나무 썩은 데서 그 인자 그 균이 나무 썩은 균이 나와 가지고 그런 불이 나온다고.)

요새는 인자 저 저기 그런 결론이 나오거든. 요새는 인제 과학이 발달

돼 놓으니까. 옛날에는 이자 그걸 모르고 무조건 고마 애정뿌리만내로 많이 나왔어. 그러니까 이제 귀신이다 그렇게 인정을 했고, 지금은 과학이 발달되니까 그 나무에서 나온 기라꼬. 균이 나와서 그래 됐다고 그래 지금 이야기를 하는 세상이라.

내 방귀 달지요

자료코드 : 04_18_FOT_20090223_PKS_LKS_0002
조사장소 : 경상남도 함양군 유림면 손곡리 지곡마을 마을회관
조사일시 : 2009.2.23
조 사 자 : 서정매, 문세미나, 이진영, 조민정
제 보 자 : 이경선, 여, 73세
구연상황 : 조사자가 며느리가 방귀를 잘 뀌는 이야기가 없느냐고 하니까 제보자가 다음 이야기를 했다.
줄 거 리 : 오줌독을 이고 가다가 뒤에 남편이 오는 것 같아 방구를 뀌고는 "내 방구 달지요"라고 했다. 그런데 돌아보니 시아버지가 뒤를 따라 오고 있었다. 이를 안 시어머니가 시아버지와 짜고 귀가 잘 안 들리는 척 해서 며느리가 부끄러워하지 않도록 했다.

(조사자 : 며느리가 방귀를 잘 뀌어 가지고 시아버지가 쫓겨 나갈 뻔한 이야기.)

아, 내가 이야기할까요? 나도 재동 양반한테 들은 이야기라. [웃음]

(조사자 : 다른 사람한테 들었던 이야기 하시면 됩니다.)

오줌독을 이고 인자 쫄래쫄래 가면서 자기 남편 오는가 싶어서 방구를 뿍 끼(뀌어) 놓고, 인자 돌아보도 안 하고,

"내 방구 다재요(달콤하지요)?" [일동 웃음]

돌아본께 시아버지더라고 해. [웃음]

(청중 : 신랑인 줄 알고 그 캤는가(그렇게 말했는가) 보네.)

하모. 그런 이야기라.

방귀를 크게 꼈다 캐.

(조사자 : 옛날에 며느리가.)

응. 크게 낀데(뀌었는데), 시아바이가 그걸 들었거든. 듣고 이자 고마 못들은 척 하고. 며느리가 얼마나 무참할 거라(창피하겠는가). 이자 요롷게 시아버지가 장작을 패는데, 가서,

"아버님, 진지 잡수로 오시소."

인자 시아머니하고 짰다 캐.

"며느리가 방구를 그리 꼈는데, 내가 어떻게 하겄노?" 한께,

"장작을 팸선(패면서) 며느리 진지 잡수로 오라고 보낼 낀께, 못들은 체하고 장작만 패소."

그래서 아버님 진지잡수로 오시소, 오시소. 마 부끄러버논게 크게는 할 수 있나, 그랑께,

놔둬라. 내가 그렇게 칼게(말할게). 그래 인자 시오마이가,

"며느리가 진지 잡수로 오시라오."

"어, 그래"

귀먹은 척하고 그라더란다. 그래 갖고 미느리가 그 방구뀐 걸.

(청중 : 흙을 묻혀 준 기지.)

(청중 : 아, 들어서 미안할까 싶어서 그랬는가 보다.)

응. 미안할까 싶어 가지고.

(조사자 : 일부러 귀가 좀 안 들리는 척해서.)

(청중 : 그래 그 사람 참 지혜롭다. 시아버지가 지혜롭다.)

그런 사람도 있더라 캐.

고양이 고기 먹은 사람 던져서 피한 파선

자료코드 : 04_18_FOT_20090221_PKS_LYJ_0001
조사장소 : 경상남도 함양군 유림면 서주마을 마을회관
조사일시 : 2009.2.21
조 사 자 : 서정매, 문세미나, 이진영, 조민정
제 보 자 : 이윤점, 여, 74세
구연상황 : 제보자는 차분하게 다음 이야기를 구연해 주었다. 청중들은 이야기를 들으면
서 맞장구를 치기도 하고 놀라기도 하면서 경청해 주었다.
줄 거 리 : 바다에서 배가 풍랑을 만나 뒤집어지려고 하니까 선장이 고양이 고기를 먹은
사람이 있는가 나와 보라고 했다. 그래서 한 명이 나오니까 그 사람을 바다에
던지자 파도가 잠잠해져서 모두 살아났다.

연락선을 타는데 어른들한테 들었어.

자꾸 사람 많이 탔는데, 자꾸 배가 이리 조리 바다 한가운데서 그랬 샀
어. 차마 기가 차고 그랬어. 걱정을 마이 하고 탄 사람이 그랬어. 그래 인
자 할 수 없어서 선장인가 그 사람이 나서면서 나섬서로,

"괭이(고양이) 먹은 사람 나오라."고 그러더래. 그러니깐 한 사람이 나
오더래.

자꾸 나오라고 방송을 한께. 그래서 그 사람을 하나 빼내서 물에 넣고
난께, 그래 배가 잘 가더라요. 그럴 수도 있다 캐.

(조사자 : 잠깐만요 고양이를 먹을 사람?)

고양이를 잡아 먹은 사람.

(조사자 : 나오라 하니까.)

나오라고, 배는 안 가고 막 물에 들어가서 전부 막 디비질라고 이래 사
닌께. 그래, 선장이라 카는 사람이, 고양이 고기 먹은 사람 나타나보라 하
니깐, 방송을 몇 번 한께, 그래가 나오더라. 나와 갖고 그 사람 하나를 물
에 떨시고 난께 배가 잘 갔지. 그 사람 하나 아니면, 다 쥑이져. 다 쥑이
것더라 해.

(조사자 : 그럼 고양이 먹은 사람을 바다에 던진 거네요.)

하모. 할 수 없다 캐.

(조사자 : 그 얘기는 언제 들었습니까?)

내 클 때.

(조사자 : 누구한테요?)

우리 할머니한테.

저승사자에게 목숨을 구한 아이

자료코드 : 04_18_FOT_20090221_PKS_LYJ_0002
조사장소 : 경상남도 함양군 유림면 서주마을 마을회관
조사일시 : 2009.2.21
조 사 자 : 서정매, 문세미나, 이진영, 조민정
제 보 자 : 이윤점, 여, 74세
구연상황 : 제보자는 차분하고 진지하게 청중들의 질문에 답을 해 주면서 재미있게 이야기를 구술해 주었다.
줄 거 리 : 옛날에 대대로 아들을 하나 놓으면 신랑이 죽는 일이 있었다. 어느 날 손자를 본 할아버지가 아직 살아 있었는데 손자가 죽는 것이 싫어서 유명한 관상쟁이를 찾아서 관상을 보게 되었다. 관상쟁이는 버선을 다섯 컬레를 만들어 다리 밑에 가지런히 놓아두라고 했다. 관상쟁이가 시키는 대로 하고 지켜봤더니 저승사자 다섯 명이 왔다. 그런데 다리 밑에 버선을 보더니 "이건 보통 일이 아니다."면서 그 아이를 살리고 그냥 돌아갔다. 이후 그 아이는 명이 길게 잘 살았다.

옛날에 아들 하나 놓으면 딱 신랑이 죽고, 아들 하나 놓으면 신랑이 죽어.

(청중 : 신랑이 죽고? 근데 아는 우에 그래 잘 생기노?) [청중 웃음]

하나 나(낳아) 놓고 죽는 기라. 하나 낳아 놓고 죽고, 하나 낳아 놓고 죽고, 그리 대는 잇는 기라. 아들 하나 낳아 놓고 신랑이 죽어.

(청중 : 하나 낳으며 신랑이 죽으면 또 그 아들이 아 하나 낳아가 죽고.)

그래, 그러는 수가 있지.

(청중 : 대물림 한 기네.)

하모. 그 말이야. 하나 놓고 그냥 놓으면 안 살았겠지만은, 그런데 죽고, 죽고 해서, 인자 어찌 고마 손자를 하나 낳았는데 할아버지는 살더라네. 할아버지 한 명은. 그리 다 죽었는데.

(청중 : 저거 아버지는 죽고?)

저거 아버지는 없고 인자 근께 며느리하고 시아바이 하고 살고, 손자 하나하고 사는 기라.

상재이(관상쟁이)한테 상을 봤데. 왜 이러나 싶어 가지고 상을 보니깐 죽을 시간이 있어 가지고 손자를 꼭 잡아야 되는데,

"상을 좀 봐 줘라." 하니깐,

"상을 봐 주겠다고. 그럼 내가 시키는 대로 할 수 있나?" 해서,

"하는 데까지 해 보겠다."고 그랬다데. 그래서 참 상기한데 상을(관상을) 봤대야. 이 영감이. '우리 가정이 와 이렇노' 싶어 가지고. 애가 터졌어. 그래 상을 보니까. 죽을 딱 시간이 있어 갖고, 할아버지가 짐작이 있어. 조그마하면(조금만 있으면) 죽더라고 기억이 있는 기라.

그래서 한번은 상을(사주를) 보러 간께네,

"나는 손자 제를(저 아이를) 꼭 잡아야 되겠는데, 증손을 잡아야 되는데 큰일이라고 내가 상을 좀 봐도라." 카니까, 그래, 상재이 하는 말이 자기 시킨 대로 하겠냐고 묻더래야. 하는 데까진 하겠다고 그래 캤다 캐.

"하루 명을 살리자고 보선 다섯 컬레를 집어 갖고 다리에 딱 놔 놓으면 그래, 그 잡으로 오는 혼신이 인자 구분하겠다."고 카더라네. 그래서 버선을 다섯 컬레 다 다리 밑에 조로로 놔 놓고, 얼마나 마 잠을 안 자고 참마, 했는데. 그래, 눈 밑으로 그 말이 맞나 맞나 싶어 눈 밑으로 본께, 이만한 영감이, 저승사자들이 다섯 명이 오더래야.

다섯 명이 오더마는 싹 건니 잡으로 갈라고 건니 서는데, 한 사자가,

"아? 이 보통 일이 아이다(아니다), 이 일이. 우리가 이걸 챙기고 그 손자를 살루자."

그래 가지고 손자가 끝까지 명 길고 그리 잘 살았다 캐.

(조사자 : 죽을 팔자였는데?)

응, 그래 가지고 성공을 하고 그랬다 캐. 그 할아버지가 어띠(어찌나) 이름도 너리고(널리 알려졌고) 글도 좋코 했고 상을 봐 가지고.

자기 복에 사는 딸

자료코드 : 04_18_FOT_20090221_PKS_LYJ_0003
조사장소 : 경상남도 함양군 유림면 서주마을 마을회관
조사일시 : 2009.2.21
조 사 자 : 서정매, 문세미나, 이진영, 조민정
제 보 자 : 이윤점, 여, 74세
구연상황 : 제보자는 청중들에게 이야기를 하듯이 편안하게 구술해 주었다. 청중들도 귀를 기울이며 진지하게 이야기를 경청하였다.
줄 거 리 : 옛날 딸 다섯 명을 둔 아버지가 누구 복으로 사는가를 딸에게 물었더니, 모두가 아버지 덕이라고 얘기를 하는데 유독 한 딸만 자기 복이라고 얘기를 했다. 그것이 얄미워서 아버지는 깊은 산골에서 가난하게 사는 숯쟁이에게 시집을 보냈다. 시집을 가고 난 뒤 숯쟁이에게 금덩이가 발견되어 부자로 행복하게 살게 되고, 친정은 거지가 되었다.

옛날 딸을 다섯 명을 낳아서 키우는데, 딸만 딸만 다섯 명을 낳아 키우는데, 참 잘 사더래야. 딸만 많지, 살림 재산은 안 많더라 캐.

한번은 아바이가 쭉 딸 다섯을 불러 들이가 앉히 놓고,

"우리가 니(누구) 복으로 이리 묵고 사노?"

묻더라 캐. 그래,

"다 저게 아버지 복으로 묵고 살지, 저거가 복이 있습니꺼? 아버지가 복이 많은께 우리를 믹여(먹여) 안 살립니꺼?" 하니깐, 딸 하나가 쓱 나서면서,

"아이, 제가 제 복으로 묵고 살지 뭐."

이라더랴.

"부모 복이 어디 있어."

막 그카더라네. 그래 나서갖고. 그래서 마 아바이가 성이 나더래요. 그리 잘 곱기 키우고, 곱기 키웠는데, 그래 캐서(그렇게 말해서). 그러이, 요년을 애를 믹이고(먹이고) 그란다고 참 시집을 보냈다 캐.

시집을 부잣집으로 갈 낀데 아바이 형편으로는 똑똑하고 해나니까.

부잣집으로 갈 낀데, 저기 저 산중에. 지금 지리산은 도시지만은 옛날에는 뭐 참, 지리산같은 그런 골짝에를(골짜기에) 딸을 시집을 보냈다 캐.

그랭 인자 만날 오데에다 숯을 이리 팔아갖고 지고 대니면서(다니면서) 팔고 왔어. 쌀 한 되 데리 갖고 와서 또 묵고, 또 숯을. 그러니까 마 얼마나 퍼부어 줬던지 요년을 마 애만 믹인다고. 그래가 한 번 숯대를 지나간께 일부러 기다리고 있더라네. 손을 이리 친께, 막 깜짝 놀라더래. 숯쟁이가. 직일라고 싶어 가지고.

"아이고, 잉. 임금님이, 저거 요량하면 임금님이지. 지은 죄도 없는데 우짤라고 이래합니까?"

아이고, 막 겁을 벌벌벌벌 나더라네. 그래,

"겁낼 것도 없다고. 우리 딸을 내가 하나 주믄 싶으다." 한께,

"아이고, 그게 무슨 말씀이냐?"

그러면서,

"당찮은 말씀 하지 마라."고 절을 하더래야. 그래 절을 한께네,

"그래도 아무 상관없다고."

"저는 가진 옷도 없고 돈도 없고 장개를 못 가겠다." 카더라 캐.

"그런 걸 아무것도 필요 없고 내, 옷 한 벌 딱 해 줄테니 장가를 오라."

카더라 캐. 날을 딱 받아 주면서 그래이 장가를 갔더라 캐.

다 제 복으로 묵고 산다고 해서. 그래 숯쟁이한테 옷을 한 벌 해 준다고 해서 왔어. 장개를 왔는데, 아이고, 그래 숯을 결혼을 해 가지고 세수 때기 움막집에 땅을 파놓고 누워자고 그렇더라네. 그런데에 인자 시집을 갔는데, 숯을 한 칸 하면 돈을 많이 받아오고 또 숯 팔러를 가면 황금장이, 전신에 막 황금장이 막 나오더래.

(조사자 : 숯을 팔로 가면?)

하모. 숯을 인제 구워 갖고 팔러 가면. 갔다 오면 마 전부 황금쟁이더라 캐, 마. 값 나갈 걸. 그래 조리 가서 팔아 모으고, 또 조리 가서 팔아 모으고. 그래, 황금쟁이가 이리 많이 나온다 카던데, 여자한테이, 막 좋아서 싱글싱글 웃어 산께. 아이고, 우쩌면 좋겄냐고, 내가 숯은 못 팔아도 이 황금장을 좀 팔면 어떻겠노 캤샀더라 캐.

(조사자 : 황금짝?)

황금쟁이라고 해. 금. 황금짝.

(조사자 : 그게 어디서 나온 겁니까?)

몰라. 그래이 인자. 그냥 끝까지.

"아이고 그럼 숯은 뒷날 팔아도 그것부터 한 번 팔로(팔러) 가소."

이랬다 캐. 팔로 가소 해서 갔는데, 그래도 이 가스나 없는 집에 보내도 만족하게 생각하고 마 신랑이 금띵이라. 그래가 잘 지냈데. 잘 지내고 그랬는데, 아이고 막 돈쟁이가 서로 가오라고 환장을 하더라네. 그래서 환장을 해 갖고 돈이 막 들어왔다 캐. 응. 알아서 막 들어왔다 캐. 아이, 이 사람아 그래 인자 해 가지고 와갖고, 그렇게 부자가 되더라 캐. 부자가 되고, 그 부자집 친정은 고마 거러지(거지)가 되더라 캐.

(청중 : 딸 그기 복이 많은 거였네.)

하모. 뭐 부모 복 있어. 제 복이지 이리 카더라 캐. 그래, 부모를 마 부애 질리논께, 아바이가 그런데 시집을 보냈는데, 그리 부자로 되고 행복하게 잘 살더래야. 아들 딸 잘 놓고.

당나귀로 최치원과 서신 교환한 마적도사

자료코드 : 04_18_FOT_20090221_PKS_ICG_0001
조사장소 : 경상남도 함양군 유림면 서주리 우동마을 마을회관
조사일시 : 2009.2.21
조 사 자 : 서정매, 문세미나, 이진영, 조민정
제 보 자 : 임채길, 남, 69세
구연상황 : 제보자는 입담이 좋은 편이어서 이야기를 재미나게 구술했다. 청중들도 이야기에 솔깃하여 모두 집중해서 경청하였다.
줄 거 리 : 마적도사가 함양에 있던 최치원 선생과 편지로 서신을 하고 살았는데 당나귀를 한 마리 키워서 편지 심부름을 하게 하였다. 당나귀가 편지 심부름을 하고 오는 길에 음마천 앞에서 소리 내어 울면 마적도사가 무지개 다리를 놓아 주었다. 어느 날 용유담에서 용들이 싸우는 소리 때문에 당나귀 우는 소리를 듣지 못했다. 그리고 당나귀는 그만 낭떠러지에서 떨어져 죽었다. 당나귀가 떨어진 바위에 피가 묻었는데, 그 바위를 지금은 나귀바위라고 부른다. 나귀가 죽자 화가 난 마적도사는 용류담의 용들 중 눈 먼 용 한 마리만 남겨 두고 장기판을 던져 모두 죽여 버렸다. 마적도사는 한 마리 살려둔 눈 먼 용의 꼬리를 잡고 하늘로 올라가 버렸다.

　마적도사라 쿠는 사람이 원래는 마적에 산 사람이, 동네가 마적이 아니고 그 중 이름인데, 그 사람이 여, 절터 절에 있었어. 여기 절터라 카는 절이 있었어. 거기 있음시로, 그 사람이 이름이 '말 마(馬)'자, '발 적(跡)'자, 마적이라. 그래, 그 사람이 동네 가갖고 동네가 마적이 됐어. 지금도 현재 마적인데, 그게 가며는 대종교 당을 지어 놓고 있어, 그게.
　근데 이 분이 최 선생이 고려 때 사람이고? 언제 사람이고? 최치원 선생이? 함양에 유명한 최치원 선생님이, 그 상림, 하림 그 숲을 해 논 그

최치원 선생님이 계시는데, 그 분하고 이 편지 내통을 했는데, 그 거리가 마적에서 함양까지 거리가 산으로 돌아하면 아마 이십 몇 키로 되제? 한 삼십 키로 되제? 그 거리를 그때는, 지금은 길이 좋지만, 그때는 산길이었어. 길이 한 개도 없었어.

근데 인제 거개, 편지 요런 걸로 연락을 하는데, 사람이 몬 다니는 거라. 그래 갖고 당나귀를 한 마리 키우는 거라. 당나귀가 마적도사가 이거 서식을 써 주면, 최치원 선생한테 갖다 주고, 최치원 선생이 답을 주면은 여 인자 오는데.

음마천이라고, 마천에서 내려오는 엄천강하고 강이 하나 하는데, 강 건네에 마적도사가 살았어. 그래 인자 그 편지를 갖다 주고, 항상 당나귀가 와서 앉는 자리가 있어. 거 와서 저 쪽에 도사를 보고 울면 그 도사가 무지개 갖고 다리를 놔 주는 거라. 무지개로 다리를 놔준께, 인자 그, 그 저 당나귀가 당나귀가 무지개를 타고 마적을 갔어.

그래 했는데, 한 번은 그 음마천에 그 가면, 지금 현재 그 돌에 마이 각자를 해 놨는데, 용담팔문이라도 하고, 용담구문이라고 그 각자를 마이 해 놨어. 그래, 그 소리는 뭐이냐 하면, 용류담에 용이 아홉 마리가 살았다는 말이야.

그래, 용이 싸웠어. 싸워서 지금 현재 가 보면 막 돌이 이래 웅덩웅덩 파졌거든. 용이 싸워 쳐 박아서 돌이 인제 파졌다고 전설에 보면 그런데, 그 용이 싸우는 바람에 당나귀가 바우에 가서 우는 소리를 못 들었어, 마적도사가. 거서 피를 토하고 죽었는데, 거기가 나귀바우야, 거 인자, 돌이 절벽에 탁 떨어졌는데, 돌이 피 묻은 것 매로 돌이 이리 있었다고.

그래 인자 마적도사가 성이 나 갖고 그 저, 장기를 고만, 이 그 거리가 고마, 한 이 키로 되는데 거리가, 강이 골짜기가 하나 있는데 던졌는데, 그 장기판이 여 지레 탁 백혔었어, 돌 장기판이. 성이 나갖고 던지고 그 저, 용을 싹 직이뺐어. 싹 직이고(죽이고), 눈 먼 용 한 마리를 나둬 가지고 전에 있던 강 밑에 버끔소라고 있어, 버끔소라고. 물이 항상 거품이 항상 껴 가지고 있는 소(沼)가 있어.

거 눈 먼 용을 꼬리부터 잡았는 기라. 그래 인자, 그 도사님이 시대를 그 기다렸던가, 그 마, 천상을 했뿄어. 그 도사가.

그 전설이, 함양 최치원 선생도 그 전설로 같이 고마 사라지삐고, 그 인자, 신선이 돼 가삔 거야.

그 지금 거 가면서 돌배나무가 하나 있거든. 돌배나무가 하나 있는데 지금 나무가 이만해. 도사가 거꾸로 짚고 다니는 작대기가 있었어. 가면 서 작대기를 탁 꼽아 놨는데, '요 나무가 죽으면 내가 죽을 끼라' 카고 하 고 갔는데, 그 작대기가 커 가지고 지금 그 나무가 이만한데 6·25때 그 나무가 죽었어. 6·25때. 근데 다시 살아나갖고 지금 그 나무가 이만 해, 그 나무가.

머슴으로 살며 때를 기다린 도사

자료코드 : 04_18_FOT_20090221_PKS_ICG_0002
조사장소 : 경상남도 함양군 유림면 서주리 우동마을 마을회관
조사일시 : 2009.2.21
조 사 자 : 서정매, 문세미나, 이진영, 조민정
제 보 자 : 임채길, 남, 69세
구연상황 : 제보자는 청중들에게 둘러싸여서 이야기를 구술하기 시작했다. 제보자가 이 장이라서 그렇기도 했지만, 입담이 워낙 좋아서 이야기를 모두 재미있게 경청 하였다.
줄 거 리 : 150년 전 한남마을에 남의 집에서 일하던 사람이 있었다. 그는 남들이 이틀, 사흘 할 일을 십 분 만에 끝냈다. 그런데 주위 사람들은 이 사람이 귀한 사람 인 줄 몰랐다. 어느 날 마을을 떠나 문정 뒷 산의 법화산의 법화사로 가서 며칠을 묵게 되었는데, 밤마다 공양간의 여인이 방을 훔쳐보았다. 그 사람은 이 일을 알고 3년 뒤에 다시 오겠다고 하고는 그 절을 나와 버렸다. 산길을

넘어가던 중에 예전에 함께 살던 머슴을 만났다. 머슴이 도사의 비범함을 알고 자손대대로 잘 살 수 있도록 묏자리를 봐 달라고 매달리게 되었다. 결국 묏자리를 봐 주었으나, 도사의 말을 믿지 않고 땅을 더 파게 되자 거기서 학이 되지 못하고 닭이 되어 버렸다. 이후 그 사람은 부자가 되지 못하여 계속 가난뱅이로 지금까지 살고 있다.

백오십 년 전에 휴천 한남이라고 하는 데에 내가 살았는데, 그 동네 넘의 집 살러 온 한 사람이 있었어, 넘의 집 살러. 넘의 집을 살러 온 한 사람이 있었는데, 넘의 집 아요?

(조사자 : 네, 다 압니다.)

정월 초 사흘 날 입고, 그 전에를 들어오면서 옷을 입고 왔는데, 그 옷을 일 년을 입었어. 일 년을 입었는데, 그 사람이 가져온 것이 뭐이냐 하면은, 요만한 오봉티를 하나 가져왔는데, 요걸 새내끼(새끼줄)라 카는 거 아는가? 새끼 짚으로 꼬은 거이. 창창 묶어 공매로(공처럼) 만들어 가지고, 고걸 딱 들고 와 가지고, 소달구지 우에 소들금에다 얹지 놓고, 일만 갔다 오면 그걸, 그것만 보는 거야.

그기(그것이) 있는가 없는가 확인하는 거라. 확인하는데, 이 사람이 일을 얼마만큼 많이 하고 힘이 얼마만큼 센 거를 몰라.

그래 인자, 그 동네 그때만 해도, 이십 명 삼십 명의 머슴이 나무를 해 갖고 오면 누어 자는 거라, 이 지게 딱 놓고 누워 자는데. 전부 해 갖고 내려왔는데, 누워 자고 있는 기라, 나무를 해 갖고 오는데, 그 사람이 이름을 개똥이라고 이름을 지어 놨던 기라. 그 백오십 년 전에 우리 할아버지 때 사람들은 사람을 알아, 사람을. 그래,

"개똥이 와 자노?" 하면, 자다가 눈을 뜨면 눈에서 불이 쫙 나오더라 캐, 불이. 그래도 그 사람이 뭐하는 사람인가를 못 깨는 기라, 꿈을. 그때는 엄청 무식했으니까. '그것 참 이상하다.' 개똥이 나무를 하는 거 한 번 보자 카믄, 고마 그 자리에서 나무를 하는데, 사람은 안 보이고 먼지만 확

뭉팅이 내려온다 캐, 사람은 안 보이고. 그래, 쉬 갖고 같이 나서면 벌써 고마, 나무는 최고로 좋은 걸로 해질 녁에 바로 따오는 거라, 이 사람이.

근데 그 사람을 그래놓고 저녁만 되면, 지금은 서울이지요, 그때는 경성. 서울 경 자이. 경성에 간다고 밤에 올라가는 기라. 근데 그 사람이 전에 지금은 그걸 뭐이라 카노? 축지법. 그거를 한 사람인 기라. 근데 그거를 한 거를 모르는 기라. 그래서 열두 시쯤 갔다 와갖고 머슴들한테 아, 뭐 경성을 간께 뭐 사람이 어떻고, 남대문에 간께 얘길 해 봐도, 저 놈 미쳤다 카고 인정을 안 해 주는 기라.

그래, 일 년을 그 집에 살고 일 년을 품삯을 받아 와야 되거든, 품삯을. 그런데 그 집에서 품삯을 주니까, 품삯을 딱 받아 가지고 도로 주인을 준 기라. 내가 일 년의 품삯을 다 받았으니까 알았다 카면서, 일단 도로 돌려 주고 법화산이라 카는 데를 갔어.

휴천 뒤에 가면 저, 문정 뒤에 가면 법화산이라고 있어. 거 법화사를 갔는데, 거 좀 자고 가자 쿤께, 방이 없다 카는 기라. 그래 마,

"아무 데나 좋다. 흙방도 좋고 마구도 좋다." 칸끼네, 그래서 아랫방에 흙방을 하나 줬는데, 가마니, 덕석 이런 거 아는가 모르겠다.

그래 인자 흙방을 한 개 줬는데, 절에 밥 해 주는 여자가 열두 시 돼서 드다보면 그 방이 화초밭이라, 환한 기라. 그래 인자 손가락을 이래 해 가지고 문구녕 뚫어 요래 보니깐, 그 머슴 살다 간 사람이 그 덕석, 밭에다가 이불을 이만치 깔아놓고 평풍을 빠히 둘러서 놓고 촛불을 확 돌려 놓고 누워 자는 기라. 희안한 일이 아닌가 배.

(조사자 : 네, 희안한 일이네요.)

이틀 동안 그거를 봤어, 그 여자. 이틀 동안 보고, '아, 저기 이상하다' 할 수 없어 그 절 주지한테 이 얘기를 한 거라.

저 아랫방에 손님이 들어가 보면, 덕석 거기다 앉았는 기라. 그래 인자 그 중, 그 주지한테 이야기 하니까네,

"아이쿠, 그럴 일이 없다." 카거든. 그래서 데리고 가서 보이께네, 대자리 그 놈을 깔고 자는 거라, 주위에 봐도. 그 사람이 딱 자고 일나갔고, 아침에 일나갔고,

"내가 여게 여기 석 달만 있으면 이 절에 할 일이 많은데, 12시만 되면 밤중만 되면 여자가 문구멍으로 들어봐사서 간다." 카는 기라. 그래, 3년 후에 온다고 하면서 가삣어, 그 사람이. 그래, 그 사람이 과연 대인인데 때를 못 맞춘 기라. 때를 맞출라고 넘의 집을 살고, 그러고 있었어.

그래 갖고 이제 삼 년이 지났는데, 그 저 문전 함양서 올라가면 노루 곡자, 산에 노루 곡자라 카는 재가 있었어. 지금은 그 도로가 있어 돌아 대니지만, 지금은 산길을 넘어가는 재가 있었는데 거 가면 정자나무가 하나 있는데, 길이 요리 생겼어. 요서 날망 올라갔고 요리 내려가야 돼, 폭 패이갖고.

그게 그 저, 정광수 저거 할아버지가, 그 할아버지 된께이, 내려간께 그 사람이 대사가 되 삣는 기라. 이만한 삿갓을 큰 것 쓰고, 도폭을 입고 작대기를 그 뭐, 도사 작대기를 짚고 딱 올라오는데, 이래 내려가니까 쳐다본 께, 같이 넘의 집에 살던 사람이라.

그 영감이 꿈을 깨 가지고 고마, 다리를 칵 틀어 앉고 고마,

"나 좀 살려 달라." 하는 기라. 그래 그 사람이 딱 보니깐 아는 사람인 기라, 일 년 넘게 살았은께. 그래,

"뭐가 어쩌란 말이요?" 하니께,

"내가 이리 몬 사는데, 우리 부자 되구로 할아버지 묘자리 한 개 잡아 돌아라." 카는 기라. 그래서 그 사람이 삿갓을 딱 들더니,

"니가 사람을 조금 볼 줄 아는구나."

"근데 묘자리가 그리 좋은 데가 어데 있노?"

날망에 딱 서 가지고, 뒤에 그게 있어 음천 가던 뒤에 그 서쪽으로 보는 양지가 있어.

"저 건네 저 산에 한 백 석할 자리는 있는데, 니 대는 못하고 니 훗 대에는 할 끼다." 했거든. 나락이 한 섬이 없어 넘의 집에 사는 사람한테, 백 석을 하는 게 어데고, 고마 살려 달라고 붙잡은 기라. 그런께,

"내가 저게 지금 네가 가지는 못할 끼고."

그 사람이 지금 대사가 돼서 축지를 하는 기라, 축지를 하는데,

"그래 작대기를 내가 꼽아 논낀께(놓을 테니까), 뒤에는 한 자를 파고, 땅을. 그리 요로타 말이야. 앞에는 한 뺨도 안 댓끼라(되는 것이라). 카는 고론 묘를 쓰라." 칸 기라. 그래 인자, 그래카곤 없어. 축지를 했는지 안 보이는 기라. 그래, 자기 사촌하고 둘이 인자, 거기를 찾아올라 가니껜, 큰 망개나무. 가시 있는 만개, 산에 있는 산에 왜 빨개이 있는 망개나무가 있거든. 거기 망개나무에다가 대작대기를 꽂아 놓고 갔어. 거기 가 보니깐 묘자리가 아니라, 아주 이로운 데라.

그래 이전에는 남의 산에는 묘를 못 썼거든. 그래인께 낮에 인자 사촌이랑 둘이 가서 묘를 갔다 파고, 바지개를 딱 짚어 공가 놓고 어둡어지면 넘 몰리 가서 써야 되는 기라. 그래서 밥 묵고 저녁 묵고 가서 인제 판 기라. 대짚어 작대기 꽂아난 데를 한 지를 팠어, 뒤에는. 그레 앞에는 요만한 거뿐이 안 되는 기라.

(조사자 : 표시도 안 나고?)

묘가 안 묻힐 정도라, 묘가 안 되는 기라. 그래 이 집 어른들이 역량은 깊이 묻어야 좋다고 했는가 보지. 이래 가지고 안 된다 해서, 더 깊이 묻어 파야 된다꼬 판께 돌이 받치는 기라. 그래서 나무를 베서 가지고, 지게 가지고 돌을 들신께, 그게 구들장이야. 구들장을 딱 들신께, 학이 날아가 갖고 닭이 돼삐렀어. 그래 가지고 저기 운수라는 동네, 저기 건너편으로 올라가 버렸는 기라. 그래 닭이 실 우는 기라. 이놈들을 보고.

(조사자 : 닭이?)

하모, 학이 날아가서 닭이 돼버렸다니깐. 변했다니깐.

아이고야, 이거 새벽까지 판 기다. 얼른 묻고 가야 된다고 묘를 쓰고 온께, 열시 밖에 안 됐더래. 그래서 지금 삼대 사대가 되도 운이 안 돌아 오는가, 지금도 그 사람들 못살아.

지금도 그 묘도 있어. 근데 그 구들장 고 우에다가 묘를 써야 되는데, 구들장 밑에 학이 있는 기라. 근데 구들장을 들쳐내 버려서 닭이 돼 버린 거라. 닭이 학이 되야 될낀데, 학이 닭이 돼삔기라. 그래서 그만 그 묘소를 못 쓰고 말았어.

(조사자 : 이 이야기는 어디서 들었습니까?)

우리 동네 살 적에 거는 어른들이 백 오십 년 된 우리 할아버지가 안다 니깐. 이거는 얼마 안 된 거 이야기라.

(조사자 : 이 이야기는 처음 들었습니다.)

그건 전설이 아니고 실제인데, 저 저 저, 다른 사람 이틀 사흘 할 일을 십 분 동안 다 했삐리. 근데 그 사람은 넘의 집을 살면서 나무를 한 짐을, 그때는 지게로 져다 나를 때, 딱 묶어다가 정지에 탁 갖다 놓으면, 작대기 로 찍어다 정지에 탁 갖다 놓으면, 한 동 몇 뎅이만 탁 놓는 기라. 그러면 서 요 나무 한 잎 가지고 삼년을 뗀다 카는 기라. 근데 안 타, 그 불이. 나무를 떼도 끝어머리는 새카맣지, 불이 안 타는 기라. 도술인기라, 도술.

근데 그런 도사가 넘의 집을 살았는데도 옛날엔 무식해 논께, 그 사람을 모르는 기라. 그러고 나서 꿈을 깬 기라. 그 사람이 대인이라는 걸 안 기라.

제사 때 물밥이 생긴 유래

자료코드 : 04_18_FOT_20090221_PKS_ICG_0003

조사장소 : 경상남도 함양군 유림면 서주리 우동마을 마을회관

조사일시 : 2009.2.21

조 사 자 : 서정매, 문세미나, 이진영, 조민정

제 보 자 : 임채길, 남, 69세

구연상황 : 제보자의 이야기에 주위 청중들이 계속 귀를 기울여 들었다. 얘기가 재미있어
서 듣고 있던 조사자들도 웃으며 들을 만큼 구술을 잘해 주었다.

줄 거 리 : 천석의 부자 영감이 아들과 며느리에게 살림을 넘겨줬다. 그 전에는 먹고 싶
은 것을 마을대로 먹고 잘 살았지만, 며느리가 김치랑 된장만 해 주었다. 어
느 날 며느리를 불러 죽은 후에는 잘 못 먹더라도 살고 있을 때는 잘 먹고 싶
다고 하자 그 다음 날부터 고기반찬이 올라오면서 예전처럼 잘 얻어먹고 살
았다. 영감이 죽고 난 뒤에 제삿날에 제사밥을 먹으러 집으로 오니, 며느리는
제사는 고사하고 아들과 잠만 자고 있었다. 너무도 화가 난 영감은 저승사자
게서 부탁을 해서 물밥이라도 얻어먹을 수 있게 해 달라고 해서 며느리 머리
에 쇠를 씌우게 했다. 그런데 며느리는 무당을 부르지 않고 도끼로 머리를 찍
어 버리려고 했다. 깜짝 놀란 영감은 다시 쇠를 들고 도망을 왔다. 결국 물밥
도 못 얻어먹은 셈이 된 것인데, 이후로 못 얻어먹는 귀신들을 위해 물밥이
생기게 되었다.

한 고을에 그때, 지금은 천 석 안 지내는데, 그때 천 석 하는 영감이 하
나 살았어, 잘 살았어. 그때 종놈을 많이 델꼬 살았는데, 그 자기 살 때는
고바대가리 소대가리를 마음대로 천 석 하니깐 마음대로 먹고 싶은 거 먹
고 잘 살고 하는 기라. 나이를 먹고 묘지를 보고 아이들에게 천석을 싹
넘가 줬어.

넘가 줬는데 아들하고 며느리하고 천석을 살림을 받아 가지고 생활을
하는데 자기만치 못해 주는 기라. 자기는 먹고 싶은 거 다 먹고 살았는데,
안 해 주는 기라. 뭐 김치 해 주고 된장만 해 주고 안 해 주는 기라. 그래
서 아들하고 며느리를 불러놓고,

"내가 너거한테 천석을 넘겨줬는데 내가 천석을 할 때는 잘 먹고 잘 살
았는데, 내 대접을 왜 이렇게 해 주노?" 하니깐, 며느리가 하는 소리가,

"아버님 사후에는 어떻게 할 겁니까?" 이라거든.

"사후에는 잘 못 먹든지 못 먹든지 간에 살아서 잘 먹어야 될 거 아니
가." 하니깐, 다음날 며느리가 돼지 다리도 사다 놓고 며느리가 자기 살던

때 처럼 잘 해 주는 기라. 그래서 잘 얻어 먹고 살았지.

근데 영감이 죽었단 말이야. 그래서 죽어서 오늘 저녁에 제산데 첫 제산데 제삿밥 얻어 먹으러 가는 기라. 가니깐 제사 지낼 생각은 안 하고 아들하고 며느리하고 보듬고 자는 기라. 제삿날 저녁에 그래서 성이 나서 쫓아와서 저승사자한테 이야기를 한 기라.

"내가 사실은 오늘 저녁에 제산데 아들 며느리가 보듬고 잔다고 제사를 지낼 생각을 안 한다." 하니깐,

"그럼 니가 평소에 한 이야기를 한 게 있느냐?" 묻거든.

그래서 이야기를 했어.

"살아 생전에 잘 먹어야 되지 않겠냐 했다." 하니깐,

"아, 그랬냐." 하면서,

"그럼 니가 물밥이라도 얻어먹어야 되겠냐?" 해서,

"물밥이라도 얻어먹어야 되겠다." 하니깐, 저승사자가 그 영감보다 쇠도랑케미를 하나 주는 기라.

"쇠 도랑테미를 요놈을 가지고 가서 며느리 목에다 걸어라. 그러면 머리 아프다고 난리를 치면 무당을 불러다가 물밥을 해 줄 끼다 하겠다 말이다."

그래서 쇠 도랑테미를 갖고 가서 며느리 자는데 살짝 씌어 놓으니깐, 오만 방을 돌아 댕기는 기라, 머리 아파 죽는다고. 그래서 점쟁이를 불러야 되는데 점쟁이를 안 부르고 종놈을 부르는 기라. 이 며느리 대가 얼마나 차든지 종놈이 오면서 쌀 자리 문을 탁 열고 차서, 방 가운데 딱 앉아서 종놈을 보고,

"아랫방에 가서 도치(도끼)를 가져오라."고 하는 기라. 그래 도치를 물밥을 말고 도치, 도끼 도끼. 우리말로는 도치라 하는데, 그래 도치를 갖다 주니깐 며느리가 방가운데 앉아서 종놈을 보고,

"내 머리가 두쪽 나도록 탁 치라."고 이야기를 하는 기라

(조사자 : 네? 어머나.)

"도끼를 사정없이 치라고 하는 기라. 아이구야 그래서 시아바시가 쇠 도랑태미를 달아서 그렇다."

그래서 며느리 머리를 치면 큰일이거든. 얼른 벗겨 가뻤는 기라.

(조사자 : 며느리가 도사네요.)

대가 차니깐 얼른 벗겨 가뻤는 기라. 그래서 가니깐,

"물밥 얻어먹었나?"

그래 삐닌께,

"도끼로 머리를 깨라 해서 그냥 벗겨 왔다."고 하거든. 그래서 니는 천 상 물밥 다 얻어 먹었다고 그래서 물밥이 생긴 기라.

(조사자 : 아, 물밥이라도 주자.)

어, 물밥이라도 줘야 되는데, 그 사람은 못 얻어먹었어. 그래서 물밥이 원인이 생긴 거라.

곁상이 생긴 까닭

자료코드 : 04_18_FOT_20090221_PKS_ICG_0004
조사장소 : 경상남도 함양군 유림면 서주리 우동마을 마을회관
조사일시 : 2009.2.21
조 사 자 : 서정매, 문세미나, 이진영, 조민정
제 보 자 : 임채길, 남, 69세
구연상황 : 제보자는 앞의 이야기에 이어 다음 이야기를 구술해 주었다. 청중들은 계속 귀 기울이며 이야기를 경청하였다.
줄 거 리 : 이율곡 선생이 팔도를 방방곡곡 헤매고 다닐 때, 어느 잘 사는 집에서 잠을 자게 되었다. 마침 그 날이 제삿날이어서 음식을 거창하게 준비하고 있었다. 그런데 저녁에 제사가 시작되자 귀신 떼가 나타나더니 제일 못 생긴 귀신 하 나가 영감을 밀쳐내고 그 자리에 앉아서 음식을 먹었다. 그것을 이상하게 여 긴 율곡은 그 집 아들에게 누구의 제사인지 물었다. 나중에 알고 보니, 제사

음식을 다툰 이들은 아들의 친부와 양부였다. 그 이후로 친부에게는 원상을 차리고, 양부에게도 곁상을 따로 차려 주게 되었다.

곁상, 옆상, 옆상이 와 생겼는고를?

(조사자 : 아니, 이야기 해주십시오.)

근데 보통 사람한테 물어보면, 잡신이 와서 그 자기 묘자리 곁에 있는 사람 와서 먹으라고 곁상을 채려 놨다고 하거든. 그게 원리가 그게 아니고, 곁상이라고 생긴 원리를 알아야 돼.

이율곡 선생이 시대를 못 맞췄어. 그 조선 팔도를 방방곡곡 헤매고 대닐 때라, 시대를 맞출려고. 고을에 가니깐 잘사는 집이 하나 사는데, 그 집에 거기에 자게 되었어.

그날 자게 된 게, 하필이면 제삿날 저녁이라. 근데 엄청 잘살아 놓으니까, 제사를 지내는데 본께, 음식을 엄청시리 장만하고, 정성시리 정성을 엄청시리 쓰는 기라.

근데 마당에 불을 한 무디기 놔 문구녕으로 딱 아랫방에서이, 과객인데 아랫방에서 자야될 것 아니가. 문구녕으로 내다본께, 마당에 불을 크게 있는데, 귀신 떼가 막 와서 거창하게 마당에 와 노는 기라, 마당에. 아이, 그라는데 제사 지낼 시간이 딱 된께, 그 아이가 큰 두루마기 도폭을 입고 대문을 나가더마는, 이 불을 써갖고 나가더마는, 저거 아버지를 이리 막 업고, 온 거 알고 업고 와갖고 마루에 갖다 놓는 기라. 본께네, 영감이 이만한 갓을 쓰고 막 수염이 이마이 나고, 아주 잘 생긴 영감을 갖다가 마루에 갖다 내루는 기라. 제사라고 모신기라.

그래 인자, 흙 무데기 가에 귀신 떼기가 노는데, 제일로 못 생긴 귀신 하나가 명지수건을 해서 씌고, 한 쪽 다리를 걸고, 이게 좋아 죽는 기라. 뺑뺑이를 막 도는 기라. 이기 막 좋아서 손벽을 치고.

'그것 참 이상하다' 해서 율곡 이이가 가만히 쳐다본께, 다른 귀신은 죽도록 기다리는데, 저거는 왜 나부대는고 싶어 희안한 기라. 이게 뭐 곤조가 있지 싶어서 가만 처다 본께, 제물을 차려 났는데 엄청 시리 제물을 걸게 채려 났어. 채려 났는데, 지금은 축을 많이 안 이르제(읽지요), 이전에는 축을 다 읽었어, 축을. 그래 인제 재물을 다 해놓고, 영감이 막 거창하게 제사상에 앉아서 재물을 먹을려고 떡 한께, 아들이 축을 딱 읽었어. 그런께 저거 아버지 축을 딱 읽으끼네, 못 된 그 귀신.

(조사자 : 귀신들이 와 가지고.)

그 마당에서 뛸 놈. 고놈이 바딱 뛰어 올라가더만 마, 그 영감을 꺼서 마당에 던져 놓고, 지가 제물을 싹 긁어 먹어버리는 기라.

'저거 참 이상한 일이다. 어째서 저기 못된 놈이 저거 아버지를 싹 후차 내삐리고 저라는가 싶은 기라. 그래 인자, 아랫방에 손님이 사람이 자는 걸 알고 제물을 채려 갖고 내려왔어. 제물을 받아 놓고 율곡 이이가,

"오늘 저녁 누구 제사인고?"

물어보니깐, 아버지 제사라 해서,

"그럼 엄마한테 올라가서 물어봐라."

그래. 그래서 엄마한테,

"어머니, 오늘 아버지 제사 맞지요?" 하니깐,

"맞다." 그래. 그래 내려와 갖고 인자,

"아버지 제사가 맞답니더." 하니까, 또 혼자 보냈어.

"한 번 더 물어 봐라." 하니깐, 그 이놈이 머리가 터졌던 모양이라. 부엌에 가서 정지칼을 갖고 가서 딱 꼽으면서,

"어머니, 바른대로 얘기하소, 누구 제사요?"

그랑끼네, 우짤 기라. 바른 말 가르쳐 줘야 되지. 고기(그것이) 얻어먹는 고기 저거 어머니가 얻어먹고 댕깄을 때, 아를 다리 밑에서 낳아갖고, 낳았는데, 그 영감이 상처를 했어.

그 할마이를 얻었는데, 아(애기)를 못 낳았는 기라. 거 아를 있는 할마

이를 인제 얻었는데, 그 아들을 저거 아들로 삼았어. 그런께 그 사람은 즉 말하자면 양부고, 요거는 친부란 말이라. 못된 귀신은 고거는 친부라. 그런께 호쳐 먹는 게, 저거 아버지는 싹 걷어 먹었던 기라. 그래 인자, 그라믄 친부도 부모고, 양부도 부모인데 안 그런가베?

(조사자 : 그렇죠.)

"그럼 제사를 어떻게 지내야 되노?" 그런께 이율곡 선생이,

"오늘은 다 지냈고, 내년 오늘 저녁에 내가 여기 올꾸마."

이랬는 기라. 그래서 내년이 그 이율곡 선생이 그 집에를 갔어. 제사를 또 그리 거창하게 지내는 기라. 자, 그리 물었어.

"오늘 제산데, 친부도 지내고 양부도 지내야 되는데, 제사를 어찌 지내야 돼요?" 하니깐,

"곁상을 차려라."

이래 된 기라.

(조사자 : 따로 하나 차려 주자.)

상부도 곁상을 한 개 채리라. 그래 원상은 그 친부, 못 된 귀신, 이게 친부란 말이야. 그리 양부는 그리 살림을 많이 모아 놔도 곁상에 먹어야 돼. 그래서 그 곁상이 생긴 기라.

호랑이를 잡은 어린 손자

자료코드 : 04_18_FOT_20090221_PKS_HYD_0001
조사장소 : 경상남도 함양군 유림면 서주마을 마을회관
조사일시 : 2009.2.21
조 사 자 : 서정매, 문세미나, 이진영, 조민정
제 보 자 : 하영덕, 여, 72세
구연상황 : 제보자는 어렸을 때 할아버지로부터 들은 이야기라며 재미있게 이야기를 구
        술해 주었다.

줄 거 리 : 손자가 할아버지와 얘기를 하다가 호랑이에게 이기려면 주머니에 칼을 가지고 다니라는 얘기를 들었다. 어느 날 어린 손자가 호랑이를 만났는데, 호랑이는 손자를 입으로 통째 먹고 말았다. 손자는 배 속에서 주머니에 칼이 있다는 것을 문득 생각해서 호랑이의 배를 갈라 다시 살아나고 호랑이는 죽었다.

할아버지하고 나하고 술래잡기를 했거든.

(조사자 : 옛날에.)

응. 내가 할아버지한테,

"호랭이한테 이기겠나." 한께, 하도 내가 쪼깨나이 그래 놓께, 할아버지가,

"호랭이한테 우째 이기요, 할아버지."

그래 카니까네,

"포수가, 내가 포수로 가면 사람이 원채 작으니께, 대칼을 기비에(주머니) 하나 옇고(넣고) 총을 매고 가라." 카는 기라. 총을 매고 가는데 호랭이가 어띠(어찌나) 크고, 내가 엄청 작아 놓께, 호랭이가 낯을 싹 다 먹어삔 기라. 통째, 통째 다 먹어뻤어.

(조사자 : 통째로.)

응. 묵었 삐서.

(청중 : 니를?)

나를. [조사자 웃음] 그래이, 내가 호랭이 뱃속에서 가만히 생각을 한께, '아, 내 기배(주머니)에 대칼이 있구나, 요놈을 가지고 내가 호랭이 배를 그려야 되겠다' 싶어서 배를 뜩뜩 긁은께, 내가 호랭이한테 이긴 기라. 배를 그래 해 놓으니까 호랭이가 고마 내가 쏙 볼가 삐리고, 호랭이는 죽어뻐릿는 기라

(조사자 : 호랑이는 죽어 버렸다, 그죠.)

함 그래, 내가 이깄제.

우연히 호랑이를 잡은 벙어리 아들

자료코드 : 04_18_MPN_20090223_PKS_KBN_0001
조사장소 : 경상남도 함양군 유림면 손곡리 지곡마을 마을회관
조사일시 : 2009.2.23
조 사 자 : 서정매, 문세미나, 이진영, 조민정
제 보 자 : 강복녀, 여, 85세
구연상황 : 이 이야기는 마을 사람들이 잘 알고 있는 이야기였다. 제보자가 구술하는 도
중에도 여럿이 이야기에 끼어들어 말했다.
줄 거 리 : 벙어리 아들이 산에 나무하러 갔다가 우연히 바위 아래 자고 있는 호랑이를
낫으로 쪼아 잡았다. 그 이후로 벙어리 아들은 산으로는 가지 않았다.

아이 저게, 그러니까 밤실골, 뭣이고?

(청중 : 뒷골.)

뒷골 아이고, 거 아, 홍골이라 카더나? 거(거기로) 간께, 굴이 있는데,
인자 말 못하는 사람이라.

(조사자 : 네.)

그래 인자 풀을 하로 가갖고, 풀 하러 가갖고 바구(바위) 밑에 이래 갖
고 문걸은께, 호랭인 줄 모르고 마 낫으로 가지고 쪼사버렸다 캐. 그래 갖
고 그거 낫을 갖고 와서 피를 뵈이더라 캐(보여줬다고 해). 내려옴서. 그
러고 나서는 거를 안 올라가 봤어.

(청중 : 그때 나무하러 갔었지?)

나문가 무엇인가 모르겠는데.

(청중 : 나무를 하다가 바우 위에 서서 내려다 본께, 바구 밑에 사람이
누워자더라 캐. 호랑이가.)

(조사자 : 호랑이가 누워 자는 걸 봤다.)

(청중 : 음. 호랑이가 누워 자는데, 이 사람이 말을 못하는 사람이거든.)

말을 못해, 귀도 완전히 먹었고 말을 못하는 사람인데, 근데 힘은 그제 좋은 사람이라.

그래 인자, 돌을 들고 말하자면 그걸 밑에 그걸 쨉인 기라. 잡을라꼬. 그래 인자 달라들 거 아이라. 그래 갖고 낫하고 같이 둘이 싸웠다고. 그래 인자 그 이야기를 했어. 낫을 들고 싸웠다고. 저거 집에 호랭이가 있거든. 호랭이가 있은께 절을 가고 이리 막 싸웠다고 해. 그래 갖고 호랑이하고 싸운 걸 안 기라. 그러면 몰랐을 건데.

(청중 : 근데 그 호랑이까 안 해치느라 다행이구만.)

(청중 : 요, 할머니 아들이라.)

(청중 : 호랑이가 있으니까 그래, 저걸 가리키면서 저런 거 하고 나하고 저 가서 막 이래 갖고 돌로 이래 갖고 싸웠다고.)

(조사자 : 그 사람이 말을 못하지만.)

(청중 : 그래, 이 아주머니 아들이라.)

우리 아들이 그랬어.

(조사자 : 아들이 이름이?)

(청중 : 아들은 돌아가셨다.)

윤원이, 이윤원.

(조사자 : 이윤원. 말은 못 했지만 호랑이랑 싸웠다 그죠?)

그라고 나서는 뒷동산에 그걸 보고는 안 보는 기라. 뒷동산에 저녁으로 뽕 지키러 가거든. 고거 보고 나서는 세상천지 안 갈라 해, 뒷동산에를. 그걸 보고 나서는, 저게 비가 와서 콩잎을 묶으로 가자고 한께, 거기 와서 안 간다고. 세사 있어도 안 갈라 캐.

도깨비와 씨름한 아버지

자료코드 : 04_18_MPN_20090223_PKS_KKS_0001
조사장소 : 경상남도 함양군 유림면 손곡리 지곡마을 마을회관
조사일시 : 2009.2.23
조 사 자 : 서정매, 문세미나, 이진영, 조민정
제 보 자 : 김경순, 여, 76세
구연상황 : 댓기풀 숲은 동네에서도 이름난 무서운 곳이라고 했다. 제보자의 아버지가 겪
      은 이야기라며 자세하게 구술해 주었다.
줄 거 리 : 아버지가 생초 가는 댓기풀 숲에서 도깨비를 만나 씨름을 했다. 다음 날 아침
      에 다시 가 보니, 아무것도 없었다.

옛날에는 그 댓기풀 숲에 그 참 또깨비가 많앴어.

(조사자 : 어디 숲이요?)

저 밑에 생초 가는 댓기풀 숲이라 카는 데가, 댓기풀 숲이라 카는 데가
있어서. 생초 가는 데.

(청중 : 거, 무서분(무서운) 데라 카이.)

네, 거 무서분 데라 카이. 옛날에는 댓기풀인데, 행정상으로 거를 무인
(무슨) 숲이라 카는지 모르지.

(청중 : 하계를 건너가면 곰네라고 있어.)

하계를 쫙 내랴가믄 생초 가는 길에 곰내 우에 거 댓기풀 숲이 소리질
이라.

(조사자 : 네.)

예, 소리 질인데, 옛날에 우리 아버지가 동네 이장을 하시면서, 참 근대
도 좋고 덩치도 좋으신 분인데, 생초장 갔다 오시면서 술을 얼마나 많이
자셨던지 헐레헐레한께 참. 토깨비라 나타나서,

"너하고 내하고 한 번 싸움을 해보자." 캐서 싸움을 그리 막, 두루매기
고 옷이고 마 싹 다 벗어놓고, 팬티바람으로 그 사람하고 싸움을 해 갖고,
나중에는 인자 정신도 없고 해서 장승뱅이 거게를(거기로) 들오시 갖고

집으로 오셨는데, 그 이튿날 간께 아무 것도 없더라 캐. 자기 옷만 거(거기에) 벗어 났더래. 사람도 없고 아무것도 없더래.

(청중 : 헛기를 보이 갖고 그러는 기라.)

(조사자 : 그럼 실제 있었던 이야기네요.)

예, 그거는 실제로 우리 부친.

(조사자 : 아 아버님께서 실제 도깨비랑 싸우신 겁니까?)

네.

(조사자 : 아버님 성함이 어떻게 되십니까?)

김자 쌍자 문자, 그래예.

(조사자 : 김상문. 김상문 어르신께서 도깨비랑 싸우셨다 그죠?)

도깨비랑 싸웠는데 그 이튿날 가믄 어떤 분이 이야기하기는 빗자루 몽대이든가, 뭐시 부작댕이든가 그런 게 있다고 하는데, 우리가 옷 찾으러 내 한 번 가 봤거든예. 직접 가본께 아무 것도 없고 아버지 옷은 술을 잡숫고 막 구불고 해 논께 막 탕이 된께, 깝깝고 한께 거서 막 싹 다 벗어 삤어. 싹 다 벗어버렸어 그 자리에서.

그 때는 외출할려면 두루마기를 입고 나서거든요. 지금 같으면 잠바를 입고 가지만. 그래, 그런 수고를 내가 한 번 봤어예. 그래 옷 찾으러 간께 아무 것도 없데요. 비짜루 몽댕이도 없고, 부지갱이도 없고.

시아버지 씨붕알 터지는 소리

자료코드 : 04_18_MPN_20090222_PKS_KGJ_0001
조사장소 : 경상남도 함양군 유림면 사안리 사안마을 마을회관
조사일시 : 2009.2.22
조 사 자 : 서정매, 문세미나, 이진영, 조민정
제 보 자 : 김광자, 여, 67세

구연상황 : 제보자는 웃으면서 다음 이야기를 해주었다.
줄 거 리 : 대나무로 불을 때다가 툭툭 튀는 소리가 나서 시아버지가 무슨 소리인지를
물었더니 며느리가 아버님 씨붕알이 튀는 소리라고 했다. 그러자 시아버지가
웬지 뭐가 꺼떡이더라며 맞장구를 쳤다.

옛날에 와 대를(대나무를) 때면(불을 때면) 와 모디가 툭툭 안 튀는가베.

(조사자 : 뭘 하면?)

대를. 이렇키 옹골 떼면. 툭툭 튄께 방에서,

"야야, 무시 그리 툭툭 튀노?" 칸께,

[웃으며] "아버님 씨붕알이 툭툭 튀네요." 칸께. 시아바이가,

"아이고, 나도 뭐시 꺼떡 겉더라."

호랑이불

자료코드 : 04_18_MPN_20090223_PKS_KPD_0001
조사장소 : 경상남도 함양군 유림면 손곡리 지곡마을 마을회관
조사일시 : 2009.2.23
조 사 자 : 서정매, 문세미나, 이진영, 조민정
제 보 자 : 김판달, 여, 69세
구연상황 : 호랑이불은 마을 사람들이 다 본 적이 있기 때문에 서로 웅성거리며 얘기를
하였다. 제보자의 말에 맞장구를 치기도 하였다.
줄 거 리 : 옛날에 누에를 키울 때 밤에 누에에게 뽕을 주고 나오면, 마을 뒤의 왕산에서
호랑이불이 시퍼런 색으로 깜빡깜빡거리며 줄 지어 내려왔다.

(조사자 : 호랑이불 본 얘기는 없으십니까?)

호랑이 불이야 우리야 뭐 많이 보았지. 호랑이불이사 저녁으로 니(누에)
키울 때 뽕 주고, 저거 마루에 나오모(나오면) 저 왕산 줄기라. 저 왕산
저거(저기에) 있거든. 쪽 몬당으로 졸졸졸졸, 파탁파탁 막 내려오는 것, 호
랑이불이사 그리는 봤지, 시퍼러이.

(조사자 : 호랑이불 언제 보셨습니까?)

본지 에법 오래되었지, 그때 니 키울 때만 해도.

(청중 : 옛날이지. 그것도.)

응. 고 정도 됐지, 니 키울 때만 해도. 거서 들어 봤어.

(조사자 : 호랑이불은 어떤 때 나옵니까? 날씨라든지.)

응. 그런데 이제 한밤중 넘어가 인자, 그때는 니를 키워서 뽕을 주는 기라.

(조사자 : 누에를 키워 가지고.)

응. 뽕 주고 나오면 왕산에서 불이 졸졸졸 내려와.

(조사자 : 왕산에서 불이 내려오는 걸 봤단 말씀이신데.)

응. 내려와.

(조사자 : 그게 도깨비불이 아니고.)

아이라. 그건 토깨비불이 아니고 호랑이불이라.

(조사자 : 왜 호랑이불입니까?)

아이가. 호랭이는 쪽 몬당으로 질을(길을) 타고 내려오거든, 줄인 데로 내려오거든. 깜빡깜빡 깜빡하면서, 새파라이.

(조사자 : 도깨비불 색깔은 어떻습니까?)

토깨비불은, 토깨비불은 모르고, 호랑이불은 좀 푸른 기가 마이 있어.

(조사자 : 시푸런.)

응. 시푸른 기가 많이 있어.

도깨비에게 홀려 죽은 사람

자료코드 : 04_18_MPN_20090223_PKS_KPD_0002
조사장소 : 경상남도 함양군 유림면 손곡리 지곡마을 마을회관
조사일시 : 2009.2.23
조 사 자 : 서정매, 문세미나, 이진영, 조민정

제 보 자 : 김판달, 여, 69세
구연상황 : 제보자는 실제 있었던 일이라고 하면서 진지하게 다음 이야기를 해 주었다.
줄 거 리 : 팔령 마을에서 있었던 이야기이다. 술에 취한 장씨라는 사람이 놀다 오는 길
       에 연못 근처에서 도깨비에게 홀렸다. 아침에 가 보니 나무 기둥 밑에 머리를
       박고 쓰러져 있었다. 지게에 싣고 집으로 데리고 돌아왔으나 사흘 만에 죽고
       말았다.

요 여, 함령에서 팔랭이라 카는 데가 있거든요.

(조사자 : 팔랭?)

팔령.

(조사자 : 아, 팔령이요.)

팔령 그전에 우리 친정이 있었는데, 그때 해남댁이 거기 살았었거든.

(조사자 : 해남댁이.)

아, 그리 우리 올키 택호가. 그래, 그때 요리 봄인데, 그때 한 삼월 달
쯤 됐는갑서.

그래, 이렇게 오늘매로(오늘처럼) 비가 오고 이랬는데, 아이, 저녁에 누
워서 잔께 그 건네 거서,

"김 샘, 김 샘, 나 좀 살려 주라." 하더라고. 자꾸 불러 샀대. 근데 그
토째비는 한 사람한테 들기지 여러 사람한테는 안 들긴다구만 그기. 아,
그런데 우리 오빠 귀에만 들긴다 해.

"너거 저 소리 듣기나?" 이라데, 자다가. 그때는 호롱불 켜 놓고 살 때
거든.

"아, 우리 귀에는 아무것도 안들린다."고 한께,

"내한테는 자꾸 들린다. 김 샘 사람 살려 주라." 샀더라 해. 근데 아침
에 자고 나서 본께. 그 사람이 인제 술을 잡숫고, 큰집에 갔다 오다가 그
오는 도중에 마 큰 연못이 있다 카네, 촌인데. 그래 거 온께 막 토째비가
막 잡아끌꼬 가더라 캐.

그래 내가 지나가다가 아침에 이렇게 지나가다가 이리 본께, 나무 기둥 밑에 막 모가지를, 목을 쳐박고 있더라 카네.

(조사자 : 어디다가요?)

소나무가 있는데, 소나무 밑동에 머리를 박고 있더라 카네. 그래서 가서 이리 건드려 본께, 아이고 마, 말도 못하고 마 밤새도록 얼어 논께.

그래 인제 나는 봤어. 바지게에다가(지게) 담아 졌는데, 그 양반 마 키가 참 커. 근데 이 마을에서는 그런 양반이 없어. 아, 근데 바지게(지게) 안에 쏙 들어가갖고.

(조사자 : 어디 안에서요?)

바지개라고 있거든.

(청중 : 지게.)

(조사자 : 아, 지게.)

바지게라고 있어. 고 안에 쏙 들어 갔더라고.

(조사자 : 무서워 가지고.)

아이, 마 기절을 했뻐린 기라. 자기 집에 데려다 놨는데 사흘 만에 고마 세상을 떠났다는 거라.

그래, 그거 짊어지고 가는 거 내가 봤어. 친정 가 가지고. 그, 그래 그 사람 토째비한테 홀키며는 오래 못 산다 카대.

(조사자 : 토깨비한테 홀려서 죽은 이야기.)

죽은 이야기라.

(조사자 : 네, 이 마을에 좋은 이야기 많이 나오네요.)

[웃으며] 나는 그걸 본 기라.

(청중 : 도깨비 그거는 술 마이 자신 사람하고 다투더만.)

그라더라 카네.

(청중 : 술 많이 자신 분들한테 관계가 많이 돼.)

(조사자 : 술을 많이 먹은 사람들한테.)

(청중 : 하. 본 사람 이런 쌩쌩한 사람 술도 안 잡숫고 안 보이는데.)

토째비한테 홀키면 오래 못 산대, 그래 그 양반이 고마 그 내가 저게 한 5일 있다가 왔는데, 사흘 만에 세상 베렀다 캐. 돌아가싰다. 여 여 여 팔영서 그랬어.

(조사자 : 팔영 사는 사람인데.)

장씨인데.

호랑이를 개처럼 데리고 다닌 사람

자료코드 : 04_18_MPN_20090223_PKS_KPD_0003
조사장소 : 경상남도 함양군 유림면 손곡리 지곡마을 마을회관
조사일시 : 2009.2.23
조 사 자 : 서정매, 문세미나, 이진영, 조민정
제 보 자 : 김판달, 여, 69세
구연상황 : 제보자는 차분한 목소리로 다음 이야기를 해 주었다.
줄 거 리 : 함양에 사는 친구 할아버지가 있었는데 호랑이가 개처럼 따라다녔다. 그런데
          어느 날 손자가 자는 데 없어져서 호랑이 굴에 가 보니, 호랑이가 아이를 품
          고 자고 있었다. 아이는 온 몸이 땀에 범벅이었다. 아이를 뺏고는 호랑이를
          막 야단치고는 다시는 호랑이를 보지 않았다.

함양 우리 친구 저게 저거 할아버지는 노다가 오시면 호랭이가 딱 바래준다 하네.

(조사자 : 그런 이야기도 있습니까?)

그 우리 친구 나하고 같이 컸거든. 컸는데, 그쪽에 저 지금 그 여 뭐꼬, 여고선 데(여자고등학교 있는 곳에) 그 밑에 살았거든, 좀 외져(외딴 곳). 이 마을에 와서 놀다가 가며는 큰 호랭이가 개매이로(개처럼) 따라다닌다 카네. 딱 와 가지고 저게 바래다 주고 그란다 캐.

한번은 온께 손자가 없더랴. 조그만한 손자가 자는데. 그래 손자가 어

디 갔는가 싶어서 찾아 본께, 여(여기) 잤는데 없다 카더라네. 그리고 호랭이 굴이 있다 카네.

그래 그걸 찾아 갔디아. 찾아간께 호랭이가 딱 아를(아기를) 품고 자더래요.

(조사자 : 호랑이가 아들을?)

응. 그 집의 손자를. 우리 친구 저거 할아버진데, 근께 우리 친구 동생이라, 말하자면. 세 살 묵는데 그 살짝 보듬고 갔더라네. 아가 막 땀이 홈빡 났더는요. 그래 그걸 뺏아오고 나서는 쌔리 막 머라 캤다 카네 호랭이를.

그라고 나서는 호랭이하고는 만난 적이 없다 하더라고, 우리 친구 저거 할아버지가 그러더라고.

(조사자 : 친구 할아버지한테 있었던 일이라는 말입니까?)

하모, 거 거석에. 아이 함양에.

(조사자 : 성씨가?)

친구 할아버지 성이 모르지. 나는 그때 쪼깬엤는데(어렸었는데). 그래 우리 친구가 인자 그리 얘기를 하데. 같이 인자 클 때 우리 할아버지가 그랬다고. 하모. 그래 그건 참말이라 캐. 여기 함양, 함양 두레천서 그랬거든. 그래 그 호랭이하고 친한 사람은 그 개매로(개처럼) 데리는 수도 있더래야. 옛날에는.

방귀 잘 뀌어 소박 면한 며느리

자료코드 : 04_18_MPN_20090223_PKS_KPD_0004
조사장소 : 경상남도 함양군 유림면 손곡리 지곡마을 마을회관
조사일시 : 2009.2.23
조 사 자 : 서정매, 문세미나, 이진영, 조민정

제 보 자 : 김판달, 여, 69세
구연상황 : 제보자는 차분한 목소리로 이야기를 구술했다. 이야기가 재미있어서 청중들이 모두 웃으면서 박장대소하였다.
줄 거 리 : 며느리가 방귀를 너무 크게 뀌어서 시아버지가 며느리를 다시 친정으로 보내려고 했다. 친정으로 가는 중에 며느리가 그릇장사와 내기를 하여 그릇을 모두 가지게 되었다. 많은 그릇을 들고 며느리 친정으로 가는 것이 아까워서 시아버지가 방귀가 쓸 데가 있는 방귀라며 다시 며느리를 집으로 데리고 가서 살았다.

그전에 얘기를 들었어. 나는 우리 오빠한테 들었어.

(조사자 : 네.)

우리 오빠한테. 며느리가 시집을 갔는데 얼굴이 노라이 그렇터라 카네, 그래서,

"와그리 얼굴이 노라냐?"고 함 물었데야. 시아바지가.

"방귀를 못 뀌서 그렇다." 카더라 캐, 그래서 방구를 못 껴서 그렇타이.

"그라머 방귀를 끼바라." 그랑께,

"저게 그라머(그럼) 아버님은 앞지둥(앞기둥)을 잡고, 어머이는 뒤에 가서 그 뭐 뒷 지둥을 잡고 그래야 된다." 카더라네.

"그럼 그라지 뭐." 그랬더마는 이 며느리가 방귀를 뀐께, 그전에는 초가집이 조그마니 했었거든. 방구를 한 번 뀌면 뒤로 휘떡 넘어가고. 그렇게 이야기로 거짓말로 캤다. 하하하. 나 우리 오빠한테 듣고 우스워서.

(조사자 : 앞에 가서 끼니까 앞의 머리가 막 벌러덩하고.)

아니, 지둥이 덜렁 들리고. 또 뒤에 가서 뀐께 또 휘떡 앞으로 들리고 그러거든.

그래 인자 또 거기 얘기 거짓말이라. 나 우리 오빠한테 들었어. 아이, 그랬는데.

그래 안되것다. 이거 데비다 주야 되겠다고. 저거 집엘 데리고 갔다네.

(조사자 : 네.)

그래 재를 넘어가는데, 아이고 저게 거시기 그전에는 뭐 유기 장사라 카데. 유기장사가 무엇이고. 그릇이가?

(조사자 : 유기장사? 그릇.)

놋그릇 장사가 와 가지고 이래 샀더라 케(이렇게 말하더라고 해).

"아이고이. 배나무가 막 이리 천장 만장 있는데, 배가 이리 열려갖고 있는데, 저걸 하나 따 무시면(따 먹었으면) 좋으련만, 못 따 묵겠다." 카더라 캐.

"그러면 내가 배를 하나 따 줄껜끼네로 그 뭘 줄랴나?" 칸께,

"아유, 그래 따 주면 내가 준다." 하더라네. 그래서 인자 방귀를 한 번 통 낀께, 배가 막 오자작 널찌더란다(떨어지더란다). [웃으며] 그래 가지고 그래 막 그걸 뭤다 카네(먹었다고 해). 그래,

"아이고 그럼 우리 내기를 하자고." 이랴더래.

"아이고 내기를 어떤 내기를? 방구를 한번 뀌면 내가 요기 그릇을 하나 줄끼고(줄 테고), 또 한 번 끼면 하나 줄 끼고 그런께."

아이, 방구를 하나 뽕 뀌면 또 하나 주고, 또 뽕 뀌면, 나중에는 마 뽀뽕 뽀봉 자꾸 뀐께 정신없다 카면서 안 주더라 캐. [웃음]

그릇 다 준께, 아이구 그놈을 다 갖고 저거 집에 보낼라 칸께 아깝거든. 그래 시아바지가,

"아이고 이, 방구도 그래 실방구다. 고마 우리집에 가자."

그러더라 캐. 그래 도로(다시) 데꼬 가(데리고 가서) 잘 살더라 카네. [웃음]

자갈을 던지는 호랑이

자료코드 : 04_18_MPN_20090222_PKS_MYS_0002
조사장소 : 경상남도 함양군 유림면 국계마을 마을회관
조사일시 : 2009.2.22

조 사 자 : 서정매, 문세미나, 이진영, 조민정
제 보 자 : 민영순, 여, 78세
구연상황 : 제보자는 실제로 본 것인지 들은 것인지 기억이 잘 나지는 않지만 호랑이를
　　　　　본 이야기가 있다며 구술해 주었다.
줄 거 리 : 옛날에 논에 물을 들이는데, 새참을 가져다 주러 새벽에 길을 가고 있었다.
　　　　　호랑이가 불을 켜고 자갈을 자꾸 던져서 많이 무서웠다.

　기억도 가실가실한데, 들어서 그걸 기억했는지, 봐서 기억했는가 그것
도 몰라. 우리 큰어머이가 옛날에, 옛날에 우리 큰어머이가 그전에는 이
리 물이 귀할 때, 물을 이리 폈단 말이라. 양철을 맨들어 갖고.

　근데 인제 우리 인제 큰 머슴 작은 머슴, 우리 막 바뀐 아버지하고 할
아버지하고 잉. 저 왕산 밑에 논이 산골 따라 몇 다리 있었어. 물이 귀했
단 말이라. 그러니까 우리 큰어머이가 새참을, 밤, 아침, 새벽 새참을 자
신께(드시고 있으니) 호랭이가 불을 써갖고, 산에서 재갈(자갈) 자꾸 썰렸
더라 컸네. 재갈을 사람한테 이리 짖으더라 캐. 이리 이고 가는데.

　(조사자 : 자갈을 갖다가?)

　응. 자갈, 자갈. 돌. 요망한 걸 짝짝 띠트리더래야(떨어뜨리더라). 인자,
숲에서 저게. 자리(저리로) 오는데 숲 안 있데요, 고목나무 숲. 좍좍 찌트
려 누르더라 캐. 자꾸 허꽉 누르더라 캐. 어떻게 이 놈을 이고 무서워서.
그때는 불이 있나 어디, 새벽달이지 여름이닌께.

　(조사자 : 근데 안 봐도 호랑인 줄 안다, 그죠?)

　하모요. 그때는 큰 호랭이가 아니고 조그만한 호랭이가 있다고 하네.
갈가지(호랑이 새끼)라고 하는. 이름이 갈가지라 캤어, 그전에. 그래 작작
찌트려 누르더래야. 얼마나 무섭든지 이놈을 새참은 였제(이었지), 인자
저 물 푸는데 논에 가갖고 내려놓고 가만 만댕이 한께,

　"그래 형수씨, 금방 호랭이 내려갔어요."

　그라더라 카네.

"호랭이 내려 갔어요."

그라더래야.

"아이고, 그래 이만큼 저만큼 자갈을 앞에서 그렇게 긁어 니라서(내려서). 내가요. 욕을 봤다고."

들어서 그걸 기억했는지, 봐서 그것을 기억했는지 몰라.

도깨비불과 도깨비 소리

자료코드 : 04_18_MPN_20090222_PKS_PKS_0001
조사장소 : 경상남도 함양군 유림면 화촌리 화촌마을 마을회관
조사일시 : 2009.2.22
조 사 자 : 서정매, 문세미나, 이진영, 조민정
제 보 자 : 박갑순, 여, 76세
구연상황 : 제보자는 직접 들었던 이야기라면서 다음 도깨비 이야기를 들려 주었다.
줄 거 리 : 옛날에 산림계가 나무를 뒤진다고 해서 저녁에 나무를 덮으러 산에 갔다. 정자나무 근처에서 '쾌지나칭칭' 하면서 무엇인가 올라오는 것을 보았다. 소리가 들리는 곳은 애장터 뒤쪽이었다. 또한 비가 올 즈음이면 저 건너에서 도깨비불이 왔다 갔다 하였다.

비가 올라고 꾸물꾸물하면 요밑에 요 정지나무(정자나무)가 있거든요, 물 내려가는데. 정지나무가 있는데, 이리 저 산에 옛날에는 저쪽에 우리 작은 엄마 제사가 남방 이후 스무날이거든. 제사를 지내면 저기 밑에 저 정지 밑에 불이 전부 쩍 벌어졌다가, 또 쩍 벌어졌다가 한테 오마졌다가(오무려졌다가). 그리하다가 가만히 보면 막 노래 소리 같은 게 똑띡이도(똑똑하게도) 안 들리고, 노래 소리가 쾌지나 칭칭소리도 나는 것 같고, 몇 번을 그런 걸 들었어.

한번은 또 나무, 옛날에 나무 동아줄 쳐 놓고, 저 산림계(살림 보호를 목적으로 불법 벌목을 감시하는 사람) 안 무섭소, 그자. 산림계가 나무 디

비로 온다고 케서, 나무 그거 덮으로 간다고 간끼네 마, 그자간에 더한 기라. 마. 우리 작은 아버지랑 그기 간께네로. 아이고, 곧 쾌지나 칭칭하고 올라오는 것 같애. 똑 평저이(평전) 저게서. 정지나무 있는 데서.

(조사자 : 평전이 어딥니까?)

평전 여 밑에 여게.

(조사자 : 평전마을 앞에.)

평전마을 앞에.

(조사자 : 혹시 그곳에 강은 없습니까?)

강은 조금 멀지.

(조사자 : 아, 그럼 마을 입구에서 그랬단 말입니까?)

마을 입구도 아이라. 고 위에 애장터도 옛날에 많이 있고 그랬었어, 고 위에. 마실 우에(마을 위에).

(조사자 : 직접 보신 겁니까?)

직접은 지 아니라도 마 직접 소리는 들었어. 불 왔다 갔다 하는 것도 다 뷔이고 마.

(조사자 : 도깨비불을 항상 많이 보셨다는 말씀이십니까?)

응 한정 없지, 저 건너 장산배기도 옛날에 비가 올려고 하면 엄청 토깨비가 왔다 갔다 하고 소리는 안 들려도. 쩍 벌어졌다가 이쪽으로 왔다가 하 이리 돌아다니고 옛날에.

(조사자 : 무서웠습니까?)

그래도 여러 번 보니 무섭지는 않아. 자꾸 보니까 소리를 들으니 그러니 어디 가려니 무섭지. 젊어서는 밤질을 가려고 하면 무섭어. 토깨비불 있는데.

호랑이불

자료코드 : 04_18_MPN_20090222_PKS_PMS_0001
조사장소 : 경상남도 함양군 유림면 화촌리 화촌마을 마을회관
조사일시 : 2009.2.22
조 사 자 : 서정매, 문세미나, 이진영, 조민정
제 보 자 : 박명순, 여, 83세
구연상황 : 처음엔 무슨 얘기를 할지 머뭇거렸지만, 잠시 후 다음 호랑이불 이야기를 해
주었다. 주위 청중들은 서로 도깨비불을 봤다며 구연 도중임에도 웅성거려서
어수선한 상황에서 녹음이 되었다.
줄 거 리 : 이웃집 뒤안에 큰 정자나무가 있었다. 그 정자나무 뒤에 둥글고 환한 불이 깜
빡깜빡하면서 조금 움직이다 꺼지고 또 몇 걸음 가다가 꺼지곤 했다. 그것은
도깨비불이 아니고 호랑이불이었다.

(조사자 : 호랑이불도 있습니까?)

호랑이불인가 뭐인가, 고천댁 집 뒤안에 큰 정지나무 있었지.

그 뒤에 훤하이 해 갖고(환하게 해서) 있데. 그때 둥글기 이래 갖고. 우
리 집에서 딱 마주 보는데 깜빡깜빡하다가 조금 가다 꺼지고, 그것만 봤
어. 조금씩 가다가 꺼졌다가 또 섰다가 꺼졌다가. 처음엔 이래 갖고 앉았
더라고.

(조사자 : 그게 얼마나 컸다구요?)

이만하더라고. 하모, 커더라꼬. 둥글고 커더라꼬. 딱 정자나무 뒤, 큰 나
무 뒤에 앉았더라고. 그래도 어쨌든 그 불은 크더라꼬.

(조사자 : 호랑이불도 도깨비불처럼.)

안 그래, 그건. 도깨비불은 쭉쭉 나가고 그렇던데.

(조사자 : 도깨비불과 호랑이불의 차이를 말씀해 주세요.)

차이 나지. 그건 둥글데, 불이. 내가 본 불은 둥글아, 이리.

(조사자 : 호랑이불은?)

둥글고.

(조사자 : 도깨비불은?)

쭉쭉쭉 그렇제. 잘고 쭉쭉쭉하고 그렇고 그렇데.

(조사자 : 여러 개가 모여서 있다.)

그런긴가. 이짜겐 그래.

(조사자 : 호랑이불은 여러 게 있는 게 아니란 말씀이시죠?)

하믄. 둥글게 가다가 가다가 깜빡 꺼졌다고 켜지고 그래.

(청중 : 토깨비불은 큰 별보다 커.)

그건 쪼끔 가다가 쭉쭉쭉 하이 그래.

(조사자 : 호랑이불은 크고요?)

크지. 둥근데 그 불이 올라가다 켰다가 또 댕기 갔다가 섰다가 여러 번 그러더라구.

(조사자 : 무서웠습니까?)

우리 집에서 보았는데 무섭기는 뭐이 무서워, 집에 마주보고 둥그랗게 그리 서든데. 날이 굳을라 카면 그렇데.

아기 울음소리가 나는 애장터

자료코드 : 04_18_MPN_20090222_PKS_PMS_0002
조사장소 : 경상남도 함양군 유림면 화촌리 화촌마을 마을회관
조사일시 : 2009.2.22
조 사 자 : 서정매, 문세미나, 이진영, 조민정
제 보 자 : 박명순, 여, 83세
구연상황 : 애장터에 대한 이야기는 모두가 알고 있는 터라 서로가 얘기를 하느라 웅성 거리는 상황이었다. 그때 제보자가 적극적으로 얘기를 해 주었다.
줄 거 리 : 옛날엔 아기들이 죽으면 따로 묻는 곳이 있었다. 돌로 덮어서 집단적으로 무 덤을 하였는데, 날씨가 궂을 때면 애장터에서 아기 우는 소리가 났다. 마을 사람들은 무서워서 그곳 근처에는 나물을 뜯으러 가지 않았다.

밭에서 들으니까 아기 우는 소리가 나사(나더라).

(조사자 : 밭에서?)

하모, 우리 밑에 밭이 있는데 날이 궂을라 하면 나더라고. 그 천지가(전부다) 애장터거든.

옛날에 돌무덤했는데 마, 집단적으로 거(거기서) 다 갖다 묻으께, 거서(거기서) 날이 궂을라 카면 아(아기) 우는 소리가 나.

(조사자 : 여기 근처에 그런 데이 있습니까?)

그것도 돌 다 빼갔어. 돌 다 빼가, 다 빼다가 모두다 싹 싸 가지고 가서 지금 마이(많이) 무너져 버리고 그래야.

(조사자 : 이 마을에 그런 게 있었다는 말씀이십니까?)

응. 애장터는 지금도 있긴 있어도 다 무너졌어.

(조사자 : 애장터라는 말은 애기들 죽었을 때 묻는 걸 말하는 겁니까?)

응, 그래 이전에 그랬어. 옛날에 아기를 많이 낳았고 많이 직이삐렀거든(죽어버렸거든). 돌무덤 해 놓은 데 거서(거기서) 나는 소리야.

(조사자 : 그래서 애기들 소리가 났다는 말씀이신가요?)

하모, 날만 궂으면 소리가 나.

(조사자 : 그럼 애장터에서 난다는 소리입니까? 다른 곳에서 난다는 말씀이십니까?)

우리 밭이 애장터 밑에 거기 있어.

(조사자 : 애장터에서 날이 궂으면 애기 울음소리가 난다.)

응 소리가 나. 이제 그 외할머니도 그리 들어 가더라 하시데.

(청중 : 무섭다. 그 근방에는 나물도 뜯으러 안 갔다. 무섭고 더럽고 그렇다고.)

도깨비에게 홀린 사람

자료코드 : 04_18_MPN_20090228_PKS_PYE_0001
조사장소 : 경상남도 함양군 유림면 옥매리 차의마을 마을회관
조사일시 : 2009.2.28
조 사 자 : 서정매, 정혜란, 이진영
제 보 자 : 박영애, 여, 76세
구연상황 : 제보자는 마을에서 있었던 이야기라면서 구술해 주었다.
줄 거 리 : 어떤 사람이 도깨비한테 홀려서 혼자 도랑가에 빠져 "놔라, 이놈아, 놔라" 하
　　　　　고 있었다. 그 사람을 데리고 집으로 왔는데, 다행히 오랫동안 살다가 죽었다.

　저게 저게, 아니, 저게. 장소는 어딘가는 몰라도 얘기는 들었지.

　사람이 하도 저물어도 안 와서, 나가니까,

　"이놈아 놔라, 이놈아 놔라." 이리 샀더라 캐. 그래서 아이, 사람 소리
는 들기는데 뵈지를 않는다 카는 기라.

　그래서 여 보행이를 여 나온께 나오더라 카네. 그래 나와서 이만저만하
고 소리는 너거 아저씨 소린데, 사람은 안 보인다 카고, 가보자 칸께, 가
보자 칸케, 도랑에, 도랑에, 물 내려가는 도랑에 거게 빠져갖고,

　"이놈아 놔라, 이놈아 놔라."

　이래 쌈시로, 그래 갖고 그 근처에 가니까 아무도 없더래야. 그 사람만
있고. 이놈아 놔라, 이놈아 놔라 하는 그 사람만 있고. 그래 갖고 물이 철
철 흐르는데 데꼬 왔다 카대.

　(조사자 : 어디서 들었습니까?)

　어쨌거나 거 허신한테 홀켔는지, 술에 취해서 도랑에 빠졌는지, 그래
갖고 곧 세상버릴라 했더니만 오래 살다가 세상 버렸지.

빗자루로 변한 도깨비

자료코드 : 04_18_MPN_20090221_PKS_PJS_0011
조사장소 : 경상남도 함양군 유림면 서주마을 마을회관
조사일시 : 2009.2.21
조 사 자 : 서정매, 문세미나, 이진영, 조민정
제 보 자 : 박재순, 여, 75세
구연상황 : 제보자는 큰 목소리로 시원시원하게 이야기를 들려 주었다. 이야기를 재미있
　　　　　게 잘 하는 편이어서인지 청중들도 모두 조용히 귀를 기울여 들었고, 웃음이
　　　　　나는 부분에서 모두 웃으며 호응을 해 주었다.
줄 거 리 : 친구들 여러 명이 사과를 받아서 소쿠리에 가득 담아 숲길을 내려오는데 도
　　　　　깨비를 만났다. 도깨비와 싸움을 하는데 넘어지기도 하면서 부랴부랴 집으로
　　　　　왔다. 집에서 소쿠리를 보니 아무것도 없었다. 다음 날 아침에 그곳에서 도깨
　　　　　비와 싸웠던 친구를 데리러 갔더니 빗자루가 있었다고 한다.

　들은 건데, 그때 막 사과 백옥을 준다 캐서서 갔는데, 백옥을 모두 사
과를 타 가지고 막 이고 오는데, 거 숲이더래요. 숲이. 그런데 막 토깨비
가 나와 가지고 마, 여럿이 갔는데, 어찌 무섭어서, 토깨비하고 싸움도 하
고, 또 나중에는 넘어지고, 과일도 다 으스러지고, 집에 오니깐 사과 한
개도 없더래요. 토깨비하고 싸움을 하고. [청중 웃음]

　정서이댁이 그 얘기 하던 기라. 진짜라이까네. 사람이 여럿이 갔는데,
숲속으로 온끼네,

　(청중 : 그런게 진짜 이야기다.)

　응. 그래 가지고 사과가 싹 다 없고 집에 와서 본끼네 빈 소쿠리고. 어
찌 놀래 났던지 땀도 마 흥건하고, 또 같이 간 친구 하나는 마 토깨비하
고 싸움을 해 가지고 거서 막 잤다 캐. 근데 아침에 자고 일나 본께 빗자
루 몽댕이가 있고. 막 그렇더라 샀대. 몰라.

도깨비에게 홀렸다가 깨어난 사람

자료코드 : 04_18_MPN_20090223_PKS_LCH_0001
조사장소 : 경상남도 함양군 유림면 손곡리 지곡마을 마을회관
조사일시 : 2009.2.23
조 사 자 : 서정매, 문세미나, 이진영, 조민정
제 보 자 : 이창환, 남, 78세
구연상황 : 제보자는 마을에서 들었던 이야기라며 다음 이야기를 해 주었다.
줄 거 리 : 원기가 부실한 사람이 도깨비에게 끌려가서 바위 밑이나 나무 덤불 밑에서
　　　　　 고생을 하였다. 그러나 왼쪽 신발로 도깨비의 뺨을 때려서 깨어나 살아 돌아
　　　　　 왔다.

헛기라고 카는 거 있제, 헛기?

(조사자 : 헛깨비.)

응. 사람이 양기가 부실하면 헛깨비가 비인다고 안 했어, 헛기.

(조사자 : 헛거 보인다.)

응. 헛거 보인다. 그것도 인자 저 우리 여 우리 판문마을이라고 하는
데 유림. 판문마을이라고 거기 사람인데, 옛날에 저 생초장을 봤거든. 술
이 입빠이 됐던고 어쨌든고 마 헛기가 비인 기라.

그래서 마 헛기가 끌고 들어 가지고 바구(바위) 밑에나 덤불 밑에 잡아
여놓고(넣어 놓고)

(조사자 : 바구 밑이나.)

바구 밑이나. 그 덤불 밑에나 갖다 집어 여놓고 고생을 시킨 기라. 그
래서 인제 말에 의하면, 인자 뭐 왼쪽 신짝을 벗어가 뺨을 때린다고 카더
나? 어, 그래 가지고 그걸 데꼬 나왔다고 그런 이야기가 옛날에 그렇게
있었거든.

(조사자 : 왼쪽 신발을 벗어 가지고.)

왼쪽 신짝인가 신을 벗어 가지고, 신인가 벗어 가지고 뺨을 때리야 그
사람이 그래 깨어나 가지고 데꼬 왔다고 그런 이야기가 있었거든요. 그건

뭐 실화라. 그런 저 뭐꼬 우린 보지는 않았는데

(조사자 : 도깨비한테 막 당한 사람들한테.)

응. 당한 사람들.

(조사자 : 당한 사람한테, 신발을 벗어 가지고 뺨을 때렸다는 이 말씀이시죠?)

하모, 그렇지. 하모, 하모. 그런 인제 옛날이야기가 있거든. 그런 옛날에는 더러 있었던 모양이야, 옛날에는. 이런 이야기가 나오는 거 보며는.

(조사자 : 이 얘기 재미있는 이야기네요.)

하모. 근께 사람이 원기가 부실하면 헛게 보인다고 안 그러나, 그제? 그래 가지고 인자 그제 헛깨비한테 끌쳐 가 가지고 그런 고생을 당한 사람이 없잖아 있었다고. 옛날에는.

물고기 잡아먹는 도깨비

자료코드 : 04_18_MPN_20090221_PKS_ICG_0002
조사장소 : 경상남도 함양군 유림면 서주리 우동마을 마을회관
조사일시 : 2009.2.21
조 사 자 : 서정매, 문세미나, 이진영, 조민정
제 보 자 : 임채길, 남, 69세
구연상황 : 제보자에게 도깨비를 본 이야기를 해 달라고 하니 물고기를 잡아먹는 도깨비 이야기를 구술해 주었다. 실제 마을의 강가에서 있었던 이야기라면서 듣고 있던 청중들도 한마디씩 하였다.
줄 거 리 : 휴천면 한남마을에 살 때, 다리가 놓여지기 전에는 나룻배로 다녔다. 여름이 되면 도깨비가 불을 가지고 내려와 강돌을 내리치며 물고기를 잡는 소리가 와글와글 들렸다. 물고기를 다 잡고 나면 도깨비가 불을 들고 올라가곤 했다.

그 저. 우리 어릴 땐데, 이 휴천 한남이라고 카면은, 거게 내가 살았는데, 거기 다리가 놔졌지요. 고(거기) 다리 놓기 전에 배가 하나 있었어. 그

나무배를 맨들어 갖고, 요 건네 사람이 소꿉 그 들에, 이름이 소꿉들이라.

그 들에 농사를 지러, 여 농삿배가 있었는데, 여름 되면은 도째비가 불을 써서 어덕에서 쭉 내려가. 다리가 기다석한(기다란) 놈들이 마, 가운뎃다리가 덜렁덜렁 함서로, 횃불 이리 잡고 들고 쭉 내려가는 기라.

(조사자 : 사람 모양으로 되어 있네요?)

사람 모냥으로 되어 있어요. 상체는 안 나타나디마는, 하체는 사람 모냥으로(모양으로) 되어 있어.

(조사자 : 하체는 사람처럼 되어 있는데, 위에는 좀 희끄무레하게.)

사람이 잘 안 보이지.

(청중 : 실화지, 실화.)

그러게 인자, 횃불이 뭐 인고 아요?

(조사자 : 네, 알지요.)

배에다 불을 잡고 이리 갖고 쭉 내리가갖고, 동네 밑에 거 가면 새로 집 지어논 데 거기 가면 숲이 있어요. 고 밑에 고기 지금 보를 막아서 물이 올라와서 편편한데, 전에는 거기 물이 없었었어. 거기 가서 인제 고기를 잡아, 도깨비가. 잡으면 돌 들 치는 소리가 와글와글 와글해. 돌 들시면서 고기를 잡을라고. 그래 갖고 고기 잡아갖고, 횃불 들고 막 이리 올라와. 올라오는 걸 우리가 많이 봤지.

(조사자 : 도깨비가 물고기 잡는 도깨비?)

하모.

(조사자 : 이런 이야기는 처음 들었는데요.)

(청중 : 이거 실화라, 실화.)

도깨비가 물고기도 잡고, 개구리도 잡고 다 잡아 묵는 기라.

(조사자 : 개구리도 잡고?)

하모.

도깨비와 노름한 사람

자료코드 : 04_18_MPN_20090228_PKS_JES_0001
조사장소 : 경상남도 함양군 유림면 옥매리 옥동마을 마을회관
조사일시 : 2009.2.28
조 사 자 : 서정매, 정혜란, 이진영
제 보 자 : 진을순, 여, 76세
구연상황 : 조사자가 도깨비 이야기를 꺼내자 제보자는 어렸을 때 들은 이야기가 생각이
　　　　　 난다며 다음 이야기를 구술했다.
줄 거 리 : 아버지가 소를 팔고 남은 돈을 가지고 집으로 오는 길에 도깨비를 만나서 노
　　　　　 름을 하게 되었다. 아들이 아버지를 마중하러 갔다가 도깨비하고 노름을 하는
　　　　　 것을 보고 왼쪽 신발로 아비 얼굴을 몇 대 때려 정신을 들게 한 다음 집으로
　　　　　 데리고 왔다. 다음 날 다시 거기로 가 보니 도깨비 대신 방아공이가 묶여져
　　　　　 있었고, 바닥에는 화투를 친 듯한 마대가 펼쳐져 있고 돈이 여기저기 흩어져
　　　　　 있었다.

　나 클 적에 저 근재 어른이라고 저 근재 어른이 소 팔러 갔거든. 함양
장에. 함양장에 소 팔러 갔는데.

　(조사자 : 함양장에.)

　네. 함양장. 소를 갖다가 팔아서 돈을 많이 받았어. 마이 받아 갖고
인자 아들이 인자 오실 때가 됐는데 안 온다 안 온다 싶어서, 그 웃대 어
른이라. 내 우에(내 위에) 저 우에. 그렇게 기다리고 있다가 참 저 두들갱
문으로 인자 아들이 마중하러 갔답니다.

　그리 간께네. 막 이리 널럴한 갱벌에서,

　"아이고, 요거 요리하까, 요리하까."

　막 땅따구 치니라고 화투 치니라고 그래 샀더래야.

　(조사자 : 도깨비가?)

　도깨비하고 둘이서.

　(조사자 : 아, 예.)

　그래, 아무껏도 없는데 그래 샀어. 아버지가 무슨 일인고 싶어서 왼 신

짝을 벗어서 빰을 댓 번 때리고, 그래 인제 집에 와서 끌고 와갖고 집에 서 자고, 그 사람은 거기서 죽진 안 하고 그냥 정신만 얼룽덜룽하고 괜찮 더라네요.

그래서 데꼬 와갖고 하루밤 잘 걸 아칙에(아침에) 아들이 '여기에 뭣이 있어서 아버지가 그렇케 했는고?' 싶어. 그래가 아침에 가본께네, 큰 디딜 방아고 하고 또 어찌 붙어 잡고 화투 치니라고 땡땡이를 돌았든지 마, 마 대기를 쳐 놨더라 캐.

(조사자 : 마대기를?)

어. 막 반반하이, 붙이 잡고 씨름하고 치니라고 서로. 그래서 그래 저거 저 생님은 소 판 돈은 하나도 빼이지(뺏기지) 않고 가져왔는데 아들이 가 서 챙겼어. 막 돈을 마 이리저리 흐치 놓고(흐트려 놓고) 갔더라네.

그래서 그래 소 팔러 가서 근재 어른은. 도깨비가 이기 도깨빈가 싶어 서 그래 참 찾아 보니까 방앳고가 있더래. 디딜방아 찧는 방애고가. 방앳 고를 아들하고 아버지가 저 어서 일나라 칸께, 이놈이 안 된다고 이놈이 안 된다 거 해삼서, 자기 허리끈을 끌러 갖고 버들나무에다 창창 얽어 매 놓고 온게, 아침에 자고 가서 본께 얽힌 채로, 감은 채로 그대로 있더라 캐. 방애공만 묶어 놨더라 캐.

(조사자 : 방애공이?)

방애고, 디딜방아.

(청중 : 디딜방아 찧는 방애고 있제?)

그런케 토째비도 어신 토째비를 만냈어. 아들이 안 갔시믄 큰 욕 볼뻔 했다 캐.

(청중 : 옛날에 마이 죽었다.)

(조사자 : 디딜공애?)

디딜방애라고. 전에는 촌에서 방애를 찌이갖고 밥해 묵었거든.

(조사자 : 도깨비하고 그러면 노름한 이야기네요.)

응. 노름한 이야기.

그래서 싹 돈을, 가서 와서 본께, 소 판 돈은 한 개도 소비가 안 되고, 아들이 마지빌(마중)을 갔어. 토깨비랑 일어날 때까지 갔으면 정신이 없어서 내삐리을지도 모르는데, 아들이 마즈빌 가서 싹 챙겼어. 돈은 하나도 없이 다 가져왔드래. 전에 이전 노인이 거게 세평서 그러한 노인이 있었어.

(조사자 : 세평에?)

하모. 세평에. 대대로 내려오는 이야기가 있어서 한 소리라.

(조사자 : 함양에서 있었던 이야기네요.)

도깨비로 변한 해골

자료코드 : 04_18_MPN_20090221_PKS_HYD_0001
조사장소 : 경상남도 함양군 유림면 서주마을 마을회관
조사일시 : 2009.2.21
조 사 자 : 서정매, 문세미나, 이진영, 조민정
제 보 자 : 하영덕, 여, 72세
구연상황 : 손곡마을 고개에서 실제로 있었던 이야기라고 하면서 구술해 주었다. 청중들도 이야기를 경청하면서 제보자가 질문을 하면 답변을 해 주기도 했다.
줄 거 리 : 밤에 할아버지를 모시러 아버지가 손곡 고개를 넘는데, 무서워서 손에 쇠철창을 들고 갔다. 그런데 좁은 길로 들어서자 갑자기 어떤 여자가 나타났다. 할아버지가 그 여자를 탁 쳤더니 갑자기 불이 나면서 데굴데굴 굴러갔다. 그래서 공인가 보다 하고 다음 날 아침에 다시 그 자리로 가 보니 사람 머리뼈가두 개가 있었고, 쇠창살을 맞은 흔적까지 있었다.

옛날에 우리 할아버지가 저 손곡이라 카는 데에 고개를 넘어서 배리로 해서 우리 할아버지를 우리 아버지가 데리고 가야 되는데, 거 갈라 카면 무서워서 쇠철창을 들고 댕기는데, 벼리 저게 질(길)이 좁부당하이(좁게)

그렇거든. 고개(거기) 딱 가이니께,

"아이고, 오라바이 어데 가시오",

"아이, 요 망할 년이 어데서 나타나노"

카고(라고) 탁 친께, 불이 번쩍 나더래. 근데 돌이가, 밤에 들은께 '뚜굴 떡 뚜굴떡 뚜굴떡', 돌매로(돌처럼) 굴러가더래.

(조사자 : 공?)

돌이.

(조사자 : 돌이. 우리 아부지 길에 돌밍이가(돌맹이가) 내려갔어.)

그래, 돌인가 보다 하고, 손곡에 가서 할아버지를 모시고 오싰는데, 그 이튿날 아침에 그 자리를 가 본께 사람 두구리가(머리가) 밤에 궁글어(굴러) 댕겼더래야.

(조사자 : 사람?)

응, 사람 두구리.

(조사자 : 머리?)

사람 두구리, 사람 머리뼈.

(조사자 : 사람 두구리라 합니까?)

그래 쇠 철창을 탁 맞은 표가 나더래야. 탁 맞아 갖고 뚱구르게 한 표가.

호식할 팔자의 사람

자료코드 : 04_18_MPN_20090221_PKS_HYD_0002
조사장소 : 경상남도 함양군 유림면 서주마을 마을회관
조사일시 : 2009.2.21
조 사 자 : 서정매, 문세미나, 이진영, 조민정
제 보 자 : 하영덕, 여, 72세
구연상황 : 제보자는 기억력과 입담이 좋아서 연이어서 이야기를 제보해 주었다. 청중들
도 이야기가 재미있어서 모두 경청하였다.

줄 거 리 : 버스를 타고 가는데 호랑이가 나타나서 차를 못 가게 길을 막고 있었다. 버스
에 탄 사람들에게 손수건을 모아서 창문으로 호랑이에게 던져 주었다. 호랑이
가 한 손수건을 입으로 물어뜯었다. 누구 손수건인지 몰라서 모두들 버스에서
내렸더니, 호랑이는 한 사람을 물고 데리고 갔다.

차를 타고 가는데, 호랑이가 막 이리 착 가로 해 갖고 차를 못 가구로
하더래.

(조사자 : 버스를 막았단 말입니까?)

하모. 막고 그리 불을 벌그러이 서 있어 갖고 몬(못) 가구로 해서. 다
그 호랭이한테 물리 가고 싶은 사람이 없어서,

"손수건을 다 내라."

그래 가지고 손수건을 한테(함께) 다 모아 가지고 창문 밖으로 요래 탁
던진께, 발로 더득더득 하더만 손수건 하나를 딱 건지더마는 입으로 확
뜯더라 캐. 그래서 이 사람 하나 때문에.

"뉘 수건인 줄도 모르고, 이 사람 하나 때문에 밤에 이러컬 수가(이렇
게 할 수가) 없은께 우리가 싹 나가자."

그라고 이리 쭉 차에 내리면 널널이로 사람이 나간다 아이오.

(조사자 : 차에 내리면 호랑이가 있잖아요.)

응, 그래, 쭉 나가니깐 한 사람 싹 빼갖고 가삐리더라 캐.

(조사자 : 아, 한 마디로 말해서 호랑이한테 죽을 사람이 따로 있었다,
거죠?)

하모, 호랑이가 그걸 알고. 그 버스를 세워 가지고 응, 못 가도록 하더
라 캐. 딱 가로 서갖고.

아기 어르는 노래

자료코드 : 04_18_FOS_20090228_PKS_KBD_0001
조사장소 : 경상남도 함양군 유림면 옥매리 매촌마을 마을회관
조사일시 : 2009.2.28
조 사 자 : 서정매, 정혜란, 이진영
제 보 자 : 강분달, 여, 83세
구연상황 : 조사자가 제보자에게 알캉달캉 노래를 아느냐고 묻자 바로 불러 주었다. 끝부분에 가서는 템포를 빠르게 하여 마무리 했다.

알캉달캉 서울 가서
밤 한 되를 주여다가
찬장 안에 넣었더니
머리 깎은 생쥐가
날며 들며 다 까먹고
다문 하나 남은 것은
껍질은 애비 주고
보니는 애미 주고
너랑 나랑 똑같이 나눠먹자

그네 노래

자료코드 : 04_18_FOS_20090228_PKS_KBD_0002
조사장소 : 경상남도 함양군 유림면 옥매리 매촌마을 마을회관
조사일시 : 2009.2.28
조 사 자 : 서정매, 정혜란, 이진영

제 보 자 : 강분달, 여, 83세

구연상황 : 그네 노래를 아는지 물었더니 예전에 많이 불러서인지 서슴없이 바로 불렀다. 흥에 겨워 스스로가 추임새를 넣기도 했다. 역시 마지막 부분에서 템포를 빨리 하여 마무리를 하였다.

수천당 세모시 낭개 늘어진 가지에 그네를 매어 [좋다]

임이 뛰면 내가 밀고 내가 뛰면 임이 밀고

임아 임아 줄 살살 밀어 줄 떨어지면은 정 떨어진다

줄이사 떨어질망정~ 깊이 든 정이 떨어질소냐

양산도

자료코드 : 04_18_FOS_20090228_PKS_KBD_0003

조사장소 : 경상남도 함양군 유림면 옥매리 매촌마을 마을회관

조사일시 : 2009.2.28

조 사 자 : 서정매, 정혜란, 이진영

제 보 자 : 강분달, 여, 83세

구연상황 : 후렴구는 부르지 않았고 짧게 한 소절을 불러 주었다. 노래를 다 부르고 나서 이런 식으로 부르는 것이라며 멋쩍은 듯이 말했다.

함양 산천 물레방아 물을 안고~ 돌~고~

우리 집의 우런 님은 나를 안고- 돈~다-

노랫가락

자료코드 : 04_18_FOS_20090228_PKS_KBD_0004

조사장소 : 경상남도 함양군 유림면 옥매리 매촌마을 마을회관

조사일시 : 2009.2.28

조 사 자 : 서정매, 정혜란, 이진영

제 보 자 : 강분달, 여, 83세
구연상황 : 아는 노래가 있으면 기억나는 대로 불러 달라고 요청을 하니 불러 준 노래이
다. 가사를 많이 기억하지 못해서 짧게 한 소절 정도를 불러 주었다.

대청지 한바다에 뿌리~ 없는데 남개 나~서-
그 끝에 열~매가 열어 일월-이라고 하오~리다

모심기 노래

자료코드 : 04_18_FOS_20090228_PKS_KBD_0005
조사장소 : 경상남도 함양군 유림면 옥매리 매촌마을 마을회관
조사일시 : 2009.2.28
조 사 자 : 서정매, 정혜란, 이진영
제 보 자 : 강분달, 여, 83세
구연상황 : 제보자에게 모심기 노래를 불러 달라고 했더니 노랫가락의 선율에 맞추어 모
심기 노래를 불러 주었다. 청중들도 노래를 듣고 있다가 박수를 치며 장단을
맞추기도 하였다.

이 논에다~ 모를~ 숨거 금실감실 영화로다
우리 동-생- 곱게~ 키워 갓을 씌어서 영화로다

이 물끼 저 물끼 다 헐어놓고~ 주인 양반 어데 갔노
문어 대전복 손에 들고~ 첩의야 방에 놀러 갔제
첩의- 방은- 꽃밭이고 본댁- 방은- 풀밭이라

사발가

자료코드 : 04_18_FOS_20090228_PKS_KBD_0006
조사장소 : 경상남도 함양군 유림면 옥매리 매촌마을 마을회관

조사일시 : 2009.2.28
조 사 자 : 서정매, 정혜란, 이진영
제 보 자 : 강분달, 여, 83세
구연상황 : 석탄 백탄 노래를 불러 달라고 하니 바로 불러 주었다. 그런데 후렴구에서는
어랑타령의 후렴구로 이어져서 사발가와 어랑 타령이 결합된 형태의 노래가
되었다.

　　　석탄 백탄 타는데~ 연기만 불-쑥 나고요

　　　요내- 가슴- 타여~도 연기도 짐도 안 나네

　　　어랑 어랑 어허-야 어-름만 두여라

　　　니가 몽땅 내 사랑-

보리타작 노래

자료코드 : 04_18_FOS_20090223_PKS_KSD_0001
조사장소 : 경상남도 함양군 유림면 손곡리 지곡마을 마을회관
조사일시 : 2009.2.23
조 사 자 : 서정매, 문세미나, 이진영, 조민정
제 보 자 : 강산달, 여, 79세
구연상황 : 제보자는 큰 목소리로 시원하게 노래를 불러 주었다. 혀가 짧은 사람이 보리
타작 노래를 하는 것을 흉내낸 것이다. 청중들이 들으면서 모두 웃었다.

　　　에호 에호

　　　제수씨 아파도

　　　보지(보리)가 빼쪽

　　　에호 에호

　　　형수씨 앞에도

　　　보지가 빼쪽

　　　에호 에호

형수씨도 내 좆(손)만 믿고

에호 에호

재수씨도 내 좆만 믿고

에호 에호

아이고 형수 솥에 참 사다가 걸어 놓으니 씹안이(집안이) 거득하네요.

우스개 곡소리

자료코드 : 04_18_FOS_20090223_PKS_KSD_0002
조사장소 : 경상남도 함양군 유림면 손곡리 지곡마을 마을회관
조사일시 : 2009.2.23
조 사 자 : 서정매, 문세미나, 이진영, 조민정
제 보 자 : 강산달, 여, 79세
구연상황 : 제보자는 큰 목소리로 시원하게 노래를 불러 주었다. 곡소리를 흉내내어 우스
개 소리로 부르는 것이다. 청중들이 들으면서 모두 웃었다.

[흐느끼듯이]

아이고 아이고이-

영감아 영감아이

마산 가서이 씹에(씨배) 타고

부산 가서 씹에(씨배) 타고

대구 와서 박자할 때(사진 찍자고 할 때)

박았으면(찍었으면) 될 텐데

그래 또 봐라이. 영감이 대목질 해서 돈을 잘 벌이 주거든. 근데 영감
이 죽어 삤네. 영감이 죽어서 하도, 벌어 주다 죽은께, 그래 인자 하도 원
통해서

[흐느끼듯이]

아이고 영감아 영감아

인자 연장 망태나 두고

어짜고 가노이

영감아 영감아

연장 망태는 우짜고 가노

그리 울거든. 운께 그 상두꾼이,

연장 망태는 차고 가요

조개 망태나 잘 있으소

쌍가락지 노래

자료코드 : 04_18_FOS_20090223_PKS_KSD_0003
조사장소 : 경상남도 함양군 유림면 손곡리 지곡마을 마을회관
조사일시 : 2009.2.23
조 사 자 : 서정매, 문세미나, 이진영, 조민정
제 보 자 : 강산달, 여, 79세
구연상황 : 제보자는 주위에 아랑곳하지 않고 다음 노래를 자신있게 불러 주었다.

쌍금 쌍금 쌍가락지

수싯대기 밀가락지

호작질로 닦아내어

먼 데 보니 달이로다

곁에 보니 처녀로다

그 처자에 자는 방에

숨소리가 둘이로다

홍달복숭 양오랍아

거짓말을 마옵소서

동시섣달 설한풍에

풍지 떠는 소리로다

청춘가

자료코드 : 04_18_FOS_20090301_PKS_KJS_0001
조사장소 : 경상남도 함양군 유림면 유평리 유평마을 마을회관
조사일시 : 2009.3.1
조 사 자 : 서정매, 정혜란, 이진영
제 보 자 : 강점선, 여, 76세
구연상황 : 조사자가 제보자에게 노래를 불러 달라고 하니 기다렸다는 듯이 바로 불러
주었다. 청중들이 노래를 더 불러보라며 계속 권유하면서 추임새도 넣고 큰
소리로 호응하곤 하였다.

우리가 죽으면~ 장렬히 죽겠나~

가랑잎에 이슬같이~ 좋~다이 잠깐이로다~

무정~세월아~ 너 가지 말어라~

알뜰한 우리 청춘– 좋–다이 다 늙어나지는구나~

청춘 하늘에이~ 잔별도 많고나~

요내야 가슴에는 에–헤이에 잔수심 많더~라

산이 높아서~골짜기나 깊으제~

조그마는 여자 속 좋~다이 얼마나 깊을쏘나~

창부 타령

자료코드 : 04_18_FOS_20090301_PKS_KJS_0002
조사장소 : 경상남도 함양군 유림면 유평리 유평마을 마을회관
조사일시 : 2009.3.1
조 사 자 : 서정매, 정혜란, 이진영
제 보 자 : 강점선, 여, 76세
구연상황 : 어떤 노래가 기억이 나는지를 묻고 있는데 제보자가 갑자기 생각이 난 듯 큰
소리로 자신있게 불러 주었다. 소리가 크고 시원하여 노랫소리가 흥겨웠다.

새들새들 봄배차는~ 밤이슬 오기만 기다리고-

옥에 갔던 춘향~이는 이도령 오기만 기다리요-

우리 같은 인생~들은 정든 님 오기만 기다리오-

얼씨구나 좋-네 저절씨구 좋네~아니 노지를 못하리라-

그네 노래

자료코드 : 04_18_FOS_20090301_PKS_KJS_0003
조사장소 : 경상남도 함양군 유림면 유평리 유평마을 마을회관
조사일시 : 2009.3.1
조 사 자 : 서정매, 정혜란, 이진영
제 보 자 : 강점선, 여, 76세
구연상황 : 노랫가락으로 부르는 그네 노래를 제보자가 자신감 있게 불러 주었다. 청중들
도 노래를 알고 있지만 모두 귀 기울여 들어 주었다.

수천당~세 모시 남개~ 늘어진 남개에다 군데를 매어-

임이 뛰면 내가나~ 밀고 내가 뛰~면은 임이 밀~어

임아 임아 줄- 살살 밀어~ 줄 떨어지-면은 정 떨어-진~다

정이사 떨어질망정 뛰는 군데나 잘 뛰어나 주~소-

지리산 산상봉에

자료코드 : 04_18_FOS_20090301_PKS_KJS_0004
조사장소 : 경상남도 함양군 유림면 유평리 유평마을 마을회관
조사일시 : 2009.3.1
조 사 자 : 서정매, 정혜란, 이진영
제 보 자 : 강점선, 여, 76세
구연상황 : 다른 제보자가 노래를 끝내고 서로 잠시 대화를 하는 동안 제보자가 이 노래
가 생각이 났는지 청춘가 가락에 맞추어 불러 주었다. 노래를 부르고 난 뒤에
가사가 애절해서인지 "이 노래를 부르면 눈물이 난다"며 마음의 허전함을 나
타내기도 하였다.

지리산 산상봉우야 애홀로나 선 나무~

날캉같이~도 좋~다 애홀로 섰구~나~

달 노래

자료코드 : 04_18_FOS_20090301_PKS_KJS_0005
조사장소 : 경상남도 함양군 유림면 유평리 유평마을 마을회관
조사일시 : 2009.3.1
조 사 자 : 서정매, 정혜란, 이진영
제 보 자 : 강점선, 여, 76세
구연상황 : 제보자가 조사자에게 이런 노래를 알아듣겠냐고 하면서 불러 주었다. 가사
의 애절함을 이해하는 듯이 불러 주었다. 노랫가락으로 부른 노래이다.

달아 달아 두렸던 달아 임을 사창에 비춘 달아

임 홀로~ 누워나신나 어느 부령자 품으~싰~나

동자야 본대로 일러이 임이 괴로워 사사결단—

다리 세기 노래

자료코드 : 04_18_FOS_20090228_PKS_KHN_0001
조사장소 : 경상남도 함양군 유림면 옥매리 차의마을 마을회관
조사일시 : 2009.2.28
조 사 자 : 서정매, 정혜란, 이진영
제 보 자 : 강한남, 여, 83세
구연상황 : 제보자는 다리 세는 놀이의 동작을 직접 보여 주면서 노래를 불러 주었다.

이거리 저거리 갓거리
진주 맹근 도맹근
짝발이 해양근
도래 줌치 사래육
육두 육두 찔레 육두
당산에 할머니
먹을 갈아
엎어질동 말동

모심기 노래 (1)

자료코드 : 04_18_FOS_20090223_PKS_KHS_0001
조사장소 : 경상남도 함양군 유림면 손곡리 지곡마을 마을회관
조사일시 : 2009.2.23
조 사 자 : 서정매, 문세미나, 이진영, 조민정
제 보 자 : 강행석, 남, 76세
구연상황 : 제보자는 구수한 목소리로 차분하게 불러 주었다.

모야 모야 노랑모야 언제 커서 열매 열래
한 달 두 달 서너 달 크면 열매 열어 다 먹히지지

석양은 펄펄로 저절로 없고 나의 갈길 수천 리다

모심기 노래 (2)

자료코드 : 04_18_FOS_20090223_PKS_KHS_0002
조사장소 : 경상남도 함양군 유림면 손곡리 지곡마을 마을회관
조사일시 : 2009.2.23
조 사 자 : 서정매, 문세미나, 이진영, 조민정
제 보 자 : 강행석, 남, 76세
구연상황 : 제보자는 앞의 노래에 이어 계속 부른 것이다.

　　　　농창 농창 벼리나 끝에 무정하다 울 오래비
　　　　나도 죽어서 후세상에 낭군부터 섬길라요

나물 캐는 노래

자료코드 : 04_18_FOS_20090222_PKS_KDJ_0001
조사장소 : 경상남도 함양군 유림면 국계마을 마을회관
조사일시 : 2009.2.22
조 사 자 : 서정매, 문세미나, 이진영, 조민정
제 보 자 : 권도정, 여, 87세
구연상황 : 부끄러움이 많은 제보자였다. 기억이 안 나지만 짧게나마 불러보겠다고 하여
　　　　　불러 준 노래이다.

　　　　무던 산중 계근 가니(계곡 가니)
　　　　시흥산 개사리는(고사리는) 절로 나서 남기 되고

모심기 노래 (1)

자료코드 : 04_18_FOS_20090223_PKS_KKS_0001
조사장소 : 경상남도 함양군 유림면 손곡리 지곡마을 마을회관
조사일시 : 2009.2.23

조 사 자 : 서정매, 문세미나, 이진영, 조민정
제 보 자 : 김경순, 여, 76세
구연상황 : 제보자가 노래를 부르자 청중들도 함께 불러 주었다.

다풀다풀 다박머리 해 다 진데 어디 가노
울어머니 산소 등에 젖 묵으로 나는 가요

모심기 노래 (2)

자료코드 : 04_18_FOS_20090223_PKS_KKS_0002
조사장소 : 경상남도 함양군 유림면 손곡리 지곡마을 마을회관
조사일시 : 2009.2.23
조 사 자 : 서정매, 문세미나, 이진영, 조민정
제 보 자 : 김경순, 여, 76세
구연상황 : 제보자가 앞의 노래에 이어서 부른 것이다.

농창농창 벼리나 끝에
시누애 올키 꽃 꺽다가 떨어졌네
나도 죽어서 후세상에 임을부터 섬길라네

품앗이 꾼들아 손배피(손바삐) 놀리라
점심시간이 다가온다

(청중 : 야하이 친구야 같이 가자.)

요 네 점심 다늦네라

요랬는 기라.

모심기 노래 (3)

자료코드 : 04_18_FOS_20090223_PKS_KKS_0003
조사장소 : 경상남도 함양군 유림면 손곡리 지곡마을 마을회관
조사일시 : 2009.2.23
조 사 자 : 서정매, 문세미나, 이진영, 조민정
제 보 자 : 김경순, 여, 76세
구연상황 : 기억이 잘 나지 않자 주위 청중들이 함께 불러 주었다.

　　　오늘 해가 다 됐는가 골골마다 연기가 나네
　　　울 엄니는 어디를 가고 연기낼 줄을 왜 모르나

모심기 노래 (4)

자료코드 : 04_18_FOS_20090223_PKS_KKS_0004
조사장소 : 경상남도 함양군 유림면 손곡리 지곡마을 마을회관
조사일시 : 2009.2.23
조 사 자 : 서정매, 문세미나, 이진영, 조민정
제 보 자 : 김경순, 여, 76세
구연상황 : 제보자가 노래를 부르자 청중들도 함께 불러 주었다.

　　　뜸북 뜸부야 밀수제비 사위 상에 다 올랐네
　　　노랑감태를 제치나시고 굼골서기 난감하네

모심기 노래 (5)

자료코드 : 04_18_FOS_20090223_PKS_KKS_0005
조사장소 : 경상남도 함양군 유림면 손곡리 지곡마을 마을회관
조사일시 : 2009.2.23
조 사 자 : 서정매, 문세미나, 이진영, 조민정

제 보 자 : 김경순, 여, 76세

구연상황 : 제보자는 청중들과 함께 이 노래를 불러 주었다.

서 마지기 논빼미는 반달같이 남았구나

제가 무신도(무슨) 반달이냐 초승달이 반달이지

보리타작 노래

자료코드 : 04_18_FOS_20090223_PKS_KKS_0006

조사장소 : 경상남도 함양군 유림면 손곡리 지곡마을 마을회관

조사일시 : 2009.2.23

조 사 자 : 서정매, 문세미나, 이진영, 조민정

제 보 자 : 김경순, 여, 76세

구연상황 : 우스개로 부르는 보리타작 노래를 부른 것이다.

에-호- 에-호-

여기도 뚜디리고

저기도 뚜디리고

제수씨도 내 좆(손)만 믿고

에호 뚜디리라.

형수씨 앞에도

보지(보리)가 있고

에호 에호

다리 세기 노래

자료코드 : 04_18_FOS_20090223_PKS_KKS_0007

조사장소 : 경상남도 함양군 유림면 손곡리 지곡마을 마을회관

조사일시 : 2009.2.23
조 사 자 : 서정매, 문세미나, 이진영, 조민정
제 보 자 : 김경순, 여, 76세
구연상황 : 제보자는 또렷한 목소리로 이 노래를 불러 주었다.

이거리 저거리 갓거리

진주 맹근 또맹근

짝바리 해양근

도래 줌치 사래육

육도 육도 사래육

돈 춘 빵

도라지 타령

자료코드 : 04_18_FOS_20090223_PKS_KKS_0008
조사장소 : 경상남도 함양군 유림면 손곡리 지곡마을 마을회관
조사일시 : 2009.2.23
조 사 자 : 서정매, 문세미나, 이진영, 조민정
제 보 자 : 김경순, 여, 76세
구연상황 : 제보자는 청중들과 함께 흥겹게 불러 주었다.

도라지 도라지 도라지 심심삼천에 백도라지

한두 뿌리만 캐어도 바구니 반 첩만 되노라

에헤용 에헤용 에헤용

어이라 난다 지화자-자- 좋다

니가 내 간장 스리살살 다 녹힌다

나물 캐는 노래

자료코드 : 04_18_FOS_20090223_PKS_KKS_0009
조사장소 : 경상남도 함양군 유림면 손곡리 지곡마을 마을회관
조사일시 : 2009.2.23
조 사 자 : 서정매, 문세미나, 이진영, 조민정
제 보 자 : 김경순, 여, 76세
구연상황 : 제보자가 부르는 노래를 청중들도 함께 불러 주었다.

> 도라지 캐로 간다고
> 요 핑계 조 핑계 다 대고
> 총각 낭군 무덤에
> 삼오제 지내로 가노라

사발가

자료코드 : 04_18_FOS_20090223_PKS_KKS_0010
조사장소 : 경상남도 함양군 유림면 손곡리 지곡마을 마을회관
조사일시 : 2009.2.23
조 사 자 : 서정매, 문세미나, 이진영, 조민정
제 보 자 : 김경순, 여, 76세
구연상황 : 사발가로 부르는 노래를 도라지 타령의 곡조로 불렀다.

> 석탄 백탄 한병탄아 조개탄아
> 장작불 거부기지 양골령 싯기시마는 타는데
> 요네 가슴도 연기도 짐도 안 오네
> 에헤야 데헤야 에헤이야
> 어여라 난다 지화자가 좋다
> 니가 내 간장 스리살살 다 녹힌다

목화 따는 노래

자료코드 : 04_18_FOS_20090221_PKS_KKO_0001
조사장소 : 경상남도 함양군 유림면 서주리 우동마을 마을회관
조사일시 : 2009.2.21
조 사 자 : 서정매, 문세미나, 이진영, 조민정
제 보 자 : 김경옥, 여, 84세
구연상황 : 제보자가 숨이 가쁜 편이어서 노래 부르기글 조금 힘들어 했다. 그러나 기억
력이 좋아 아는 노래가 많은 편이어서 적극적으로 불러 주었다. 청중들도 즐
겁게 경청하였다.

    진주 한들 너른 들에 목화 따는 저 처녀야

    혼자 따면 심심~한데 둘이 따면 어떻컷소

    둘이 따면 부끄러버서 하하하

  (청중 : 둘이 따면 좋지요만은~ 넘~이 보면 숭을 보요.)
  그렇지.

청춘가

자료코드 : 04_18_FOS_20090221_PKS_KKO_0002
조사장소 : 경상남도 함양군 유림면 서주리 우동마을 마을회관
조사일시 : 2009.2.21
조 사 자 : 서정매, 문세미나, 이진영, 조민정
제 보 자 : 김경옥, 여, 84세
구연상황 : 제보자는 숨이 고른 편이 아니어서 떨리는 목소리였지만 손뼉을 치면서 매우
적극적으로 구연해 주었다. 청중들도 모두 즐겁게 경청하였고 소리내어 웃으
며 좋아하였다.

    간다 못 간다~ 얼마나 울었던지~

    정기정 마당~에~ 한강수 됐구나~

기차야 마차야~ 소리나거든 가거라~

산란한 내 마음~ 또 산란하구나~

좋다 윤사나~ 대머리 둘러라~

요고대 아니면 좋다 내 살 곳 없겠~나

문답 노래

자료코드 : 04_18_FOS_20090221_PKS_KKO_0003
조사장소 : 경상남도 함양군 유림면 서주리 우동마을 마을회관
조사일시 : 2009.2.21
조 사 자 : 서정매, 문세미나, 이진영, 조민정
제 보 자 : 김경옥, 여, 84세
구연상황 : 제보자는 랩을 부르듯이 한 번에 처음부터 끝까지 한 번에 구연하였다. 청중들도 듣고는 박수를 치며 즐거워하였다.

비야 비야 나무가 비야

일본 나라 머 하러 갔나

세비지로 갔다

몇 마리 잡았노

다섯 마리 잡았다

나 한 마리 도라

지지 먹고 볶아 먹고

일천 뽕

경찰서 마당에 뽀뽀야

한저 깔라 고무 깔라 운대이수

데이나 뽕뽕 자중차

소꿉놀이 노래

자료코드 : 04_18_FOS_20090221_PKS_KKO_0004
조사장소 : 경상남도 함양군 유림면 서주리 우동마을 마을회관
조사일시 : 2009.2.21
조 사 자 : 서정매, 문세미나, 이진영, 조민정
제 보 자 : 김경옥, 여, 84세
구연상황 : 청중들이 모두 즐거워하는 가운데 제보자는 어릴 적 소꿉놀이를 하면서 부른
　　　　　 노래를 불러 주었다. 청중들은 들으면서 재미있다며 소리 내어 크게 웃었다.

　　　한다리 음다리
　　　골목 대추
　　　삼대 막대
　　　뻗치 놓고
　　　우루룽 두루룽
　　　고다리 청

백발가

자료코드 : 04_18_FOS_20090221_PKS_KKO_0005
조사장소 : 경상남도 함양군 유림면 서주리 우동마을 마을회관
조사일시 : 2009.2.21
조 사 자 : 서정매, 문세미나, 이진영, 조민정
제 보 자 : 김경옥, 여, 84세
구연상황 : 제보자는 흥을 내어 다음 노래를 불러 주었다. 노래의 가사에 따라 중요한 부
　　　　　 분을 강조하면서 불렀는데 그 모습을 청중들이 따라하면서 웃기도 하였다.

　　　이팔청춘 소년들아~ 백발 보고 윗지 마라
　　　어제 오늘 소년이더만은 백발~ 되기가 아주 쉽다
　　　얼씨구나 좋네 저절씨구~ 아니 노지는 못하겠네

다리 세기 노래

자료코드 : 04_18_FOS_20090301_PKS_KKH_0001
조사장소 : 경상남도 함양군 유림면 유평리 유평마을 마을회관
조사일시 : 2009.3.1
조 사 자 : 서정매, 정혜란, 이진영
제 보 자 : 김경희, 여, 70세
구연상황 : 조사자가 어렸을 때 놀면서 불렀던 여러 노래를 불러 볼 것을 요청하자 제보
자가 다음 노래가 생각이 났는지 불러 주었다. 가사를 모두 기억하지는 못했
으나 자신있게 잘 불러 주었다.

이거리 저거리 갓거리
진주 맹금 도맹근
짝발이 해양근
도래 줌치 사래육
육도 육도 전라도

양산도

자료코드 : 04_18_FOS_20090301_PKS_KKH_0002
조사장소 : 경상남도 함양군 유림면 유평리 유평마을 마을회관
조사일시 : 2009.3.1
조 사 자 : 서정매, 정혜란, 이진영
제 보 자 : 김경희, 여, 70세
구연상황 : 조사자가 제보자에게 물레방아 노래를 아느냐고 물었더니 있다고 하면서 바
로 불러 주었다. 목청이 좋고 고울 뿐만 아니라 노래의 맛을 잘 내면서 2절까
지 자연스럽게 이어서 불러 주었다.

에헤이~요~
함양 산천 물레방아 물을 안고 돌고
우리 집에 서방님은 나를 안고 돈다

에헤라 너여라 아니나 못 놓컸네

나 능지를 하여도 아니 못 놓으리로구나

에헤이~요~

저 달 뒤에는 별 따라가고

우런 님의 뒤에는 나 따라-간~다

아서라- 말어라 내가 그리 마~라~

사람의 괄세~를 니가 그리 마~라-

너냥 나냥

자료코드 : 04_18_FOS_20090301_PKS_KKH_0003

조사장소 : 경상남도 함양군 유림면 유평리 유평마을 마을회관

조사일시 : 2009.3.1

조 사 자 : 서정매, 정혜란, 이진영

제 보 자 : 김경희, 여, 70세

구연상황 : 조사자가 제보자에게 '너냥 나냥'을 아느냐고 물었더니 답변 대신 바로 노래
를 불러 주었다. 목소리가 매우 고우면서도 아름답게 잘 불렀다.

너냥 내냥 두리둥실~ 놀-고요

낮에 낮에나 밤에 밤에나 참사랑이로~구나

우리 집- 서방님은 명태잡이를 갔~는데

바람아 강풍아 석 달 열흘만~ 불어-라

창부타령

자료코드 : 04_18_FOS_20090221_PKS_KNI_0001

조사장소 : 경상남도 함양군 유림면 서주리 우동마을 마을회관

조사일시 : 2009.2.21

조 사 자 : 서정매, 문세미나, 이진영, 조민정

제 보 자 : 김남이, 여, 84세

구연상황 : 제보자는 처음에는 부끄러움이 많아 노래를 부르지 않으려 했지만 청중들의
권유에 의해 노래를 하게 되었다. 청중들도 "잘한다, 좋다." 등의 추임새를 넣
으며 노래의 흥을 더욱 돋우었다.

노자 좋다 젊어서 놀아 늙고- 병 들~면 못 노나니
화무는 십일홍이요 달도 차면은 기우나네

(청중 : 잘한다, 좋다.)

술은 술술 잘 넘어~가고 장물레에 솟아 에반에 돈~다

모심기 노래

자료코드 : 04_18_FOS_20090221_PKS_KNI_0002

조사장소 : 경상남도 함양군 유림면 서주리 우동마을 마을회관

조사일시 : 2009.2.21

조 사 자 : 서정매, 문세미나, 이진영, 조민정

제 보 자 : 김남이, 여, 84세

구연상황 : 제보자가 숨이 가빠서 노래를 힘들게 불러 주었지만, 기억력이 좋아서인지 모
심기 노래를 여러 편 이어서 적극적으로 불러 주었다. 긴소리로 모심기 노래
를 했다.

모야 모야 노랑모야~ 언제~커서 열매 열래
이달~ 크이고 훗달 크~믄~ 칠팔 월에 열매 열지

물꼬~철철 물 냄기 놓고 우런 님은 어데 갔노
첩의 집에 놀로 갔소

무슨 년의 첩이길래~ 낮에 가고 밤에 가노
밤은 자러 가고 낮에랑 놀러 가소

다풀 다풀 다박머리 해 다 진데 어데 가노
울 어머니 산소 등에 놀로 가요

(청중 : 젖먹으러 가요 해야지 무슨 놀러가요)

시누 올케 노래

자료코드 : 04_18_FOS_20090301_PKS_KNI_0001
조사장소 : 경상남도 함양군 유림면 손곡리 손곡마을 마을회관
조사일시 : 2009.3.1
조 사 자 : 서정매, 정혜란, 이진영
제 보 자 : 김남이, 여, 89세
구연상황 : 제보자는 모심는 소리를 불러 주다가 끝부분에 가서는 마무리를 짓지 않고
이어서 다음 노래를 불러 주었다.

농창 농창 벼리(벼랑) 끝에 시누 올케 꽃 꺾다가
떨어졌네 떨어졌네 남강 물에 떨어졌네
거둥 보소 거둥 보소 울 오랍씨 거둥 보소
이내 나는 던져 놓고 올케는 건져 가요
삼단겉이 좋은 머리 물살에 해상하고
분질같은 고운 얼굴 잉애밥이(잉어 밥이) 되었으니

낚시 노래

자료코드 : 04_18_FOS_20090301_PKS_KNI_0002
조사장소 : 경상남도 함양군 유림면 손곡리 손곡마을 마을회관
조사일시 : 2009.3.1
조 사 자 : 서정매, 정혜란, 이진영
제 보 자 : 김남이, 여, 89세
구연상황 : 제보자는 앞의 노래에 이어 다음 노래를 불러 주었다.

　　　올라가는 양산대야 내가 오늘만 살 테야

　　　조선 초목을 다 버리도 남초대랑 베지 마오

　　　올 키우고 내년 키워 석삼 년을 키워 갖고

　　　후월나네(휘게 할려네) 후월나네 낙숫대를 후월나네

　　　낚을라오 낚을라오 이내 낭군 낚을라오

　　　못 낚으면 영사로다 낚으면은 상사로다

　　　영사 상사 고를 맺아 풀리도록 살아 볼래

임 마중 노래

자료코드 : 04_18_FOS_20090301_PKS_KNI_0003
조사장소 : 경상남도 함양군 유림면 손곡리 손곡마을 마을회관
조사일시 : 2009.3.1
조 사 자 : 서정매, 정혜란, 이진영
제 보 자 : 김남이, 여, 89세
구연상황 : 창부타령조로 불러 주었다. 기억력이 좋은 편이어서 제보자는 노래를 한번 부르면 가사를 줄줄 이어나갔다. 노래를 부르면서 스스로 박수를 치며 흥을 돋우었다.

　　　도라지 병풍 연밭이 안에~ 잠든 큰아가 문 열어라

　　　바람 불고 비 오~는 날 날 올 줄 모르고 문 걸었나

임 오실 줄을 알았~시른 나막대 우산을 들고~ 님의 마중을 제가
갈 걸

노랫가락 / 그네 노래

자료코드 : 04_18_FOS_20090301_PKS_KNI_0004
조사장소 : 경상남도 함양군 유림면 손곡리 손곡마을 마을회관
조사일시 : 2009.3.1
조 사 자 : 서정매, 정혜란, 이진영
제 보 자 : 김남이, 여, 89세
구연상황 : 그네 뛰는 노래를 아느냐는 조사자의 물음에 제보자는 기억이 제대로 안 나
서 잘 모르겠다고 대답했다. 그러나 옆 사람과 둘이 같이 불러보자고 하며 불
렀는데, 뒷부분에 가서는 제보자만 불렀다.

수천당 세모시 낭개 척 늘어진 가지 군데를 매어
임이 뛰면 내가나 밀고 내가 뛴다면 임이 미오
임아 임아 줄 살살 미오 줄 떨어지면은 정 떨어지오
줄이사도 떨어질망정 깊이 깊이 든 정이 떨어질쏜~가

베 짜기 노래

자료코드 : 04_18_FOS_20090301_PKS_KNI_0005
조사장소 : 경상남도 함양군 유림면 손곡리 손곡마을 마을회관
조사일시 : 2009.3.1
조 사 자 : 서정매, 정혜란, 이진영
제 보 자 : 김남이, 여, 89세
구연상황 : 제보자는 내용이 길어서 끝까지 다 부르지 못했다. 처음에는 창부 타령 조의
노래로 불러 주었으나 중간 부분부터 가사가 잘 기억나지 않아서 이야기로
구연해 주었다.

성아 성아 올키 성아 그 베 짜서~ 네 뭐 할래
너 오라비 과거갈 제 행근 짓고 보선 짓고
행근등에 수실 달고 버선등에 수실 달고
아침 이슬 살그마치 윤달 애비 밤 마치서
용호 줄대 걸어 놓고

그래 놓고, 그래 놓고 난께 칠성판에 실려 온다든가? 그게 노래가 또 끝이 잘 안 된다. 그거 인자 기다리고 과괴(과거)를 갔는데, 그거 오면 그 거 줄라고 해 났는데 고마 죽었는데. 돌아온다 돌아온다 칠성판에 실려 온다

요내 둘 때 걸어 두고 오빠 기다리니
칠성판에 실리 오니~

의암이 노래

자료코드 : 04_18_FOS_20090301_PKS_KNI_0006
조사장소 : 경상남도 함양군 유림면 손곡리 손곡마을 마을회관
조사일시 : 2009.3.1
조 사 자 : 서정매, 정혜란, 이진영
제 보 자 : 김남이, 여, 89세
구연상황 : 다른 사람이 진주 기생 이야기를 하자 제보자가 생각이 난 듯 다음 노래를
           불러 주었다.

진주- 기생- 의애-미는~ 조선 백성 살릴라고
일본- 장군- 목을~ 안고~ 남강-물에~ 떨어졌네

무궁화 노래

자료코드 : 04_18_FOS_20090301_PKS_KNI_0007
조사장소 : 경상남도 함양군 유림면 손곡리 손곡마을 마을회관
조사일시 : 2009.3.1
조 사 자 : 서정매, 정혜란, 이진영
제 보 자 : 김남이, 여, 89세
구연상황 : 청중이 가사를 얼버무리자 제보자가 한 번 불러 보겠다며 구연해 주었다. 노
　　　　　랫가락의 선율로 불러 주었다.

　　　공자님이- 심-으신- 나무 육판-사~가 물을 줘요
　　　자사로 뻗어난 가지 맹자꽃이 피었다도다
　　　아마도 그 꽃 이름은 천추만대 무궁화입니다

남해 산골 뜬구름아

자료코드 : 04_18_FOS_20090301_PKS_KNI_0008
조사장소 : 경상남도 함양군 유림면 손곡리 손곡마을 마을회관
조사일시 : 2009.3.1
조 사 자 : 서정매, 정혜란, 이진영
제 보 자 : 김남이, 여, 89세
구연상황 : 제보자는 앞의 노래에 이어 다음 노래를 한 번 불러 보겠다고 하며 구연해
　　　　　주었다.

　　　남해 산골- 뜬구~름아 눈 실었나~ 비 실었나
　　　눈도 비도 아니~ 싣고 노래 명창 제 실었소
　　　노래- 명창은 자네가 실고~ 소고 장단은 내가 침세-

동곡각시 노래 / 밭 매기 노래

자료코드 : 04_18_FOS_20090301_PKS_KNI_0009
조사장소 : 경상남도 함양군 유림면 손곡리 손곡마을 마을회관
조사일시 : 2009.3.1
조 사 자 : 서정매, 정혜란, 이진영
제 보 자 : 김남이, 여, 89세
구연상황 : 제보자는 '동곡각시 노래'라며 서사민요를 불러 주었는데, 가사가 길어서인지
　　　　　바로 기억이 나지 않아서 말로 설명하다가 중간 중간 노래를 불러 주는 식으
　　　　　로 구연해 주었다.

저게 강택이가 과거를 보러 갔는데.

(조사자 : 강택이?)

응. 강택이. 남자는 강택이고.

(청중 : 성은 강가고 이름은 택이고 그런 것 같구만.)

강택이가 과거를 갔는데, 과거 갔다 온께, 동곡각시가 인자 그기, 저거
각시 될 사람이 얼숙빨래를('속옷 빨래'의 뜻인 듯하나 정확하지 않다.)
저 강에 가서 하거든. 남해 산골 무슨 강이라 카더나.

(조사자 : 을숙빨래요?)

응. 을숙빨래 [손짓을 하며], 얼숙.

(조사자 : 아, 예.)

얼숙빨래를 한께, 태주박을 내트림시로 물 한 바가지를 갖다 달라 카
데. 갔다 오다가.

씻고 씻고 또 씻어서 준께네, 그거는 어끌내 버리고 얼쑥 물을 먹고 가
더라 캐. 그래 먹고 갔는데,

　　　울 아버지 떼오쟁이
　　　곱게 곱게 맹글라서
　　　비단잎은 추리 엫고

공단잎은 추리 엃고
백물견을 갖춰 엃고
두 폭 따서 바랑 짓고
한 폭 따서 거석하고 [말키 그런 거 해갖고]
고깔 짓고 전대 짓고

그래 갖고,

천근 금아 앞서거라
만근 금아 뒷서거라
강태 애기 찾아가라고

그 딸을 찾아가라고 내놓더라 카네, 첫 달 만에. 그란께,

한 모랭이 돌아가서
만추군들 묵은 짐
반절 한번 꼬박 함서
봤는게요 봤는게요
강태 애기 봤는게요

칸께, 그래 못 봤다고 그래 일어났어.

두 모랭이 돌아가서
만추군들 묵은 들에
반절 한번 꼬박 함서
봤는게요 봤는게요
강태 애기 봤는게요

한께, 이건 노래도 아니고 이바구 같애, 똑.

(조사자 : 예, 괜찮아요.)

그래 그란께, 한 사람이 선배 하나 일어섬서로,

> 한 모랭이 돌아가면
> 아가 아가 하는 말 있다고

그래 인자 세 모랭이를 돌아간께 그 아가 새 보는 아가 있어. 나락을 이리 늘어 놓고, 그러다가 안 하거든. 그래 갖고 인제,

> 아가 아가 처자 아가
> 그 말 한 자 더 해 봐고
> 산골 죽는 사람 보고

말한다 캄시로 안 할라 카더라 카네. 그래 인자,

> 비단 이불 너를 주마
> 그 말 한 자 더 해 봐라
> 비단 이불 나도 있소
> 공단 이불 너를 주마
> 공단 이불 나도 있소

근께, 금을 준다 칸께네, 그래 인제 그걸 하더라 카네.

> 새야 새야 묵지 마라
> 강태 애기 장개갈 제
> 술살하고 밥살할끼다

그카더라 카네. 그래 인자 금을 주고 그 집을 찾아가믄 어디로 가야 되냐 칸께,

두리둥실 높은 집에
열두 대문 달린 집에
대추나무 성한 집에

그래, 그 집을 찾아가라 카더라 카네. 그래 그 집을 찾아갔고, 인자 강태기가 저거 어미한테 서죽을 받았는 갑더라. 서죽. 그래, 몇 없는 자루에다 받아갖고 어끌러삐맀기네(쏟아져 버리니).

천근 금아 옥방 정자 올라가서
은제 놋제 가 오너라
서순네 키 찍어 보자

그래 인자 강택이 어머이가 뭐라 카노 하면,

빗자루로 싹싹 실어

가 가서 저 저게 일해라 쿤께

산골 중놈 조리 없어
함박 없어 못 한다고

꼭 그래 하더라 카네. 그래 죽는다고 있은끼네, 강택이가 차깝을 옆에 끼고 인자 해가 진께 오네. 그래 찾아보고,

빌려 주소 빌려 주소
방 한칸 빌리 주소

그기 노래가 참 길어 거슥한데, 다 잊이삐렸어. 그랑께, 그래 저게 문간방을 하나 빌려 주더라 카네.

> 서 말 드는 가마솥에
> 물 한 가매 빌리 돌라

카니, 그래 인자 가마솥에다가 물을 한 가마니 빌려 돌라 캐갖고, 구름같이 헝큰 머리를 어기솔솔 감아 가지고 빗기 내라서, 옷은 비단 이불 추리 내라 입고, 앉았은께네, 강태기가 공부를 한참 하고 있다가 지둥 잡고 하는 말이,

> 저들은 독자라도
> 조신 천지를 다 보는데
> 이내 눈은 형제라도
> 동곡각시 못 보는고
> 동곡각시 볼라거든
> 문간방을 돌아 오소

근데 못 알아듣고 들어가갖고, 또 인자 가서 공부를 하는 기라. 하고 인자는 두 번째는 인자 또 나와서 기둥을 잡고 또 그리 그카는 기라. 그란께,

> 동곡각시 볼라 카믄
> 문간방으로 오라 칸께
> 막 그 소릴 듣고 막
> 보선발로 뛰와서
> 내 폴을(팔을) 네가 잡고
> 니 폴을 내가 잡고

막 한 폴을 잡고 그리 들어갔다 카네. 그래가갖고 그래 또 며칠 인자 그래 갖고 있응께네, 밥을 갖다 그날 해 준께네, 다른 때보다 다 먹고 다

치았는가 어쨌는가, 정지 밥 하는 사람이 밥을 갖다 준께, 밥이 어데로, 그래 이놈아 그말 말아라 도도한 그런 말 한다고 머라 카고 인자, 강택이 어머이가 그래 인자 사흘 만인가 언젠가.

　　천근 금아 옥방 정자 올라가서
　　금판 놋판 갖고 오니라.
　　은전 놋전 갖고 오니라.
　　어머님과 아버님한테 해당 상 드린다고

　그래 막 걸게 놓고 해당 상 드린께,

　　시아바이는 동전 한 닢도 안 들이고
　　천근같은 내 며늘아
　　만근같은 내 며늘아

　카고,

　　시오마니는 비단목
　　한 자리도 안 하고
　　천근겉은 내 며늘아
　　만근겉은 내 며늘아

　그래 갖고, 그리 노래가 길게 있어도 전에는 잘 불렀는데, 싹 다 잊어 버렸어. 그래 갖고 저거가 그리 살고. 그것뿐이라.

사발가

자료코드 : 04_18_FOS_20090223_PKS_KDL_0001

조사장소 : 경상남도 함양군 유림면 손곡리 지곡마을 마을회관
조사일시 : 2009.2.23
조 사 자 : 서정매, 문세미나, 이진영, 조민정
제 보 자 : 김두이, 여, 78세
구연상황 : 제보자는 조용히 다른 사람들의 노래만 듣고 있다가 생각이 난다며 불러 준
노래이다. 중간에 가사가 헷갈렸지만 다시 불러 주었다.

석탄 백탄 타는데 연기는 모리몰속 나는구요
요네 가슴 다 타도 연기도 짐도(김도) 안 난다

다리 세기 노래

자료코드 : 04_18_FOS_20090222_PKS_KBL_0001
조사장소 : 경상남도 함양군 유림면 국계마을 마을회관
조사일시 : 2009.2.22
조 사 자 : 서정매, 문세미나, 이진영, 조민정
제 보 자 : 김분이, 여, 80세
구연상황 : 제보자의 목소리는 우렁차고 자신감이 있었다. 노래를 부르는 중에 청중들이
모두 귀를 기울였고 노래가 끝나자 환호를 하며 박수를 쳤다. 분위기가 매우
화기애애하였다.

이거리 저거리 갓거리
진주 맹근 또 맹근
짝바리 해양근
도래 줌치 사래육
육도 육도 찔래육
당산에 먹을 갈아
엎어질똥 말똥

그네 노래

자료코드 : 04_18_FOS_20090222_PKS_KBL_0002
조사장소 : 경상남도 함양군 유림면 국계마을 마을회관
조사일시 : 2009.2.22
조 사 자 : 서정매, 문세미나, 이진영, 조민정
제 보 자 : 김분이, 여, 80세
구연상황 : 제보자에게 치마 노래를 불러 달라고 했는데 갑자기 그네 노래가 생각이 났
　　　　　는지 불러 주었다. 그런데 끝부분이 생각이 나지 않아 중간에 끊어졌고 노래
　　　　　를 부르다가 말로 가사를 읊어 주었다.

　　　수천당 세모시 낭개 늘어진 가지에 그네를 매~어-
　　　내가 뛰면 네가나 밀고 네가 뛰면은 내~가 민-다-

줄이사 떨어질망정 정도 떨어진다.

종지기 돌리는 노래

자료코드 : 04_18_FOS_20090222_PKS_KBL_0003
조사장소 : 경상남도 함양군 유림면 국계마을 마을회관
조사일시 : 2009.2.22
조 사 자 : 서정매, 문세미나, 이진영, 조민정
제 보 자 : 김분이, 여, 80세
구연상황 : 노래 가사는 짧았지만 제보자는 종지기 돌리는 놀이를 하는 시늉을 하면서
　　　　　불러 주었다. 4/4박자의 동요 형태로 불러 주었다.

　　　돌아간다 돌아간다
　　　종지기가 돌아간다.

의암이 노래

자료코드 : 04_18_FOS_20090222_PKS_KBL_0004
조사장소 : 경상남도 함양군 유림면 국계마을 마을회관
조사일시 : 2009.2.22
조 사 자 : 서정매, 문세미나, 이진영, 조민정
제 보 자 : 김분이, 여, 80세
구연상황 : 제보자는 가사를 잊어버려서 잘 모르겠다고 하면서도 다음 노래를 잘 불러
　　　　　주었다. 목소리가 크고 우렁차서 분위기를 이끌어 가는 편이었다.

　　　진주기상 이애미는 우리나라 섬길라고
　　　팔대 대장 목을 안고~ 진주 남강에 뚝 떨어졌네-

아기 어르는 노래 / 불매 소리

자료코드 : 04_18_FOS_20090222_PKS_KBY_0001
조사장소 : 경상남도 함양군 유림면 화촌리 화촌마을 마을회관
조사일시 : 2009.2.22
조 사 자 : 서정매, 문세미나, 이진영, 조민정
제 보 자 : 김분이, 여, 82세
구연상황 : 조사자의 요청에 이 노래를 기억나는 대로 짧게 불렀다.

　　　불매 불매 불매야
　　　이 불매야 뉘 불매고
　　　부르락 딱딱 부르락 딱딱
　　　경상도 대불매

　　그라데.

나물 캐는 노래

자료코드 : 04_18_FOS_20090222_PKS_KBY_0002
조사장소 : 경상남도 함양군 유림면 화촌리 화촌마을 마을회관
조사일시 : 2009.2.22
조 사 자 : 서정매, 문세미나, 이진영, 조민정
제 보 자 : 김분이, 여, 82세
구연상황 : 제보자는 노래 가사가 기억이 잘 나지 않은 터라 두 번을 불렀다. 그러나 뒤
의 가사가 생각나지 않아서 몇 번이고 되풀이하였다.

고추 매로 간다고 요 핑계 저 핑계 가더니
총각 낭군 만나서 삼오제 지내로 가잉께

한자 노래

자료코드 : 04_18_FOS_20090301_PKS_KSS_0001
조사장소 : 경상남도 함양군 유림면 유평리 유평마을 마을회관
조사일시 : 2009.3.1
조 사 자 : 서정매, 정혜란, 이진영
제 보 자 : 김삼순, 여, 71세
구연상황 : 차분한 음성으로 노랫가락조로 노래를 불러 주었다. 노래를 부르는 동안 청중
들은 조용히 노래를 들어 주었다.

남안 강안로 봄 춘아 나자요 진주 촉석루 푸를~ 청~자
가지가지는 곧-아 나자요~ 굽이굽이는 내- 천자~라
동자야 술 한 잔 부어~ 마실 음-자가 알감~주~요-

다리 세기 노래

자료코드 : 04_18_FOS_20090222_PKS_KSB_0001

조사장소 : 경상남도 함양군 유림면 대치마을 마을회관

조사일시 : 2009.2.22

조 사 자 : 서정매, 문세미나, 이진영, 조민정

제 보 자 : 김서분, 여, 78세

구연상황 : 어렸을 때 친구들과 같이 불렀다고 하면서 제보자는 첫 소절을 듣자마자 기
억나는 듯 바로 불렀다. 직접 다리 세는 동작을 하면서 노래를 불러 주었다.

이거리 저거리 갓거리

진주 맹근 도 맹근

짝발로 호양근

도래 줌치 사래육

육도 육도 전라육

하늘에 올라 제비콩

아가 아가 물떠 오이라

목이 막혀 킹 캥

봄배추 노래

자료코드 : 04_18_FOS_20090222_PKS_KSB_0002

조사장소 : 경상남도 함양군 유림면 대치마을 마을회관

조사일시 : 2009.2.22

조 사 자 : 서정매, 문세미나, 이진영, 조민정

제 보 자 : 김서분, 여, 78세

구연상황 : 제보자는 기억이 잘 나지 않는다고 하며 안 부르지 않으려고 하였지만 기억
나는 데까지만 해도 괜찮다고 하니, 그제서야 다음 노래를 불러 주었다.

새들새들 봄배추는~ 밤이슬 오기만 기다리고

옥에 갇힌 춘향이는 이도령 오기만~ 기다린다

노랫가락

자료코드 : 04_18_FOS_20090222_PKS_KSB_0003
조사장소 : 경상남도 함양군 유림면 대치마을 마을회관
조사일시 : 2009.2.22
조 사 자 : 서정매, 문세미나, 이진영, 조민정
제 보 자 : 김서분, 여, 78세
구연상황 : 조사자가 제보자에게 나물 캐러 갈 때 불렀던 노래가 있느냐고 물으니 제보
        자는 기억하다가 생각이 난 듯 부르기 시작했다. 가사가 재미있었는지 옆에
        있던 청중들이 웃음을 참지 못하고 노래를 부르는 동안 계속 웃으며 호응하
        였다.

    수양산 고사리 꺾어

    에올 강변에 잉어를 낚아-

    도화 정경 안주를 놓고~

    그릇 그릇이 술 부어라-

    술맛이야 좋지만은~

    옆에 앉은 영자씨가 더욱 좋으네

흰나비 노래

자료코드 : 04_18_FOS_20090222_PKS_KSB_0004
조사장소 : 경상남도 함양군 유림면 대치마을 마을회관
조사일시 : 2009.2.22
조 사 자 : 서정매, 문세미나, 이진영, 조민정
제 보 자 : 김서분, 여, 78세
구연상황 : 제보자는 창부 타령조의 선율로 빠른 속도로 노래를 불러 주었다. 노래를 부
        르고 난 뒤에는 멋쩍은 듯이 '이런 노래'라고 하면서 마무리를 하였다.

    베틀같은- 흰나~비는 부모님 금상을 입었든가

    소복 단장- 곱게 하고~ 장다리 밭으로 곧 날아든다

보리타작 노래

자료코드 : 04_18_FOS_20090221_PKS_KSG_0001
조사장소 : 경상남도 함양군 유림면 서주마을 마을회관
조사일시 : 2009.2.21
조 사 자 : 서정매, 문세미나, 이진영, 조민정
제 보 자 : 김석곤, 남, 70세
구연상황 : 제보자는 쑥스러워하기도 하였지만 큰 목소리로 보리타작 노래를 불러 주었
다. 가사가 재미있었는지 듣고 있던 청중들이 깔깔거리며 웃었다.

헤이요 헤이요

여기 뚜디리라

뚜디리라

저리 쳐내고

저리 쳐내고

요게 요게

저리 쳐대고

절쪽에

저리 허이

헤이요

그네 노래

자료코드 : 04_18_FOS_20090228_PKS_KSN_0001
조사장소 : 경상남도 함양군 유림면 웅평리 웅평마을 마을회관
조사일시 : 2009.2.28
조 사 자 : 서정매, 정혜란, 이진영
제 보 자 : 김숙녀, 여, 72세
구연상황 : 제보자에게 그네 노래를 아는지를 묻자 웃으면서 노래를 불러 주었다. 처음엔

가사가 기억이 잘 나지 않는 듯 조금 자신감 없이 나지막하게 부르기 시작했지만 점점 활기차게 불러 주었다.

> 수천당 세모시 가지 둘이 뛰자고 군데를 매어
> 임이 뛰면 내가 밀고 내가 뛰며는 임이~ 밀어
> 임아 줄 살살 밀어 줄 떨어지-면은 정 떨어-진~다
> 줄이사 떨어-질망정~ 정 떨어질 수는 만무~하다

봄배추 노래

자료코드 : 04_18_FOS_20090228_PKS_KSN_0002
조사장소 : 경상남도 함양군 유림면 웅평리 웅평마을 마을회관
조사일시 : 2009.2.28
조 사 자 : 서정매, 정혜란, 이진영
제 보 자 : 김숙녀, 여, 72세
구연상황 : 조사자가 새들새들 봄배추로 시작하는 노래를 기억하는지를 묻자 제보자들과 마을 사람들이 잘 안다며 약간 수군거리기 시작했고 잠시 뒤 제보자가 노래를 불러 주었다. 노래를 부르면서도 부끄러워 했다.

> 새들새들 봄배~차는 밤이슬 오기만 기다리고
> 옥에 갇힌 춘향이는 이도령- 오기만 기다~린다

아기 어르는 노래

자료코드 : 04_18_FOS_20090228_PKS_KSN_0003
조사장소 : 경상남도 함양군 유림면 웅평리 웅평마을 마을회관
조사일시 : 2009.2.28
조 사 자 : 서정매, 정혜란, 이진영
제 보 자 : 김숙녀, 여, 72세

구연상황 : 애기를 어를 때 불렀던 노래가 혹시 기억나지 않느냐는 조사자의 질문에 기
　　　　　억이 잘 나지 않는다는 말을 계속했다. 아는 만큼만 불러 달라는 조사자의 요
　　　　　청에 의해 짤막하게 불러 주었다.

불매 불매

이 불매가 뉘 불맨고

경상도 대불-매다

도라지 타령

자료코드 : 04_18_FOS_20090228_PKS_KSN_0004
조사장소 : 경상남도 함양군 유림면 웅평리 웅평마을 마을회관
조사일시 : 2009.2.28
조 사 자 : 서정매, 정혜란, 이진영
제 보 자 : 김숙녀, 여, 72세
구연상황 : 다른 제보자가 부른 도라지 타령과 다른 가사로 된 노래를 불러 달라고 하자
　　　　　용기를 내어 불러 주었다. 그러나 뒷 부분의 사설이 잘 기억나지 않는지 엉뚱
　　　　　한 사설을 붙여 마무리했다.

도라지 도라지 도라지

너 어데 날 데가 없어~서

총각- 낭군 무덤~에

삼우지 지내러 가는구나

모심기 노래

자료코드 : 04_18_FOS_20090221_PKS_KYJ_0001
조사장소 : 경상남도 함양군 유림면 서주리 우동마을 마을회관
조사일시 : 2009.2.21

조 사 자 : 서정매, 문세미나, 이진영, 조민정
제 보 자 : 김영조, 남, 79세
구연상황 : 많은 청중들에게 둘러싸여 있어서인지 부끄러워했지만 아는 데까지만 불러
달라고 하여 노래가 시작되었다. 청중들은 모두 잘한다고 한마디씩 하면서 분
위기를 돋워 주었다.

오늘 해도~ 다 되었나~ 골골마다 연기나네
우리 님은 어데 가고 연기낼 줄 모르~시나─

농창 농창 벼리 끝에~ 무정하다 우리 낭군~
나도 죽어 후세상에 낭군부터 섬길~라요

도라지 타령

자료코드 : 04_18_FOS_20090228_PKS_KIS_0001
조사장소 : 경상남도 함양군 유림면 옥매리 차의마을 마을회관
조사일시 : 2009.2.28
조 사 자 : 서정매, 정혜란, 이진영
제 보 자 : 김일순, 여, 83세
구연상황 : 제보자는 목소리가 크지는 않았지만 차분하게 불러 주었다. 청중들은 박수를
치지 않고 조용히 경청해 주었다.

도라지 도라지 도라~지~ 심~심 산천~에 백도라지
한두 뿌리만~ 캐어~도~ 대바구니─ 반 석만 되노~라
에헤이용 에헤이용 에헤~이용
어여라 난다 지화자가자가 좋~다
니가 내 간장을 스리살살을 다 녹힌다

그네 노래

자료코드 : 04_18_FOS_20090228_PKS_KIS_0002
조사장소 : 경상남도 함양군 유림면 옥매리 차의마을 마을회관
조사일시 : 2009.2.28
조 사 자 : 서정매, 정혜란, 이진영
제 보 자 : 김일순, 여, 83세
구연상황 : 조사자가 제보자에게 그네 노래를 아는지 물었더니 바로 불러 주었다. 옆에 있던 청중인 박영애도 따라서 함께 불러 주었는데 끝부분에 가서는 결국 김일순 제보자가 마무리를 하였다. 목소리는 작고 힘이 없는 편이었으나 노래의 맛을 알고 리듬을 타면서 불러 주었다.

수천당 세모시 낭게 늘어진 가지다 쌍그네 매어
임이 뛰면 내가나~ 밀고 내가 뛰~면은 임이 밀어-
임아 임아 줄 살살~ 밀어 줄 떨어-지면은 정 떨어진다-
줄이사~ 떨어질망정이라 임의 정에는 더 가~까워-

다리 세기 노래

자료코드 : 04_18_FOS_20090228_PKS_KIS_0003
조사장소 : 경상남도 함양군 유림면 옥매리 차의마을 마을회관
조사일시 : 2009.2.28
조 사 자 : 서정매, 정혜란, 이진영
제 보 자 : 김일순, 여, 83세
구연상황 : 제보자는 다른 제보자가 부른 '다리 세기 노래'의 뒷부분이 자신이 어릴 때 부르던 것과 조금 다르다며 불러 주었다.

이거리 저거리 갓거리
진주 맹근 도맹근
짝발이 해양근
도래 줌치 사래육

육구 육구 찔레육구

당산에 할머니

먹을 갈아 엎어질동 말동

하나 마나 천각 대각

워리조빵 마리가 뚝

한자 노래

자료코드 : 04_18_FOS_20090301_PKS_KJS_0001

조사장소 : 경상남도 함양군 유림면 유평리 유평마을 마을회관

조사일시 : 2009.3.1

조 사 자 : 서정매, 정혜란, 이진영

제 보 자 : 김점석, 여, 78세

구연상황 : 조사자가 제보자에게 노래를 불러 달라고 요청하자, 잠시 생각을 하더니 조용
하고 차분하게 다음 노래를 불러 주었다.

하늘 천- 땅 지 땅에로 깊을 기자로- 집을 지~어-

나는 창 영창문에다 달 월자로만 달아 놓~고-

밤중에 오시는 손님~ 별 수 잘 수로 잘 놀아 주~소

노랫가락

자료코드 : 04_18_FOS_20090301_PKS_KJS_0002

조사장소 : 경상남도 함양군 유림면 유평리 유평마을 마을회관

조사일시 : 2009.3.1

조 사 자 : 서정매, 정혜란, 이진영

제 보 자 : 김점석, 여, 78세

구연상황 : 제보자는 약간 부끄러움이 있는 듯하였으나 자신감 있게 다음 노래를 불러
주었다.

삼각산 나래온 줄기 빈 공산에다 절을~ 지어-

상좌야 공양미- 올려 염불 공부를 힘써~ 보자-

남녀 연정요

자료코드 : 04_18_FOS_20090301_PKS_KJS_0003
조사장소 : 경상남도 함양군 유림면 유평리 유평마을 마을회관
조사일시 : 2009.3.1
조 사 자 : 서정매, 정혜란, 이진영
제 보 자 : 김점석, 여, 78세
구연상황 : 청중들이 이야기를 하는 동안 제보자는 문득 다음 노래가 생각났는지 노래를
불렀다. 기억력이 좋아서 노래 가사를 잘 기억하여 구성지게 불러 주었다.

진주 단성 너른 들에 목화 따는 저 처녀야

머리 끝-에 디린 댕기 비단이냐~ 공단이냐

비단이믄 뭣 할라요 공단이-면~ 뭣 할라요

비단이면 갓끈 들고~ 공단이면 맹근 짜고

처녀한테로 장개올래

장개사도 오소만은~ 비 오는 날은 오지 마소

우러 집은 하 좁아서~ 우산 갈목 걸 데 없소

우산을랑 베고 자고~ 갈목락은 덥고 자세

사발가

자료코드 : 04_18_FOS_20090301_PKS_KJS_0004
조사장소 : 경상남도 함양군 유림면 유평리 유평마을 마을회관
조사일시 : 2009.3.1
조 사 자 : 서정매, 정혜란, 이진영

제 보 자 : 김점석, 여, 78세
구연상황 : "석탄 백탄" 하며 시작하는 노래를 아는지 물었더니, 다음 노래를 불러 주었다. 목소리가 좋아 창민요의 맛을 내며 불러 주었다.

석탄 백탄 타는데~ 요내 가슴은 안 타나
석탄 백탄 타는데~ 연기가 모리몰쏙 나고요
이내 가슴 타는데~ 연기도 짐도 안 나~네

도라지 타령

자료코드 : 04_18_FOS_20090301_PKS_KJS_0005
조사장소 : 경상남도 함양군 유림면 유평리 유평마을 마을회관
조사일시 : 2009.3.1
조 사 자 : 서정매, 정혜란, 이진영
제 보 자 : 김점석, 여, 78세
구연상황 : 조사자가 '도라지 타령'을 불러 달라고 요구하자 처음에는 안 한다고 거절했으나, 짧아도 괜찮다고 하니 웃으면서 흔쾌히 불러 주었다.

도라지 도라지 도라~지 심심사리산천에 백도라지
한두 뿌링이만 가려도 강허리 반 석만 되노라

나물 캐러 간다~고~ 요 핑계 저 핑계 다 대고
인절미 절편을 해 가~지고
총각 낭군 무덤에~ 삼오제 지내러 간다~

화투 타령

자료코드 : 04_18_FOS_20090301_PKS_KJS_0006
조사장소 : 경상남도 함양군 유림면 유평리 유평마을 마을회관

조사일시 : 2009.3.1
조 사 자 : 서정매, 정혜란, 이진영
제 보 자 : 김점석, 여, 78세
구연상황 : 베틀 노래를 아느냐는 조사자의 물음에 제보자가 그건 모른다고 했다. 그리고
잠시 후 조용히 있다가 화투 타령을 불러 주었다.

일월 솔가지 쏙쏙든 정

이월 매조에 맺아 놓고

삼월 사쿠라 산란한 마음

사월 흑싸리 허송했네

오월 난초 나는 나비

유월 목단 춤 잘 춘다

칠월 홍사리 홀로 누워

팔월 공산에 달 솟았네

오동지 섣달에 눈비가 온다

나비 노래

자료코드 : 04_18_FOS_20090301_PKS_KJS_0007
조사장소 : 경상남도 함양군 유림면 유평리 유평마을 마을회관
조사일시 : 2009.3.1
조 사 자 : 서정매, 정혜란, 이진영
제 보 자 : 김점석, 여, 78세
구연상황 : 나비 노래를 한 번 해 보겠느냐는 조사자의 요청에 그런 건 누구나 아는 노
래라며 하지 않으려고 했다. 거듭 부탁을 하니 다음 노래를 불러 주었다. 목
청이 좋아서 구성지게 노래를 불러 주었다.

나비야 청산을 가자 금나비야 너도 가자

가다 가다 날개 물들랑 사쿠라 꽃밭에 자고나 감~세

사쿠라 꽃이 지고 보면은 이내 품속에 자고나 가소

못 갈 장가 노래

자료코드 : 04_18_FOS_20090301_PKS_KJS_0008
조사장소 : 경상남도 함양군 유림면 유평리 유평마을 마을회관
조사일시 : 2009.3.1
조 사 자 : 서정매, 정혜란, 이진영
제 보 자 : 김점석, 여, 78세
구연상황 : 조사자가 다른 노래에 대해 제보자들과 이야기를 하는 동안 제보자가 다른
노래를 갑자기 불렀다. 서사민요로 가사가 매우 긴 노래였지만 기억력이 좋아
서인지 끊어지지 않고 잘 불러 주었다.

앞집 가서 궁합 보고 뒷집에 가서 책력 보고
책략에도 못 갈 장개 궁합에도 못 갈 장개
뒷세 와서 가는 장개 어느 누가 말릴소요

한 모랭이 돌아가니 까마구 깐치가 진동하고
한 모랭이 돌아가니 눈 큰 놈이 쿵쿵하고
세 모랭이 돌아강께 피랭이 쓴 놈이 씀나슴서
한 손으로 받은 편지 두 손으로 피어보소
아하 볼깡 죽었구나 신부씨가 죽었구나
뒤에 오는 아버질랑 오던 길로 돌아서서
이내 저는 가 볼라요

한 대문을 열고 보니 콩버슴이 노디 놀다
두 대문을 열고 보니 말도 매고 소도 매고
셋째 대문 열고 보니 콩버슴이 노디로세

넷째 대문 열고 보니 처가마는 처남 아기
상지동을 안고 돔서
인쟈 오는 새 매부는 좋기사도 좋건만은
새별 같은 우리 누야 자는 듯이 가고 없어
아가 아가 처남 아가 그 소리 한번 다시 해봐
인자 오는 새 매부는 좋기사도 좋건만은
새별 같은 우리 누야 자는 듯이 가고 없어

너거 누야 계시는 밤이 어데 좋고 계시느냐
아랫방 밀창 열고 철창 열고 꽃문 열면 그기 있어

일어나게 일어나게 신부씨야 일어나게
둘이 베자 해놓은 베개 혼자 베고 가고 없네
새별 같은 요강대와 발길에다 밀쳐 놓고
은자같은 병풍일랑 머리맡에 둘러 놓고
둘이 덥자 해논 이불 혼자 덮고 가였구나

곧 갈라요 곧 갈라요 오던 길로 곧 갈라요
나 줄라고 한 혼인수 상도꾼들 많이 주소
숨을 따서 상도꾼아 발 맞춰서 소리 질러

갈라요 갈라요 저 오던 길로 갈라요
가기사도 가여우만은 눈물이 거려서 못 가겄소
내 딸 주고 내 사우야 울고갈 길을 왜 왔느냐

아기 어르는 노래 / 불매 소리

자료코드 : 04_18_FOS_20090221_PKS_KJI_0001
조사장소 : 경상남도 함양군 유림면 서주리 우동마을 마을회관
조사일시 : 2009.2.21
조 사 자 : 서정매, 문세미나, 이진영, 조민정
제 보 자 : 김점이, 여, 81세
구연상황 : 어렸을 때 부르고는 처음 불러 보는 것이었는지 무척 부끄러워하면서도 즐거
　　　　　워하였다. 손으로 아기를 잡고 걸음마를 하는 시늉을 하면서 적극적으로 불러
　　　　　주었다.

　　불매 불매 불매야
　　이 불매가 뉘 불매고
　　경상도 대불매요
　　부르락 딱딱
　　부르락 딱딱

환갑 노래

자료코드 : 04_18_FOS_20090228_PKS_KJJ_0001
조사장소 : 경상남도 함양군 유림면 웅평리 웅평마을 마을회관
조사일시 : 2009.2.28
조 사 자 : 서정매, 정혜란, 이진영
제 보 자 : 김정자, 여, 76세
구연상황 : 청중들이 제보자에게 노래를 부추길 정도로 마을에서는 노래를 잘 부르는 편
　　　　　에 속하는 제보자였다. 웃음으로 화답을 하며 차분하면서도 자신감 있게 노래
　　　　　를 불러 주었다.

　　공자 맹자 내 아~들아
　　화초겉은 내 며느리
　　임전 자전 내 손자야~

천하의 일색 내 딸이야

만고의 한량 내 사우야

진날 갠날 모은~ 재산

요만만 하면은 넉넉하지

모심기 노래

자료코드 : 04_18_FOS_20090228_PKS_KJJ_0002
조사장소 : 경상남도 함양군 유림면 웅평리 웅평마을 마을회관
조사일시 : 2009.2.28
조 사 자 : 서정매, 정혜란, 이진영
제 보 자 : 김정자, 여, 76세
구연상황 : 마을 사람들의 환대를 받으며 노래를 불러 주었다. 청중들은 노래를 듣는 중
에 '잘한다'며 추임새를 넣기도 했다.

서 마~지기 논배미는~ 반달만치 넘 남았네

제가~ 무슨 반달일까~ 초승달~이 반달이제

다풀다풀 타박머리~ 해 다 진데 어디 가노

울 어~머니 산소등에~ 젖 묵으로 나는 가요

도라지 타령

자료코드 : 04_18_FOS_20090228_PKS_KJJ_0003
조사장소 : 경상남도 함양군 유림면 웅평리 웅평마을 마을회관
조사일시 : 2009.2.28
조 사 자 : 서정매, 정혜란, 이진영
제 보 자 : 김정자, 여, 76세
구연상황 : 도라지 타령을 해 달라는 조사자의 요구에 마을 사람들과 이야기를 한 다음 불

러 주었다. 부끄러워하면서도 흥이 났는지 스스로 박수를 치면서 불러 주었다.

도라지 도라지 도라~지~ 심심산천에 백도라지-
한두- 뿌리만~ 캐어~도 대바구니만 저리 철철 넘는구나

석탄 백탄 타는~데~ 연기만 퐁~퐁 나고요
요내 가슴~ 다 타~도~ 연기도 김도 아니 나네
에헤이용 에헤이용 에헤~이용
어여라 난다 지화자자 좋다
네가 내 간장 스리살살 다 녹힌다

시집살이 노래

자료코드 : 04_18_FOS_20090222_PKS_KJO_0001
조사장소 : 경상남도 함양군 유림면 국계마을 마을회관
조사일시 : 2009.2.22
조 사 자 : 서정매, 문세미나, 이진영, 조민정
제 보 자 : 김종옥, 여, 71세
구연상황 : 시집살이 노래를 한번 불러 달라고 하니 부끄러워했지만 다른 제보자가 부르
는 것을 보고 부르기 시작하였다. 처음엔 "형님 형님"으로 시작을 하였다가,
"성아 성아"로 바꾸어 불렀다. 청중들은 귀 기울여 듣고 있다가 노래가 끝나
면 환호를 하여 분위기가 매우 흥겨웠다.

성아 성아 사촌 성아
시집살이 어떻더노
시집살이 개집살이
앞밭에 고추 심어
뒷밭에 당초 심어
고추 당초 맵다 해도

시집살이 더 맵더라.

진주난봉가

자료코드 : 04_18_FOS_20090222_PKS_KJO_0002
조사장소 : 경상남도 함양군 유림면 국계마을 마을회관
조사일시 : 2009.2.22
조 사 자 : 서정매, 문세미나, 이진영, 조민정
제 보 자 : 김종옥, 여, 71세
구연상황 : 제보자가 시집살이 노래를 부른 후, 또 생각나는 노래가 있다고 하면서 다음
진주난봉가를 불렀다. 그러나 가사를 잘 기억하지 못해 중간에서 끊어졌다.

울도 담도 없는 집에

시집 삼년을 살고 나니

시어머니 하시는 말씀

아가 아가 며늘 아가

진주 남강에 빨래 가라

진주 남강에 빨래하러 가라

그라더라

흰 빨래는 희게 씻고

검은 빨래는 검게 씻어

모심기 노래 (1)

자료코드 : 04_18_FOS_20090223_PKS_KPD_0001
조사장소 : 경상남도 함양군 유림면 손곡리 지곡마을 마을회관

조사일시 : 2009.2.23

조 사 자 : 서정매, 문세미나, 이진영, 조민정

제 보 자 : 김판달, 여, 69세

구연상황 : 제보자는 진지하게 노래를 불러 주었다. 옆에 있는 청중들도 박수를 치며 노래를 들었다.

　　아래 헤이 웃논에 모꾼아 춘삼월이 어떻던고

　　우런 님이라 길 떠날 때 춘삼월에 온다데요

모심기 노래 (2)

자료코드 : 04_18_FOS_20090223_PKS_KPD_0002

조사장소 : 경상남도 함양군 유림면 손곡리 지곡마을 마을회관

조사일시 : 2009.2.23

조 사 자 : 서정매, 문세미나, 이진영, 조민정

제 보 자 : 김판달, 여, 69세

구연상황 : 제보자는 노래를 좋아하고 많이 기억을 하고 있어서 적극적으로 불러 주었다.

　　물꼬 호이호이 철철이 물 냄기(넘겨) 놓고 주인 한량 어데 갔소

　　문애 헤이 전복을 에와나 들고 첩의 집에 놀로 갔제

　　무슨 어드라 첩이건데 밤에 가고 낮에 가노

　　밤으로는 잠자로 가고 낮으로는 놀로 갔제

모심기 노래 (3)

자료코드 : 04_18_FOS_20090223_PKS_KPD_0003

조사장소 : 경상남도 함양군 유림면 손곡리 지곡마을 마을회관

조사일시 : 2009.2.23

조 사 자 : 서정매, 문세미나, 이진영, 조민정

제 보 자 : 김판달, 여, 69세

구연상황 : 제보자는 다음 모심기 노래를 불러 주었는데, 소리를 길게 빼어서 느리게 불렀다. 흔히 부르지 않는 모심기 노래이다.

매화 닷말 도는 덕석에 연작새야 저 새 쳐라
내해야 아무리라 후회를 한들 임 본 새가 날아가리

방귀 타령

자료코드 : 04_18_FOS_20090228_PKS_NDS_0001

조사장소 : 경상남도 함양군 유림면 옥매리 옥동마을 마을회관

조사일시 : 2009.2.28

조 사 자 : 서정매, 정혜란, 이진영

제 보 자 : 노동수, 여, 72세

구연상황 : 제보자에게 방귀 노래를 아는지 물었더니 바로 불러 주었다. 청중들도 모두 웃으면서 방귀 노래를 재미있게 들었다.

할아버지 방구는 호랭이 방구
며느리 방구는 숨은 방구
딸의 방구는 연지 방구

청춘가

자료코드 : 04_18_FOS_20090228_PKS_NDS_0002

조사장소 : 경상남도 함양군 유림면 옥매리 옥동마을 마을회관

조사일시 : 2009.2.28

조 사 자 : 서정매, 정혜란, 이진영

제 보 자 : 노동수, 여, 72세

구연상황 : 제보자가 청춘가의 흥거운 가락으로 다음 노래를 시작하자 청중들도 박수를 치며 함께 노래를 불렀다.

일본 동경 가신 님은~ 돈 벌어 오고요

공동묘지 가신 낭군 좋~다 언제나 올란~고

봄배추 노래

자료코드 : 04_18_FOS_20090228_PKS_NDS_0003
조사장소 : 경상남도 함양군 유림면 옥매리 옥동마을 마을회관
조사일시 : 2009.2.28
조 사 자 : 서정매, 정혜란, 이진영
제 보 자 : 노동수, 여, 72세
구연상황 : 다른 제보자의 노래가 끝나자 이어서 다함께 노래를 시작하였다. 분위기가 화
기애애해서인지 모두가 박수를 치며 노래를 불러 주었다.

새들새들 봄배추는 밤이슬 기다리고

옥에 갇힌 춘향이는 이도령 오기만 기다리고

좋구나 얼씨구 좋구나 아니 놀지는 못하리다

아기 어르는 노래 / 알강달강요

자료코드 : 04_18_FOS_20090228_PKS_NDS_0004
조사장소 : 경상남도 함양군 유림면 옥매리 옥동마을 마을회관
조사일시 : 2009.2.28
조 사 자 : 서정매, 정혜란, 이진영
제 보 자 : 노동수, 여, 72세
구연상황 : 조사자가 "알캉달캉"하며 앞 부분을 읊자 제보자가 노래를 알겠다는 듯이 시작
했다. 제보자가 노래를 다 부르고 나자 뒷부분은 청중이 받아서 불러 주었다.

알캉달캉 서울 가서

밤 한 되를 사왔더니

챗독 안에 여놨더니

들락날락 생앙쥐가

다 까먹고

한톨이가 남았구나

한톨이를 까갖고

손자하고 할미하고

너랑 나랑 딱 갈라 묵자

알캉달캉 알캉달캉

껍질락은 애미 주고

비늘락은 애비 주고

껍질은 며느리가 미운께 껍디기는 애미 주고

한톨이 남은 걸

손자하고 할매하고 둘이 묵고

알캉달캉 알캉달캉

노랫가락 / 마산서 백마를 타고

자료코드 : 04_18_FOS_20090228_PKS_NDS_0005
조사장소 : 경상남도 함양군 유림면 옥매리 옥동마을 마을회관
조사일시 : 2009.2.28
조 사 자 : 서정매, 정혜란, 이진영
제 보 자 : 노동수, 여, 72세
구연상황 : 제보자는 기억을 되새긴 후에 다음 노래를 불러 주었다. 청중들은 모두 박수
를 치면서 장단을 맞추었다.

마산서 백마를 타고~ 진주 보둑에 썩 올라서니

연꽃은 봉지를 짓고 수양버들은 춤 잘추네

수양버들 춤 잘 추는데 이내 인생은 와 춤 못 추~노

모심기 노래

자료코드 : 04_18_FOS_20090222_PKS_NMS_0001

조사장소 : 경상남도 함양군 유림면 국계마을 마을회관

조사일시 : 2009.2.22

조 사 자 : 서정매, 문세미나, 이진영, 조민정

제 보 자 : 노무선, 여, 82세

구연상황 : 모심기 노래를 불러 주었으나, 노랫가락의 선율로 노래를 불러 주었다. 받는
소리의 사설을 기억하지 못해 즉흥적으로 기억나는 사설을 불렀다.

몰꼬 청청 물 실어 놓고 주인 양반 어데~ 갔어~

해 다 져도 올 줄 몰라 보고 싶네 보고 싶어

울런 님이~ 보고 싶네

파랑새요

자료코드 : 04_18_FOS_20090222_PKS_NYS_0001

조사장소 : 경상남도 함양군 유림면 화촌리 화촌마을 마을회관

조사일시 : 2009.2.22

조 사 자 : 서정매, 문세미나, 이진영, 조민정

제 보 자 : 노영순, 여, 87세

구연상황 : 제보자는 노래로 부르지 않고 노래 가사를 읊어주었다.

새야 새야 파랑 새야

녹디 낭게 앉지 마라

녹디꽃이 떨어지면

청포 장사 울고 간다

그래, 고마.

아리랑

자료코드 : 04_18_FOS_20090222_PKS_NYS_0002
조사장소 : 경상남도 함양군 유림면 화촌리 화촌마을 마을회관
조사일시 : 2009.2.22
조 사 자 : 서정매, 문세미나, 이진영, 조민정
제 보 자 : 노영순, 여, 87세
구연상황 : 조사자의 노래 요청에 무슨 노래를 부를까 고민하다가 문득 생각나서 부른
          노래이다.

아리랑 아리랑 아라리야
아리랑 고개로 넘어간다
나를 바리고 가시는 님은
십 리를 못 가서 발병 난다

시집살이 노래

자료코드 : 04_18_FOS_20090222_PKS_NYS_0003
조사장소 : 경상남도 함양군 유림면 화촌리 화촌마을 마을회관
조사일시 : 2009.2.22
조 사 자 : 서정매, 문세미나, 이진영, 조민정
제 보 자 : 노영순, 여, 87세
구연상황 : 제보자는 노래를 잊어버렸다고 하면서도 계속 노래를 읊조리듯이 불러 주었
          다. 노래 가사 한 소절이 끝나면 이야기하듯이 한 마디 설명하고는 다음 소절
          로 이어갔다.

성아 성아 사촌 성아 시집살이 어떻더노

한께. 그냥 있다가 살 만하다 카거등.

조그만은 돌판에 수저 놓기 정 어렵고
중의 벗은 시아재비 해라 쿠카 하소 쿠카 말하기도 정 어렵고

그렇다카대.

쌍가락지 노래

자료코드 : 04_18_FOS_20090222_PKS_NYS_0004
조사장소 : 경상남도 함양군 유림면 화촌리 화촌마을 마을회관
조사일시 : 2009.2.22
조 사 자 : 서정매, 문세미나, 이진영, 조민정
제 보 자 : 노영순, 여, 87세
구연상황 : 제보자는 노래를 부르다가 생각이 잘 나지 않아서 몇 번씩 가사를 잊었다가
　　　　　 겨우 기억을 해서 다시 이어서 불렀다.

쌍금 쌍금 쌍가락지
수싯대기 밀가락지
호작질로 닦아내어

아이고, 그 다음은 잊어버렸다.

먼 데 보니 달이로세
곁에 보니 처녀로세
그 처녀 애기 자는 방에
숨소리가 둘이로세
양오라비 그말 마소

동남풍이 디리 불면

풍지 떠는 소리로다

아기 어르는 노래 / 알강달강요

자료코드 : 04_18_FOS_20090222_PKS_NYS_0005

조사장소 : 경상남도 함양군 유림면 화촌리 화촌마을 마을회관

조사일시 : 2009.2.22

조 사 자 : 서정매, 문세미나, 이진영, 조민정

제 보 자 : 노영순, 여, 87세

구연상황 : 제보자는 노래 가사를 잘 기억하지 못해 자신 있게 노래를 부르지 못했다. 노래를 부르는 도중에 가사가 맞는지 틀린지 물어보기도 했다.

달캉달캉 우리 아가

울 아버지 서울 가서

밤 한 되를 사 왔더니

껍띠기는 재끼 놓고

보니랑은 애비 주고

알이랑 어매이 먹고

알캉달캉

이 노래

자료코드 : 04_18_FOS_20090222_PKS_NPS_0001

조사장소 : 경상남도 함양군 유림면 사안리 사안마을 마을회관

조사일시 : 2009.2.22

조 사 자 : 서정매, 문세미나, 이진영, 조민정

제 보 자 : 노판선, 여, 74세

구연상황 : 제보자가 '이 노래'를 시작하기 전부터 청중들이 더 반가워하는 눈치였다. 청중들의 환호 속에서 '이 노래'를 읊조리듯이 불러 주었다.

머릿니는 강감초요 옷엣니는 백간초요
내 주둥이 쫑그만들 임금한테 말해 봤나
내 가슴이 먹통인들 우리나라 대궐 질 제 먹줄 한 줄 통가 봤나

석산바우 끝에 가서 고마 직이뺐어.

모심기 노래

자료코드 : 04_18_FOS_20090222_PKS_NPS_0002
조사장소 : 경상남도 함양군 유림면 사안리 사안마을 마을회관
조사일시 : 2009.2.22
조 사 자 : 서정매, 문세미나, 이진영, 조민정
제 보 자 : 노판선, 여, 74세
구연상황 : 제보자는 모심기 노래가 기억이 잘 나지 않는다고 했지만 노랫가락에 맞추어 다음 노래를 불러 주었다. 그러나 가사를 잘 기억하지 못해서 뒷부분을 다 잇지는 못했다. 오히려 청중들이 뒷부분의 가사를 전달해 주었다.

물꼬 철철 넘가 놓고 주인 양반 어데 갔소
문어 전복을 에와 들고 첩의 방에 놀러 갔소
무신 첩이 그리 중해 첩의 방에 놀러 갔소

사발가

자료코드 : 04_18_FOS_20090222_PKS_NPS_0003
조사장소 : 경상남도 함양군 유림면 사안리 사안마을 마을회관
조사일시 : 2009.2.22

조 사 자 : 서정매, 문세미나, 이진영, 조민정
제 보 자 : 노판선, 여, 74세
구연상황 : 도라지 타령의 노래에 맞추어 불러 주었다. 가사가 재미있게 진행되어 모두의
　　　　　웃음을 받으며 노래를 불러 주었다.

석탄 백탄 타는데 연기만 퐁퐁 나는구나

요내 가슴은 다 타도 연기도 짐도(김도) 안 나네

석탄 백탄 한방탄아 길영탄아 조경탄아 마경탄아

장작불 거푸지기 양골욕 새끼시마는 타는데

요내 가슴은 다 타도 연기도 짐도 안 나네

에헤용 에헤용 에헤이용

어야라 난다 지화자가 좋다

네가 내 애간장을 다 녹힌다

노랫가락 / 배꽃은 장가 가고

자료코드 : 04_18_FOS_20090223_PKS_MSJ_0001
조사장소 : 경상남도 함양군 유림면 손곡리 지곡마을 마을회관
조사일시 : 2009.2.23
조 사 자 : 서정매, 문세미나, 이진영, 조민정
제 보 자 : 민숙자, 여, 82세
구연상황 : 제보자는 노랫가락으로 다음 노래를 불러 주었다.

배꽃은 장가를 가고 석류꽃은 요각(유곽) 가고

앞산아 잊지를 말아 뒷동산아 해로를 마라

꽃 피고 잎 지는 낭게 열매 보고서 나는 간다

다리 세기 노래

자료코드 : 04_18_FOS_20090223_PKS_MSJ_0002

조사장소 : 경상남도 함양군 유림면 손곡리 지곡마을 마을회관

조사일시 : 2009.2.23

조 사 자 : 서정매, 문세미나, 이진영, 조민정

제 보 자 : 민숙자, 여, 82세

구연상황 : 제보자는 차분한 목소리로 다음 노래를 불러 주었다. 노래를 부르고 난 후 모두 재미있다는 듯이 웃었다.

> 이거리 저거리 갓거리
>
> 진주 맹근 또맹근
>
> 작바리 해양근
>
> 도래 줌치 사례육
>
> 육구 육구 찔레 육구
>
> 당산에 할머니
>
> 엎어질똥 말똥

모심기 노래

자료코드 : 04_18_FOS_20090301_PKS_MWJ_0001

조사장소 : 경상남도 함양군 유림면 손곡리 손곡마을 마을회관

조사일시 : 2009.3.1

조 사 자 : 서정매, 정혜란, 이진영

제 보 자 : 민우조, 여, 78세

구연상황 : 제보자는 '서 마지기 노래'는 아직 안 불렀다며, "서 마지기"로 시작하는 모심기 노래부터 여러 편을 불러 주었다.

> 서 마지기 논빼미는~ 반달만큼 남아 있네
>
> 제가 무슨 반달이라~ 초승달이 반달이지

물꼬랑 철철 물 넘기 놓고~ 주인네 양반 어디로 갔소
문어 전복을 에와 들고~ 첩의 집에 놀로를 갔소

무슨 누야 첩이걸래 밤에 가고 낮에 가요-
낮으-로는야 놀러 가고~ 밤으로는 자로 가요

다풀 다풀 타박머리~ 해 다 진데 어데를 가요
울 어머니 산소 등에~ 젖 묵으로 나는 가요

진주난봉가

자료코드 : 04_18_FOS_20090301_PKS_MWJ_0002
조사장소 : 경상남도 함양군 유림면 손곡리 손곡마을 마을회관
조사일시 : 2009.3.1
조 사 자 : 서정매, 정혜란, 이진영
제 보 자 : 민우조, 여, 78세
구연상황 : 모심기 노래를 부르고 난 뒤 이어서 불러 주었다. 목소리가 고와서 노래를 잘
         불렀다. 끝부분에 가서 가사를 기억하지 못해 말로 바꾸어 이야기를 하다가
         다시 가사를 기억해서 노래로 마무리해 주었다.

울도 담도 없는 집에
시집살이 삼 년을 살고 나니
시어마시 하시는 말씀
아가 아가 며늘아가
진주 낭군이 오신단다
검은 빨래는 검게 씻고
흰 빨래는 희게 씻고
집이라고 들어오니

기상첩을 옆에 끼고

권주가가 한창이네

이방 저방 다 놔두고

요내 방으로 후아 들어

무명지 손수~건에

목을 달아 죽었구나

일어나게 일어~나게

본댁 머시야 일어나게

고마 잊었뻤다.

본처 정은 백년 정이고

첩의 정은 3년이라

사랑가

자료코드 : 04_18_FOS_20090301_PKS_MWJ_0003

조사장소 : 경상남도 함양군 유림면 손곡리 손곡마을 마을회관

조사일시 : 2009.3.1

조 사 자 : 서정매, 정혜란, 이진영

제 보 자 : 민우조, 여, 78세

구연상황 : 제보자가 자신 없다고 했지만, 아는 데까지 노래를 불러 달라고 하자 용기를
내어 불러 주었다. 다행히 가사를 끝까지 잘 기억하여 불러 주었다. 창부 타
령으로 부르는 경기민요 '사랑가'이다.

장구를 다쳐도 부르는 달빛

마음을 다쳐도 파고드는 사랑

사랑이~ 달빛이냐~ 달-빛이 사랑이냐

정든 내 가슴에 사랑만 가득히 파고드네

사랑- 사랑 사랑이란 기 무엇인지

보일 듯이 아니 보이고~ 잡-힐 듯이도 놓쳤으니

나 혼자 꿈에 나눈 기 이것이 모두가 금분님이라

서울 갔다 오는 길에

자료코드 : 04_18_FOS_20090301_PKS_MWJ_0004
조사장소 : 경상남도 함양군 유림면 손곡리 손곡마을 마을회관
조사일시 : 2009.3.1
조 사 자 : 서정매, 정혜란, 이진영
제 보 자 : 민우조, 여, 78세
구연상황 : 옛날에 제보자가 어렸을 때에 불렀던 노래라며 구연해 주었다. 창부 타령의
선율로 노래를 불러 주었다.

서울 갔다 오는 길에

장모 한 장 쑥떡을 팔고

재인(장인) 한 장 짚신을 팔고

깊이 쓴 갓을 재치 씌고

집이라고 돌아온께

새별같은 자석을 보고~

반달같은 마누라를 보니~

하고 올 걸 하고 올 걸

반절이-라~도 하고 올 걸

소전에도 백정놈아

개전에도 역정놈아

우리 부모 그 절 받아

천년 살고 만년을 사나~

너랑 나랑 달리 살자

방귀 타령

자료코드 : 04_18_FOS_20090222_PKS_PGS_0001
조사장소 : 경상남도 함양군 유림면 화촌리 화촌마을 마을회관
조사일시 : 2009.2.22
조 사 자 : 서정매, 문세미나, 이진영, 조민정
제 보 자 : 박갑순, 여, 76세
구연상황 : 제보자는 가사가 우스워서인지 멋쩍게 한 번 웃고는 노래를 불러 주었다. 노래라기보다는 읊어 주듯이 불러 주었다.

시아바이 방구는 호랑이 방구

시어마이 방구는 무서분(무서운) 방구

며느리 방구는 도둑 방구

시누 방구는 연지 방구

서방 방구는 덮어줄 방구

모심기 노래

자료코드 : 04_18_FOS_20090222_PKS_PGS_0002
조사장소 : 경상남도 함양군 유림면 화촌리 화촌마을 마을회관
조사일시 : 2009.2.22
조 사 자 : 서정매, 문세미나, 이진영, 조민정
제 보 자 : 박갑순, 여, 76세
구연상황 : 제보자는 웃으면서 자신감 있게 노래를 불러 주었다.

서 마지기 논배미는 반달만치 남았구나

제가(너가) 무슨 반달이고 초승달이 반달이제
초승달만 반달이가 그믐달도 반달이제

모야 모야 노랑 모야 언제 커서 열매 열래
이달 가고 훗달 가면 다 커 갖고 열매 열래

구월 시월 달이 다 되믄 구시월이 닥치오면 다 끝납니다.

다풀 다풀 타박머리 해 지는데 어데 가노
울 어머니 산소 등에 젖 묵으로 나는 간다

물꼬는 철철 넘어가는데
주인 양반 어디 가서 물꼬도 들중도 모르시노
아이고 답답 감장사야 요내 가슴이 다 탄다

화투 타령

자료코드 : 04_18_FOS_20090222_PKS_PGS_0003
조사장소 : 경상남도 함양군 유림면 화촌리 화촌마을 마을회관
조사일시 : 2009.2.22
조 사 자 : 서정매, 문세미나, 이진영, 조민정
제 보 자 : 박갑순, 여, 76세
구연상황 : 제보자는 적극적이면서 차분하게 잘 불러 주었다. 노래 부르던 중에 청중이
가사에 대해서 말하자 순간 노래가 잠시 끊기긴 했으나 다시 이어서 불러 주
었다.

정월 솔갱이 솔씨를 받아
이월 매조 맺아 놓고
삼월 사쿠라 산란한 마음

사월 흑싸리 허송하다

오월 난초 나는 난초

유월 목단 춤 잘 춘다

칠월 홍돼지 홀로 누워

팔월 공산에 달 쏟았네

구시월이 닥치 오믄(오면)

시월 단풍에 다 떨어졌소

다리 세기 노래

자료코드 : 04_18_FOS_20090222_PKS_PGS_0004
조사장소 : 경상남도 함양군 유림면 화촌리 화촌마을 마을회관
조사일시 : 2009.2.22
조 사 자 : 서정매, 문세미나, 이진영, 조민정
제 보 자 : 박갑순, 여, 76세
구연상황 : 청중들도 모두 아는 노래여서 제보자가 부르고 나서 청중들도 이어서 다시
부르곤 하였다.

이거리 저거리 각거리

진주 맹근 또맹근

짝빠리 히양근

도래 줌치 사래육

육도 육도 천리육

하늘에 올라 두룸박

밀양 아리랑

자료코드 : 04_18_FOS_20090222_PKS_PGS_0005
조사장소 : 경상남도 함양군 유림면 화촌리 화촌마을 마을회관
조사일시 : 2009.2.22
조 사 자 : 서정매, 문세미나, 이진영, 조민정
제 보 자 : 박갑순, 여, 76세
구연상황 : 앞의 사설을 노랫가락으로 부르다가 중간 부분부터는 아리랑의 곡조로 불렀
다. 노래가 끝나고는 가사가 더 있는데 생각이 나지 않는다고 아쉬워했다.

산청읍에 물레방에는 물을 안고 돌고요
우리 집에 우런 임은(우리 님은) 나를 안고 돈다
아리 아리랑 씨리 씨리랑 아라리가 났네-에-
아리랑 고개 고개로 날 넘겨 주소

너냥 나냥

자료코드 : 04_18_FOS_20090222_PKS_PGS_0006
조사장소 : 경상남도 함양군 유림면 화촌리 화촌마을 마을회관
조사일시 : 2009.2.22
조 사 자 : 서정매, 문세미나, 이진영, 조민정
제 보 자 : 박갑순, 여, 76세
구연상황 : 제보자는 노래를 부르는 중에 이것이 맞는지 아닌지 물어보기도 했다. '양산
도'로 시작하는 노래를 부르고는 '너냥 나냥'의 노래로 바꾸어 불렀다.

함양 산청 물레방에 물을 안고 돌고요
우리 집에 서방님은 나를 안고 돈다

내냥 내냥 둘이 둥실 놀고요
밤이 밤이나 낮이 낮이나 참사랑이로구나

너냥 내냥 둘이 둥실 놀고요
밤이나 낮이나 참사랑이로구나

의암이 노래

자료코드 : 04_18_FOS_20090222_PKS_PMS_0001
조사장소 : 경상남도 함양군 유림면 화촌리 화촌마을 마을회관
조사일시 : 2009.2.22
조 사 자 : 서정매, 문세미나, 이진영, 조민정
제 보 자 : 박명순, 여, 83세
구연상황 : 제보자는 이야기하듯이 다음 노래의 가사를 읊어 주었다.

진주 기생 의암이는 우리 조선 살리자고
팔도 장군 목을 안고 진주 남강 떨어졌다

다리 세기 노래

자료코드 : 04_18_FOS_20090222_PKS_PMS_0002
조사장소 : 경상남도 함양군 유림면 화촌리 화촌마을 마을회관
조사일시 : 2009.2.22
조 사 자 : 서정매, 문세미나, 이진영, 조민정
제 보 자 : 박명순, 여, 83세
구연상황 : 조사자의 요청에 다음 노래를 말하듯이 읊어 주었다.

이거리 저거리 짝거리
진주 맹근 또맹근
짝바리 희양근
도래 줌치 사래육
육도 육도 천리육

하늘에 올라 두룸박

우리 집 서방님은

자료코드 : 04_18_FOS_20090222_PKS_PMS_0003
조사장소 : 경상남도 함양군 유림면 화촌리 화촌마을 마을회관
조사일시 : 2009.2.22
조 사 자 : 서정매, 문세미나, 이진영, 조민정
제 보 자 : 박명순, 여, 83세
구연상황 : 제보자는 처음엔 노래를 모른다고 계속 머뭇거리고 하지 않다가 조사자의 계
속된 요청에 노래를 하게 되었다. 그렇지만 막상 노래를 부르기 시작한 뒤에
는 시원하게 잘 불러 주었다.

우리 집 서방님은 오른쪽 판으로(노름판으로) 갔는데
공산아 명월아 사칠팔로만 돌려라

우리 서방님은 함경도 명태잽이로 갔는데
바람아 강풍아 석 달 열흘만 불어라

보리타작 노래

자료코드 : 04_18_FOS_20090221_PKS_PJS_0001
조사장소 : 경상남도 함양군 유림면 서주마을 마을회관
조사일시 : 2009.2.21
조 사 자 : 서정매, 문세미나, 이진영, 조민정
제 보 자 : 박재순, 여, 75세
구연상황 : 제보자는 노래를 부를 때 손동작으로 보리타작 흉내를 내면서 불러 주었다.
우스개로 부르는 보리타작 노래에 청중들도 모두 큰 소리로 깔깔거리며 웃었
다. 뒷부분은 청중으로 있던 김석곤 씨가 부른 것이다.

에오 에오

때리라 때리라

재수씨도 내 손만 바래고

아니 참 그게 아니더라.

에-오-

때리라 이게

때리라 에오

때리라

이게도 때리고

저게도 때리고

청중   처대기라 처대기라

뚜디라 또 뚜디리라

여도 하고

저도 하고

뚜디리라

아기 어르는 노래

자료코드 : 04_18_FOS_20090221_PKS_PJS_0002

조사장소 : 경상남도 함양군 유림면 서주마을 마을회관

조사일시 : 2009.2.21

조 사 자 : 서정매, 문세미나, 이진영, 조민정

제 보 자 : 박재순, 여, 75세

구연상황 : 제보자는 손동작을 하면서 다음 노래를 불러 주었다. 처음에는 '불매 소리'를 부르다가 '알캉달캉요'로 자연스럽게 이어졌다. 듣고 있던 청중들이 따라서

부르기도 했다.

불매 불매
이 불매가 니 불매고
갱상도라 대불매
부르락 딱딱 부르락 딱

새앙지가
들락날락 다 까묵고
빈껍데이만 남았는데
한 톨이가 남아서
까 가지고
너하고 내하고
달캉달캉 나눠 묵자

다리 세기 노래

자료코드 : 04_18_FOS_20090221_PKS_PJS_0003
조사장소 : 경상남도 함양군 유림면 서주마을 마을회관
조사일시 : 2009.2.21
조 사 자 : 서정매, 문세미나, 이진영, 조민정
제 보 자 : 박재순, 여, 75세
구연상황 : 조사자의 요청에 제보자가 손동작으로 다리 세는 동작을 하면서 부른 것이다.

이거리 저거리 갓거리
진주 맹근 도맹근
짝바리 해양근
도래매 줌치 장또깍

이거리 저거리 각거리

진주 맹근 도맹근

짝바리 해양근

도래 줌치 사래육

육도 육도 전라도

하늘에 올라 두룸박

화투 타령

자료코드 : 04_18_FOS_20090221_PKS_PJS_0004
조사장소 : 경상남도 함양군 유림면 서주마을 마을회관
조사일시 : 2009.2.21
조 사 자 : 서정매, 문세미나, 이진영, 조민정
제 보 자 : 박재순, 여, 75세
구연상황 : 모두가 아는 노래여서인지 제보자가 부르자 청중들도 듣고 있던 중에 따라서
함께 불러 주었다.

정월 솔가지 솔솔한 마음

이월 매조에 맺아 놓고

삼월 사쿠라 산란한 마음

사월 흑싸리 흐쳐 놓고

오월 난초 아리라

유월 목단에 춤 잘 춘다

칠월 홍돼지 홀로 남아

팔월 공산에 달 솟았네

구월 국화 굳은 마음

시월 단풍에 뚝 떨어졌네

청춘가

자료코드 : 04_18_FOS_20090228_PKS_PJI_0001
조사장소 : 경상남도 함양군 유림면 옥매리 옥동마을 마을회관
조사일시 : 2009.2.28
조 사 자 : 서정매, 정혜란, 이진영
제 보 자 : 박정임, 여, 78세
구연상황 : 제보자가 노래를 시작하자, 청중들은 모두 박수를 치며 나지막한 소리로 함께
　　　　　불러 주었다.

　　　청사초롱에~ 불 밝혀 두거라~

　　　잊었던 낭군을~ 좋~다 또다시 보고~로~

다리 세기 노래

자료코드 : 04_18_FOS_20090222_PKS_PPS_0001
조사장소 : 경상남도 함양군 유림면 국계마을 마을회관
조사일시 : 2009.2.22
조 사 자 : 서정매, 문세미나, 이진영, 조민정
제 보 자 : 박판선, 여, 69세
구연상황 : 제보자가 어렸을 때 불렀던 노래를 불러 보겠다고 하면서 흥겹게 부르기 시
　　　　　작했다. 노래를 다 부르고 나자 청중들도 모두 즐거워하면서 웃음바다가 되
　　　　　었다.

　　　이거리 저거리 갓거리

　　　진주 맹근 도맹근

　　　짝발래 해양근

　　　도래 줌치 사래육

　　　육도 육도 전라육

　　　하늘에 올라 제비콩

정지문이 딸그락

짝발래 해양근

노랫가락

자료코드 : 04_18_FOS_20090228_PKS_SKN_0001
조사장소 : 경상남도 함양군 유림면 옥매리 옥동마을 마을회관
조사일시 : 2009.2.28
조 사 자 : 서정매, 정혜란, 이진영
제 보 자 : 서기남, 여, 81세
구연상황 : 목소리가 작은 편의 제보자였다. 다른 제보자들의 권유로 노래를 부르기 시작
했는데, 청중은 제보자가 목소리가 작자, 나지막하게 박수를 쳐 주었고 잘한
다며 추임새를 넣으며 분위기를 돋우었다.

삼사월 긴긴 해에 점심 굶고도 못 살레라
동지섣달 긴긴 밤에 임이 홀로 누웠으니
앉아 생각 누여 생각 생각 생각 임의 생각
내 정 내 정을 다 재쳐 놓고야
임의야 정은~ 잠깐이로~다

울 너매 담 너매 꼴 베는 총각아
내 말 들어라 내 말 듣고야 떡 받아 먹어라
울여난 저 다리 서창에 비춰서
우런 님 볼수록 사랑만 나는구나

서산에 지는 해는 지고져 지느냐
날 두고 가는 님이 가고 싶어 가느냐

노랫가락 / 그네 노래

자료코드 : 04_18_FOS_20090222_PKS_SYS_0001
조사장소 : 경상남도 함양군 유림면 대치마을 마을회관
조사일시 : 2009.2.22
조 사 자 : 서정매, 문세미나, 이진영, 조민정
제 보 자 : 서영석, 여, 74세
구연상황 : 어렸을 때 친구들과 같이 불렀던 노래 중에 기억이 나면 불러 달라고 하니
제보자가 그네 노래를 부르기 시작했다. 조용하게 불러 주었는데 중간에 가사
를 잘 못 부르자, 청중들이 서로 기다린 듯이 가사를 얘기해 주어서 다시 이
어서 노래를 마무리하였다.

수천당 세모시 낭개 늘어진 가지에 그네를 매~어-

임이 뛰면 내가나 밀고 내가 뛰면은 임이 밀~어

임아 임아 줄 살살 밀어라 줄 떨어-지면은 정 떨어진다

독수공방 노래

자료코드 : 04_18_FOS_20090222_PKS_SYS_0002
조사장소 : 경상남도 함양군 유림면 대치마을 마을회관
조사일시 : 2009.2.22
조 사 자 : 서정매, 문세미나, 이진영, 조민정
제 보 자 : 서영석, 여, 74세
구연상황 : 제보자는 기억이 잘 나지 않는다며 노래를 하지 않으려 했지만, 조사자의 요
청에 이내 노래를 불러 주었다. 노래의 제목도 모르고 불렀다며 끝이 더 있는
데 기억이 나지 않는다고 하였다.

개나리 진달래 만발하고 독수공방이 어디딘고

남해 님 절개를 몰라주니~ 내 설움~답답해 어이할꼬

아기 재우는 노래

자료코드 : 04_18_FOS_20090222_PKS_SYS_0003
조사장소 : 경상남도 함양군 유림면 대치마을 마을회관
조사일시 : 2009.2.22
조 사 자 : 서정매, 문세미나, 이진영, 조민정
제 보 자 : 서영석, 여, 74세
구연상황 : 제보자는 노래를 잘 모른다고 하였지만 기억나는 데까지 불러 달라고 요청하
　　　　　자 다음 노래를 불러 주었다. 조용한 목소리로 찬찬히 불러 주었으나 중간에
　　　　　가사를 기억하지 못해 조사자의 도움으로 기억을 되살리며 노래를 마무리하
　　　　　였다.

　　　자장 자장 우리 아가
　　　앞집 개도 짖지 말고
　　　뒷집 개도 짖지 말고
　　　꼬꼬닭아 울지 마라
　　　우리 아기 잘도 잔다

봄배추 노래

자료코드 : 04_18_FOS_20090222_PKS_SYS_0004
조사장소 : 경상남도 함양군 유림면 대치마을 마을회관
조사일시 : 2009.2.22
조 사 자 : 서정매, 문세미나, 이진영, 조민정
제 보 자 : 서영석, 여, 74세
구연상황 : 제보자는 차분한 목소리로 노래를 불러 주었다. 가사가 다른 지역에서 제보된
　　　　　것에 비해서 좀 더 길게 구성되어 있다.

　　　새들새들 봄배~추는 밤이슬 오기만 기다리고
　　　옥에 갇힌 춘향~이는 이도령 오기만 기다리고

백설 같은 흰나~비는 장다리 밭으로 왕래하고
황금 같은 꾀꼬~리는 버들가지로 왕래한다

권주가

자료코드 : 04_18_FOS_20090222_PKS_SYS_0005
조사장소 : 경상남도 함양군 유림면 대치마을 마을회관
조사일시 : 2009.2.22
조 사 자 : 서정매, 문세미나, 이진영, 조민정
제 보 자 : 서영석, 여, 74세
구연상황 : 제보자는 목소리에 힘은 별로 없는 편이었지만 예전에 많이 불렀던 노래였는
지 자신감이 있었다. 다만 뒷부분의 가사가 생각이 나지 않아서 아쉬워하였다.

잡으시오 잡으~나~시오
이 술 한 잔을 잡으~시오-
이- 술은 다름이 아니라
먹고 놀자는- 권주~가-요-

노랫가락

자료코드 : 04_18_FOS_20090223_PKS_SSS_0001
조사장소 : 경상남도 함양군 유림면 손곡리 지곡마을 마을회관
조사일시 : 2009.2.23
조 사 자 : 서정매, 문세미나, 이진영, 조민정
제 보 자 : 석시순, 여, 71세
구연상황 : 제보자는 차분한 목소리로 적극적으로 불러 주었다.

창밖에 장치는 님아 네 장친다고 내 나가리
너를 보다 더 고운 님도 내팔 배고서 잠들었네

창밖에 애달지 말고 오던 길로만 돌아서소

모심기 노래

자료코드 : 04_18_FOS_20090301_PKS_SJK_0001
조사장소 : 경상남도 함양군 유림면 유평리 유평마을 마을회관
조사일시 : 2009.3.1
조 사 자 : 서정매, 정혜란, 이진영
제 보 자 : 손정갑, 남, 70세
구연상황 : 조사자가 모심기 노래를 불러 달라고 요청하니 목을 빼면서 긴 소리로 불러
주었다. 가사를 많이 기억하여 연속으로 불러 주었다.

이 논에다 모를 부어 모 쪄내기 난감하네

서 마지기 논배미가 반달만치 남았구나
저가 무슨 반달인고 초승달이 반달이제

다풀 다풀 타박머리 해 다 진데 어데 가노
울 어머니 산소 등에 젖 먹으러 나는 가요

오늘 해가 다 졌는가 까막 깐치가 자러 드네
우리 임은 어디 가고 자러들 줄 모르는고

서울 가신 저 선배야 우리 선배 아니오나
오기사 오요만은 칠성판에 실려온다.

진주 당산 앞사랑에 장기 두는 처남동아
여동일세 너의 눈님(누님) 남동일세 나를 주라

동해 동창 돋는 해가 서해 서창 넘어가네

금년아 금죽대감 왕대 끝을 넘어간다.

이 논에다 모를 심어 잔일 나서 영화로다

들어내세 들어내세 이 모판을 들어내세
남은 가닥 세 가닥에 남은 가락 들어내세

생일잔치 노래

자료코드 : 04_18_FOS_20090222_PKS_SSJ_0001
조사장소 : 경상남도 함양군 유림면 국계마을 마을회관
조사일시 : 2009.2.22
조 사 자 : 서정매, 문세미나, 이진영, 조민정
제 보 자 : 송순자, 여, 76세
구연상황 : 제보자는 어렸을 때 불러 본 어머니 생일잔치 노래를 해 보겠다고 하면서 나서서 불렀다. 생일잔치 노래에서 자연스럽게 "봉올 봉올 봉숭아는"으로 시작하는 노래로 넘어갔다.

이때 저때 어는 땐고
춘삼월에 호시절에
우리 어머이 생신 때네
생신 잔치 뭘로 할꼬
생신 잔치 술로 하지
술이라니 뭐신 술고
맛도 좋고 빛도 좋아
글로해서 청강주라
그술 묵은 지정 끝에
노래 한 자리 불러 보세

봉올 봉올 봉숭아는 햇빛으로 피어나고

계룡산 개아리는 절로 나서 낭기 되고

빛도 좋다 금봉개는~ 가지가-지- 금빛 났소

화투 타령

자료코드 : 04_18_FOS_20090222_PKS_SSJ_0002
조사장소 : 경상남도 함양군 유림면 국계마을 마을회관
조사일시 : 2009.2.22
조 사 자 : 서정매, 문세미나, 이진영, 조민정
제 보 자 : 송순자, 여, 76세
구연상황 : 제보자는 젊을 때 친구들과 같이 부르던 노래라고 하면서 불러 주었다. 기존의 화투 타령과는 다른 가사로 불러 주었다. 청중들은 노래를 하는 동안 조용히 듣고 있다가 노래가 끝나자 잘한다며 박수를 치곤 했다.

오동동 숲 속에 봉학이 놀고

봉학이 숲 속에 아캉이 논다

후유호양이 흰 양산 들고~

비 싼 집으로 곰돌아 돈다

사쿠라 이십 홍단 부는 소리

공산 삼십이 남아 든다

기러기 잡아 술 안주 놓고~

국화주 걸러라 짓고 놀자

오동추야 열두 개 속에

심심처녀가 솔과 노네

생일잔치 노래

자료코드 : 04_18_FOS_20090301_PKS_SSJ_0001
조사장소 : 경상남도 함양군 유림면 손곡리 손곡마을 마을회관
조사일시 : 2009.3.1
조 사 자 : 서정매, 정혜란, 이진영
제 보 자 : 신성주, 여, 83세
구연상황 : 제보자는 생일잔치 때 부르는 노래라며 창부 타령 곡조로 불러 주었다. 듣고
있던 청중도 추임새를 넣으며 흥겨워 했다. 제보자는 노래를 부르고 나자 웃
으면서 부끄러움을 표시하였다.

이때 저때 어느 때냐~

춘삼월 호시 때냐

우리 부모 생신 때냐

술을 먹고 채전 끝에-

노래 한 상을 불러 보자

무슨- 노래를 불러나 보까~

꽃노래를 불러 보자-

노랫가락 (1) / 수양산 고사리 꺾어

자료코드 : 04_18_FOS_20090301_PKS_SSJ_0002
조사장소 : 경상남도 함양군 유림면 손곡리 손곡마을 마을회관
조사일시 : 2009.3.1
조 사 자 : 서정매, 정혜란, 이진영
제 보 자 : 신성주, 여, 83세
구연상황 : 제보자는 다른 노래도 해 보라는 청중들의 요구에 처음에는 못한다고 했지만,
잠시 후 다른 노래를 한 번 해 보겠다며 불러 준 것이다. 청중들은 박수를 치
며 노래를 경청하였다.

수양산~ 고사리 꺾어 이수난간에 잉어를 낚아

오이 양반 안주를 놓고~ 은하녹수야 술 부어라
술맛도 좋지야만은~ 임을 보니께 더욱 좋~다

노랫가락 (2) / 그네 노래

자료코드 : 04_18_FOS_20090301_PKS_SSJ_0003
조사장소 : 경상남도 함양군 유림면 손곡리 손곡마을 마을회관
조사일시 : 2009.3.1
조 사 자 : 서정매, 정혜란, 이진영
제 보 자 : 신성주, 여, 83세
구연상황 : 노랫가락으로 그네 노래를 부르다가 중간에 가사를 잠시 잊자, 청중 중에서
정일선과 우삼순이 함께 불러 주었다.

수천당 세모시 낭개~ 늘어진 가지다 군데를 매어-
임이 뛰면 내가 밀고~ 내가 뛰면은 임이 밀어
임아 임아 줄 미지 마라 줄 떨어지면은 정 떨어진다
줄이야 떨어질망정 깊이 든 정이 더욱 좋네

너냥 나냥

자료코드 : 04_18_FOS_20090222_PKS_SJS_0001
조사장소 : 경상남도 함양군 유림면 사안리 사안마을 마을회관
조사일시 : 2009.2.22
조 사 자 : 서정매, 문세미나, 이진영, 조민정
제 보 자 : 신점순, 여, 63세
구연상황 : 제보자는 부끄러워 하며 차분한 목소리로 다음 노래를 불러 주었다.

함양 산천 물래방아 물을 안고 돌고요
우리 집에 우리 님에 나를 안고 돈다

너냥 내냥 두리둥실 하고요

밤이 밤이나 낮이 낮이나 서로 안고 돈다

함양읍에 군수 각시

자료코드 : 04_18_FOS_20090222_PKS_SJS_0002
조사장소 : 경상남도 함양군 유림면 사안리 사안마을 마을회관
조사일시 : 2009.2.22
조 사 자 : 서정매, 문세미나, 이진영, 조민정
제 보 자 : 신점순, 여, 63세
구연상황 : 앞의 노래에 이어서 제보자가 불러 준 것이다. 차분한 목소리로 노래를 불러
주었다.

함양읍에 군수 각시 제일 잘났다 해도

연지 분통 떨어징게 너나 내나

아기 재우는 노래

자료코드 : 04_18_FOS_20090222_PKS_SJS_0003
조사장소 : 경상남도 함양군 유림면 사안리 사안마을 마을회관
조사일시 : 2009.2.22
조 사 자 : 서정매, 문세미나, 이진영, 조민정
제 보 자 : 신점순, 여, 63세
구연상황 : 조사자가 아기 재우는 노래를 불러 달라고 하자 부른 것이다.

자장 자장

우리 아기 잘도 잔다

앞집 닭아 우지 마라

뒷집 개야 짖지 마라

우리 아기 잘도 잔다

첩 노래

자료코드 : 04_18_FOS_20090222_PKS_YOM_0001
조사장소 : 경상남도 함양군 유림면 사안리 사안마을 마을회관
조사일시 : 2009.2.22
조 사 자 : 서정매, 문세미나, 이진영, 조민정
제 보 자 : 양오만, 여, 73세
구연상황 : 제보자는 청중들이 노래에 집중을 하는 상황에서 적극적으로 잘 불러 주었다.

산과 옥산 대마당에 꽃이 한쌍이 피었구나
저게 가는 저 선부야(선비야) 꽃을 보고 지내가나
나비가 꽃을 보믄 존줄애사(좋은줄이야)에 알지만은
남의 꽃이 손될 소냐
한 무랭이 돌아서는 반달거튼 본처 있고
두 모랭이 돌아가믄 새별거튼 첩도 있고
입기 좋은 두루마기 본처 방에이 걸어 놓고
씨기 좋은 반갓설랑 첩의 방에다가 걸어 놓고
한 손에는 술상을 들고 한 손에는 조롱 들고
첩아 첩아이 문 열어라 백년 친구가 일나 들어간다
첩아 첩아 홀몸 나여 본처야 간장이 다 녹는다
본처야 간장이 다 녹더라도 임의 손목을 못 놓컸네
어라야 요년아 요망할 년 본처가 박대를 하라 말가

다리 세기 노래

자료코드 : 04_18_FOS_20090222_PKS_YOM_0002
조사장소 : 경상남도 함양군 유림면 사안리 사안마을 마을회관
조사일시 : 2009.2.22
조 사 자 : 서정매, 문세미나, 이진영, 조민정
제 보 자 : 양오만, 여, 73세
구연상황 : 제보자가 다음 노래를 부르자 청중들이 모두 웃음을 터뜨렸다.

　　　이거리 저거리 갓거리

　　　진주 맹근 도맹근

　　　짝바리 해양근

　　　도래 줌치 사래육

　　　육두 육두 전라도

　　　하늘에 올라 제비콩

　　　똘똘 말아 장도칼

남녀 연정요 (1) / 서울 선비 연을 띄워

자료코드 : 04_18_FOS_20090222_PKS_YOM_0003
조사장소 : 경상남도 함양군 유림면 사안리 사안마을 마을회관
조사일시 : 2009.2.22
조 사 자 : 서정매, 문세미나, 이진영, 조민정
제 보 자 : 양오만, 여, 73세
구연상황 : 제보자는 청중들의 호응을 받으며 다음 노래를 불러 주었다.

　　　서울 선배(선비) 연을 띄와 거지왕산에 연 앉았네

　　　아리 웃방(아래웃방) 시누들아 연줄 걷는 구경가자

　　　연줄을 다 자치나(재쳐) 놓고

　　　저 건네라 왕대밭에 처녀 둘이서 밭을 맨다

비녀 주게 네 몸을 사자 댕기 줄게 네 몸 사자 에

비녀 댕기 돈 삼 전에 이내 몸을 팔을라소냐

우리 아버지 알고 보믄 뽕나무가지 횟가지로

이내 몸에다가 갱기(감아서) 친다

남녀 연정요 (2) / 저 건네라 남산 밑에

자료코드 : 04_18_FOS_20090222_PKS_YOM_0004

조사장소 : 경상남도 함양군 유림면 사안리 사안마을 마을회관

조사일시 : 2009.2.22

조 사 자 : 서정매, 문세미나, 이진영, 조민정

제 보 자 : 양오만, 여, 73세

구연상황 : 제보자가 앞의 노래에 이어서 부른 노래이다.

저 건네라 남산 밑에 나무 비는 남도령아

오만 나무를 다 베어도 오죽설대를랑 베지 마라

올키와 내년을 길러 낙숫대를 후아 잡아

장발 앞에 물이나 들면 옥동처녀를 낚을라네

안 낚는다며는 열녀로다 못 낚면다면 상사로다

상사 열녀 고를 맺아 골 풀어지도록 살아 볼래

배추 씻는 처녀 노래

자료코드 : 04_18_FOS_20090222_PKS_YOM_0005

조사장소 : 경상남도 함양군 유림면 사안리 사안마을 마을회관

조사일시 : 2009.2.22

조 사 자 : 서정매, 문세미나, 이진영, 조민정

제 보 자 : 양오만, 여, 73세

구연상황 : 제보자는 남녀 연정요를 계속 기억하여 불렀다. 청중들도 적극 호응하며 노래
에 집중했다.

녹수청산 흐르난 물에

배차잎 씻는동 저 처녀야

배차사 씻네만은

고운 홀목(손목)을 다 젖는다

고분 홀목이 다 젖더래도

끝에 그잎 다 자치 놓고

속에 속대를 나를 도라(달라)

한 번 보면 초면이요

두 번 본다면 임이로다.

화투 타령

자료코드 : 04_18_FOS_20090222_PKS_YOM_0006
조사장소 : 경상남도 함양군 유림면 사안리 사안마을 마을회관
조사일시 : 2009.2.22
조 사 자 : 서정매, 문세미나, 이진영, 조민정
제 보 자 : 양오만, 여, 73세
구연상황 : 청중들도 모두 아는 노래여서인지 녹음 중인데도 낮은 소리로 함께 불러 주
었다.

정월 솔갱이 솔씨를 받아

이월 매조에 맺아 놓고

삼월 사쿠라 산란한 마음

사월 흑사리 허송하네

오월 난초 나는 나비

유월 목단에 춤 잘 춘다

칠월 홍돼지 홀로 누워

팔월 공산에 달이 솟아

구월 국화 굳었던 마음

시월 흑싸리가 허송하네

오 동지 육 섣달에

허송하기만 허송하네

환쟁이 노래

자료코드 : 04_18_FOS_20090222_PKS_YOM_0007
조사장소 : 경상남도 함양군 유림면 사안리 사안마을 마을회관
조사일시 : 2009.2.22
조 사 자 : 서정매, 문세미나, 이진영, 조민정
제 보 자 : 양오만, 여, 73세
구연상황 : 제보자는 흥겨운 분위기에서 청춘가 가락에 맞추어 다음 노래를 불렀다.

환쟁이 싱글이 싱글벙글

야산에 불고나 좋다 풀 베지를 말아요

환쟁이 신갈에 좋다 야산된다네

에얏골 부친을 춤 잘 추는데 에야

진주 기상이 좋다야 맞장구를 치는구나 에~

노장대라 뒷산에

자료코드 : 04_18_FOS_20090222_PKS_YOM_0008
조사장소 : 경상남도 함양군 유림면 사안리 사안마을 마을회관

조사일시 : 2009.2.22

조 사 자 : 서정매, 문세미나, 이진영, 조민정

제 보 자 : 양오만, 여, 73세

구연상황 : 제보자는 앞의 노래에 이어서 다음 노래를 계속 불렀다.

노장대라 뒷산에 악멀구야 다래는

보고도 오야 못 묵는 좋다야 악멀구 다래야

밀양 아리랑

자료코드 : 04_18_FOS_20090228_PKS_YEY_0001

조사장소 : 경상남도 함양군 유림면 옥매리 옥동마을 마을회관

조사일시 : 2009.2.28

조 사 자 : 서정매, 정혜란, 이진영

제 보 자 : 염은엽, 여, 72세

구연상황 : 다른 제보자들이 노래하는 것을 지켜보다가 용기가 생겼는지 갑자기 노래를
시작했다. 양산도를 아리랑의 선율로 불렀다. 제보자도 스스로 박수를 치며
노래를 불렀고 청중들도 모두 박수를 치며 장단을 맞추었다.

함양 산천 물레방아는 물을 안고 돌고

우리 집의 우런 님은 날 안고 돈다

아리 아리랑 스리 스리랑 아라리가 낫네

아리랑 고개로 날 넘어간다

도라지 타령

자료코드 : 04_18_FOS_20090228_PKS_YEY_0002

조사장소 : 경상남도 함양군 유림면 옥매리 옥동마을 마을회관

조사일시 : 2009.2.28

조 사 자 : 서정매, 정혜란, 이진영
제 보 자 : 염은엽, 여, 72세
구연상황 : 제보자는 스스로 박수를 치면서 장단을 맞추며 노래 불렀다. 청중들도 함께
　　　　　박수를 치며 분위기를 돋구었다.

　　　도라지 도라지 도라지 심심산천 백도라지

　　　한두 뿌렁이만 캐어도 대바구니 저리 철철이 넘노라

　　　에헤용 에헤용 에헤용

　　　어야라 난다 지화자자가 좋다

　　　요기 저 산밑에 도라지가 한들한들

사발가

자료코드 : 04_18_FOS_20090228_PKS_YEY_0003

조사장소 : 경상남도 함양군 유림면 옥매리 옥동마을 마을회관

조사일시 : 2009.2.28

조 사 자 : 서정매, 정혜란, 이진영

제 보 자 : 염은엽, 여, 72세

구연상황 : 제보자는 앞의 도라지 타령에 이어서 다음 노래를 불렀다.

　　　석탄 백탄 타는 데는 연기만 폴~씬 나는~데

　　　요내 가슴 타는 거는~ 연기도 김도나 아니나와

청춘가 (1)

자료코드 : 04_18_FOS_20090228_PKS_YEY_0004

조사장소 : 경상남도 함양군 유림면 옥매리 옥동마을 마을회관

조사일시 : 2009.2.28

조 사 자 : 서정매, 정혜란, 이진영

제 보 자 : 염은엽, 여, 72세

구연상황 : 제보자는 노래를 몇 편 부른 후 자신감이 생겼는지 목청을 더욱 높여 다음 노래를 불렀다. 청중들도 박수를 치며 분위기를 맞추었다.

질가 집에 담장은~ 높아야 좋고~야~

술집에 아줌마는 에혜~야라 고와야 좋구나

압록강 칠백 리여 유리 공굴 놓구요

기차만 왔다 가도 에이~혜여라 인생 광난다니

청춘의 밑에다가 소주병 달구요

걸음걸이 뽐내다가 에이~여라 소주병 깼다~네

동경 농경 가신 낭군 돈 벌면 오고요

우리야 인생은 에여라 요라다가 만다네

노랫가락 (1) / 그네 노래

자료코드 : 04_18_FOS_20090228_PKS_YEY_0005

조사장소 : 경상남도 함양군 유림면 옥매리 옥동마을 마을회관

조사일시 : 2009.2.28

조 사 자 : 서정매, 정혜란, 이진영

제 보 자 : 염은엽, 여, 72세

구연상황 : 제보자는 이제 신명을 내어 다음 노래를 불러 주었다.

수천당 세모시 남개에 늘어진 가지에 군데를매어

임이 뛰면 내가야~ 밀고 내가 뛰며는 임이야 뛴다

임아 임아 줄 살살 밀어 줄 떨어지면 정 떨어-진다

그 줄이 떨어나~지면 줄이 아니라이 원수~로다

시계 노래

자료코드 : 04_18_FOS_20090228_PKS_YEY_0006
조사장소 : 경상남도 함양군 유림면 옥매리 옥동마을 마을회관
조사일시 : 2009.2.28
조 사 자 : 서정매, 정혜란, 이진영
제 보 자 : 염은엽, 여, 72세
구연상황 : 제보자는 스스로 박수를 치며 다음 노래를 불러 주었다. 노랫가락이었는데, 노래 가사를 청중들이 잘 몰라서인지 따라서 부르지는 않고 조용히 박수를 치며 분위기를 맞추었다.

벽장에 걸린 시계야 뚱땅거리고 가지 마라

니가 가면 세월이 가고 세월이 가면은 청춘이 늙어

이팔 청춘 젊은 님이 어디 갈 곳이 어찌 없어

독수공방 홀로만 앉아 한시 같기가 웬 말인고

창부 타령

자료코드 : 04_18_FOS_20090228_PKS_YEY_0007
조사장소 : 경상남도 함양군 유림면 옥매리 옥동마을 마을회관
조사일시 : 2009.2.28
조 사 자 : 서정매, 정혜란, 이진영
제 보 자 : 염은엽, 여, 72세
구연상황 : 청중이 앞 소절을 애기하자 제보자는 문득 다음 노래가 생각이 났는지 바로 불러 주었다. 제보자가 박수를 치며 노래를 불렀는데, 청중들도 박수를 치며 장단을 맞추었다.

니(뉘) 많고 돌 많은 밥은 임이 없는 탓이로다

나도 언제 유정님 만나 니 없는 밥 먹어 볼꼬

얼씨구 좋다 지화자 좋네 아니 놀지는 못하리다

노랫가락 (2)

자료코드 : 04_18_FOS_20090228_PKS_YEY_0008
조사장소 : 경상남도 함양군 유림면 옥매리 옥동마을 마을회관
조사일시 : 2009.2.28
조 사 자 : 서정매, 정혜란, 이진영
제 보 자 : 염은엽, 여, 72세
구연상황 : 제보자가 노래를 부르자 청중들이 모두 박수를 치며 장단을 맞추었다. 창부
타령에 이어 다음 노랫가락이 생각났는지 불러 주었다.

살아야만 내 사람이냐 잠든 사람이 내 사람이라

꽃이야 좋다고 해도 봄 넘어가면 좋지 않고

임 얼굴이 곱다 하여도 나이가 들면 늙어지네

해 다 지고 달 돌아 오는데 처녀 한 쌍이 도망가네

석 자 수건 목에다 걸고 총각 둘이서 뒤따르네

얼씨구 좋다 지화자 좋네 아니놀지는 못하리다

청춘가 (2)

자료코드 : 04_18_FOS_20090228_PKS_YEY_0009
조사장소 : 경상남도 함양군 유림면 옥매리 옥동마을 마을회관
조사일시 : 2009.2.28
조 사 자 : 서정매, 정혜란, 이진영
제 보 자 : 염은엽, 여, 72세
구연상황 : 제보자는 앞의 노랫가락에 이어 청춘가 가락의 노래를 불러 주었다.

나비는 꽃을 찾아 꽃밭을 헤매고

나는야 임을 찾아 에헤이야라 골짝을 헤맬라네

아사리 숲에다가 친구만 잃고요

친구야 찾기가 에헤야라 난감도나 하다네

모심기 노래

자료코드 : 04_18_FOS_20090228_PKS_OKS_0001
조사장소 : 경상남도 함양군 유림면 옥매리 차의마을 마을회관
조사일시 : 2009.2.28
조 사 자 : 서정매, 정혜란, 이진영
제 보 자 : 오기순, 여, 83세
구연상황 : 모심기 노래를 요청하자 긴소리로 느리게 노래를 불러 주었다. 다른 청중들은
간식을 먹으면서 노래를 경청하였다.

서 마~지기~ 논빼미가 반달~마치 남았구나
무슨- 제가 반달~일까 초승~달이 반달-이제

다풀~다풀 다박머리 해 다 진데 어디를 가노
울어머니 산소-등에 젖 먹으러 허이 나는 가네

우리 엄마 어디를 가고
골골마다 연기난데 연기 낼 줄 모르는고

신세 타령

자료코드 : 04_18_FOS_20090228_PKS_OKS_0002
조사장소 : 경상남도 함양군 유림면 옥매리 차의마을 마을회관
조사일시 : 2009.2.28
조 사 자 : 서정매, 정혜란, 이진영
제 보 자 : 오기순, 여, 83세
구연상황 : 조사자가 이야기를 하고 있는데 제보자가 갑자기 다음 노래를 불러 주었다.

노래를 부르는 동안 청중들은 모두 귀를 기울여 경청하였다.

뒷동산에 고목 낭군 날캉같이 속만 썩네
속이 썩어야 남이 아나 겉이 썩어야~ 남이 알지

마당가에 목개풀은~ 날캉같이도 속만 타고
속이 타야 남이 아나~ 겉이 타야 남이 알지

노랫가락

자료코드 : 04_18_FOS_20090228_PKS_OKS_0003
조사장소 : 경상남도 함양군 유림면 옥매리 차의마을 마을회관
조사일시 : 2009.2.28
조 사 자 : 서정매, 정혜란, 이진영
제 보 자 : 오기순, 여, 83세
구연상황 : 제보자가 노래를 시작하였으나 중간에 가사를 기억하지 못하자 나지막하게
노래를 따라 부르던 청중이 큰 소리로 이어서 불러 주었다. 제보자는 먼저 노
랫가락으로 일명 '그네 노래'를 부른 후, 계속 같은 노랫가락으로 일명 '봄배
추 노래'를 이어서 불렀다.

수천당 세-모시 낭개~ 늘어진 가지에 구네를 매어-
임이 뛰-면- 내가~ 밀고 내가 뛰면은 임이 밀고
임아 임아 줄 놓지 마라~ 줄 떨어지-면 정 떨어진-다-

푸른 푸른 봄배추는~ 밤이슬 오기만 기다리고
옥에 갇힌 춘향이는~ 이도령 오기만 기다린다

다리 세기 노래

자료코드 : 04_18_FOS_20090228_PKS_OKS_0004
조사장소 : 경상남도 함양군 유림면 옥매리 차의마을 마을회관
조사일시 : 2009.2.28
조 사 자 : 서정매, 정혜란, 이진영
제 보 자 : 오기순, 여, 83세
구연상황 : 제보자는 몇 명이 다리를 펴고 앉아서 다리를 세는 행동을 취한 상태에서 다
음 노래를 느린 속도로 불러 주었다.

이거리 저거리 갓거리
진주 맹근 도맹근
짝발이 해양근
도래 줌치 사래육
육구 육구 찔레 육구
당산에 할머니
도래 줌치 사래육

노랫가락 / 그네 노래

자료코드 : 04_18_FOS_20090222_PKS_ODR_0001
조사장소 : 경상남도 함양군 유림면 사안리 사안마을 마을회관
조사일시 : 2009.2.22
조 사 자 : 서정매, 문세미나, 이진영, 조민정
제 보 자 : 오두레, 여, 76세
구연상황 : 제보자가 다음 노래를 부르자 청중들이 박수를 쳐 주어 흥겨운 분위기가 되
었다. 그런데 노래를 부르던 중 가사를 기억하지 못해서 중간에 끊어지니 청
중들이 받아서 불러 주었다.

수천당 세모시 낭개 당사실로 막 그네를 매어서

임이 밀면 내가나 뛰며는 임이 밀고

임아 임아 줄 밀지 마고 줄 떨어지면은 정 떨어진다(청중 : 좋다)

줄이사 떨어질망정 내 정조차 떨어질소냐

올라가는 진복네야

자료코드 : 04_18_FOS_20090223_PKS_ODI_0001

조사장소 : 경상남도 함양군 유림면 손곡리 지곡마을 마을회관

조사일시 : 2009.2.23

조 사 자 : 서정매, 문세미나, 이진영, 조민정

제 보 자 : 오두이, 여, 69세

구연상황 : 제보자는 조용한 목소리로 노랫가락 곡조로 다음 노래를 불러 주었다.

올라가는 진복네야 내려가는 진복네야

아래 운상 꾀꼬리야 웃 지방 금비둘키

금이 금산에 군데 매어(그네를 매어)

요리 좋기 노던 동무 난데 없는 손이 와서

각강 사방 다 헤쳤네(헤어졌네)

아해야 그말 마라 철관에다 꽃을 심어

꽃을 진다 잊을소냐 잎 진다고 잊을소냐

좋은 바람 불거들랑 한 곳으로 상봉하세

화투 타령

자료코드 : 04_18_FOS_20090223_PKS_ODI_0002

조사장소 : 경상남도 함양군 유림면 손곡리 지곡마을 마을회관

조사일시 : 2009.2.23

조 사 자 : 서정매, 문세미나, 이진영, 조민정
제 보 자 : 오두이, 여, 69세
구연상황 : 제보자는 차분하게 다음 노래를 불러 주었다.

정월 솔갱이 솔씨를 받아

이월 매조에 맺어 놓고

삼월 사쿠라 굳은 마음

사월 흑싸리 허송했네

오월 난초 나는 나비

유월 목단에 춤 잘 추네

칠월 홍돼지 홀로 누워

팔월 공산에 달 솟았네

시월 흑사리 허송하여

뭐이고?

십일월 단풍에 뚝 떨어졌네

도라지 타령

자료코드 : 04_18_FOS_20090301_PKS_WSS_0001
조사장소 : 경상남도 함양군 유림면 손곡리 손곡마을 마을회관
조사일시 : 2009.3.1
조 사 자 : 서정매, 정혜란, 이진영
제 보 자 : 우삼순, 여, 83세
구연상황 : 도라지 노래를 아느냐고 묻자 바로 노래를 불러 주었다. 이내 다른 가사의 도
라지 타령은 말로 가사를 설명하면서 구연해 주었다.

도라지 도라지 백도라지

한두 뿌리만 캐어도
서방님 반찬이 되노라

도라지 도라지 백도라지
심심산천에 백도라지
오데가 날 데가 없어서
양바위 틈에다 났노

사발가

자료코드 : 04_18_FOS_20090301_PKS_WSS_0002
조사장소 : 경상남도 함양군 유림면 손곡리 손곡마을 마을회관
조사일시 : 2009.3.1
조 사 자 : 서정매, 정혜란, 이진영
제 보 자 : 우삼순, 여, 83세
구연상황 : 조사자가 석탄 백탄이라고 말하자 청중 한 명이 모른다고 하였지만, 제보자가
　　　　　 알고 다음 노래를 불러 주었다.

석탄 백탄 타는데 요내 가슴 타는데
한품에 든 님도 모르는가
요내 가심- 타는 줄 어느 누구가 알소~냐

봄배추 노래

자료코드 : 04_18_FOS_20090301_PKS_WSS_0003
조사장소 : 경상남도 함양군 유림면 손곡리 손곡마을 마을회관
조사일시 : 2009.3.1
조 사 자 : 서정매, 정혜란, 이진영

제 보 자 : 우삼순, 여, 83세

구연상황 : 제보자가 스스로 손뼉을 치며 흥겹게 노래를 불러 주었다. 청중들도 노래를
부르는 동안 모두 조용히 귀를 기울여 들었고, 노래가 끝나자 예전에 이런 노
래를 많이 불렀다며 한 마디씩 하였다.

포롱 포롱 봄배추는 봄비 오기만을 기다리고
옥에 갇힌 춘향이는 이도령 오기만을 기다린다

남녀 연정요

자료코드 : 04_18_FOS_20090301_PKS_WSS_0004

조사장소 : 경상남도 함양군 유림면 손곡리 손곡마을 마을회관

조사일시 : 2009.3.1

조 사 자 : 서정매, 정혜란, 이진영

제 보 자 : 우삼순, 여, 83세

구연상황 : 제보자는 노래로 부르기가 힘이 들어서 가사를 읊어 주는 식으로 구연해 주
었다. 노래의 끝 부분에서 청중의 도움을 받아서 가사를 마무리했다.

남산 밑에 남도령아 서산 밑에 서도령아
오만 나무 다 베어도 우중대랑 베지 마라
올 키워 내년 키워 낙숫대로 후울려네
몬 후우몬 상사되고 낚으면은 열녀로다
영사 상사 고를 맺어 풀릴대로 살아 보자

양산도

자료코드 : 04_18_FOS_20090301_PKS_WSS_0005

조사장소 : 경상남도 함양군 유림면 손곡리 손곡마을 마을회관

조사일시 : 2009.3.1

조 사 자 : 서정매, 정혜란, 이진영
제 보 자 : 우삼순, 여, 83세
구연상황 : 밀양 아리랑의 선율에 맞추어 노래를 불러 주었다. 듣고 있던 청중이 잘한다
고 하자 기분이 좋았는지 소리 내어 웃으며 부끄러워하였다.

함양 산천 물레방애 물을 안고 돌고~
우리 집에 우런 님은 나를 안고 돈다

보리타작 노래

자료코드 : 04_18_FOS_20090301_PKS_WSS_0006
조사장소 : 경상남도 함양군 유림면 손곡리 손곡마을 마을회관
조사일시 : 2009.3.1
조 사 자 : 서정매, 정혜란, 이진영
제 보 자 : 우삼순, 여, 83세
구연상황 : 보리타작을 하면서 불렀던 노래를 기억하느냐는 조사자의 물음에 부끄러운
듯이 다음 노래를 불렀다. 가사가 재미있어서인지 듣고 있던 청중들이 모두
큰 소리로 웃었다.

에호 에호
형수씨도 내 좆만 믿고
제수씨고 내 좆만 믿고
에호 에호
내 좆만 믿고

여 때리고
저 때리고
에호 에호
여 때리고

에호

저게 때리고 에호

형수씨도 내 손만 믿고

제수씨도 내 손만 믿고

에호 에호

여기 때려라 에호

저기 때려라 에호

노랫가락 / 나비 노래

자료코드 : 04_18_FOS_20090301_PKS_WSS_0007

조사장소 : 경상남도 함양군 유림면 손곡리 손곡마을 마을회관

조사일시 : 2009.3.1

조 사 자 : 서정매, 정혜란, 이진영

제 보 자 : 우삼순, 여, 83세

구연상황 : 예전에 부른 노래라며 나비 노래를 불러 주었다. 노랫가락의 선율로 노래를
　　　　　 불러 주었다.

　　　　나비야 청산을 가자

　　　　가다 가다가 저물걸랑 꽃밭 속에나 자고 감~세-

　　　　꽃이 지고 없거들랑은 잎 속에라도 자고 가세

아기 어르는 노래

자료코드 : 04_18_FOS_20090301_PKS_WSS_0008

조사장소 : 경상남도 함양군 유림면 손곡리 손곡마을 마을회관

조사일시 : 2009.3.1

조 사 자 : 서정매, 정혜란, 이진영

제 보 자 : 우삼순, 여, 83세
구연상황 : 아기 어를 때 부른 노래라면서 차분하게 노래를 불러 주었다.

　　불매불매 불매불매
　　이 불매가 뉘 불맨고
　　칠부 칠성 보배동아
　　금자동아 옥자동아
　　칠부 칠성 보배동아

생일잔치 노래

자료코드 : 04_18_FOS_20090301_PKS_WSS_0009
조사장소 : 경상남도 함양군 유림면 손곡리 손곡마을 마을회관
조사일시 : 2009.3.1
조 사 자 : 서정매, 정혜란, 이진영
제 보 자 : 우삼순, 여, 83세
구연상황 : 제보자는 노래를 잘 모른다고 하였지만 함께 불러 주겠다는 말에 용기를 내
　　어 노래를 불러 주었다. 청중들도 따라서 노래를 불러 주었다.

　　이때 접때 어는 때냐
　　춘삼월 호시때냐
　　우리 부모 생신 때냐
　　술을 묵고 채전 끝에
　　노래 한 상 불러 보자
　　무슨 노래를 불러나 볼까
　　꽃노래를 불러 보자

이 노래

자료코드 : 04_18_FOS_20090301_PKS_YCS_0001
조사장소 : 경상남도 함양군 유림면 손곡리 손곡마을 마을회관
조사일시 : 2009.3.1
조 사 자 : 서정매, 정혜란, 이진영
제 보 자 : 유차선, 여, 78세
구연상황 : 제보자는 오래된 노래여서 잘 기억이 나지 않는다고 하였지만 잘 불러 주었
다. 청중들은 이런 노래가 있었느냐며 모두 고개를 끄덕이며 감탄하였다.

머릿 니는 감감초요 옷엣 니는 백감초라

네 발이 육 발인들 조선 천지 댕겨 봤나

네 등거리 높다고 해도 우리 조선 지을 적에

돌 한 덩이 되어 봤나

네 가슴이 먹통이 있다고 해도

진주 촉석 지을 적에 먹줄 한번 팅가 봤나

환갑 노래

자료코드 : 04_18_FOS_20090301_PKS_YCS_0002
조사장소 : 경상남도 함양군 유림면 손곡리 손곡마을 마을회관
조사일시 : 2009.3.1
조 사 자 : 서정매, 정혜란, 이진영
제 보 자 : 유차선, 여, 78세
구연상황 : 제보자는 웃음이 많은 편이었는데 노래를 부르면서도 약간 부끄러웠는지 노
래를 부르다가 웃기도 하였다.

백년 사랑은 내 낭군이오

공자 맹자는 내 아들이라

집안의 화초는 내 며느리

오지나 가지나 내 손자야

요조 숙녀 내 딸인데

정 잘났다 내 사우야

오늘 일기로 오신 손님

대접은 손수하지만

엄만하기로 노다 가세요

도라지 타령

자료코드 : 04_18_FOS_20090301_PKS_YCS_0003
조사장소 : 경상남도 함양군 유림면 손곡리 손곡마을 마을회관
조사일시 : 2009.3.1
조 사 자 : 서정매, 정혜란, 이진영
제 보 자 : 유차선, 여, 78세
구연상황 : 제보자는 손뼉을 치면서 즐겁게 다음 노래를 불러 주었다. 청중들도 즐거워하며 경청하였다. 도라지 타령을 부르고는 사발가의 사설로 이어서 계속 불러 주었다.

도라지 도라지 도라지 심심산천에 백도라지

네 어데 날 데가 없어서 양바구 뒤 틈에 가서 났느냐

에헤이용 에헤이용 에헤이요

어여라 난다 지화자가자가 좋다

니가 내 간장을 스리살살 다 녹혔네

석탄 백탄 타는데 연기는 모리 몽땅 나는구나

요내 가슴은 다 타도 연기도 짐도 안 난다

모심기 노래

자료코드 : 04_18_FOS_20090301_PKS_YCS_0004
조사장소 : 경상남도 함양군 유림면 손곡리 손곡마을 마을회관
조사일시 : 2009.3.1
조 사 자 : 서정매, 정혜란, 이진영
제 보 자 : 유차선, 여, 78세
구연상황 : 긴소리로 모심기 노래를 불러 주었다. 청중들은 과자와 음료수를 먹으면서 노래를 경청하였고, 노래를 다 부르자 잘한다며 추임새를 넣기도 하였다.

오늘 해가 다 져 가는데 이헤이에~ 골짝 골~짝 연기가 나네-
울 엄니는도 어데를 가고~ 연기낼~ 줄을 모르나시오-

못 갈 장가 노래

자료코드 : 04_18_FOS_20090301_PKS_YCS_0005
조사장소 : 경상남도 함양군 유림면 손곡리 손곡마을 마을회관
조사일시 : 2009.3.1
조 사 자 : 서정매, 정혜란, 이진영
제 보 자 : 유차선, 여, 78세
구연상황 : 조사자가 제보자에게 '한 모랭이'로 시작하는 노래를 아느냐고 묻자 기억은 하고 있지만 가사가 워낙 길어서 잘 못 부를 수도 있다고 하였지만 성심껏 잘 불러 주었다.

하늘에라 하상부야 밀양 땅에 장개 올까
앞집에 가서 궁합을 보고 뒷집에 가서 책략을 보고
책력에도 몬 갈 장개 궁합에도 몬 갈 장개
내가 씌와서 가는 장개 이럭저럭 챙겨 갖고
한 모랭이 돌아강께 까마구 까치가 진동하네
두 모랭이를 돌아가니 피랭이 씬 놈이 썩 나성서

두 손으로 주는 편지 한 손으로 받아갖고
아하 불캉 죽었구나 신부씨가 죽었구나

　　인자 궁합에도 못 가고 책략에도 못 갈 장개를 가이께네 마 죽었어. 신
부가.

세 모랭이를 돌아 가니 찌아지비 썩 나서네
첫채 대문 열어 보니 콩밭섬이 노디로다
두채 대문을 열어 보니 나락섬이 노디로다
세채 대문 열어 보니 쪼그만한 처남 아기가
재형 재형 우리 재형 좋기사도 좋지만은
긴 머리 마주 풀어 우리 누나 죽고 없소
아하 불캉 처남 아가 그말 한 분 더 해 봐라
좋기사도 좋지만은 긴 머릴사 우리 누야
자는 듯이 가고 없소
이방 열고 저방 열고 재피 방문을 열어 보니
삼탄 같은(삼단같은) 머리라쿤 가슴에다 사리 놓고
자는 듯이 가고 없네
요 비단 요 이부자리 둘이 덮자 해여 놓고
혼자 덮고 가고 없네
재인 장모 들어 보소 홈탕 겉고 홈탕 지고
울고 가는 남아요

모심는 노래

자료코드 : 04_18_FOS_20090221_PKS_LSY_0001

조사장소 : 경상남도 함양군 유림면 서주마을 마을회관
조사일시 : 2009.2.21
조 사 자 : 서정매, 문세미나, 이진영, 조민정
제 보 자 : 이수영, 남, 71세
구연상황 : 제보자는 가사가 기억나는 대로 모심기 노래로 불러 주었다.

　　　오늘 해가 다 졌는가 골골마다 연기 나네
　　　울 엄니는 어디를 가고 연기낼 줄 모르시오

　　　서 마지기 논배미가 반달만큼 남았구나
　　　제가 무슨 반달이냐 초승달이 반달이지

　　　모야 모야 노랑모야 언제 커서 열매 열래
　　　이달 크고 훗달 크고 구시월에 열매 열래

　　　물길랑 철철 물 넘나 놓고 주인 양반 어디 갔소

　　　석영은(석양은) 펄펄 저재를 넘고 나의 갈 길은 수천 리네

노랫가락 (1) / 그네노래

자료코드 : 04_18_FOS_20090223_PKS_LYS_0001
조사장소 : 경상남도 함양군 유림면 손곡리 지곡마을 마을회관
조사일시 : 2009.2.23
조 사 자 : 서정매, 문세미나, 이진영, 조민정
제 보 자 : 이용순, 여, 72세
구연상황 : 제보자는 조용한 목소리로 차분하게 다음 노래를 불러 주었다.

　　　수천당 세모시 낭게 늘어진 낭게 그네를 매어
　　　임이 뛰면 내가 나밀고 내가 뛴다면 임이 밀어
　　　임아 임아 줄 살살 밀어라 줄 떨어지면은 정 떨어지요

진주난봉가

자료코드 : 04_18_FOS_20090223_PKS_LYS_0002
조사장소 : 경상남도 함양군 유림면 손곡리 지곡마을 마을회관
조사일시 : 2009.2.23
조 사 자 : 서정매, 문세미나, 이진영, 조민정
제 보 자 : 이용순, 여, 72세
구연상황 : 제보자는 조용하고 차분한 목소리로 다음 노래를 불러 주었다.

울도 담도 없는 집에 시집 삼년을 살고 나니
아가 아가 며늘 아가 진주 남강에 빨래 가자
흰 빨래는 희게 하고 검은 빨래는 검게 하고
하늘 같은 갓을 씌고 구름 같이 지내 와서
집에라고 들어오니 시오마시 하는 말씀
아가 아가 며늘 아가 진주 신랑을 볼라고 들면
아릇방 문을 열고 봐라 아랫방 문을 열고 나니
기상첩을 얻어 놓고 권주가가 한참이네
요방 조방 다 댕기서 요내 방으로 들어가서
아홉 가지 약을 놓고 석 자 세치 맹지 수건
목을 잘라서(졸라서) 죽었구나
그 소리를 깊이 듣고 보선발로 뛰어와서
일어나게 일어나게 백 년 친구야 일어나게
기생첩은 오 년이라

못 갈 장가 노래

자료코드 : 04_18_FOS_20090223_PKS_LYS_0003
조사장소 : 경상남도 함양군 유림면 손곡리 지곡마을 마을회관

조사일시 : 2009.2.23
조 사 자 : 서정매, 문세미나, 이진영, 조민정
제 보 자 : 이용순, 여, 72세
구연상황 : 제보자는 앞의 진주난봉가에 이어서 차분하게 다음 노래를 불러 주었다.

스물이라 열아홉에 첫 장개를 갈라 하니
앞집에서 궁합 보고 뒷집에서 책력 보고
궁합에도 못 갈 장개 책력에서 못 갈 장개
지가 시워 가는 장개 지나 살큼 다녀오요
한 모랭이 돌아 가니 까막 깐치가 진동하고
두 모랭이 돌아 간께 여수 새끼가 재를 넘고
세 모랭이를 돌아 간께 피랭이 한 놈이 썩 나섭선(쓱 나서며)

두 손으로 주는 편지를 한 손으로 받아갖고
두 손으로 피어 보니(펴 보니) 아하 불쌍 죽었구나
유봉선이가 죽었구나
제가 세아 가는 장개 지나 살쿰 다녀오요
여기 오는 아버지도 오던 질로 도돌아 서소
여게 오는 하신 분도 오는 질로 도돌아 서소
지가 세워 가는 장개 지나 살쿰 다녀오요

한 남대문을 열고 보니 공포선을 노디 노코
두 남대문을 열고 보니 말도 매고 소도 매고
새 남대문을 열고 보니 쪼끄마는 처남 말이
싱지동을(상기둥을) 얼싸 안코
오늘 오는 새 매부야 좋기사도(좋기도) 좋지만은
분통 겉은 우리 누님은 자는 듯이 가고 없소

아르 행진 내려 서서 밀창 열고 설창 열고

골방 문을 열고 보소 아르 행지 내리 서서

밀창 열고 서창 열고 골방 문을 열고 보니

둘이 베잡고 집 베개는 혼자 베고 가고 없네

둘이 덮자고 해 놓은 이불은 혼자 덮고 가고 없네

삼단 겉은 저 머리는 베개 넘에다 던져 놓고

자는 듯이 가고 없네 외씨 같이 접은 버선은

신을 듯이 해여 놓코 자는 듯이 가고 없네

재인(장인) 장모 들어 보소

나 줄라고 해논 밥은

사릿밥에다가 말에 노소(말아 놓으시오)

나줄라꼬 해논 술은 상두꾼의 머리 마소

시물이라 상두꾼아

먼 데 사람 뵈기 좋게 젙에 사람 듣기 좋게

그들은 그리고 놀아 봐라

젓가락 짝도 짝이 있고 도시락 짝도 짝이 있고

칭이짝같은 내 팔자야 내 팔자가 와 요롱노

남녀 연정요

자료코드 : 04_18_FOS_20090223_PKS_LYS_0004
조사장소 : 경상남도 함양군 유림면 손곡리 지곡마을 마을회관
조사일시 : 2009.2.23
조 사 자 : 서정매, 문세미나, 이진영, 조민정
제 보 자 : 이용순, 여, 72세

구연상황 : 제보자는 조용한 목소리로 차분하게 노래를 불러 주었다.

저 건네라 남산 밑에 나무 베는 남도령아

오만 나무를 다 베여도 오죽대설대랑 베지 마오

올 키와 내년 키와 수삼 년을 키와갖고

후월난에 낚을라네 옥동 처녀를 낚을라네

낚는다면은 열녀로다 못 낚는다면은 상사로다

열녀 상사 골 맺어 놓고 골 풀리두룩만 삼아 보세

노랫가락 (2) / 배꽃은 장가 가고

자료코드 : 04_18_FOS_20090223_PKS_LYS_0005
조사장소 : 경상남도 함양군 유림면 손곡리 지곡마을 마을회관
조사일시 : 2009.2.23
조 사 자 : 서정매, 문세미나, 이진영, 조민정
제 보 자 : 이용순, 여, 72세
구연상황 : 제보자는 노랫가락으로 차분하게 다음 노래를 불러 주었다.

배꽃은 장가를 가고 석류꽃은야 유곽 간다

앞산아 잊지를 마라 뒷산아 외로워 마라

꽃 피고 잎 피는 낭게 열매 보고서 나는 가오

노랫가락 (3) / 한 송이 떨어진 꽃은

자료코드 : 04_18_FOS_20090223_PKS_LYS_0006
조사장소 : 경상남도 함양군 유림면 손곡리 지곡마을 마을회관
조사일시 : 2009.2.23
조 사 자 : 서정매, 문세미나, 이진영, 조민정

제 보 자 : 이용순, 여, 72세

구연상황 : 앞의 노래에 이어서 제보자는 노랫가락조로 계속 다음 노래를 불러 주었다.

한 송이가 떨어진 꽃은 낙화잎 진다고 서러워 마라

한번 피었다가 떨어질 줄을 나도 뻔히 알건마는

모진 손으로 껑껐다가 시들기 전에는 내버린다

스라릴망정 너무다나 악착코도 못 살겠네

산문에 개 짖는 소리

자료코드 : 04_18_FOS_20090223_PKS_LYS_0007

조사장소 : 경상남도 함양군 유림면 손곡리 지곡마을 마을회관

조사일시 : 2009.2.23

조 사 자 : 서정매, 문세미나, 이진영, 조민정

제 보 자 : 이용순, 여, 72세

구연상황 : 제보자는 조용한 목소리로 차분하게 노래를 불러 주었다.

산문에 개 짖는 소리 임은 오시나 문 열어 봐라

임은 점점 간 곳이 없고 모진 동풍이 날 속이요

봄배추 노래

자료코드 : 04_18_FOS_20090223_PKS_LYS_0008

조사장소 : 경상남도 함양군 유림면 손곡리 지곡마을 마을회관

조사일시 : 2009.2.23

조 사 자 : 서정매, 문세미나, 이진영, 조민정

제 보 자 : 이용순, 여, 72세

구연상황 : 제보자는 앞의 노래에 이어서 계속 노랫가락조로 노래를 불러 주었다.

새들새들 봄배차는 밤이슬 오기만 기다리고
옥에 갇튼(갇힌) 춘향이도 이도령 오기만 기다린다

원앙침 마주나 베고

자료코드 : 04_18_FOS_20090223_PKS_LYS_0009
조사장소 : 경상남도 함양군 유림면 손곡리 지곡마을 마을회관
조사일시 : 2009.2.23
조 사 자 : 서정매, 문세미나, 이진영, 조민정
제 보 자 : 이용순, 여, 72세
구연상황 : 제보자가 앞의 노래에 이어서 계속 부른 것이다.

원앙침 마주나 베고 임의 상봉이 웬일이라
탄탄히 믿었던 정을 원망하실 줄 나 몰랐소

저 건네라 초당 안에

자료코드 : 04_18_FOS_20090223_PKS_LYS_0010
조사장소 : 경상남도 함양군 유림면 손곡리 지곡마을 마을회관
조사일시 : 2009.2.23
조 사 자 : 서정매, 문세미나, 이진영, 조민정
제 보 자 : 이용순, 여, 72세
구연상황 : 제보자는 조용한 목소리로 계속 다음 노래를 불러 주었다. 노래 가사에 분위
기가 숙연해졌다.

저 건네라 초당 안에 목단 씨를 부었더니
목단꽃은 안 피여고 부모 꽃이 피었구나
부모 없는 내 동무야 부모 꽃을 보러 가자
가기사도 가지마는 눈물이 가리서 못 가겠네

석 자 세 치 맹지 수건 눈물 닦기로 다 젖었네

모심기 노래

자료코드 : 04_18_FOS_20090221_PKS_LYJ_0001
조사장소 : 경상남도 함양군 유림면 서주마을 마을회관
조사일시 : 2009.2.21
조 사 자 : 서정매, 문세미나, 이진영, 조민정
제 보 자 : 이윤점, 여, 74세
구연상황 : 제보자는 목소리가 무척 작은 편이었지만 긴 노래를 진지하게 불러 주었다.
노래를 부르던 중에 기억이 잘 안 나서 잠시 멈추기도 했지만, 이내 곧 기억
을 떠올려 이어서 불러 주었다. 긴소리로 불렀지만 점차 노랫가락의 선율로
변하였다.

첩의 집이 뭣이길래 낮에 가고 밤에 갖고
첩의 집은 연방이고 요네 집은 연못이라

첩의 집이 뭣이길래 낮에 가고 밤에 가요
밤으로는 자로 가고 낮으로는 놀러 가네
첩의 집에 갈라면은 나 죽는 꼴 보고 가소

농창농창 벼리 끝에 시누 올키 꽃 따다가
먼저 빠진 나를 두고 뒤에 빠진 올키 건져
나도 죽어 후승에는 낭군부터 정핼라네

시집살이 노래

자료코드 : 04_18_FOS_20090221_PKS_LYJ_0002
조사장소 : 경상남도 함양군 유림면 서주마을 마을회관

조사일시 : 2009.2.21
조 사 자 : 서정매, 문세미나, 이진영, 조민정
제 보 자 : 이윤점, 여, 74세
구연상황 : 제보자는 다음 시집살이 노래를 기억을 더듬으며 불러 주었다.

성아 성아 사촌 성아 시접살이 어떻더노

아이고 야야 그말 마라 시접살이 어렵더라

중의 벗은 시동상은 하소 카까 해라 카까

그것도야 정애럽데이

조그마는 시누 애기 해라 크까 야소 크까

그것도야 정애럽데이 시접 살아 정애럽데

동상 동상 사촌 동상 시접살이 다 할 수 있나

청춘가

자료코드 : 04_18_FOS_20090221_PKS_LYJ_0003
조사장소 : 경상남도 함양군 유림면 서주마을 마을회관
조사일시 : 2009.2.21
조 사 자 : 서정매, 문세미나, 이진영, 조민정
제 보 자 : 이윤점, 여, 74세
구연상황 : 제보자는 청춘가 가락으로 다음 노래를 불러 주었다. 기억을 더듬어서 흥겹게
　　　　　 불러 주었다.

우리 집에 클 짝에는~ 살뜰히도 직히도마

당신 집에 오고 낭께네 에~야 서룸도 많더~라~

나도 죽어~서~ 후세야상에는~

좋은 님부터 에헤요 먼저나 정헬라네

삼 삼기 노래

자료코드 : 04_18_FOS_20090221_PKS_LYJ_0004
조사장소 : 경상남도 함양군 유림면 서주마을 마을회관
조사일시 : 2009.2.21
조 사 자 : 서정매, 문세미나, 이진영, 조민정
제 보 자 : 이윤점, 여, 74세
구연상황 : 제보자는 삼 삼기 노래라고 하면서 불러 주었는데 청춘가의 선율로 불러 주
　　　　　었다. 노래를 부르는 동안 청중들은 조용히 들어 주었다.

　　　물레야 동쪽아~ 뱅뱅뱅 돌아라~
　　　밤중에 새애기~ 에헤~ 올라나 왔구나

　　　잠자러 갈라~네~ 잠자러 갈라~네~
　　　정든 님 만나서 에헤야 잠자러 갈라네

다리 세기 노래

자료코드 : 04_18_FOS_20090228_PKS_IMS_0001
조사장소 : 경상남도 함양군 유림면 옥매리 매촌마을 마을회관
조사일시 : 2009.2.28
조 사 자 : 서정매, 정혜란, 이진영
제 보 자 : 임밀숙, 여, 82세
구연상황 : 제보자는 다른 제보자가 노래하는 것을 듣고 있다가 다리 세기 노래는 잘 안
　　　　　다면서 불러 주었다.

　　　이거리 저거리 갓거리
　　　진주 맹근 도맹근
　　　짝바리 해양근
　　　도래 줌치 사래육
　　　육구 육구 찔레육구

당산에 먹을 갈아

엎어질똥 말똥

쌍가락지 노래

자료코드 : 04_18_FOS_20090228_PKS_IMS_0002
조사장소 : 경상남도 함양군 유림면 옥매리 매촌마을 마을회관
조사일시 : 2009.2.28
조 사 자 : 서정매, 정혜란, 이진영
제 보 자 : 임밀숙, 여, 82세
구연상황 : 다른 제보자가 노래를 시작했으나 중도에 그쳐 버리자 임밀숙 제보자가 노래
를 받아서 불러 주었다.

쌍금 쌍금 쌍가락지

수싯대기 밀가락지

호작질로 닦아내어

먼 데 보니 달이로다

곁에 보니 처자로다

그 처제라 자는 방에

숨소리가 둘이로다

홍달복숭 양오라배

거짓 말씀 말으소서

동남풍이 디리 분데

풍지 떠는 소리로다

노랫가락

자료코드 : 04_18_FOS_20090228_PKS_IMS_0003
조사장소 : 경상남도 함양군 유림면 옥매리 매촌마을 마을회관
조사일시 : 2009.2.28
조 사 자 : 서정매, 정혜란, 이진영
제 보 자 : 임밀숙, 여, 82세
구연상황 : 나지막한 소리였지만 제보자는 예전에 많이 불러본 듯이 자신감이 있었다. 노
　　　　　래를 잘 부르자 청중들도 "좋다"라고 하면서 추임새를 넣으며 흥겨워하였다.

　　　　대천지 한–바당에~ 불이 없는동 남기~로다–

　　　　가지 가지– 열두 가지~요 잎은 피~어서 삼백–육십

　　　　그끝에 열매가~ 열어 잎이 피~고요 열매가~ 열어

봄배추 노래

자료코드 : 04_18_FOS_20090228_PKS_IMS_0004
조사장소 : 경상남도 함양군 유림면 옥매리 매촌마을 마을회관
조사일시 : 2009.2.28
조 사 자 : 서정매, 정혜란, 이진영
제 보 자 : 임밀숙, 여, 82세
구연상황 : 제보자는 많이 불렀던 노래라고 했지만 막상 부르니 가사를 잊어버려서 청중
　　　　　의 도움을 받아 마무리했다.

　　　　새들새들 봄배추는 밤이슬 오기만 기다리도

　　　　옥에 갇힌 춘향이는 이도령 오기만 기다리고

모심기 노래

자료코드 : 04_18_FOS_20090228_PKS_IMS_0005

조사장소 : 경상남도 함양군 유림면 옥매리 매촌마을 마을회관

조사일시 : 2009.2.28

조 사 자 : 서정매, 정혜란, 이진영

제 보 자 : 임밀숙, 여, 82세

구연상황 : 제보자에게 모심기 노래를 불러 달라고 했더니 긴소리로 부르지 않고 노랫가
락으로 불러 주었다. 노래를 부르다가 가사를 잊어버리자 옆에 있던 청중이
가사를 알려 주기도 했다.

다풀 다풀 타박머리 해 다 진데 어디 가노
울 어머니 산소 등에 젖 먹으러~ 나는 가요

너냥 나냥

자료코드 : 04_18_FOS_20090228_PKS_IMS_0006

조사장소 : 경상남도 함양군 유림면 옥매리 매촌마을 마을회관

조사일시 : 2009.2.28

조 사 자 : 서정매, 정혜란, 이진영

제 보 자 : 임밀숙, 여, 82세

구연상황 : 제보자는 노래의 앞부분만 기억을 하는 편이었다. 후렴구가 생각나지 않자 청
중의 도움을 받아서 노래를 불러 주었다.

아침에 우는 새는 배가 고파서 울고요
밤중에 우는 새는 임이 기러워~ 운다네
네냥 내냥 두리 둥실 놀~고요
밤이 밤이나 낮이 밤이나 참사랑이로구나

못된 신부 노래

자료코드 : 04_18_FOS_20090221_PKS_ICG_0001

조사장소 : 경상남도 함양군 유림면 서주리 우동마을 마을회관

조사일시 : 2009.2.21

조 사 자 : 서정매, 문세미나, 이진영, 조민정

제 보 자 : 임채길, 남, 62세

구연상황 : 제보자는 기억력이 좋고 입담도 좋아서 분위기를 화기애애하게 만들었다. 노
　　　　　래를 부르기 시작하자 청중들 모두가 박수를 치며 장단을 맞추었다. 제보자가
　　　　　불러 준 노래는 원래 길게 부르는 서사민요이지만 짧은 가사에 창부 타령조
　　　　　로 불러 주었다.

　　　　하늘에는 별선부요 땅에는

　　모르겠는데.

　　　　삼오 십오 열다섯 살에~ 천주 땅으로 장개 갈 때
　　　　눈 위에는 눈꽃이고 팽풍(평풍) 뒤에는 비못이라
　　　　팽풍 뒤에 우는 아기 자장을 말고 젖을 주소
　　　　가요 가요 나는 가요 오던 길로 나는 가요
　　　　짓고 가소 짓고나 나가요 아기야 이름을 짓고 가소
　　　　아기 아부지는 어데를 가고 의붓아비가 이름 질꼬
　　　　아기야 이름을 수만갱인데 너의 이름은 몬씰(못쓸) 사람

노랫가락 / 그네 노래

자료코드 : 04_18_FOS_20090221_PKS_ICG_0002

조사장소 : 경상남도 함양군 유림면 서주리 우동마을 마을회관

조사일시 : 2009.2.21

조 사 자 : 서정매, 문세미나, 이진영, 조민정

제 보 자 : 임채길, 남, 62세

구연상황 : 제보자는 기억력과 입담이 좋아서 분위기를 화기애애하게 만들었다. 노래를
　　　　　부르기 시작하자 청중들 모두가 박수를 치며 장단을 맞추었다.

수천당 세모진 낭개~ 늘어진 가지에 그네를 매고

임이 뛰면 내가 밀고~ 내가 뛰~면은 임이 미네

임아 임아 줄 살살 밀어라~ 줄 떨어~지면은 정 떨어진~다

장기 두는 노래

자료코드 : 04_18_FOS_20090221_PKS_ICG_0003
조사장소 : 경상남도 함양군 유림면 서주리 우동마을 마을회관
조사일시 : 2009.2.21
조 사 자 : 서정매, 문세미나, 이진영, 조민정
제 보 자 : 임채길, 남, 62세
구연상황 : 제보자는 장기 두는 노래를 창부 타령조로 불러 주었다. 청중들도 모두 귀를
기울이며 즐겁게 노래를 경청하였다. 기억력과 목청이 좋아서 노래 부르는 동
안 청중들의 관심을 많이 받았다.

가다 보니 가죽 나무요 오다 보니 오동 나무

십리 절반의 오경목이요~ 천리 타향에 고향 나무

달 가운데 계수나무~ 옥도끼로 찍어 내서~

금도~끼로 다듬을 제

곧은 나무는 곧다듬고 굽은 나무는 굽다듬고

삼각산 제일봉에다가 일간 초단을 지어 놓고

한칸을랑 옥녀를 주고 또 한칸을랑 금녀 주고

옥녀 금녀 잠들여 놓고 서녀방으로 들어서니

장기 한 판 바둑에 한 판 양 두~ 판이 놓였는데

바둑 한 판은 젖혀 놓고 장기야 한 판을 들고 보니

한나라 한자로 한태왕 삼고 초나라 초차로 초대왕 삼아

말 마자로 마투를 삼고~ 수레 차자로 기생을 삼고

코끼리야 상자를 집어 타고~

이포 저포 양두포가~ 이리 저리로 넘나들 제
억마야 대군이 눈이 번쩍-

주머니 타령

자료코드 : 04_18_FOS_20090221_PKS_ICG_0004
조사장소 : 경상남도 함양군 유림면 서주리 우동마을 마을회관
조사일시 : 2009.2.21
조 사 자 : 서정매, 문세미나, 이진영, 조민정
제 보 자 : 임채길, 남, 62세
구연상황 : 제보자가 노래를 부르기 시작하자 청중들 모두가 박수를 치며 장단을 맞추었다.

누야 집에이 누야 나무~ 자형 집에 자형 나무
두 가지를 껑어다가 담 밑에다가 심었더니
한 가지는 해가 열고 또 한 가지는 달이 열어
해는 따서 줌치를 짓고~ 달은 따서 안섶 옇고
무지개로 끈을 달아~ 서울이라 남대문 앞에~
허리야 농창 걸어~놓고
올라가는 저 선부님 줌치야 구경을 하고 가소
줌치사도 좋으네요만은 돈이 없어서 못 하것소
돈도 천 냥 은도 천 냥 이천 냥이 제 값이요

이별가

자료코드 : 04_18_FOS_20090221_PKS_ICG_0005
조사장소 : 경상남도 함양군 유림면 서주리 우동마을 마을회관
조사일시 : 2009.2.21

조 사 자 : 서정매, 문세미나, 이진영, 조민정
제 보 자 : 임채길, 남, 62세
구연상황 : 제보자는 노랫가락 곡조로 다음 노래를 불러 주었다. 청중들도 모두 박수를
치며 장단을 맞추었다. 가사가 재미있어서 노래를 들으면서 추임새를 넣기도
하고 소리 내어 웃기도 하는 등 분위기가 매우 화기애애하였다.

　천리라도 따라를 가고 몇 만 리라도 따라 갈래
　바늘 가는데 실 따라가요 당신 가는데 내 안 가리
　임이야 떠난 빈방 안에는 아새끼 세 마리만 남아 있고
　기차 떠-난 역전에는 검은 연기만 남아 있네

인생 노래

자료코드 : 04_18_FOS_20090221_PKS_ICG_0006
조사장소 : 경상남도 함양군 유림면 서주리 우동마을 마을회관
조사일시 : 2009.2.21
조 사 자 : 서정매, 문세미나, 이진영, 조민정
제 보 자 : 임채길, 남, 62세
구연상황 : 제보자는 목청이 좋아서 고음으로 멋들어지게 불러 주었다. 청중들도 모두 즐
거워하며 노래를 경청하는 화기애애한 분위기였다.

　우리 부모가 날 설~ 적에 죽신 나물을 자셨든가
　요노무 요 인생 점점 자라~ 마디마디 고생이 되고~
　가지가지~ 서럼이요

주초 캐는 처녀 노래

자료코드 : 04_18_FOS_20090221_PKS_ICG_0007
조사장소 : 경상남도 함양군 유림면 서주리 우동마을 마을회관

조사일시 : 2009.2.21
조 사 자 : 서정매, 문세미나, 이진영, 조민정
제 보 자 : 임채길, 남, 62세
구연상황 : 청중들 모두가 손뼉을 치며 장단을 맞추었다.

황해도 금산 구월산 밑에 주초를 캐는~ 저 처녀야

너거 집이 어데 걸래 해가 져도 아니 가노

우리야 집을 찾을려면은 이산 저산 넘어가면~

삼각산에는 눈이 오고 줄기~ 산에는 비가 오요

요네야 내 방을─ 찾으려며는~ 이방 저방 다 제치 놓고

가운데 방을 찾으러 오고

마음에야 있으며 고리 고리로 오고

마음에야 없으면 그만 두소

검둥개 노래

자료코드 : 04_18_FOS_20090221_PKS_ICG_0008
조사장소 : 경상남도 함양군 유림면 서주리 우동마을 마을회관
조사일시 : 2009.2.21
조 사 자 : 서정매, 문세미나, 이진영, 조민정
제 보 자 : 임채길, 남, 62세
구연상황 : 창부 타령조로 다음 노래를 불러 주었다. 청중들도 모두 귀를 기울이며 박수
를 치면서 호응하였다.

개야 개야 검둥개야 이리 와서이 밥 먹어라

내가 너를 밥을 줄제 짓지를 말라고~ 밥을 준다

못 갈 장가 노래

자료코드 : 04_18_FOS_20090221_PKS_ICG_0009
조사장소 : 경상남도 함양군 유림면 서주리 우동마을 마을회관
조사일시 : 2009.2.21
조 사 자 : 서정매, 문세미나, 이진영, 조민정
제 보 자 : 임채길, 남, 62세
구연상황 : 제보자는 기억력이 좋아서 긴 가사인데도 불구하고 끝까지 잘 불러 주었다.
청중들도 예전에 많이 들었던 노래여서인지 가사를 음미하면서 들었다.

앞집에 가서 궁합을 보고 뒷집에 가서 책력 보고

책력에도 없는 장가 궁합에도~ 없는 강가

제가 씌와서 가는 장개

한 모랭이를 썩 돌아서니 까마귀 깐치가 진동하고

두 모~랭이 돌아~서니 여우 새끼가 난동 치고

세 모랭이를 돌아서니~ 피랭이 씬 놈이 썩 나섬서

부고로다 부고로다 신부야 죽은 부고로다

한 손으로 주는 편지 두 손으로 피어보니

부고로다 부고로다 신부야 죽은 부고로다

아버님도 돌아를 가고 한님도 돌아가소

이왕 지왕 온 걸음에 나 혼자라도~가 볼라요

첫째 대문을 열고~ 보니~ 줄쟁이는~ 줄 디리고

두채 대문을 썩 들어서니 꽃쟁이는 꽃 만들고

셋째 대문을 썩 열고 서니 늘쟁이는 늘 맞추고

넷째야 대문을 썩 들어서니 상부꾼들이 발 맞추고

가요 가요 나는~가요 오던 길로 나는 가요

장인 장모가 썩 나섬선

이왕 기왕 온 걸음에 신부방이나 구경 가소

삼단 같은 제 머릴랑 가슴 우에다 사려 놓고

둘이 덮자고 해논 이불도 혼자야 덮고 가고 없고

둘이 베자고 해 놓은 베개도 혼자야 베고 가고 없네

가요 가요 나는 가요 오던 길로만 나는 가요

나 줄라고 해놓은 술은 상두꾼들 많이 주고

나 줄라고 해놓은 떡도~ 상두꾼들 많이 주소

아기 어르는 노래 (1) / 금자동아 옥자동아

자료코드 : 04_18_FOS_20090223_PKS_JSK_0001
조사장소 : 경상남도 함양군 유림면 손곡리 지곡마을 마을회관
조사일시 : 2009.2.23
조 사 자 : 서정매, 문세미나, 이진영, 조민정
제 보 자 : 정순근, 여, 74세
구연상황 : 조사자의 요청에 제보자는 차분하게 다음 노래를 불러 주었다.

금자동아 옥자동아

나라 국에는 충신동

부모 국에는 효자동

일가 간에는 화목동

형제 간에는 우애동

너만 곧게 잘 큰다면

오동나무 뼈대 장농

어르그 더그륵 싣고 온다

아기 어르는 노래 (2) / 불매 소리

자료코드 : 04_18_FOS_20090223_PKS_JSK_0002
조사장소 : 경상남도 함양군 유림면 손곡리 지곡마을 마을회관
조사일시 : 2009.2.23
조 사 자 : 서정매, 문세미나, 이진영, 조민정
제 보 자 : 정순근, 여, 74세
구연상황 : 제보자는 앞의 노래에 이어 조용한 목소리로 다음 노래를 불러 주었다.

불매 불매
이 불매가 뉘 불맨고
경상도 대불매
불어라 딱
불어라 딱
나라 국에는 충신동
부모 국에는 효자동
형제 간에는 우애동
일가 간에는 화목동
불어라 딱딱
불어라 딱딱

댕기 노래

자료코드 : 04_18_FOS_20090223_PKS_JSK_0003
조사장소 : 경상남도 함양군 유림면 손곡리 지곡마을 마을회관
조사일시 : 2009.2.23
조 사 자 : 서정매, 문세미나, 이진영, 조민정
제 보 자 : 정순근, 여, 74세
구연상황 : 제보자는 가사를 읊듯이 다음 노래를 불러 주었다. 흔히 청춘가의 선율로 부

르는 노래이다.

칠라당 팔라당 홍갑사 댕기
고운 때도 아니 묻어 날받이 왔네

양산도

자료코드 : 04_18_FOS_20090223_PKS_JSK_0004
조사장소 : 경상남도 함양군 유림면 손곡리 지곡마을 마을회관
조사일시 : 2009.2.23
조 사 자 : 서정매, 문세미나, 이진영, 조민정
제 보 자 : 정순근, 여, 74세
구연상황 : 제보자는 조용한 목소리로 다음 노래를 불러 주었다.

함양 산청 물레방아 물 을안고 돌고
우리 집에 우리 님은 나를 안고 돈다
에어라 놓어라 내가 못 놓컷네
능지를 하여도 나는 못 노리로구나

너냥 나냥

자료코드 : 04_18_FOS_20090223_PKS_JSK_0005
조사장소 : 경상남도 함양군 유림면 손곡리 지곡마을 마을회관
조사일시 : 2009.2.23
조 사 자 : 서정매, 문세미나, 이진영, 조민정
제 보 자 : 정순근, 여, 74세
구연상황 : 적극적으로 노래를 불러 주었다.

우리 댁 서방님은 명태잽이를 가는데

바람아 강풍아 석 달 열흘만 불어라
너냥 나냥 둘이 둥실 놀고요
밤이 밤이나 낮이나 낮이나 참사랑이로구나

모심기 노래 (1)

자료코드 : 04_18_FOS_20090222_PKS_JSS_0001
조사장소 : 경상남도 함양군 유림면 화촌리 화촌마을 마을회관
조사일시 : 2009.2.22
조 사 자 : 서정매, 문세미나, 이진영, 조민정
제 보 자 : 정순식, 여, 76세
구연상황 : 제보자는 노래로는 부르지 못하고 이야기하듯 가사를 읊어 주었다.

물꼬는 철철 넘어가는데 주인 양반은 어데 갔노

그카대.

첩의 집에 놀러 갔지

한께,

무슨 넘의 첩의 집에 밤에 가고 낮에 가노
낮으로는 놀러 가고 밤으로는 자로 가고

그카대.

시집살이 노래

자료코드 : 04_18_FOS_20090222_PKS_JSS_0002

조사장소 : 경상남도 함양군 유림면 화촌리 화촌마을 마을회관

조사일시 : 2009.2.22

조 사 자 : 서정매, 문세미나, 이진영, 조민정

제 보 자 : 정순식, 여, 76세

구연상황 : 조사자가 "성아 성아 사촌 성아"로 시작하는 시집살이 노래를 아느냐고 묻자
제보자는 안다고 하며 바로 노래를 읊기 시작했따. 그러나 기억이 잘 나지 않
아 부르다가 중도에 그쳤다.

성아 성아 사촌 성아 쌀 한디만 자치시면
너도 묵고 나도 묵지

그랑께.

꾸중물이 남았시면 네새 묵나 내세 묵지
또 무엇이 남았시면 네게 묵지 내가 묵나

그거?

노랫가락 (1) / 그네 노래

자료코드 : 04_18_FOS_20090222_PKS_JSS_0003

조사장소 : 경상남도 함양군 유림면 화촌리 화촌마을 마을회관

조사일시 : 2009.2.22

조 사 자 : 서정매, 문세미나, 이진영, 조민정

제 보 자 : 정순식, 여, 80세

구연상황 : 조사자의 권유에 제보자는 노래를 못 한다며 거절하다가 거듭된 권유에 다음
노래를 불렀다.

수천당 새모시 가지 늘어진 가지에 그네를 매고

또 뭐니라?

임이 뛰면 내가 밀고 내가 뛰며는 임이 밀어

임아 임아 줄 살살 밀어 줄 떨어지면은 정 떨어진다

줄이사 떨어질망정 네 정 내 정이 떨어지나

물 밑에 고기는

자료코드 : 04_18_FOS_20090222_PKS_JSS_0004
조사장소 : 경상남도 함양군 유림면 화촌리 화촌마을 마을회관
조사일시 : 2009.2.22
조 사 자 : 서정매, 문세미나, 이진영, 조민정
제 보 자 : 정순식, 여, 76세
구연상황 : 제보자는 즐거운 마음으로 웃으면서 다음 노래를 불러 주었다.

물 밑에 고기는 돌 믿고 사는데

연약한 내 몸은 누굴 믿고 살것노

좋제?

노랫가락 (2)

자료코드 : 04_18_FOS_20090222_PKS_JSS_0005
조사장소 : 경상남도 함양군 유림면 화촌리 화촌마을 마을회관
조사일시 : 2009.2.22
조 사 자 : 서정매, 문세미나, 이진영, 조민정
제 보 자 : 정순식, 여, 76세
구연상황 : 제보자는 계속 노래를 부르면서 점차 자신감을 갖게 되었다. 노래를 다 부르
         고는 "노래 참 좋제?" 하면서 되묻기도 하였다.

명사십리 해당화야 네 꽃 진다고 설워 마라

매년 삼월 돌아오믄 너는 다시 피지만은
우리 인생 한 번 갈께 다시 올줄 와 모른고

모심기 노래 (2)

자료코드 : 04_18_FOS_20090222_PKS_JSS_0006
조사장소 : 경상남도 함양군 유림면 화촌리 화촌마을 마을회관
조사일시 : 2009.2.22
조 사 자 : 서정매, 문세미나, 이진영, 조민정
제 보 자 : 정순식, 여, 76세
구연상황 : 제보자는 노래를 부르다가 막상 가사가 잘 기억나지 않아서인지 노래를 그치
고 말로 이어지는 부분을 읊조렸다.

농창 농창 벼리 끝에 시누 올키 꽃 꺽다가
떨어졌네 떨어졌네 압록강에 떨어졌네
건질라네 건질라네

모르겄어.

낚시대로 건질라네

모르겄어. 오라바이가 올키부터 먼저 건지고 나를 늦게 건진게 나도 죽
어 후세상에 낭군부터 섬길라네 그래 나오데.

베 짜기 노래

자료코드 : 04_18_FOS_20090301_PKS_JIS_0001
조사장소 : 경상남도 함양군 유림면 손곡리 손곡마을 마을회관
조사일시 : 2009.3.1

조 사 자 : 서정매, 정혜란, 이진영

제 보 자 : 정일선, 여, 81세

구연상황 : 베 짜면서 했던 노래를 기억하느냐는 조사자의 물음에 제보자는 청춘가의 선율로 노래를 불러 주었다. 스스로 박수를 치면서 장단을 맞추었고, 노래를 부르고 난 뒤 웃으면서 부끄러워 했다. 청중들도 잘한다고 칭찬을을 하면서 즐겁게 호응을 하였다.

알크닥 찰크닥 베 짜는 소리요
자다가 들어도 어~허~ 울 엄니 소리라

청춘가 (1)

자료코드 : 04_18_FOS_20090301_PKS_JIS_0002

조사장소 : 경상남도 함양군 유림면 손곡리 손곡마을 마을회관

조사일시 : 2009.3.1

조 사 자 : 서정매, 정혜란, 이진영

제 보 자 : 정일선, 여, 81세

구연상황 : 제보자는 긍정적인 성품으로 스스럼없이 노래를 불러 주었다.

싫거든 고만 두라 싫거든 고만 두라
너 같은 사람 아니라도 에~이요 또 사랑 있단다

우리가 일하다가 가관에 들면은
어느 친구가 에이요 날 찾아오겠노

정 노래

자료코드 : 04_18_FOS_20090301_PKS_JIS_0003

조사장소 : 경상남도 함양군 유림면 손곡리 손곡마을 마을회관

조사일시 : 2009.3.1

조 사 자 : 서정매, 정혜란, 이진영
제 보 자 : 정일선, 여, 81세
구연상황 : 제보자는 다른 사람의 노래를 듣고 있다가 갑자기 다음 노래가 생각이 났는
지 부르기 시작했다. 노래를 부르고 난 뒤 부끄러운지 소리 내어 웃었다.

가고 못 오실 임은 정이 남아도 가지고 가제
임은 가고 정만이 남으니 남은 정~은 누를 주~리

노랫가락

자료코드 : 04_18_FOS_20090301_PKS_JIS_0004
조사장소 : 경상남도 함양군 유림면 손곡리 손곡마을 마을회관
조사일시 : 2009.3.1
조 사 자 : 서정매, 정혜란, 이진영
제 보 자 : 정일선, 여, 81세
구연상황 : 제보자는 이야기를 하던 중에 생각나는 노래를 부르기 시작했다. 노랫가락으
로 박수에 리듬을 타면서 연달아 6편을 불렀다.

추야장 밤도나길다 나만 혼자만 이 밤이 기나
밤이사 길거나마는~ 임이 없는동 탓이-로~다-
언제나 유정님 만나 긴 밤- 자~르기 잘 살아 보~꼬

성턴 몸을 병들이 놓고 간장 태우듯 자네로세
어려서 병없이 큰 몸 늙어지면은 절로 절로
산절로 수절로 하니 산수강산에 이내 몸도 절로

백두산서 와도지니요 두만강수는 억마마요
남은 인생 일평국하니~ 후세사창은 대장부라

널같이도 냉정한 사람 내 정 준 것이 후회로세

떨치면 날 버릴 줄이야 나도 버리니 알것만은
알고 속고 모르고 속고 속고 속는 게 어리숙한 기 여자로다

나비야 나비야 호랑나비야 청산을 가자
가다가 저물거들랑 요내 품속에 자고나 가까
요내 품속이 불 같다면 꽃밭에라도 자고나 가지

마산서 백마를 타고 진주 못둑에 썩 올라서니
연꽃은 봉지를 짓고 수양버들은 춤 잘 춘다
수양버들만 춤 잘 추나 우리 인생도 춤 잘 춘다

사발가

자료코드 : 04_18_FOS_20090301_PKS_JIS_0005
조사장소 : 경상남도 함양군 유림면 손곡리 손곡마을 마을회관
조사일시 : 2009.3.1
조 사 자 : 서정매, 정혜란, 이진영
제 보 자 : 정일선, 여, 81세
구연상황 : 제보자는 낮은 목소리로 차분히 노래를 불러 주었다. 노래를 부르고는 부끄러
운 듯 큰 소리로 웃었다.

석탄 백탄 타는 데는 검은 연기도 나는건만
요내 가슴 타는 거는 한품에 든 님도 모른-단다

너냥 나냥

자료코드 : 04_18_FOS_20090301_PKS_JIS_0006
조사장소 : 경상남도 함양군 유림면 손곡리 손곡마을 마을회관

조사일시 : 2009.3.1

조 사 자 : 서정매, 정혜란, 이진영

제보자 1 : 정일선, 여, 81세

제보자 2 : 우삼순, 여, 83세

구연상황 : 조사자가 '너냥 나냥 노래'를 아sm냐고 물어보자 제보자가 자신감 있게 바로
　　　　　불러 주었다. 그리고 옆에서 노래를 듣고 있던 우삼순이 제보자의 노래에 이
　　　　　어서 불러 주었다.

제보자1　너냥 내냥 두리둥실 놀구요

　　　　　밤이 낮이나 낮이 밤이나 참사랑이로구나

　　　　　우리 댁 서방님은 오일제판으로 갔는데

　　　　　공산아 명월아 색실팔로만 돌아라

　　　　　너냥 내냥 두리둥실 놀구요

　　　　　밤이 낮이나 낮이 밤이나 참사랑이로구나

제보자2　우리 댁 서방님은 명태잡이를 갔는데

　　　　　바람아 강풍아 석 달 열흘만 불어라

청춘가 (2)

자료코드 : 04_18_FOS_20090301_PKS_JIS_0007

조사장소 : 경상남도 함양군 유림면 손곡리 손곡마을 마을회관

조사일시 : 2009.3.1

조 사 자 : 서정매, 정혜란, 이진영

제보자 1 : 정일선, 여, 81세

제보자 2 : 우삼순, 여, 83세

구연상황 : 정일선이 먼저 노래를 부르고 나면, 옆에서 듣고 있던 우삼순이 그 뒷 가사를
　　　　　이어서 불러 주었다. 모두 청춘가 가락으로 부른 노래이다.

제보자1　울 너매 담 너매 꼴 베는 총각아

눈치만 있거든 에헤에 담 넘어 오이라

제보자 2 울 넘어 담 넘어 꼴 베는 총각아
　　　　눈치만 있걸랑 좋다 떡 받아 먹어라

베틀 노래

자료코드 : 04_18_FOS_20090301_PKS_JJR_0001
조사장소 : 경상남도 함양군 유림면 손곡리 손곡마을 마을회관
조사일시 : 2009.3.1
조 사 자 : 서정매, 정혜란, 이진영
제 보 자 : 정정림, 여, 83세
구연상황 : 제보자는 가사를 잊어버렸을까 스스로 걱정을 했지만, 긴 가사를 잘 기억하여
　　　　　끝까지 베틀 노래를 불러 주었다.

　　　바람 솔솔 부는 날에 구름 둥실 뜨는 날에
　　　얼궁에 놀던 선녀 옥황님께 죄를 짓고
　　　인간으로 귀향을 와서 하실 일이 전혀 없어
　　　금사 한 필을 짜자 하고 월궁에다 지치를 달아
　　　가까운데 계수나무 동편으로 뻗은 가지
　　　금도끼로 잘라 내어
　　　앞집이라 이대목아 뒷집이라 김대목아
　　　이내 집에 술도 먹고 밥도 먹고 양친 담배 백통대로
　　　담배 한 대 피운 후에 베틀 한 대 지어 주게

　　　굽은 나무 굽다듬고 잦은 나무 잦다듬어
　　　먹줄로 줄을 탱가 얼른 뚝딱 맞춰 내니
　　　베틀은 좋다마는 베틀 놀 때 전혀 없네

주위를 둘러보니 옥난간이 비었구나

베틀 놓세 베틀 놓세 옥난강에 베틀 놓세
베틀다리는 사 다리오 요내 다리 두 다리라
아미를 숙이시고 나사를 밟아 차고
앉을 때에 앉은 선녀 양귀비의 넋이로다

구름 위에 잉에 달고 안개 속에 구리 삼아
부테 허리 두른 양은 만첩 산중 높은 봉에
허리 안개 두른 듯이
잉앗대는 삼형제요 물기떼는 홀애비
가리세장 노는 양은 청룡 황룡이 노니는 듯

사친놀이 노는 양은 칠월이라 칠석날에
견우직녀 다린 듯이 절로 굽은 신나무는
헌 신짝에 목을 메고 꼬박꼬박 다 늙는다
더드룩쿵 토투마리 늙으실라 병일랜가
아야쿵덕 넘어간다

한알 두알 뱃떼기는 이수강에 숫가진가
이리도 질고 저리도 질고 장장춘일 봄 일기에
명주 금주 다 짜 내어 금작두 드는 칼로
우리슬쿵 밀어내어 앞 냇물에 씻어다가
뒷 냇물에 흔들어서 앞 담장에 늘어 봐라

옥과 같은 풀을 해서 은방맹이 뺨을 맞쳐
홍두깨에 옷을 입혀 임의 의복 짓자 하고
은가위로 옷을 베어 옷감을 폭을 붙여

임의 옷을 지어 놓고 방바닥에 펼쳐 놓으니
조그만은 시누 애기 들며 나며 다 밟는다

해태불에 걸자 하니 미금 않고
첩첩 곱기 개어 자개 한 농 앞다리 안에 넣어 놓고
대문 밖을 쓱 나서니 저게 가는 저 선부야
우리 선부 안 오던가
오기사도 오기만은 칠성판에 실려 오네

배가 고파 죽었거든 밥을 보고 일어나소
목이 말라 죽었걸랑 물을 보고 일어나소
사람이 그리워 죽었걸랑 나를 보고 일어나소

저승길이 길 같으면 들며 가며 오며 보련만은
저승문이 문 같으면 열고 닫고 보련만은
보고지고 보고지고 우리 낭군 보고지고

공자 맹자 노래

자료코드 : 04_18_FOS_20090301_PKS_JJR_0002
조사장소 : 경상남도 함양군 유림면 손곡리 손곡마을 마을회관
조사일시 : 2009.3.1
조 사 자 : 서정매, 정혜란, 이진영
제 보 자 : 정정림, 여, 83세
구연상황 : 제보자는 앞의 노래를 부른 후 공자와 맹자로 이어지는 특이한 노래를 노랫
가락 곡조로 불렀다. 청중들도 모두 귀를 기울여서 노래를 경청하였다.

공자님 심으신 낭개 하얀 충신이 물을 줘서
자사로 뻗은난 가지 맹자꽃이 되었구나

아마도 그꽃 이름은 춘추만대로 무궁화라

임을 믿을 것이냐 못믿을 것이냐
믿을 만한 사시절도 전혀 믿지는 못하리라
하물며 남의 임을 어찌 진정으로 믿으리오

꿈에 보인 임을 인연 없다고 하들 마라
답답이 보고 싶을 때 오만 임이야 어이 보리
꿈아 무정한 꿈아 오신 님을 왜 보냈누
이제부턴 오시거든 잠든 나를 깨워도라

시누 올케 노래

자료코드 : 04_18_FOS_20090222_PKS_JJS_0001
조사장소 : 경상남도 함양군 유림면 화촌리 화촌마을 마을회관
조사일시 : 2009.2.22
조 사 자 : 서정매, 문세미나, 이진영, 조민정
제 보 자 : 정정숙, 여, 70세
구연상황 : 제보자는 노래로는 부르지 않고 가사를 읊어 주었다.

출렁출렁 동촌강에 시누올키 꽃 꺽다가
떨어졌네 떨어졌네 동천강에 떨어졌네
깊이 들은 나를 두고 얕게 들은 형을 건져
나도 죽어 이 세상에 낭군부터 섬길라네

노랫가락 / 그네 노래

자료코드 : 04_18_FOS_20090222_PKS_JHJ_0001

조사장소 : 경상남도 함양군 유림면 사안리 사안마을 마을회관
조사일시 : 2009.2.22
조 사 자 : 서정매, 문세미나, 이진영, 조민정
제 보 자 : 정홍점, 여, 81세
구연상황 : 제보자는 다음 노래가 잘 기억나지 않는지 자신감이 없이 노래를 불러 주었다.

　　　　수천당 세모시 낭개 늘어진 가지다 그네를 매여
　　　　임이 뛰면 내가 나밀고 내가 뛰면은 임이 밀어

　　그것뱃끼 모르겠다.

　　　　임아 임아 줄 살살 밀어 줄 떨어지면은 정 떨어진다

다리 세기 노래

자료코드 : 04_18_FOS_20090228_PKS_JKS_0001
조사장소 : 경상남도 함양군 유림면 옥매리 옥동마을 마을회관
조사일시 : 2009.2.28
조 사 자 : 서정매, 정혜란, 이진영
제 보 자 : 조계순, 여, 89세
구연상황 : 주변에서 제보자에게 노래를 해 보라고 하자 처음엔 안 한다고 하였지만, 조사자가 기억나는 데까지만이라도 해 보라고 하자 다음 노래를 불러 주었다.

　　　이거리 저거리 갓거리
　　　진주 맹근 도맹근
　　　짝발로 해양근
　　　도래 줌치 장도칼
　　　무밭에 둑둑이
　　　칠팔월에 무서리
　　　동지월달 대서리

모심기 노래

자료코드 : 04_18_FOS_20090228_PKS_JKS_0002
조사장소 : 경상남도 함양군 유림면 옥매리 옥동마을 마을회관
조사일시 : 2009.2.28
조 사 자 : 서정매, 정혜란, 이진영
제 보 자 : 조계순, 여, 89세
구연상황 : 제보자는 옆에서 노래하는 것을 보고 기억을 되새겨서 노래를 했다. 처음에는
         이야기로 해 주었다가 노랫가락으로 불러 주기도 하였다. 흥이 나서 손뼉을
         치며 노래를 불러 주었다.

모야 모야 노랑 모야 언제 커서 시집갈래
올 크고 내년 크면 시집갈 수 있다고 걱정하지 마라

농창 농창 벼루 끝에 시누 올케 빨래가다
빠졌구나 빠졌구나 시누 올케 빠졌구소

우리 오빠 거동 보소 닷세 못 본 동생이고 어둔문 처잔데
이내 홀목 거머 쥐놓고 올케부터 거머 잡네
나도 죽어 후세상에 낭군부터 섬길라고

서 마지기 논빼미에 반달만큼 숨궈 나갔다고
초승달이 반달이지 그믐달이 반달이지

다풀 다풀 타박머리 해 다 진데 울고 가네
울 어머니 어디를 가고 연기닐 줄도 모르신고

저 건너라 저 산 밑에 살림살이를 가고 없네
무슨 놈의 살림살이 낮에도 가고 밤에도 간고

물꼬 철철 물 실어 놓고 주인 양반은 어디 갔노
문어 전복을 어디를 들고 첩의 방으로 놀러 갔네

무슨 놈의 첩이길래 낮에도 가고 밤에 가요
낮으로는 놀러 가고 밤으로는 자러 가요

노랫가락

자료코드 : 04_18_FOS_20090228_PKS_JKS_0003
조사장소 : 경상남도 함양군 유림면 옥매리 옥동마을 마을회관
조사일시 : 2009.2.28
조 사 자 : 서정매, 정혜란, 이진영
제 보 자 : 조계순, 여, 89세
구연상황 : 제보자는 주변 사람들에게도 노래를 권유하다가 잠시 생각한 후에 이 노래를
시작했다.

해는 져서 저문 날에 수자야 도령이 울고 가네
그 수자가 그 아니라 억만 군사 손자로다

시집살이 노래

자료코드 : 04_18_FOS_20090228_PKS_JKS_0004
조사장소 : 경상남도 함양군 유림면 옥매리 옥동마을 마을회관
조사일시 : 2009.2.28
조 사 자 : 서정매, 정혜란, 이진영
제 보 자 : 조계순, 여, 89세
구연상황 : 제보자는 조사자의 질문에 답변하듯이 하나하나 아는 대로 민요를 불러 주
었다.

성아 성아 사촌 성아
나 쌀 한 되만 저 주시면
성도 먹고 나도 먹제

구정물이 남더라도
네 소 주지 내 소 주나
누렁밥이 누렸어도
네 개 주지 내 개 주나

성아 집은 부자라서
무명지로 울기 하고
우리 집은 간구해서(가난해서)
누룩지로 담을 쌓네

노랫가락 / 그네 노래

자료코드 : 04_18_FOS_20090228_PKS_JKS_0005
조사장소 : 경상남도 함양군 유림면 옥매리 옥동마을 마을회관
조사일시 : 2009.2.28
조 사 자 : 서정매, 정혜란, 이진영
제 보 자 : 조계순, 여, 89세
구연상황 : 제보자는 노래를 계속 부르게 되자 자신감이 생긴 듯 스스로 박수를 치며 노
　　　　　래를 불렀다. 청중들도 박수를 치며 장단을 맞추며 즐거워하였다.

수천당 세모시 나무 늘어진 가지다 그네를 매고
임이 뛰면 내가 밀고 내가 뛰면 임이 밀어
임아 임아 줄 살살 미소 줄 떨어지면 정 떨어진다

밭 매기 노래

자료코드 : 04_18_FOS_20090228_PKS_JKS_0006
조사장소 : 경상남도 함양군 유림면 옥매리 옥동마을 마을회관

조사일시 : 2009.2.28

조 사 자 : 서정매, 정혜란, 이진영

제 보 자 : 조계순, 여, 89세

구연상황 : 제보자는 처음에 노래를 부르다가 점차 이야기로 바꾸어 설명하듯이 가사를
읊어 주었다. 기억력이 좋은 편이었다.

> 메끝이나 진진밭을
>
> 불 같이나 더운 날에
>
> 한 골 메고 두 골 메니
>
> 친정어머니 죽었다고 전보 왔네
>
> 머리 끌러 산발하고
>
> 댕기 끌러 남개 걸고
>
> 비녀 빼서 품에 품고
>
> 친정으로 찾았간께
>
> 죽었다는 울 엄니
>
> 울목에 앉아서 삼을 삼고
>
> 세상 버린 울 아버지
>
> 아랫목 앉아 신만 삼네

시집이 하도 돼서(힘들어서) 시집살이를 산다고 친정에 척 편지를 했는
기라. 그랑께 참으로 시집 되게 사는가 싶어서

> 보리나무 왕싸래기
>
> 나락나무 쌀싸래기
>
> 청해나무 배춘때기
>
> 백운나무 왕산때기
>
> 실떡하면 가장사리
>
> 인절미하면 기부래기

그래 주더래야. 골고루는 줬어.

그래 인자 시집을 가서 그래 주걸래 먹고, 시집살이 되다고 전화를, 아니 편지를 한께. 그라이 저 우리 한국사람이 글로 안 생긴다요, 편지를 해사서. 그래 인자 델꼬(데리고) 갈라꼬 친정에서 전화를 한께네, 전화도 없제 그때는. 편지를 했겠제. 하모. 델꼬 올라꼬 저거 오래비하고 저거 오만이하고 고만 데꼬 올라칸께. 올케가 부지깽이로 정지 문턱을 때리면서,

"못 온다. 나도 온께 그렇던데 너도 가니 그렇더냐, 시집 살면 못 살아도 서러운 편지 오고가고, 우리 집에 못 온다."

그래 카더란다. 그래, 못 델꼬 오고, 고마 여자가 서울 국환사로 고만 중을, 중이 데리갔어. 중이 데리갔는데, 또 이야기 너무 늘어지네.

(조사자 : 아니, 계속하세요.)

그래, 중이 데리갔는데, 중이 데꼬 가다가 생각해 본께, '에래이, 인년. 서울 가서 서방님 오실 낀데, 병이나 좀 들이놓고 가야 되겠다' 싶어서. 서울 국환사로 살살 돌고 있은께. 신랑이 막 참 일산대라 박고 말을 타고 내려오더래요. 거시기를 해 갖고.

과거? 거시기 저 뭐꼬? 뭐꼬 하믄, 암행어사 과거 안가요? 그래 해 갖고 오는데, 고마 이 사람이 나타났네. 나타나 갖고 신랑을 보고 절을 한께네 막 신랑이 보선발로 뛰 내리 왔어. 뛰 가지고 와서 홀목을(손목을) 잡고,

　　　감동 같은 신던 발에 석태기가 웬일이며
　　　공비단에 감던 허리 중의 장삼 웬일이며
　　　금봉채 찌르던 머리 손낙시가 웬일이냐고

고만 가자고 올라앉으라 카거든. 말상 위에. 그래 칸께,

"이왕지라 나선 김에 석삼년은 달고 간다." 카더라 캐. 그러이끼네 떨치고 가는 사람은 못 잡고 자기는 자기대로 가서 마 병이 났는 기라. 그

래, 병이 나 갖고 집에 온께, 어마이가 온다고 반갑게 막 그래 샀는데, 힘이 없거든. 아들이 힘이 없어가 방에 딱 갖다 누워 있은께, 어떻게 방안 치레를 해 놓고 갔던지. 서울 갔다 오믄 서방님보고 병 나라고.

<blockquote>
화문석 꽃자리는 줄줄이 펴 놓고
금지옥삼 저고리에 명지 고름 살피 달아
입은 듯이 걸어 놓고
백비단 화단침에 정광석 마을 달아
입은 듯이 걸어 놓고
중중머리 큰머리는 딱 빗어
헝겁대기로 바드리 놓고 보기 좋게 걸어 놓고
</blockquote>

마 가뻐리고 없어. 그런는 병이 나갖고 떨떨 누웠은께 그제 어마이가,
"뭣 때문에 그리 병이 났느냐고?"
인자 물은께,
"저 거시기 서울같이 거슥한 데 물때 감차 죽었나? 조끼 져갖고 오나 와니리 갖고 오냐?" 한께,
"업고도 검으나면 입만 보면 일어난다." 카더래야. 업고도 검으나면 입만 보면 일어난다 캐서, 싹 돈을 줘서 고마 서울에 절마다 보내도 안 와. 안 오는데 석 달이 된께 오더래야.
오더마는 서 갖고,
"길가는 중을 보고 병날 일이 뭐시 있노?" 한께,
"그럼 길가는 마을 사람 보고 절 하라 칼 건 뭐 있노?" 칸께, 둘이서 그래 카고, 네라도 네 탓도 아니고 내라도 내 탓이 아이고, 부모 탓이라 카고. 고만 생이(상여)가 버렸어. 생이.
그래가 처녀 총각, 마누래가 초상을 치고 나가면선 저 동산에 올라서갖고,

동네방네 어르신네

넘의 자석 데리다가 괄괄하게 말으소서

그만 하면 원수 갚고 간다

하면서.

무정 세월 노래

자료코드 : 04_18_FOS_20090228_PKS_JKS_0007

조사장소 : 경상남도 함양군 유림면 옥매리 옥동마을 마을회관

조사일시 : 2009.2.28

조 사 자 : 서정매, 정혜란, 이진영

제 보 자 : 조계순, 여, 89세

구연상황 : 주변에서 제보자에게 노래하기를 계속 권유하자 다음 노래를 불렀다.

밀감신 물레방아야 늙어진다 설워 마라

명년 춘삼월 또 닥치오면 움도 나고 싹도 나네

우리 인생은 한번 가면은 다시 올 줄을 모르노라

아기 어르는 노래

자료코드 : 04_18_FOS_20090228_PKS_JKS_0008

조사장소 : 경상남도 함양군 유림면 옥매리 옥동마을 마을회관

조사일시 : 2009.2.28

조 사 자 : 서정매, 정혜란, 이진영

제 보 자 : 조계순, 여, 89세

구연상황 : 제보자는 다음 아기 어르는 노래를 차분하게 불러 주었다. 청중들은 박수를 멈추고 모두 귀를 기울여 노래를 경청하였다.

군자동아 옥자동아

부모한테는 효자동아

형지간에는 우애동아

이웃간에는 화목동아

보리타작 노래

자료코드 : 04_18_FOS_20090228_PKS_JKS_0009
조사장소 : 경상남도 함양군 유림면 옥매리 옥동마을 마을회관
조사일시 : 2009.2.28
조 사 자 : 서정매, 정혜란, 이진영
제 보 자 : 조계순, 여, 89세
구연상황 : 제보자가 가사가 재미있는 것이라며 가사에 대한 설명을 하면서 노래를 불러
주었다. 청중들도 모두 즐거워하며 소리 내어 웃었다.

제수씨 앞에도

난보지(늘보리)가 있고

형수씨 앞에도

난보지(늘보리)가 있고

제수씨도

내좆만(내 손만) 믿고

형수씨도

내좆만(내 손만) 믿고

때리라

때리라

에호

사모요 / 타박머리 노래

자료코드 : 04_18_FOS_20090228_PKS_JES_0001
조사장소 : 경상남도 함양군 유림면 옥매리 옥동마을 마을회관
조사일시 : 2009.2.28
조 사 자 : 서정매, 정혜란, 이진영
제 보 자 : 진을순, 여, 76세
구연상황 : 제보자는 나지막한 소리였지만 성심껏 노래를 불러 주었다. 비록 소리는 낮게
불렸지만 음성은 좋은 편이었다. 긴 가사를 잊어버리지 않고 잘 불러줄 정도
로 기억력이 좋았다.

　　　　타박 타박 타박머리 해 다 저물고 날 다 저문 날에
　　　　새옷을 입고서 어디를 가노
　　　　우리 엄마 산소 등에 젖 먹으러 내리가요
　　　　온다더라 온다더라 너거 어머니가 온다더라
　　　　동솥에다 앉힌 닭이 알을 낳으면 온다더라
　　　　놋접시라 짚신을 신어 왕대가 되면 온다더라
　　　　왕대 끝에 학이 앉아 학대가리 용이 앉아
　　　　용대가리 꽃이 피어 그꽃 피면 온다더라
　　　　너그 어머니가 온다더라

시누 올케 노래

자료코드 : 04_18_FOS_20090228_PKS_JES_0002
조사장소 : 경상남도 함양군 유림면 옥매리 옥동마을 마을회관
조사일시 : 2009.2.28
조 사 자 : 서정매, 정혜란, 이진영
제 보 자 : 진을순, 여, 76세
구연상황 : 제보자는 앞의 노래가 끝나자 바로 이어서 다음 노래를 불렀다.

농창 농창 벼리 끝에 시누올케 꽃 꺾다가
떨어졌네 떨어졌네 낙동강에 떨어졌네
우리 오빠 거동 보소 앞에 빠진 나를 두고
깊이 빠진 우리 올케 건져 주네 건져 주네

삼단 같은 요내 머리 물길 잡고 헤롱하야
분통 같은 요내 젙에 잉어 밥이 되었구나
나도 죽어 후세상에 낭군부터 생길라요

쌍가락지 노래

자료코드 : 04_18_FOS_20090228_PKS_JES_0003
조사장소 : 경상남도 함양군 유림면 옥매리 옥동마을 마을회관
조사일시 : 2009.2.28
조 사 자 : 서정매, 정혜란, 이진영
제 보 자 : 진을순, 여, 76세
구연상황 : 조사자가 "쌍금쌍금"이라고 시작하는 노래를 권하자 제보자는 다음 노래를
시작했다. 기억력이 좋은 편이어서 가사를 잘 기억하여 불러 주었다.

쌍금 쌍금 쌍가락지
수시대기 밀가락지
호작질로 닦아내니
먼 데 보면 달이로세
전에 보면 처자로다
홍돌복송 양오래비
저 처자가 자는 방에
숨소리가 둘이로다
아이고 오라버니 그말 마소

동남풍이 때리 불어

문풍지가 떠는 소리요

춤 장단 노래

자료코드 : 04_18_FOS_20090228_PKS_JES_0004

조사장소 : 경상남도 함양군 유림면 옥매리 옥동마을 마을회관

조사일시 : 2009.2.28

조 사 자 : 서정매, 정혜란, 이진영

제 보 자 : 진을순, 여, 76세

구연상황 : 제보자는 창부 타령의 가락에 맞추어 노래를 불러 주었다. 청중들은 모두 귀
기울여 노래를 들어 주었다.

춤 나온다 춤 나오네 꾀꼬리 장단에 춤 나온다~

이 장단에 춤 못 추면~ 어누나 장단에 춤 출라요

화투 타령

자료코드 : 04_18_FOS_20090228_PKS_JES_0005

조사장소 : 경상남도 함양군 유림면 옥매리 옥동마을 마을회관

조사일시 : 2009.2.28

조 사 자 : 서정매, 정혜란, 이진영

제 보 자 : 진을순, 여, 76세

구연상황 : 제보자 노래를 부르다가 가사가 생각나지 않자 청중의 도움을 받아서 불러
주었다.

정월 솔가지 쏙쏙든 정

이월 매조에 맺어 놓고

삼월 사쿠라 산란한 마음

사월 흑싸리 허송됐네

오월 난초 나는 나비

유월 목단에 춤 잘 췄다

칠월 홍돼지 홀로 누워

팔공산에 달 솟았네

구월 국화 굳었던 몸이

시월 단풍에 뚝 떨어졌네

청춘가 / 담배 노래

자료코드 : 04_18_FOS_20090228_PKS_JES_0006
조사장소 : 경상남도 함양군 유림면 옥매리 옥동마을 마을회관
조사일시 : 2009.2.28
조 사 자 : 서정매, 정혜란, 이진영
제 보 자 : 진을순, 여, 76세
구연상황 : 주위에서 노래를 안 하자 제보자가 과감하게 청춘가 가락에 맞추어 담배 노
래를 불러 주었다. 노래를 부르고 나자 청중들은 모두 잘한다며 한마디씩 하
면서 즐거워하였다.

　　　청치마 밑에서 내주는 담배는

　　　콩잎파리 같에도 좋다~ 양궐연 맛이로구나

바지 타령

자료코드 : 04_18_FOS_20090228_PKS_JES_0007
조사장소 : 경상남도 함양군 유림면 옥매리 옥동마을 마을회관
조사일시 : 2009.2.28
조 사 자 : 서정매, 정혜란, 이진영

제 보 자 : 진을순, 여, 76세

구연상황 : 조사자가 바지 타령을 아느냐고 물었더니 웃으면서 다음 노래를 불러 주었다.
그런데 가사를 모두 기억하지 못해서 짧게 구연해 주었다.

시아버지 바지는 벌통 바지

총각 바지는 홀때 바지

댕기 노래

자료코드 : 04_18_FOS_20090228_PKS_JES_0008

조사장소 : 경상남도 함양군 유림면 옥매리 옥동마을 마을회관

조사일시 : 2009.2.28

조 사 자 : 서정매, 정혜란, 이진영

제 보 자 : 진을순, 여, 76세

구연상황 : 조사자가 제보자에게 노래 가사를 제시하자 댕기 노래를 불러 주었다. 댕기
노래는 점점 아리랑 선율로 바뀌었다. 그리고 이어서 노랫가락의 선율로 또
다른 노래를 불러 주었다.

칠갑사 팔갑사 홍갑사 댕기

고운 때도 아니 묻어 날마지 왔네

날마지 받아서 농밑에 넣고

눈물은 흘러서 대동강 되네

한숨은 쉬어서 동남풍 되고

그것사나 물이라고

오리 한 쌍 겨우(거위) 한 쌍

두 쌍이 뜨는구나

옥단춘 노래

자료코드 : 04_18_FOS_20090228_PKS_JES_0009
조사장소 : 경상남도 함양군 유림면 옥매리 옥동마을 마을회관
조사일시 : 2009.2.28
조 사 자 : 서정매, 정혜란, 이진영
제 보 자 : 진을순, 여, 76세
구연상황 : 제보자는 노래 가사가 계속 생각이 났는지 연이어서 노래를 불러 주었다. 굿
거리 장단으로 창부 타령의 선율로 노래를 불렀다.

추야 추야 옥단추야
버들잎에 새단추나
은을 주랴 돈을 주랴~
은도 싫고 돈도~ 싫고
엄마 엄마 젖 좀 주소

아기 재우는 노래 / 자장가

자료코드 : 04_18_FOS_20090228_PKS_JES_0010
조사장소 : 경상남도 함양군 유림면 옥매리 옥동마을 마을회관
조사일시 : 2009.2.28
조 사 자 : 서정매, 정혜란, 이진영
제 보 자 : 진을순, 여, 76세
구연상황 : 조사자가 제보자에게 자장가를 권유하자 다음 노래를 불러 주었다. 가사를 많
이 기억하지 못해 짧게 불러 주었다.

자장 자장 잘도 잔다
우리 애기 잘도 잔다
꼬꼬닭도 우지 마라
멍멍개도 짖지 마라

아기 어르는 노래 / 불미 소리

자료코드 : 04_18_FOS_20090228_PKS_JES_0011
조사장소 : 경상남도 함양군 유림면 옥매리 옥동마을 마을회관
조사일시 : 2009.2.28
조 사 자 : 서정매, 정혜란, 이진영
제 보 자 : 진을순, 여, 76세
구연상황 : 조사자가 아기 어르는 노래도 요청하자 제보자가 부른 것이다. 가사를 많이
　　　　　기억하지는 않았지만, 성심껏 불러 주었다.

　　　불미 불미 이 불미
　　　이 불미가 대불민고
　　　경상도 대불미
　　　불어라 딱딱 불어라

모심기 노래

자료코드 : 04_18_FOS_20090222_PKS_CYL_0001
조사장소 : 경상남도 함양군 유림면 국계마을 마을회관
조사일시 : 2009.2.22
조 사 자 : 서정매, 문세미나, 이진영, 조민정
제 보 자 : 최영림, 여, 73세
구연상황 : 제보자는 젊었을 때 친구들과 혹은 가족과 일하면서 부르던 노래라며 모심기
　　　　　노래를 불러 주었다. 긴 소리로 부르지 않고 짤막하게 불러 주었는데 노랫가
　　　　　락의 선율로 이어졌다. 부르던 중에 가사를 잊어버리자 청중들이 웃으면서 가
　　　　　사를 일러주었다. 어떤 청중은 눈물이 난다며 소감을 얘기하기도 하였다.

　　　다풀 다풀 다박머리 해 다 진데 어데를 가노
　　　우리 엄마 산소 등에 젖 먹으로 나는 가요

　　　서 마지기 논배미가 반달 만큼 남아 있네.

네가 무슨 반달이고 초승달이 반달이지.
초승달만 반달이가~ 그믐달도 반달이다.

농창 농창 벼리 끝에 초록 제비 앉아 우네이
구즐비도 날캉같이 한쪽 품을 기렸는가
수싯대기 새밀 달고~ 안개 동동 울 어매여

시집살이 노래 (1) / 중 노래

자료코드 : 04_18_FOS_20090222_PKS_CYL_0002
조사장소 : 경상남도 함양군 유림면 국계마을 마을회관
조사일시 : 2009.2.22
조 사 자 : 서정매, 문세미나, 이진영, 조민정
제 보 자 : 최영림, 여, 73세
구연상황 : 가사가 긴 서사민요를 처음부터 끝까지 모두 기억하여 불러 주었다. 노래를
부르다가도 가사가 워낙 길어서 중간에 몇 번을 쉬고 불러 주었다. 가사가 애
절하여 듣고 있던 청중들이 너무 좋다며 탄복을 하였다.

시집오던 삼일 만에 밭을 매러 가라 하니
한 손에는 호미 들고 한 손에는 수건 들고
머슴 머슴 우리 머슴 우리 밭이 어데 있소
한 골 두 골 넘어가면 채선밭만 찾아가소
한 골 매고 집에 올까 두 골 매고 집에 올까
오늘 해가이 다졌구나
집에라고 오니깐 대문조차 잠갔구나
슬금슬금 시아버지 대문조참 열어 주소
에레이 요년 울로 쳐라
그걸 사나이 일이라고 삼시 조석을 찾아오라

시어머니 썩 나섬서 에라 요년 물로 쳐라
그걸 사나이 일이라고 삼시 조석을 찾아오나

아이고 대라(힘들어라). 이것은 창이 길어, 머리 깎고 중도 되야 되고.

머슴 머슴 우리 머슴 대문 조금 열어 주소이
에라이 이 양반 이 양반아 그걸싸나 일이라고
삼시 조석을 찾아오나
여보시오 벗님네야이 대문 조금 열어 주소
백님이 나오실 때 대문조창 열어 주네
밥이라고 주는 것이 삼년 묵은 보릿공태
장이라고 주는것이 삼년 묵은 개떡장이요
숟가락이라고 주는 것이 총도 없는 숟가락이

그거 할려면 한정도 없어.

방 씰어서 마리 주고 마리 씰어 두렁 주고
두렁 씰어 마당 주고 마당 씰어 마구 주고
마당 가운데 덕석 패여 덕석 안에 맹석 패야(펴서)
은다리에 불을 담고 놋다리에 담배 담고
아버님도 여 앉지소 어머님도 여 앉으소
도련님도 여기 앉으소
가요 가요 저는 가요 금강산 절로 저는 가요

이이고, 이거 할려면 한정없어.

골로 골로 찾으가서이 내 머리를 깎아이 주소
한쪽 머리에 깎고난께이 또 한 절로이 찾아가서이

요내 머리 깎아 주소

정말 싹 깍아뺐어.

중아 장삼 찾으가서이 나는 중우 장삼 되었시니
바랑 하나이 중을 주소

아, 그러면 마 중이 바랑도 짊어지고 갔어.

찾아가네 찾아가네 시갓골목 찾아가네.
시갓골목 찾아가니 쑥대밭이 되어뺐네
어느 골을 찾으간께이 지장방애이 찌었는데
이 방애를 같이 찌이서 지장 한 되 푹 퍼줌선
이거이 갖고 잘도 가소
밑 없는 천대야 받았더만 알로 밑이~ 다 쏟았네
이내 몸에 든 수저로이 하나 두나 찍어 넌께
이 답답한 이 중아야 그제로 찍지 말고
비로 싹싹 씰어 갖고 칭이노 탕탕 갑올라라
이내 몸이 중이라서 중행사를 하느라고 비로 씰 줄 모르니요
그륵 저륵 해가 져서 이댁 집에이 자고 갑시다

재워 줄 때가 있어야 자제.

안 되니요 안 되니요 중내 나서 안 되니요
자고 갑시다 자고 갑시다 여물간에 자고 갑시다
여물간에 자고 가소

여물간에서 자고 나니까 서방님이 글 배우러 갔다 떡 찾으러 와, 말 위에 서서 찾아와.

에이고 양반 글도 잘도 읽는다
글을 한 줄 읽었더니
버선발로 뛰어나와 천 끝에라 썩 나섬선
어얼싸 저 달은 저 달은

숨이 가빠서 죽겠다.

울언 님을 보는구만
이내 나는 둘이라도 울원 님을 못 보는고
그게 서서 그곳 말고 여물간으로 내려오소
그 소리를 가만 듣고 방문 열고 들어가네
그 책을 한 장 보더만은 뛰어 또 나와서

에이 씨, 무단이 시작했네.

글을 한 줄 읽더니 또 버선을 신고 나서서
얼싸이 달도 보내
저 달은 저리 가면 울 원님을 보는구만
이내 나는 둘이라도 우원 님을 왜 못 보노
그 소리를 또다시 듣고 버선발로 뛰어 왔네
웬일인고 웬일인고 자네 보기 웬일인고이
새로 살게 나랑 사세
이내 몸은 중이 나서 중내 나서 못 사니요
닦고 사제 닦고 사제 자네 몸을 닦고 사세
닦고 사도 냄새 나요

뺑뺑꾸머이, 장에 가가 쭉 뻗어져 버렸어, 고마. 죽어버렸어. 살도 못하
고 죽어삐렀어, 그마. 그때는 고마 만나가 죽어삐렀어, 각시가 죽어삐렀

어, 고마.

신랑은 살자쿠제, 내 몸은 중이라서 중 행사를 해니라 못 살아. 각시가 뺑뺑 구머니 장에 가서 살다가 쪽 꺼들어졌뿠어.

시집살이 노래 (2) / 양동가마 노래

자료코드 : 04_18_FOS_20090222_PKS_CYL_0003
조사장소 : 경상남도 함양군 유림면 국계마을 마을회관
조사일시 : 2009.2.22
조 사 자 : 서정매, 문세미나, 이진영, 조민정
제 보 자 : 최영림, 여, 73세
구연상황 : 노래를 한 번 제보를 한 뒤에는 제보하는 것이 즐거웠는지 또 하겠다며 스스로 먼저 노래를 시작하였다. 기억력이 좋을 뿐 아니라 음성도 좋아서 가사의 운율에 맞게 맛을 내면서 불렀다. 노래를 부르다가 숨이 차기도 하여 몇 번을 쉬었다 불러 주었다. 마지막 부분에는 기억이 잘 나지 않아서 노래 중간에 끝을 맺었다.

시접가던 삼 일 만에 들깨 서말 참깨 서말
삼서 말을 벗고 나니 양가매가 벌어졌네

그렇게 벗고나니 마 벌어졌샀어.

시아바시 하는 말이 야야 아가 며늘아가
너거 친정 자주 가서이 양가매 값 물어 오너라
시오마시 하는 말이 야야 아가 며늘아가
너거 친정 자주 가서 양가매 값 물어 오너라
시동상이 하는 말이 형수 형수 우리 형수
자기 친정 자주 가서이 양가매 값 물어 오세요
시누아기 하는 말이 성아 성아 우리 올키 성아

너거 친정 자주 가서

이거 할려면 점도록 해야 되는디, 고만할 끼라.

　　양가매 값 물어 오너라

아이구 씨, 눈물이 날라 캐서 안 돼. 또 할까? 그래, 이노무 각시가 마,
아이고 이바구로 해야 되나, 노래로 해야 되나, 이바구 해도 되나?

그래서 마, 이노무 각시가 마,

　　방 쓸어서 마루 주고 마루 씰어서 뜰방 주고
　　뜰방 쓸어서 마당 주고 마당 씰어서 마구 주고 [소리내어 웃음]

　　은다리에 물을 담고 놋다리에 담배 담고
　　아버님도이 여 앉지소 어머님도이 여 앉지소
　　도련님도 여 앉지소 시누아기 여 앉지소
　　우리 친정 자주 가서 양가매 값 물어 올게

그래 인제 친정을 갔어. 바랑을 짊어지고 갔어. 그것 할려면 한정이 없어.

　　이산 저산 넘어가서 친정 골목 찾어가서
　　큰 방문을 반만 염선 동냥 조금 저를 주소
　　어머님 하는 말이 생긴 도래를 보나따나
　　말소리를 들어 보나 우리 딸이 흡사하네

　　쌀을 한 몰 푹 떠줌서 이거나 갖고 잘도 가소

헤딱 돌아서서 인자,

　　아랫 방문 반만 열고 명지베도 잘도 짠다

아이고, 참, 큰일났네.

거동 바라이 거동 바라 우리 동상 거동 바라
생일인 줄도 몰라 보고 명지 석 자 섞어나 줌선
이거나 갖고 잘도 가소
한 모랭이 돌아오고 두 모랭이 돌아옴선
명지 석 자 다 썩었네

눈물을 흘려서

이골 저골 찾아가서 시앗골목 찾아들어

나 그 뒤로는 몰라 기억이 안 난다. 다 까먹어버렸어. 어릴 적 배워서.
눈물이 나.

시집살이 노래 (3)

자료코드 : 04_18_FOS_20090222_PKS_CYL_0004
조사장소 : 경상남도 함양군 유림면 국계마을 마을회관
조사일시 : 2009.2.22
조 사 자 : 서정매, 문세미나, 이진영, 조민정
제 보 자 : 최영림, 여, 73세
구연상황 : 제보자는 앞의 서사민요에 이어 계속 시집살이 노래를 불렀다.

성아 성아 사촌성아 시집살이 어떻더노
시집살이는 좋더라만은~
중우 벗은 시아재비 말하기도이 어렵더라
둥굴둥굴 도래판에이 밥상 놓기 어렵더라

몰라, 끝이 그건가 몰라, 이제 다했어. 꼬랑지는 냅구고이.

못 갈 장가 노래

자료코드 : 04_18_FOS_20090222_PKS_CYL_0005
조사장소 : 경상남도 함양군 유림면 국계마을 마을회관
조사일시 : 2009.2.22
조 사 자 : 서정매, 문세미나, 이진영, 조민정
제 보 자 : 최영림, 여, 73세
구연상황 : 가사가 긴 서사민요를 불러 주었다. 가사가 길어서 노래로 부르다보니 숨이
가빠서 힘들어했지만, 내용이 너무도 슬퍼서 노래를 부르는 와중에도 눈물이
난다며 몇 번이나 노래를 부르다가 쉬기도 하였다.

어깨돌을 걸쳤다고~ 청도를 마주 놓고
오동토동-씻으니까이 도련님이 오시네요
물을 도라 하시걸래이 씻고 씻고 또 씻-고
헤우고 헤우고 또 헤우고이 속에 속물 떠여준께
주는 물은 안 지갖고 오동토동 씻는 빨래
펄떡펄떡 쓰고 가네
그로 그로 삼 일 만에 돌아갔다 편지 오네

어찌해야 될꼬? 아이고 참, 낭파네. 그기 또 잊어뼜다, 그게 참 질어.
그게 참 가사가 질어. 아이고, 참. 큰일났네. 가만 좀 생각하고, 잊어뼜어.

그로 그로 저르 그로 세월이 흘러져서이
한 모랭이 돌아간께이 깐치 새끼 진동하고
또 한 모랭이 돌아간께 까마귀 깐치 진동하고
또 한 모랭이 돌아간께 여수 새끼 진동하고

또 한 모랭이 돌아간께 줄재이는 줄 디리고
또 한 모랭이 돌아간께 상두꾼들 발 맞추고
또 혼 모랭이 돌아간께이 곡소리가 진동하네
이방 저방 다진내서 임의 방을 후아대려
일어나게 일어나게이 내가 왔으이 일어나세
무슨 잠이 깊이 들어이 나온 줄을 모르는고

나 모르겠다, 그기 지금 거꾸로 했어. 어만(엉뚱한) 기라.

둘이 덮자 해논 이불 혼자 덮고이 가고 없네
둘이 베자 해논 베개 혼자 베고이 가고 없네
분칠 거튼 홀목을랑 배 우에다 사리 놓고
자는 듯이 가고 없네
가요 가요 나는 가요이 오던 질로 나는 가요
그럭저럭 찾어와서이 친정 골목 찾어와서
울 아부지 하는 말이
야야 아가 딸애기야 내 머리를 풀어줘라
언제 봤던 임이라고이 내 머리를 풀어 줄꼬
그래서 안 되걸랑 대작대기 짚어 줘라
언제 봤던 임이라고 대작대기 짚어 주꼬
그리해도 안 되걸랑 속적삼을 벗어 갖고
생이줄에 걸어 줘라 몽개몽개 하던 생이
땀내를랑 맞고 불티같이 날아가네

다리 세기 노래

자료코드 : 04_18_FOS_20090222_PKS_CYL_0006
조사장소 : 경상남도 함양군 유림면 국계마을 마을회관
조사일시 : 2009.2.22
조 사 자 : 서정매, 문세미나, 이진영, 조민정
제 보 자 : 최영림, 여, 73세
구연상황 : 제보자는 어렸을 때 친구들과 같이 놀면서 불렀던 노래라고 하면서 부르기
시작했다. 별 것 아니라는 식으로 단숨에 불러 주었다.

이거리 저거리 갓거리
진주 맹근 또맹근
짝바리 해양근
도래 줌치 사래육
육도 육도 철룡육
하늘에 올라 제비콩
마당의 닭이 꼬꼬댁

보리타작 노래

자료코드 : 04_18_FOS_20090222_PKS_CYL_0007
조사장소 : 경상남도 함양군 유림면 국계마을 마을회관
조사일시 : 2009.2.22
조 사 자 : 서정매, 문세미나, 이진영, 조민정
제 보 자 : 최영림, 여, 73세
구연상황 : 보리타작할 때 노래를 기억하냐고 무르니 제보자는 그때가 생각나는 듯 웃으
면서 동작과 함께 부르기 시작했다. 노래 가사가 익살스러워서 노래를 부르는
동안 청중들 모두가 웃었다.

에- 오- 잘한다

여게 저제 때리라

에- 오- 잘한다

형수씨도

내 좆만(손만) 믿고

제수씨도

내 좆만 믿고

에- 오- 잘한다

여기도 때리고

저기도 때리고

에 오 잘한다

형수씨 앞에도

보지가(보리가) 있고

제수씨 앞에도

보지가 있고

에- 오- 잘한다

장꼬방 노래

자료코드 : 04_18_FOS_20090222_PKS_CYL_0008
조사장소 : 경상남도 함양군 유림면 국계마을 마을회관
조사일시 : 2009.2.22
조 사 자 : 서정매, 문세미나, 이진영, 조민정
제 보 자 : 최영림, 여, 73세
구연상황 : 제보자는 리듬을 타면서 노래를 불러 주었다. 청중들은 노래를 들으면서 박수
로 장단을 맞추었다.

이때 저때- 어-느 땐~가~

우리 부친 생신 땐가

꽃노래를 지어 볼까

꼬방 꼬방 창꼬방에

주춧단말 숨겼더니

우리 동생 궁애기는

주초 캐기 다늙었네

댕기 노래

자료코드 : 04_18_FOS_20090222_PKS_CYL_0009
조사장소 : 경상남도 함양군 유림면 국계마을 마을회관
조사일시 : 2009.2.22
조 사 자 : 서정매, 문세미나, 이진영, 조민정
제 보 자 : 최영림, 여, 73세
구연상황 : 제보자는 계속 이어서 노래를 불러 주었다. 노래를 다 부르고 난 다음에는 이
　　　　　것밖에 모른다며 부끄러움을 보였다. 리듬을 잘 타며 불러 주었다.

우리 아부지 장에 가서~

한 냥 주고이 떠온 댕기

두 냥 주고 접어 갖고

다만 내가이 널때다가이

담 밖으로이 잃었구나

주었다네(주웠다네) 주었다네

뒷집에라이 김도령이

요내 댕기 주었다네

나를 주소 나를 주소

주연 댕기 나를 주소이

주연 댕기 찾으려면

나한테로 찾아오소

주연 댕기 못 찾아도

부모 허락없어 못 갑니다

밀수제비 노래

자료코드 : 04_18_FOS_20090222_PKS_CYL_0010

조사장소 : 경상남도 함양군 유림면 국계마을 마을회관

조사일시 : 2009.2.22

조 사 자 : 서정매, 문세미나, 이진영, 조민정

제 보 자 : 최영림, 여, 73세

구연상황 : 제보자는 처음엔 긴 노래로 부르는 것 같았지만 이내 짧은 소리로 불러 주었
다. 중간에 가사를 잠시 잊어버리기도 했지만 청중들이 일러주어서 마무리를
잘 지었다.

땀북 땀북 밀수제비

사우 상에 다 올랐네

노랑 감태 제치 씌고

멀국 쓰기 더욱 썼네

아버지도 그말 마소

일했다고 건지 줬소

도라지 타령

자료코드 : 04_18_FOS_20090222_PKS_CYS_0001

조사장소 : 경상남도 함양군 유림면 화촌리 화촌마을 마을회관

조사일시 : 2009.2.22

조 사 자 : 서정매, 문세미나, 이진영, 조민정
제 보 자 : 최영선, 여, 74세
구연상황 : 제보자는 웃음을 가득 머금고 노래를 불러 주었다.

　　　　도라지 도라지 도라지
　　　　심심산천에 백도라지

　　뭐라 카노 또.

　　　　한두 뿌리만 캐어도 서방님 반찬은 해놓으라
　　　　에헤요옹 에헤요옹 에헤이옹
　　　　에헤라 논다 지화자 좋다
　　　　내가 내 간장 스리살살 다 녹는다

모심기 노래

자료코드 : 04_18_FOS_20090222_PKS_CYS_0002
조사장소 : 경상남도 함양군 유림면 화촌리 화촌마을 마을회관
조사일시 : 2009.2.22
조 사 자 : 서정매, 문세미나, 이진영, 조민정
제 보 자 : 최영선, 여, 74세
구연상황 : 제보자는 차분한 목소리로 다음 노래를 불러 주었다.

　　　　해 다 지고 날 저문 날에 새옷 입고 어데 가요
　　　　울 어머니 산솔(산소) 가에 젖 묵으로 나는 가요

　　됐지요.

　　　　해다지고 날 저문 날에 새옷 입고 어데 가요
　　　　첩의 집에 가시거들랑 날 죽는 꼴이나 다 보고 가소

첩의 집은 꽃밭이요 요내야 집은 명호산이라

아기 재우는 노래 / 자장가

자료코드 : 04_18_FOS_20090222_PKS_CYS_0003
조사장소 : 경상남도 함양군 유림면 화촌리 화촌마을 마을회관
조사일시 : 2009.2.22
조 사 자 : 서정매, 문세미나, 이진영, 조민정
제 보 자 : 최영선, 여, 74세
구연상황 : 조사자의 요청에 제보자는 다음 노래를 불러 주었다. 노래를 마친 후 이런 것
         을 조사해서 뭐 할 것이냐라고 묻기도 했다.

  자장 자장 자장
  앞집 개도 짖지 말고
  뒷집 개도 짖지 말고
  우리 애기 잘도 잔다
  자장자장

 내나 너 그렇지. 뭐 할긴데.

시누 올케 노래

자료코드 : 04_18_FOS_20090222_PKS_HSL_0001
조사장소 : 경상남도 함양군 유림면 사안리 사안마을 마을회관
조사일시 : 2009.2.22
조 사 자 : 서정매, 문세미나, 이진영, 조민정
제 보 자 : 허순이, 여, 70세
구연상황 : 제보자는 옛날에 불렀던 노래라고 하면서 불러 주었다.

농창 농창 벼랑 끝에 시누올키 꽃 꺾다가

떨어졌네 떨어졌네 남강 물에 떨어졌네

얕게 빠진 동상 두고 깊이 빠젼 올키 겄네

나동동 새야 어서 가자

나도 죽어 후세상에 낭군 같은 생길라네

첩 노래

자료코드 : 04_18_FOS_20090222_PKS_HSL_0002

조사장소 : 경상남도 함양군 유림면 사안리 사안마을 마을회관

조사일시 : 2009.2.22

조 사 자 : 서정매, 문세미나, 이진영, 조민정

제 보 자 : 허순이, 여, 70세

구연상황 : 제보자는 청중들이 노래에 집중을 하는 상황에서 다음 노래를 잘 불러 주었다.

첩아 첩아 내 홀목 놔라

본처 간장 다 녹는다

요내 홀목 녹더래도

본처 간장 못 놓겄네

다리 세기 노래

자료코드 : 04_18_FOS_20090222_PKS_HSL_0003

조사장소 : 경상남도 함양군 유림면 사안리 사안마을 마을회관

조사일시 : 2009.2.22

조 사 자 : 서정매, 문세미나, 이진영, 조민정

제 보 자 : 허순이, 여, 70세

구연상황 : 제보자는 다리 세기 시늉을 하면서 다음 노래를 불렀다.

이거리 저거리 갓거리
진주 맹근 또맹근
짝발로 해야서(세워서)
하늘에 올라 제비콩
목이 맥혀 킹 캥

봄배추 노래

자료코드 : 04_18_FOS_20090222_PKS_HSL_0004
조사장소 : 경상남도 함양군 유림면 사안리 사안마을 마을회관
조사일시 : 2009.2.22
조 사 자 : 서정매, 문세미나, 이진영, 조민정
제 보 자 : 허순이, 여, 70세
구연상황 : 제보자는 앞의 노래를 부른 후에 다음 노래를 생각하여 불러 주었다.

새들새들 봄배차는(봄배추는) 봄비 오기만 기다리고
옥에 갇힌 춘향이는 이도령 오기만 기다린다

보리타작 노래

자료코드 : 04_18_FOS_20090222_PKS_HJS_0001
조사장소 : 경상남도 함양군 유림면 사안리 사안마을 마을회관
조사일시 : 2009.2.22
조 사 자 : 서정매, 문세미나, 이진영, 조민정
제 보 자 : 허점식, 여, 78세
구연상황 : 제보자는 노래 가사가 우스워서인지 계속 웃음을 지으며 노래를 불러 주었다.

에-호-

여게도 때리라

저게도 때리라

알보지가(알보리가) 나온다

제수씨도

내 좃만(손만) 바래고

형수씨도

내 좃만 바래고

여게도 때려라

에호 [웃음]

여기도 때려라

저기도 때려라

알보지가 나온다

쌍가락지 노래

자료코드 : 04_18_FOS_20090222_PKS_HJS_0002
조사장소 : 경상남도 함양군 유림면 사안리 사안마을 마을회관
조사일시 : 2009.2.22
조 사 자 : 서정매, 문세미나, 이진영, 조민정
제 보 자 : 허점식, 여, 78세
구연상황 : 제보자는 처음엔 기억을 잘 못해서 머뭇거리다가 다시 시작하여 다음 노래를
        불러 주었다.

쌍금쌍금 쌍가락지

수시떼기 밀가락지

호작질로 닦아내서

금도치로 찍었는디

옥동 동산 집을 지어

양친 부모 모셔 놓고

천년만년 살고 잡아(싶어)

사랑 노래

자료코드 : 04_18_FOS_20090222_PKS_HCJ_0001

조사장소 : 경상남도 함양군 유림면 사안리 사안마을 마을회관

조사일시 : 2009.2.22

조 사 자 : 서정매, 문세미나, 이진영, 조민정

제 보 자 : 황춘자, 여, 62세

구연상황 : 제보자는 고운 음성으로 다음 노래를 불러 주었다.

천추 고원 월생 하에 우리 두 사람

짝을 지어 산보하니 무슨 연고냐

너와 나의 깊은 연을 잊지 말자고

천추 명월 밝은 밤에 산보하였네

너는 나는 무엇으로 사랑하느냐

나는 너를 보석같이 사랑하노나

우리들이 이 세상을 마칠 때까지

이 사랑을 변치말고 지내 봅시다.

모심기 노래 (1)

자료코드 : 04_18_FOS_20090222_PKS_HCJ_0002

조사장소 : 경상남도 함양군 유림면 사안리 사안마을 마을회관

조사일시 : 2009.2.22

조 사 자 : 서정매, 문세미나, 이진영, 조민정

제 보 자 : 황춘자, 여, 62세

구연상황 : 제보자는 다 아는 노래라면서 잠시 머뭇거린 후에 다음 노래를 불러 주었다.

다풀 다풀 다박머리 해 다 진데 어데 가노

우리 엄마 황소나 등에 젖 먹으로 나는 가요

모심기 노래 (2)

자료코드 : 04_18_FOS_20090222_PKS_HCJ_0003

조사장소 : 경상남도 함양군 유림면 사안리 사안마을 마을회관

조사일시 : 2009.2.22

조 사 자 : 서정매, 문세미나, 이진영, 조민정

제 보 자 : 황춘자, 여, 62세

구연상황 : 모심는 소리의 어느 대목이 생각이 나서 불러 준 노래이다.

무슨 첩이길래 밤에 가고 낮에 가요

낮에는 놀러가고 밤이 되면 잠자러 가제

다리 세기 노래

자료코드 : 04_18_FOS_20090222_PKS_HCJ_0004

조사장소 : 경상남도 함양군 유림면 사안리 사안마을 마을회관

조사일시 : 2009.2.22

조 사 자 : 서정매, 문세미나, 이진영, 조민정

제 보 자 : 황춘자, 여, 62세

구연상황 : 제보자는 읊조리듯이 다음 노래를 불러 주었다.

이거리 저거리 갓거리

진주 맹근 또맹근

짝발로 해야서(세워서)

도래 줌치 장도칼

육끼 육끼 전라도

지겟골이 홀치게

냉냉 *끄*틀머리 깐-치-집-

가다가 먹을 것이 없어서

엎어질똥 말똥

아기 어르는 노래 / 불매 소리

자료코드 : 04_18_FOS_20090222_PKS_HCJ_0005
조사장소 : 경상남도 함양군 유림면 사안리 사안마을 마을회관
조사일시 : 2009.2.22
조 사 자 : 서정매, 문세미나, 이진영, 조민정
제 보 자 : 황춘자, 여, 62세
구연상황 : 조사자의 요청에 제보자가 부른 것이다.

불매 불매 불매 불매

이 불매가 뉘 불맨고

정상도(경상도) 대불매요

불매값이 몇 냥이요

삼천 냥이 제값이요

아기 재우는 노래 (1)

자료코드 : 04_18_FOS_20090222_PKS_HCJ_0006

조사장소 : 경상남도 함양군 유림면 사안리 사안마을 마을회관
조사일시 : 2009.2.22
조 사 자 : 서정매, 문세미나, 이진영, 조민정
제 보 자 : 황춘자, 여, 62세
구연상황 : 제보자는 기억나는 부분까지 노래를 불러 주었다.

> 자장자장 자장자장
> 우리 아기 잠 잘 잔다
> 앞집 개도 짖지 말고
> *꼬꼬닭도* 울지 마라

아기 재우는 노래 (2)

자료코드 : 04_18_FOS_20090222_PKS_HCJ_0007
조사장소 : 경상남도 함양군 유림면 사안리 사안마을 마을회관
조사일시 : 2009.2.22
조 사 자 : 서정매, 문세미나, 이진영, 조민정
제 보 자 : 황춘자, 여, 62세
구연상황 : 제보자는 앞의 노래를 부른 후에 아기 재우는 노래는 별 것 아니라고 하면서
　　　　　 아는 대로 다시 불러 주었다.

> 자장자장 자장자장 자장
> 우리 애기 잘도 잔다
> *꼬꼬닭아* 우지 마라
> 멍멍개야 짖지 마라
> 우리 애기 잘도 잔다

보리타작 노래

자료코드 : 04_18_FOS_20090222_PKS_HCJ_0008
조사장소 : 경상남도 함양군 유림면 사안리 사안마을 마을회관
조사일시 : 2009.2.22
조 사 자 : 서정매, 문세미나, 이진영, 조민정
제 보 자 : 황춘자, 여, 62세
구연상황 : 우스개 소리로 부른 보리타작 노리이다. 제보자는 이런 노래를 부르게 된 연
　　　　　유를 이야기하듯이 한 다음 노래를 가창했다.

　혀가 짜른 시동생이 하나 있었는데, 그 사람이 이장이라. 그래, 이장이
이자, 동네 방송을 함씨롱, 오년(5월) 시팔이(18일)는 보지매장을 합니다.
그래 보지라 캐 보지. 보리를 갖다가 쌔가(혀가) 짧아 논게.

　그래 갖고, 헌 보지 가마니는 가 오지 말고, 새 보지 가마니만 다 가져
오라. [웃음] 그랬다 캐.

　헌 보리는 가 오면 안 되고, 새 보리 가마니만 갖고 오라고 캐. 새 보
지. 그래가 나왔는데,

　　　　에~야- 에~야-
　　　　앞집에 제수씨도
　　　　내 좆만 바리고
　　　　뒷집에 형수씨도
　　　　내 좆만 바래고

　그런다 캐

　　　　에이야- 에이야-
　　　　여기도 알보지
　　　　저기도 알보지

　그카더라 카네.

아기 어르는 노래

자료코드 : 04_18_FOS_20090222_PKS_HCJ_0009
조사장소 : 경상남도 함양군 유림면 사안리 사안마을 마을회관
조사일시 : 2009.2.22
조 사 자 : 서정매, 문세미나, 이진영, 조민정
제 보 자 : 황춘자, 여, 62세
구연상황 : 조사자의 요청에 다음 노래를 불렀다. 노래의 끝부분에서 가사를 기억하지 못
　　　　　해서 중단하고 말았다.

　　　달캉달캉 달캉달캉

　　　서울가서 밤 한 되를 사 왔는데

　　　채독 안에 넣났더니

　　　머리 감는 생쥐가

　　　들락날랑 다 까묵고

　　　한톨이만 남았는데

　한톨이 남은 거는 모르겠다.

노랫가락

자료코드 : 04_18_FOS_20090222_PKS_HCJ_0010
조사장소 : 경상남도 함양군 유림면 사안리 사안마을 마을회관
조사일시 : 2009.2.22
조 사 자 : 서정매, 문세미나, 이진영, 조민정
제 보 자 : 황춘자, 여, 62세
구연상황 : 제보자는 노래가 별 것 아니라고 했지만, 조사자의 요청에 다음 노래를 불렀
　　　　　다.

　　　백설 같은 흰나비는 부모님 선산을 입으셨나

　　　소복단장 곱게나 하고 장다리 밭으로 날아든다

함양 산천 물레방아

자료코드 : 04_18_MFS_20090222_PKS_YOM_0001
조사장소 : 경상남도 함양군 유림면 사안리 사안마을 마을회관
조사일시 : 2009.2.22
조 사 자 : 서정매, 문세미나, 이진영, 조민정
제 보 자 : 양오만, 여, 73세
구연상황 : 제보자는 청중들의 박수를 받으며 적극적으로 불러 주었다. 양산도 가락에 부르는 이 노래는 기존 사설을 변형하며 남북 통일의식을 담고 있다.

함양 산청 물레방아 공금통을 안고나 돌고
상림 장터 남북 혼이 나라를 안고 돈다.
랄라라 난나 돈다 돌아 아니나 못 놀것네
능지를 하야 하다 거져다 못 놓겄다 에~

나라 공출 보리 공출을

자료코드 : 04_18_MFS_20090222_PKS_YOM_0002
조사장소 : 경상남도 함양군 유림면 사안리 사안마을 마을회관
조사일시 : 2009.2.22
조 사 자 : 서정매, 문세미나, 이진영, 조민정
제 보 자 : 양오만, 여, 73세
구연상황 : 제보자는 청중들의 박수를 받으며 다음 노래를 불러 주었다. 일제 강점기 말기의 상황을 반영한 노리이다.

나라 공출 보리 공출을 열렬이 다해 가도
임의야 공출을 좋다야 해 가지를 마라요

지녀가 보급되는 기한이 있는데

나의 사는 시접살이 좋다야 기한이 없는고

임진강 나루터에

자료코드 : 04_18_MFS_20090223_PKS_ODI_0001
조사장소 : 경상남도 함양군 유림면 손곡리 지곡마을 마을회관
조사일시 : 2009.2.23
조 사 자 : 서정매, 문세미나, 이진영, 조민정
제 보 자 : 오두이, 여, 69세
구연상황 : 제보자는 유행가의 가락으로 다음 노래를 불러 주었다.

임진강 나루터에 소 멕이는 아해야

오늘도 삼팔선은 파수뱅이(파수병이) 서있구나

이남도 내 땅이요 이북도 내 나란데

삼팔선 웬말인고 꼴을 베는 목동아

절개 노래

자료코드 : 04_18_MFS_20090301_PKS_JIS_0001
조사장소 : 경상남도 함양군 유림면 손곡리 손곡마을 마을회관
조사일시 : 2009.3.1
조 사 자 : 서정매, 정혜란, 이진영
제 보 자 : 정일선, 여, 82세
구연상황 : 여자의 절개에 관한 노래와 묻어 주는 노래 두 곡을 이어서 불러 주었다. 긍정적인 성품으로 웃음이 많고 기억력이 좋아서인지 노래를 잘 부르는 편이었다.

성죽 같이도 곧으나 절개 너를 맞아서 허락하나

몸은 비록 기생일망정 절개야조차도 없을 소냐
사람마다 문장이 되면 농부야 되기가 어데 있노
여자마다 수절하면 화류계- 여자가 왜 생깄노
이상하다 병 잘 보면 부모야 산천이 어데 있노

죽은 사람 소원 노래

자료코드 : 04_18_MFS_20090301_PKS_JIS_0002
조사장소 : 경상남도 함양군 유림면 손곡리 손곡마을 마을회관
조사일시 : 2009.3.1
조 사 자 : 서정매, 정혜란, 이진영
제 보 자 : 정일선, 여, 82세
구연상황 : 제보자는 현대의 상황을 반영한 노래로 다음 노래를 불렀다.

막걸리가 그리워서 죽은 사람은 양주장 문 앞에 묻어주고
임이 그리워서 죽은 사람은 논산훈련소 복판에 묻어 주지
임이 그리워서 죽은 사람은 원앙수 복판에 묻어 주지

■ 엮은이 소개

박경수 부산대학교 국어교육과를 졸업하고, 한국학대학원에서 문학석사, 부산대학
교 대학원에서 문학박사 학위를 받았다. 현재 부산외국어대학교 한국어문학
부 교수로 있으며, 한국문학회 편집위원장을 역임하였다. 주요 저서로『한
국 근대문학의 정신사론』(삼지원, 1993),『한국 근대 민요시 연구』(한국문화
사, 1998),『한국 민요의 유형과 성격』(국학자료원, 1998),『한국 현대시의
정체성 탐구』(국학자료원, 2000),『현대시의 고전텍스트 수용과 변용』(국학
자료원, 2011) 등이 있다.

황경숙 서울여자대학교 국어국문학과를 졸업하고, 부산대학교 대학원에서 문학석사,
문학박사 학위를 받았다. 현재 부경대학교와 부산외국어대학교에 출강하고
있으며, 부산광역시 문화재 전문위원으로 활동하고 있다. 주요 저서로『한국
의 벽사의례와 연희문화』(월인, 2000),『부산의 민속문화』(세종출판사, 2003)
등이 있다.

서정매 계명대학교 작곡과를 졸업하고, 영남대학교 대학원 국악과 음악학석사, 부산
대학교 대학원 한국음악학과 박사과정을 수료했다. 현재 부산대학교에 출강
하고 있다. 주요 논문으로「정읍우도농악의 오채질굿 연구」(2009),「밀양아
리랑의 전승과 변용에 관한 연구」(2012),「<영산작법> 절차의 시대적 변천
연구」(2013) 등이 있다.

증편 한국구비문학대계 8-17
경상남도 함양군 ②

초판 인쇄 2014년 10월 20일
초판 발행 2014년 10월 28일

엮 은 이 박경수 황경숙 서정매
엮 은 곳 한국학중앙연구원 어문생활사연구소
출판기획 장노현

펴 낸 이 이대현
펴 낸 곳 도서출판 역락
편   집 권분옥
디 자 인 이홍주

주   소 서울시 서초구 동광로 46길 6-6(반포4동 577-25) 문창빌딩 2층
등   록 1999년 4월 19일 제303-2002-000014호
전   화 02-3409-2058, 2060
팩   스 02-3409-2059
이 메 일 youkrack@hanmail.net

값 64,000원

ISBN 979-11-5686-127-0 94810
      978-89-5556-084-8(세트)